Denmark Police's Mystery

懸案密碼

Denmark Police's Mystery

懸案密碼

BEST嚴選

奇幻基地出版

懸案密碼6：
血色獻祭

Den grænseløse

猶希・阿德勒・歐爾森 著
管中琪 譯

Jussi
Adler-Olsen

BEST嚴選

緣起

在繁花似錦的奇幻文學花園裡，你或許還在門外徘徊，不知該如何抉擇進入的途徑；也或許你已經置身其中，卻因種類繁多，或曾經讀過不合口味的作品，而卻步、遲疑。

BEST嚴選，正如其名，我們期許能透過奇幻基地對奇幻文學的了解，以及對讀者的理解，站在出版者與讀者的雙重角度，為您精選好作家與好作品。

他們是名家，您不可不讀：幻想文學裡的巨擘，領域裡的耀眼新星。

它們最暢銷，您怎可錯過：銷售量驚人的大作，排行榜上的常勝軍。

這些是經典，您務必一讀：百聞不如一見的作品，極具代表的佳作。

奇幻嚴選，嚴選奇幻。請相信我們的眼光，跟隨我們的腳步，文學的盛宴、幻想世界的冒險，就要展開。

獻給薇柏森與伊莉莎白兩位堅強的女性

序幕

一九九七年十一月二十日

周遭灰濛濛的一片，暗影搖曳，溫柔的漆黑包裹著她，帶來溫暖。

夢中，她離開了身體，宛如鳥兒振翅翱翔，噢，不，是猶如蝴蝶輕撲蝶翼，在空中翻飛舞躍。一隻展翅飄動的藝術品，爲了散播歡樂、散播驚嘆，來到這世界；一隻繽紛多彩的生物，高飛穹蒼，手中魔法棒一點，無窮無盡的愛紛紛落下。

她嘴角輕揚，這個想法好美，好純淨。

夜空中，星星幽微發亮，散發著蒼白的微光，在黑暗中一閃一爍。星輝舒暢，微風瀝瀝，樹葉沙沙作響，令人心曠神怡。

她全身無法動彈，也不想動，否則從夢中醒來後，痛楚會再度來襲。

無數的畫面一幅又一幅閃現眼前，她和哥哥在沙丘上蹦蹦跳跳，父母警告他們不許玩得太瘋。爲什麼父母總是這也不准，那也不可以？她不是第一次在沙丘上嘗到眞正的自由了。

她身體下方閃過美麗的光球，彷彿海面磷光來來回回湧流，她露出了微笑。她從未看過海面磷光，但那情景一定就是這幅景致。流淌在深谷裡的海面磷光，或是液態黃金。

她在哪裡？

也許眞正的自由就像這樣？不，一定就是這樣，因爲她感覺到前所未有的自由。一隻蝴蝶，光有自己就夠了。輕盈遨飛，持續地尋覓，身邊圍繞著處處爲她著想的良善美好的人。到處是不知疲倦、時時推動她向前的手，希望她擁有最好的一切。四周響起以前從未聽過的讚美歌。

她輕輕嘆了口氣，又笑了起來，沉浸在思緒的洪流裡。

突然間，她憶起學校和自行車，再次感受到清晨的酷寒，牙齒甚至咔嚓地互相撞擊著。

就在她回到現實，心臟終於放棄跳動的這一刻，她也想起汽車撞到她時發出的沉悶聲，隨之而來的骨頭斷裂聲，以及她掉下來時，枝椏打在她身上的聲響……

第一章

二〇一四年四月二十九日，星期二

「喂，卡爾，醒來呀，你的電話響了一輩子了。」

卡爾睡眼惺忪，目光往上一看。阿薩德什麼時候穿上黃色迷彩服的？之前不是才一身白，那頭捲髮也還是烏黑的啊！他的同事該不會真的開始在牆上刷顏色了吧？

「你打斷我複雜的思路了。」卡爾不情不願地放下擱在辦公桌上的腳。

「唷，眞抱歉。」阿薩德重冒出來的鬍渣裡大大拉出好幾條笑紋。他媽的，他爲什麼滿眼閃爍戲謔？難不成在嘲笑他嗎？

「卡爾，我知道你昨天加班到很晚，但你老讓電話響個不停，蘿思會把我們給絞死。待會電話要是又響，拜託接一下。」

地下室窗戶透進刺眼的光線。嗯，來點菸霧應該可以減弱亮晃晃的光，卡爾心想，一手抓起香菸。就在這時，電話再度叮鈴作響。

阿薩德意味深長地指著電話機，然後一溜煙地倉皇逃走。電話鈴聲果眞肆無忌憚，逐漸失控。

「喂，我是莫爾克。」卡爾還沒把話筒拿近耳邊，便粗聲粗氣地說。

「喂？」電話線另外一端傳來的口氣像在問話。

卡爾沒好氣地把話筒拿到嘴前：「你是誰？」

「是卡爾．莫爾克嗎？」輕揚的話聲有伯恩霍姆島人吟唱般的特質，不是會讓卡爾害怕軟腿的丹麥方言，比較像是文法錯誤一堆的糟糕瑞典話。大概除了那座小島之外，沒有其他地方說這種語言。

「對，我就是卡爾．莫爾克。剛才不是說了嗎？」

話筒另一端傳來嘆息。聽起來有點像是鬆了口氣？

「我是克里斯欽．哈柏薩特（Christian Habersaat）。我們很久以前見過，不過，你一定不記得了。」

哈柏薩特？卡爾心想，住在伯恩霍姆島？

「記得，欸，是在……」

「好幾年前的事了，是在內克瑟的派出所。你和一位長官來派出所，要把一個犯人帶到哥本哈根，我那時正好當班。」

卡爾搜索枯腸，想破了腦袋。他確實記起運送犯人的過程，但是一個叫做哈柏薩特的同事？

「啊，是的，當時……」他伸手去拿香菸。

「很抱歉打擾你，能不能佔用你一點時間？我讀過你們前不久在貝拉霍伊區破獲的案子。話說回來，凶手沒有站上法庭接受制裁，反而先輕生了斷，你們難道不覺得沮喪嗎？」

卡爾聳了聳肩。蘿思的確火冒三丈，但我他媽的壓根不在乎，只要少了一個得花心思的混帳就好。

「這案子應該不是你打電話來的原因吧？」他把香菸放進嘴裡，抬起頭。才一點半，現在就把今天的配額用完還太早，也許他應該再把分量提高。

「應該說是也不是。我是因爲貝拉霍伊案，同時也是因爲你們這幾年破獲的案子打來的。你們的表現令人佩服。正如剛才所說，我隸屬於伯恩霍姆派出所，目前派駐在倫納。不過明天我就退休了，謝天謝地。」他的笑聲似乎有點緊張。「時代變了，我這個工作已經沒那麼有趣。算了，我們大家的情況應該相去不遠。不過才十年前，我對於發生在島上的事情全都瞭如指掌，尤其是東岸，眞的是所有一切。嗯，這也是我打電話來的原因。」

卡爾頭垂到胸前。這個人如果打算丟案子給他們，一定得馬上阻止。他可完全沒興趣跑到特產是燻魚，而且距離瑞典、德國和波蘭比距離丹麥還要近的小島進行調查。

「你打電話來，是想要我們檢查一件案子嗎？若是如此，恐怕我得把你轉給樓上的同事。很遺憾，我們特殊懸案組目前沒有能力處理。」

線路另一端寂靜無聲，接著電話就掛斷了。

卡爾錯愕地瞪著話筒。這傢伙竟輕而易舉就打了退堂鼓？那麼，他就不配得到更好的待遇。

他一邊搖頭，正打算閉上眼睛，電話又響了。

卡爾深吸口氣，對待某些人，就是得把話挑明了才行。

「什麼事？」他朝話筒大吼。這個白癡也許又會被嚇得立刻掛掉電話。

「卡爾……是你嗎？」

他千千萬萬沒料到會聽見「這個」聲音，不由得眉頭一皺，小心翼翼地問道：「媽？」

「你可把我給嚇死啦。你的聲音啞了嗎，兒子？」

卡爾嘆了口氣。他搬離開家已經三十年，之後鎭日與暴力罪犯、皮條客、縱火犯、殺人凶手爲伍，還有一大堆所有想像得到的各種死狀的屍體。他中過槍，將下巴、手腕、私人生活，以及于特蘭人值得尊敬的抱負，全賠了進去。自從上次刮下木鞋上的耕作泥土，發誓從此要自己決定生活方式，轉眼就過了三十年。但父母就是父母，母親不過才說一句話，他頓時覺得自己又像個小男孩，怎麼回事？

卡爾揉揉眼睛，稍微坐直了身子。看來又是漫長的一天。

「沒有，媽，我很好。只是我們這裡有工人，聲音太吵了。」

「我打電話是因爲有個難過的消息要告訴你。」

卡爾緊抿雙唇，試圖從她的聲調推敲出蛛絲馬跡。她下一秒會說出他父親過世了嗎？死在他已一年多沒回去探望他們兩人的地方？

「爸死了嗎？」

「上帝保佑，不是。」她大笑道：「他正坐在我旁邊喝咖啡，剛才還去豬圈照顧豬隻呢。是你堂哥羅尼過世了。」

「羅尼死了？怎麼回事？」

「他死在泰國，當時正在按摩。在美好的春天早晨聽見這個消息，不是很可怕嗎？」

在泰國死於按摩的時候。是的，眞該想到會發生這種事。

卡爾絞盡腦汁，想要擠出恰當的回答，但話自然而然地脫口而出，連他自己也嚇了一大跳。

「當然，是啊，眞可怕。」他使勁力氣，把肆無忌憚出現在眼前的一具邋遢又矮胖的身體推開。

「桑米明天會飛過去，把他和他的行李帶回來。他說最好在東西散落四處前，全都打包好帶回家。桑米一直都很實際。」她說。

卡爾點點頭。由羅尼的弟弟接手處理，就會根據物品價值先行分類：所有的垃圾丟一堆，其他好的裝在行李箱裡。

他眼前浮現羅尼妻子的身影，一個聽話順從的泰國女人，她其實値得更好的際遇。若是羅尼的弟弟過去整理，她最後大概只能分到一些穿舊的內衣褲吧。

「媽，羅尼結婚了，我不認爲桑米可以毫無顧忌地拿走羅尼的東西。」

「啊哈，你又不是不知道桑米。」她笑道：「而且他打算待個十到十二天。他說難得跑一趟這麼遠，稍微做個日光浴也不爲過。反正桑米都有理，我們的桑米是個機靈鬼唷。」

卡爾又點了點頭。這正是羅尼和他弟弟唯一僅有的差異。沒人會懷疑這兩人不是兄弟，他們簡直是一個模子刻出來的。如果哪個電影製片缺少一個愛高談闊論、自我感覺良好，而且一身花襯衫的不可靠紈褲子弟，桑米絕對是當仁不讓的最佳人選。

「喪禮五月十日在布朗德斯勒夫這裡舉行，那天是星期六，兒子，大家都期待能看見你。」他母親說，接著又叨叨絮絮地說起鄉下的生活、養豬的狀況、父親嘎吱作響的臀部、政客的無能和其他令人沮喪的話題，但卡爾的思緒早已飄到羅尼寄來的最後一封信。

那封信擺明了就是威脅，把卡爾搞得心思不寧，惶惶難安。羅尼想拿那堆廢話壓榨他？他表哥不就是會幹這種事的人嗎？何況他經常手頭拮据，不是嗎？難道他現在又得捲入羅尼可笑的說詞裡了嗎？這一切當然都是無稽之談，但是生活在安徒生誕生的國家裡，誰都知道以訛傳訛的可怕效應，即使只是掉了一根羽毛，最後也可能變成死了五隻雞。他自己的處境就像那五隻雞，而且還有一個最不需要的主管羅森．柏恩。

該死，羅尼到底打算怎麼樣？那個白癡一逮到機會，就大聲嚷嚷他自己趁著外出釣魚之際，殺死了父親。這件事本身就夠瘋狂了，更雪上加霜的是，他還大肆宣揚卡爾當時也在場，共同參與作案，就這樣把卡爾拖入困境。最後一封信中，羅尼故意告訴他，所有事情他都寫成書了，正在找機會出版。

從此之後，卡爾沒再聽到羅尼的消息。但這一切不過是他媽的狗屎，必須盡快告一段落。羅尼死了，正好是結束的時機。

卡爾伸手拿菸。他一定要出席葬禮，這點無庸置疑。趁這個機會，也可以了解桑米是否說服了羅尼的妻子放棄一些遺產。聽說在遠東地區不乏以暴力解決遺產，或許可以期待這件事也是如此收場。不過那個小奇妙仙子，或者隨便羅尼怎麼稱呼自己的老婆，似乎不太一樣，屬於自己的東西，她絕對不會放手，尤其是能帶來收益的物品。其他東西應該就會送掉，其中不無可能也有羅尼之前提到的那份文學事業。

是的，他必須心裡有底，桑米會把那份手稿帶回丹麥。若是如此，他得在手稿寄給所有家人之前盡快阻止流出，除此之外，別無他法。

「卡爾，羅尼後來飛黃騰達，日子過得很富裕，你知道嗎？」他聽見母親說。

卡爾的眉毛倏地挑起。「噢，眞的嗎？那一定是販毒而來的。妳確定他是在按摩椅上結束生命，而不是在泰國厚實的監獄圍牆後面，被人給絞死的？」

她呵呵一笑。「哎呀，卡爾，你還是那麼愛開玩笑。」

卡爾才掛掉電話，蘿思就出現在他辦公室門口，一臉厭惡地揮走菸霧。

「卡爾，你和一個叫做哈柏薩特的警員通過電話嗎？大概二十分鐘以前？」

他聳了聳肩。目前他的心思不在那通電話上。羅尼會寫了他什麼事呢？

「那你得看一下這個。」她把一張紙丟在桌上。

「我兩分鐘前收到這封電郵。你是不是應該趕快打電話給這個人？」

紙上的兩句話，讓辦公室的氣氛頓時更加陰沉。

特殊懸案組是我最後的指望。現在我已無能爲力了。

哈柏薩特

卡爾抬起眼。蘿思整個人儼然是譴責的化身，火冒三丈地搖著頭。他始終無法忍受她這種態度，但總比兩分鐘的時間一直高聲尖叫、警鈴大作好多了。別質疑蘿思辦不到。基本上他們兩個人互動不錯，蘿思其實還可以。雖然「其實」這個概念偶爾還有延伸的空間。

「嗯，這事由妳處理，畢竟收到電郵的人是妳。有任何消息，歡迎妳隨時回報。」

她鼻子皺起了條條紋路，臉上的白粉裂成一條又一條。「你以為我不知道你的反應嗎？我當然立刻打了電話過去，但是轉進了答錄機。」

「那妳應該留訊息了，對吧？」

她的頭頂上聚攏了一團烏雲，張牙舞爪，威嚇狺狺。

她打了五次，對方就是沒接電話。

第二章

二〇一四年四月三十日，星期三

歡送會通常在倫納的警察總局舉行，但克里斯欽．哈柏薩特不願意。自從警察改革生效，他與民眾接觸不再緊密，東岸地區發生什麼事情，也已非全部了然於心。現在他只是不停從東岸無謂地奔波到西岸，在針對犯罪採取行動之前，還要先等候一堆沒完沒了的決策過程，浪費許多寶貴時間，導致犯人趁機逃跑，甚至還有充分時間湮滅證據。

「現在是犯罪者的黃金時期。」他老是把這句話掛在嘴邊，好像真有誰聽他說話似的。

社會上絕大多數的發展，不管大大小小，哈柏薩特永遠看不順眼。那些稱頌這套體制，而且對他這個人以及他過去四十年警察生涯毫無頭緒的同事，根本不應該像咩咩叫的羊群般參加他的歡送會，鄭重其事地加以慶賀。

因此，他規定歡送會只能在利斯德當地的市民之家舉行，距離他家只有六百公尺。從各方面來看，那裡很適合執行他想善用這次機會所做的計畫。

他在鏡子前仔細端詳閱兵制服，制服已擺在衣櫥裡多年，皺褶四起，於是他先把制服刷乾淨，甚至第一次拿出熨衣板，小心翼翼使用蒸汽熨燙，但是技術拙劣，沒把褲子燙好。接著，他的目光在曾經非常舒適的客廳裡四處游移。

將近二十年了，從那時迄今，過去宛如一頭心神不寧的動物，蜷伏在這一堆沒人感興趣的破爛當中。

哈柏薩特搖了搖頭。回首往昔，他並不了解自己的所作所爲。他爲何允許書架上放的不是一本本的書，而是書背五顏六色的檔案夾？爲什麼他把一生獻給了工作，而不是曾經愛著他的人？但原因何在，他當然心知肚明。

他垂下頭，陷溺在侵襲而來的種種情緒裡。然而他欲哭無淚，也許很多年以前他就已經忘了怎麼哭泣，淚水早已乾涸。他自然明白一切何以至此，但是明白又有何用？事情不會因此有所不同。

他深深呼吸了好幾回，把制服在餐桌上攤平，從牆上拿下一幅裱框照片，輕輕撫摸著，就像以前做過的無數次那樣，彷彿能因此挽回蹉跎的時光，彷彿他會重新做出決定，妻子和兒子也會回到身邊似的。

他嘆了口氣。他曾和茱恩（June）在那座沙發上繾綣恩愛，和當時還很小的畢亞克（Bjarke）在地毯上玩耍。然而，在這個客廳裡，爭執日益嚴重，憂傷大剌剌進駐，越來越凝重。一樣在這裡，妻子當面對著他的臉吐口水，轉身離去；也是在這裡，知道自己絆倒在一件乏味的案子裡，從此失去了幸福。

事情發生當時，他感覺被徹底擊潰了，低落的情緒怎麼樣也不放過他。即使如此，他還是無法棄守這件案子。

哈柏薩特陡然從回憶中驚醒，用手拍了拍一疊剪報和筆記，然後清空煙灰缸裡的灰燼，倒進垃圾桶，把垃圾桶和上週累積下來的空罐頭拿到室外，邊走邊發出叮叮噹噹的聲響。

他穿上制服，檢查是否穿妥，然後最後一次拍拍外套口袋，確定沒落了東西。

接著，他走出去，關上身後的門。

雖然發生這麼多事情，哈柏薩特仍預期參加歡送會的人數不會只有小貓兩、三隻。多年以來，那些面臨個人危機、與鄰居發生爭執或者遭遇其他不快時，受過他鼎力相助的人應該會出席，至少要有內克瑟的一些退休老警察，也許再加上一、兩個前地方議員。但是，他看見除了自己私下邀請來的熟人之外，只有市民協會主席與市民之家管理者、警察局長、幾位主管，以及警察工會的一位眾議員等人，顯然是出於義務不得不前來，因此他決定放棄原本準備好要發表的長篇演說。

「我十分感謝各位大駕光臨。」他邊說邊向老鄰居山姆點個頭，請他開始攝影。然後在塑膠杯裡斟進白酒，將花生和洋芋片倒入碗盤裡。過程中完全沒有人出手幫忙。

他往前跨一步，邀請在場的人給自己端杯酒。趁著眾人站成半圓形拿酒時，他一下子解開了口袋裡手槍的保險裝置。

「乾杯，各位先生。」他向每個人點頭致意。「最後一回了，表情總可以好看一點吧？」他笑道：「感謝各位前來參加歡送會。頭腦還算清醒的你們，非常清楚我所經歷的一切。你們知道，我曾經和其他人沒什麼兩樣，尤其是我警局裡的同仁。以前，我是個安靜隨和、善於交際的人，曾經說服過血液裡腎上腺素飆升且一手拿著破啤酒瓶的漁夫放下酒瓶，不是嗎？」

山姆在鏡頭前豎起大拇指，不過其他在場的人當中只有一個點頭。至少對方望向地板的目光，似乎是表示贊同的意思。

「當然，我也很遺憾，服務了四十年，只給人留下我因為一件無望的案子而蠟燭兩頭燒的回憶，賠上了自己的家庭、生活樂趣，以及許多朋友。為此，我要致上歉意，同時也為自己的痛苦憤恨請求原諒。我很遺憾自己沒有及時住手。」

接著，他轉向主管，臉上笑容頓失，手也伸進了口袋。「我有一句話想對你們幾位年輕同仁說，你們還太嫩，在這圈子不算久，沒辦法拿我始終與之對抗的麻煩與困難苛責你們。你們善盡職守，無可爭辯，完全符合什麼也不懂的政客對你們的期待。但是，我不僅懷念一些老同事，也就是你們前輩的支持，也感嘆一位年輕女子因爲你們的漠不關心，沒有派出警力而遭到遺棄。對於這個如今由你們代表的體制，我只剩滿心輕視，這是一個沒有能力保障警方根據法律履行職責的體制。今日只重視統計數據，而非眞正深入事件的根本核心。這一點我永遠無法適應。」

果不其然，警察工會代表輕聲抗議，但有口無心。另一個人則指責他不該偏偏挑這樣的日子說出不太恰當的話。

哈柏薩特點頭。他們說得沒錯，這種語氣不太恰當，就像他多年來平時對他們耳提面命的大多數話語一樣。事情必須有個了結，必須畫下句點，必須豎立一個同事永遠無法遺忘的榜樣。他很不樂意動手，但是時機已到。

他驀地抽出口袋裡的手槍，在場人士無一不僵住，動彈不得。

他手槍指著主管們，等了一會兒，讓恐懼與驚慌在他們心裡慢慢發酵。

然後，他如實執行了計畫。

第三章

二〇一四年四月三十日，星期三

這一晚一如既往糟糕透頂。卡爾在辦公室將腳砰地大力擺到桌上，想要稍微補個眠。解決了幾樁案子，接下來幾個星期裡，各種矛盾衝突的感受，混合成一團混亂累贅。冬季月份陰森得十分詭異，還得被迫屈服於羅森．柏恩的權威。三年來，日子就是這樣過的。「有意思」完全是與他無關的另一件事。適應？他心裡的厭惡可是一天比一天嚴重。現在羅尼和他狗屁倒灶的蠢事還來湊一腳。晚上睡得好？是唷，怎麼睡？隔天的情況也大同小異。他不知道從長遠來看，自己怎麼能撐得下去。

他胡亂抽出一份檔案夾，放在大腿上，手裡拿了枝筆。他試過各種不同的姿勢，知道若是打起盹，怎麼樣不會讓筆掉下來。即使如此，筆還是在蘿思吼叫時噹一聲落地。蘿思的刺耳尖叫，對身體簡直就是種傷害。

卡爾目光疲憊地望了一眼時鐘，差不多過了一個小時。還不賴。

他伸伸懶腰，盡量忽視蘿思的臭臉，然後把檔案夾放在辦公桌上，彎下身撿起筆。

「我剛才和倫納警方通過電話，理由你聽了一定不喜歡。」

「是喔。」

「聽好了，一個小時前，克里斯欽．哈柏薩特進了利斯德的市民之家，參加自己的歡送會。就在五分鐘前，他解開手槍的保險裝置，眾目睽睽之下朝自己頭上開了一槍，把出席的客人全都嚇呆了。」

卡爾的眉毛陡然一挑，蘿思點點頭。

「是啊，卡爾，說得謹慎一點，就是他媽的糟透了，對吧？」她有點多餘地評了一句。「等倫納警察局長回到辦公室，我就可以了解更多情形，他也在場。這段時間，我想幫我們訂飛機票。」

「嗯，這件事確實令人遺憾。不過，妳瞎扯個什麼飛機呀？要飛到哪裡？」卡爾努力裝出不解的表情，雖然他老早知道結果，但他現在最不需要的就是這種事。「毫無疑問，發生在那個什麼哈伯拉伯身上的事情是樁悲劇，但是妳以爲這樣我就會把自己塞進一個會飛的沙丁魚罐頭，可就錯得離譜了。何況……」

「何況搭飛機會把你嚇得屁滾尿流。」蘿思打斷他。「那你可以考慮弄來高速渡輪的船票，十二點三十分從于斯塔德出發。我打電話給警察局長時，這件事就交由你處理了，畢竟是你害我們得跑這一趟。我得趕緊告訴阿薩德，他可以停止助理室裡的五顏六色潑灑大作，準備好出門。」蘿思怒目瞪著他，好像是他親手射死哈柏薩特似的。

卡爾覷起眼。他究竟是醒著還是在做夢？

他們從警察總局經過春日般的旬納，前往于斯塔德，再搭一個半小時的渡輪航向伯恩霍姆島，這一路上，蘿思的情緒始終無法緩和下來。

卡爾先前從後照鏡看著自己的臉。如果他再不注意，很快就會看起來像他外公，雙眼無神，皮膚失去光澤。

他調整了一下後照鏡，看向蘿思那張即將火山爆發的臉。

「卡爾，你爲什麼不和他談一談？」她語氣責備，從後座丟了N次同樣的問題過來，他眞希望在前後座之間有道玻璃可以關上，就像計程車那樣。

現在，他們窩在大渡輪上的咖啡廳裡，眺望著海洋。從西伯利亞吹來的海風，泛起波浪上點點白沫皇冠，阿薩德目不轉睛地打量著，越看越覺得困惑。然而，嚴寒的刺骨東風卻奈何不了蘿思，她依舊說著：「你對待哈柏薩特的態度，卡爾，嚴格一點的人絕對會認爲是怠忽職守……」

卡爾卯足了勁不理會她。即使如此，蘿思還是蘿思。

「……就算不是過失致死——」她仍沒有住嘴的打算。

「妳有完沒完！」卡爾猛地勃然大怒，一拳打在桌上，玻璃杯和瓶子震得叮噹作響。

阻止他繼續發飆的不是蘿思眼中危險的熊熊怒火，而是阿薩德。阿薩德頻頻向咖啡廳裡側目而視的客人點頭，那些人正要把蛋糕送進嘴裡，拿著叉子的手這時全停在半空中。

「他們，呃，他們正在排練。」他面帶笑容地向大家致歉。「排練一齣戲。不過我承諾過絕不透露結局。」

有幾個愛湊熱鬧的人顯然挖空心思地想著自己在哪裡看過這些演員。

卡爾把身子越過桌面，試圖緩和自己的口氣。無論如何，蘿思還是很不錯的。這麼多年來，她不是好幾次幫助過他和阿薩德嗎？三年前發生少年馬可案時，他因爲過勞險些掛掉，是蘿思盡心盡力地照顧他，所以他一直很看重她。只要別去挑剔她的怪癖，她的效率仍有目共睹。當然，她偶爾是有點不穩定，但駁斥她的攻勢，也無助於幫助她穩定，應該將之吸納，否則只會逼得她更加頑固。

他深吸口氣說：「蘿思，請聽我說。妳當然可以不相信我衷心對發生的事情感到遺憾，但是可否容我提醒妳，那純粹是哈柏薩特自己的決定，是吧？畢竟他可以再打電話過來，何況妳也打過電話給他了。我們毫無頭緒他希望從我們這裡得到什麼，否則我們立刻會……也有可能不會，妳說是嗎，正義女俠？」

卡爾擠出一道求和的笑容，但蘿思的雙眼依舊射出置人於死的目光。好吧，他或許該端出最後的意見了。

幸好阿薩德及時深入這個話題。

「蘿思，我真的能理解妳的心情，但是哈柏薩特結束了自己的生命，這點我們現在已無法改變。」他驀然打住，嚥了嚥幾次口水，然後遠眺浪頭，眼神有點憂愁。「我們難道不希望找出他這麼做的原因？」他的聲調虛弱乏力。「不就是因為如此，我們才搭上這艘特別的船，前往伯恩霍姆島嗎？」

蘿思點頭，臉頰上的笑紋似乎輕輕抽了一下，不過只有行家才辨識得出來。她的確是個完美的演員。

卡爾感激地看著阿薩德，身子往後靠了回去。阿薩德的臉色瞬息萬變，從近東的紅暈轉成鉛灰色，最後變成淡綠色。可憐的傢伙。但是對一個連躺在游泳池氣墊船上都會暈的人，能有什麼期待呢？

「搭船跟我相剋。」阿薩德的口氣輕得很可疑。

「外面洗手間裡有嘔吐袋。」蘿思語氣平淡，從包包裡拿出一本伯恩霍姆島旅遊指南。

阿薩德搖搖頭。「不用，不用，我沒問題的。就這麼決定了。」

跟這兩人在一起永遠不會感到無聊。

伯恩霍姆島位於波羅的海，是丹麥擁有自己的警察局長的最小轄區，約莫有六十位員工。在這個不到六百平方公里的小島，只有一個派出所，二十四小時隨時有人當班，負責管理四萬五千位島民，以及一年超過六十萬的旅客。

伯恩霍姆島是個獨特的微型宇宙，有自己的深色耕地、懸崖峭壁、奇岩怪石，以及各種大大小小的迷人魅力，當地旅遊協會不辭辛勞地強調其無與倫比之處，例如有最大、最小、最高、最圓、最古老的圓形教堂。稍微有點自尊心的鄉鎮，都各有其特點，讓這座小島造就成不可思議的觀光名勝。

派出所裡，兩位人高馬大的警員請他們稍後片刻。他們搭來的渡輪上有艘大卡車顯然嚴重超重，警方必須先處理這件事。

遇見這樣一件「大事」，其他事情當然得暫且稍候，卡爾心想，冷笑了一聲。就在此時，其中一位警員站起身，指向一道門，請他們從那兒進去。

二樓會客室裡準備了丹麥麵包和大量咖啡杯。警察局長身上的正裝尚未脫下。他一派威嚴，不容懷疑這裡誰才有說話權。但即使明白他們是因為這件慘事來訪，他仍毫不掩飾臉上的訝然之色。

「你們可眞是大老遠跑這一趟。」他言下之意或許是也太遠了吧。「嗯，我們的同事克里斯欽．哈柏薩特採取了相當戲劇化的方式道別。」他繼續說道，顯然眞的受到不小衝擊。

卡爾不是第一次看見這種狀況。丹麥各地的警察局長全都是學院出身的菁英，雙手沒有眞正涉入齷齪事，所以看見同事的腦漿噴濺在牆壁上，才會如此敏感激動。

卡爾點個頭。「昨天下午我接到哈柏薩特打來的電話，我只知道他打算引起我對某件案子的興趣，但我的警覺度或許不夠高。這也是我們來此的原因，我們希望進一步調查這件案子，但願不會因此對您造成困擾。我想，您應該也抱持同樣想法吧？」

如果瞇覷的雙眼和往下扯的嘴角代表了伯恩霍姆島方言中的「是」，那麼這個問題已有了答案。

「您對於他在信中寫道：『特殊懸案組是我最後的指望』有沒有任何想法？」

警察局長搖了搖頭。他或許心裡有個底，但是不肯吐露。畢竟他有自己的人手可進行調查。

他指示一位警員過來，對方同樣一身正裝。「這位是約翰．畢肯達（John Birkedal）警官。他在這座島上出生，而且在我上任以前，便認識哈柏薩特很久了。約翰和我以及我們的人事主任，是派出所裡唯一出席哈柏薩特歡送會的人。」

阿薩德率先朝畢肯達伸出手說：「我感到很遺憾。」

畢肯達愣了一下，才握了握阿薩德的手，然後他轉向卡爾，眼睛裡浮現出熟悉的眼神。

「唉呀，卡爾，好久不見。」

卡爾費了很大的勁，才壓住眉頭皺起。

他眼前這位男子五十歲出頭，和他差不多年紀，蓄著八字鬍，眼皮彷彿鉛一般沉重……老天，他在哪裡見過這個人呢？

畢肯達哈哈大笑。「當然囉，你應該不記得我了。我在亞瑪格島的警察學校低你一個年級，我們還一起打過網球，而且我還先後贏了你三次。後來你漸漸就沒興趣打了。」

站在他背後發出譏笑的是蘿思嗎？爲了她好，他希望不是她。

「是啊，呃……」他試圖擠出微笑。「唉，絕沒那回事，應該是我腳趾頭受傷了，不是嗎？」

他腦子裡什麼也想不起來。就算他眞的打過網球，也老早把這種丟人的事拋到腦後了。

「哈柏薩特的事實在令人震驚。」這位警官忽然結束運動話題。「或應該說，他多年來一直抑鬱憂愁，但是所裡的人壓根都不知道。我也不認爲他的工作表現引人非議，對吧，彼得？」

警察局長點頭認同。

「但是他利斯德家裡卻是一團糟，不但離了婚，一個人生活，還因爲一件陳年舊案變得憤世嫉俗。破案成了他一輩子的功課，他沒有求助於刑事警察。那不過是件微不足道的肇事逃逸，至少當時的結論是如此。話說回來，這件意外其實也不至於微不足道，畢竟有個年輕女子因此喪失了生命。」

「原來是肇事逃逸，啊哈。」卡爾望向窗外。他很清楚，這類案件不是迅速破案，就是成了懸案，歸入檔案室。看來他們不會在這座島上停留很久。

「沒找到車主，對吧？」蘿思與畢肯達握手時問道。

「是的，如果抓到車主，哈柏薩特現在應該還活著。不好意思，我得先離開了。你們可以想像發生這件事後，有一些手續需要辦理，而媒體發布更是首要之務。我晚一點再到旅館與各位見面，到時候再詳談。」

「你們一定是哥本哈根來的警察。」史維爾旅館的櫃台接待小姐要死不活地說道，然後熟練地挑了幾把房間鑰匙，但顯然不是旅館內舒適的房間。看來蘿思之前又狠狠地討價還價，惹人厭了。

畢肯達在餐廳後面另一個房間裡的人造皮革沙發上找到了他們。從二樓這裡往外望去，工業港區與超市後門盡收眼底，景致並不優美。再加上兩條快速鐵路，整個組合應該更完美。總而言之，不是值得寫進這座童話島嶼旅遊指南中的完美景點。

「坦白說，我受不了哈柏薩特這個人。」畢肯達開口就說：「但也不得不承認，一位同事因爲感覺受到排拒，朝自己腦袋射了一槍，同樣令人無法忍受。我當警察這些年，經歷過很多事情，但這幅景象，我永遠無法從腦中抹去，實在太可怕了。」

「很抱歉，我想要釐清一下，」阿薩德打岔說道：「他拿一把手槍，朝自己的頭部射擊，對嗎？但是，卻不是使用自己的警用手槍？」

畢肯達搖頭。「不是，他交出證件和派出所鑰匙之前，已先依規定繳交手槍了，就放在武器櫃裡。我們無法確定他從哪裡弄來九毫米的貝瑞塔九二手槍。可怕的武器，一般來說根本無法帶著走。你們看過《致命武器》就知道吧，梅爾．吉勃遜？」

沒人答話。

「好吧，總之那把槍很大、很沉。他從口袋抽出槍，指著警察局長和我，我心裡還想應該是把玩具槍，因爲他根本沒持有這種武器的許可證。不過我們知道五、六年前，有份遺產中遺失了一把類似的手槍。不好說是否就是這把，因爲當年的擁有者沒有相關文件。」

「遺產？二〇〇九年嗎？」蘿思對著他嗾嘴燦笑。她該不會喜歡畢肯達這一型的吧？

「是的。當地民眾高等學校有個老師在上課中忽然過世，解剖結果確定是自然死亡，這個人心臟太衰弱。搜查他的住家時，哈柏薩特似乎顯得興致勃勃。死者叫做雅各勃．史維耶提，學生和同事都說他對武器有特殊偏好，曾多次向學生展示一把手槍。根據他們的說法，和哈柏薩特今早使用的那把槍很像。」

「嗯，這種半自動武器不是天天看得到，對此我還有一個問題。」阿薩德又插話說道：「那是把標準型貝瑞塔，或者是九二S、九二SB，還是九二F、FG或FS？不可能是九二A一，這個系列二〇一〇年才出現。」

卡爾目瞪口呆地轉身望著阿薩德。剛才的渡輪航程讓他昏了頭嗎？

畢肯達緩緩搖著頭，看來完全被問倒了。倫納港上方的太陽落下前，他們能解決這件事嗎？

「嗯，或許我應該盡快了解一下哈柏薩特的問題，看他過去幾年又做了什麼事情。」畢肯達再度抓到了頭緒。「你們晚一點可以拿到哈柏薩特家裡的鑰匙，親自進行調查。鑰匙今天傍晚會放在櫃台。我和局長談過了，他願意給你們相對寬鬆的權限。我想同事應該檢查得差不多了，你們很快就能進屋。我們自然得檢查是否留有遺書或是類似的東西。哎呀，看我在跟誰說話呢，這對你們來說可是家常便飯。」

阿薩德點點頭，然後豎起一根手指，但卡爾看了他一眼，及時制止。哈柏薩特那傢伙拿什麼樣的手槍轟裂自己的腦子毫不重要。卡爾認爲他們跑到這個偏僻的外島，不是意圖找出他了結生命的理由，不是的。他們到這兒來，是爲了讓蘿思了解，這件她希望卡爾能夠從哈柏薩特那接下的案子，根本他媽的不關他們的事。

十七年前，對於報名參加伯恩霍姆民眾高等學校，學習音樂、玻璃彩繪、壓克力繪畫或陶土課程的約莫五十名學生來說，一九九七年十一月二十日是個完全正常的日子，沒有什麼事情破壞美好的氣氛，畢肯達說道，他們不過是群一起找樂子的普通年輕人。

他們還不知道，當中最溫柔、最甜美、最受人喜愛的女孩雅貝特（Alberte），在這一天早上失去了性命。

她的屍體隔天才被發現，而且掛在很高的樹幹上。也因此，能夠發現她，純屬偶然。當時開車經過樹旁，恰好目光往上一瞧的人，正是當年內克瑟的警察助理克里斯欽．哈柏薩特。從此以後，哈柏薩特悲慘的人生就開始了。

女孩癱軟的身體腳上頭下倒掛在樹上的景象，深深烙印在他的腦海，女孩的眼神也始終糾纏不去。

雖然相關證據相當貧乏，但根據調查報告，她是遭到汽車強烈撞擊，才被彈飛到樹上。至今依然找不到肇事者的蛛絲馬跡。對伯恩霍姆島來說，這樁意外是件令人厭惡的不幸事件，有別於其他有名的肇事逃逸違法行徑。

警方曾經循著煞車痕進行追查，但毫無所獲；也曾在女孩衣服上查找車漆殘留，但汽車完全沒在女孩身上留下線索。此外，也詢問過街道兩旁的住戶，但沒人說得出可用證詞。只有一對夫妻曾經聽到一輛高速行駛的汽車，往省道的方向呼嘯飛馳。

或許是因爲此樁事故太可疑了，也可能當時剛好沒其他重要案件待辦，因此警方按部就班地展開偵查行動，搜索車頭有明顯凹陷的車輛。雖然晚了一天才發現屍體，但是接下來的一週大肆搜查了從瑞典搭乘渡輪前往哥本哈根的所有車輛，並清查兩萬名伯恩霍姆島居民從倫納開往內克瑟的交通工具。

當地居民雖然有點不堪其擾，卻能大大體諒，甚至主動參與搜查，著實令人訝異。駕駛四輪車的外地遊客，若沒被人多疑地檢查過冷卻器四周的話，不可能上路。

畢肯達聳聳肩。「所有的努力只換來一無所獲。」

特殊懸案組的成員個個眼神疲憊，無力地望著眼前的警官。誰有興趣胡亂更動一件不管怎麼做結果都是零的數學題？

卡爾進一步詢問：「你們一定查出交通意外的致死原因了吧？難道不會有其他可能嗎？解剖傷口後，得到什麼結論？你們在案發現場是否有所發現？」

「死者撞飛到樹上後，並非當場死亡，還存活了一段時間。其他就是一般的結果：骨折、大量出血與內出血。我們還發現雅貝特從民眾高等學校借來的自行車，就掉在樹叢深處，已經面目全非。」

「所以她是騎著自行車的。」蘿思說道：「車子還在你們手上嗎？」

畢肯達聳了聳肩。「十七年了，這是在我任職很久以前發生的事。我不清楚自行車是否還在，但十之八九應該沒了。」

「如果你能幫我查一下，那就太好了。」蘿思半垂著眼瞼低聲作態地說。

畢肯達嚇得頭往後一縮。看來他是個謹守分際的已婚男人，而且清楚危險的氣味。

「為什麼會認為她是被彈到樹上去的呢？」阿薩德若有所思地說：「不可能被放上去嗎？找過屍體上方的樹枝有沒有纜繩痕跡嗎？會不會有一組滑輪裝在上面？」

卡爾簡直不敢相信自己的耳朵。阿薩德剛才用了「纜繩」和「滑輪」嗎？從他嘴裡講出這種字詞實在很不尋常。

畢肯達點點頭，這個問題完全合情合理。「沒有，鑑識人員沒有發現類似的痕跡。」

「歡迎自行取用餐廳裡的咖啡。」老闆娘站在門口說。

迅雷不及掩耳間，阿薩德的杯子裡已經黑悠悠一片，他拿起糖罐，豪氣地倒了一大堆糖進去。他飽受磨難的可憐味蕾怎麼克服得了這一切的挑戰？

其他人猛搖頭，謝絕阿薩德幫忙倒糖的好意。

「所以說，她是被車撞到的。既然如此，怎麼可能沒人看見路上發生的事情呢？」他一邊攪動咖啡杯，一邊問道：「應該還是有煞車痕吧？那天有下雨嗎？」

「就我所知沒有，報告裡記錄著路面有點乾燥。」畢肯達答道。

「關於屍體在樹上的位置，有任何解釋嗎？具體是如何上去的？」卡爾繼續追問：「徹底重建過現場嗎？我知道的是，身體若由下往上飛撞，樹冠的枝椏會向上彎折，對吧？同樣的道理，也適用於樹叢裡自行車的位置。」

「一對老夫妻住在彎道後面稍微往下一點的農舍，根據他們的證詞，得出了一個推論。當天清晨有輛高速飛馳的車子從西邊過來，經過他們家前面那道彎路。兩位老人家沒有看見車子，只聽見車子以非比尋常的極速飛越家門前，加速飆過最後一個彎道，也就是那棵樹附近。我們都同意，把年輕女子撞飛到樹上的，應該就是那輛車。事發後，車子完全沒有減速，逕自往十字路口的省道駛去。」

「你們的推測從何而來？」

「根據證詞，以及鑑識人員從以前的撞人車禍事故所累積來的經驗。」

「嗯哼。」卡爾搖搖頭。又是這種莽撞的可能性與或然率，又是這種熟悉與不熟悉的參數。一想到此，他就倦怠無力。他在警察總局裡那張舒適的辦公桌，他媽的忽然之間變得好遙遠。

「死者是誰？」這個不可避免的問題終於出現，只要一知道答案，立刻就明白這是條不歸路。

「雅貝特．金士密。她的姓氏聽似優雅高貴，但不過是個普通女孩，跟父母保持恰當的距離，全心全意享受著生活與自由。她不招蜂引蝶，但是身邊不乏追求者。一切跡象在在指出，她在此短短幾個星期的生活相當活躍。」

「活躍？你的意思是？」蘿思緊接著問。

「嗯，她身邊的男人不只一個。」

「啊哈。她懷孕了嗎？」

「解剖結果沒有。」

「她身上有沒有其他人的ＤＮＡ？還是這個問題或許多餘了？」她繼續問道。

「當時是一九九七年，三年後才建立中央DNA索引系統，我並不認為當初有人想到要進行採樣。在她體內和體外都沒有發現精液，指甲底下也沒有他人的皮膚碎屑。她乾淨得彷彿剛洗完澡似的，或許她確實也才剛淋過浴吧。其他同學集合要吃早餐前，她就已跳上自行車。」

「所以說，你們什麼也不知道——我這樣理解正確嗎？」卡爾訝然道：「這案件就像是密室謀殺案，而哈柏薩特是你們本地的福爾摩斯，只可惜福爾摩斯這次沒有破案。」

只見畢肯達又是聳肩，他能回答什麼呢？

「好的。」阿薩德一口氣喝下甜得膩人的熱咖啡。「我想，我們可以把白板掛起來了。」

他沒聽錯吧，阿薩德真的這麼說？

蘿思不為所動地看著畢肯達，又是那副甜死人的眼神。「我們得先閱讀你帶來的檔案，大概需要一個小時，也可能兩個鐘頭。等結束後，再去摸透哈柏薩特這個人和他的調查結果。」

畢肯達那副堅忍寡欲的面具上似乎出現了幾道笑紋。顯然他不在乎他們做什麼，只要別把他扯進來就行了。

「你覺得我們會找到什麼嗎？找到你們早就應該發現的東西？能夠促使樹上女孩這個謎團有所進展的證據？」卡爾不肯罷手。

「我不知道，但我希望如此。整個案件的核心在於哈柏薩特的假設，他認為不單純是肇事逃逸造成的意外死亡，而是謀殺。他投入所有精力義無反顧地要找出證據。我不清楚他為什麼會如此篤定。不過，還有其他同事應該可以提出更多說法，當然更別說他妻子了。」

他把一個DVD封套放在桌上。「我現在得回派出所去了。你們看看影片，就能得知與他死亡有關的事情。哈柏薩特有個參加歡送會的朋友拍攝了所有過程。他叫做威利，不過大家都叫他山姆大叔或山姆。我猜想你們應該帶了可以播放影片的筆電來吧？觀賞愉快——如果可以這樣說的話。」說完，他霍地站起身。

畢肯達離去時，卡爾發現蘿思的目光一直黏在他堅實的臀部上。畢肯達的老婆絕對不會贊許這種眼神的。

哈柏薩特的妻子將過去徹底拋在腦後，非但不願意聽見前夫的名字，連喚起記憶的種種機會也斷然拒絕。卡爾打電話過去時，她毫不避諱地表現出來。

「如果你以爲現在這個人死了，我就願意說出他的災難和我們私人的不幸，可錯得離譜了。在我和兒子，尤其是他，特別需要克里斯欽的艱難時刻，克里斯欽卻拋棄了家庭。他做出錯誤的決定，現在不過是承擔後果，採取了結自己生命這種膽怯懦弱的方式脫離困境。你若想知道他生命中最熱愛的事情，請到別的地方詢問，找我是找錯人了！」

卡爾看著蘿思和阿薩德，兩人堅持要他別給打發了，彷彿這件事很重要似的。

「您的意思是他愛上了雅貝特這件案子，甚至可能愛上了死者嗎？」

「你們這些傢伙就是不肯善罷甘休，是嗎？我不是說過了嗎，別來煩我！」

接著只聽見了喀一聲。

「她知道有人在旁一起聽你們講電話。」阿薩德解釋說：「我就說了吧，我們應該直接上門的。」

卡爾聳了聳肩。是啊，他或許說得對。不過，一來時間晚了，二來卡爾覺得最好與兩種證人保持距離，一種是講不停的，一種是死也不會開口的。

蘿思在筆電上打著字。「我找到哈柏薩特兒子畢亞克的地址，他在倫納北區租了個房間，我們十分鐘內就能到那裡，要去嗎？」

她已經站了起來。

第四章

桑弗格路上那棟保養得宜的房子，坐落在街旁後退一點的位置。這裡的房舍井然有序，法式陽台、門環和黃銅門牌、精心修剪的草坪等，無不整齊劃一，儼然是丹麥指標性的地位象徵。門旁名牌只有一個名字：奈莉．拉斯穆森（Nelly Rasmussen）。

「沒錯，畢亞克．哈柏薩特確實住在這裡。」奈莉把抹布塞在乳溝裡，兩根手指矯揉造作地夾著菸。「不過，您最好別以為他有心情和您談話。」

她漫不經心地瞟了卡爾的證件一眼。卡爾估計她大概五十五歲左右，身穿藍色罩裙，一頭捲髮看得出是自己染的，髮尾已全分岔，手腕上有個驚人的失敗刺青，原本想要刺出異國風情，卻隨著歲月流逝，活脫脫證明這種努力只是徒勞。

「您不覺得面對喪父的震驚，應該先讓他靜一靜嗎？畢竟他父親才剛輕生，上帝憐憫他。」

阿薩德跨前一步。「您對房客的關心，真的令人感動。但是，如果他父親留有遺書給他，怎麼辦？或者，他母親也跟著了結自己的生命？再不然，若我們是因為縱火案要來逮捕畢亞克呢？您認為您踩著高跟鞋，阻擋警察執行公務，恰當嗎？」

她咀嚼著阿薩德的連篇問題，臉色微微一變。阿薩德接著輕輕拍著她，安撫她說他十分理解她對可憐房客的同情。

奈莉簡直困惑到了極點，或者說至少困惑得不知所以，不由得放開了門把，卡爾立刻把腳尖塞進門縫。

「畢亞克，」她朝樓上叫道：「你有訪客。」她看著眼前兩位男子。「你們先在樓上走廊等一下，等他開門了再進去。因爲就如同我剛才說的，他情緒非常低落。」

畢亞克低落的情緒在樓梯一半處就聞得到了，就像某個剛發完社會救濟金後的星期四傍晚，諾勒布羅區的大麻咖啡廳所散發的味道。

「臭鼬大麻。味道可眞嗆，不像大麻菸那樣不易捉摸、略帶酸味。」阿薩德說。

卡爾皺起眉頭。他究竟給自己招來了什麼樣的自作聰明鬼？不管是臭鼬大麻或大麻菸，墮落衰敗的味道都令人沮喪。

「別忘了敲門。」樓下再次傳來聲音。

這句話顯然未抵達阿薩德的聽覺器官，他早就大力打開門，但下一秒他卻愣住了。卡爾把他推離門口，立刻看見阿薩德呆若木雞的原因。

「喂，蘿思，別過來。」他的聲音有點大，想要阻止蘿思往前走。

畢亞克癱在一張破損的沙發上，手裡有一罐溶劑。

他全身赤裸，而且死了。即使空氣中充斥大麻味，也掩蓋不了死亡的味道。沙發底下一大灘血，從他的動脈流出來的。半睜的眼睛令人感覺夢幻，顯然沒有死得很痛苦。

「阿薩德，你聞到的不是臭鼬大麻，而是大麻菸加上溶劑的味道。」

「走啊，怎麼回事？」蘿思從後面怒叫道，想從他們兩個中間擠進房間。

「就在這兒，別過去，蘿思，這不是什麼美妙的景象。畢亞克死了，現場怵目驚心，亂成一團，到處都是血。眞的，我幹警察這麼多年，從來沒看過一個人的身體竟能流出這麼多血。」

阿薩德搖搖頭。「卡爾，你沒看過『什麼』？吶，那我看過的死人比你還多。」

過了一段時間，鑑識人員和開立死亡證明的醫師才到現場。這段時間，畢亞克的女房東緊緊抓著三位特殊懸案組的成員哭訴。怎麼會突然發生這種事，破壞了她寧靜悠閒的生活？光是那一大片地毯，她要怎麼求償？買沙發的收據也早就不見了，怎麼辦？

等她最後終於意識到房客割腕時，她竟然在樓下擦拭灰塵，嚇得喘不過氣，不得不坐下。

「如果是有人殺了他怎麼辦？」她不停低喃著。

「完全沒有這方面的跡象，除非您聽見了異樣的聲音。您前幾個小時是否看見樓梯上有人，或者從屋後可以抵達那房間？」

她搖頭否定。

「我應該可以假設不是您下手的吧？」卡爾又說。

奈莉嚇得五官扭曲變形，上氣不接下氣地喘著。

「好的，看來是他自己割掉動脈的。顯然他之前仍有行爲能力。」卡爾說。

奈莉緊抿雙唇，很快回過神來，接著喃喃著一些無法理解的話。最後她想知道自己會不會受罰，因爲她的房客在窗台上栽種會引起快感的大麻，在自己和空氣之間總愛連著一根大麻煙管。

卡爾讓兩個同事處理這件事，走出戶外，來到房子前面。陽光燦爛耀眼，他給自己點起了一根菸。

搜查畢亞克的房間，帶走他的電腦和割腕的那把刀，收集鑑識資料、檢查屍體、搬運屍體等等的工作，轉眼間就完成，速度快得驚人。畢肯達帶著一位調查人員和一位鑑識人員走來，揮了揮手裡裝著一張紙的塑膠袋。卡爾剛抽起第五根菸。

卡爾大聲唸出紙上的字：「對不起，父親。」就只有這幾個字。

「很奇怪。」阿薩德評論說。

卡爾點頭。如此簡短又直接的告別，有點令人激動。但是，爲什麼不是「對不起，母親」？比起父親，這種訊息應該留給母親比較合理。

卡爾望向蘿思，問道：「畢亞克幾歲？」

「三十五歲。」

「所以他父親在一九九七年開始陷入這件案子時，他才十八歲。嗯。」

「你們和茱恩・哈柏薩特談過話了嗎？」畢肯達打斷他。

「呃，談話？她有點難以親近。」

「那麼我再給你們一次機會嘗試。」

「唷，怎麼說？」

「你們開車前往奧基克比，通知她關於兒子的死訊。趁這個機會，你們可以提出重要問題。我們也能有充裕的時間封鎖現場，安排把屍體送到哥本哈根的法醫中心。」

卡爾搖搖頭。安排那些事是能花畢肯達多少時間？

第五章

汪達．芬恩（Wanda Phinn）之前嫁給了一位英國板球運動員。他當初到牙買加，滿心抱負地要把一身本領教給黑人，帶他們參加板球比賽，贏得擊球局。克里斯．麥坎倫比起大部分一身潔白的運動員，更爲成熟穩健，因此獲聘六個月。希望在他的調教之下，牙買加國家隊的成績能至少提高一成。

於是，三月到九月的炙熱陽光下，麥坎倫在焦黃一片的草地上揮汗如雨。他這輩子還沒流過這麼多汗。

一次訓練中，他第一次看見了她。汪達那雙肌肉發達的長腿首先映入他眼簾，她飛奔在跑道上，陽光照耀下，肌膚散發黃金般的光澤。他差點以爲自己出現了幻覺。

體態成熟後，汪達心裡即明白別人對她的看法，因此她學會像羚羊般在跑道上飛馳。

「您是瑪琳．奧蒂嗎？」訓練一結束，麥坎倫立刻問她。

汪達聞言一笑，麥坎倫的視線落在她潔白無瑕的牙齒上。她十分熟悉這個問題，雖然瑪琳．奧蒂至少大她二十歲，但將兩人相比，仍是種恭維。因爲牙買加多年來的短跑選手瑪琳，美得宛若女神。

她順其自然地與麥坎倫曖昧調情，最後他終於把汪達帶回了英國。

汪達喜歡白種男人。他們絕對稱不上是最性感的，不，根本無法這麼說。牙買加男人擁有多國籍的熱情，這點白種人就遜色多了。但是，白種男人永遠清楚自己是誰，更重要的是，他們明白自己希望成就的生活目標。在他們身上找得到安全感與未來，而那絕不存在於蒂沃利樂園，也不在汪達從小生長的西金斯頓區貧民窟裡。汪達曾日日生活在毒品交易與街頭槍戰中，因此未多加思考，毫不猶豫就接受了麥坎倫的求婚。

麥坎倫把汪達帶到倫敦市郊羅福德區一間窄小的連棟屋，她待在那裡簡直無聊得要命。一天，麥坎倫摔斷了腳骨，不得不認清現實，因此他賣掉房子，還提出離婚協議。他認為自己未來應當享有一定的生活品質，因此得找一位能夠恰當供養他所需的女士。

汪達的經濟狀況於是又回到了零。

她沒有接受過職業訓練，也無法指望任何補助，除了跑得飛快之外，也沒有特殊才能。她父親老愛開玩笑，說她跑得快卻跑不遠。所以，汪達能在倫敦郊區一家大型企業擔任後門警衛，不啻是種救贖。事實上，這是唯一的選擇，否則她就得回到牙買加的鐵皮屋。在那兒，一旦超過四十歲，就逃不掉身體日益衰敗的命運。

她就這樣像隻籠裡的獅子，在重要人士進出大樓玻璃門時，暗中窺伺。她向訪客點頭致意，但他們往往朝一位衣著更加得體的女士走去，對方擁有的特權在於能夠收下訪客證件，按下幾個按鈕，將訪客送到商業合作夥伴那兒去。

汪達在介於自由與財富之間的真空地帶，看守著建築物的祕密，卻無從知悉內情。韶光荏苒，汪達的腦海裡逐漸只剩下一個念頭：生命在外面世界活躍脈動，一切都發生在彼處，完全沒有她介入的餘地。

她一天天透過薩伏伊廣場的玻璃門，盯著維多利亞堤岸花園的牆壁。

汪達認為花園牆壁的後面上演著美麗的童話故事，因此遊客躺在條紋躺椅上，揚起陣陣笑聲，聽在她耳裡盡是折磨，只有她一人獨自爲此所苦。她越來越無法忍受旁觀他人在陽光下拿花不完的錢買冰淇淋吃，而她汪達永遠只能是盯著牆壁看的女人。但這顯然是她的命運。

日常生活偷走的生命裡，往昔陰影連篇浮現，趁機逮住了她。但汪達明白在她出生之前，命運的一切道路、一切相遇，都帶有更大的許諾與期待，而非只是在倫敦郊區一家公司當個卑微的警衛。她父親總是驕傲地說，她的血管裡流動著多明尼加阿拉瓦克印第安人、奈及利亞人和基督徒的血統，再摻了一點拉斯特法理教派（注）的氣質。母親則哈哈大笑要汪達忘了這些，只要頭腦始終保持冷靜，一切就會順利了。

保持頭腦冷靜——她處於這種渺茫卑賤的狀態，要做到這點特別困難。難道她的優點、祖先自豪的遺傳，果真要在一身難看的灰色制服和沒有特色的帽子底下逐漸萎縮嗎？

然而，即使處境絕望，前景堪憂，同事和客戶經過身邊時，汪達仍舊挺直腰桿。她必須再度找出能夠突破圍牆、拓展視角的自己。

彷彿是命運安排似的，她唯一的朋友，住在同一層樓的雪莉（Shirley），邀請她參加活動。如果她沒理解錯誤的話，活動地點叫做「人與自然超驗結合中心」。

雪莉是奧祕觀點的狂熱追隨者，與人類存在相關的思想實驗，她都採取開放的態度。她聆聽啓發靈性的音樂，熱衷波里尼西亞的卡胡納魔法預言，做決定之前，都要先問過塔羅牌。她一輩子不斷依循這種變化多端的路標，說自己因此明事理，具有覺察力。汪達從不知道她覺察到了什麼，但總之沒人能像雪莉這樣讓她開懷大笑。

雪莉想要介紹她認識阿杜·阿邦夏瑪希·杜牧茲（Atu Abanshamash Dumuzis），網站上說明這人是「來自斯堪地那維亞夢幻世界的純白崇高靈魂」，如今他將帶著新的學說來到倫敦。他的學說能幫助人掃除一切，徹底參悟人類生命的總體脈絡與能量聯結。

雪莉興奮得不能自己。參加的費用不高，汪達若有意願，她願意幫忙付費。她強調若兩個人能一起做點事，一定很棒。

阿杜．阿邦夏瑪希．杜牧茲，與汪達之前在雪莉眾多手冊和電視上看過的精神導師不一樣，他並未散發懾人的沉靜，沒坐在蓮花座或雕工精緻的椅子上。他不說教，而且既不胖也不禁欲。阿杜是個有血有肉的真正男人。他露出一臉淘氣的笑容，解釋他的「人與自然超驗結合的學說」如何促使一個人徹底革新，進而感覺身體的每一個細胞有能力抵禦任何外來攻擊，而身體這個整體又如何與宇宙融合爲一。

宇宙就是阿杜．阿邦夏瑪希．杜牧茲的咒語。他的住宅位於貝斯沃特，明亮簡潔，超驗中心另在他處。阿杜在自宅裡行走於坐在地板上的學員之間，直視大家的眼睛，一個接著一個，看得他們面紅耳赤，垂下雙肩。學員們隨著他的語言節奏，將幸福的感受深深吸入肺裡。

「阿邦夏瑪希、阿邦夏瑪希、阿邦夏瑪希！」他吟誦著咒語，其他人也自動一一加入。

汪達閉眼複誦了一會兒咒語後，竟感覺自己的方向感以及回到現實的願望消失了。

「睜開眼睛，看著我。」阿杜忽然朝著每個學員大聲喊道：「阿邦夏瑪希、阿邦夏瑪希！」

他張開雙手，黃色棉袍的袖子如天使翅膀般晃動。「我看見你了。」他低聲說：「我第一次看見

注 Rastafari，源自於西元一九三〇年牙買加的宗教與政治運動，該教派將衣索比亞前任皇帝海爾．塞拉西（Haile Selassie）視爲救世主，而非洲人則是神選之民。教徒遵守行爲和衣著規範，包括蓄長髮辮、將吸食印度大麻煙視作聖禮，不食用豬肉和貝類動物。

你，而你很美麗。你的靈魂向我招手，我看見你已經準備好了。」

接著，他漫步在他們之間，對每一個人說：「你很美麗。」

他走到汪達面前，靜靜站了好一會兒，接著垂下目光，望著她的雙眸。

「妳很美麗，妳很美麗。」他對她說了兩次。「做妳自己，不要聽我的話。聽妳自己的呼吸，聽進妳的靈魂深處，把自己交給它。」

汪達感覺體內升起一股莫名的暖流，彷彿像一種亢奮狂喜。阿杜的話語如同等候已久的領悟，或者說是一種確信，深深嵌在她的內心裡。她再度張開雙眼，皮膚如烈火般灼熱，雙手不停顫抖，內在是如此空虛卻又充盈滿溢。她滿心喜悅，完完全全是種狂喜。這個人只憑著語言，就讓她達到高潮。她現在的感受，光是「感激」也不足以形容。

他低垂著頭經過她面前，輕輕撫過她的臉頰。幾分鐘後又走回來，掌心放在她的額頭前。

「冷靜下來，我的花兒。」他低聲呢喃：「妳已度過第一趟空虛時刻的重生之旅，現在妳已做好準備了。」

汪達登時失去了知覺。

第六章

二〇一四年四月三十日，星期三

奧基克比市中心這棟塗成灰白色的房子，散發出無人照料的荒涼感，感覺像整條街上最窮酸的建築。

揚貝納街清楚展現出約莫百年前丹麥小城的轉變，當年工人也能在小小的土地上擁有小小的房子，進而帶動了石匠業與木工再度蓬勃發展。然而，那已是陳年舊事，就算奧基克比被島上宣傳爲夏季的花園城市、冬季的聖誕都市，今天卻感覺不到這地方的一絲魅力。

哈柏薩特的前妻只打開一道門縫，像條獵犬般嗅聞卡爾的警徽。

「滾開！」她吼著阿薩德，想再度關上門。「這裡沒有你們要的東西！」

「哈柏薩特太太，我們……」卡爾沒機會繼續說下去。

「你看不懂字嗎？這裡寫的是柯福特。」她大動作指著門旁的名牌。「這裡沒有哈柏薩特！」

「柯福特……女士。」蘿思特意輕聲說：「我們從畢亞克那兒過來的，有壞消息要告訴您。」

接下來的幾秒，時間彷彿不斷膨脹。茱恩．柯福特的目光隱隱閃動，在眼前三位訪客僵硬的臉上逡巡。等到她終於明白現實狀況，兩條腿一軟，癱倒在地。

她雖只是短暫失去意識，卻也長得足以失去時間感。她驚視著天花板，顯然不明白自己怎麼會躺在樸素客廳裡的沙發上。

卡爾、阿薩德和蘿思打量四周，等待茱恩慢慢恢復神智。這兒裝潢簡單，沒有引人讚嘆之處，廉價家具、布滿灰塵的成排丹麥流行樂ＣＤ、醜到爆的煙灰缸、破裂的陶瓷花瓶、水果盤上放著未拆封的信件。廚房裡毫無品味的七〇年代棕色磁磚，吞食了所有的光線。

「她現在這種狀況，我們沒辦法對她太嚴厲、太無情。」蘿思低聲說：「應該稍微安撫她，明天再過來。」

但是阿薩德顯然有不同的看法。

「你們過來。」茱恩叫聲微弱。

「卡爾，整件事都是因你而起，所以我認爲由你來開口才是對的，而且記得，不要拐彎抹角，懂嗎？」蘿思從齒縫擠出話來。

卡爾正想反駁幾句恰當的話，表情和手勢也蓄勢待發，卻見阿薩德舉起手要他冷靜。好吧，反正他免不了還是得做這件事。於是他走向客廳，直視那位女士的雙眼。

「茱恩，我們到府上來，是要通知您有關您兒子的死訊。我很遺憾不得不告訴您，您的兒子自殺身亡。根據法醫的判斷，約莫在下午四點左右。」

茱恩大口吸氣，有一瞬間彷彿像個打量鏡中自己的人，試圖從現實的殘酷情景中，抽掉幾年的時間。

「大概四點？」她低語說，不自覺地摸著手臂。「噢，天啊，就在我打電話過去說他父親輕生的事之後。」她嚥了好幾次口水，手抓著脖子，再也沒有開口。

他們陪著她坐了半小時之後，卡爾對蘿思點了個頭，示意她放開茱恩的手，他們該離開了。但是，他們才走到一半，還在客廳中央，阿薩德卻冷不防地停下腳步。

「不好意思，我們離開之前，我可以再問您一些事嗎？」他開口說：「爲什麼您不親自過去找您兒子，說出他父親的事？難道您就這麼恨您的前夫，問都不問您兒子對他的想法嗎？您認爲他毫不在乎自己的父親是死是活嗎？」

這時，蘿思先卡爾一步抓住阿薩德的手臂。老天，這傢伙哪根筋不對勁？同理心通常並不屬於他的脆弱面呀。

茱恩惡狠狠地瞪著阿薩德，看得出來她極力控制自己，才沒有撲上來掐住他的脖子。

「你為什麼想知道，你……你……」她壓抑怒氣，聲音不住顫抖。「關你什麼事？那個爛人毀掉的是你的生活嗎？你自己看看四周！你難道以為當初那位時髦的哈柏薩特下跪向我求婚，我之所以答應他，是因為想要過這樣的日子嗎？」

阿薩德摸著自己泛著藏青色的下巴，大概在克制自己不要回應她的侮辱吧。

「怎麼樣？您不想還是無法回答我？」她仇恨滿盈，齜牙咧嘴地問道。

阿薩德甩掉蘿思的手，走向茱恩。他的聲音也同樣顫抖，眞不像他。

「您在抱怨嗎？我看過比這裡更糟的房子，茱恩。我知道有人為了能擁有一個搖搖欲墜的屋頂，或者給冰箱找些噁心的垃圾食物放進去而斷手斷腳。還有人為了您身上的衣服或桌上的半包菸而犧牲生命。我答覆您的問題：不，我不認為您夢想過這樣的生活，但是，誰不是為了自己的夢想在奮鬥？我認為害您孤坐在此，害您的兒子裝在屍袋裡，需要負責的不是只有克里斯欽·哈柏薩特，絕對不是這麼回事。例如，您的兒子為什麼在遺書裡寫著『對不起，父親』，而不是向您道歉？」

現在換卡爾拉住阿薩德的衣袖。他不住地搖頭說：「他媽的，阿薩德，你到底怎麼回事？夠了，來，我們離開這裡！」

這時，茱恩霍地直起身子。聽到遺書，她顯然受到很大的驚嚇。她緊握拳頭，朝阿薩德咆哮：「說謊，胡說八道！是你自己編造的！」

但是蘿思朝她點頭，表示：沒錯，的確如此。卡爾趕緊把阿薩德拉到屋外去。

他們站在停靠在對街的車子旁邊，卡爾和蘿思不可思議地看著阿薩德。

「你內心深處是不是有想要告訴我們的心事，阿薩德？」卡爾的聲音忽然滿是關懷。「一定有事。否則你怎麼會出現這種舉止？」

「到底怎麼回事？」蘿思問。阿薩德沉默不語。

就在這個時候，茱恩猛力推開大門，力道之強，使門砰地撞到牆壁。

「我告訴你答案，你這個混帳！」她邊叫邊跑過來，朝阿薩德吐口水。「我就讓你知道，因爲畢亞克沒有什麼事需要向我道歉！」

然後她轉向卡爾和蘿思，淚水滑過臉龐，但是表情始終僵硬嚴峻。「沒有克里斯欽，我們過得很開心。我從何知道畢亞克爲什麼寫這些字，那是因爲他有憂鬱症。」她停頓下來，察覺到自己口誤。「他生前有憂鬱症。」改正後，她的嘴唇又開始顫抖。

她抓住蘿思的手臂。「妳知道雅貝特的事嗎？」蘿思點頭。

出乎意料，她竟放開了手。「好，那就沒有什麼好說的了。」她用手臂抹去臉上的淚水。「我前夫完全被她迷住。打從發現她那天起，他便停止存在於我們的世界，變成了殭屍。我情何以堪？他令我打從心底厭惡。還有問題嗎？」

她又轉向阿薩德。「我還有件事要告訴你，你自以爲懂得我的夢想，其實你根本毫無頭緒。我爲自己的夢想做了多大的努力，你知道個屁！」

她佇立在薄暮籠罩的街道，整個人忽然間彷彿全被抽空，變得非常緩慢。

卡爾這時才第一次察覺到她是個女人。一個超過六十歲的女人，歷經折磨困苦，生活沒有得到滿足；一個受到藐視的女人，親手消除掉一大段生命歷程，但情感仍被囚禁於其中，身體卻無動於衷地繼續老化。不過幾秒之間，她看起來宛如不斷空轉似的，停滯不前。卡爾出於自身經驗，非常了解這種狀態，每次他都希望自己就此埋藏在裡面。

過了一會兒，她又恢復鎮定，再次指向阿薩德。

「噢，我眞希望有條結冰的河流，讓我滑冰而去。」她聽起來好似在唱歌。「但是天空沒有下雪，大地依然翠綠一片……（注1）」感覺她還想繼續逃遁在思緒裡，卻戛然而止。她的表情又變了，臉上再度映射出對黑色捲毛陌生人的怒氣。

「所以，與我夢想有關的事，閉上你的狗嘴！」她兩手一垂。「爲什麼我沒有親自去找我兒子，只是打電話告訴他父親的事……你眞的想知道嗎？」

阿薩德點頭。

「你看——這正是我不告訴你的原因。」

她一步步橫越街道，眼裡盡是輕視。「你們現在可以滾了，別認爲下次我還會讓你們進門。」

他們坐在旅館餐廳裡，蘿思的電腦就放在面前的桌上。夜色已沉，他們決定明天再去找利斯德市民之家的負責人。首要之務是先收集問題、整理資料與印象。在同一天得知兒子和前夫的死訊，卻沒有完全失控的茱恩，始終糾纏在他們心頭。

「她爲什麼提到河流，想在河面上溜冰？」阿薩德問：「有沒有資料顯示她待過百合窩？」

「阿薩德，是杜鵑窩（注2）。」蘿思糾正他說：「就你今天的表現來看，你也是從那出來的。」

注1　摘自加拿大音樂家瓊妮．蜜雪兒（Joni Mitchell）〈河流〉一曲，主要表達對孩子的思念之情。

注2　意指精神病院。源自於一九七五年上映的美國經典電影《飛越杜鵑窩》（*One Flew Over the Cuckoo's Nest*）。

「是嗎？可是這招有用，對吧？報告上有她什麼資料？」

「她在遊樂園工作好幾年，那地方以前叫做布藍德高遊樂園，現在改成約伯蘭主題樂園。這能看出什麼苗頭？冬季時則在好幾個餐廳做過服務生。看不出有較長的空白時期，指出她曾經精神狀態不正常。」

「我們到利斯德搜查哈柏薩特的房子，再到市民之家了解狀況，或許會碰到願意告訴我們更多哈柏薩特家事情的人。不過，這也要等到明天才能行動。現在要不要先看一下DVD？」卡爾望向蘿思，繼續說：「妳確定要一起看嗎，蘿思？」

蘿思一臉困惑。「為什麼不看？你也知道我上過警察學校，早就看過屍體的照片了。」

「嗯，是沒錯。但這影片實況轉播一個男人朝自己腦袋開一槍，無法與學校的訓練相提並論。」

「我的看法也一樣，蘿思。」阿薩德補充說：「要小心，第一次看這類畫面，很容易噁心孕吐唷。」

卡爾聽了不禁搖頭。對阿薩德來說，顯然有些字比其他的還困難。「阿薩德，那叫做『噁心欲吐』。蘿思，沒錯，會非常不舒服。」

如果他以為蘿思已經用光抗議詞彙，那耳朵聽到的罵不絕口的話語，絕對讓他承認自己的錯誤。想要保護她脆弱靈魂的所有舉動，猶如水中撈月，這點他會永遠記住。

於是他按下「播放」鍵。

「根據內容貧乏的報告來看，影片是由哈柏薩特一個熟人拍攝的，他就住在同一條街上，距離哈柏薩特家幾棟房子。」卡爾說明著。「島上的人都知道他叫做山姆大叔。就我所知，他用的是哈柏薩特的攝影機，剛開始幾分鐘還不太熟悉如何使用陌生機器。」

果然沒錯。鏡頭搖晃，拍攝出來的空間模糊難辨，畫面又快速閃動，就像拉斯．馮．提爾導演（注）的逗馬電影，對容易暈船的人來說是項挑戰。

鏡頭裡的市民之家沒有擠滿人。根據賓客名單，市民協會主席與市民之家管理者都在場，兩位女士顯然負責安排活動的大致框架。除此之外，還有警察局長、地方警察工會代表、畢肯達警官、鄰居山姆大叔、一位來自內克瑟的退休教堂司事、超市的前店長，以及某個看不清楚又很快離席的人。

「向人致敬的歡送會，竟沒幾人來參與，狀況也太慘了。」阿薩德咕噥道：「他大概因爲這樣，才射破了自己的腦袋。」

「他是因爲卡爾沒興趣聽他說話才射死自己。」蘿思不帶感情地評論說。

「謝謝妳，蘿思。妳知道的還眞清楚。現在可以繼續看下去嗎？」

等了幾分鐘，哈柏薩特也斟完白酒後，山姆大叔終於穩住攝影機，將場景拉大，清楚呈現室內空間。哈柏薩特相當高，有點不修邊幅。室內有兩道門通往其他地方，牆上還有一個送菜口，應該是連接廚房，以便舉辦活動時可快速上菜。牆面零星掛著幾幅畫，大小不一，畫工也殊異。哈柏薩特站在會場尾端的窗戶前，卡爾推測窗戶應該是面向漢斯·提森路，往路後面走一段就能看見海。他身上的正裝已經落伍，和卡爾的一樣。在部門裡，穿戴正裝的機會微乎其微。

「感謝各位前來參加歡送會。」哈柏薩特開口說。他看起來意外冷靜，彷彿想都沒想到預定進行的計畫。

卡爾看了一眼時間，進行不到四分鐘。他不由得想像自己若於正在拍攝活動的熟人面前自

注 Lars von Trier，知名丹麥導演，其作品曾榮獲多次坎城影展獎項，同時也是前衛、激進電影拍攝運動逗馬宣言的發起人之一。

殺，會是怎樣的景況。要命，想來就噁心不舒服。

他看向蘿思，她正覷起眼睛盯著，顯然也看見時間。好，她雖然很緊張，依舊非常勇敢。

現在，哈柏薩特向賓客乾杯，稍微說了番話。攝影師將鏡頭掃過在場者面無表情的臉龐。哈柏薩特扼要敘述自己的警察生涯，談起當年的美好時光，並請求大家原諒他的改變。這時，鏡頭拉近他的眼睛，眼眸中蘊含的痛苦清楚可辨。哈柏薩特公開致歉，對於自己糾纏在聲名狼藉的雅貝特案裡，疏遠以前的生活而感到抱歉。他說話時不帶任何情緒。接著，話題一轉，他談起警察局裡的同事，表達自己因爲他們支持度不足所感受到的挫折。

「他現在應該把鏡頭拉遠，才能看見發生的事情。」阿薩德說。

蘿思默不作聲，只是搖著頭。

現場響起抗議聲。根據警方的資料，警察工會代表大聲反駁，但是哈柏薩特似乎不爲所動。山姆大叔這時將鏡頭拉遠，哈柏薩特和背後的牆面完全收入畫面。說時遲、那時快，哈柏薩特忽地抽出手槍，指向站在攝影機前的兩位主管，把蘿思嚇了一大跳。只見那兩人瞬間往旁邊衝，滾落在地，動作非常專業，說他們是馬戲團特技演員或柔道黑帶選手，也完全不爲過。畢肯達雖然堅稱他一開始有先檢查是不是把玩具槍，但是壓根不可能，影片拍到了完全相反的事實。

「開槍了。」阿薩德喃喃自語。哈柏薩特毫不遲疑，把槍舉到太陽穴旁，立刻扣下扳機。

他癱軟倒地，山姆大叔手裡的攝影機也掉到了地上。

卡爾轉向蘿思，但是她已不見人影。

「她去哪兒了？」

阿薩德回頭指著後面的樓梯。

看來她還是受不了。

「場面還可以忍受。此外，哈柏薩特明顯是個左撇子。」阿薩德評論道，不見任何情緒波動。見鬼了，面對這麼可怕的事情，這個男人怎麼還如此目光犀利，輕鬆以對？

第七章

二〇一三年九月

電話另一端傳來顫抖的聲音，講話的男人不僅有點激動，甚至緊張得要命，而且沒什麼自信。這些細節皮莉歐（Pirjo）一下子全都注意到了。

這類型很可能價值連城。

「所以你叫做萊昂納爾，名字眞好聽。」她說：「我能幫你什麼嗎，萊昂納爾？」

「欸，就像剛才講的，我叫萊昂納爾，我……我很想當歌星。」

皮莉歐微微一笑。啊，又是這一型的。好極了。

「我知道我的嗓音很好，但是要我在別人面前證明這點，就會莫名唱不好，所以……我才打電話來。」

他停頓了一會兒，好似得集中一下心思。

我最好別白費力氣問他是否眞有副好嗓子，她心想。

「你有沒有試過別去理會外在世界，而是向內尋找本質呢，萊昂納爾？如此一來，你的原始力量才能賦予你沉靜、專注，以及唱歌的樂趣。」

「我不太確定……」

「我經常聽見這種話，萊昂納爾。你知道嗎，通常打從內心深處渴望——就我了解，你的願望就是如此——很容易會讓人慌了手腳。換句話講，人和自己的能量是對立震盪的。萊昂納爾，你的聲音出不來時，我相信你就是這種情況。你之前做其他事情時出現過同樣的不安嗎？若是沒有，那麼我會建議你一種生物聽覺治療法，或甚至是接地分裂法。不過，在找出最適合你的方法之前，我們要非常謹慎。」

「聽起來好複雜，但如果有效……」

「沒人說靈性成長很容易，萊昂納爾。但是，確實有方法可以提供協助，幫助你培養特殊的緣分。這樣做當然並不容易，得耗費許多心力，所以別忘了觀世音菩薩的發願：『是眾生等，若不得免斯苦惱者，我終不成阿耨多羅三藐三菩提。』這對你有所幫助。當然，這也要看你自己了。總而言之，我相信我們能幫你找到可行的方式。」

萊昂納爾深深嘆了口氣，看來已落入網中，而這將讓他付出昂貴的代價。

坐在電話前的皮莉歐，淡然地猶如一位面對永恆之火的女祭司。看管脆弱人類的生命與汲汲營營求生存非常適合她，做起來也得心應手。雖然她盡力不要公開嘲笑別人，但這個世界就是希望受騙。何況，如果能將他人的生命提升到更高層次，又有什麼好顧忌的呢？

別人來電請求她幫助他們擁有更好的未來，她有何理由不做？這些人硬把日常瑣事、乏味的夢想與黯淡的希望塞給她，她再將聽到的內容加以詮釋，進而消化應用，有何好反對？這都是爲了客戶好。她不是早就司空見慣，這些人若能獲得賴以遵循的依據，對他們有多重要？世上難道眞沒有人就是比他人擁有更高的能力，能夠預見事情，衝撞命運嗎？至少阿杜讓她充分相信自己擁有這種能力。

皮莉歐笑了。這類電話磋商簡單巧妙，全由她設計發想，而且有利可圖，是她個人的收入來源。星期一，她先使用特定電話號碼，扮成心理學家，再假裝出於職責，指點來電者洽詢另一位諮商師。接著她搖身一變，星期三時又成了接聽電話的諮商師。她利用變聲器，星期一的聲音嬌柔、明朗，星期三低沉、威嚴，而且專業。這套系統運作良好，從未被人看穿。

兩支熱線電話，一是「神諭之光」，一是「整體迴圈」，一分鐘收費三十克朗，是皮莉歐的退休金與老年存款。在中心裡，阿杜只允許她一人經營自己的生意。

皮莉歐還給自己拿到許多特權，但全都是她應得的，因爲阿杜有太多事情需要感謝她。

「最後一個問題，萊昂納爾。你希望利用自己的才能，達到什麼樣的目標呢？」

他猶豫片刻，皮莉歐的眉頭越聚越攏。

「你想從事音樂，因爲那是你很重要的部分，不是嗎？」

「是啊，也是啦。」

又來了，司空見慣。

「你想成名嗎？」

「嗯，我想是的。誰不願意呢？」

她搖搖頭。天下的白癡多如海底的沙，但今天這號人物有點難纏。

「你爲什麼想成名？希望變得有錢？」

「哈，我不會說不是。但我想，更多的是渴望贏得女人芳心。人家說歌星非常受到女人追捧。」

好，原來是這一型。果然是個凱子。

「換句話說，你和異性的關係不太順利嗎？」她努力擠出同情的聲調。「我猜你獨自一個人生活？」

他在竊笑嗎？

「不，不是的。我結婚了。」

皮莉歐嚇了一大跳，彷彿他按下一個直通她脊椎神經的按鈕。她感覺體內湧起一股深沉的不快，在大腦裡引起錯綜複雜的化學反應。多年來，她努力克服這個敏感的弱點，卻時時刻刻遭到反撲。

「是嗎，你結婚了？」

「結婚十年囉。」

「你妻子支持你的計畫嗎？知道會有什麼影響？」

「什麼影響？不是，她覺得我唱歌很好聽。」

皮莉歐默不作聲地望著自己的手腕好半晌。情緒浮動時，她有時候會起雞皮疙瘩，有時候則是前臂一片火紅，就像過敏一樣。而現在，兩種症狀都出現了。

她一定得把這個白癡趕出生活，立刻！

「萊昂納爾，我恐怕幫不了你。」

「什麼？可是妳的網站上答應可以幫忙的，況且我每分鐘付三十克朗和妳講話！」

「好的，萊昂納爾，有道理，不能讓你白白浪費錢。你知道〈昨日〉這首披頭四的歌嗎？」

她幾乎能聽見點頭的聲音。

「唱第一段給我聽。」

唱了一分鐘就結束了。她根本沒認眞聽。判決已定。

「很抱歉，萊昂納爾，但是我眞替你妻子感到遺憾，她竟然跟了你這種人，還得鼓勵你唱歌，你根本毫無才能，我家寵物的叫聲都比你好聽。你該感到高興，畢竟我阻止你免於遭受人生的最大挫敗。你絕對無法拿起麥克風，成爲女人眼中的偶像，頂多是個遭人嘔吐的對象。」

說完，她就掛了電話，張著嘴大口呼吸。她的行爲很不像話，但是無所謂，這傢伙也不會因此找上門來。

皮莉歐聽到背後傳來喀嚓一聲，猛地轉過身去。她緊抿雙唇，閉上了眼睛，感覺到腋下冒汗，脖子脈搏不住驟跳。

她很討厭自己出現這種反應，但只要阿杜關上她辦公室與大堂之間的門，打算與新獵物獨處，她就不由自己。

情況總是一再重演。她多次考慮要把辦公室搬到別的地方。是的，她甚至建議過，請他把住家搬出中心。但是什麼也沒改變，情況一如既往。

他總說，親愛的皮莉歐，全部都集中在一棟房子裡最方便。很快就能做出決定，也能快速滿足服務、活動等等。只要幾步路，就能從管理中心找到妳或我，一切隨手可得，我們還是保持原樣吧。

她瞪著通往大堂的那道門，心不在焉地搓揉著手臂。電話又鈴聲大作，但她聽而不聞，同樣也對前面幾個對她比手畫腳的弟子視而不見。她殫精竭慮，想要把她瘋狂著迷、正在隔壁誘騙其他女人的男人，趕出腦海。

然而，皮莉歐無法忽略門鎖傳來的喀嚓聲。她痛恨這個導致她頭腦短路的聲音，代表阿杜正在和別的女人睡覺。而他做完愛再把門打開的舉動，更讓事情變得無可忍受。每一聲喀嚓，在在破壞她內心的冷靜。每喀嚓一聲，就是一次地獄般的折磨。

她爲什麼就是不能乾脆接受算了？這麼多年來，喀嚓聲從來沒間斷過，阿杜也從未費心對她有所隱瞞。他究竟知不知道，她一聽到關門聲，就感覺備受羞辱、遭到嘲笑？他若知道的話，會不會就放過她呢？皮莉歐十分懷疑。

每次，她都會捂住耳朵，開始唱歌，以求恢復內心平靜。「荷魯斯，爲一處女所生。」她聲調單一地唸誦著：「是十二位隨從的指引，在第三天復活，請幫助我擺脫怒火焚灼，使我的嫉妒褪色，阻擋新降下的誘惑之雨，我願意敬奉祢一顆閃耀五彩光芒的水晶。」

然後，她深深吸進一大口氣。稍微回復鎮定後，從皮包裡拿出一顆小石頭，打開最後面那扇面海的窗戶，眺望波羅的海上的哥特蘭島，將晶亮的水晶使盡力氣一擲。

過去幾年，海浪已將許多這類水晶沖刷上白色的沙灘。

阿杜．阿邦夏瑪希．杜牧茲的「人與自然超驗結合中心」總部，坐落在瑞典東岸南邊的長形厄蘭島上已有四年時間。皮莉歐感覺在此適得其所。在這處寧靜祥和的明媚景致裡，除了天意與宇宙欲其發生的事外，不會有其他事情。阿杜的靈性在此不受打擾，對皮莉歐來說最為重要。但是，阿杜到巴塞隆納、威尼斯或倫敦等分部招收弟子，在這些城市如入無人之境般地遇見其他女人時，情況就不同了。她們敬他如先知，屏息接納他，接納這位自北極光與宇宙能量大洋而來的靈性導師。他闖入她們破碎的夢想，將她們連同挫折與無助等重擔，輕似鴻毛般地抬起。與在島上不同，皮莉歐在國外感覺孤單得可怕，飽受嫉妒啃食，監禁在自己毫無意義的情緒中。阿杜將她當成自己的左右手、腦力激盪的對象、日記撰寫者、組織者與協調者，這也都是她爭取來的。然而，阿杜從未把她當成他所需要的女人。

他從未像看著其他女人那樣凝望著她。

在從一開始就追隨著阿杜的信徒當中，多年來只剩下她一人，當年他還叫做法蘭克，境況也與現在南轅北轍。即使他們並肩共事，親密無間，他始終未如她衷心所願地愛上她，至少肉體上沒有。

「我們的靈魂相吸相愛，我親愛的朋友。」他總是這麼說：「親愛的皮莉歐，妳引領我抵達了至關重要的顛峰，我得到的大部分能量，都是妳靈魂的溫柔和智慧所賜。」

她痛恨聽到阿杜說這些話，因爲她的靈魂既不溫柔也不純潔。不過她了解他，長久相處以來，他們已經成爲精神上的兄妹。無奈這與她所需要的邈若河山，相差萬里。她希望像其他女人那般，感受他的一切，希望自己柔軟潮溼，渴望他的熱情衝刺體內。他只要跟她睡一次，對她有所渴望，一切就會不同。只要一次，她就不會被此事永不可能成眞的念頭苦苦糾纏。

在阿杜眼中，她就像位祭司，不可褻玩，是看守他的純潔處女象徵。在某方面來說，她確實也是如此。雖然已三十九歲，但至少就與阿杜的關係來看，仍舊是個處女。如果她注定該和他上床、生孩子，就應事不宜遲。

她眼前浮現大堂裡那個女人，阿杜幾個月前從巴黎帶回來的。瑪蓮娜．米歇爾（Malena Michel）當時腳踩摩天高跟鞋，穿著潔白純眞的緊身洋裝，出現在阿杜眼前，解釋說自己雙親是義大利人，不過她六歲就搬到了法國。她感覺到自己的過去與阿杜宏偉大度的話語融合在一起，覺得自己是爲了他，才誕生在這世上，所以她願意滿足他的一切渴望。

難道都沒人察覺，阿杜輕信這種甜如蜜的花言巧語，皮莉歐有多受傷嗎？不知道她有多嫉妒這個毫無理由就登堂入室的女人嗎？而且闖入的還是「她的」地盤？

悲傷的是，如今在他身邊的是瑪蓮娜，即使始終相隔兩公尺，她也全然陷入他的魅力之網裡。弟子裡並非初次出現她這樣的女人，但是近來頻率越見增加，皮莉歐漸漸受夠了。

幾個星期前，他們在倫敦招收弟子與秋季課程學員，有個漂亮的年輕黑人女子在講座中昏厥過去。

阿杜立即請皮莉歐把女子帶到他私人房間休息，態度之堅決，出乎尋常。門後發生什麼事情，皮莉歐只能想像。但是在回程飛機上，她在阿杜眼中看見了嶄新的神情，皮莉歐和他的巴黎情婦都不喜歡這種眼神。

現在，那個倫敦女子來了封信，信中陳述她十分渴望參加阿杜下一期在厄蘭島開的課程，根據網站資料，課程從下個星期開始。

災難即將來襲。唯一的好處大概是那個法國蕩婦將就此消失在阿杜的私人生活中。光從黑人女子給阿杜留下的印象來看，皮莉歐直覺地預感這次的關係很可能往錯誤方向發展。只要獲得許可，女子顯然握有能夠贏得阿杜的巨大力量。

皮莉歐一直避免發生這類事情。如今，她又得再度留意了。

第八章

二〇一四年五月一日，星期四

三人的早餐桌安排在窗邊，眺望毫無生氣的黯淡港景。蘿思已坐在桌旁，瞪著海面上一個虛構的點。

「早安！」阿薩德大無畏地先開口打招呼。「蘿思，妳今天臉色有點蒼白。哎呀，有匹單峰駱駝向雙峰駱駝訴苦說騎士讓牠吃鞭子，雙峰駱駝於是說：『那就繼續前進吧。』」

蘿思搖搖頭，推開盤子。

「要不要去藥房幫妳買點什麼？」阿薩德熱心問道。

又是搖頭。

「妳不應該看哈柏薩特自殺的畫面，實在太蠢了。我們早就知道，對吧，卡爾？」

卡爾點頭。這男人就不能閉上嘴，或者等到用完早餐再說嗎？他難道看不出來她的狀況仍和昨晚一樣糟？

「雖然影片令人不舒服，但是和那個一點關係也沒有。」她回答。

「究竟怎麼回事？」阿薩德邊問，邊在他的盤子裡放了一大堆脆麵包片。蘿思的視線又落向遠方。

「阿薩德，讓蘿思靜一靜，順便把奶油給我。」卡爾瞪著幾乎空空如也的麵包片盤，情緒十分惡劣。「我只需要一小片，如果你願意割愛的話。」

阿薩德故意充耳不聞。「妳知道嗎，蘿思，或許直接把在妳腦子裡作祟的事情講出來，會比較好唷？」

每講一個字，脆麵包碎屑便朝四面八方飛出。老天保佑，幸好他們不必每天一起吃早餐。

阿薩德盯著超市前一群要參加五月一日慶典的遊行人士看了一會兒，他們舉著「團結就是力量」的標語。

「你們也覺得畢亞克是同志嗎？」他忽地提問。

卡爾蹙起眉頭。「你怎麼會有這個想法？有任何線索嗎？」

「沒有。不是直接線索，不過，他的房東很明顯妖嬈性感，甚至可以算是明豔動人。」

妖嬈性感，卡爾心想，那是什麼該死的說法，不過是一廂情願的見解。

「然後呢？」

「畢亞克正值生氣勃勃的三十五歲，她沒理由排拒相對年輕的畢亞克。何況她顯然也正處於等待摘採的階段。」阿薩德看著卡爾，好似把那張嘴伸進了馬蜂窩，最後竟全身而退。是的，他確實對自己萬分滿意。

「我一個字也聽不懂，阿薩德。你到底想講什麼？」

「如果她和畢亞克之間有私情，他的房間不會是那副模樣。她絕對不會想躺在亂成一團的狗窩裡。你自己也看見她是什麼樣的人。兩人若發生過性關係，她會幫他整理床鋪，透透氣，清理煙灰缸、洗衣服。」

「有意思的觀點。不過，他們可以在屋子裡的其他地方溫存，所以這證明不了什麼，阿薩德。我覺得你想像力太豐富了。」

阿薩德輕輕地晃動腦袋。「隨你說吧。所以，你認為他們在有桌球花邊的餐墊和家人照片之間睡覺嗎？」

「阿薩德，是絨球，不是桌球。有何不可呢，這件事為什麼如此重要？」

「我之所以覺得他是同志，是因為他床底下的雜誌封面上，都是穿著緊身褲、戴皮頭套的男人，牆壁掛的海報都是大衛．貝克漢。」

「好，你剛才就該先說了。不過，同性戀又怎麼樣，不是稀鬆平常嗎？」

「當然，但是我認為對他母親來說不是，所以她才沒有親自上門去找他。畢亞克不是會把點心擺在水晶盤裡，並將自己的母親當女神崇拜，還跟她一起逛街的精緻高雅型同志，而是陰沉粗魯那一型的。」

卡爾撇了撇嘴。完全可以想像，只不過，這能幫他們什麼？就算畢亞克對安達魯西亞六十五歲的同卵雙胞胎有性趣，他也無所謂。眼前只要熱騰騰的新鮮麵包端上桌，散發迷人誘惑香氣，其他事情就引不起他的興趣。

阿薩德又跟蘿思說：「現在什麼事情鎖住了妳的嘴？平常妳對任何事都有意見呀。說吧，蘿思，怎麼回事？如果不是DVD的內容擊垮了妳，又是什麼？」

蘿思緩緩轉過頭來，痛苦的表情和他們昨天在年輕的哈柏薩特臉上看見的一樣。不過蘿思沒有掉淚，反而有種怪異的淡然神態。尤其眼神透露出的神情，彷彿在說她寧可自己處理，別來煩她就行了。

「好吧，我就告訴你們，但是我不想討論，懂嗎？我沒辦法看完影片，是因為哈柏薩特跟我父親長得很像，讓我產生混淆了。」然後她把椅子往後一推，離開了餐桌。

卡爾瞪著眼前的早餐。「阿薩德，行行好，我想你不應該繼續追問下去了。」

「好的。她父親怎麼了？」

「哎呀，他在馮里斯維的工作場所被機器給輾碎了，蘿思也在同一個地方工作。」

利斯德的市民之家就位在大街上，位置顯著，友善迷人。大街將這區一分爲二，一邊是靠海的漁夫小屋，靠內陸那側的建築則比較新穎。「利斯德市民之家」的黃色房屋立面，爲人津津樂道。

一個位置不佳的醜陋櫥窗裡，貼著各式各樣的傳單，提供千奇百怪的活動，例如走鋼索、陪老人散步，幫小孩烤棍棒麵包。製作萬聖節南瓜雕刻的指南已經有點陳舊。除此之外，市民協會也提出了幾個顯然要給當地居民思考的項目，例如應該要引進居住規定嗎？要不要在海灣潛水區的莫馬克路上設立新長凳？地方財政能否支付在游泳區安裝一個浮台的費用？沒有關於五月一日活動的消息，唯一的例外是，「伯恩霍姆丹麥金屬」設立大型氣墊城堡給孩子們遊玩的訊息。

市民之家顯然不是爲觀光客服務，而是給這個偏僻島嶼的居民使用。其中一個居民在不到二十四小時前，採取可怕的方式，承受做出錯誤決定的苦果。

卡爾認出市民之家中兩位出現在哈柏薩特影片裡的女士。

「波蕾特．艾勒柏（Bolette Elleboe）。」其中一位以伯恩霍姆島方言自我介紹，口齒清晰。「我負責管理此處，同時也住在後面，所以有這裡的鑰匙。」

第二位女士只介紹了自己的名字叫瑪倫（Maren），說明自己是市民協會主席。卡爾從她悲痛的眼神判斷，他們別指望能從她口中問出話。

「兩位私下認識哈柏薩特嗎？」卡爾問道，兩位女士正在和蘿思與阿薩德打招呼。

「是的。」波蕾特回覆。「不只是認識。」她說得十分果斷，但不見傲氣。

「您的意思是？」

她聳了聳肩膀，把三人引進明亮的大廳，廳裡的一片落地窗面向屋後花園。白色牆面上的證書排列和繪畫，一時間模糊難辨。

桌子上已備好香醇的咖啡。

「我們有預感這天遲早會到來。」大家坐下後，主席說明道：「昨天果眞發生了，眞的很可怕，我到現在還是深受震撼。很遺憾哈柏薩特眞的做出傻事，大概是出席的人太少了，恐怕那是給我們大家的懲罰。」

「別說蠢話了，瑪倫。」波蕾特果決地打斷她的話，然後對著卡爾說：「瑪倫就是這樣，她太敏感了。哈柏薩特之所以自殺，是對自己如今的模樣與境況感到痛苦不堪。如果您問我的意見，我認爲不是爲別的事情。」

「您似乎沒有特別震驚，爲什麼呢？親眼看到這種事，衝擊想必很劇烈，不是嗎？」蘿思問。

「親愛的，我在格陵蘭島的殖民社區擔任社工，該死的漫長五年。要再更激烈一點的事情，才會讓我失去冷靜。我看過違法使用霰彈槍的次數，比多數丹麥人加起來還多。我當然很錯愕，但是生活仍得繼續，不是嗎？」

蘿思一開始默不作聲地看著她，然後站起來，走到面街的窗邊，再轉過身來面對大家，左手食指對著太陽穴，作勢扣下扳機，接著忽地癱軟倒地。

「是這樣嗎？」她問波蕾特。

「是的。您只要看看地板就知道了，那兒還有殘餘血跡。別想強迫我再多加刷洗了，我會打電話找清潔公司來。」

「您似乎有點煩躁，波蕾特。因爲他是在這裡下手的嗎？」阿薩德彷彿不經意地順口問道，一邊在他的糖漿裡倒入幾滴咖啡稀釋一下。

「煩躁？您要知道，他在這裡射死自己會造成不好的業。他至少應該在家裡動手，或者到岩石那兒去。但是沒有！」

「不好的業？我聽不懂？」阿薩德搖了搖頭。

「您認爲協會在這個大廳一邊享用飲食，一邊想起射頭事件，會特別感到振奮嗎？」

「也只有兩位目睹這件事，協會沒什麼人來參加不是嗎？」蘿思挖苦說。

「沒錯。但是那幅畫和牆上的彈孔永遠都在。即使抹上灰泥，重新粉刷牆壁，也還是停留在腦海裡。」

波蕾特總認爲自己有道理。

「現在準備抹上灰泥了。警方鑑識人員挖出子彈後，留下一個大洞。反正多年來我對此早已百毒不侵。您看看那牆壁多醜，氣泡混凝土，令人毛骨悚然。感謝啊，哈柏薩特，你終於做了點有用的事了。」

在這個東部荒野之地，顯然具備培養尖酸刻薄的良好條件。

「您別聽波蕾特胡說。」主席輕聲說：「她的驚愕程度和我一樣，只是我們處理方式不同。」

「蘿思，請妳再像剛才那樣站著。」阿薩德起身走向她。「現在，我是觀眾，妳是哈柏薩特，我想要……」

但是蘿思似乎沒聽見，只是瞪著遭子彈射穿的畫。那幅畫不是名留青史的藝術傑作，不過是太陽、枝椏與飛翔空中的鳥兒。

「是的，他意外射到那隻在飛的鳥，正中紅心。眞奇怪，那隻鳥兒竟沒掉下來。」波蕾特大笑說：「省了我們清理髒汙的麻煩。」

「您不喜歡那幅畫嗎？」阿薩德走近畫。「蠻漂亮的啊。當然，不像這幅海濱畫年代久遠。」

「老兄，我想您應該把眼鏡擦乾淨一點。這個人畫得很隨便，這種作品一天畫上個十張也沒問題。」

蘿思目不轉睛地瞪著牆，然後說：「我到外面透透氣。」

不難理解蘿思的反應，因爲在打中鳥的彈孔四周，仍清晰可見那個讓她想起父親的男人的頭顱碎片和腦漿等痕跡。

「這種工作對年輕女性來說吃不消。」主席同情地說。

「是啊。」卡爾點頭附和。「只是千萬別被她的年紀或血液裡流動的堅毅給矇騙了。話說回來，請您告訴我，您私下對哈柏薩特了解多深？截至目前，我們手邊掌握的資訊貧瘠稀少。」

「我覺得他人不錯。」主席說：「可惜他的渴望超出能力，最終犧牲了家庭。他不是刑警，而是一般警員罷了，爲什麼要把事情全攬在自己身上呢？」她若有所思地發了一下愣，又說：「犧牲最大的莫過於畢亞克了，可憐的人。我覺得他跟著母親也很不好過。」

兩位女士尚未得知畢亞克的死訊，卡爾心想，瞥了阿薩德一眼警告他。希望阿薩德閉緊嘴巴，免得到時她們兩個不願再開口。卡爾預估他們今晚應可搭上回家的渡輪。畢亞克死亡案件歸屬於伯恩霍姆島警方管轄權，而繼續挖掘其他事情，也不會出現任何曙光。他們做了該做的事，滿足了蘿思的需求，而現在她看似退出了。是的，沒錯，他們確定能搭上渡輪。

「這麼說，畢亞克會自殺，他母親應該要負責囉？」阿薩德還是說了。

只見兩位女士眉毛倏地上挑，杏眼圓睜。

「天啊，不會吧！」主席驚恐一嘆。

卡爾不得不告知她們詳情，兩人呆若木雞地聽著。阿薩德的碎嘴眞該死！

「我聽說他們兩個不說話了。畢亞克是個同志，他母親覺得十分厭惡。呸！彷彿她是什麼良家婦女似的。」波蕾特說。

「我就說吧。」阿薩德的臉龐簡直在熠熠發光。

「您剛才說她不是良家婦女，可是，她不是一個人住嗎，又妨礙了誰呢？」卡爾問。

兩位女士對望一眼。與畢亞克母親有關的粗俗故事，顯然沸沸揚揚地流傳著。

「她和哈柏薩特尚未離婚前，就到處招蜂引蝶了。」主席的口氣忽然間變得惡毒。溫柔的天使瞬間掉落了翅膀。

「您如何得知呢？難道她毫不遮掩嗎？」

「是的。有人看見她明目張膽和某人廝混，再加上她一夜之間變得柔情似水。大家都知道原因。」波蕾特回答。

「陷入熱戀了嗎？」

她似乎覺得這個問題滑稽好笑。「陷入熱戀？不是的，應該說心滿意足。您知道的，就是達到性高潮。我會說，她在家裡這方面並未獲得滿足。她的午休時間忽然變長，和她一起工作的人毫不懷疑她與人有染。也有人看見她趁住在奧基克比的姊姊不在家時，把車停在她家門前。我有個熟人也住在那條街，目睹她在門口與一個男人碰面，那個人絕對不是哈柏薩特，看上去很年輕。」波蕾特輕輕地笑了起來，但臉色又接著一暗。「如果您問我呢，這個女人從來沒有協助丈夫重新找回自己，所以他們兩個都有責任。不管有沒有發生雅貝特的意外事件，他們早晚也會離婚。」

「發生在畢亞克身上的事情真可怕。」主席尚未恢復情緒。

「是的。不過，回到死於車禍意外的雅貝特身上。」阿薩德說：「兩位對於她的事，也許可提供更多資訊？」

兩個人都聳了聳肩。

「唉，這個島不大，有很多流言蜚語。」

「例如？」阿薩德忽然在咖啡裡加入一匙糖。杯子裡眞還能再加糖嗎？

「她是個甜美的女孩，有點自由奔放。流言不是很特別，只不過，在民眾高等學校裡要是沒好好看著年輕人，有時候會發生很多事。」又是波蕾特在發言。「總而言之，有人說那女孩在很短的時間內與不同的男人交往。」

「有人說？」問話的是阿薩德。

「我侄子在學校擔任管理員，他說看過她和一些男人廝混在一起，和他們手牽手在回音谷那兒散步之類的。」

「我覺得這些聽起來挺純眞的。阿薩德，報告裡有記錄這些嗎？」卡爾問道。

阿薩德點點頭。「有，可是不多。其中一個男孩是民眾高等學校的學生，也不過是熱吻程度罷了。她和另一個校外人士的關係稍微久一點。」

卡爾看著兩位女士。「這位校外人士，兩位認識嗎？」

她們不約而同地搖頭。

「阿薩德，報告裡怎麼描述這個人？」

「沒寫什麼，只說試圖查出他的身分，但是毫無所獲。兩位女學生提到這個人沒有上學，不過雅貝特因爲他，經常失魂落魄地發著呆，對課業逐漸失去興趣。」

「兩位知道哈柏薩特是否調查出這男人更多的背景資料？」

不但兩位女士搖頭，阿薩德也一樣。

「嗯，這就先暫時擱下。我覺得哈柏薩特完全走火入魔，過度沉溺在這件無望的案子，這件根本不屬於他職權的意外事件中，最後導致妻子帶走兒子離開他，地方上也沒人做他後盾。肇事逃逸和年輕女孩的死，毀掉了他整個生活。我身爲警察，不太能理解他的作法。我們曾希望和茱恩談談，但她這人難以親近，也非常不諒解自己的先生。波蕾特，您似乎很清楚茱恩的事情，您和她有聯繫嗎？」

「沒有。我們曾經是好朋友，她原先住在街道往下幾百公尺處，也就是哈柏薩特生前住的地方。不過她搬離開之後，我們就沒聯絡了。當然，我偶爾會在布藍德高遊樂園遇見她。她在遊樂園裡什麼都做，賣票、賣冰淇淋諸如此類。除此之外，我已多年沒和她講過話。她和丈夫離婚後，變得很奇怪。她姊姊卡琳（Karin）或許能告訴您更多事情，因爲茱恩和兒子在過渡時期曾和卡琳住在奧基克比區揚貝納街的房子裡。那房子本來是她們父母的。後來卡琳顯然受不了，搬到了倫納。您也應該去找住在二十一號的山姆大叔談談。最後幾年，他和哈柏薩特的互動最頻繁。」

卡爾望向正在奮筆疾書的阿薩德。希望這些筆記派不上用場，能夠直接歸檔。

「還有一件事。您說的那位山姆大叔，昨天拍下了現場的影片。其中，我們注意到有個男人在哈柏薩特開槍之後，立刻離開了大廳。您知道那是誰嗎？」卡爾問。

「啊，那是漢士（Hans）。」波蕾特回答說：「他是村裡的怪胎，幫地方居民跑跑腿。只要提供免費的餐點，就會看見他的身影。您從他身上問不出什麼像樣的話的。」

「您知道哪裡可以找到他嗎？」

「這個時間嗎？您可以試試燻肉區後面的長凳。過了街，右轉史特朗汀路，可以看見一棟灰色平房，最後面就是燻爐區，長凳在屋後花園裡。他常常坐在那兒雕刻、喝啤酒。」

他們轉進史特朗汀路，發現蘿思的身影矗立在地平線上。她腳下平坦的岩石突出於水面，整個人因此特別顯得若有所失，彷彿世界在一瞬之間龐然無垠。

他們停下腳步，注視著她。眼前的人影，絕不是他們平常熟悉的那個爭強好勝的蘿思。

「她父親過世多久了？」阿薩德好奇地問道。

「好幾年了。不過，這件事看來在她心裡尚未過去。」

「是不是最好把她送回哥本哈根？」

「爲什麼？我認爲我們三個今晚可搭上船回家。待會再約談幾個人，例如茱恩的姊姊和民眾高等學校等數人，回去後再從警察總局打電話即可。」

「今晚？所以你認爲我們不需要繼續追查下去了？」

「有何必要呢，阿薩德？鑑識人員已徹底檢查過哈柏薩特的房子，我壓根不期待還會有驚人發現。不管昨天還是今天，我們都沒找到具體事證可讓人繼續一搏。何況哈柏薩特調查了二十年，要是眞讓我們找到什麼，那也太令人吃驚了。阿薩德，我們講的可是將近二十年前的事件。」

「嘿，那傢伙在那裡。」阿薩德指向燻爐煙囪後面，花園長凳上一個垂頭喪氣的人影，草地上散落著空啤酒罐，完全就像剛才兩位女士描述的一樣。

「喂，哈囉！」阿薩德穿越花園小門，快活叫道：「漢士，您果然在這裡，就像波蕾特說的一樣。」

阿薩德順利突進，只不過那人瞧也沒瞧他一眼。

「您在這裡眞舒服啊，眼前的景色壯觀又迷人。」

依然沒有反應。

「好的，您沒有興致開口說話。也好，對我來說最恰當不過了。」阿薩德朝卡爾點個頭，打開一條隨意擱置的水管水龍頭，開始洗起手來。卡爾看了一眼手錶。祈禱時間到了。

「你去找蘿思，我只要十分鐘。」阿薩德臉上露出微笑。

卡爾搖頭。「給她點時間吧。我到街上走走，釐清一下思緒。不過，說眞的，阿薩德，你認爲這裡是禱告的好地方嗎？大家都會看你，周遭的屋子裡搞不好有人。」

「若是他們還沒看過穆斯林祈禱，也該是時候了。草地很柔軟，那個人又沒興趣和我講話，有什麼不能做的呢？」

「好吧，阿薩德，只是讓你了解狀況。要幫你把跪毯拿過來嗎？」

「不用了，謝謝，我會把夾克鋪在草地上。在戶外，這樣就夠了。」他邊說邊脫下襪子。

卡爾沿著街往下走不到二十公尺，阿薩德正站立著朗誦禱詞，已開始禮拜儀式。在蔚藍晴朗的天色映襯下，眼前的景色和諧又協調，完全不顯突兀。

他轉過身。岩石上的人影依舊文風不動，宛如向著地平線的人面獅身像，上方一群海鷗盤旋飛舞。她爲什麼要站在那裡？他心想。在哀悼什麼嗎？她腦子裡究竟想些什麼？太多的祕密，找不到立足的空間？還是說，雅貝特．金士密和克里斯欽．哈柏薩特的事情糾纏不去？

卡爾站在原地，一股奇特的感覺蔓延開來。才不過幾天前，他聽也沒聽過哈柏薩特和雅貝特這兩個人，也從未將斯瓦納克、利斯德和倫納等地方放在心上。而現在，他卻駐足在利斯德海邊，莫名感覺孤單寂寥，悵然若失。偏偏在這個丹麥的邊陲之地，他忽地意識到人類永遠逃不掉自己這一關，永遠要扛著這個該死的怪物。放眼天地之間，只有自己能爲自己這個人負責。

他搖搖頭。傻瘋了嗎！難道他以爲忘得了塑造他之所以爲他的一切？

不過，多數人不都如此嗎？現在這個時代，自然而然地會邀請人加入自我否定與自我美化的雞尾酒會。如果不喜歡那些困住自己的境況，隨時有機會逃開自我，逃開自己的觀點、婚姻、出生的國家、陳腐的價值觀，逃避昨日對自己仍意義重大的流行時尚，將所有一切全都拋諸腦後。只是，在新奇的事物中，也找不到我們尋尋覓覓之物，因爲明天的一切已變得微不足道。這是一場永恆而徒勞的追逐。眞是可悲。

難道他自己就眞的與眾不同？

拜託，卡爾，你這無可救藥的白癡，他心想，然後深吸一口海水與腐朽海草的氣味。爲什麼他會這樣？爲何從來就無法進入一段認眞的關係？和夢娜分手後，莉絲貝難道對他不好，不夠善解人意嗎？遑論她還姿色妍麗。而他呢？第一次遇見她，毫不留情的就給她軟釘子碰。她當然注意到了，也有理由不高興，甚至指責他，但是她沒有。所以，到底是誰遺棄了誰？

現在呢？這段時間以來，也出現過第二個、第三個不同的莉絲貝。但是在他的生命中，還有眞實情感的容身之處嗎？還會有人想和他這種人在一起？

反正我還有莫頓與哈迪，是吧？也許可以算上賈斯柏，甚至還可能擁有阿薩德以及岩石上那位女士。不過，這些人明天還會在嗎？他這個人值得懷念嗎？

卡爾凝望著浪花半晌，接著毅然決然地從口袋拿出手機，翻找通訊錄。

夢娜的號碼還在，將近三年沒和她聯絡，而這一切只需手指一按即可解決。

他猶豫不決，食指靜靜擱在螢幕上。接著，一鼓作氣地按了下去。

她不過十秒即接起電話，喊出他的名字。看來我的電話號碼還存在她的手機裡。這是個好預兆嗎？

「是你嗎，卡爾？說話呀。」她的語氣如此自然，他反而不知所措。「說話呀，我看見來電顯示了。你撥錯電話了嗎？」

他輕聲回答：「沒有，沒有。我只是想聽聽妳的聲音。」

「你現在聽到了。」

「妳一定納悶我為什麼來電。不過，我人在伯恩霍姆島，正站在斯瓦納克旁眺望海邊，眞希望這時身邊有妳。」

「斯瓦納克，眞有意思。我在丹麥的另一端，準確說來是艾斯傑格，光是這樣就有點困難了。」

她剛才說了「光是這樣」，看來不是很有希望。

「當然，我只是想告訴妳罷了。等我回到哥本哈根，也許我們能找個時間見面。」

「好的，沒問題，到時候你就聯絡我吧。保重，卡爾。別掉進波羅的海，應該會很冷的。」

就這樣，令人感覺不是特別舒服。

他走回花園，看見阿薩德坐在長凳上，正和那人聊天。

「這個人有毛病。」那男人的聲音像個小孩子。「竟然屁股朝天趴在地上，講些別人聽不懂的話。」

阿薩德笑說：「漢士以為我要把啤酒罐佔為已有，現在他知道我這種人不會做出這種事。」

「是的，他根本不喝酒，更不會在五月一日這天。你們會去參加倫納的遊行嗎？我曾經去過，不過我現在支持丹麥黨。就和我認識的某個人一模一樣。我們畢竟住在丹麥，不是嗎？這個什麼都不喝的人也一樣，對吧？」他獰笑說。

「漢士告訴我，這地方的每個人他都認識。他一點也不喜歡哈柏薩特昨天做的事，所以很快就離開了。反正他也受不了他。」

「是的，哈柏薩特。那個人腦筋不正常，我至少比他聰明兩倍。」

「您為何這麼說？」

「他老婆那麼漂亮，眞的，而這個笨蛋竟讓她跑了！沒錯，我在市區裡看過她和幾個漁夫在一起，也在克納弘宜看過她和另一個男人見面，但是那又如何？哈柏薩特是個白癡。她每個人都吻過啦！」

他這時伸長了脖子說：「欸，你們等的那個女人來了。」

他指著蘿思，然後喝了一大口啤酒。蘿思雙頰泛紅，頭髮被風吹得凌亂，步履堅毅，虎虎走來，看得出來她準備打斷他們的談話。

「蘿思，再等一下。阿薩德有點進展了。」卡爾說，然後轉向長凳上的男人。

「您好，漢士，我是阿薩德的朋友。我是個和善的人，但也十分好奇。您剛才提到她親吻的那些漁夫，知道他們的名字嗎？我希望能和這些人談一談。」

「沒有一個還待在本地啦。」

「您也提到茱恩在其他地方和另一個男人見面，那個地方叫什麼名字，克納弘宜嗎？對方是誰？我也很想和他稍微聊聊。」

漢士大笑，口裡噴出啤酒泡。「哈哈，不可能，我不知道他叫什麼名字。他不是本地人。不過您可以問問畢亞克，我教過他雕刻。畢亞克穿上童軍服就像個瘋子一樣，褲子還短得要命。就在克納弘宜那裡，那個男人也參加了挖掘工作。」

「為什麼像瘋子？」

「欸，他幾乎已經長大成人了呀。」

「他也許是童軍團老師？」

老人的臉頓時散發光采，彷彿有人在他大腦裡啓動了電源。「沒錯！」

「好的，漢士，所以您說畢亞克也認識那個和他母親見面的男人？」

「是的，有一天她到了那個地方，她兒子和那個人都在，就是上面現在是迷宮的地方。是這樣說，沒錯吧？至少我在某個地方看過這個說法。你們不知道我還會閱讀吧？」

他們給了他二十克朗。他說夠他喝三瓶啤酒了。

終於出現了一個對生命沒有無謂渴望的人。

「你們兩個，聽好了。」走向汽車的路上，蘿思忽然爆發說，雙眼晶亮閃爍。原來的蘿思又回來了，而且顯然心中有所盤算。

「我站在那裡思索了很久，想到頭都冒煙了。這個哈柏薩特到底是誰？爲什麼會做出那些事？有何理由偏偏緊咬著雅貝特的案子不放？」

「或許是因爲家庭不美滿，一種補償心理。你也聽到那兩位女士和那個男人說的話了。或者，跟工作榮譽感有關。」

「不無可能。他肯定是個好警察。」她說：「他追捕目標，但是苦無進展，索性射死了自己。但是，他走上絕路眞的是因爲氣力用盡，無以爲繼嗎？你們有什麼想法？」

卡爾聳聳肩。「有何不可？」

「妳又有什麼看法呢？」阿薩德笑問道。

「嗯。」蘿思飛快想了一下。「嗯，我不認爲如此，現在不這麼想了。我覺得他輕生的原因，是想讓人明白這案件有多嚴肅，他對此又有多認眞。」

「光是朝自己腦袋開槍，就已經夠嚴肅了。」阿薩德評了一句。

「眞搞笑。不是，我相信哈柏薩特射死自己，是因爲他傾盡全力想要促使我們接手調查，而他爲何有此打算，全是因爲這案子已經不再曖昧模糊了。」

「妳說的意思應該是相反吧？」卡爾提醒說。

「不是。你的看法合情合理，這點我同意。不過，我認爲他已經查出是誰撞死雅貝特，只不過無法提出證明。」蘿思堅信自己的推論沒錯，所以不由自主地搖著頭。「或者他找不到凶手。也有可能兩者皆是。沒錯，我想事情就是這樣，所以才讓他失去了理智。只要我們能夠徹底搜查他的房子，應該就能找出答案。」

「等等，慢點，蘿思。妳非常投入，這點不容忽視，但是妳不認爲他把自己的懷疑寫成書面記錄，不是更加簡單、更合理嗎？尤其是寫給我們？假設他走上絕路是經過縝密詳盡的計畫，爲什麼我們還雙手空空，呆立在此？最大的可能不就是什麼都沒有，不是嗎？」

「但也不排除他確實寫了下來，只是我們尚未找到。好吧，或許也可能沒寫。」她又搖起頭，顯然正站在十字路口，舉棋不定，無法決定正確的方向。「或者，他很清楚破案契機已近在眼前，自己卻看不見，所以才向外求助，請求有銳利眼光的人幫忙。」現在她不住點頭，像是強調這個論證。「沒錯，我相信就是這樣。」

她瞳孔發亮地注視著卡爾。不可思議，她的眼神竟如此熾熱、如此惑人。

「你知道嗎，卡爾，他來求我們幫忙破案，我們實在要感到驕傲。他很清楚自己一旦自我了結，我們一定會過來了解情況。知道唯有採取激烈手段，才能促使事情運作，因此他犧牲了自己。要不要打賭，事情一定是這樣！」

卡爾點點頭，順便瞥了眼旁邊那位捲髮的同事。

阿薩德的眼神透露出：這個女人腦筋不正常。

然而，她的論點卻不易駁斥。

第九章

二〇一三年九月

汪達·芬恩沒有提出辭呈，就這麼離開了。她把帽子扔在地上，向接待櫃台的女士告別一聲，昂首闊步地走了出去。她感覺到巨大的解脫感，感覺這是唯一正確的決定。她沿著維多利亞堤岸花園的圍牆信步而去，心裡沒有一絲悔意，也不再憂愁自己一直在浪費時間。從今而後，世界在她眼前展開，她滿心期待與那些選民一起生活。

因爲汪達早有盤算。自從阿杜·阿邦夏瑪希·杜牧茲那天撫摸她的臉頰，稱她是「我的花兒」，自從她頭部血液頓失，失去知覺，而後又恢復神智，迎視他孕育希望的目光，感覺到他的唇印上她的手背以後，她知道阿杜就是她朝思暮想的未來的化身。

汪達把自己的計畫告訴雪莉，卻換來她的連番警告，不過她只是白費了唇舌。

「網站永遠大肆渲染，讓人覺得希望無窮，有漂亮的建築、有趣的儀式，海洋還近在身邊。但是，汪達，等妳到了那兒，就會明白那對他來說不過是調情罷了，到時候一切就枉費了。」她警告說：「阿杜·阿邦夏瑪希·杜牧茲要的是和他長相匹配的聰明女人，而他要多少就有多少。」她邊說邊翻白眼，看來這個男人也給她留下了深刻的印象。

「我知道妳很久沒有男人了，但妳若只是想來點刺激，倫敦就能找到一大堆令妳快活的傢伙，無需冒險讓自己受傷。」

汪達搖了搖頭。

「妳不了解我，雪莉。我要的不是一夜情之類的刺激，而是成爲阿杜．阿邦夏瑪希．杜牧茲的選民。我渴望根據他的規矩生活，希望生育他的孩子。我能感覺到這是我這一生的使命。」

「他的選民？」雪莉差點放聲大叫，卻隱忍不發，因爲她看見自己朋友的表情異常認眞。

「汪達，拜託妳醒醒，難道妳沒注意到和他一起工作的那個女人射出的尖銳眼神嗎？我向妳保證，妳不可能過得了她那一關的。」

「雪莉，那個人已經很老了。」

「謝謝妳呀。」雪莉回嘴說：「我想，不過就跟我差不多年紀吧。」

汪達目光掠過雪莉身上，望向窗戶。她有種感覺，彷彿看見雪莉的窗前有一道巨塔般的高牆，遮蔽了光線與夢想。高牆日復一日地慘白暗沉，牆後同樣住著願望無法滿足的人。在這個地區，未來只存在於夢想之中。年輕男人想要成爲足球選手或是搖滾樂手，女孩則奢望嫁入豪門。在這個地區，電視成天播放著實境秀和益智節目，大家邊看電視，邊吃垃圾食物，離自己的夢想越來越遙遠。其實，只要進修充實自我，或者要求稍微實際一點，夢想絕不難實現。這個地區正活生生見證了只有少之又少的人，才能抵達成就、財富與永恆幸福的應許之地。

「抱歉，雪莉。」她發現朋友還在咀嚼剛才那句關於年齡的話。「我不是這個意思。我只是想表達我還年輕，也沒有小孩，身心都做好了準備。至於那位女士，我感覺她並沒有和阿杜上過床。」

「汪達，妳會失望的。妳將所有儲蓄投入在這個沒有希望的計畫，到時候一定痛苦萬分。萬一妳回來的話，要住在哪裡？妳也知道，我的房間沒辦法擠兩個人。」

「我要是回來，一定是來看妳的，雪莉，到時候我會住在旅館。不過妳也要有心理準備，那時的我不會和現在一樣。」

雪莉抿著嘴，又說：「那我下班回來後要找誰玩，和誰談心？」她哭了起來。「妳不能就這樣拋下我孤單一人。」

汪達沒說什麼，只是把雪莉攬進懷裡。

「妳至少要經常寫電郵給我，汪達，一言為定喲？」

「當然，只要有時間，我會每天寫給妳。」

「算了，妳只是現在說說罷了。」

「不是的，我答應妳，雪莉，我這個人說到做到。」

她通知瑞典的「人與自然超驗結合中心」，說明自己的旅程計畫，表達非常期待在抵達那天，有人會到卡爾馬火車站接她。她還進一步寫道，除了報名的課程之外，希望也能參加中心舉辦的其他課程，學習結束之後繼續留下來，義務推廣阿杜·阿邦夏瑪希·杜牧茲的理念與想法。

汪達堅信自己能夠心想事成。那天在倫敦，阿杜對她心生渴慕，若非接下來還有課，一定能夠得到她。這一點，他們兩人都強烈感覺到。當時時機不對，現在她要好好彌補。之前受迫於環境而停止的事情，到了瑞典，將會繼續下去。

時機已然成熟。

幾天後，她收到了回覆，表示課程皆已額滿，一旦空出名額，將會立刻通知她，只不過到明年為止，可能性不高。

汪達無法置信，她十分確定阿杜只要一看到她，一切將自然而然地進展順利，水到渠成。重點是，她已做好完美的準備。她發現回信的人是皮莉歐·阿邦夏瑪希·杜牧茲。

雪莉或許說得沒錯，最後她勢必得和這個女人交手。接下來幾天，汪達日以繼夜地全神貫注觀想宇宙能量，不斷實踐阿杜的理論。汪達希望自己的知識無懈可擊，這對汪達來說並不困難，因爲她認爲阿杜所說的一切非但正確無誤，而且合情合理。阿杜的思想總結了全世界的信仰形式、積極向上的人性，濃縮成絕對而純粹的教規。她閱讀得越多，了解得越深入，越能感覺到這些崇尚一個更純粹生活的教規，是如何袪除她身上所有的醜陋與俗氣。

她的靈性寧靜逐漸增加。很快地，她的桌上不再出現可樂，也不再一直開著不一定會看的電視，腦中的紛亂嘈雜也逐漸止息。就連對自己計畫的最後一絲懷疑，也煙消雲散。眼前的目標越是不可動搖，她內心就越平靜。

再次出現在阿杜面前時，她有十足把握他會再度臣服於她的性感，懾服於她對他理論的深刻知識。要他相信眼前這位女子與他是天造地設的一對，應該是輕而易舉的事。

汪達將向那位處心積慮要把她與阿杜隔開的女子證明，她是無可取代的。

第十章

二〇一四年五月一日，星期四

人稱山姆大叔的漁船船長威利．庫爾（Villy Kure），住在墨瑟達路一棟黃色衍架屋裡，與哈柏薩特的家之間只隔了兩棟房子。在這條銜接桑維與史諾貝克之間的省道兩旁，坐落著風格獨具的房舍，位置高於道路幾公尺，井然有致，將漁夫小屋和花園盡收眼底，並遠眺美麗壯闊的大海。此處田園風光明媚，照理不該有個居民朝自己腦袋開一槍才是。

他們敲敲大門，沒人應聲，於是走過一座燻肉爐，步上通往中庭的車道入口，中庭裡停放著一部四輪傳動汽車。

卡爾把手放在引擎蓋上，冷卻器冰冰冷冷的。

後門也沒人應門。他們慢慢踱步回到自己的車旁，正好遇見一個人騎著自行車，於是上前詢問。

「山姆大叔出海去了。他目前把漁船當做巡邏艇使用，一時之間應該不會回來。」

「巡邏艇？」

「是的。該死的俄籍船長要是沒有準確下錨，把錨拋得太長，就會拖在海底扯掉電纜線。剛才又發生這種事了。去年聖誕節有一個半月沒辦法從瑞典輸電過來，原因就在此。不過這次不會那麼慘。每次電纜被扯掉，山姆大叔就會駕駛漁船，攔下所有船隻，引導它們改道，沿著剛修好損害的電纜船的航道前進。」

「原來如此。我們想和他談一談哈柏薩特的事情。他們兩個是朋友，對吧？」

「哈柏薩特，天呀！」他喘了一大口氣。「唉，他們兩個曾經是朋友沒錯，哈柏薩特這個人很難與人交上朋友。他和山姆大叔會一起打牌，不過最近幾年，他們的互動大致也就如此了。」

「所以您不覺得哈柏薩特會和山姆大叔討論那件糾纏著他的案了？」

「事發後那十年，他肯定和山姆大叔討論過。但是您知道嗎，即使是山姆大叔這種人，也有受夠的一天，不是嗎？山姆大叔原本脾氣很好，但現在不太一樣了。說眞的，他們有時候會打打牌，但我覺得也就僅只於此。」

「所以您不認爲山姆大叔清楚哈柏薩特的狀況有多嚴重？」

「他怎麼會知道？他大部分的時間都在海上，何況哈柏薩特也不是會吐露心事的人。不過，您爲什麼不打電話給山姆大叔呢？該不會以爲我們伯恩霍姆島沒有電話網絡吧？」

說完，他自己哈哈大笑，然後給了號碼，但是電話佔線中。

從各方面看來，哈柏薩特的磚造房子十分平凡，但現在散發出一股荒涼感，不是陰氣森森，比較像是萬物停滯生長的感覺。讓人想起沉睡中的睡美人城堡，悲傷、遺忘，正無謂地等待著一個救贖的吻。

屋內有股窒悶腐朽的氣味。

「自從這個家分崩離析後，屋裡再也沒有生氣。你們也感覺到了嗎？」蘿思問：「唉，鑑識人員至少可以讓空氣流通一下吧！」

在其他案子的現場，垃圾的味道經常撲鼻而來，空氣中瀰漫腐爛蔬菜味、未食用完畢的罐頭霉味，還有堆積如山、好幾個月沒人清洗的骯髒碗盤，但這裡不一樣。走進屋裡，隨即淹沒在成山成海的雜亂紙張裡，舉目皆是。再仔細一瞧，成疊成堆的文件似乎又次序分明。廚房光亮潔白，客廳彷彿才剛清掃並吸過灰塵。

「這裡有尼古丁和挫折的氣息。」阿薩德所站的角落，有一疊高及一公尺的檔案堆正搖搖欲墜。

「倒不如說是窒悶的空氣和紙漿的味道。這兒的空氣已經很久沒有流通了。」

「你眞的認爲鑑識人員徹底搜查過了？」阿薩德在一堆紙張之間張開雙臂。

卡爾深吸一口氣。「幾乎沒有。」

「天啊，我們該從哪裡著手？」蘿思呻吟道。

「好問題。或許妳可以因此解釋爲什麼哈柏薩特會放棄，爲什麼倫納警方如此大方，願意把開啓他家和這堆資料的鑰匙交給我們。感激不盡啊，蘿思。」卡爾回答：「也許我和阿薩德今晚應該打道回府，留妳一個人在這裡。妳可根據主題分類這一大堆垃圾，按照字母與年代，架構出一個系統。這大概需要……吶……一個月的時間吧，我想，最多兩個月。」

卡爾哈哈一笑。蘿思面無表情。

「我十分篤定能幫助我們進一步有所突破的線索，就埋在這裡。我相信我們的調查絕對會比哈柏薩特還要深入。當然，這需要意願與決心。」她激了一句。

即使她的主張沒錯，也需要好幾個星期的時間加上一群工作人員，才能從成群的資料堆理出脈絡。沒錯，問題眞的在於意願。乍看之下，成千上萬的資料似乎全是車禍意外發生沒多久，哈柏薩特在伯恩霍姆島進行徹底盤查後所做的記錄，追論還有他隨後幾年追查到的線索。一條線索，一疊檔案。

但是，哪一疊才是他們要找的呢？

「我們最好把所有資料打包帶回警察總局。」蘿思建議道。

卡爾雙眉緊蹙。「除非我死了。見鬼了，我們要把這個文件陵墓安置在何處？」

「在阿薩德正在粉刷的那個地方隔出一個空間來。」

「那我可就沒有興趣粉刷完畢了。」角落忽然跳出聲音。

「嘿、嘿，你們兩個，等一下。那個房間不是等高登畢業後，要分配給他使用嗎？你們以爲我們的朋友羅森．柏恩一旦發現他寵愛的心肝寶貝，在懸案組裡沒有他堅持擁有的容身之處，會說什麼？」

「唉，我以爲你對羅森的看法根本不屑一顧？」蘿思回道。

卡爾露出苦笑。事實就是如此，懸案組的頭兒是他，不是羅森，即使他自以爲是。除此之外，羅森不斷挪走原本特別撥給懸案組使用的預算，所以羅森若是敢發牢騷，卡爾心裡有數該去找誰處理，所以羅森最好閉上狗嘴。不過問題的核心不在此，而是卡爾壓根不想在地下室堆積更多的文件。

「偵辦這件案子時，高登可以和我使用同一間辦公室。」阿薩德說：「我很歡迎來點生氣。」

卡爾不敢相信自己的耳朵。這兩個人竟然是認眞的！

「對了，你不打電話給山姆大叔嗎？」

「那得由你打，阿薩德，我的手機快沒電了。」他把挫折發洩回去。

「這裡有室內電話，拿起話筒吧。」阿薩德指著一具高踞在餐桌一疊剪報上的老式話機。

卡爾嘆了口氣。懸案組裡有說話權的到底是誰？天啊，他們又還沒有接下這件案子！

他飛快思索一番，本想大發雷霆，最後決定還是別給自己找麻煩，於是他轉起撥號盤上的數字。

電話裡沙沙作響，線路另一端傳來火冒三丈的聲音。

「您竟使用哈柏薩特的電話，眞他媽的王八蛋！」卡爾表明身分，說出來意後，山姆大叔怒吼道。

線路喀噠喀噠地響，加上話筒那端又傳來引擎聲，卡爾不得不捂住另一隻耳朵。

「說眞的，我一看見號碼，差點沒嚇死。沒錯，哈柏薩特和我有時候會打打牌，甚至他射死自己的前一晚也一樣。但是，我現在沒什麼時間講電話，有艘地中海航運的愛沙尼亞貨輪，正執意要穿越我們工作的地點，船長我不出馬不行了，要讓他們知道誰才是老大。」

「我長話短說。現在我才知道你們前一晚也在一起。爲什麼之前警方不知道這件事？」

「因爲沒人問啊。我去哈柏薩特家接受指導，他教我怎麼使用那個爛攝影機。」

「那個時候哈柏薩特狀況如何？ＯＫ嗎？有什麼値得注意的？」

「他有點醉了。利尼燒酒和兩瓶波特黑啤酒很容易刺激淚腺，是吧？說眞的，他有點傷感，不過他有時候就是這德性，所以我沒有特別觀察他。」

「傷感，怎麼說？」

「他會一邊撫摸著畢亞克的東西，一條藍色領巾，一個那孩子自己做的木雕，一邊哭泣。」

「您的意思是他有點失常嗎？」

「不是，根本不是。他玩牌還贏了我，哈。他只是有點哀傷，不過他經常這樣子。」

「他經常在這種時候哭嗎？」

「之前遇過兩三次。或許他單純喝醉了，所以比起平常，更加地陷入回憶裡。『山姆，你知道這個或那個嗎？』每次他要講前幾年還和家人生活在一起的日子，就會這樣問我。他一直很寂寞，所以那個晚上我不覺得他特別奇怪。誰又能料事機先呢？這樣看來，我或許比較了解他當時腦子裡在想什麼了。仔細回想，那個晚上確實很不尋常，想起來我就傷心。不過，那也於事無補。現在那個愛沙尼亞白癡就在左舷，他媽的，我可不容許他再來一次。我得掛電話了，要盡快弄走那艘陳舊生鏽的老船，否則要撞船了。可惜我知道的不多，不過你有什麼問題，隨時可以打電話來。」

卡爾緩緩放回話筒。他不喜歡剛才聽到的話。這件案子逼得太緊了，他早晚抽不了身。

「他說了什麼？」蘿思站在茶几旁，翻看著一疊檔案。

卡爾站起來。哈柏薩特前一晚用過的杯子收拾好了，但是藍領巾和小木雕還在桌上。

他拿起木雕，是一尊男人像，雕刻技法拙劣，像出自小孩之手，感覺很可愛，表現力十分豐富。

「山姆大叔說哈柏薩特很難過，還哭了，事後想想，那不像平常的他。」

「我剛才不就說了嘛，哈柏薩特不是一時衝動，他預計結束自己的生命，很可能已經計畫了好一段時間。」

「或許吧，那麼他的死，不是我的責任了吧？」卡爾把木雕放進口袋，環顧四周。毫無疑問，混亂中仍自有系統。右邊和矮餐具櫃上的文件比較老舊，紙張都泛黃了。連接隔壁房間的牆壁旁，排著新的資料。檔案夾根據主題依字母排列，窗台上擺的是錄影帶和各式小冊子。

卡爾走進相連的隔壁房間，阿薩德已經站在那兒，注視著牆壁軟木板上各種尺寸的照片。

「噢，天哪，這都是些什麼？」

「老貨車的照片。」

彷彿卡爾自己看不出來似的。

他走向前。

「是的，這輛是福斯布利廂型車。板子上全都是福斯布利廂型車的照片。」

「布利？」

「我們以前都如此稱呼福斯這款車型。」

「原來如此。不過這些車都是從前面拍照的，你不覺得很奇怪嗎？」

「嗯，而且各不相同，沒有兩輛是一模一樣的。」

阿薩德點頭。「我不知道有這麼多種顏色，紅黃藍綠白，各種可能的顏色都有了。」

「是的，還有各種可能的款式。備胎放在車前的這款，已經相當久遠了。有些車窗是圓形的，有些不是。你數過幾輛嗎？」

「是的，一共是一百三十二輛。」

他果眞數過了。

「你認爲哈柏薩特的假設是什麼？」卡爾問道。

「雅貝特是給一輛不倫車撞死的。」

「是布利車。好的，我同意。」

「鐵定是一輛畫上叉叉的車。」

「什麼畫上叉叉？」

阿薩德指了指四、五張照片，角落上都畫了一個小叉叉。

「那裡，照片上標示記號的車子都是淺藍色的。」

「沒錯，淺藍色最受歡迎，六〇和七〇年代隨處可見。」

「不過，並非所有淺藍色車都畫上叉叉，只畫了擋風玻璃上中間有隔條，後面沒有窗戶的車型。」

「若我記得沒錯，那依然是最流行的一款車。雖然隨著時間，款式稍有變化，但絕對十分常見。」

「這張有個汙漬。」阿薩德說：「你看，感覺哈柏薩特好像經常用手指敲保險桿似的，彷彿在說：『嘿，就是你了！』」

卡爾走近一看，沒錯。保險桿和其他車不同，看似更加堅固，有兩根垂直支撐桿，平行焊接在鋼管上。

「阿薩德，打上叉的車子裡，唯有這輛車的保險桿異常堅固。」

「但是，卡爾，你看那邊，還有一輛同樣款式的車。」

他指著連接另一個房間的牆壁說。

那是張放得很大的照片，用透明膠帶黏在兩幅畫之間的牆面。畫作上的簽名和市民之家那一張一模一樣，看來應該是島上的畫家。放大的照片上，正是保險桿經過強化的布利廂型車，畫面粒子很粗，看不太清楚。拍照者趁著駕駛下車時按下快門，臉和車牌號碼都無法辨識。也許這個畫面是將某張照片盡可能多次放大後得到的結果，但手法顯然不夠專業。

「卡爾，你看下面，一九九七年七月五日。剛好是車禍發生前四個半月，對嗎？」

卡爾不發一語。

照片最上方，雜亂橫生的枝椏顏色泛白處，有一道幾乎無法辨識的箭頭直指車旁的男人。箭頭大約十公分長，有人在旁邊用鉛筆潦草寫了字。

卡爾讀懂上面的字後，不由得大吃一驚。上面寫著：卡爾，這就是你要找的人。

「你在看什麼？」阿薩德伸長了脖子，十分好奇。

他讀了卡爾死盯著看的字後，輕輕倒抽了一口氣。

「老天，他簡直硬逼我接下案子。」卡爾嘆了口氣。「上面沒寫那男人的名字。」

「我們有沒有可能請哥本哈根的技術人員，把照片變得更清楚一點？」

「眼前這個版本不可能。」他轉向房門口，喊道：「蘿思，妳過來一下。」

蘿思花不到五秒，就看清了卡爾和阿薩德的發現。

「該死。」她點頭。

卡爾緊閉雙唇。

「現在沒有辦法回頭了。」阿薩德多此一舉地確認說。

卡爾久久注視著放大的照片，然後嘆了口氣。難道眞的沒有出路了嗎？沒有，應該沒有了。

他咬牙切齒地轉向蘿思。

「我不得不承認妳對哈柏薩特的看法沒錯，至少有幾點跡象證實如此。他十之八九懷疑這個人相當多年，但是抓不到他。後來哈柏薩特撐不住了，明白自己無法獨立解決這項任務，希望交到別人手中。自殺是一石二鳥之計，一來得以擺脫此案，同時又能加諸於我們。他十分篤定我們會過來，我現在同意妳的論點了，自殺是他的車票。」

「而且不是來回票。」阿薩德下了結論。「不過，這個ＢＭＶ／ＢＲ ＣＩ Ｂ一四Ｇ二七是什麼意思啊？」

「會不會是拍攝者名字的首字母，或是檔案編號？蘿思，妳在那邊查過檔案夾了嗎？」

她點頭。

「妳看到這些字母和數字，沒有靈感嗎？」

「沒有。他的系統非常簡單，何況檔案夾裡沒什麼東西，幾乎是空的。」

「現在怎麼辦，卡爾？」阿薩德出聲說。

「是啊，怎麼辦？」他看著兩位助手。和他們一起工作將近七年，解決了許多案子，他們的眼睛裡依舊閃耀著熱情。這種熱切的眼神有時能激勵他，爲他充電，有時候不行。現在這一刻就觸動不了他，因此他必須深掘自己個人的土壤，尋找多餘的能量。

他的手指敲著照片旁的牆壁。阿薩德剛才說過：沒有辦法回頭了。

「好吧，蘿思，妳再去訂兩晚的旅館。而你，阿薩德，跟我一起巡視一下屋子。我們必須先有個概念，看看有多少資料要打包裝箱，這些東西大概又是怎麼分類的。」

第十一章

二〇一三年十月

收到汪達．芬恩上一封通知她要前來的信至今，皮莉歐不知道看過了幾遍。她有種不好的預感。雖然第六感不屬於阿杜的理論範圍，她就是無法輕而易舉地不予理會。

糟糕的是，她每看一次信，腦中就會出現可能發生的新情況。不論哪種情況，結果往往一樣，都會帶來災難。汪達完全忽略皮莉歐回絕她上課的申請，依然故我，打算突進，徹底翻轉皮莉歐和阿杜的世界。皮莉歐在她的字裡行間看出這樣的企圖。她當然不能容許此事發生，尤其不能在她的生理時鐘越跳越快的這一刻。

幸好處理詢問事項的人是我，她心想。萬一是阿杜自己看見信，一定會激起他的好奇心，還有性欲。不行，這個女人不准踏上厄蘭一步。唯有如此，才能阻止最壞的狀況發生。

她看看手錶，一個小時後，汪達就會抵達卡爾馬車站，大概懷著滿心期待，希望皮莉歐會讓步。

時間不多了，看來她得隨機應變。不過，這點她非常擅長。

她在海邊木棧道旁的車位停下偉士牌摩托車。

她暫停一下，觀察棧道上腐朽的木板和水中飄蕩在木柱周圍的海草。還有哪裡比這兒更祥和呢？即使如此，不舒服的聯想仍油然而生——當然有。很久以前，這個地方曾經是一樁——意外的發生場所。那樁意外，終結了可能危及皮莉歐的狀況。是的，那狀況可能徹底毀了她。

當時，阿杜有個學生後來變成了她的情敵，自由出入阿杜的房間。皮莉歐怎麼忍得下這口氣。於是在那個女人也涉入其他領域，把她逼到絕境之前，她必須親手了結。

接著，沒想到竟發生了意外。仔細思考，那樁愚蠢的意外卻是再好不過的理想安排。

那已是多年前的往事，而現在又殺出一個汪達．芬恩。

皮莉歐望向市中心，決定騎上礫石路。道路在建築物繞行，最後穿過人造林。

雖然會繞上很大一段，但是她從這兒一路騎到省道，不會受到打擾。市中心的人不會知道她在什麼時候消失到哪兒去了。

萬一事後有人問起，她可以說自己往北方騎了，因為準備要構思新的電話諮詢內容，需要先讓腦筋休息一下。

重點是，要為自己的不在場提出無可辯駁的理由，而且絕對不能說溜嘴，提到汪達．芬恩的名字。

等到風頭過去，解決掉倫敦麻煩後，接下來要教訓巴黎女人。她尚未想好該如何執行計畫，才不會讓阿杜有所察覺。可是若不盡快採取行動，情勢將會脫離她的掌控。

汪達在哥本哈根搭上火車後，才覺得旅程真正開始。

飛機沒什麼了不起之處，最後一段搭乘火車穿行在陌生風景之間的旅程，她才覺得處處是驚奇，宛如置身童話國度。光是語言，即富有不可思議的魔力，令人興奮。

她望著無垠延伸的平原掠過，農田、岩地交錯飛逝，綿延數公里的石牆，由人類的雙手一代又一代堆砌而起。火車後來又穿越幾乎不見盡頭的杉樹林，經過一棟棟紅色木屋。在這個陌生的美好國度，她堅信能夠找到自己的王子，永遠將過去拋在身後。

汪達已做好了萬全準備。由於她沒有收到對方邀請，所以心裡有底可能會遭到阻力，需要長期抗爭。但是她不打算退縮，不管發生什麼事情，都要全力抵抗。她在另一封電郵中提到了自己的抵達日期，如果有人到車站來接她，那很好，否則她也找好了火車站附近的旅館。她的錢還足以應付幾個星期。她堅信總有一天一定能夠獲得阿杜接見。

她在車廂座位上動了動，對面的一個男子忽然問道：「您第一次來瑞典嗎？」他們才剛經過卡爾斯羅納，半個小時後，即將抵達卡爾馬。

她點點頭。

「您要往哪兒去？」他微笑問。

「厄蘭島，我要到那兒見未來的先生。」她聽見自己的聲音說。

他臉上閃過一絲失望嗎？「可否請教那位幸運兒是誰呢？」

她感覺自己的臉都紅了。「他叫做阿杜．阿邦夏瑪希．杜牧茲。」

對面的男人忽地皺起眉頭，點了個頭，然後望向窗外。另外一個村莊在霧氣中滑過。

他們抵達卡爾馬車站，那人幫她把行李提下火車。

「您知道自己在做什麼嗎？」他把行李放到月台上時問道。

「您爲何這麼問？」她不解地看著他。又是一個冥頑不靈，以狹隘眼光看待世界的人。

「我是個記者，在卡爾馬這兒工作。前一段時間，我到厄蘭的中心採訪大師。我不得不說，那次見面的感覺很奇怪。當然，這純粹是主觀印象，我知道，但是那裡的一切感覺像是操控、詐欺與騙術。那位負責人杜牧茲用盡手段想要迷惑我。嗯。總之，您十分確定嗎？」

她點頭。是的，她十分確定，而且更甚以往。

她謝謝他幫忙拿行李，然後目標明確地走向車站建築。

在站前小廣場上，她靠在一個旗桿上，對著太陽猛眨眼。當然沒人來接她。

於是她決定先到旅館要一個房間，放下行李，叫一輛計程車。

四十五分鐘後，她就能到厄蘭了。

她正要彎腰提起行李，這時有個穿著一身潔白的女士，騎著摩托車正要轉彎。

汪達立刻認出對方那張慍怒的臉龐，不由自主地握緊拳頭。

第十二章

二〇一四年五月一日，星期四

哈柏薩特顯然奉行「善用地板每一吋空間」的準則，擺放他收集成癮而來的重重資料。牆壁也適用同樣法則，掛滿、貼滿一張又一張的剪報與影本。除了兩幀裝框的家庭照之外，整棟房子裡沒有私人物品。所謂舒適的家，絕對不會是這副模樣。只有獲得特殊禮遇的人，才能一窺哈柏薩特的私人生活。

不過，一大堆看似雜亂無章的混亂，逃不過經驗老道的警察那雙銳利鷹眼，卡爾清楚辨認出一個次序架構。詳細的資料都放在客廳這個中心，再由此輻射到其他房間，分門別類擺置。客廳架上的檔案夾，含有分散在房子各處資料的目錄，層層疊疊的紙張也按日期排列。

餐廳顯然存放了線索和間接證據，全都是哈柏薩特不知爲何覺得重要的東西。房子其他地方又根據子題分類，例如家務間記錄了警方的調查結果，這個地方相對比較空。後面的儲藏室就不同了，塞滿哈柏薩特在事發後幾個星期，詢問當地人的記錄與改寫。兒子的房間，堆放哈柏薩特從國家警察局調來的其他肇事逃逸案件，一疊又一疊。甚至還有一個櫃子，乾脆就取名爲「雅貝特」，將她生平各個階段一一歸類。連她在民眾高等學校的朋友，資料也有好幾份。

一進二樓的臥室，汙濁沉滯的空氣迎面撲來，窗戶早被一座又一座的紙張高塔遮得嚴嚴實實。

阿薩德嗅聞了一下說：「卡爾，你有沒有站在一頭肚子絞痛的駱駝後面過？」

卡爾搖頭，馬上就明白阿薩德的意思。這兒住了一位老人，而他從不曾開窗讓空氣流通，吹散他的體味。

他四下張望，這裡可說是打破記錄了。除了整齊鋪好的床，床前和衣櫃前一條狹隘的走道外，整個房間全堆滿東西。窗前兩個櫃子上，滿滿都是民眾高等學校的手冊，當然也不乏同時期雅貝特在伯恩霍姆民眾高等學校的老師與學生資料。不過，卡爾和阿薩德在這個房間裡還發現與這些風馬牛不相干的東西。

「卡爾，你覺得這類東西怎麼會放在這裡？」阿薩德指著床邊地板說，卡爾也正在翻看那堆井然有序、數量龐大的傳單究竟是什麼。各式各樣的代表性靈性學說似乎全都收集來了，無一遺漏：靈媒、芳香療法、占星術、氣場彩繪、氣場轉換、巴哈花精療法、天眼通、解夢、情緒釋放技巧、能量平衡、信仰治療、能量淨屋等等，族繁不及備載。還有數十種另類思考、另類治療等相關手冊，全依照字母排列。

「他是不是想從這方面尋求慰藉？」

卡爾搖頭。「我沒有頭緒。不對，沒有意義啊。你在屋裡其他地方看過相關物品嗎？塔羅牌、靈擺、占星用具或靈性油彩瓶？」

「也許在二樓浴室，那兒我們還沒看過。」

走廊的陳設相當普通，一邊牆壁上是掛衣鉤，掛著外套和風衣，另一邊是擺放外出鞋的小鞋架，一把竹製握柄的鞋拔掛在吊鉤上。走廊通到玄關，照例擺著傘架。走廊上有四道門，分別通往客廳和廚房，另外兩道比較狹窄的門，卡爾推測應該是通往浴室和廁所。他朝廚房看了一眼，蘿思正在流理台洗手，臉上罕見出現若有所思的表情，心思似乎飄到很遠的地方。

不過她的第六感仍未失靈，一感受到卡爾的目光，倏地轉過身來。

「卡爾，我們不可能把所有的東西都搬到高登的新辦公室。」她說：「不過，若是利用走廊上的壁面，設置幾個櫃子，應該就沒問題。如果茱恩．哈柏薩特同意，搬家公司或許也可以拆走哈柏薩特幾個舊櫃子。」她在大腿上擦乾手。「畢竟她繼承了所有物品，是吧？法律上來看，畢亞克繼承了他父親的財產幾個小時，不過他現在也死了，他母親順理成章地接收一切。或者，你有什麼想法？」

「我覺得妳想得很周全，去安排必要事務吧。不過，我若是妳，不會詢問是否能夠搬走櫃子。」

她訝異地看著他。「爲什麼？不想遇到阻力嗎？這點我倒是沒想到。」

「不是。不過，這屋裡有很多妳想不到的東西——當然，我也一樣。」

「我也是。」阿薩德的聲音從後面傳來。他把兩道窄門開得大大的，不過只有一道門後流洩出光線。

「廁所和浴室在同一間，沒什麼好看的。另一道門後是狹窄的走道，通向車庫和地下室階梯。」

還有這個，卡爾心想，還有地下室和車庫裡一堆該死的廢物。

他們穿過屋子，走進車庫。灰塵積厚的窗戶上，透進一道光線。空氣中瀰漫著焦油味、汽油蒸騰味，地上還有輪胎痕跡，貨眞價實是個車庫，無需懷疑這個小屋的用途。但是車子呢？沒有停放在市民之家，會不會是被警方帶走，停放在警察總局的停車場？

「卡爾，車庫總是叫人毛骨悚然。」阿薩德雙臂無力地垂著，但是手掌卻握成了拳頭。

「爲什麼？讓你想起蜘蛛網了嗎？」卡爾左右張望。他的紅髮表妹若來到這裡，絕對無法超過兩秒還不昏倒。當年她暑假到他父母家玩，一看見蜘蛛，立刻歇斯底里。

幾個架子上放著過去日子裡留下的東西：溜冰鞋、扁掉的動物造型泳圈、油漆桶和凹掉的蓋子，還有一大堆早就禁止使用的噴灑式除草劑。頂上橫樑放著衝浪板的風帆，以及雪板和雪杖。有什麼好毛骨悚然的？

「一切物品，在在敘述著過往時光，以及使用不當的時間。」阿薩德忽然大發哲學感慨。

「使用不當？」

「有很多時候可以使用這裡的東西，但是它們從未被使用過。」

「我們又不知道事實是否如此，阿薩德。爲什麼你覺得毛骨悚然？我覺得反而是令人悲傷。」

他的同事點點頭。「除此之外，車庫和房子與房子裡的生活隔離開來，所以我每次進到車庫，都覺得好像感受到了死亡。」

「我無法理解。」

「你也不必理解，卡爾。每個人的感受不一樣。」

「你是想到自殺之類的事情嗎？」

「是的，這也是一個原因。」

「嗯，至少車庫這兒沒什麼可激勵人心的發現，沒有藏匿的物品，牆上沒有紙條，沒有神祕金字塔之類的東西，沒有水晶，沒有像臥室的那些神祕學廢物。你看到的也一樣嗎？」

阿薩德的目光多次巡視車庫空間，然後點頭附和。

地下室裡也沒有值得一提的驚喜，整理得乾淨整齊，井井有條。裡頭有洗衣區，但沒有衣物；有儲藏室，但沒有食品；還有工作間，有個工作台，但不見工具。地下室中央反而有台新型的影印機，以及老舊暗房的相關設備，今日幾乎已經沒人會使用。

「他竟在這底下設立了一個暗房，但是我沒有看到顯影劑之類的東西。」卡爾說。

「卡爾，這搞不好只是他以前的興趣罷了。最重要的是，我想他使用了這個。」阿薩德在影印機上拍了一下。「他一定是用這個放大福斯廂型車的照片。」

「不無可能。」

卡爾拿起影印機旁的垃圾桶，掏出一張揉成一團的紙張，在工作台上攤平。

是樓上那張貼在牆上放得很大的照片影本。不難看出哈柏薩特怎麼放大照片的：先把照片放大到四分之一A4大小，再將影本加倍放大，依此類推A5、A4，一直到A3。想當然耳，無法期待會出現多好的品質。

「阿薩德，你看第一張放大的照片。冷卻器上方還有另一輛車，我覺得那車款式非常舊了。後面背景看得出來是那個男人和布利車，我想應該是在停車場拍的。你覺得呢？」

「可是也看得到草地，所以不排除是別的地方。」

「好，你說得有道理。不過看這裡，這張放大的影本邊緣，有另外一張照片的痕跡。這告訴我們什麼？」

「同一頁上有好幾張照片。」

「十分正確。照片之前大概貼在相簿裡，這也吻合相簿裡貼照片紙張的紋路，比較粗、比較硬。從這個正方形來看，應該是柯達傻瓜相機拍的。」

「原始照片一定還在影印機裡。」阿薩德掀開蓋子，可惜他錯了。

他若有所思地摩挲著鬍渣，沙沙沙的聲音簡直和騷莎樂團的節奏一樣。「如果有相簿，就能找出在哪裡拍的了，甚至還能找出是誰拍的。」

「哈柏薩特不是刑事警察，我們最好別奢望他擁有條理分明的邏輯思考。不過，就算這樣，他媽的，他一定在某個地方標註照片打哪兒來的！檔案夾裡沒有找到嗎？」

「你看，卡爾，還有另一疊照片。」阿薩德從哈柏薩特鎖在牆上的木箱裡拿出一疊照片，遞給卡爾。「或許這就是他最後在處理的照片。」他費力壓抑臉上的賊笑。

「真搞笑啊。」卡爾把一個裸女的泛黃照片丟到桌子上，照片差點掉下來。哈柏薩特就算對這方面有興趣，一定也是很多年以前的事了。

「我進入電腦裡了。」蘿思見到他們上樓後說：「密碼不過是小意思，當然是『雅貝特』。」她哼笑一聲。「客廳的檔案夾裡，那些分散在屋裡所有資料的目錄，電腦裡也都有。差別只在於，檔案夾裡有時候還有透明袋，存在剪報或者其他補充資料。我稍微看了一下，沒有什麼劃時代的發現。我反倒覺得，哈柏薩特好像放棄了檔案夾整理系統，索性堆成一疊又一疊。當然，我也可能弄錯。」

我也可能弄錯？她剛才這麼說了嗎？

「有沒有關於照片上那輛福斯車的說明，蘿思？」

卡爾把最小的那張放大照片放在她面前。

「也許有。」她答說：「嗯，畫面很不清楚，影印的？」

阿薩德點頭。

「當然囉，否則還能是什麼？哈柏薩特應該沒有掃描機，我只看到那邊的小型印表機。」她指著一摞紙底下的噴墨印表機。「不過請您稍安勿躁，莫爾克先生，我仔細梳理一下電腦裡的內容，若還找不到照片來源，眞的就見鬼了。這台老箱子的記憶體只有六十ＭＢ，應該可以解決。」

吶，她的嘲諷終於又回來了。她嘆口氣，面向螢幕，隨即全神貫注在手邊的工作。沒錯，這是他們的蘿思，如假包換的蘿思。

「卡爾，來一下。」阿薩德叫道。

他瞪著那張放大的照片，臉色彷彿見到鬼似的。

「怎麼回事呀？」

「摸一下那邊。」他把卡爾的手拉到照片中央的一個位置。

「怎麼樣？」

「用力一點。」

有了，他感覺到了。

「後面貼了東西。」阿薩德點著頭，好似在證明他的話。「哈柏薩特一定料到我們會帶走這張放大照片。我想我們應該撈到溪裡的針了。」

「是大海裡的針，阿薩德。」卡爾小心翼翼地撕開影本角落的透明膠帶。

「棒果。」阿薩德說。忽略他想說的其實應該是「賓果」這句話之外，他是對的。背面貼著相簿的內頁硬紙，上面有四張照片。

「或許上面有註明照片來源。」阿薩德小心撕下相簿紙。

但是紙張後面什麼也沒有。

卡爾翻回正面。四張照片很明顯是以老爺車爲主角的系列照片，十之八九是在某場老爺車聚會上拍攝的。

卡爾心臟突地跳了一下。每次調查忽然有新進展時，就會出現這種狀況。他不由自主地笑了。這就是活著的意義。

「我們找到他了。」卡爾努力克制興奮感，一邊敲著某張照片上一處約莫一．五公分大小的地方。「在停車場很後面的地方，你看見了嗎？他正望著一輛有進口冷卻器的車子，非常漂亮的老款式。」

「但是這個也不比哈柏薩特的影本清楚多少，卡爾，我們就算試了一百年也沒用。」

阿薩德說得沒錯。哈柏薩特盡了最大力氣。

「照片底下寫著ＣＩ　Ｂ一四Ｇ二七，相簿紙邊緣還寫著ＢＭＶ／ＢＲ。卡爾，照片上那輛黑色車上面寫什麼？ＴＨ　Ａ二〇？另外兩張底下是：ＷＩＫＮ二七、ＷＩＫＮ二八。這些應該是在說明那幾輛車，對吧？你熟悉老爺車嗎？撇開你載我們過來的那輛生鏽的老車不算。」

卡爾搖搖頭。「我只知道ＣＩ，也就是雪鐵龍。但ＴＨＡ和ＷＩＫＮ，我完全不知道。」

「我們來查一下。」阿薩德建議說。

蘿思還來不及抗議，捲毛的阿薩德就把她連同辦公椅推離螢幕。

「等一下再跟妳解釋。」卡爾說。阿薩德已經把「雪鐵龍，Ｂ一四Ｇ二七」輸入搜尋欄。

沒有結果。現在呢？

「你們還眞是專家啊。」蘿思的語氣酸到極點。「你們沒看見那都是老車嗎？款式老舊得可以，二十年代的車了。說得準確一點，如果我沒解讀錯誤，就是一九二〇、一九二七和一九二八年。」

卡爾眉頭蹙起，感覺無地自容，眞想挖個洞鑽進去，他竟然沒想到。

「好的，蘿思。阿薩德，那就鍵入『雪鐵龍，Ｂ一四Ｇ，一九二七』。」

蘿思沒說錯。螢幕上立刻出現拋光得晶晶亮亮的車子，滿坑滿谷，五顏六色。在兩次大戰之間，竟然製造了如此優雅脫俗的汽車。

「太棒了。阿薩德，接著查一下哪種汽車品牌叫做ＴＨ和ＷＩＫＮ？」

「讓我來吧。」蘿思用辦公椅從側面猛撞阿薩德的屁股。

不到幾秒，她巧手一變，螢幕上隨即出現一輛一九二〇年的圖靈（Thulin）A，以及兩輛一九二七年和一九二八年的威利斯－奈特（Willys-Knight）汽車。

阿薩德目瞪口呆，臉上的表情彷彿像打開了禮物。一看到蘿思把所有汽車款式鍵入搜尋欄中，他不禁興奮喊道：「答案快出現了，卡爾，我們就要找到了！」

一共出現三個搜尋結果，第一個絕對就是他們要找的目標。

一九九七年伯恩霍姆聚會（照片集）

http://www.bornholmsmotorveteraner.dk

BMV／BR也得到了解答：伯恩霍姆機動老爺車／伯恩霍姆聚會（Bornholms Motor Veteranen/Bornholmer Runde）。

阿薩德興奮地跳起來，扭臀擺腰地跳了一小段舞。他那個已經不再清新有朝氣的身軀跳起舞來，只有荒誕怪異能形容。

「好、好，阿薩德，我們簡直就像破案了。現在還剩幾個小細節要釐清，例如照片誰拍的，誰把這頁相簿照片借給哈柏薩特，照片上的男人是誰，他是否有責任，這個人又在哪裡，以及哈柏薩特怎麼……」

阿薩德乍然停止舞動。

「好啦，我們懂了，卡爾。」蘿思說：「好，我看看哈柏薩特的印表機能不能印，如果能印，就列印出我能找到的這個老爺車聚會的所有資料，如何？這樣一來，就知道該如何著手了。」

卡爾拿出手機。該死，幾乎快沒電了。他輸入畢肯達警官的號碼。

「我是卡爾．莫爾克。有兩件事，」畢肯達一接電話，卡爾立刻說：「如果方便的話，我們想把哈柏薩特的所有資料帶回哥本哈根警察總局。」

「好，我想遺產繼承人應該會很高興。不過，理由是什麼？」

「我們的好奇心被激起了，人總需要關心一些事情。第二是……」

「卡爾，若和雅貝特案有關的話，」畢肯達打斷他。「你們必須先直接和負責的警官談過。他是個好人，所以管好你的舌頭，懂嗎？他是那種做牛做馬工作的類型，也善盡了職責。我把電話轉過去，他叫做尤拿斯．拉夫納（Jonas Ravnå）。」

「還有一件事。你們在畢亞克．哈柏薩特那裡有沒有發現什麼我們需要知道的事情，例如自殺動機之類的？」

「沒有，什麼也沒發現。他的電腦裡都是同性戀的色情照片和落伍的電腦遊戲。」

「你們檢查完他的電腦後送過來給我們，好嗎？」

「好的，你自找的喔。我現在把電話轉給拉夫納。」

一個疲憊的聲音從線路另一端傳來，卡爾表明來意後，那聲音也沒有變得更有活力一點。

「不管您願不願意相信，其實我很樂意幫助克里斯欽．哈柏薩特。問題在於，我們一直沒有取得更具體的事證，何況意外發生當時以及後來，也不斷有其他案件要處理。您也別忘記，意外發生至今將近快二十年了。」他說。

卡爾點頭，有誰比他更清楚這類遊戲規則呢。另一方面，如果生命中有件事絕對牢不可破，那就是犯罪者不會輕易停止罪行。

「哈柏薩特懷疑一個福斯布利的車主，他是在一九九七年拍的照片上找到的。您有沒有任何頭緒他爲什麼有此懷疑？他告訴過您這件事嗎？」

「最後五、六年，哈柏薩特和我已經不再討論這件案子了。說得準確一點，是我禁止他老是糾纏在這件案子上，除非有突破性的新發現。我告訴他，應該把重心放在自己的警察工作上，也就是一般的日常業務。他最後幾年有找到什麼新突破嗎？」

「您呢？您後來有找到能夠給出結論的發現嗎？您怎麼看這件案子？」

「每個人各有自己的一套理論。」

「結果是什麼？」

「我們沒有發現煞車痕跡。萬一這眞是樁意外，司機很可能是酒駕或者吸了毒。但若不是意外，而是蓄意謀殺，我們又完全找不到動機。雅貝特沒有懷孕，且受人喜愛，誰有理由殺害她呢？當然也不排除強姦殺人的可能，或是忽然心生衝動想要殺人的精神病患，碰巧遇到雅貝特而驟下毒手。還有，雅貝特一大早騎自行車跑到那個地方，一定有個理由，但這個理由也尚未查明。她要和誰見面呢？爲什麼選在那個地方？我推測她和人約了見面，然後從自行車上下來，在那邊等著，因爲她把自行車放在稍遠的地方。若非如此，她一定也會在撞擊時被自行車零件給弄傷，而我們在自行車上沒有找到任何生物組織的痕跡。因此，我認爲她太早抵達那兒，稍微在附近走一走，然後等待對方。或許她等的人，最後殺害了她。」

「有任何推論，可能指出這個人的身分嗎？」

「還是有的。我們知道她有一個男朋友，我的報告裡面也提到這點。我們知道他在島上停留過，但是他在事發之前或之後是否離開了島，我們就不清楚了。」

「您知道他的姓名和他在島上的落腳處嗎？」

「我們推測他可能住在厄倫納某處宅院的公社裡，不過我們不知道名字。出租宅院的屋主沒有締結租賃契約，租屋期間，他拿到五萬克朗的現金房租，甚至還把租金報稅了。」

「您剛才說『推測』。你們怎麼找到他的？這點沒有記錄在報告裡。」

「說實話，我記不太清楚了。很有可能是哈柏薩特發現的，畢竟他一天二十四小時沒日沒夜地調查此案。」

「嗯。房客租多久時間？」

「六個月，一九九七年六月到十一月。」

「有關於承租者的個人描述嗎？」

「有的，大約二十五歲，也許年紀再大一點。相貌堂堂，長髮，服裝風格有點走嬉皮風。軍裝夾克，上面繡著『核能，敬謝不敏』之類的標語，您知道的。」

「然後呢？」

「就這樣了。」

「資料並不多。您確定屋主把他所知的一切都告訴您了嗎？」

「吶，我希望是如此，因為他已經過世了，三年前死的。」

卡爾搖著頭結束了談話。案件真的不可以拖太久。

「有件小事我得告訴你，卡爾，可是我不確定你聽了是否會開心。」蘿思說。

那個賊頭賊腦的笑容究竟是什麼意思？

「我另外訂了兩晚的旅館房間。」

「所以有什麼問題？」

「噢，不能說是問題，只是你和阿薩德要到另外一邊睡覺。」

「啊，我們要搬到另一間旅館嗎？」阿薩德戒慎恐懼地問道。

奇怪，卡爾心想，他開口的速度竟比他還快。

蘿思打量了他們一會兒，彷彿他們兩個是被寵壞的青少年。看來沒有另一間旅館這種事。

「還是說，我們要搬到另外一個房間？」阿薩德不罷休。

「沒錯，只不過已經沒有單人房了，所以我幫你們訂了雙人房，超大的雙人床，還有雙人床單等等有的沒的。你們一定會睡得很舒服。」

第十三章

二〇一三年十月

那女人宛如一尊風姿綽約的雕像，倚在站前廣場的一支旗桿上，行李箱擺在腳邊。一身閃耀光澤的黝黑肌膚，彷彿在嘲笑北方高緯度對抗黑暗的戰鬥中，倖存下來的基因；彷彿在嘲笑皮莉歐過去二十年將生命貢獻給阿杜、他的世界與信仰，嘲笑她心中冀望最終能贏得他的心。這個女人美得不可方物，高貴優雅，又健美矯捷，而且異常危險。

皮莉歐在摩托車上坐了好一會兒，考慮要不要乾脆掉頭算了，但是理智告訴她，這樣做沒有意義。這個年輕女人長途跋涉到了這裡，就算有十匹馬，也拉不住她獨力完成未竟的旅程。皮莉歐打了一個冷顫。雖然可想而知最後會導致嚴重的後果，但她一開始自然先往好的方面嘗試。

她走向那個女人，盡量不露聲色，故作輕鬆地打招呼：「您好，我是皮莉歐，我們通過信。您還是來了。很遺憾讓您白跑一趟，但我事先提醒過您了。」皮莉歐寬容地笑了笑，看起來沒有異樣。「不過，我想應該有什麼誤會，或者是我們沒有溝通清楚，因此我們準備支付您飛回倫敦的機票。一旦課程有名額，會立刻通……」

「您好，皮莉歐，很高興見到您。」女子不為所動地打斷她。「是的，我就是汪達．芬恩。」她笑著伸出手，彷彿沒聽見皮莉歐剛才講的那番話，但是皮莉歐心知肚明。她從汪達．芬恩的眼神和笑容看得出來，這個顴骨高聳惑人的女子，若是沒見到阿杜，絕不會輕言放棄。

「我們已備好您的回程機票，汪達，您剛才有聽到我說的嗎？」

「聽到了，多謝。雖然名額已滿，但是我來此是要見阿杜．阿邦夏瑪希．杜牧茲，沒見到他，我不打算回去。」

皮莉歐點頭。「我了解，可惜您目前在中心見不到阿杜。」

女子露出失望的神情，不過很快又恢復冷靜。「好的，我可以等。我之前在倫敦詢問過旅館房間，找到了一家離此走路只要兩分鐘的共濟會旅館，我先過去辦理住宿手續。他回來後，可以麻煩您打電話通知我嗎？您有我的手機號碼，就寫在之前的電子郵件裡。」

猛獸發動攻擊前，多半有段全神貫注、耐心等候的時間，例如蟒蛇靜止不動、獵豹伏低蹲踞、老鷹盤旋環繞，接著才猛然俯衝而下。眼前的女人散發出同樣氣質，一樣罕見地果斷堅毅，眼神同時又特別友善沉著。她似乎早已預料現身在此可能遭遇的阻力，心裡有數要克服哪些問題，彷彿她十分了解阿杜的接受度，並清楚感受到皮莉歐在這場遊戲的地位有多脆弱。

但是這點她可錯得離譜了，即使皮莉歐目前心裡感覺不是特別舒服，但也絕對距離脆弱和受傷有十萬八千里。她一開始確實有些疑惑，不知道應該採取何種手段。但是那已經過去了。她多次面對必須做出結論、採取行動的狀況，結果一次也沒有後悔。

至少未來的路是這個女人自己決定的，而不是她皮莉歐。

「您說共濟會旅館，是嗎？」她回到主題。「把您的存款投資在旅館住宿上，實在太可惜了。我們要不乾脆試試看有沒有辦法在您回去之前，安排一次短暫會面？阿杜目前要不是在島的南端，就是在我們稱之為『阿爾瓦大岩地』的平原。他經常到那兒打坐冥想，與自己的靈魂接觸。他在那兒時，雖然不希望受打擾，不過由於與他會面對您至關重要，我們或許得通融一下。」

皮莉歐強迫自己擠出笑容。女子似乎上鉤了。

「但是，汪達，我也得再次強調事情不會改變，免得您失望。之後我會再送您到車站，讓您及時回到哥本哈根。」

汪達的頭一偏，指向看起來不是特別穩當的偉士牌行李架，架上綁著兩頂安全帽和鏟子。

「我的行李怎麼辦？根本沒辦法放在上面。」

「當然。我們把行李放在置物櫃，您之後再來提領。」

年輕女子雖然點了頭，但看得出來事情並非就此成定局。相反的是，她似乎十分篤定自己的行李會在說定的時間送達目的地。

「您以前騎過偉士牌摩托車嗎，汪達？」

「在我出身的那個國家，所有人都會。」回答得很簡短。

「好。請您拉高裙子上車，抓緊我的夾克，我不喜歡有人緊靠著我。」

皮莉歐振作精神，再度發揮魅力。汪達若是起了疑心，那可大事不妙。不行，要讓她享受這趟旅程和沿途風光，尤其要確保贏得阿杜的第一階段順利進行。

「您要知道，厄蘭島這地方很迷人，我沿路稍微爲您介紹島上景致，等您下次造訪，再爲您安排導覽。」皮莉歐喊道。

坐在她後面的汪達，放眼凝視這座孕育著希望的島嶼。卡爾馬海峽大橋兩旁，風吹得海浪捲起陣陣浪花，然後風頭往東一轉，刮起一陣強風，越過海面朝她們直撲而來。

皮莉歐思緒運轉著，一旦抵達山脊上的風車磨坊，就有地方擺脫她。若是她跌落時意外摔得夠重，我便無需再收拾善後。

「這裡有許多磨坊。」皮莉歐喊道：「這裡的人家早年不願意共享磨坊，寧願分割土地，蓋上自家磨坊。即使是一家人，也會切割土地，最後面積小到養不起家庭，爲了不要餓死，只好離開島。」她感覺得到後座的汪達在點頭，不過也知道她對小島的故事興味索然。皮莉歐覺得正好，她可趁機在腦子裡演練計畫，全神貫注，注意充分利用側風作用的時機。

往維克勒比與卡斯羅沙方向的省道，難得交通繁忙。本地幾位藝術家這幾天請人來參觀預展和工作室，因此藝術愛好者紛紛從大陸來到小島旅遊。往南走，交通流量才逐漸減少，不過那裡的機會相對也比較少。

皮莉歐思索著該如何回答汪達的問題。她們好幾次駛經標示前往阿爾瓦大岩地的路標，每次汪達都問她爲什麼不轉彎？

「還沒到！」她往回喊：「阿杜喜歡此區南邊一點的地方，那兒有許多史前遺跡。」

「所以您才需要帶鏟子？」

皮莉歐點頭，然後又把頭轉回前方。或許格特林恩是好地方，斜坡十分陡峭。即使她沒有完全騎到上頭，直接把汪達從後座推落山崖，那兒也是發生「意外」的最佳地點。

皮莉歐感覺到體內升起氣憤的緊張情緒，而非惶惶不安。畢竟這不是別人第一次不給她選擇的機會。

「我們在格特林恩停一下，這是阿杜最喜歡的地方之一。雖然不能百分之百確定他今天人在這裡，不過您也認識了這片特殊之地。」

汪達面露微笑地從後座下來，奉承皮莉歐很貼心，還恭維這個地方眞的很特別。

皮莉歐眺望眼前景致，說：「可惜我沒有看見他人影，沒有，眞討厭。」好幾顆直立的石頭堆疊出船隻的剪影。

「好壯觀啊。」汪達指著那堆石頭。「很像是巨石陣，只不過小多了。那邊還有一座古老磨坊呢！這裡是埋葬維京人的地方嗎？」

皮莉歐飛快點了頭，然後東張西望，四下平坦又偏僻。省道另一邊，阿爾瓦大岩地貧瘠的景色中一樣杳無人煙。

這一邊，墳場後面就是斜坡。她記憶中斜坡長滿植物，省卻了棄屍的麻煩。得要很長一段時日，才可能有人在野生林木中發現屍體。況且誰會把屍體與一個叫做汪達．芬恩的女子聯繫在一起？甚至是她？

是的，這處地點十分理想，但是得小心往來省道的車輛。

「汪達，請您過來一下。」她喊道：「這兒可以清楚看見島的狀態，以及居民逐漸減少的理由。」

她指向腳下平原上的田野，再往西移到波光粼粼的海峽兩邊的住宅區。

「海峽另一邊就是您搭車過來的卡爾馬。」她嘰哩呱啦地聊了起來。「上面高原這裡，一直到十九世紀後期還住著農夫，他們不斷分割田地，就像我剛才說的一樣。」

她把汪達拉到斜坡邊緣，將她的身子扳過來。她感覺自己脈搏加劇。「您看那裡，省道另一邊的風景，就是我猜想阿杜可能停留的阿爾瓦大岩地。一百年前，那兒土壤肥沃，也有牧草地，但是農夫毫無節度地剝削土地，畜生也把草給吃光了。」她抓住汪達的手臂。「這樣一塊富饒的土地竟然無法供應生活所需，您相信嗎？」

汪達搖了搖頭，顯得安心又放鬆。差不多是時候了，只要省道上別半路出現車子就成了。

「厄蘭島應該稱作自私之島才對。您想想看，居民因爲不願互助合作，不得不成群結隊離開。」皮莉歐叫道，然後抓緊汪達手臂，同時用臀部大力一撞。

一開始確實如皮莉歐所願：汪達頓時驚慌失措，另一隻手在空中划著，上半身往後傾，腳不由自主地退後一步，重心失去平衡。下一秒她就會往後掉下去，跌落在灌木和岩石之間。最好摔死算了，這樣鏟子就無需派上用場，皮莉歐暗自想道。

「噢，不！」皮莉歐放聲尖叫，感覺到汪達緊抓住自己。

汪達確實依照皮莉歐的計畫摔了下去，卻不是一個人往下掉。她本能地緊攀住皮莉歐，把她一起拉下去。她們的身體交疊卡在斜坡上濃密的灌木叢裡，這裡的坡度不算陡峭。兩個人躺在灌木底下的腐爛葉子上，瞪大眼睛面面相覷。

「妳打算殺了我嗎？」汪達咬牙切齒地說。她稍微回過神來，手一邊摸索著枝幹和樹根，想要尋找支撐。

皮莉歐大驚失色，沒想到會出現這種狀況。雪上加霜的是，汪達知道她的計畫了，從現在開始她一定更加時時提防。

皮莉歐的大腦發瘋似的飛速運轉，事已至此，她該如何才能達到目的，又該如何阻止阿杜得知此事？

「噢，天啊，我、我……」她結結巴巴，全身不住顫抖。「請您原諒……剛才可能導致的後……後果。我不應該騎車的，但是……上次發作已經是很久以前了，它就這樣憑空出現……我毫無防備，我、我、我眞的很抱歉。沒錯，我是癲癇患者，但是我以爲……我只不過想……唉……」

她哭不出來，所以故意口吐白沫，口水還從嘴角流了下來。

「來吧。」汪達沒有展現絲毫同情，只是想辦法拉著皮莉歐往上走。

皮莉歐急切思索著，卻發現思緒始終原地打轉，失去了掌控自己的能力。「她是來搶走我的位置。」這句話不斷在她的腦袋裡撞擊著。「她想懷上阿杜的孩子，把我降級爲管家。」或許不僅如此。爲什麼她沒有及時阻止？爲什麼不想辦法在阿杜面前破壞汪達的名聲？究竟爲什麼要回覆她？爲什麼、爲什麼、爲什麼？

「如果您覺得不舒服，最好坐在後座，由我來騎車。」汪達的聲音從後面傳來。

皮莉歐轉過身，裙子被扯得破破爛爛的賤女人正朝她伸出手。

「請把鑰匙給我。」汪達眼神堅定明確，不容懷疑。

她變得十分警戒，而且清楚自己有充足的理由這麼做，皮莉歐心想。

「我們要走哪條路？」汪達發動摩托車。

皮莉歐指著路。「從省道回去瑞斯莫，然後右轉到阿爾瓦。到那裡大概要十分鐘。」

事已至此，一定要在荒原那裡解決才行。至於要怎麼下手，她還不清楚，但無論如何絕對要成功。

第十四章

二〇一四年五月二日，星期五

夜裡和阿薩德共睡一張雙人床，充其量只是個差強人意的消遣。

卡爾始終想不透，阿薩德這個身形相對矮小的生物，到底是如何製造出各式各樣的聲響。他從沒聽過在超音波鼾聲和呼呼噓聲之間不斷迅速切換的惱人噪音，無論如何，至少不是發自同一張嘴。阿薩德就像配備超量管風琴音管的單人大樂隊，完全沒有打算停止演奏的意思。換句話說，阿薩德睡著時不像顆動也不動的石頭，而是堆碎石礫，再貼切一點，更像是座隆隆作響的火山。總而言之，三、四點的凌晨，卡爾被阿薩德的打呼聲吵得精疲力竭，浮想連篇。

鼾聲大潮終於退去，卡爾總算能鬆口氣。沒想到不過幾秒，阿薩德大張的嘴巴裡又吐出模糊難辨的呢喃。半夢半醒間，卡爾聽不清楚內容，原本以爲是阿拉伯語，後來慢慢聽出幾句丹麥話，他整個人頓時清醒。

阿薩德剛才在輾轉翻身之際是不是說了「殺死」，還有「我死也不會忘記」？卡爾不確定自己是否沒聽錯，但可以確定的是，阿薩德睡得極不安穩，心裡顯然有事。卡爾再也無法睡著了。

隔天阿薩德終於張開眼睛，卡爾早已疲憊不堪，無力回應他一臉燦爛的笑容。

「該死，阿薩德，你那張嘴連睡覺也停不下來。」話語未竟，底下街道忽地響起女人破口大罵的聲音。

卡爾從床上伸長了脖子，但看不見女人身影，看來應該是站在旅館大門口。

這時，卡爾背後傳來一連串的問題，聲音相當節制和緩。「我說話了？說了什麼？」

卡爾轉身面對阿薩德，臉上露出微笑，希望卸除他的心防，卻見阿薩德面色蒼白，一臉嚴肅，垂頭喪氣地靠在床頭，像個才剛公開譴責戰友的士兵。

「沒講什麼特別的，阿薩德，至少我什麼也沒聽懂。不過你講的是丹麥話，口氣聽起來不太舒服。你做噩夢了嗎？」

阿薩德濃密的眉毛皺成一團，正要開口回話，底下那個女人又高聲叫囂。

「約翰，我知道你在裡面，有人看見你了。有人看見你和她在一起！」

卡爾從床上一躍而起，衝到窗邊。一個風韻迷人的中年婦女朝旅館大門咆哮，宛如一隻舔到血的軍犬。

他媽的，該死。約翰．畢肯達果真落入蘿思手裡了嗎？

可憐的傢伙。

「我建議大家今天分頭行動。」卡爾在吃早餐的時候說。他的眼皮沉重如鉛，眼睛簡直睜不開，所以打算等到蘿思和阿薩德一離開，就逃回房裡補眠。

「好，我也是如此計畫。」蘿思早已穿戴好一身儼然法衣的黑色行頭，和白雪公主的壞心皇后毫無二致。她絕口不提一大早旅館前的騷動，遑論對引起騷動的原因有所辯解。畢肯達夫婦間的爭吵，對她已如過往雲煙。畢肯達會有什麼下場？

「我到哈柏薩特家將檔案打包裝箱。」她繼續說：「我昨天聯繫了伯恩霍姆島的一家搬家公司，二十分鐘後他們會來接我。」

卡爾點頭贊許。

「我還查出茱恩．哈柏薩特的姊姊住在附近一家療養院。這項任務應該交給你，對吧，阿薩德？」她注視著他。「誰要你昨天過度自信，把茱恩搞得堅決不吐露她丈夫可能得到的調查結果，派你去纏著她姊姊打探消息，十分恰當。」

蘿思就是蘿思。阿薩德不動聲色地泰然承受責難，埋首把糖鏟進杯子裡，小心不讓咖啡溢出來。

她轉向卡爾，視而不見他死灰的臉色，更沒把他畏畏縮縮地抗議「難道這裡的老大是她」的姿態放在眼裡。

「至於你，卡爾，我和伯恩霍姆民眾高等學校約了九點半，你過去查看一下，然後就如先前說定的，再去拜訪當年經營學校的夫妻。當然，前提是要你願意，不過我想你應該不會拒絕，他們住的地方離這裡不遠。」

老天，她經過昨晚的激戰後，怎麼還有辦法安排這些事？

卡爾深吸口氣，看了一下手錶。竟已九點五分！只剩不到十分鐘可培養食欲、用餐、喝咖啡、刮鬍子，以及藉機打個盹的迫切需要。

「蘿思，我想妳要打電話給民眾高等學校延期了，我還有些小事得先處理。」

她微微一笑，彷彿早已料到如此。「沒問題，不過那就得延到後天，因爲明天學校有教學觀摩，所以沒上課。如果你眞希望在旅館多睡幾天，我倒是沒問題，反正辦公室也沒人等我們。」

卡爾頹然點頭，認清大勢已去。要這個像紐倫堡劊子手的女人把見面時間延期，毫無意義。

「等你們辦完事情，再回利斯德幫我。阿薩德，你應該會先完成，到時候搭計程車過來。你覺得如何？」

「我覺得我從來沒喝過這麼香醇的咖啡。」他晃了晃杯子，而卡爾最後只能接受失敗的命運。

「阿薩德，我們兩個一起行動也許簡單點。晚點再去找茱恩．哈柏薩特的姊姊。」

這時他的手機響了。卡爾注視手機螢幕，眼神混雜著厭煩與敬畏。

「喂，媽，幹嘛？」

她痛恨這種問法，有時候他能成功堵住她的嘴，讓談話胎死腹中，可惜這次未能如意，她沒有被激怒，反而立刻切入主題。

「桑米從泰國來消息了。昨天他打長途電話過來，由我們付費，不過錢無所謂，你眞該聽聽他描述的那些謊言。他事情已處理得差不多了。還有，你知道嗎？」

卡爾頭一抬，進入了腦中一個難得涉足的區域，想起了桑米，想起了他爲什麼這個時候逗留在丹麥人最愛的異國樂園。

「羅尼把遺產都送給了別人，桑米簡直氣炸了，我十分體會他的心情。那種感覺就像自己的遺產。眞希望羅尼的遺產僅分配了詐騙得來的錢財。爲什麼只要扯上羅尼的事情，卡爾嘴裡兄弟不相信他一樣，對吧？」

就一陣苦澀，渾身不自在？

「說實話，如果桑米是我手足，我寧願讓人領養算了。」他回道。

「哎呀，卡爾，你就是老愛開玩笑。你爸和我絕對不允許這種事情發生的。」

民眾高等學校坐落在田野林間，距離鬼斧神工的回音谷非常近。回音谷爲伯恩霍姆島最值得一遊的景點，全丹麥的學童因爲履行課外教育義務，全都會湧到這兒來。卡爾早已久仰回音谷大名，卻從未親眼得見。他家鄉的人不會到伯恩霍姆島遊玩，而是前往哥本哈根，到蒂沃利樂園搭乘旋轉飛椅，把自己搞得頭暈嘔吐。

日光照耀下，旗桿上的三角旗幟誠惶誠恐地迎風擺動，一塊不規則的牌子陰刻著「民眾高等學校」，歡迎他們大駕光臨。層層疊疊的灌木叢中，散落著不同時期的紅白建築，以及自製的圖騰柱和迷你咖啡棚。校區四周鑲嵌著一道精心照料的圍籬。教務處門口，一位紅髮美女正在等候他們。阿薩德一看見她，立刻拼命挺直身體，盡可能增高渺茫的幾公分。

她說：「歡迎。」接著又馬上說明，雅貝特就讀期間，她尚未到學校服務。「不過管理員當時已經在此服務了。我們除了保存相關的畢業紀念冊外，當年和丈夫一起經營學校多年的主任也陸續寫了工作日誌。不過，就我所知，她對於雅貝特事件著墨不多。」

阿薩德點頭如搗蒜，像隻愛開玩笑的人會喜歡放在車子後座的狗兒。「我們希望先和管理員談談。」他半垂著眼說。他該不會在調情吧？「不過您或許可先帶我們稍微四處看看，讓我們對雅貝特在此的生活有個概貌。」

我到底還待在這座該死的島幹嘛？卡爾看著阿薩德熱情氾濫地積極投入，心裡不由得自問。阿薩德和蘿思兩個人就可漂亮完成任務了，他下午乾脆偷偷搭渡輪回家，把戰場留給他們兩人，也省了晚上得睡在單人大樂隊旁邊。

「有幾棟建築是後來才蓋的，包括面街那兩棟，玻璃工房就設在裡頭。」紅髮美女接著說：「不過兩位可以看看雅貝特用餐、繪畫和就寢的地方。」

校園導覽中，阿薩德顯得越發興奮，不可自拔，問話的品質也令人無法苟同。「他們早餐吃什麼？早晨會一起唱歌嗎？幾點到有暖爐的房間聚會？」

等到管理員出現，導覽內容才比較實際。管理員約根兩鬢灰白，但體態保持得很好，身形結實，而且顯然有絕佳的記憶力，這才引起卡爾的興趣。約根於一九八二年即到校服務，不過，由於雅貝特在一九九七年失蹤與喪命，所以他對這一年的記憶更加深刻。

「她失蹤那天，學校的應用大樓正好舉行落成典禮，我忙得不可開交，所以記得很清楚。」他帶他們到幾棟黃磚平房前。「這裡，她就睡在這裡。寢室所在校舍叫做結巴樓，其他建築的名稱也一樣古怪，例如聖地、東谷、朗德呂夫縱谷。但是請別問我爲什麼，因爲說來話長。」

「好，這些都是單人房。」卡爾確認說：「窗戶面向草坪，所以夜裡要有訪客，也不是什麼難事吧？」

管理員莞爾一笑。「年輕人晚上想去跳舞，也不是不可能，對吧？」

卡爾驀然想起蘿思，趕緊搖搖頭，寧可不去想像與她有關的事情……

「但是警方詢問宿舍裡其他女同學，沒人相信雅貝特會帶男人進來。牆壁很薄，若有動靜，她們一定聽得見。」

「您對雅貝特有什麼印象嗎？是否有特別引人注意的地方？」

「我對她的印象嗎？她是創校以來最漂亮的一個女孩，不僅容貌出色，有一雙會說話的眼睛，而且動作優雅，就像個公主似的。走路的姿態非常特別，搖曳生姿，比較像輕輕滑移，和葛麗泰·嘉寶（注）一模一樣。她身材不是特別高，但不管在哪個團體總是最顯眼，一眼就能認出她。您明白我的意思嗎？」

卡爾點頭。他看過雅貝特的照片。

「誰是葛麗泰·嘉寶？」阿薩德問。

注 Greta Garbo，瑞典國寶級電影女演員，奧斯卡終身成就獎得主。

管理員看著他的眼神，彷彿他是從月亮掉下來似的。或許他還眞可能是從月亮掉下來的，畢竟有誰知道阿薩德的底細呢？更何況，他身上還有擺脫不掉的負擔，那會是什麼？這個男人本身就是個謎。

「她的歌聲也很優美。早晨唱歌時，她的聲音總是脫穎而出。」

「換句話說，她出眾脫俗，美麗迷人。您還記得她是否和學校裡哪個人關係曖昧？」

「可惜沒有，之前警察也問過我同樣的問題。不過，有個女同學不是回答過了嗎？我只知道她偶爾和幾個人搭公車或計程車到倫納放鬆一下，喝點啤酒之類的。我看過男孩和女孩在溫室的太陽能板後面親熱，但是雅貝特沒有。她多半騎自行車出去，她說過很喜歡島上的大自然風光。不過我不清楚她看了多少，因爲我發現她經常半個小時就回來了，有時候甚至更短。」

「進展不多。」卡爾半個小時後在車子裡說，他們正要前往當年的前校長在奧基克比的家。

「來伯恩霍姆島眞好，這裡眞漂亮。」阿薩德把腳擱在儀表板上，欣賞著窗外風景。

「沒錯，阿薩德，你對於土地和人的高度親和力，徹底令我刮目相看。」

「我的什麼？」

「既然你這麼開心，乾脆在這裡找個工作算了。」

他點點頭。「嗯，或許可以考慮，這兒的人親切又和善。」

卡爾投去一眼探詢的目光。他該不會當眞吧？看起來似乎如此。

「你喜歡紅髮，是嗎？」

「不，沒有特別喜歡。那只是當下升起的情緒罷了，卡爾。」他指著儀表板上的螢幕說：

「你的手機響了。」

卡爾按下相應的按鈕。「是的，蘿思，什麼事？」

「我正坐在哈柏薩特家二樓堆積如山的紙箱和文件當中。你們有沒有注意到，有好幾個檔案是根據他與雅貝特當時同學的談話標注分類的？」

「有的，我們注意到了，但是沒有翻閱。」

「我看了幾份檔案。好幾個女同學說雅貝特和一些男孩往來，引起其他女生不滿，因爲那些男生眼裡只有她。」

「妳的意思是，或許其中一個女孩把她給彈射到樹上去了？」卡爾賊笑道。

「眞好笑，莫爾克先生。不過，有個男同學和她走得比較近，兩人接過吻，顯然交往過一陣子。她後來認識別人後，兩人才分手。」

「別人？」

「是的，那個人不是學校的學生。或許我們晚點再討論這個？」

「沒問題。妳打電話來的用意是？」

「告訴你們問話記錄的檔案，以及詢問你們有沒有聽過那個和她交往的男同學。那個人叫做克利斯托弗．達爾畢（Kristoffer Dalby）。」

「我們剛才繞到學校去，收獲不多。妳說他叫做克利斯托弗．達爾畢嗎？我們現在要前往前校長的家，到時再向他們打聽這個人。」

帶他們走進廚房的男人高大削瘦，穿著燈芯絨長褲，搭配粗呢西裝，落腮鬍經過精心修整。若是嘴角再啣根煙斗，卡洛．歐丁斯寶（Karlo Odinsbo）儼然有十足的牛津文學教授派頭。

窗台上有好幾盆栽種芳香藥草的花盆，種類繁多，不輸給苗圃。

「請容我向兩位介紹內人卡琳娜（Karina）。」

卡琳娜與丈夫的類型完全不同，她活力四射，隨性自由，笑容可掬，彷彿是從音樂劇《毛髮》（注）中出來的角色。要是再綁上三色布巾交纏成的頭巾，簡直就和卡爾的前妻維嘉同一個模子印出來似的。

「您剛才說克利斯托弗．達爾畢嗎？」他們一在餐桌旁坐下，當年的校長便開口說：「嗯，這可得藉助歷史年鑑的幫忙才行。不過，在此之前，我們先來杯咖啡吧。」

阿薩德驚訝地看著面前的人。「歷史年鑑？」

卡爾撞一下他肋骨，警告他別亂說話，低聲說：「歷史年鑑指的是老舊的畢業紀念冊，沒有其他意思。」

「卡琳娜，妳還記得雅貝特那群人裡有克利斯托弗．達爾畢這個人嗎？」歐丁斯寶邊倒咖啡邊問道。

她噘起嘴，顯然不記得了。

「請等一下。」卡爾說：「或許我有東西可幫助兩位回想。」他按下蘿思的號碼。

「蘿思，妳有克利斯托弗．達爾畢的照片嗎？若有，請盡快拍照，傳到我手機來。」

「沒，完全沒有他的照片，但是我手邊有張團體照，哈柏薩特把上面談過話的人都打了勾，寫下名字。」

「好的，把照片拍給我。」

他又看向眼前的夫妻和幾個餅乾罐。

只見阿薩德的手在餅乾罐之間忙碌移動。「餅乾很好吃。」

卡爾點個頭說：「謝謝兩位親切接待我們。這裡感覺很舒適，學校那兒也一樣。聽說年輕人在學校裡感覺就像在家，全都要歸功於兩位，自在的氣氛一直延續至今。學校裡應有盡有，滿足學生各種需求，包括牆壁上的藝術品、鋼琴、舒適的休憩空間與教室，以及愜意的氛圍。不過，學校氣氛一直如此和諧嗎？老師和學生不會偶爾出現摩擦嗎？老師彼此間的相處情形又如何？學生呢？」

「當然免不了爭執。」卡洛回答：「但是我不得不說，我們任職期間，一切都有所節制。」

「當年一位女學生下場如此悲慘，你們有什麼想法？」

「太可怕了。」他妻子接話。「實在太可怕了。」

「學校創立很久了。」卡爾繼續說：「我們看過學校百年前的照片。」

「沒錯，我們在一九九三年十一月慶祝創校一百週年。」

「很有意思。」阿薩德插了進來，一邊拍掉鬍渣上的餅乾屑。「兩位任職期間，還有沒有發生過這類事情？」

「類似的事情嗎？噢，幾年前發生一連串竊案，被偷了吉他、揚聲器和相機。發生這種事，實在令人心煩，幸好我們的老村警萊夫費心偵查處理。除了廣場和墓園幾件竊案之外，沒有出現其他事。」妻子回答說。

「是的，還有一件惱人的事，有個老師死在課堂上。雖說是自然死亡，但是在他的遺物中發現了非法武器。」

阿薩德搖了搖頭。「我說的不是這種事，而是雅貝特那類事件。」

「例如死亡案件、強姦、暴力之類的事。」卡爾對阿薩德點個頭，把話說得更精準。

注 *Hair*，美國部落式愛搖滾音樂劇。

「沒有，沒發生過那種事。哎呀，或許幾年前有個想輕生的女孩是例外吧，幸好沒有成功。」

「因爲失戀嗎？」卡爾仔細審視面面相覷的夫妻。嗯，這兩個人沒有理由需要隱瞞。

「我想家庭因素比較大。年紀較輕的學生中，總有幾個純粹因爲想離開家而來就讀。不過，並非總能如其所願與家庭保持距離。」

「雅貝特的狀況呢？也是想逃離家庭，才到這裡來的嗎？」卡爾探問道。

「是的，顯然如此。聽說她家非常保守。雅貝特是猶太人。您知道的。」他看了阿薩德一眼，眼神好似在請求諒解。

阿薩德無所謂地聳了聳肩，姿態彷彿在說：那又如何？

「是的，她是猶太人，家裡應該管得很嚴，只食用符合猶太教規的食物。我的意思是，她是少數將父母家的宗教和文化習慣帶過來的人。」

「可是情感上又寧可遠離家庭？」卡爾問。

卡琳娜粲然一笑。「我想她在這方面跟大部分同年紀的女孩一樣。」

卡爾的褲子口袋響起聲音。蘿思傳了簡訊過來。

「我們有他的照片了。」他指著團體照上的一個人說。

一排手寫人名和指向相對應者的箭頭底下寫著：一九九七年秋季班。「這個坐在前面地板上的人就是克利斯托弗．達爾畢。」

老夫妻不約而同地覷起眼。「照得太小了，而且很不清楚。」卡洛說。

「客廳裡有畢業紀念冊，親愛的，可以麻煩你把這一年的紀念冊取來嗎？」

卡洛立刻起身。卡爾暗地咒罵自己，旅館房間的一份檔案夾裡，有張從當屆畢業紀念冊放大的照片，畫質相當清晰，應該隨身帶著，以備不時之用。

「我們要不要看看這張？」阿薩德從袋子拿出的正是那個檔案夾。「這張放大得很清楚。」唉，他居然早就想到了。

他向卡爾眨眨眼，然後把照片放在餐桌上，前任校長先生也剛好拿著畢業紀念冊回來。

「就是他。」阿薩德指著一個身穿傳統冰島毛衣，鬍鬚毛茸茸的年輕人。

老夫妻急忙戴上眼鏡，湊近點看。

「我記得他，不過記憶有點模糊。」老先生說。

「卡洛，你該不是認眞的吧？」老太太瞇起雙眼，胸部明顯起伏。她該不是在壓抑笑意吧？「這年輕人在我們的帽子之夜吹小號啊，一直走音，氣得其他樂手不願意表演。妳難道忘了嗎？」

她先生聳了一下肩。看來校長夫人比較懂得消遣娛樂。

她看向卡爾和阿薩德。「克利斯托弗人很親切，雖然十分害羞，還是有可愛之處。他就住在島上。每個班上都有幾個當地人，其他大多出身於于特蘭和西蘭島。當然，多少也有一些外國人，主要來自波羅的海三小國。那一年有八到十個學生是愛沙尼亞、拉脫維亞和立陶宛人，還有兩個俄羅斯人。」

她指著一個女孩，然後食指在自己臉頰上壓了壓，若有所思。

「克利斯托弗的姓氏是達爾畢嗎？我無法把他和這個名字聯想在一起。卡洛，你倒是查一下畢業紀念冊呀。」

她先生的手指滑過照片下方的人名。

「妳說得沒錯，他不叫達爾畢，而是史督斯嘉，許多島民都叫這姓。我想不透為什麼警方記錄是達爾畢。」他說。

「克利斯托弗・史督斯嘉，沒錯！」老太太叫道：「這才是他的名字。」

「聽說他和雅貝特曾經短暫交往過——呃，如果能這麼說的話。兩位對這件事知道多少？」卡爾問道。

他們表示遺憾，畢竟年代久遠，記憶早已消褪。不過，即使是當年，他們也提供不了多少訊息。總而言之，他們對年輕人在校外的所作所爲了解並不深。

回倫納的路上，卡爾致電蘿思，告訴她可能得獨自處理打包事宜，她聽到後不太高興。電話雖然多少減緩了她的怒氣，卡爾和阿薩德仍舊感覺到自己活生生被怒氣煮熟。「我們要去拜訪一下克利斯托弗・達爾畢，如果他在家的話。」卡爾補充說，想要轉換一下話題。「島上只有一個人叫這名字，就住在倫納外圍。這事輕而易舉即可解決，隨後我們再去找茱恩・哈柏薩特的姊姊。蘿思，妳辦得到的。」卡爾打氣說。

不過，她的怒氣似乎並未因此平息。

第十五章
二〇一三年十月

哈，癲癇患者，汪達心想。她不只一次看過癲癇發作。七個兄弟姊妹裡，比較受寵的那個妹妹幾乎每個星期都會輕微發作，外加一個月至少嚴重發作一次，失去知覺不省人事。汪達非常熟悉癲癇發作的情況，了解其訊號和病症。癲癇患者會五官扭曲，表情怪異。但是，即使有各式各樣的症狀，皮莉歐剛才那套表演絕對和癲癇發作扯不上關係……

汪達抬起腳要換檔，皮莉歐從後面環抱住她。奇怪，先前這女人還拒絕她肢體接觸的。汪達飛快低頭看了一眼交纏在她肚子前方的雙手，瘦小又白皙，雖已顯露歲月的痕跡，依然散發出無辜和脆弱，而且明顯正簌簌發抖。

手爲什麼會抖？她在害怕什麼？還是說，這是癲癇發作後的結果？

難道她冤枉皮莉歐了？這也不無可能，畢竟她不是醫生。

「妳現在要右轉。」皮莉歐喊道。

轉彎之後，摩托車行駛在貧瘠的荒原景致間，汪達踩下油門加速。從現在開始，坐在後面的女人應該注意到掌控節奏和方向的人是誰了，而且最好要習慣這點。皮莉歐不歡迎她出現，這點無庸置疑，先前雪莉也正確預測到。不過，事已至此，無法改變，所以她尤其要保持冷靜，逐步思索贏得權力戰爭的方式。

汪達的世界被圍牆圈限太久了，不想再重蹈覆轍。她心裡想著：如果再見到阿杜，我要小心翼翼地接近他，感謝他在倫敦對我的照顧。希望他能憶起我的目光。我想告訴他，我到此地是爲了服務他，完全不求回報。我身強體健，受過嚴格訓練，也做好心理準備要和他的學員一起從事勞力工作。他應該了解我對他是不可或缺的。

「汪達，再往前一點就是自然保護區。右邊的景區叫做梅辛恩岩地，左邊是杰涅岩地。或許阿杜會在那裡。」

皮莉歐的話現在聽來比較可信。

汪達轉頭，看見她臉上綻放燦爛笑容。

太燦爛了。

「你的笑容清澄透明，但是笑得如此燦爛的理由，卻是曖昧不清。」家裡的小孩心懷鬼胎去找父親時，他總將這句話掛在嘴邊。生命經歷教導他，有些笑容的代價十分昂貴，有時候幾個硬幣就可打發，有時候卻得不斷妥協與讓步。

這樣的笑容這時就出現在皮莉歐臉上。汪達不喜歡這樣，因爲她看不透背後的理由。

她加快速度，頭一仰，讓風搔拂頭皮。汪達和自重自愛的牙買加婦女一樣，出於對宗教的敬意，細心扎起長髮絡。閃耀動人的秀髮，宛如藝術品，散發出媚惑的邀請。她至今仍能感受到阿杜在倫敦呵護又挑逗地撫摸她頭髮的雙手。她好想再感受一次，那正是驅使她前進的動力。

「妳把車停在牆邊的招牌那裡。」皮莉歐的手越過她肩頭，指向一道與人齊高，將省道與荒原隔開的獨立砂石牆。

兩人下車，皮莉歐忽地拔走車鑰匙，速度快到汪達來不及反應。皮莉歐的動作彷彿是種本能反應，因爲她現在的注意力正放在一隻腳上。

「我剛才摔跤好像扭到腳了，恐怕沒辦法陪妳走過去。」她指著通往平坦景致的小路。「機動車輛不准開到岩地上。妳只要循著路走一段，一定可以找到阿杜。這個地區孕育了許多傳奇，阿杜想和大自然融為一體時，就會到這裡汲取能量。其實大岩地很美，色彩斑斕，不過這個季節蘭花不太繁盛。蘭花是此區的獨特植物，妳知道嗎？」

皮莉歐走向機車，忽然又想起了什麼。

「妳最慢一個半小時就得回來，免得趕不上開往哥本哈根的火車。走到阿杜冥想的地方通常要十五分鐘，妳應該沒有問題的。」

皮莉歐的聲音聽來更加可靠，或許她逐漸想開了。若是如此，汪達也願意不計前嫌，畢竟她能體會皮莉歐的心情和狀況。她若真是阿杜的選擇，一切自然將有所安排，與皮莉歐有關的事也一樣。

汪達胃裡一陣扯動。再十五分鐘，她就會站在他面前了。

汪達的一生多半生活在雨林和紅樹林等肥沃多產的熱帶氣候環境，所以從未見過比這片大岩地更加荒涼貧瘠的景致。平坦荒原的最外緣依稀點綴著綠意，但沒多久，小徑不再是鋪好的路，也不見青草生長，地面上只是白白一層，不知道是什麼，令人想起白鹽或粉筆。小徑兩旁，平坦的景致蒼白無力，僅在淺綠、棕色和白色中交替輪變，四下也不聞鳥叫蟲鳴。這處孤單寂寥的地方，令她想起在倫敦度過的時光，日日夜夜守護著後門，與進出門口的人遠遠隔絕。此地給她類似的黯淡與荒蕪感受。

她露出笑容。即使如此，此地還是有所不同。她置身在土地、天空和新鮮空氣中，而不是冷冰冰的後門。

阿杜在此尋找和諧安寧，我也可以辦到，她心想。但是阿杜在哪裡？怎可能有人藏身在這一片平坦之中呢？

她目光緩緩掃描，尋找可辨識方向的標誌。

幾百公尺遠處，低矮的灌木和疏落的茅草迎風擺動。小徑一旁，雨水匯成了小池，堅硬如石的土地長出了些綠色植物。仔細一看，似乎有痕跡往那個方向而去。

汪達猶豫不定，她對這類環境十分陌生。那蹤跡可能是人，也可能是動物，或許是一天前留下的，也或許已經好幾個月了。不過，她還是走了過去。

「阿杜，你在這裡嗎？」她喊了很多次，卻沒有得到回答。

她心中冒出一絲疑慮。

難道那個狡猾女人特地把她騙到荒涼之地，打算拋下她後消失嗎？

「所以她才拔掉摩托車鑰匙。」她喃喃自語。「我的天，我眞夠蠢的了！」

汪達不住地搖頭，受不了自己的幼稚愚蠢。她轉身往回走。

遠處忽然傳來有如雷鳴的隆隆噪音，她抬眼往上看。天空雖灰白渺茫，但是飄移的雲層不像將降下傾盆大雨。噪音是從省道傳來的嗎？不可能，省道離這裡很遠。

她又呼喊了幾次阿杜的名字，最後確定皮莉歐的確使計耍了她。從這裡走回卡爾馬旅館，路程十分遙遠。

「明天我搭計程車到中心去，我們等著瞧妳下一步還會出什麼招，皮莉歐。」她低聲說：「但不管妳如何處心積慮，最後只是聰明反被聰明誤。」

即使我在競賽裡敗退，這仍舊是我的比賽，汪達耳提面命地對自己說。這時，她驀然注意那個模糊不清的聲音逐漸接近。

汪達踮起腳尖，覷眼細看。不，什麼也沒有，但是聲音聽得更清楚了：是偉士牌行駛在道路上的噗噗聲。

皮莉歐該不會良心發現，不顧此處禁止騎車的規定，回來接她吧？還是說，又編織好了新謊言，打算來騙她？說她找到了阿杜，跟他談過話，可惜他沒辦法見汪達，這一類的故事？絕對是這樣。

但是這次汪達下定決心要當面告訴皮莉歐，自己完全不相信從她口中吐出的一字一句。到時候皮莉歐的表情將會人大出賣她自己。

她停下腳步，觀察快速接近的黃點。皮莉歐的身影已清楚可見，她一定是發現佇立在寬廣荒地中的汪達，只見她毫不猶豫地疾駛而來，顯然急著要來載她。

汪達向皮莉歐揮手，但是她沒有回應。

可憐的人，汪達暗忖，心裡短暫升起一絲同情。她不知道該怎麼擺脫我。

距離差不多縮短到二十公尺左右，汪達清楚看見皮莉歐的表情，發現自己錯得離譜。皮莉歐絲毫不是六神無主、不知所措，而是堅定果決。

真是瘋了，她想要輾死我！這個念頭在汪達腦中一閃而過，脈搏瞬間急速跳動。

她拔腿就跑。

然而她跑得越遠，荒原地越潮溼，土壤也越來越鬆軟。也許偉士牌會陷在爛泥裡，卡住不動？可惜事情未如所願，引擎的聲音反而越發響亮，車子距離不到幾公尺了。

汪達一感覺到摩托車的熱度，立刻往旁邊猛然一躍，黃色的車子瞬間與她擦身而過。那一刻，她瞥見了皮莉歐的表情：雖然怒髮衝冠，卻異常冰冷，毫無疑問的沒有什麼能夠阻攔她。她兩腳撐地，將摩托車甩尾調頭，緊急加速，後輪四下濺起小石子和土塊。

皮莉歐，妳不知道自己遇到這輩子看過跑步速度最快的女人了，汪達心想，隨即脫掉鞋子，光腳邁步狂奔。

但是在這裡，速度派不上用場。

汪達在國家體育場跑道上的專長是四百和八百公尺，這兩個距離跑起來，她感覺自己與地面和呼吸融為一體。可是這裡的土地崎嶇不平，不可預測，而且大大小小的石頭還扎著腳底。

我沒辦法跑太久，她的腦子急遽轉動，節奏和飛快的脈搏同步。皮莉歐真的在追獵我，我必須趕緊避開她，就像鬥牛士閃避牛一樣。

她又感覺摩托車迫近身後，低轉數的引擎聲在耳裡轟轟作響。怪異的是，她居然不覺得害怕。

她已準備好再度跳向旁邊。或許皮莉歐駛過時，她還能把她撞下車？但是汪達又跑到了爛泥地上，土壤太潮溼，根本無法使力起跳，於是她立刻決定全力衝刺。

眼看摩托車就要撞上，她迅速回頭一看。就是現在！她才一想，隨即躍向旁邊，迅即翻身，果斷地把皮莉歐撞下偉士牌。她才剛看見皮莉歐扭曲的五官，剎那間，一把堅硬的鐽子冷不防飛快劈來。

下一秒，汪達什麼也看不見了。

第十六章

二〇一四年五月二日，星期五

「阿薩德，找一下史勾勒布洛路上那棵大樹，應該就在省道某個地方。」卡爾敲著地圖上的小叉叉，距離奧基克比不遠了。

「好的。不過我們要不要先環一下，沿著撞死雅貝特的傢伙行駛的路線走一趟？」

「是『繞』一下，阿薩德，不是『環』一下。當然可以，只是你從何得知他走哪條路？」卡爾的眼睛隨著阿薩德毛茸茸的手指在地圖上滑動，阿薩德一邊講解他的看法。

「我們在奧基克比沿著維斯特布洛路往下開，就到了倫納路，接著右轉到威斯特馬利路。他有可能再右轉到克格斯威路，想從那裡開到史勾勒布洛路。但我不相信他會這麼做，而是直接開到史勾勒布洛路的丁字路口，然後右轉，大踩油門飛馳呼嘯，因爲聽見車子疾駛而過的兩位老人家就住在轉角。」

「嗯，嚴格說來，他也不無可能從北邊過來，再轉入史勾勒布洛路，阿薩德。不過那無所謂，就像你說的，重點是他取道威斯特馬利路。」

「基本上，他不可能走別條路。」

卡爾點頭。

他們一轉進狹小的街道，卡爾立即加速。到老人家農莊的第一個彎道約莫有六百公尺，抵達田野旁的樹林則還要再五百公尺。在這個遭上帝遺棄的荒涼之地，不由自主地讓人加快速度，飆起車來。

他們急速轉彎，輪胎咯吱大響，無疑就是兩位老人家聽到的車聲。

「卡爾，這段路十分平坦，平得像煎餅一樣。雅貝特若是帶著自行車在路尾等著，一定很容易就看見五、六百公尺外的車子。」

「是的。你對這點有何看法？」

「我不知道。也許她在等那輛車，甚至還可以認出對方，卻萬萬沒想到車子會直接衝撞過來。」

卡爾望著自己的助手。兩人的想法不謀而合。

「你要不要減速一下？」阿薩德心生恐懼地瞟了一眼速度計。

卡爾點頭，腳下卻加速到一百公里。若是要達到他們希冀的效果，必須加足馬力才行。即將抵達樹林前不久，車子忽地暴衝。卡爾雖然聽見阿薩德用阿拉伯語高聲尖叫，卻沒空理會，他必須高度全神貫注，小心駕駛。車子劇烈震動，先是滑到路肩，然後橫衝過馬路，直奔對向路肩。卡爾這時才將煞車踩到底，滑行三十公尺後，車子終於停止，在路面留下了焦黑的煞車痕。

「卡爾，我差點咬掉舌頭，你絕不可以再來一次！」

卡爾咬著上唇。如今只剩兩個可能。

「意外發生後，路面沒有留下煞車痕，是嗎？」

「沒有，哪裡都沒有。」

「也就是說，那輛車轉彎時速度沒有我這麼快，對吧？」

「感謝那位駕駛。」阿薩德乾澀地下了注腳。

「所以是謀殺，是嗎？」

「很有可能。」

「嗯，因爲那輛車轉彎後才加速，只有這個可能。而雅貝特就站在樹林旁——否則會被撞飛到另外一邊，而非樹林那兒。司機不可能說自己沒看見她，他的時間根本十分充足。」

「卡爾，會不會是個沒注意路況的白癡幹的？」

「若是如此，雅貝特應該會退回到路肩，什麼事也不會發生。所以不是這樣的，她壓根沒有懷疑那個人會撞她。她應該各個方面都想過了，就是沒想過會遭遇危險。」

阿薩德搔鬍渣的獨特聲音傳了過來，看來他也陷入思索。

「你在想他或許沒有開那麼快嗎？」

「一定開很快，只不過是相對於道路環境和狀況而言，時速也許介於七十到八十公里。」

他們兩個不由自主地抬頭往上看。驀然間，雅貝特彷彿仍舊掛在枝椏上，對他們點頭招呼。

卡爾移開目光。爲什麼這件案子得花他很多心力壓制內心強烈的抗拒感呢？

他們下車，不一會兒就發現雖然三棵樹的葉子早已落盡，搜尋時卻還是沒有立刻發現女孩掛在樹上的理由。

「卡爾，樹上那些綠色是什麼？」

「我想應該是寄生植物，常春藤之類的。」

阿薩德點頭，似乎有點不好意思。植物學不屬於他頂尖能力的範圍。

「看起來樹還有葉子似的。」

往上定睛一看，寄生植物纏繞著樹木，根部長出許多強韌的藤蔓，往上分枝蔓生，提供絕佳的機會把人給絆纏在樹冠中。

「她掛在比較低的枝椏中，大概四公尺左右的高度。被往上拋時，她一定翻了過來，否則不會頭下腳上掛著，對不對，阿薩德？」

他似乎在腦中描繪拋出軌跡，最後點了點頭。「哈柏薩特從主要幹道亞明丁路過來。」他沉吟道：「換句話說，他應該是從另一邊開過來，那個方向應該最不容易發現她被纏捲在寄生植物中——假設她當時已經掛在樹上了。考慮到樹齡已老以及常春藤的規模，也不是不可能。所以他能發現她，實在是幸運。」

「幸運？或許吧。只是，對他本身而言並非幸運。」

阿薩德招手要卡爾跟過去。樹木後面有條田間小路，延伸到幾百公尺遠的農莊。另一邊通往主要幹道的方向，矗立著另一座農莊的主屋。兩座農莊是附近唯一的人跡。

「卡爾，他們在那後面找到自行車。」阿薩德指向田間小路另一處林木下方的濃密灌木叢。自行車居然飛到這麼遠的地方，實在不可思議。

「阿薩德，我們想的都一樣嗎？」

「不知道。我想的是，肇事車輛的形狀一定特別奇怪，才能把一個女人撞飛成這個樣子。」

「自行車呢？」

「我覺得應該是她自己把自行車的支架放下，然後才走向汽車。車子先撞到她，緊接著才是自行車，所以自行車才會和她一樣被撞飛到空中，只不過角度更加歪斜。」

「阿薩德，那叫做腳架，不是支架。沒錯，我的想法也是如此。」

他們默不作聲，嘗試描繪肇事經過，想像那輛車呼嘯飛駛過一公里半外的農莊時，司機是如何頑強地加快速度，遇到下一個彎道，又是怎麼減的速。

「我想，在這個彎道，司機和雅貝特應該對上了眼。」卡爾說：「她把自行車放在後面，走了出來，或許還招了手。她滿心歡喜，面露笑容，但笑容最終將她帶入死亡。我不認為當時她心生恐懼，因為她內心充滿了期待。車子在最後關頭加速衝撞，她才會飛離車道，被高高拋上枝椏。肇事後，司機立刻穩住車子，即使如此，仍舊擦過停得稍遠的自行車，所以自行車掉落在路旁稍微右邊的地方。」

卡爾又望向肇事車輛駛來的方向。「在這一段路上，司機十之八九沒把腳放在煞車上。撞飛她後，腳才移開油門，以正常速度滑行過左手邊那座黃色農莊，最後開到亞明丁路，隨即消失無蹤。阿薩德，你同意嗎？」

「該死的豬玀！」阿薩德低聲咒罵，顯然他的看法也一樣。「但是，什麼樣的車子有辦法在速度如此不足的情況下，將她撞飛到上面去？」他頭一抬，繼續說道。

「我不知道，阿薩德，也許是鏟雪機，但那時也不是冬天。此外，若是這麼大型的機動車駛過，她一定會避開。但是你說得沒錯，撞她的那輛車，一定配有特殊裝備。」

「那麼警方為什麼找不到？他們不是搜遍了整座島嗎？就算只在案發後的兩天內詳細檢查渡輪碼頭的監視錄影帶，應該也能注意到這麼顯眼的車輛，對吧？」

「是的。除非把雅貝特撞到樹上的車輛配有安裝與拆卸方便的裝置，而且很容易處理掉，阿薩德。」

「沒錯，但會是什麼呢？你也想到布利廂型車嗎？」

「我當然想到了。」

「一定是安裝在前面保險桿那兒，因為光憑保險桿，衝擊力不可能有這麼大。」

「是的，一定不只保險桿。好的，這點我們得問問鑑識人員。」

卡爾又抬頭望著樹冠，想像死去女孩的身影。他驀然感受到一股類似憂傷的情緒，同時又有一種親臨聖地的崇敬感。如果他是個天主教徒，很可能會在胸前畫十字架。他詭異地感受到悲傷與空虛。

他看著背對自己的阿薩德。「阿薩德，回教徒有沒有崇敬死者的儀式，例如禱告之類的？」

阿薩德默默轉過身。

「我已經做了，卡爾，已經做好了。」

他們開車經過田野與枝葉扶疏的小樹林，卡爾腦海中想像著漂亮的雅貝特站在道路那邊，滿心期待，秀髮飛揚，迎接她的死亡。

「克利斯托弗·達爾畢住在威斯特馬利區。我們必須沿同一條路折返，然後再開一段路。」阿薩德把手機拿離耳邊說道：「剛才電話中是刑事助理尤拿斯·拉夫納，他說達爾畢現在是個老師。他另外還說了一件事，但我不知道那是好還是不好。」

「什麼事？別賣關子了。」

「他們找到了自行車。」

「這不好嗎？」

「哎呀，他們將自行車保管了十年，然後又丟了。說得準確一點，是二〇〇八年二月二十五日丟的。」

「就算之前弄丟了，也無所謂吧，現在不是又找到了嗎？」

「是的，但純粹是意外。二〇〇八年有個當地人在丟棄的廢物堆中認出了雅貝特的自行車，他之前在報紙上看過照片，所以就把自行車帶走了。」

「然後呢？你想說什麼？」

「他因爲那車很特別，而且具有獨特的故事，所以帶走自行車後焊成廢棄物雕塑，名稱是……」他看了一眼筆記。「……『命運托邦』。」

「天啊！這所謂的藝術品如今在哪裡？」

「我們運氣不錯，剛在維洛納展完，現在又回家了。」

「那又是在哪裡？」

「林比。很有趣，不是嗎？你每日從警察總局開車回家，都會經過那個地區。」

他們在威斯特馬利西北方找到了克利斯托弗・達爾畢小屋所在的街道。威斯特馬利基本上不算是樸素的住宅區。達爾畢的地產也許是附近最小的，但是仍舊有空間設置鞦韆、溜滑梯和沙坑。

「我們有沒有走錯啊？」阿薩德問。

卡爾查看導航系統，搖了搖頭，接著指向路邊一個信箱，上面寫著：「克利斯托弗・達爾畢與英格・達爾畢（Inge Dalby）」，下面還有個更小的牌子，寫著：「馬帝亞斯和嘉蜜莉」。

他們按下門鈴。階梯旁的一個垃圾桶引起他們的注意，裡頭至少有五十支菸蒂。哈，這裡一定住了個怕老婆的人，卡爾心想。這時，門後傳來嘈雜聲。

「阿薩德，我們等一下直接切入主題。」才講完這句話，一個鞋子磨損破舊的男人打開了門。

雖然眼前的男人肋骨上明顯多了好幾斤肥肉，鬍子蓬亂灰白，卻是克利斯托弗・達爾畢無疑。雅貝特若是還活著，絕不會回頭多看他一眼。

他們才剛說明來意，對方臉上的親切表情頓時萎縮，卡爾內心的警鈴隨之大作。阿薩德似乎也從對方的表情得到類似印象。

那是意圖有所隱瞞的人會出現的典型反應。

「您在等候我們嗎？」卡爾故意說。

「我不懂您的意思。」

「我不是看不出來您對我們的來訪萬分震驚，所以認為您十分害怕。達爾畢，過去二十年有沒有什麼事情一直糾纏著您呢？」

達爾畢的容貌似乎在剎那間變小，雙頰凹陷，嘴唇緊閉，眼睛瞇成一條縫，反應十分古怪。

「兩位請進。」他不情不願地說。

一張印著街道、紅綠燈和房子的遊戲地墊上，木頭玩具堆積如山，達爾畢從凌亂的玩具堆中，拉出兩把椅子給他們。屋子裡色彩繽紛，雜亂不堪。窗台上放著一把達爾畢曾經想拿來誘惑人的喇叭。

喇叭如今積滿灰塵。

「您有很多小孩嗎？」阿薩德問。

達爾畢想擠出微笑，但失敗了。「我們有兩個小孩，不過他們現在不住在家裡了。我老婆是保母。」

「原來如此。好的，我們就別浪費大家的時間，立刻切入主題吧，達爾畢。」阿薩德說。「您的姓氏為什麼不是史督斯嘉了呢？難道您認為改名字這種小把戲，能夠妨礙我們找到您嗎？若是如此，您就不應該搬進一棟這麼靠近民眾高等學校的房子，不是嗎？」

這是什麼亂七八糟的句子？而且為什麼「浪費時間」？

卡爾四下張望。裱在相框裡的照片上，兩個青少年坐在一個類似電視機的老舊箱子上頭，錄影帶擺滿了櫃子。竟然還有這類東西。

「我聽不懂您的意思。我老婆不想冠上史督斯嘉這個姓氏，我才改成了她的姓。」

「聽好了，達爾畢，我們就從頭開始吧。我們知道您曾經和雅貝特交往過。到這裡爲止，我們彼此都同意，對吧？」卡爾插話說。

滿心勉強的主人頭垂向一旁，盯著地板。「沒錯，雅貝特和我是在一起。但是說實話，我們之間十分純潔，而且也才交往了兩個星期。」

「可是您確實愛上她了，不是嗎，達爾畢？」阿薩德問。

他點頭同意。「是的，我是愛上她了。雅貝特美得不可方物，甜美可人，而且……」

「而且您把她給殺了，因爲她想和別人在一起，是不是？」阿薩德咄咄逼人。

達爾畢不知所措地看著他們兩個。「不是……天啊，您……怎麼有這種結論？」他結結巴巴地說。

「她不想和您在一起，難道您不覺得心痛嗎？」阿薩德繼續緊迫盯人。

「會，當然會心痛。可是事情有點複雜。」

「請您解釋究竟怎麼個複雜法？」卡爾說。

「我老婆很快就要回家了，現階段我們兩個人的關係不太好。如果兩位動作能快一點，我萬分感激，可以嗎？」

「爲什麼？達爾畢。您沒告訴您夫人所有眞相嗎？還是她得知一些不該知道的事情呢？您向她吐露一切，現在擔心她的反應嗎？」

「唉，兩者風馬牛不相干。您知道我們有兩個孩子，剛高中畢業，說得含蓄點，他們什麼都還不懂。夫妻不和相當令人沮喪，您了解嗎？」

「當然。不過您自己說了，這與您和雅貝特的事情無關，不是嗎？爲什麼不能讓您的妻子知道這件事？」

他嘆了口氣。「英格和我從一九九七年就戀愛了。我們就讀民眾高等學校，遇見雅貝特時，已經相戀半年。我不想重提往事，至少現在這種時候不恰當。」

「啊哈，也就是說，雅貝特搶了英格的男朋友囉？」

達爾畢點頭，動作輕微得幾乎察覺不到。「英格當時完全失控，到現在也還一樣。當年我騙了她，這件事她永遠不會忘記。」

「換句話說，您的妻子不只恨您，也對雅貝特恨之入骨？」卡爾問道，然後轉頭問阿薩德：「報告裡怎麼說？英格．達爾畢曾因雅貝特謀殺案遭到審問嗎？」

「謀殺？爲何是謀殺？」達爾畢滑坐到椅子前緣。「那是椿意外呀！所有報紙都這麼寫！」

「很有可能，不過我們有不同的理論。阿薩德，怎麼樣，她有沒有接受審訊？」

阿薩德搖頭。「那群人裡面根本沒有英格．達爾畢。」

現在換達爾畢這個老師搖頭了。「眞蠢，她是……」他忽地停頓不語，然後飛快點頭。「不，當然沒有。當年她叫做英格．庫爾，但是她比較喜歡媽媽的姓氏。島上有太多人姓庫爾、史督斯嘉、菲爾和柯福特了，不過這點您一定知道。我們結婚時，決定使用她母親比較少見的姓氏。就是這樣。」

阿薩德把收錄班級團體照的畢業紀念冊放在餐桌上，一一查找名字。「英格．庫爾，嗯。有了，在這裡，就站在雅貝特後面。」

卡爾湊過去看。是一個黑色捲髮的女孩，身材稍微豐腴，姿色一般，不是特別漂亮，與第一排那位閃耀光輝的天使是截然不同的對比。

阿薩德繼續翻閱紀念冊，說：「即使如此，我們還是得和您夫人談一談。」

達爾畢嘆了一聲，咬緊牙關，向他們保證他和妻子絕對與雅貝特的死亡無關。他說雅貝特吸引了所有男性的目光，所以大部分的女孩不是特別喜愛她。當然，雅貝特確實受人歡迎，但是她的出現也擾亂了寧靜。這種寧靜和諧，來自於大家在「羅曼蒂克的戰場」上，擁有差不多的先決條件。這是達爾畢的說法，聽起來有點矯揉造作。

「雅貝特移情別戀，您是否感到憤怒、痛苦？」問話的是卡爾。

「憤怒痛苦？不會。如果她是選擇學校裡的另一個同學，或許我會氣憤。不過事情並非如此。」

「英格輕而易舉地就接受您回頭嗎？」阿薩德問。

他點了頭，然後又嘆口氣。這聲嘆息難道暗示他後悔了嗎？

「您說雅貝特和校外人士在一起？那個人是誰？」卡爾問道。

「我不太清楚，不過雅貝特提過他住在厄倫納的一個公社。我就知道這麼多了，學校其他人應該也不知道。」

看來哈柏薩特是由此循線找上公社。

「十之八九是個唐璜（注）型的人物。」達爾畢繼續說。

「您爲何這麼說？那個人在學校裡還有其他女友嗎？」

「呃，沒有，就我所知沒有。」

「那麼您怎麼說他是個唐璜呢？」

「不知道，純粹是種感覺，因爲他擄獲了雅貝特的芳心。」

「您沒看過他嗎？」

注 Don Juan，西班牙的一名傳說人物，在文學作品中多被當作「情聖」的代名詞。

他搖頭。

「您確定？請看一下這個。」阿薩德把從福斯布利下車的男人照片拿給他看。「您沒看過這傢伙嗎？他也許在校門口等過雅貝特，您從沒見過？」

達爾畢拿起照片，從胸前口袋掏出眼鏡。卡爾看著阿薩德，只見阿薩德聳了聳肩。是的，他們兩個都觀察到了。達爾畢的反應確實合情合理，態度畏縮，恐懼陳年往事攤在檯面上。完全能夠解釋他對他們意外來訪反應出的震驚與慌亂。

「這張照片很不清楚，但是我相信自己沒看過這個人。不過，我想起確實有輛車經常停在學校附近的省道，和這輛一樣是淺藍色的。就我記憶所及，車子後面同樣是封住的，沒有窗戶。我沒有從前方看過車子。」

這麼多年，記憶還如此精準。卡爾內心的猜疑又開始作祟。

這時，他們聽到外面走廊簌簌作響，達爾畢的表情立刻變了。

「誰來了？」有個女人的聲音喊道：「我不認識家門前那輛六〇七的車子。歐凡又想擺脫掉老廢物了嗎？」

隨著話聲，一個粗壯的女人出現在門口。要把她和畢業紀念冊上那個女孩聯結起來，不是件容易的任務。

她眉頭緊皺，目光從達爾畢低垂的頭部，飄移到兩個陌生人身上，接著又移到餐桌，落在檔案夾和民眾高等學校紀念冊上。

「又提起那件往事了？」她怒視丈夫，目光充滿敵意。「究竟怎麼回事，克利斯托弗？我們永遠無法擺脫那個女人嗎？」

卡爾介紹自己和阿薩德，向她解釋因爲最近發生的事情，所以重新調查此案。

「還眞感謝克里斯欽．哈柏薩特，那個男人射死了自己。都死了，還惹人氣憤，可惡透頂！我還以爲他過世之後，雅貝特終於能滾出我們的生命了！」她憤怒咆哮。

「您非常痛恨她嗎，英格？」

「不像你們所想的，也不是哈柏薩特以爲的那樣，如果你們知道他的想法的話。但是，雅貝特出現在學校之後，一切都走樣了，我不可能高興得起來。」

「我們想聽聽您的故事版本，您同意嗎？」

她移開目光，看來是不樂意。

然而，她還是娓娓道來。

第十七章

一開始，大家都喜歡雅貝特。她慷慨大方，喜歡擁抱，與女孩子也相處愉快，但是後來情況變了。她把快樂建築在同樣渴慕學校某些男生的女孩痛苦上，導致一切逐漸走樣。不是說她意圖不軌，而是單純思慮不周。

例如，她會說：「你們不覺得尼爾斯挺帥的嗎？」如果班上有個女孩因此唉聲嘆氣，顯然這次牽扯到了她的對象。

雅貝特眼神晶亮地描述懾人心魄的熱吻、某個男生炙熱的氣息和身上的味道時，壓根不會想到她口中的男子，很可能是從別的女孩手中搶來的。

於是謠言四起，說她習慣只消手指一彈，想要什麼都可信手拈來。但是那完全不對，英格特別強調說。雅貝特根本不需要彈什麼手指，那些男人早已拜倒在她的石榴裙下了。

英格毫不隱瞞地說這就是她痛苦的來源。不是雅貝特搶了她的男人，而是她的男人自願俯首稱臣。令人難以置信的是，這件事竟然到現在仍舊折磨著她，而時間已過去將近二十年了！

卡爾望向英格的丈夫，他蜷縮在沙發上，目光低垂。雅貝特究竟施展了什麼樣的魅力，散發出什麼樣的氣質與性感，讓身邊的人在她過世幾十年後，依然遭受情緒上的折磨？

「英格，我詢問過您先生是否知道雅貝特生前交往的校外男子姓名。您知道他嗎？」

「這個問題，哈柏薩特當年出沒在學校調查時，至少刨根問底問過我十遍了。之前我們早把所知一切告訴倫納警方，但是哈柏薩特就是想親耳再聽一次。我說過雅貝特提過一次那男人的名字，因爲她覺得很有異國風情。但是，我當年記不起來，現在怎麼可能辦得到？」

「一點也想不起來嗎？」

「沒辦法。我只記得名字很長，唸起來讓人精神錯亂。第一個名字比其他的還短，有點像是聖經裡的名字。」

「很短？例如亞當嗎？」

「不是，更奇怪一點。但說實話，我沒有興趣去回想。」

「洛特、賽姆、諾亞、艾利、傑德、阿薩。」阿薩德連珠炮似的說出一堆名字。拜託，怎麼回事？一個回教徒脫口背誦這些名字怎能如此行雲流水？

「不是，我想都不在這些名字裡。我剛才說過了，我沒有興趣再去回想這件事。」

「那其他名字呢？」卡爾不願就此打退堂鼓。

「沒有概念。大概像辛薩拉賓薩鹿茲基之類的瘋狂名字吧。」

她莫名其妙地笑了。

「所以您不知道跟這個人有關的其他訊息嗎？確定？」

「不知道，只知道他可能來自哥本哈根附近，絕對不是伯恩霍姆人，如果我沒搞錯的話，他也不是猶太人。除此之外，還有我和克利斯托弗都提到的那輛福斯廂型車。」

「這一輛嗎？」阿薩德把那張停車場照片遞到她面前。

她看了一眼。「照片上什麼也認不出來。唉，至少顏色和款式是一樣的。」

「您能回想起一些細節嗎？」

「細節？我只有遠遠從後面看過那輛車罷了。」

「也許有什麼引人側目的大凹痕或擦傷、車牌顏色、車窗簾子等等？任何不尋常的東西？」

她又露出微笑。「車子後面沒有窗戶，車牌顏色是舊式的黑底白字，旁邊還有一條黑色曲線，彷彿是從車頂畫下來的。此外，車輪上有白色的東西，鋁圈外緣有道寬條紋。但是我沒有把握，也可能是我在街上看過的其他車輛。」

「一條曲線？」

「或者只是髒汙。」她看向自己的先生。「你有印象嗎，克利斯托弗？」

他搖搖頭。

好的，黑色車牌。不知道這個訊息可以帶來什麼進展，但至少知道車子是一九七六年以前出廠的。

「卡爾，你怎麼想？達爾畢擺脫嫌疑了嗎？」

卡爾回答之前，接連換了幾次檔。

「我認爲現在比較重要的問題是，雅貝特究竟是誰？只要了解她更多背景，就能得到答案。英格．達爾畢這個女人確實暴躁固執，但是說的話合情合理，我很難懷疑她涉及此案。還有達爾畢，如果你問我的話，我會說他是笨蛋一個，只敢在戶外抽菸，從來沒膽子反抗老婆。他會有足夠動力因爲一時衝動而犯下謀殺案嗎？我十分懷疑。」

「這麼多年後，達爾畢居然能想起布利車後面沒有車窗，你不覺得奇怪嗎？而英格還記得白色條紋、黑色車牌以及車旁的曲線？你有辦法嗎？」

卡爾聳了聳肩。但他想像自己應該可以。

「欸，我們是不是開錯方向啦？茱恩姊姊的療養院不是應該在另一邊嗎？在倫納？」

「是的，但是我覺得應該先到厄倫納去看看，也許還有人記得那些嬉皮。」

「你不認爲哈柏薩特已經盡全力朝這方面調查了嗎？」

「當然，但問題在於他調查得是否夠詳細。他留給我們這麼多的線索，要我們去調查放大照片上的那個男人，不是沒有道理的。我希望能夠綜覽全局，想像我們追查的對象究竟是什麼樣的人。因爲說實話，到目前爲止，我仍舊一頭霧水，阿薩德。」

車程比他們想像的還要遠，雖然離日落至少還有一個半小時，但是影子逐漸變長，四周色彩也顯得蒼白許多。

「卡爾，這裡的樹木太濃密了。你到底知不知道我們要去哪裡呀？」

卡爾搖頭說：「打電話給尤拿斯．拉夫納，他知道我們該上哪兒去。」

「快要六點了，他一定不在派出所。」

「試試看。你不是有他的手機號碼？記得開擴音。」

這裡的人顯然很早就吃晚餐，因爲拉夫納被打斷用餐，接起電話時聲音不太開心，抱怨說他們沒有導航嗎？難道他們不會用？

不過，他還是軟下心腸，要卡爾仔細留意，找到前往奧勒河的小路。那條路從厄倫納路岔出去，就在國家野生保護區的看板對面，他們應該不會錯過，因爲看板上畫著一隻鳥，以及不太和善的訊息：「禁止進入」。

厄倫納路似乎永無止盡，他們好不容易終於看見野生保護區的看板，底下有個小一點的路牌，指向奧勒河小徑。那是條死路，路底矗立著荒涼的房舍和穀倉，以及一小片草地。

「好詭異的地方。卡爾，現在要怎麼辦？」阿薩德下車時問道。

卡爾搖搖頭，很難想像這裡竟曾經是嬉皮公社。

「也許那個人可以告訴我們一些事。」卡爾指著小徑上一個逐漸接近的小點。

沒多久，有個至少七十五歲的老人穿著短褲，踩著他自己或許會稱之爲慢跑的步伐，慢慢晃悠過來。

他似乎不打算停下來，大概是料到之後很難再活動起來。但在最後一秒，還是決定停下腳步。他雙手叉腰，氣喘吁吁，好不容易恢復正常，可以接受他們的讚賞。

「先生，您眞是精力充沛，矯健如飛。」卡爾估量著對方的年紀和對運動的虛榮心說。

「唉，六十歲之前，必須要注意保持體態。」對方的口音濃重，說起話來彷彿患有哮喘似的。

居然不到六十歲？太神奇了。他們最好盡快打發他上路跑步。

「您住在附近嗎？」卡爾問。

「不，我住在漢堡。我顯然離家太遠了，應該不要這麼晚了還右轉。」

阿薩德放聲大笑。吶，至少有兩個人欣賞這個幽默。

「我猜想您應該熟悉這地區的事情。」

「您想知道什麼？」

卡爾指向荒涼的地產，向他解釋來龍去脈。

「我們不知道被那個斯瓦納克來的警察問過幾百遍了。」對方說：「沒錯，大概有半年左右的時間，這裡住了一群年輕人。以前的房東只要能收到錢，根本不管事。」

「爲何這麼說？」

「因爲那是一群嬉皮，奇裝異服，五顏六色，還留長髮，甚至做出奇怪的舉動，跟這裡格格不入。」

「例如什麼？」

「雙手上舉，迎向太陽走。晚上在營火旁跳來跳去，有時候甚至全裸，而且神祕不可思議。」

他露出意義不明的笑容。

「神祕不可思議？」

「是的，他們在身體上畫滿符號，吟誦單一的曲調，像天主教徒似的。有人說他們尊奉日耳曼新異教信仰，但是我們這裡的人發現，他們不過是在做蠢事罷了，就像許多觀光客一樣。」

「有意思。什麼樣的符號呢？」

「不清楚，反正就是垃圾。」他的臉龐忽然發亮。「就像印第安人一樣。」

「很有趣。」

「是啊，他們在大門上方還掛了個大招牌，我想寫的是『穹蒼』吧。」

「不過，他們沒有勸人信教，或者在本地引起不快嗎？」

「沒有，沒有，基本上他們相當親切，人很平和，只有其中幾個腦子不太正常。」

卡爾指阿薩德的公事包，要他拿出布利廂型車男子的照片給對方看。

「這個呢？您認得出來嗎？」阿薩德問。

「唉，那個警察每次也都拿出這張照片。我說過，那些人有輛類似的貨卡，但是我不知道這個男人是誰。其實我沒有眞正瞧過那些人一眼。」

「啊，當時您沒有在附近慢跑嗎？」

「該死，當然沒有。您以爲我爲什麼非得現在跑呢？」

無論如何，他們還是從馬拉松男身上挖出了一點訊息。沒錯，車牌是黑色的，而且車身兩旁上方確實有道曲線。不過，沒有其他引人注意之處，沒有凹痕、擦傷或諸如此類的東西。是的，大概有九至十個年輕人住在這裡，男女各有四、五個。然後有一天，他們全都離開了。就這樣。從此以後，房東只租給德國人，因爲他們口袋裡比較有錢。

「您還記得那些人約莫何時離開的嗎？差不多是雅貝特．金士密遇害時嗎？」

「我是不太清楚，因爲我常外出旅行，那個時候也是。我是個生物化學家，專長是酵素，當時到格羅寧根進行學術研究。如果兩位有興趣了解的話，是與太白粉製作有關。」他笑道。阿薩德眼睛登時瞪得老大。「太白粉？那可是非常實用的東西。例如駱駝受到鞍傷的話，就……」

「謝謝，阿薩德。我想現在受傷駱駝的故事並不重要。」卡爾轉向男人。「那個房東呢？至少他一定知道那些人何時離開的吧？」

「他？他住在島上另一邊，根本不清楚。重點是，他拿到租金，就不會去煩那些人。」

他報上名字後，給自己加油打氣一下，又氣喘吁吁地跑開了。

「我們現在應該深入研究之前的調查檔案和哈柏薩特的搜查結果，一定還有很多需要研讀的地方，而不是到處亂闖，找人問話。」

茱恩．哈柏薩特的姊姊住的施諾倫巴肯療養院，就像座有著大片耀眼玻璃和純灰刷泥牆壁架構的嶄新地獄。從外表看，像企業諮詢中心或高級私人醫美診所，怎麼樣也不像個邁向生命終站的地方。

「卡琳．柯福特有點遲緩。」療養院護理人員在領他們到房間的路上說：「很遺憾，老年癡呆和阿茲海默交相作用，使得她病情更加惡化。不過，只要你們扣緊主題，她偶爾也有清醒的時刻。」

茱恩．哈柏薩特的姊姊蜷縮在扶手椅上，笑容似乎凍結在臉龐，手臂和雙手不斷動著，彷彿正在指揮看不見的交響樂團。

「我讓你們獨處，免得轉移她的注意力。」護理人員笑著離開。

他們在卡琳．柯福特對面的狹長沙發坐下，等待她的目光從自己轉移到他們身上。

「卡琳，我們想和您談談克里斯欽．哈柏薩特和他的調查工作。」卡爾終於開口說。

她點了一下頭，但隨即又恍神，一直瞪著自己叉開的手指。好半晌後，才又看向卡爾和阿薩德，似乎清醒了一點。

「因爲……畢亞克。」她忽地清楚說道。

卡爾和阿薩德對視一眼，看來會拖很久了。

「是的，畢亞克已經離開我們了，的確如此。不過，我們今天不是爲他而來，而是想談談克里斯欽。」

「畢亞克是我外甥，他踢足球。」她打斷說：「不，他根本沒玩。那叫什麼？」

「我們知道畢亞克，令妹茱恩和您曾經住在一起。」阿薩德滑到沙發前緣，靠近她說：「那時候茱恩和克里斯欽離婚，茱恩和另一個男人見面。你們當時住在一起，很多年前了，您還記得嗎？」

她的額頭泛起皺紋，憂心忡忡。「嗯，茱恩，她很生我的氣。」

「生您的氣？讓她更氣憤的人不是克里斯欽嗎？」現在連卡爾也把屁股往前挪。

她失神了好幾次，眼神望向窗外，雙手輕輕顫動，頭微微上下晃動，彷彿在和自己對話。半晌之後，額頭上的皺紋消失，身體也回復穩定。

「卡琳，您還記得茱恩是否責怪過克里斯欽的調查活動嗎？」

她轉過來，眼神靈活，無疑聽見了這個問題，但是沒有答案。

「畢亞克死了，他死了。」她一再重複這句話，手又開始亂動。

阿薩德和卡爾對視一眼。要從她身上套出重要答案，似乎有點冒險魯莽。卡爾打了個暗號，要阿薩德拿出布利廂型車男子的照片。

「您聽過茱恩或者克里斯欽提到照片中的男人嗎？」卡爾問道。這句話宛如爆裂物。

「就是留長髮的時髦男士。」阿薩德補充說。

她困惑地看著他們兩人。「畢亞克留長髮，一直是長髮，就像這個人一樣。」她說。

「是的，這個人。有人提過他的事情嗎？」卡爾嘗試扣住主題。

她努力聚焦在他手指比的地方，但是什麼事也沒發生。

「卡琳，您想起來那人叫什麼名字嗎？是諾亞嗎？」

她頭一抬，張嘴大笑。「諾亞！你們知道嗎，諾亞身邊有一堆動物喲！」

卡爾看著阿薩德。「我想就到此為止吧，你覺得呢？」

他的助手認命地搖著頭。現在還眞是講駱駝笑話的好時機。

「好，我們打電話給茱恩，開門見山就提到照片那個男人，頂多就是她把電話掛了。」

阿薩德若有所思地點點頭，腳擱在儀表板上。

「她百分之百會掛電話。我們要不直接過去，把照片拿給她看？來個奇襲？」

卡爾蹙起眉頭。要返回奧基克比嗎？那還不如呑釘子算了。他撥打茱恩．哈柏薩特的號碼，耳邊立刻響起能夠震碎玻璃的聲音。

「茱恩，很抱歉又來電打擾。我一點也不想糾纏您，不過我們剛離開令姊的療養院，應該要跟您打聲招呼。您知道的，我們和她聊了過去的時光，因此我們希望詢問您幾個問題，有關您認識的一位年輕長髮男子，他在島上開一輛淺藍色福斯布利廂型車。」

「誰說他是我的熟人？」她咆哮道：「難道是我姊姊？你看不出來我姊姊糊塗了，腦筋不靈活了嗎？」

卡爾覷起眼。他還得習慣茱恩不留情面的說話方式。

「嗯，確實不容易忽略。不過，我顯然沒有表達清楚。我對您和那個男人交往的事情不感興趣，而是想了解您是否知道他的姓名，名字顯然很短，有點像聖經人名。他住在厄倫納一處嬉皮公社，應該來自哥本哈根。您有印象嗎？」

「你威脅逼迫卡琳了嗎？你倒是說說看還有什麼招？我才剛失去兒子耶！他媽的你現在少用電話恫嚇我！」

卡爾倏地瞪大眼睛。現在的她眞不像一位悲傷的母親。「我了解您的心情，茱恩。不過，打電話難道不比直接請您到派出所接受審問還要好嗎？我們迫切需要這個男人的資料，而您是可能聽過他的人之一。我們有張照片……」

「我不知道你說的是哪個男人。那一定是你從克里斯欽的紙張中發現的廢物吧。」談話就此結束。

「怎麼樣？」阿薩德問。

卡爾嚥下一口唾沫。「什麼也沒問到，完全無法突破她的心防。即使有，她也有所誤會，或者全部搞混了。她完全拒人於千里之外。」

阿薩德疲憊地注視著他。「我們現在要過去，直接把照片遞給她看嗎？」

卡爾搖頭。那樣做也無濟於事。茱恩明確表達了不合作意願，卡琳時常恍神，畢亞克自然也幫不上忙。他們不用指望克里斯欽・哈柏薩特家哀傷的家屬能夠提供任何協助了。

「現在怎麼辦?」

「你到利斯德去幫蘿思。」卡爾忽地笑說:「我今晚恐怕得留在倫納,研究檔案資料。」他拿起阿薩德的公事包,把車鑰匙遞給他,想到晚上沒人打擾,一臉暢快。「你可以在旅館放我下車,放假去了。」

不到幾秒,卡爾深深懊悔剛才把鑰匙交給阿薩德。

難以置信竟有駕駛人能在如此短的路段中多次超車!

密集研究畢肯達警官留給他們的資料後,出現了一些空白和問號。部分原因在於二〇〇二年之後,資料沒有繼續更新,另外是蓄意謀殺的這個假設並未引起辦案人員重視。或許是警方政策的關係?若是歸類爲謀殺案,警方無法置之不理,輕易結案。另一個可能性是,警方從未眞正徹底分析過事發經過。

但出現這麼多問號的原因,也可能異常平凡:或許是哈柏薩特施加的壓力,反而揠苗助長;也說不定哈柏薩特冥頑不靈,所以同事拒絕了他。

卡爾暗自點頭。謀殺案不是伯恩霍姆這類島嶼的日常風景,沒有成立機動專案小組處理此案。誰該在本地不太機敏的調查人員心中播下懷疑的種子呢?難道是哈柏薩特嗎?

幾乎沒有。

卡爾從檔案讀到,倫納警方集中於調查肇事逃逸。然而沒人追查涉案車輛,遑論駕車司機了。哈柏薩特執拗不懈,耗費驚人的時間持續追蹤,才將注意力轉移到另一個方向。但是誰能說他就是對的呢?

卡爾埋首檔案幾個小時後，蘿思和阿薩德回到旅館，他的自由時間就此結束。阿薩德明顯精疲力竭，劈頭就倒在自己睡的那半邊床，不到兩分鐘，即嘴巴大張，息肉震顫，鼾聲鋸碎島上其餘林地。房間裡隨意擺放的一切全都吱吱嘎嘎、乒乒乓乓。

蘿思也變得不愛說話，只想趕快睡覺。其他事情顯然得等到哈柏薩特的遺物搬進警察總局後再說了。

卡爾在震動電鑽旁躺下時，不由得羨慕起蘿思。雖然他手癢難耐，仍然堅強攔住自己，免得把枕頭壓在阿薩德臉上。

他心煩意亂，東張西望，目光最後落在迷你冰箱上。

兩瓶啤酒和約莫十小瓶左右的燒酒，終於讓他的耳膜清靜下來。

第十八章

二〇一三年十月

皮莉歐努力恢復冷靜，在名爲「覺察之屋」的粉紅色建築裡清洗褲子，也將靴子、鏟子和偉士牌沖刷乾淨。中心將這個部分改建成馬廄，保留給情緒低落、受業力拖累而愁雲慘霧的學員使用。撫摸小馬柔軟的嘴巴，呼吸馬糞和新鮮稻草的氣味，能夠提振他們的情緒。平常這裡有很多活兒要做，刷洗馬匹，清潔馬廄。不過這時候學員各自待在房間裡冥想，所以皮莉歐確定自己不會受到打擾。

一個小時前，她第三次殺了人，這種事不容易擺脫。她的手肘火紅滾燙，心臟劇烈跳動。皮莉歐，冷靜下來，仔細思考，將自己切割出來，妳辦得到的。放大範圍來看，今天發生的事情根本無關緊要。

爲什麼汪達要故意忽略一切，冥頑不靈，硬要闖入她的世界？爲什麼這個女人要挑戰她這個中心的大祭司？不，沒有問題的，因爲除此之外，沒有其他方式可以阻止汪達。只不過，皮莉歐需要付出不小的代價，她內心的寧靜遭到破壞，精神失去平衡。

棘手的是，阿杜對於這類靈性失衡十分敏銳，能感受到她不對勁。

因此她迫切要求自己趕快恢復平靜。

「荷魯斯，爲一處女所生。」她爬在通向閣樓的梯子上，聲調單一唸誦著：「是十二位隨從的指引，在第三天復活，請幫助我擺脫緊張焦慮。」她又唸了兩次，仍沒發揮安撫功效。皮莉歐驚恐萬分，前兩次並未出現這種情形。怎麼辦？她驚魂未定，惡魔掌控著主導權，她該怎麼繼續下去？難道她並非如同往常一樣採取公正恰當的行動嗎？汪達不是來毀壞她和阿杜共同建立的一切嗎？但爲什麼她的手指仍舊顫抖不止呢？

她低下頭，閉起雙眼，把臉埋在雙手裡，緩慢地深深吐納。她不過是阻止汪達在中心裡散發負面能量罷了，應該不可能做錯。

她又唸了一次咒語，脈搏逐漸安穩，她終於鬆了口氣。

一道光線穿透閣樓窗戶，她感覺獲得釋放，不禁心懷感激，感謝天命賜恩。她蓄滿全新的能量後，把發生的事情又仔細想過一遍。

最後兩個小時過得驚心動魄，混亂至極。這種狀況下很容易出錯。她要是遺忘了某物，或者忽略了什麼事，必須及時改正過來。

皮莉歐閉上雙眼，在內心播放案發現場的畫面。

她有十足把握，就算那女人赤裸的屍體被人發現，也不會是現在，因爲棄屍地點十分偏僻。所以這點可以劃掉了。

岩地水坑底部的土質鬆軟，容易挖掘，她在最大的一個水坑挖了很深的洞，即使是傾盆大雨，也不容易露出屍體。這點也沒問題，劃掉。

她小心翼翼地銷毀可能引起迷路的觀光客或狂熱植物學家的所有線索，以免他們循線意外發現埋屍地點。劃掉。

最後，她十分篤定沒人看見犯案經過，也沒人看見她離開那個地區。劃掉。

皮莉歐滿意地點點頭，把閣樓上的幾個紙箱推到一旁。她得加快動作了。房間裡的人一結束冥想與自我探索，集會就開始了。建築物之間的庭院孤寂無人，只有監視錄影器拍到她離開以及回來後做了什麼。當初是她說服阿杜裝設監視錄影器的。

不過，回到辦公室後，她會刪除拍攝到的畫面，所以這點一樣能劃掉。

現在只剩那女人留下的東西得處理。她打量著從死者身上剝下的衣物，外套、裙子、襯衫、內衣褲、雙色皮帶、絲巾、絲襪、高跟鞋。這些都得找機會燒了，在那之前，暫且先放在閣樓的一個紙箱裡，和其他弟子接受聖職，進入修道生活留下的服裝放在一起。

其他的，也就是皮包和裡面的物品，包括一盒保險套、各式化妝品、手機、鑰匙以及火車站的置物櫃鑰匙、幾千克朗、旅行文件護照，也都得即刻清除。

還有沒有她萬萬不可忘記的事情呢？

汪達在申請時寫道，她是家裡唯一移居國外的孩子，至今已好幾年，也辭掉了工作。她先前在倫敦郊區租屋居住，不願意再過那種生活，所以沒有留在倫敦的理由，那段生命時期對她而言早已結束。她退掉了一切，包括網路在內，電腦、錄音機、電視、家具、部分衣物等世俗財產也全賣掉。若是她成績優異並完成中心的基本課程，希望能接納她成爲固定成員。

差不多就是這些，沒有其他要顧慮的，情勢一目了然。那女人在生命的最後一趟旅程，應該沒有留下任何值得重視的痕跡，若眞有，皮莉歐也會極力否認她的存在，反正沒有誰能證明她說謊。汪達的電腦賣了，倫敦沒有家人，顯然也沒有親近的熟人或是朋友，因爲那個城市並沒有值得她留戀之處。

皮莉歐早在上午就刪除了和那女人往來的電子郵件。還可能遺漏了什麼嗎？也許有人在卡爾馬到阿爾瓦大岩地的路程中看過她們？鐵定有人看過，不過沒人認識皮莉歐，而且他們幾個星期後也想不起來見到兩個女人騎著偉士牌這種平庸瑣事。至少今日在島上西岸的人不會記得的，皮莉歐心想。

洶湧的觀光人潮雖已散去，但是藝術協會的聯合計畫在這天至少還吸引了百名遊客前往藝術工坊參觀。喧鬧混亂中，誰還記得住細節？不可能，所以這點她也可以安心劃掉。除此之外，汪達被報失蹤人口，可能是很久以後的事了。前提是還得眞有人去報案。

皮莉歐甩甩頭，把兩顆大石塊放進皮包裡。現在只差把皮包丟到波羅的海，沉到海底，然後及時返回參加禮堂舉行的集會。

如果皮莉歐不在場主持的話，集會根本無法運行。這點對她來說更是有利。

她一身潔白，冷靜沉穩地走進大廳。阿杜進來之前，她必須根據等級分配好學員和弟子的座位。十月的這個時候，陽光透過天窗蜂擁入屋，照亮禮堂。鑲著玻璃磁磚的講台，等候阿杜來臨，正閃耀溫暖金輝，一如大師的旖旎風采。

等他進來時，大家早已滿心期待地坐在地上。他們就爲了這類聚會而活、而呼吸，因爲不論在室內或沙灘旁的日出晨光中，阿杜的話語都是一天的高潮。在阿杜．阿邦夏瑪希．杜牧茲面前，可以找到尋覓已久的答案。他們將和他凝聚同心，融爲一體。

皮莉歐身爲整體的一部分，心中感受到的偉大仍舊和第一天一樣強烈。

待會阿杜身穿袖子繡滿華麗紋飾的橘黃色長袍走進來後，整個禮堂將充滿能量磁場，宛如一道光點亮黑暗。一旦他雙手向大廳一伸，眾人會紛紛被吸引入他的世界，彷彿不久將親眼得見生命眞理。

有些學員將這類晉見視爲朝聖之旅的終點。他們認爲透過阿杜這位大師，身心將徹底獲得潔淨，並能與料想不到的生命新脈絡產生聯結。有些人感受沒有那麼具體，只簡單將發生的事情稱爲心靈的奇蹟。

但不管個人有何種體驗，都得付出更高費用才能得到一席之地，在地板上盤腿而坐，這點是誰也沒有例外的。誰能獲邀、坐在哪個位置，全由皮莉歐決定。即使她和大家一樣，對阿杜尊崇有加，付出的方式與心力卻與眾人不同。

因爲對皮莉歐來說，阿杜既是男人也是造物主，是性感的化身、靈性活動的首腦、是安全感，也是精神象徵。從她多年前遇見他至今，這種感覺始終不變。或許隨著時間過去，她對於阿杜先知與信眾領袖的地位會逐漸變得無感。只不過，這條路將十分漫長……

坎加薩拉鎮距離芬蘭第三大城坦佩雷不遠，充滿傳奇故事，也是文學聖地，還吸引富有的觀光客前來感受大自然的鬼斧神工。皮莉歐的雙親在此落戶生根，養育孩子，並希望由此放眼未來，大展鴻圖。可惜天不從人願，因爲皮莉歐的父母並未擁有實現夢想的特質與金錢。

除了開一家小小的雜貨店，他們最後什麼也沒達成，只能靠著缺貨嚴重的偏僻小店養活自己和孩子。這家門可羅雀的雜貨店，說穿了只是間寒磣的小棚子，由第一次世界大戰時留下的殘木和其他有的沒的東西拼湊而成。他們的夢想到頭來只不過是冰天凍地的寒冬、潮溼悶熱的溽暑，以及從鄰近湖泊過來的恐怖蚊子大軍。

皮莉歐單調生活的唯一色彩來自畫刊，稍微能從中感受遼闊的大千世界，爲未來開幾扇窗。不過，要擁有未來，先決條件是必須離開家鄉。然而這個夢想卻忽然被父親摧毀，因爲他要皮莉歐退學回家幫忙顧店。

然而，皮莉歐的弟弟妹妹日子卻過得逍遙快活，開開心心地到城裡跳舞、上音樂課，用皮莉歐做牛做馬掙來的錢，把自己打扮得光鮮亮麗。絕望、不公不義與前途黯淡的痛苦，一天天啃蝕著皮莉歐，她深感挫折，嫉妒得快要抓狂。

她小妹有天帶回一隻小貓，得到父母允許留下飼養，皮莉歐終於忍不住爆發。「你們從來沒有允許我養寵物！」她尖叫道：「我恨你們！」皮莉歐扎扎實實地吃了一記巴掌，而小貓仍舊可以留在家裡。接下來那週是她十六歲生日，但她一個禮物也沒收到。

這一天，她幡然醒悟：生命中若想有所獲得，必須自力救濟。她怒火中燒，憤怒無邊無際，當晚就跟一個小混混逃離坎加薩拉。後來父親發現她和那傢伙窩在雜貨店後面抽大麻，狠狠揍得她屁滾尿流，好幾天無法躺著。她身體和心靈受到嚴重創傷，傷口無法癒合，這個時候，她無意中聽見母親警告其他兄弟姊妹不可跟大姊有樣學樣。「不過不會發生這種情況的。幸好一套咖啡杯組裡壞掉的杯子只會有一個。」

「壞掉的杯子不該丟掉嗎？」小弟竊笑說。

如果皮莉歐還會落淚，眼淚早就簌簌落下了。但她早已明白，表露情緒只是無濟於事。於是，皮莉歐夜裡偷偷下床，殺死妹妹的貓，把屍體丟在雜貨店的櫃台上。然後拿走錢箱裡她認爲是家人騙取她辛勤工作賺來的部分現金，其他的錢則擱在路邊，留給路人。最後背起側肩包，離開她誓言永遠不再返回的家，走時故意未將大門關上。

她有段時間和兩個英國人以及幾個來自赫爾辛基的瘋狂藝術家，在城市另一邊租屋合住。這些人年紀都比她大，生活放浪不羈，當地居民完全無法接受，年輕的皮莉歐於是很快成爲城裡流言蜚語的主角。

這些怪胎朋友教導她欣賞北極光在星空下幻化萬千的炫目表演，在寧靜的湖泊旁醉飲自釀酒，沉溺在放縱的性愛裡。即使當時她生活愉快，仍舊心生哀傷，從此失去純眞無辜的童年，永遠不再復返。

最後由於青少年事務局收到鄰居太多抱怨信，決定採取必要行動，涉入管理這群年輕人。不過他們來得太慢，皮莉歐早已溜之大吉，臨走還把大家共同的錢箱洗劫一空。

皮莉歐口袋裡揣著一筆小財富，懷著在哥本哈根轉角就能遇到幸福的盲目信念，來到了斯堪地那維亞半島最浪漫的城市。

她在一處青年之家待了幾個月，交往形形色色的男人，像樣、不像樣的都有。短短時間內，她嘗遍各種毒品，有吸的，也有喝的。

一天，她和兩個領頭的女孩激烈爭吵可以與誰上床，沒多久就被掃地出門，流落街頭，乞討零錢，要人賞酒喝。過了約莫一個月居無定所的生活後，遇見了一位年紀較大，但擁有自己的房子的男人。他親切和善，笑容可掬，名字叫做法蘭克。法蘭克告訴她，生命最強大的驅力不是性愛，也不是酒精，而是敬奉靈性，將之提升到下一個境界。這番話聽起來很不尋常，卻也不見得不是拉她脫離泥沼的機會，因此她聽了他的話。

他的話很簡單，重點在於致力於培養意識，身體才能擺脫世俗的欲求。靈性與冥想是開啓自由與幸福的鑰匙。

所以有何不可呢？她不會再遭人毆打，一覺醒來也不會痛恨自己，頭頂上也沒有爬來爬去的生物。

皮莉歐變得堅強，逐漸能與自己好好相處，而他們探索心靈的嘗試與能量也日漸複雜。白天，他們在市府廣場的漢堡王工作，穿戴著奇形怪狀的帽子和制服，一身油煙味，趁空檔時間把速食塞進嘴裡填飽肚子——他們必須如此生活。其他時間則用來增強意識，包括練習預知能力、瑜伽、星座、塔羅牌。當時他們幾乎嘗試了所有神祕主義的範疇。

皮莉歐愛慕法蘭克，但爲了不妨礙心靈發展，並盡可能善用一切既有能量，他們從未有過肌膚之親。一天，法蘭克感覺到行星、精神力學與未來轉到另一個方向，便離開了現有道路，另闢蹊徑。

「我已做好準備，要從另一個女人身上感受我自己的軀體。」他說。不過，他只把這種轉變保留給自己，皮莉歐被迫要容忍現實。話說回來，她只心繫法蘭克，有什麼理由和其他人上床？

總而言之，法蘭克的思想改變，爲他轉變成阿杜．阿邦夏瑪希．杜牧茲奠定基礎。同時，皮莉歐的功能也產生變化，成了一位爲其效勞的女祭司皮莉歐．阿邦夏瑪希．杜牧茲。和其他許多身分相較之下，祭司雖然很吸引人，她卻也感受到有所侷限。

這種不平衡，讓皮莉歐倍感痛苦。

第十九章

二〇一四年五月三日星期六、五月四日星期日、五月五日星期一

卡爾一早醒來，雖然沒人在旁邊鼾聲大作，腦袋裡卻仍轟轟作響。要命！他又不是不知道取用迷你冰箱裡的飲料應該要有所節制，卻還是越了界。

快速灌下一杯咖啡後，他們趕往渡輪口。蘿思叫的搬家公司貨車早已駛入渡輪上的車輛甲板。就算是眼睛瞎了，也看得出那輛車完全不堪負荷。不過卡爾壓根無所謂，因爲更重要的問題是，堆積如山的箱子他媽的要怎麼安置在地下室裡？又該如何分類這堆大雜燴，才能勉強掌握案情概況？

在渡輪咖啡廳裡，蘿思把他們的座位預定在搬家工人旁邊。兩個壯碩如山的大塊頭正大快朵頤，把速食鐽進嘴裡。卡爾小心翼翼地向他們點頭，盡量不要驚擾跳動劇烈的頭殼。

「起風了。」司機說，這是個友善的開頭，但根據卡爾的經驗，一旦開口搭話，很容易演變成沒完沒了的廢話。

不過他還是盡量擠出微笑。

「他有樹醉。」阿薩德解釋。

卡爾沒有力氣糾正他。

「他有樹醉？」搬家工人哄堂大笑。「你是說他有『宿醉』吧，老兄！」一個工人說道，往阿薩德背部用力一搥，力道大得能粉碎石頭。

阿薩德盯著海浪，一臉認命。他臉上令人嫉妒的南歐古銅膚色，逐漸變得難看。

「你會暈船嗎？」另一個工人問：「我有個神奇法寶。」

說著，從袋裡拿出瓶子，將裡頭的液體倒入一個小杯子。

「你必須一口吞下，否則不會有效。這東西能治胃，喝了會好過一點。」

阿薩德點頭。只要能免掉千辛萬苦走到廁所嘔吐的這段路，要他做什麼都願意。

「噠噠噠噠！」兩個大塊頭怪聲叫道，阿薩德頭一仰，一口灌下。

下一秒，可憐的阿薩德霍地抓住脖子，雙眼圓瞪，簡直要掉出來，臉色頓時漲成豬肝紅。

「那到底是什麼東西？」蘿思翻開報紙，漫不經心地隨口問道：「硝化甘油？」

工人又發出震耳欲聾的大笑。就算阿薩德想跟著笑，也心有餘而力不足。

「不是，只是濃度百分之八十的李子白蘭地。」拿著瓶子的工人說。

「您瘋了是不是？」卡爾很少氣得火冒三丈，但實在有太多愚蠢的舉動怎麼樣也消滅不了。他們眞是蠢到家的智障！「阿薩德是回教徒！」

工人把一隻手放在阿薩德手臂上說：「噢，老兄，不好意思，我完全沒有想到，很抱歉。」

阿薩德舉起手，表示沒事。

「沒事的。」他好不容易恢復聲音，安撫卡爾說。雖然風勢逐漸增強，餐具瘋狂地跳著西班牙舞，他卻意外地變得較有活力。「我又不知道那是什麼。」

卡爾情緒惡劣，目光移向窗外海浪，感覺到胃裡的食物正大展反作用力。波浪搖晃中，他的賁門還得緊閉好幾個小時。

「阿薩德，你現在好多了嗎？」他問道。

阿薩德小心翼翼地點頭，感覺輕鬆不少。

蘿思從報紙中抬起目光。「倒是你的臉色不太樂觀喲，卡爾。」語氣裡聽不出一絲同情。

阿薩德眼神渙散地拍拍卡爾的手。「看看我，沒問題了。關於搭船航行，我想我還有得學的。不過你或許也應該喝點李……蘭地。」

卡爾嚥下一口，但不是酒，而是這個念頭。

「我去吹吹風，呼吸新鮮空氣。」他起身，阿薩德也跟著站起來。

卡爾在路上噁心了好幾次，不過仍成功忍住沒吐出來。然而一走到後面甲板，他即大口嘔吐，事態一發不可收拾。

「眞是感謝你吶。」阿薩德哀嘆，一邊評估自己遭到的損害。「你難道沒聽過嘔吐的時候，不要逆著風嗎？」

卡爾還沒想好要不要吃薄脆餅配白開水，週末就差不多要結束了。若非莫頓每天過來看望躺在樓下客廳的哈迪，他早就迷失自己。莫頓和米卡兩年前搬出去後，家裡安靜得要命。他甚至偶爾還會懷念繼子賈斯柏，但幸好這種時間不多。

他在星期日午夜才拖著疲憊的身軀上床，對自己十分厭煩。優質的深沉睡眠能給肉體和心靈帶來奇蹟。屋子裡沒人打擾他，胃也不再作怪，只有內心的平靜和安寧。

警鈴忽地大作，把他從睡夢中驚醒。所有警報器同時響起。不，該死，是他的電話。電子鐘顯示現在才五點，如果不是死亡案件通報或軍事緊急狀態，這個擾人清夢者最好把皮繃緊一點。

「卡爾．莫爾克！」他朝著話筒咆哮，語氣充滿警告意味。

「你這個白癡，一定要這樣喊嗎？」

他熟悉這個聲音，不是很樂意聽到的聲音。

「桑米，你他媽的白癡，知道現在幾點嗎？」

「親愛的，現在幾點？」卡爾聽見他堂弟用英語問旁邊的人。「十點啊。」桑米隨後咕噥回道。

「那我好心告訴你，這裡是五點！」

「該死，卡爾，你……」他打了個響嗝，顯然已經狂歡一陣子了。

「我說……羅尼把該死的遺書寄給你，你以為我不知道嗎？」話筒傳來刮嚓的聲音。「不要，寶貝，不要現在，把妳的手拿開。我在講電話。」桑米說著英語。

卡爾暗自數到十。「我如果收到他媽的遺書，早就塞進你喉嚨裡，免得再聽到你鬼話連篇。晚安，桑米！」

他掛斷電話。去他的桑米，去他的羅尼，去他媽的遺書。

光想到這些事，他就噁心欲吐。

電話又響了。

「我跟你說話時，最好不要掛電話，你這個蠢條子。好，現在快說，羅尼到底在遺書裡寫了什麼？你打算私吞所有東西嗎？」

「給我閉嘴。我剛才是不是聽到『條子』？汙辱警察可要關五天，沒有商量的餘地，桑米。這不是第一次了，對吧？」

電話另一端深深嘆了口氣，還傳來女孩的笑聲。只聽桑米用英文說：「好啦，鑽石，但再等一下好嗎？」他忽地嘶嘶大笑，笑聲像馬一樣。「哎喲，妳這個小混蛋。卡爾，抱歉，那個女孩……卡爾，你很清楚我對遺……我只是想說，卡爾，你是個好人。關於遺書的事情，我們再好好搞清楚，好嗎？天啊，鑽石……」接著電話就斷線了，留下他陷入沉思。

別想再睡覺了。

他十一點左右到警察總局，沒有心情研讀檔案，對於地下室的景象也興味索然。

地下室走道上的牆壁被遮得不見蹤影，從哈柏薩特家搬來的櫃子突出於大型公布欄兩旁，儼然就像東亞大都會的高樓大廈。阿薩德和蘿思早就忙著把櫃子塞滿。

「消防局的人會給嚇死。」這是卡爾開口說的第一句話。

「幸好他們剛剛才來，不會那麼快又下來。」聲音從一個箱子底部傳來，只見蘿思上半身都埋進箱子裡了。

卡爾晃到自己的座位旁，雙腳砰地擱在桌上。

「我要看檔案！」保險起見，他特意喊了一聲。這樣他們就不會想要他去幫忙拆箱了。

他思索了半晌，斟酌著是要抽根菸還是打個盹。

「這東西得拿過來。」他聽見蘿思的聲音從強行佔領他辦公室的龐然箱子堆後面傳來，下一秒，那東西就掉在他兩腿之間。

「這是影本，沒錯，全都分類好了，從上面開始看就可以了。閱讀愉快！」

雖然卡爾沒有承認，但是蘿思從搬過來的物品中挖出的資料，確實十分有意思。幾乎可說是太有意思了。但是內容太多，讓人消化不了。而現在沒有牆面可以把資料釘上去，大腦也沒有額外的記憶體，要想掌握案情概況難如登天。

卡爾環顧辦公室，簡直像個豬圈，到底累積了多少不必要的垃圾啊！有次蘿思心情稍微有那麼一點不錯時，稱呼這團混亂是：「卡爾存在的調味料。」另一次沒那麼和善時則說：「那是這個辦公室唯一的色彩和有意思的地方。」那個時候卡爾可是好端端地坐在辦公桌後面。

「高登！」他大喊道：「你這個竹竿，過來一下。」那傢伙可以好好把這裡清理一下。

「高登忙著憂鬱。」阿薩德在外面走廊喊道。

憂鬱？這可還眞是新鮮事。處在這樣的工作場所他媽的誰不會憂鬱？要是他們把他的辦公桌設在走廊的紙箱之間，高個兒不更憂鬱死了？

他站起身，從走廊拿了一個空箱子，把不要的廢物丟進去，包括已結案的文件資料，骯髒餐具、老舊便條紙、檔案夾、斷掉的鉛筆、用完的原子筆等等，一大堆亂七八糟的東西，蘿思看了應該會嚇一跳。

收拾完後，他退後一步打量成果，然後心滿意足地點點頭。桌面終於露出了一小塊，對面矮櫃上方的牆面也可以使用了。

他開始把影本貼在牆壁上方的位置，下面應該還有足夠的空間留給蘿思帶給他的重要資料。

不到一個小時，牆壁根據某種規則貼滿資料。蘿思確實也把所有的重要線索都拿來了，福斯車男人的照片、犯罪現場記錄、驗屍報告、一九九七年秋季班的團體照。不過有些資料並不適合放進來，例如超市收據，或關於各種靈性活動和另類療法的眾多手冊。此外，哈柏薩特顯然問過島上所有居民，並且將談話內容記錄下來。

貼在牆壁的資料中，有張相對較大的雅貝特彩色照片影本。照片上的她宛如純眞無辜的天使，雙頰緋紅，眼睛俯視著卡爾，彷彿他是俗世間唯一擁有神奇魔法石的人。不論他在辦公室哪個角落或站或坐，那雙翠綠的迷人眼眸始終注視著他。

毫無疑問，蘿思深思熟慮後挑出了這張照片。

「蘿思、阿薩德，過來一下，你們自己看看！」卡爾喊道，隱約透露出類似驕傲的語氣。

「你說的是灰塵嗎？」蘿思雙手叉腰，目光掃過辦公室。「幾個月來，它們都藏哪裡去了？」她故意手指朝櫃子一劃，然後舉高。她難道只注意到這種事嗎？

阿薩德顯得配合多了。「卡爾，幹得好！」他朝牆壁點頭說。

「你才該過來一下。」蘿思主動抓他袖子，把他拉到阿薩德幾天前才粉刷好的房間。

經過外面走廊，她的手往滿坑滿谷的櫃子一揮說：「你自己看看，我們把所有基本資料擺在走道櫃子上，才是了不起。分類方式大致和哈柏薩特家裡一樣，但是更專業一點。」然後她又拉著他走到仍舊充斥著油漆味道的房間。「我們在這裡騰出阿薩德稱之爲『簡報室』的空間，也可以充當高登的辦公室。不過阿薩德說高登可以和他共用一間。卡爾，請看！」她誇張地展開雙臂，亮黃色牆壁上不僅貼滿卡爾手邊影本的原件，還補充許多驚人的材料。

阿薩德往前一站，卡爾搖著頭注視眼前的成果。他媽的，他們爲什麼不告訴他？這樣就可省了他在自己辦公室的苦差事。

「我們，也就是阿薩德以及我的少量貢獻，高登也付出了一點心力，花了整個週末把這些東西弄好。哈柏薩特收集的材料中，至關重要的筆記和線索全收集在這個房間裡。喜歡嗎，卡爾？可以就此開始辦案了嗎？」

他緩緩點頭，但心裡眞想回家。

「我們還想放幾把辦公椅，以便在這裡進行討論，只要調個頭、轉個身，就能掌握四周概況。」阿薩德說。

「是的。外面櫃子上擺放詳細的資料，希望哪天能夠推論出哈柏薩特的辦案程序、調查的具體目標，更重要的是，得知他的結論。」蘿思補充說。

「謝謝。兩位表現得十分優異。不過，高登在哪？你剛才說他很憂鬱？」卡爾說。

現在換阿薩德拉走卡爾了。

阿薩德的辦公室傳來乒乒乓乓的聲音，說明高個兒正在整理自己的座位。

「早安，卡爾。」高個兒向他道早安，神情相當沮喪，看來真的很憂鬱。阿薩德辦公桌的另一邊空間侷促，高登的兩個膝蓋不得不卡在桌緣，突出於桌面之上，桌底下，一雙小腿想必打結得面目全非。他和擺著阿薩德所有嬸嬸照片的架子之間的距離十分狹隘，他若想要站起來，必須按著桌緣，直直站立才行。

有幽閉恐懼症的人絕對不可能待在這裡，卡爾心想。聯合國人權委員會甚至有可能受理此案。然而，這男人必須要習慣這個環境，就像雙腳習慣了打結一樣。

「你自己找到了溫馨的小地方。」卡爾硬擠出一抹微笑。「而且有這麼一位善解人意的室友。你覺得怎麼樣呢？」

是桌緣擠得他無法呼吸，還是他真的累得精疲力盡？他回答時的聲音高了八度，簡直要轉成假音了。

「我們決定請高登擔任受託人，管理所有檔案，並且掌握大略的脈絡梗概。若有問題，可以詢問他，就像查詢字典一樣。透過這種方式，我們可集中精神追查線頭，全力調查。高登再檢驗線索是否彼此相關，關聯性又是什麼。」

「了不起。那麼請問我在整件事中的位置是？」卡爾一一審視著他們。

「欸，卡爾，你當然是老大，就跟以前一樣啊。」阿薩德賊頭賊腦地笑道。

老大，這個詞剛才有了新定義了嗎？

在簡報室裡，大家很快地發現哈柏薩特收集的神祕教派手冊，部分數量驚人，部分實則很不專業，令人訝異。在他們開始行動之前，還必須先將手冊整頓分類。

「我們可以想想，爲什麼這類無用的靈性之物佔據這麼多空間，眞的與案情有關嗎？」卡爾問道。

「哈柏薩特也許在追尋心靈的寧靜？」阿薩德假設說：「人落魄的時候，都會嘗試許多瘋狂的事情。」

蘿思蹙起雙眉。「你怎麼知道追尋心靈寧靜是瘋狂的？你自己和先知們有私人熱線嗎？應該沒有吧？即使如此，你不是還相信他們嗎？而且也沒有問題。所以沒什麼好反對的，不是嗎？」

「是啦，可是……」

「好，所以同理可證，不能就這樣認爲印度神祕主義、預言占卜、奇蹟治療等不重要，對吧？」

「是的，可是……」

「可是什麼？」

「可是妳不覺得那些名稱聽起來很蠢嗎？要認眞看待他們並不容易。」

卡爾掃描釘在牆上的資料，確實是五花八門的大雜燴。

「大天使活化你的ＤＮＡ」、「吠陀聲響治療」、「轉換講座」、「精神地圖」，以及一大堆其他類似的內容，看起來讓人精神錯亂。他得承認阿薩德說得有道理。

「如果你們問我的意見，」他趁機抓住說話權。「哈柏薩特比較務實，腳踏實地。很難想像他會對這類主題著迷。我倒認爲那是他調查的一部分。」

他把椅子一轉，凝視著福斯布利車男人的照片。

「就我目前所知，這個人曾經住在嬉皮公社，進行特別奇怪的儀式，如裸體舞蹈、崇拜太陽等等。還有那個慢跑老人提到大門口上面的牌子。阿薩德，上面寫什麼？」

阿薩德至少在他筆記本裡翻閱了二十頁，花了點時間才找到。

「穹蒼。」

「蘿思，雖然我尚未釐清原因何在，但我認爲這個資料很重要，我要妳追蹤這條線。打電話給伯恩霍姆島的所有玄妙神祕社團，深入調查一九九七年時，有沒有人和公社的人接觸過。阿薩德，這段時間你先熟悉這個房間裡的材料，再和帶走雅貝特自行車的藝術家聯絡，約個時間見面。」

阿薩德豎起大拇指。「我們要不要推一張桌子過來，可以把茶放在上面？」

卡爾起了一陣寒顫。難道永遠沒辦法擺脫臭氣沖天的飲料嗎？

「我到樓上去找湯馬斯．勞森，問他洛德雷那兒有沒有技術人員能進一步詳細分析一些東西。」

「把這個帶去。」蘿思從牆上拿下一張紙條，遞給他。

「這是什麼？」

紙上用透明膠帶黏著一塊不到兩公分的細長木頭碎片，底下簡短解釋：「木碎片，發現於茂密灌木叢裡的自行車，與自行車可能被撞地點之間的直線距離。」很明顯是哈柏薩特的筆跡。

蘿思從牆上同樣地方拿下一張備忘錄，顯然是和木碎片那張紙一起的。「哈柏薩特的相關記錄。」她把便條紙拿給卡爾說。

內容記錄雅貝特消失後四天，也就是哈柏薩特發現屍體後三天的事情。卡爾大聲唸出。

僅供自己參考。

一九九七年十一月二十四日，星期一上午十點三十二分。

鑑識人員交出事故現場後，簽署人我在雅貝特．金士密的自行車北邊六公尺處，發現一片加工木頭的碎片。根據簽署人我的判斷，碎片發現地與自行車事故現場約在同一直線上。碎片交由當地警方鑑識人員化驗，據說材質是樺木，根據上頭的殘餘膠水推測，應是三夾板的碎片。

事故現場附近沒有發現其他碎片。警方鑑識人員評估後，認爲碎片與碰撞無關。

簽署人我認爲這點並不正確。相關報告送到負責的調查人員，尤拿斯．拉夫納刑事助理手中，請求哥本哈根警方技術部門進一步詳細分析。隨後針對島上交通工具展開調查，但一無斬獲，沒有發現與碎片相關的原料，因此駁回請求。

簽署人我接受當地電視台訪問時，請求市民提供線索，請大家一發現受損三夾板，即刻通報。一共收到二十份回饋，主要來自當地居民。都是建築用的防護板，材質全是松木。

線索在此中斷。

簽署人克里斯欽．哈柏薩特，於利斯德。

卡爾點頭。這就是調查人員的籤運：機率百分之八十的苦差事，百分之兩百五十的死胡同。

「但是你看這裡，卡爾。」蘿思又遞給他一張備忘錄。同樣是哈柏薩特的記錄。

二〇〇〇年八月二日，星期三。

在哈默努登的駱駝頭岩附近的礁石間發現木板殘片。來自哈斯勒的十歲男孩彼特．施維德森，遊玩時拉出了卡住的木板殘片。殘片很沉，所以他留在岸邊。彼特的父親葛姆．施維德森是海灘看守人，曾經協助簽署人我在快艇翻覆事故中，找到一具溺水屍體。葛姆．施維德森想起簽署人我曾在電視上請求大家提供碎片可能來源的三夾板線索，於是連絡上我。在礁石間發現的木板殘片，應該屬於一塊約莫兩公尺長、一公尺寬的大型木板，雖已損害嚴重，但原本應該能防水，因爲部分黏合處仍舊完好如初。木板殘片上有兩個鑽孔，有一面上頭隱約可見暗痕，毫無疑問是某種東西的支撐點。

簽署人我要求詳細分析木板殘片的種類，經過一番往來拉扯後，終於獲得許可。木板殘片一樣是樺木，但是檢驗無法百分之百證實先前找到的小碎片來自這殘片。我的假設是：由於三夾板是由多層薄木片黏合，小碎片應該來自於長期泡在水中而剝落的外層木片。

我的判斷與鑑識人員一致：原始大木板很可能厚達二十到二十四公分，中間十八公分左右仍舊未受損害。

我請求分析比較小碎片和三夾板殘片的膠水，這項分析早該進行，但是仍遭到拒絕。最後，我推測海灘上的木板殘片應該參與了事故。但是在沙灘上發現東西十分普遍，因爲也不能排除兩種木材相同純是偶然。

克里斯欽．哈柏薩特

底下又用紅筆補充：

二〇〇〇年八月二日發現的三夾板殘片不見了，大概是遭到摧毀。

「你說那處礁石叫什麼名字？」阿薩德問。

「駱駝頭岩。」

他興奮地點著頭。或許開始在編新的笑話了吧。

卡爾看向蘿思說：「我不知道，蘿思，不過我覺得應該不可能再往這條線追下去。如果小碎片經過徹底分析，而木板殘片又不見了，妳認爲鑑識人員該從何處著手？」

「卡爾，他們必須找出能夠證明碎片是來自木板殘片的東西。」

「我們有木板殘片的照片嗎？」

「我找一下。」阿薩德已消失在走廊裡。

「如果他們找不到你需要的關聯性，你要怎麼跟鑑識人員說？」

卡爾不發一語，看著小碎片。「哈柏薩特表達了他的疑慮，」最後他開口說：「也就是說，木板以某種形式參與了這起事故。是的，這是個起點。妳知不知道女孩撞飛到樹冠上的可能飛行軌跡，是否在紙上重建過？還有自行車的？」

蘿思聳肩。「要完全過濾完走廊那堆資料還需要一點時間，卡爾。不過，是的，我也希望能夠找到。你腦子裡在想什麼？」

「與妳和哈柏薩特想的一樣，也就是木板固定在福斯車上。所以我需要木板殘片的照片，尤其是釐清鑽孔和壓痕的位置，才能了解木板有沒有可能固定在形狀特殊的保險桿上。」

阿薩德仍埋首在走廊櫃子上尋找，卡爾經過時對他點了個頭。如果照片藏在大雜燴當中，阿薩德絕對是這份工作的不二人選。

卡爾在五樓餐廳找到了勞森，但是在一個星期前的肥潤身形已不復見，他整個人變得憔悴削瘦，臉色蒼白得驚人。

「天啊，你生病了嗎？」卡爾憂心忡忡地問。

勞森搖了搖頭。他曾經是鑑識人員的第一把交椅，而今是警察總局的餐廳經營者。「我老婆在搞什麼五二療程，強迫我一起做。」

「五二療程，那是什麼鬼東西？」

「五天輕食，兩天禁食，但我感覺完全相反。對於肚皮和聖誕老公公一樣圓潤的人來說，進行這療程實在很難受。」

「但是在這裡也要嗎？」卡爾指著玻璃櫃裡的誘人餐盤。「你難道不能在這裡弄點東西吃？」

「你瘋了不成？我回到家，老婆都逼我去量體重。」

卡爾拍了拍老友的肩膀，大表同情。命運眞悲慘。

「你能否說服你在洛德雷鑑識部門的老友，找出一些分析結果，再次檢查一下？與二〇〇年八月在哈默努登附近礁石間找到的三夾板殘片有關。如果有照片就更好了。要是你能介入，相信很快可辦成。」

勞森點頭同意。他體內仍舊擁有警方鑑識人員的靈魂。

「眞要是找到照片，木板殘片上有個壓痕，或許你可以說服他們評估是怎麼形成的？此外，我還想知道能否推測木板在水中泡了多久。」

勞森吃驚地注視卡爾。「爲什麼沒有得出結論？在丹麥，謀殺案又沒有追溯期。」

「是沒有。但是勞森，棘手之處就在此，因爲這案子並非被判定爲謀殺。」

第二十章

「阿薩德，你找到木板殘片的照片了嗎？」走向車庫的路上，卡爾問道。

阿薩德搖頭說：「沒有。太多櫃子，太多文件了。」

「你和那個廢鐵藝術家約好時間了沒？」

「約了，一個半小時後到他工作室。」他看一眼手錶。「我們還有時間，在那之前先去找雅貝特的父母親，他們住在赫勒魯普的狄瑟巴肯路上。」

「嗯。你告訴他們要重啟調查，他們有什麼反應？」

「母親哭了。」

不出他所料。這對父母又要再次面臨此事了。

五分鐘後，他們彎進一條道路，兩旁獨棟住宅林立。阿薩德指著一家維護良好、刷成紅色的小別墅，四周圍起女貞灌木籬笆，有道通往花園的木門，前院有一株垂枝樺與小徑，小徑上可以玩跳房子，飄揚著丹麥國旗的旗桿也沒缺席。

原來還是有人在紀念一九四五年的解放日，卡爾心想。他今早在阿勒勒看見的國旗不多。他捫心自問，就算他有旗桿，會升起國旗紀念這一天嗎？

一位女士來開門，眼神黯淡無光。「請進。我先生對你們的來訪不是特別高興，所以兩位最好和我談。」

沒多久，他們便見到她丈夫，打了聲招呼。他身軀肥胖，褲頭拉高到大肚腩上。很難看得出來雅貝特究竟遺傳到誰。他坐下時一轉頭，小圓帽就滑到一旁。那不是應該用髮夾固定嗎？卡爾四下打量。沒有那頂戴歪的小圓帽和櫥櫃上擺放的七臂燭台，他不會想到這裡是正統的猶太家庭。不過說實話，他也沒有概念所謂正統的猶太家庭應該長什麼樣子。

「經過這麼多年，你們還發現了新線索嗎？」金士密夫人的聲音虛弱無力。

他們向這對夫妻簡短報告最新狀況、哈柏薩特自殺，以及特殊懸案組接手調查。

「我們還眞該感謝克里斯欽·哈柏薩特，他帶給我們的苦惱比幫助還多。」先生坐在沙發上，怒聲隆隆。「你們打算承襲他的作風嗎？」

絕對不是的，卡爾解釋說，他們想對雅貝特有更完整的了解。他也十分清楚，對父母來說，談論女兒有多難受。

「您想要知道雅貝特更多的事？」金士密夫人搖頭，神情痛苦。「哈柏薩特也希望如此。是的，先是伯恩霍姆刑事警察，接著來了哈柏薩特。」

「他暗示我們的小女孩是個婊子。」丈夫插話道。

「他沒這麼說，艾利（Eli），你要公平，那男人已經不在人世了，他甚至可能是因爲我們女兒才了結自己的。」她頓住不語，顯然是在調整情緒，放在腿上的雙手惶惶不安，脖子上的領巾忽然間似乎變得很緊。

丈夫點頭。「沒錯，他沒使用這個詞，但是他暗示她有男人，而那絕對不可能。」

卡爾好奇地望向阿薩德，滿臉問號。雅貝特並非遭人強姦，但這個年紀還可能是處女嗎？他拿走阿薩德手中的筆記本，寫下：「處女？」再把本子還給他。

阿薩德輕輕搖頭，動作幾乎難以察覺。

「但是也不難想像她可能和人打情罵俏。」卡爾試探道。「對十九歲的女孩來說，並非難得一見，就算是當年也一樣。至少我們知道，她和某人交往，兩位或許也知道了。」

「雅貝特當然有愛慕者，她是個漂亮的女孩，我不是不……知道。」丈夫說不出話來。

「我們是普通的猶太家庭。」妻子接話說：「雅貝特是個好女兒，符合我們的宗教信仰。我們不認爲她行爲不檢，我們沒有辦法，也不希望如此。但是那個哈柏薩特越來越過分，不斷越界，就是堅持雅貝特不是處女。我一直告訴他，沒人說得準這種事。雅貝特運動量大，也可能已經……」

她說不出口。

「所以我們後來不想再見到哈柏薩特先生，因爲他說了許多難聽的話……」她繼續說：「我知道是職業使然，讓他這樣看待事情。可是他有時候眞的非常粗魯，甚至還背著我們，向我們的親朋好友打探雅貝特。嗯，他打聽到的消息當然不多。」

「所以當年在你們眼裡，沒有理由因爲雅貝特憂心不安？不管是她的行爲舉止，或住在民眾高等學校的時候？」

夫妻倆相視一眼。他們年紀其實不算老，頂多六十出頭，但是看起來飽經風霜，十分蒼老。他們的習慣和觀念已僵化生鏽，沒人能使得上力敲掉。兩人對看時，情況尤其明顯。他們的眼神彷彿在說：「事情不會改變。」那和他們保守生活方式造成的約束無關，而是生活遭到破壞所出現的痛苦。

「我看得出來，這次的談話讓兩位有多痛苦，但是我和同事最大的願望，就是將害死雅貝特的人繩之以法，因此我們一開始不能排除任何假設，也不允許自己選邊站，不會支持兩位對令嫒生活方式的評斷，也不認爲哈柏薩特的看法一定正確。我希望兩位能夠諒解。」

只有妻子點頭。

「雅貝特是老大嗎？」

「我們有雅貝特、大衛和莎拉三個孩子，現在只剩莎拉。莎拉是位甜美的女孩。」金士密夫人擠出一抹微笑。「她在吹角節時爲我們生了一個可愛的孫子，沒有比這更美好的事了。」

「吹角節？」

「就是猶太新年，卡爾。」阿薩德低喃道。

一家之主點了點頭。「您也是猶太人嗎？」他問阿薩德，似乎起了一點興趣。

阿薩德微微一笑。「不是，只是受過一點教育。」

夫妻倆的臉頓時亮了起來。

「您提到大衛，他是大哥嗎？」卡爾問。

「他是雅貝特的雙胞胎哥哥。雖然只比雅貝特早出生七分鐘，但是沒錯，他是長子。」金士密夫人又試圖微笑，但不容易辦到。

「大衛沒和你們住在一起嗎？」

「沒有，他無法忍受發生在雅貝特身上的事，所以就這麼凋零老去。」

「胡說八道，瑞秋（Rachel），大衛是死於愛滋病。」艾利．金士密聲音嚴峻。「請原諒我妻子。我們到現在還很難接受大衛的性向。」

「了解。他和雅貝特親近嗎？」

金士密夫人舉起兩根手指交叉。「非常親近。」然後轉向她丈夫說：「艾利，你無法否認他徹底毀了。」

「金士密先生、夫人，我可否詢問兩位其他方面的事呢？」阿薩德這時插話說。

能夠轉換話題，他們似乎鬆了口氣。而且很難拒絕一位受過教育的人。

「雅貝特從伯恩霍姆島寫過信給你們嗎？明信片或是信件？畢竟她離開家超過四個星期了。也許這是她第一次出遠門，對嗎？」

金士密夫人第一次自然而然地笑了出來。「是的，我們收到過幾張明信片，介紹島上的名勝古蹟。我們留下了明信片。您想看嗎？」她看了丈夫一眼，似乎在尋求他的同意，但是沒有得到回覆。

「她寫的不多，只提到了學校，以及她在那兒做了什麼。她喜歡唱歌，也很會畫畫。我可以把她以前的作品拿給您看。」

丈夫想要阻止，但又陷入沉思，愣視著地板。卡爾始終擺脫不了一種感覺，艾利．金士密儘管態度不客氣，卻比他太太還要心軟。

金士密夫人領著卡爾和阿薩德來到狹窄的走廊，走廊上有三道門。

「雅貝特的房間完全沒有改變嗎？」卡爾小心翼翼地問。

她搖頭。「已經改建給莎拉和本特來訪時使用了，還有孫子。他們住在旬納堡。如果來看我們的時候有地方睡，不是很好嗎？雅貝特的東西我們都保存在這裡。」

她打開清潔工具櫃，一堆紙箱簡直要朝他們劈頭倒下來。

「這裡頭幾乎只有衣服，但是最上面那個箱子放了其他東西，包括圖畫和明信片之類的。」

她搬下箱子，蹲在箱子前，卡爾和阿薩德也跟著蹲下。

「這個以前掛在牆壁上。你們看，她就和其他女孩一樣。」她攤開海報，是以前的流行樂偶像歌手。

雅貝特絕對跟上了主流，確實和其他女孩掛在牆上的海報一樣。

「這裡是她的畫。」

她把一疊圖畫紙放在地板上，慢慢翻給他們看，但是動作太慢，使他們蹲得膝蓋有點負擔。純粹從技巧上來看，作品十分出色，線條柔和，輪廓鮮明。至於主題，則還不太成熟。穿著精靈服裝的長腿少女，輕盈飛揚，旁邊裝飾一堆星星和心型圖案，一看就是浪漫少女時期的作品。

「她沒在畫上標注日期。是在伯恩霍姆島時畫的嗎？」

「不是，沒人把那些畫送回來給我們，我想應該是拿去展覽了。」金士密夫人不無驕傲地說：「明信片在這裡。」她把畫推到一旁，從透明文件套中拿出三張明信片，慎重地遞過來。

阿薩德從卡爾肩後看著。

明信片是倫納市集廣場的風景、哈默斯胡斯碉堡，以及史諾貝克的夏日風情，有煙燻食物，海鷗飛翔高空，還有海景。看得出來，這些明信片經常被反覆地拿出來看。

雅貝特用原子筆以及大寫字母，簡短卻精確地描述她出遊的情形，內容就這樣，結尾都是：我很好，親一個。

金士密夫人重重嘆了口氣。「最後一張是她過世前三天寫的。一想到這個，我就揪心。」

他們站起來，揉揉膝蓋，謝過金士密夫人。

「金士密夫人，請容我冒昧再問一個問題，請問其他兩道門後是什麼房間？」阿薩德問。沒想到他竟能說得如此彬彬有禮。

「是我們的臥室和大衛的房間。」

卡爾愣了一下。「您沒把大衛的房間改建給孫子嗎？」

她一臉倦容。「大衛十八歲就離開家，住在維斯特布洛，不是什麼好地方。他二〇〇四年死後，留下許多亂七八糟的物品。他朋友把所有東西送回來，我們直接就放在房間裡。」

「你們沒有查看那些東西嗎？」

「沒有，我們沒辦法。連他的東西都沒辦法看。」

卡爾看著阿薩德，阿薩德點了一下頭。

「我知道您或許會覺得奇怪，甚至覺得不恰當，但是，可以讓我們看一下那些物品嗎？」

「我不知道……這樣做有什麼用？」

「您說過大衛和雅貝特很親近，或許她在伯恩霍姆島時，有和哥哥聯絡，所以很可能也給他寫過信。」

她的表情瞬間大變，彷彿有股痛苦的認知硬要鑽進她的意識裡，而她怎麼樣也不允許。她真的從未想過這個可能性嗎？

「我得先問問我先生。」她說，迴避了卡爾的目光。

地板和床上堆滿箱子。和房子裡其他地方不一樣的是，這個房間內到處可見猶太信仰的蹤跡。牆壁上，用圖釘固定著大衛之星和華沙猶太區裡一個張惶失措男孩的海報，此外，大衛成年禮的照片裱在棕色的檀木相框裡，還有他偶爾披在肩上的祈禱巾。

書桌上的小書架放了幾本猶太作家的書：菲利普．羅斯、索爾．貝婁、艾薩克．辛格、亞妮娜．卡茲、皮雅．塔篤普。一般年輕人不會收集這類書。不過，屋內最明顯的是許多叛逆的見證，反抗郊區人的矯揉造作和家裡僵化的框架：窗台上擺著「戰錘」奇幻桌遊的人偶，牆上貼羅斯基勒音樂節、喬治．麥可和佛萊迪．墨裘瑞的海報，音響設備上滿是各類ＣＤ，從重金屬樂團猶大祭司到接吻樂團，從澳洲搖滾樂團AC/DC、雪兒到英國另類搖滾樂團模糊。甚至還有一把鏽跡斑斑的帕朗砍刀與一把精良的武士仿刀，刀刃相交掛在牆上。大衛和他窩在扶手椅裡的肥胖父親之間的距離，不可以千里計。

卡爾和阿薩德動手拆箱。才打開第一個箱子，他們眼前便浮現一個品味卓越的男人，以及他的財富：價值不斐的西裝、依顏色分類的襯衫、剪裁合身的大衣，全都清洗熨燙過，就像新的一樣。其中最引人注意的，是商學院的證書和知名企業的聘雇合約。從各方面來看，可說是令人驕傲的兒子。

他們在第三個箱子找到了想要的東西，就收在菸盒裡。

菸盒裡，大部分的明信片是一個叫做班德—克里斯的人從孟加拉、夏威夷、泰國和柏林寄來的。開頭稱謂都是「最親愛的大衛多維奇」，其他除了幾句溫柔的話之外，基本上就是一般內容。雅貝特的明信片和寫給父母的差不多，簡潔普通，記錄她當天做的事情。除此之外，她還會一再向哥哥強調自己有多想念他。

「可能不會有什麼收獲。」阿薩德說，卡爾正抽出一張奧斯特拉圓頂教堂的明信片，塔頂十字架上方畫了一顆紅心。

他把明信片翻過來，閱讀內容。

「阿薩德，等一下，別這麼快下定論。你聽聽這裡寫了什麼：

「哈囉，親愛的哥哥。我們今天參觀奧斯特拉圓頂教堂，一座籠罩神祕面紗的防禦性教堂，也許藏了聖殿騎士的寶藏。不過最棒的是，我遇見了一個非常好的人，他對教堂的了解比售票處的人還深。而且他真的很可愛！明天他要來學校找我。下次再多寫點他的事。大力親你一下，你的雅貝特。」

「天啊，卡爾，該死！日期是什麼時候？」

他把明信片翻來覆去，沒有找到。

「你看得清楚郵票上的郵戳嗎？」

很可能有個「11」，再多就看不出來了。

「不行。我們得打電話給前任校長夫妻，詢問這次校外教學的日期。」

「卡爾，學校裡一定也有人拍了照片。」

這點卡爾存疑。相較於今日不管置身何處，走個幾步動不動就要自拍的狀況，一九九七年根本是數位石器時代。

「希望如此，或許還眞有人拍到了這個可愛傢伙。」

他們在箱子裡挖掘了半小時，沒發現可用之物，沒有名字，沒找到描述後續發展的明信片，什麼也沒有。

「怎麼樣，你們發現了什麼嗎？」男主人送他們到門口時問道。

「我們發現您有個值得驕傲的兒子。」卡爾說。

他們晚了半小時才抵達史帝凡．馮．柯里斯多夫的工作室，幸好對方不是堅持一定要守時這種無謂小事的人。

「光！」他壓下一根大把手說，機房裡隨即灑滿燈光。這間工廠改裝成的工作室，以前至少有五十個工人站在車床旁邊磨鐵。

「了不起。」卡爾評論道，確實也是如此。

「還有個了不起的名字。」阿薩德指著閃耀的日光燈下，一個製作精美的歡迎光臨牌子：史帝凡・馮・柯里斯多夫——宇宙托邦。

「是的，如果丹麥導演拉斯・馮・提爾都能取人之美，我當然也行。我本名其實是史帝凡・柯里斯多夫。那個『馮』純粹是往臉上貼金。」

「我說的是您工作室的名稱。」

「原來如此，那個啊，在我的世界裡，一切都以『托邦』結尾。如果我記得沒錯，兩位是爲了『命運托邦』才上門的吧？」

他帶他們到機房最裡面的角落，兩盞投影機照著後牆和地板，亮如白晝。

「在這裡。」柯里斯多夫從一人高的設備上拉下遮布。

卡爾不由得嚥下一口唾沫，眼前是他這輩子看過最陰森可怕的雕塑。對於不知情的人來說，或許沒什麼，但熟悉雅貝特命運的人，卻是難以下嚥。她雙親當年要是知道這件拙劣作品，一定與他對簿公堂。

「很棒，不是嗎？」這個白癡甚至還沾沾自喜。

「您哪來這些配件？怎麼弄到資料，知道如何呈現成藝術品的？」

「事故發生時，我人正好在島上。我在古茲耶姆有棟避暑別墅和工作室。您應該想像得到，當年人人都在討論這起案子，報紙天天刊登相關新聞。伯恩霍姆島上的車輛全受到盤查，我也一樣。不管是否願意，每個人多少都牽扯到此案，沒人躲得掉。即使在古茲耶姆這種小地方，自衛隊員也全數出動，一整個星期四處搜索，卻不知道自己要找什麼。大家都一樣。」

卡爾目光游移在恐怖作品上，一輛把手變形的淑女自行車，兩個輪子歪扭變形。鋼筋焊接在車架上，像光束一樣指向四面八方。每條鋼筋上掛著一張紙，不是事故目擊者的說法，就是已歸檔的類似不幸事件。

這件作品技術不差，品味卻令人不敢恭維。柯里斯多夫在自行車周圍安裝鐵板和黃銅蝕刻，介紹各種可能的車禍意外。以陶瓷五彩繽紛地呈現渡輪臨檢的情形，以粗粒子的銅版畫摹刻出雅貝特，大概是根據報紙上的照片製作而成。另外還澆鑄出骨頭部位、枝椏、樹葉，以及比出防禦姿態的雙手。但是雅貝特笑顏如花的頭部銅版畫下方，放置了一個裝血的塑膠浴缸，最是醜陋噁心。

「不能用人血，眞是蠢斃了。」柯里斯多夫解釋說，笑聲如馬嗚嘶嘶。「那是經過處理的豬血，因爲經過處理，才不會臭掉，聞起來甚至還有點甜。不過我偶爾會換掉血。」

卡爾腦中閃過一個念頭：若非他公職在身，恨不得立刻把那張嘴臉浸入血中。

阿薩德興致勃勃地從各種角度拍攝雕塑，卡爾湊近自行車徹底查看。廉價的自行車款，十之八九是中國製，輪胎很大，腳架也不小，把手也高。鐵鏽侵蝕掉原來大部分的黃色烤漆，行李架鬆鬆地歪到一旁。

「您做了什麼改變？當初就是這個樣子嗎？」

「是的，我只是把它豎了起來，其他和發現時全都一模一樣。」

「發現？您難道不是偷來的嗎？從倫納警局庭院偷來的？」

「不是，自行車躺在派出所前面的箱子裡，和雜七雜八的東西堆在一起。我甚至還特地進派出所詢問可否拿走。警員說我盡可安心帶走，但如果因此受傷，要我自負後果。」

雅貝特在她生命最後一天，坐上了這個車墊，或許還滿心期待有個愉快的一天。卡爾和阿薩德沒辦法停止想像，當年事件經過不由自主一一浮現在眼前。

一早醒來，不知道今天會發生什麼，其實是好事，卡爾心想。眼前的景象有說不出的哀傷，而且像那些如今在世界巡迴展覽的塑化屍體一樣異樣可怕。

「感覺您似乎想要買這個展品。」柯里斯多夫說，臉上的笑容狡猾陰險。「我算您友情價。您覺得七萬五千克朗如何？」

卡爾一笑，表情冷峻，嚇得那傢伙笑容凍結在臉上。「謝謝，眼前的問題在於我們是否不必沒收這東西。」

第二十一章

二〇一三年十月

「我感覺到你們大家。」阿杜聲調單一的哼吟在禮堂群眾之間繚繞。「我感覺到你們大家，你們感覺到我。我們今天與瑪蓮娜感同身受，感受她的痛苦。我們一起聚集思緒、感受和力量，驅走她身上的苦難。」

皮莉歐困惑地東張西望，尋找瑪蓮娜的身影，但她不在場。

「感受她的痛苦？」阿杜到底在講什麼？那妓女現正躺在他房間，因為渴望他的寵幸而狂喜顫抖嗎？阿杜是想用這個方式通知她、警告她嗎？阿杜和瑪蓮娜的親密關係，難道早在她被迫允許之前就開始了嗎？除掉倫敦來的女人該不會是多此一舉吧？

皮莉歐瞇起眼睛思考著。

她緩緩搖頭，動作輕得難以察覺。不，她沒有其他選擇。

「注視我的雙手。」阿杜說，大家全都抬起雙眼。

「你們在此冥想時若心神不寧、思緒難以集中，就伸出手臂，接受潔淨的力量吧。」

有九、十個學員把手往前伸。

阿杜輕柔地前後擺動上半身，手臂也靜靜伸向前。

「我請求準備好的人，把你們的恐懼和憤怒放在我的手上。你們將會平穩下來，安祥泰然。感受到溫暖與寧靜回到身上時，就釋放自己，讓自己自由。放手。放開。」

他們深深吸氣、吐氣，前後輕微晃動：「阿邦夏瑪希、阿邦夏瑪希、阿邦夏瑪希、阿邦夏瑪希……」他們口中唸出的咒語彷彿不屬於這個世間。接著，在場的人一個個頹然癱軟。

奇蹟顯現在他們眼前了。

阿杜放下手臂，溫暖的笑容薰染了每一個學員。他手掌上翻，迎向照耀在他身上的光束。從陽光的位置看來，降神會即將接近尾聲。他們的聚會有時只持續短短幾分鐘，有時候又似乎永無止盡。沒人能夠事先預料到。

「回到你們的庇護所，聚集你們的能量，傳送給今日迫切需要能量的瑪蓮娜。」阿杜對著一片靜默說：「接著，繼續探尋心底最深層的平靜，找到心靈的安寧。同時心懷謙卑與自豪，感受身體與心靈的融合，經歷大自然餽贈的一切，接受世界的粒子進入體內。接受一切，因為你們是整體的一部分，而整體是你們的一部分。接受你們的出身、你們的作用。讓光燒掉一切反感與邪惡，讓黑暗吞沒一切負面思想，使其枯萎，釋放自己。讓陽光進入，讓心中的能量掌握主權。」

他兩臂一展，祝福感恩，然後低垂著頭，接受他們的臨別致意：「我們準備好了，阿邦夏瑪希，我們會覺察。我們會覺察，我們會感受。阿邦夏瑪希、阿邦夏瑪希、阿邦夏瑪希。」

大家安靜下來後，望向皮莉歐，她點點頭。現場有許多男女弟子，他們都渴望這個緊密結合的時刻。即使經過這麼多年，皮莉歐仍舊深深沉浸其中。阿杜雖然沒把她當女人追求，她在降神會中仍特別感受到男學員對她的興趣……皮莉歐心裡有數自己的身材無可指摘，美貌與權力向來是最有希望的雞尾酒，能夠喚醒熱切的渴望。但那有什麼用呢？她想要的那個人並不要她。

「我覺得妳今天特別溫柔，特別純潔。」有個女人的聲音從人群中傳過來。

皮莉歐看到凡倫丁娜（Valentina）的臉。她是個情緒無常的變色龍，也是個ＩＴ天才。她有時十分低落，有時又特別亢奮。頭髮有時長，有時短，有時蓬首垢面，有時雅緻，在禮堂炙熱的地板上行走飛飄。她今天顯然情緒高亢，興致盎然。站在後面環著她肩膀的男人，是團體的新成員。看來有新的情欲波動在團體間擺盪開來，必須適應才行。雖然在各自的氣場尙未對準彼此，也未受過陽光儀式的洗禮調和之前，學員間禁止性行爲，但還是恭喜凡倫丁娜。

「是的，妳感覺十分淡泊、純淨。」凡倫丁娜又說了一次。她總是想要出鋒頭，引人注意，不過有鑑於她的過去，倒也不令人意外。

皮莉歐微笑，然後站了起來。「願大家心靈寧靜。」她一如既往地說：「然後請火之屋的膳食組前往餐廳準備。」

阿杜宛如貓咪靜悄悄地靠近獵物似的，冷不防出現在背後，看她在做什麼。

皮莉歐嚇了一大跳。

若再早個十秒，他就當場逮到她正在刪除大門入口和「覺察之屋」監視器所拍攝的畫面，屆時她就百口莫辯了。

但她立刻恢復冷靜，緩緩轉過辦公椅，譴責地瞟了他一眼。

「阿杜，你再這樣溜進我辦公室，我早晚心臟病發。」

他伸出雙手，多年來他習慣擺出這個動作，表示道歉的意思。

「我們今天下午非常想念妳，皮莉歐，妳上哪兒去了？我們到處找妳。」

皮莉歐渾身一陣寒顫，不是因爲他提了問題，而是問題的內容。他一眼就能看穿她的心思，不管多小的謊言，都逃不過他的雙眼。即使編造出答案，又有什麼用？

我必須想出一套說法，讓他不再追根究柢。或許表達我的願望，和他對質的時機到了？

「我只是需要一點空間。」她說：「爲何這麼問？你自己要忙的事情還不夠多嗎？」

他輕嘆一聲。「今天眞是可怕的一天。不過妳大概還不知道吧?幾個小時前，瑪蓮娜流產了，在我需要妳的時候，妳卻不見人影。妳應該跟著上救護車，送她去醫院的。」

「流產?」皮莉歐垂下目光。她懷的是阿杜的孩子嗎?她，瑪蓮娜?皮莉歐心裡一揪。這個消息在皮莉歐心底不斷膨脹。不可能是眞的，她絕不允許!她自己的生育能力逐漸減弱，生理時鐘滴答作響，而她還得一直與別人分享阿杜?阿杜的孩子應該由「她」來生，「她的」孩子要成爲繼承人才是，新的救世主應該是「她的」孩子。

「她的孩子流掉了，而且大量出血。」她聽見阿杜的聲音說。皮莉歐振作精神，盡量讓自己面無表情，不動聲色。

「哦，眞的嗎?」

「是的，這事非常嚴重，而我們需要妳，皮莉歐。妳到哪兒去了?」

她眨了好幾次眼，才敢正眼看他。她絕對不會卑躬屈膝地投降，尤其不可能爲了瑪蓮娜。表達遺憾之意，已是她最大限度。

「我感覺得到妳的能量，妳的狀況不太好。」看來他接收到訊息了。

「沒錯，我的狀況不太好，所以我今天到北角去了。每當我意志消沉時，就會這麼做。」

「意志消沉?」他的語氣聽起來彷彿她是最不可能意志消沉的人。

「是的，意志消沉。不過我不想和你討論這點，阿杜。尤其不想在你剛才告訴我那件事情後討論。」

「妳在說什麼?」

「你很清楚我的意思。」

「我們之間沒有祕密吧?」

他偏偏問了這個。

「從什麼時候開始？」

「我的朋友，妳想說什麼？」

「你不是至少應該告訴我，你準備讓一個弟子做你孩子的母親嗎？我們不是約定，一旦要做出影響深遠的決定時，第一個要讓我知道嗎？」

「我們不是約定過，一旦妳內心受到煎熬，一定要立刻來找我，不是嗎？」

她猶豫了一會兒。「你以為我今天為什麼要去北角？你想像不出來嗎？」

他伸手去抓辦公室門的門把。「皮莉歐，妳是我的祭司。我信守這點，也應該會繼續保持下去，因為我希望如此。明天妳到卡爾馬醫院探望瑪蓮娜，這點我們一致同意吧？」他邊說著又走回來，飛快地抱了她一下，便回到他的辦公室。

皮莉歐緩緩點頭。她反正都得進城，去置物櫃取出汪達的行李箱。而現在，她終於有機會單獨面對法國妓女了。

她思索接下來的做法。要打發瑪蓮娜，勢必得花上一筆錢，但若能永遠剷除生命中的威脅，那點錢又算什麼？

她忽地仰天大笑。

幸福女神決定要對她微笑了嗎？她真的要成功一箭雙雕，一次解決兩個最棘手的情敵嗎？

第二十二章

二〇一四年五月六日，星期二

「歡迎參加會議，各位先生女士。請用。」阿薩德把飲料倒進杯子裡，味道不像咖啡也不是茶，反而有股山羊皮的騷味。

卡爾回應了高登痛苦的目光，阿薩德微微一笑。

「飲料處方不是我的，是蘿思貢獻的。」阿薩德在高登小心翼翼地啜一口時保證說。

卡爾也跟著啜了一口，但在某年的五月一日和維嘉去環保嬉皮咖啡廳的不快記憶，頓時湧現腦海。

「這是哞茶。」蘿思解釋說，一點也不會覺得不好意思。然後把筆記本放在阿薩德寶萊塢式的小餐桌上。現在就缺雙環保鞋了。

卡爾悄悄推開茶杯。「好的，既然我們有所謂的簡報室，顯而易見，我們偶爾會在此集會，簡報最新進展。現在就開始吧。」

他想了一下程序。

「明天就是克里斯欽．哈柏薩特自殺滿一個星期。」他開口說：「我們接手他的調查，雖然有所進展，但是收獲微乎其微。即使如此，我們首先還是聚焦在他的資料上。」

他朝阿薩德點頭。阿薩德一臉愁苦，顯然也難以消化蘿思的熱飲。吶，他終於親自感受到邀人喝茶是多麼侵犯人權的事情了吧。

「我們現在掌握到雅貝特第一次見到福斯車男子的時間——如果他正是她遇見的那個人。我待會打電話給前任民眾高等學校的校長歐丁斯寶夫妻，詢問奧斯特拉校外教學的日期。雅貝特寄給哥哥的明信片上，郵戳難以辨認，不過研判應該是十一月十一日。」

「此外，我會繼續追查雅貝特圖畫的下落。並非我認爲那些畫能帶來突破，但是畫沒寄給雙親，一定事有蹊蹺，其中多少牽扯到人際關係。」卡爾十分驚訝，竟然沒人對他這番感同身受的發言有所反應。「好吧，大致如此。待會我上去找羅森。」

「你不認爲應該由我轉達羅森，否則情況會變得混亂嗎？」高登謹慎地開口問道。

卡爾搖頭，否決了他的問題。羅森把高登這個人安置在他們小組已經夠糟了，他居然還打算當懸案組組長的傳話人？還眞是了不起吶！

「好吧，隨便你。」高登放棄堅持己見。「你要我打電話給舉辦老爺車活動的汽車俱樂部嗎？」

「謝謝，我可以自己來。我有更重要的任務要交代你，高登。我希望你查出民眾高等學校一九九七年秋季班所有學生目前的地址和電話號碼。」

高登倒抽一口氣，垂頭喪氣地拿杯子，大概是想藉此訓練自己堅強。但是，很快地又把杯子放下。

「卡爾，一共有五十個學生啊！」

「那又如何？」

他的臉比平常更加困惑無措了。「其中有四個來自愛沙尼亞、兩個拉脫維亞人、四個立陶宛人，還有兩個從俄國來的。」

「是的，就讓大家見識一下你打聽消息的能力吧。你是這份工作最適合的人選。」

「更何況，一定有很多人改了名字。老天啊，簡直瘋了！」高個兒眼看要哭了。

「高登，夠了，就這麼說定。」蘿思的聲音很不耐煩。當然了，因為連高登都拒絕喝她的茶。

「我們已經和兩位同學談過。」卡爾說：「英格和克利斯托弗．達爾畢，你可以把這兩個人劃掉，雅貝特也不算在內，所以只剩下四十七個人。」

那聲嘆息該不是鬆了口氣的意思吧？這男人到底有多蠢啊？

「鑑識人員那邊狀況如何？」阿薩德問。

「勞森在處理了，這方面他比我有經驗。而你，阿薩德，繼續在櫃子裡翻掘有沒有男孩在駱駝頭岩發現的三夾板照片。」

「翻掘？」

「翻找、翻查、翻尋，都是一樣的意思，阿薩德。」

他豎起大拇指，卡爾這時轉向蘿思。

「妳準備打電話給伯恩霍姆島的各個神祕主義協會了嗎？」

蘿思點頭。

「這些協會的人應該沒辦法靠著尋求意義來養活自己，大部分白天都有工作，所以下班後才可能找得到他們。不過，妳接下來幾天還是緊盯這條線，蘿思。我們必須知道是否有人記得厄倫納嬉皮公社，能否提供福斯車男子的訊息。」

令人意外，蘿思似乎很滿意這項任務，至少她給大家倒了第二杯茶。

「早安，卡爾．莫爾克，是的，沒錯，您撥的是協會主席的號碼，不過得麻煩您跟我談，因為主席出遠門了。」電話那端的男人自我介紹是漢思．亞格，伯恩霍姆ＢＭＶ老爺車協會第二主席。「不過，我正是您要找的人，因爲檔案由我管理。我從主席退下來之後，就一直負責此事。」

卡爾向他表達謝意。「您收到我寄給主席的照片了嗎？」

「是的，他夫人把照片轉寄給我了。您的一位同事，克里斯欽．哈柏薩特，幾年前也曾詢問過我。因此我把當年告訴哈柏薩特先生的話說給您聽，也就是，那個人停車的位置，是保留給參加老爺車競賽的會員。他那輛七〇年代的福斯布利車，稱不上是老爺車，您說是吧？」他的笑聲震耳欲聾，卡爾不得不把話筒移開耳朵。

「那是什麼意思？」

「我們請那個人把車停到別處，但是他辦不到，因爲車子發動不了。」

卡爾緊扶桌緣。「幸好您還記得這事。您對那個人有印象嗎？」

電話那端又是一陣笑聲。「想不起來，沒有太深的印象。我能記得這件事，是因爲使徒解決了他的小問題。只不過是配電器的蓋子壞了，常見的小麻煩。」

「使徒？」

「是的，使徒．庫爾，很好笑的名字，對吧？他是我們的萬事通，歐爾斯克來的機械天才。可是之後沒多久他就死了，也許是因爲如此，我才記得這件事吧。」

天啊，拜託，爲什麼人就不能活到別人需要他們的時候？卡爾嘆口氣。「哈柏薩特有沒有及時找到他呢？」

「就我所知，應該沒有。」

卡爾心灰意冷地收了線。打電話給民眾高等學校前任校長之後，情緒也沒有轉好。

確實，他們對奧斯特拉校外教學記得十分清楚。自從莫爾克先生和助手來訪後，他們激起了好奇心，於是查看卡琳娜於一九九七年秋天的日記。校外教學是一九九七年十一月七日舉辦的，他們參觀了許多圓頂教堂。但是卡琳娜記錄不多，因為每個班級或多或少都會參觀伯恩霍姆島的名勝古蹟，所以她寫日記的興趣也逐漸減少，想必莫爾克先生可以理解。前任校長先生說。

卡爾在腦中把所有事情再思索一次。雅貝特是在十一月七日，而不是十一日遇見那個人，所以郵戳上的「11」，指的是月份。換句話說，她認識他不到兩個星期就遇害了。該死，她究竟對那個男人做了什麼，以至於對方——如果哈柏薩特的懷疑有理的話——竟痛下毒手，結束兩人的關係？

這個年輕女孩究竟是何方神聖，她的女性特質竟惹得周圍人不開心？這個歌聲優美、繪畫能力同樣傑出的女孩是誰？

他左手一掌打上自己的額頭。繪畫！他完全忘了這事。

他又打了一次電話給卡洛．歐丁斯寶。幸運的是，這次收獲較多。

有的，沒錯，那些畫應該收在學校某個地方。就他記憶所及，展覽本來預定在雅貝特消失前一天舉行，但是韻律學院臨時來了訪客。那次訪問很成功，他們因為訪問所以推遲了展覽，而雅貝特消失後，也沒再舉行了。

「那些畫一定還擺在學校地下室，請您詢問一下祕書。」

「阿薩德，我上去找羅森。」五分鐘後，卡爾喊道：「我還有個任務給你。既然你對民眾高等學校的紅髮女祕書心往神馳，給你個機會，打電話請她查看原本預計在一九九七年十一月十九日展出的畫作，我們想要看看雅貝特的作品。當然，我們會支付郵資，使用完畢後，再寄回去給她。可以嗎？」

「我會打電話。不過，『心往神馳』是什麼意思？」

樓上凶殺組的氣氛與老好人馬庫斯．雅各布森當組長時不可同日而語，雖然羅森盡力營造愜意舒服的氛圍，例如使用有圓點圖案的咖啡杯，掛著阿內特．米莉爾德爆炸性的表現派畫作，仍然改變不了新組長是個無可救藥的白癡這個事實，充其量只有最親密的家人才對他懷抱暖意。

「見鬼了，那個人是誰？」卡爾對他心愛的祕書麗絲咬耳朵，眼神困惑地望著接待櫃台後面的陌生臉孔。

「羅森的姪女，來代索倫森的班。」

「那條老毒蛇沒來上班？」這點他倒沒注意到。「爲什麼？」

「唉，更年期。她一直有熱潮紅的症狀，目前情緒有點不穩。我們達成共識，將之稱爲流行性感冒。」

卡爾大吃一驚。索倫森在不久前居然還有生育能力？這念頭讓人眞不舒服！

麗絲指向羅森辦公室的門，有幾個人走了出來，那幾張臉卡爾從來沒見過。

那些人走過櫃台時，不假思索地立刻降低音量。天啊，這個瘋人院！他們最好少跟他來這套。

他沒有敲門，直接推開羅森的門。

「我們有約嗎？我想不起來。」羅森說，卡爾啪的一聲把福斯車男子的照片丟在他桌上。

他不理會羅森的問題，也對他的口氣充耳不聞。「我們有個男人的照片，他涉嫌殺害伯恩霍姆島的一位年輕女孩，關係重大。我要請你允許在ＴＶ２台節目曝光照片，並且發布尋人啓事。」

凶殺組組長臉上咧開大大的笑容，露出討人厭的潔白牙齒。「謝謝，卡爾，你不需要繼續說下去了，想必是一九九七年伯恩霍姆警方拒絕受理的案子，對嗎？也就是說，那與謀殺案無關，也沒有特定嫌疑人。因此，卡爾，謝謝你的來訪，祝你有個美好的一天。我們簡報會議上再見。」

啊哈，那個自以為是的混蛋高登看來捷足先登了。

「原來你已收到消息，羅森。高登上來哭訴工作量太重了嗎？你盡可以把他留在身邊，說一聲就行。」

「卡爾，高登什麼也沒做。你倒是應該了解，我身為凶殺組組長，定期會與伯恩霍姆的同僚開會。如果你忘了，提醒你，他們和我們這個小組的合作可是十分密切。」

嘖，多棒啊，他也懂得嘲諷呢。

「謝謝你的訊息。既然你始終求知若渴，我願意多說一些事。在這件案子上，我們找到了線索，而當年你伯恩霍姆的朋友可是蠢得忽略了這些跡象。不管你怎麼說，我們都會繼續追查下去，不找到犯人絕不罷休。」

「很好，卡爾，你又出現這種口氣了。我要說的只有：你別拿這張模糊照片上的男人可能是誰的假設邀請全丹麥來轟炸我們。那得投入數百名人力，過濾大量的無用線索。卡爾，恕我直言，我們上面這裡有更重要、更嚴肅的事情要處理。」

「太好了，任務分配完畢。請儘管將來電全部轉接到地下室不重要的懸案組，我們可不想把你們從灰姑娘的睡夢中吵醒。」

「再見，卡爾。」羅森手指向門。「我絕不會在電視上發布尋人啓事。你應該記得最近的案子，媒體將某個男子描繪成殺人凶手，但沒多久，所有媒體必須撤回他們的說法。造謠毀謗，聽說過嗎？」

卡爾用力關上羅森辦公室的門，嚇得接待室所有人都回過頭來看他。

「見鬼去吧，卡爾！」他聽見組長的咒罵聲穿門而出，聲音裡的嘲諷已不復見。

「哎呀，卡爾，你們兩個大概永遠不可能親切以待了。」麗絲的音量大得剛好能引起接待室所有人的注意。「另外一件事，你和夢娜．易卜生又復合了嗎？」

卡爾皺起眉頭。她到底在講什麼？

「啊，她來了嗎？」

「因爲她今天來打聽你的狀況，待了五分鐘，然後又匆匆去開庭了，所以我才這麼問的。」

「是的，她之前工作到四月，然後到西部海岸度假，現在又回來了。」

「嗯，她之所以詢問，一定是因爲我若忽然出現，有人可以先警告她。」

但是這點眞的很奇怪，而他肚子突地一陣抽動，也同樣怪異。

「我找不到三夾板的照片，卡爾，大部分的櫃子都找過了。」

阿薩德一臉憔悴。一邊的濃眉因爲地心引力而下垂，半掛在眼睛上。「我沒力氣繼續找了，但我想應該也找不到。」

「你還好吧，阿薩德？看起來嚴重睡眠不足。」

「我幾乎一夜沒睡。有個叔叔打電話給我，問題很麻煩。」

「從敘利亞打的？」

又是空洞的眼神。「他現在人在黎巴嫩，但是……」

「我能幫得上忙嗎，阿薩德？」

「不用了，卡爾，我們使不上力。至少你沒辦法。」

卡爾點頭。「如果你想休息幾天，我們可以搞定的。」

「那是我最不需要的，不過還是謝謝你。我們應該到簡報室去，蘿思有新發現。」

阿薩德總是這個樣子。他身心狀態佳時，始終實事求是，機智果斷，但是處於目前這種狀態時，他就變得遙不可及。卡爾不清楚阿薩德心裡有什麼事，想跟他談論敘利亞的狀態，他也避而不說。話說回來，那兒嚴峻至極的情勢彷彿對他影響不大，他總是絕口不提敘利亞或者中東發生的事。有時候一句無心之言，會撕裂傷口，但有時候卻能開啓話題，源源不絕，娓娓道來。

卡爾拍拍他的肩膀。「阿薩德，你知道不管什麼事，隨時都可以來找我，對吧？」

他們走進簡報室，蘿思已站在白板旁等著，高登正要坐下。有那麼一瞬間，兩個人恰好處在同一個高度。

「安靜聽著就好。」蘿思阻止一臉期待的高登。

這傢伙大概以爲蘿思召集大家，是因爲案情有所突破，那麼他就可以停止令人抓狂的電話調查工作。

「羅馬不是一天造成的，對吧？」她又補了一句，然後從牆上拿下幾本五花八門的神祕主義教派手冊，有心靈、水晶和陽光等主題。

「到目前爲止，我只聯絡上這三家療癒機構。他們全天候提供各式各樣的治療方式，而且分別已有十九、二十五和三十二年的歷史。不過，只有『意義之心』的碧雅特．維斯穆（Beate Vismut）記得開福斯布利車的年輕男人。碧雅特的專長在於探索身體與大自然之間的深層關係。不過，她說她把一切都告訴了克里斯欽．哈柏薩特，沒有可以再補充的了。」蘿思露出微笑。「即使如此，我還是挖出了新的線索。」

「那男人的名字、關於他的描述或背景？」

「不是，卡爾，她想不起來那人的名字，對方十之八九也沒提過。至於其他兩個根本沒個譜。碧雅特．維斯穆不會探尋她客戶的過往與個人資料，她解釋說，因爲她天生眼盲，所以工作方式和視覺健全的人截然不同。」

「我們的目擊者眼睛看不見？」卡爾搖搖頭，難以置信！

「是的，她希望自己感應客戶，這是她的說法。不過，她倒是給了我一個靈感，明白那男人的主張。」

「他的主張？」

「是的。碧雅特都稱呼客戶爲學生，她要求學生拋棄隔絕人類和大自然的東西。如果你們問我的意見，我會覺得這個要求太極端了。例如她自己的房子沒有裝暖氣，因爲她不喜歡冬天和夏天的界線模糊不清。她也不喜歡使用無機的建築材料，所以她早在草捆建築風行之前，便已使用草稈來蓋房子。」

「但她還是使用了電話。」

「是的，只要能減低眼盲帶來的生活不便，她仍舊不排斥使用。現在重點來了。」

蘿思塗得慘白的臉龐因爲洋洋得意而閃耀光芒。「那男人在許多方面和碧雅特的想法一致。他認爲大自然是神聖的，而且具有療癒力量。不過，她記得他們討論過某種程度的犧牲奉獻。例如他不認爲需要放棄福斯汽車，因爲……」蘿思喜形於色，故意停頓了很久。「……因爲他認爲能夠自由移動十分重要，也就是必須開車到遠古時代以來崇敬太陽、五行元素與超自然現象的地區，所以不能沒有汽車。」

「好的，那麼我們現在知道他開著福斯車……」

「還有……」蘿思打斷卡爾。「因爲這個原因，他最近幾年和幾個信徒在歐洲四周巡迴，他們到過愛爾蘭、瑞典的哥特蘭島，也到過伯恩霍姆島。他遍訪伯恩霍姆島的聖地，眞的是所有聖地，而島上這種地方多不勝數。此外，他對於青銅器時代的岩石壁畫、特羅德斯寇夫的船型石陣、約特巴肯的巨石、立斯本山和克納弘宜的祭祀場所等等興趣盎然……」

克納弘宜？卡爾在哪裡聽過這個地方？

「嗯，還有……也對奧斯特拉教堂和所謂的聖殿寶藏很有興趣。吶，你們有什麼想法？」

「太完美了。我們找到福斯車男子和雅貝特之間的關聯了。」阿薩德說。

「是的，表現優秀，蘿思。」卡爾認同道：「但是現在呢？我們對那人身分沒有進一步的了解，不知道他的出身，也不清楚他往哪裡去。關於這個東奔西跑的人，我們所知不多。如果他還活著，現在也可能在別的地方。或許跑到馬爾他或耶路撒冷，那兒到處是聖殿騎士的遺跡，也可能在英國巨石陣、在尼泊爾或者印加城市馬丘比丘唸誦經文，我們一點頭緒也沒有。他說不定不再需要施展騙術，而今成爲內政部官員，根據年資坐領高薪，還要求養老退休金。」

「碧雅特說他是個眞正的水晶，所以你盡可從腦中砍了內政部那一點。」

「『眞正的水晶』？什麼意思？」

「也就是說，他能夠看見眞正的光，看見光中映照出的自己，而且沒有這光，他日後無法生活。」

「狗屎，越來越怪誕。拜託，我們要怎麼著手？」

「根據她的判斷，他現在仍舊十分活躍。」

第二十三章

二〇一三年十月、十一月和十二月

雪莉十分失望。對於那個滿口荒謬承諾的性感西班牙人帕可．羅培茲失望透頂，他每天送她回家，就爲了跟她上床，享用她烹煮的美味食物，一個星期後，卻從口袋拿出自己的婚戒，感謝她的關心照料，隨後溜之大吉，不見人影。她對老闆失望透頂，他炒她魷魚，寧願用資歷只有三個月的新餐廳小妹。她對減重療程失望透頂，原本承諾可以幫她減掉十公斤，到頭來卻是多了十公斤。她對汪達．芬恩失望透頂，說了甜言蜜語，信誓旦旦，卻一封信也沒寄來。她甚至整整一個月爲這個言而無信的朋友擔心，不過久而久之也放棄了，就像對待其他事情一樣。

汪達和其他人一樣膚淺，這個念頭戰勝了雪莉的失望心情，她轉而計算微薄的失業救濟金和一千六百五十克朗的存款可以撐多久。前途黯淡，未來一片黑暗，帕可之前就說過她的生活水準一貧如洗。

雪莉認眞考慮過回伯明罕向父母求助。雖然對一個有點超重的四十歲單身女子來說，求父母伸出援手實在丟臉，但是她已無計可施了。

她一鼓作氣，猛然拿起話筒，在電話中小心翼翼地試探說十分想念他們，希望回去看看，他們覺得如何……

可惜父母的想法和她不同，他們一下子就看出雪莉不只是單純想和他們共度聖誕節和新年。

她枯坐在家徒四壁的租屋裡，房子位在倫敦最衰敗沒落的區域。街上櫥窗裝飾著濃郁的聖誕節氣氛，閃亮耀眼，孩童們因爲滿心期待而臉頰發光。

也許我該追尋汪達的腳步前去，既然她沒有捎來任何音訊，一定表示她在那邊過得很好。雪莉思索越久，腦海中汪達在阿杜統治的神祕島嶼上的生活，越發膨脹得如夢似幻。

汪達離開時，身上帶的錢難道比她多嗎？雪莉心裡有數，其實不然。還是汪達受到了邀請？不，也不是這麼回事。

那麼她有何理由辦不到？接下來幾天，這個問題佔據她整個腦子，讓她暫時忘了自己的絕望困境。

雪莉每次面對重要的基本問題時，就會坐在鋪了塑膠餐巾的餐桌旁，拿出老舊的撲克牌開始洗牌。她喜歡先玩麻煩的耐心紙牌遊戲，等到牌局結束，答案也差不多出現雛形了。

雪莉決定，只要玩完紙牌遊戲，就要認眞思考出遠門這件事。等到所有的牌確實都排得吻合了，接下來又湧現更具體的問題，於是她又玩起紙牌，尋求建議。她花了半個週末玩牌，終於確定自己必須走這一趟，沒有可容反駁之處。目前只剩下一個關鍵問題：什麼時候？要等一陣子，還是立刻動身？

她這次花了三分鐘不到，紙牌就一張張按照順序排好。

於是她知道該向目前的生活道別了，而且是馬上離開。

整趟旅程上，雪莉不斷在想「人與自然超驗結合中心」會拿什麼態度對待她。她毫不懷疑先前在倫敦遇見的那些人會敞開雙臂接納她，但是汪達會說什麼呢？她杳無音訊，不就是個顯而易見的訊息？明擺著她們的友情只不過是種幻想罷了？

雪莉眼前清楚地浮現汪達緊張兮兮的表情。汪達心裡一定想：這女人從倫敦跑來，要拿無聊事纏著她，和她大聊特聊以前的時光了。不，雪莉絕不對兩人再見存有任何幻想。即使如此，她的決定也不動搖。既然汪達能踏出這一步，她雪莉當然也可以。畢竟她才是帶汪達走上追尋阿杜．阿邦夏瑪希．杜牧茲之路的人。

她在卡爾馬火車站搭上公車，往伯恩霍姆島出發，搭到最後一站，剩下的路程就靠步行。

從遠處看，中心具有不可思議的魔力：好幾棟相對較新的白色建築面對海洋，有一大片落地玻璃窗，錐型屋頂開了數扇彩色玻璃窗。一切比她想像的還要龐大雄偉。屋頂上，太陽能板閃閃炫目。從街上走過來，讓人感覺只要在此生活，其他的都不需要了。空氣似乎盈盈閃爍，能量氣場在中心上方滑移。人類工藝、異國風情與神祕符號在此嬉戲調和，創造出迷人的風采。有許多都是雪莉這輩子沒看過的，連類似的東西也沒見過。

「人與自然超驗結合中心——閃耀之殿埃巴巴」就立在一塊大型搪瓷板上。後方，一條溫暖的土黃色磚石小徑，延伸到幾棟小屋和兩棟相連的面海涼亭。一塊字跡娟秀的多國語言看板，說明這裡是「中心的核心之地」。

祕書室裡十分繁忙，但是氣氛泰然安適，穿著白衣沉思冥想的人，遵守規定，動作輕巧地緩緩走在地板上。他們友善地向雪莉點頭打招呼。

雪莉拉直身上的印花洋裝，撫平上半身的皺褶，希望在格調風雅的純淨氣氛中，能給人留下整齊乾淨的印象。

我在這裡一定會過得很幸福，她油然升起這個感覺，然後邁步走向掛著「報到處／皮莉歐．阿邦夏瑪希．杜牧茲」牌子的門。

瑪蓮娜的臉色就和卡爾馬醫院婦產科的白色無菌護士服一樣慘白。

皮莉歐站在瑪蓮娜的床腳，心裡暗笑一聲。這個病人期待的當然是阿杜來探望，但是她顯然對他還不太了解。

「妳覺得怎麼樣？」皮莉歐問道。

瑪蓮娜別過頭，臉轉向牆壁。「好多了，他們昨晚成功止血了。這一、兩天就可以出院。」

「荷魯斯保佑。」

皮莉歐握住她的手，但瑪蓮娜明顯嚇了一大跳，身體不自覺地產生排斥，想把手抽回來，但是皮莉歐緊握不放。

「妳想幹嘛？」瑪蓮娜最後打破沉默說：「妳來的目的是想欣賞這一切嗎？妳開心了吧？完全在妳的計畫之中嗎？」

皮莉歐緊蹙雙眉。她必須舉止得宜，不可表現太誇張而壞了事。

「妳在說什麼，瑪蓮娜，妳怎麼會有這種想法呢？發生在妳身上的事，實在太可怕了，我真的覺得非常遺憾。」她垂下頭，緊閉雙唇，目光移向他處，像是正聚精會神地穩住自己，彷彿她心裡承受了重擔，憂心忡忡。這招似乎有效了，瑪蓮娜露出困惑的表情。就是要這樣。

皮莉歐放開她的手，深呼吸好幾次，然後又看著眼前的病人。

「瑪蓮娜，妳出院之後，一定要趕快離開此地，動作要快，而且離厄蘭越遠越好。瑪蓮娜，這攸關妳的安全啊。」

她從皮包裡拿出皮夾，從中抽出一疊鈔票。「這些錢夠妳生活幾個月。我把妳的東西打包好了，行李箱就在外面走廊。妳要相信我。」

從瑪蓮娜的表情很難辨識出她內心眞正的想法，但無論如何，厭惡和猜疑始終十分明確。

「妳眞的想擺脫我嗎？這點我倒是沒料到。妳以爲輕而易舉就能達到目的？」她把錢推開。「阿杜屬於我，妳還不懂嗎？他不想要知道妳的事。妳不過是他的苦力，他朝哪裡吐口水，妳就卑躬屈膝往那裡去，不過就是如此，這是他親口告訴我的。所以拿走妳可笑的錢吧，皮莉歐。幾個小時後，妳就會看見我出現在中心，就在我爲自己爭取來的地方。謝謝妳，我自己能過去。」

在生命中的有些時候，一個錯誤的姿勢，一個誇大的皺眉，一個輕率的笑容，都可能鑄下不可預見的後果。因此，皮莉歐視而不見瑪蓮娜的厚顏無恥，臉上端出擔憂的表情。她自己清楚阿杜對她的看法就夠了。事情若要成功，一定要取得瑪蓮娜的信任，待會瑪蓮娜的世界觀就會倒塌崩潰了。

「瑪蓮娜，妳好好聽著。我比誰都清楚阿杜對妳的感覺，我也爲你們開心，這點妳必須相信我。妳自然也察覺到我很喜歡阿杜，但是多年來，我對他的感情已經轉變了，而我早就對此心滿意足。妳可以想像這麼多年來，我比誰都了解阿杜，但是妳沒有料想到、而我現在必須迫切警告妳的，是阿杜不爲人知的一面。那一面黑暗陰鬱，足以嚇得妳失魂落魄。」

瑪蓮娜粲然一笑。柔軟的嘴唇，潔白過頭的牙齒，高聳的顴骨，原本散發迷人魅力的特質，現在全顯得倔強叛逆。「妳到底在講什麼？」她滿臉狐疑地問道。

「我實在很難啓齒，尤其我這麼喜歡阿杜。即使如此，我還是得說。瑪蓮娜，妳是第三個懷了阿杜的孩子最後卻流產的女人。妳可以想像他徹底垮了，但同時也火冒三丈。阿杜沒有孩子，而他想要有繼承人。無論如何一定要有。不管是現在還是過去，一直有女人準備爲他奉獻一切，而他至今仍膝下無子，妳不覺得納悶嗎？妳該不會認爲他可能不喜歡孩子吧？我向妳保證，他最渴望擁有的就是孩子了。而現在，他再次感覺到背叛，再次遭人拋棄。是的，妳沒聽錯，背叛和拋棄。」

皮莉歐捏捏她的手。「阿杜感覺到妳的流產開啓了負面能量的深淵，他大感震驚，深深受到震撼。我從經驗得知，他無法容忍這種事。」

「我認爲這番話應該由他親自告訴我。」瑪蓮娜固執地說。

皮莉歐的眼神頓時變得嚴厲。「瑪蓮娜，妳聽不懂我的意思嗎？那麼我必須說得更清楚一點，妳要是回到中心，阿杜會犧牲掉妳。」

瑪蓮娜用手肘撐起上身，冷笑說：「犧牲我？妳想不出更好的說法了嗎，皮莉歐？」

「他會把妳奉獻給海洋，瑪蓮娜，就像前面兩個流失他孩子的女人一樣。如果妳回到厄蘭，早晚會有人發現妳身體腫脹，赤裸裸地陳屍在沙灘上。」

瑪蓮娜不屑地哼了一聲，儘管如此，看得出來那番話打中了她，開始在她腦子裡發酵。皮莉歐種下了懷疑的種子，現在就等種子發芽。

「其中一個女孩克勞蒂亞在波蘭海岸被發現……」皮莉歐頓住不語，彷彿得先穩住自己，才有辦法繼續說下去。「第二個懷了他孩子的女孩，至今尚未找到。」

瑪蓮娜不住地搖頭，不想再聽下去，但是她一言不發。

「阿杜相信這樣做才不會出錯，這點我十分篤定。對他來說，如果女人無法實現肉體的任務，就要送回大自然的循環裡。第一次發生時，他非常冷靜地向我如此解釋。之後我還警告過第二個女孩隆妮，但是她……她把我的話當耳邊風。這種事不可以再發生，瑪蓮娜，拜託妳要聽我的話，求求妳。」

瑪蓮娜眉頭深鎖，皺紋跑了出來。她想要揉平皺紋，但皺紋已深深刻印在臉上了。

皮莉歐結束任務，回到中心，告訴阿杜，瑪蓮娜逐漸復原，明後天就可以出院。

可是瑪蓮娜沒再回到中心。阿杜心煩意亂，悵然若失。爲什麼沒人可以告訴他，她出院後究竟上哪兒去了？他一整個星期透過各種管道四處尋找，但瑪蓮娜彷彿從此消失在地球上似的。

皮莉歐告訴他許多因流產而引起嚴重憂鬱症的案例，還暗示有些女人會做出不理智的決定。阿杜聽了，心灰意冷，委靡沮喪，但他畢竟是個現實主義者，最後還是接受了現狀。

一天早上，他一如往常地大清早外出，望著海洋念誦經文，皮莉歐出現在他身邊。她帶來熱茶和溼毛巾，幫他擦汗，溫柔按摩，然後一言不發，褪下他的泰式長褲，跨騎上他的身體。現在就是機會，沒想到竟來得如此簡單。

或許是錯愕喚起了阿杜的欲望，或許是她的氣味，也或許是他認爲有愧於她，總之，他任由自己陷入狂喜之中。

他達到高潮時，深深望入她的雙眸，她不住震動顫抖。這不只是單純的高潮，而更加偉大、更加特別。她回應了他的目光，目光中隱含匱乏多年後的救贖。

皮莉歐的經期百分之百可靠，排卵日十分固定，所以清楚自己何時特別容易受孕。沒有受孕的排卵日對她來說始終是地獄，這次卻是最純粹的幸福。

聖誕節前不久，她終於鼓起勇氣，確認月經沒來的原因。藥局買來的驗孕劑出現陽性反應，她差點昏過去。但她曾經讀到過，女人因爲渴望懷孕，身體會出現假性懷孕現象，於是她特地找醫生驗孕。當然，她也想知道現在懷孕必須注意什麼，畢竟她已經三十九歲了。

她樂陶陶地離開卡爾馬醫院婦產科。兩個月前，她才來這裡探望瑪蓮娜。

阿杜一定大感意外，不過她相信他也會很高興。她早就證明自己有資格懷有他的後代。

她站在「中心的核心之地」門前，強迫自己先緩一下，振作精神，免得被喜悅的情緒沖昏頭。她不願意自己激動過度，面對阿杜時顫抖不止，而是希望面帶微笑、冷靜地告訴他這個好消息。他認識的是這樣的她，所以應該繼續保持。不管是否懷孕，皮莉歐就是皮莉歐。

她走過弟子所在的前廳，邁向辦公室，想從辦公室打電話給他，請他過來。她滿懷喜悅，感覺到自己因爲幸福而散發光采。

但她意外發現阿杜已在她的辦公室等候，面前坐著一位濃妝豔抹的女人。她腳踩平底鞋，有點緊繃的彩色洋裝，遮掩不住年紀以及肥胖的身軀。

「妳回來了，皮莉歐，太好了。」他笑著說，對那個女人點點頭。「雪莉沒有事先通知就從倫敦前來。她參加過我們倫敦的課程，很希望再加入我們。我們還有名額，對吧？」

皮莉歐點頭。她沒想到會在這種情況下與人見面，驚天動地的好消息要再等一下了，那應該不至於減損喜樂的感受。

「雪莉，請把剛才告訴我的事情，再說給皮莉歐聽。」

雪莉嫣然一笑，問候皮莉歐，口音很重地說：「是的，我和我的朋友參加了你們倫敦的課程，你們的理論鼓舞了我們，我們兩個人大受振奮。我的朋友幾個月前甚至還因此前來中心這裡。至少我當時是這麼以爲的……但是我一直沒有收到她的消息，阿杜．阿邦夏瑪希．杜牧茲……」她停了一會，光是提到他的名字，她就羞得滿臉通紅。「阿杜．阿邦夏瑪希．杜牧茲和我從前廳那兒得知她沒有出現在中心，我非常驚訝。說實話，我十分擔心她。」

阿杜一臉嚴肅地點頭。「是的，實在很奇怪。但是，就如雪莉所說，她並未出現在此。我還清楚記得她的樣子，是位容貌標緻的女性。妳說她是哪裡人？」

雪莉點頭。皮莉歐全身起了一陣冷顫。

「她從牙買加來的，不過她的祖先不全是牙買加人。」

阿杜抬起頭。「皮莉歐，妳怎麼說？那位女士應該有寫信給我們。雪莉，她的名字是？」

皮莉歐早就心不在焉了。她知道名字。

她腦子裡正在籌劃下一步。

第二十四章

二〇一四年五月七日，星期三

「卡爾，我沒辦法再繼續聯絡民眾高等學校當年的學生了，眞的太difficult（困難）了。」高登說。

拜託，這傢伙只要逮到機會，就非得炫耀幾句他令人尷尬的大學程度英文不可嗎？

「就算我聯絡上對方，他們不是什麼也不記得，就是把事情全混淆在一起。信不信由你，有個女士離開伯恩霍姆島之後，又去了五間民眾高等學校，完全分不清楚哪間發生了什麼事情。另外有一個立陶宛人，好笑的是現在還和父母住在一起，她根本不懂英文。我想不透她怎麼能在伯恩霍姆島待上五個月，卻不會遇到困難。還有那些地址，除了那個立陶宛人之外，其他人的地址都改了，連他們父母的地址也一樣。你交辦給我的任務，實在是hopeless（遙遙無望），卡爾。」

他嘆了口氣。「少數幾個我千辛萬苦聯絡到的人，之所以還記得這件事，也是因爲哈柏薩特窮追不捨的關係。但是除了雅貝特的名字和她被人發現死亡之外，他們對其他事情也不清楚。我就開門見山說了，她的死亡沒有留下特別深刻的痕跡。」

卡爾不情不願地清醒過來。這個高登一旦開口講話，就喋喋不休，沒完沒了，很容易讓人神思遠遊，逃到他方。他這天賦異秉的能力著實令人驚訝。

「高登！」卡爾的口氣嚇得他跳了起來。「就算你千辛萬苦地只找到一個人，能夠記得以前的事情，提供我們資訊的話，那也夠了。你一找到這個人，馬上把電話轉給蘿思。她手邊有以前全部的談話記錄。她必須掌握整體概況，懂嗎？現在繼續加油吧，老兄。你終究會找到我們要的人。」

高登的頭頹然無力地靠在桌緣，阿薩德拍拍他的肩膀，給他打氣。這高個兒若不趕快抬起頭，振作精神，很難繼續在懸案組待下去了。

蘿思辦公室裡，又是另外一副景象。筆記本一疊又一疊，垃圾桶裡揉成一團的紙張早已堆積如山。她額頭上的皺紋在在顯示忙碌不堪的狀態。

即使如此，他還是大膽地開口打擾她。「蘿思，靈性世界有沒有來新的消息？」

她搖頭。「我晚上繼續打電話。你的推論有理，大部分人白天都有份正常平凡的工作。不過翻閱同學的問話記錄時，我發現了一份有意思的陳述。高登應該打個電話給她，跟她見個面。你讀一下。這是記錄的影本。」

「妳就不能唸給我聽嗎？」

「不行，卡爾，你最好自己看。回你的辦公室，抽支菸，邊抽邊看。但別忘了關上辦公室的門，哈柏薩特文件上的菸味已經夠臭了。」

他回到走廊，經過那堆櫃子時，用力嗅聞了一下。但除了蘿思熏得人眼睛不舒服的刺鼻香水味之外，他什麼也沒有聞到。

他把影本放在辦公桌上，乖乖點了一支菸，讀起哈柏薩特的記錄。

一九九七年十二月九日，辛妮．維蘭德審訊記錄，四十六歲，秋季班學生。哈德維夫鎮國民學校老師。休假中。

身分證字號：一六一一五一－四〇一二。

影本摘錄：一九九七年十二月十日。

卡爾腦中閃過一個念頭。高登難道真的那麼遲鈍嗎？他想像高登執行任務的狀況。他媽的，沒錯，完全可以想像。

他按下內部通話按鈕。

「這裡在響了。」阿薩德的聲音從走廊另一端大聲傳來，壓過了他自己在電話裡的聲音。

「阿薩德，我不是要和你講話。高登，你聽見了嗎？在不在？」

響起嘎吱嘎吱的聲音。是椅子聲，還是高登確認自己在場的回應？

「你應該拿到所有同學的身分證字號了，是嗎？」他忽地察覺到自己在點頭，但他心裡有數高登肯定沒拿到。

「沒有。」高登證實了他的推測。「學校說他們不能洩漏資料。」

卡爾點了根菸，深深吸進一大口氣。他媽的真蠢到家了！

「你到底有多蠢啊！」他咆哮道：「這是一開始就該做的事情。該死，阿薩德，告訴他，他可以直接拿到人員名冊。如果誰有權利從學校取得資料，那個人就是他。何況所有人的身分證字號都登記在哈柏薩特的審訊記錄裡了，那位先生只要輕輕鬆鬆地查一下就行。告訴他，給我動起來去辦這件事，而且是立刻，告訴他！」

「我非說不可嗎？老大，你自己都說了。」對講機又是一陣叮叮咚咚。

卡爾深深吸了一口氣，咳嗽了幾聲。「至於你，阿薩德，你在做什麼？」

「我正在處理剛才發現的東西，待會拿過去你那邊。」

卡爾放開按鈕。這些蠢蛋難道自己不懂得用腦嗎？

他搖搖頭，繼續閱讀哈柏薩特的記錄。

……一六一一五一—四〇一二。

影本摘錄：一九九七年十二月十日。

辛妮．維蘭德對雅貝特的說明如下：

「我跟她其實不熟，我們年紀較大的人沒有經常和年輕人瘋在一起。這一年，學生的平均年紀大概二十六歲半，因此我比較常和四十歲以上的小團體相處，一起從事眾多活動。和年輕人待在一起，我會感覺自己有點衰老。您要知道，雅貝特是當中最年輕的，甚至比我自己的女兒年紀還小，比我學校裡的十年級畢業生也大不了多少。

「我當然注意到她了，大家都一樣，她非常漂亮，生氣勃勃。我同樣也注意到男孩的眼睛總是離不開她身上，所以有些女孩嫉妒她。其實年紀大一點的男人也一個模樣。但我覺得那沒什麼大不了，這種年紀那樣很正常。我還知道她失蹤的前一天，韻律學院來訪。雅貝特很喜歡音樂，還有一副優美的嗓音，但她那天下午沒出現，晚上也沒出席慶祝活動，我還十分納悶。

「有個和她曖昧調情的男生，叫做克利斯托弗，他曾經說過雅貝特校外有個男人。我察覺到她過去幾天有點心不在焉，就像陷入熱戀的女孩，您知道的（她笑了）。嗯，她也的確經常不見人影。我們兩個一起上玻璃藝術課，但是最後一週她幾乎都沒來上課。」

（問題：您看過那個男人或男孩嗎？）

「沒有，但是我記得雅貝特有天說，她遇見了最神祕、最令人心動的人。她沒有直接承認自己戀愛了，但是確實深深爲他著迷。我們自然想要知道那個人更多的事情，可是她只是咯咯笑。

她經常這樣笑。她僅讓人看到那個人偶爾會在校門口等她下課。」

（問題：所以您沒有問她，他們只是在路旁見面聊天，還是會一起開車離開？）

「可惜沒有。」（辛妮．維蘭德露出擔憂神情，甚至有點悲傷。）

（問題：您有沒有想到還有誰可能知道更多訊息？）

「我們後來經常談論此事，或許克利斯托弗知道多一點。其他人的話，沒有，我想沒有了。」

（問題：不過，女同學們不是都會談論這類事情嗎？）

「是的。但是我想雅貝特應該知道別的女生受不了她和男生調情，所以特意不太談論那個男人的事情，避免激怒她們。」

（問題：她和那個男人會不會只是逢場作戲呢？因爲感覺有點神祕，所以讓她覺得很好玩？）

「是的，很有可能。」

卡爾繼續往下讀。這份記錄其實並沒有透露什麼突破性的新訊息。

他又按下內部通話鍵。「蘿思，可以過來一下嗎？」

「你能不能過來我這裡？」走廊傳來她的聲音。

卡爾把頭探出門外。蘿思坐在地板上，盤起的雙腿上放了一疊影本。

「到我辦公室不會比較舒服嗎？」沒有回答。「妳認爲這份記錄到底有何特殊之處？沒錯，它確實讓我再次看見高登的愚蠢，但除此之外，我在裡面沒讀到之前不知道的訊息。妳眞認爲我們有必要和這位女士談談嗎？說眞的，我不認爲這樣做會有收獲。她現在也超過六十歲了，經過這麼多年，她還能記得什麼呀？」

「你講話的口氣就像個男人，好吧，本性難移。不過話說回來，男人有時候眼睛還眞是瞎了。你看看哈柏薩特的問題有多簡單。換做是你，會提出同樣的問題嗎？」

「嗯，好吧，他確實不是調查人員。不過，是的，我想大致上差不多。」

「那細節呢，卡爾？」

「那裡面……」

「如果這是你的案子，我想你一定會再針對細節提出一連串問題。這些細節你現在沒想到，但對於女人來說，即使過了十七年，仍自然而然地會注意到。」

「細節？你是說關於雅貝特這個人嗎？」卡爾邊嘆氣，目光邊游移在塞得滿滿的櫃子上。他們要考慮的細節彷彿還不夠多似的。「妳是說鞋子、服裝、髮型嗎？」

「是的，不僅如此，還有化妝以及不同尋常的行爲舉止等等，能夠表現年輕女孩心裡感受的一切訊息。」

他點頭，她說得對。他想起在有些案子裡，女人總是知道別的女人拔整的眉毛底下藏著何種祕密，卻不知道在哪裡或者什麼情況下看到這些女人的。

「嗯，所以現在我們應該拜訪辛妮．維蘭德，在十七年之後詢問她這類事情嗎？」

「當然，辛妮．維蘭德身體裡可是流著藝術家的血液。她在民眾高等學校參加音樂和玻璃藝術課程，盡情發揮了她的創作才能。我保證她絕對會注意到這類事情。」

「那麼之後呢？就算我們知道雅貝特爲了找樂子才出去，能給我們什麼啓示？或者她眞的陷入熱戀？對我們又有何種幫助？不，抱歉，這條線索太薄弱了。」

「有可能。但是我們可以就這條線繼續聊下去。」

「好吧。等妳打完神祕教派的電話，儘管追蹤這條線索吧。我腦子裡另外有件事一直陰魂不散，就是妳昨天和那個盲人談話後提到的地方，克納弘宜。這個地名之前出現過。是和某種挖掘有關……」

「哈……既然你提到……」

這時，蓬首垢面的阿薩德出現在門口，手上捧著文件，一隻手還端著一個熱騰騰的茶杯。

他們在卡爾辦公室坐下後，阿薩德說：「我找到了這個。這不就是我們正在搜索的方向嗎？」

他把好幾張畫著線條和數字的紙條放在辦公桌上，茶杯擺在旁邊。

「卡爾，你需要來點東西，讓自己變得更強壯。」

噢，天啊！這杯茶是給他的。

「這是什麼？」味道和平常不一樣，比較好聞。

「這是茶，製法非常好，印度茶加入薑。對什麼都好。」他指著自己的褲檔，放肆笑道。

「你有排尿問題嗎？」卡爾嘲諷道。

阿薩德眨了眨眼，手肘撞了他側腰一下。「夢娜打探你狀況的事已經傳得到處都是了。」

可惡，這些碎嘴的八婆。現在他的性欲要靠著印度茶來調節了嗎？

「算了，阿薩德。夢娜已經是過去式了。」

「那個克琳諾琳呢？你之後交往的那個？」

「你是說克琳斯汀。是的，她怎麼了？她只是又搬回前夫身邊罷了。我想你的茶派不上用場了。」

阿薩德聳了聳肩。「你看一下，哈柏薩特收集的資料中，這張紙畫著樹、道路和灌木叢中的自行車。畫得非常精確，所以很可能不是他畫的，也許是警方鑑識部門製作的。」

卡爾把那張畫轉了過來，專心查看上頭的細節。類似的內容他大致也想像過。阿薩德又把一張紙放在旁邊。「這個，哈柏薩特自己也畫了一張圖，事故現場的側面圖。」他指著不同的部分，一一說明。「你可以看到，雅貝特大概是在這裡遭到撞擊，才被拋到樹上。」他的手指沿著哈柏薩特畫的撞飛路徑移動，弧度比卡爾想像的還小，但看起來合情合理。「他在第三張畫上補充了他認為把雅貝特彈到空中的東西。你看這東西的角度，是傾斜的，跟柏油路面的距離只有七到八公分。」

卡爾點點頭。「是的，把雅貝特高高地衝撞到樹上的鍬片，一定是這種角度，我可以理解。但是，為什麼這東西能置她於死地？看起來並沒那麼致命啊。」

「也許她是被嚇死的，卡爾。朝心臟射擊時，直接死因其實都是嚇死的。也許是類似狀況？」

卡爾陷入沉思，緩緩晃著頭。「嗯，這點我存疑。如果哈柏薩特畫得沒錯，也有理由相信是正確的，那麼雅貝特可說是被鏟飛上去的。這樣的話，少不了有擦傷，一定受傷嚴重。但是再問一次，那東西真的會致命嗎？」

「等一下。」阿薩德離開了辦公室，卡爾眼睛盯著那杯茶。一口氣提到性欲和夢娜，害他忽然覺得很渴。喝一小口總不會有什麼傷害吧。

他嗅聞遠方的異國香氣，喝下一大口。其實還不錯啦，他才這麼想，下一秒差點從椅子上彈起來。他的頸動脈不斷擴張，食道燒灼，懸雍垂腫脹，聲帶感覺遭到腐蝕。他本能抓住脖子，另一隻手扶著桌緣撐著身體。拜託，那是什麼？硫酸嗎？

他想要大聲罵人，卻一個字也說不出來。他不斷口吐唾沫，眼淚直流，滿腦子只有報復和渴望喝下幾百公升冰水的念頭。

「卡爾，怎麼回事？」阿薩德拿著報告回來。「加太多薑了嗎？」

驗屍報告證實了畢肯達警官告訴他們的說法：雅貝特的屍體有骨折、內出血等現象，但都不是可能致命的傷勢。

「警方從屍體的解剖結果推斷，雅貝特掛在樹上時還有生命氣息，甚至持續了好一陣子。脛骨和腓骨骨折，左右都一樣。身上也有其他部位骨折，但是報告中記載，這些傷勢都不會置人於死。」他停頓一會。「至少不是直接致命。」又是一陣短暫沉默，接著才又繼續說：「她一直處於頭下腳上的狀況，所以造成嚴重出血。即使不是大量失血，也足以使人喪命。」

卡爾把報告放在桌上。這種緩慢死去的方式多麼可怕啊！

「卡爾，你有什麼想法？」

「除了哈柏薩特的圖完全正確之外，其他都沒有。或許正是這些各別看來沒有致命危險的傷口，最後因爲數量眾多，仍舊奪走她的性命。當然，還有時間。」

「令人毛骨悚然。」蘿思現身門口。「如果早點發現，或許能救她一命。」她若有所思地站著，彷彿想到了新的可能性。

「怎麼了？」卡爾問道。

「嗯，或許正好說明了這是件意外事故。」

「怎麼說？」

「吶，若是蓄意殺人，凶手一定會去確認她是否眞的死了，以免洩漏他的犯行。換作是你們處於這種狀況，也會這麼做，對吧？」

「我會。」阿薩德不假思索地脫口而出。

卡爾皺起眉頭。

「這只是假……假設，卡爾，我想像換成是我，應該會這麼做。」

「謝謝，阿薩德，我們了解。蘿思，別忘了在事故現場沒有發現煞車的痕跡。何況，司機也不無可能把車停在路邊，走回去確認她是否已無生命跡象。甚至可能坐在車裡，從後照鏡中觀察。或者，他搞不好已經失去理智，腦筋無法邏輯思考了。蘿思，殺人犯通常不太理性的，妳不是不知道，所以妳的推論無法成立。」

他把圖畫整理在一起。「阿薩德，把這些掃描起來，寄到洛德雷鑑識部門，告訴那兒的同事，勞森明天會打電話過去，向他們說明詳情。還有，告訴勞森催他們加把勁。如果有人能敦促他們，那個人非他莫屬。除了既有的問題之外，請他們查閱洛德雷的木材檔案。哈柏薩特的鍬片理論若是正確，那麼木板需要多厚，才有辦法在猛撞之下不致於完全破碎？這類木板能固定在福斯廂型車的保險桿上，還不會損害車體嗎？根據哈柏薩特的畫和車子逐漸加快的速度，他們或許也可推論出雅貝特的身體飛起時，會不會破壞擋風玻璃？最後，我們也想知道，他們是否可以調高福斯車照片的解析度。我們當然也會繼續調查攝影師是誰，找出底片，不過他們最好別預期我們一定會成功。勞森已得知大部分的資訊，不過他還不知道我們的最新進展，所以也說明給他了解。」

他看著蘿思說：「妳還在啊？有事情要報告嗎？」

「卡爾，我找到你要找的東西了。」

他媽的，她一臉沾沾自喜。

「找到什麼了？一份宣誓過的認罪自白嗎？」他笑道。

「克納弘宜。」

「嘿，是什麼？」

「童子軍和他們的老師畢亞克在克納弘宜參加挖掘工作，而且是和那個男人一起，茱恩・哈柏薩特也在那裡遇見了他。就在上面迷宮那裡。利斯德長凳上的那個傻子告訴過你們，你還記得嗎？」

阿薩德站在旁邊點頭如搗蒜。在他內容取之不竭的龐雜筆記的某一頁，一定找得到相關的記錄。

「沒錯，就是這個。不過從妳的表情判斷，妳不認爲童軍眞的在那兒找他們的營火場地吧？我來猜猜，妳認爲畢亞克和茱恩在那裡見厄倫納來的男人？妳找到他的日記了？」

「眞好笑，卡爾。我只知道應該是同一個人。」

「妳從何得知？」

「我上網查了一下克納弘宜，居然沒有搜尋到任何結果。然後我發現在伯恩霍姆島上有許多迷宮，其中一個在利斯德西邊。那是一位藝廊老闆建造的，但是在二〇〇六年才完成，所以我打電話到藝廊。重點來了：迷宮所在的山丘就叫做克納弘宜。藝廊老闆是因爲地點的歷史背景很有意思，才挑上這個地方。人類早在鐵器時代便移居到此，此處後來成爲經貿中心和工藝中心，以『黑土』之名爲人所知。這個地方挖掘出許多豐富的物品，在在指出曾經是祭祀場所，其中挖出了許多小金人。」

「小金人？」

「是的，他們是這麼稱呼的。其實是畫著人物的金薄片，古早以前的獻祭品。藝廊老闆還發現了迄今完全沒見過的太陽石。我深入調查後，沒錯。這個地點確實十分特殊。」

「妳說太陽石？那是什麼？」

蘿思嘴角上揚，顯然預料到這個問題了。「水晶的一種。久遠前的維京人搭乘長船在海上航行，曾經利用這類水晶在烏雲密布的天空確定太陽方位。應該是和陽光的偏振有關。我曾經讀過，今日飛越極地時也會使用類似的東西。維京人顯然不像表面看起來那麼笨。」

「太陽石、維京人、小金人。」他還眞得集中心思才行。

「要是我沒誤解妳的意思，我們現在掌握了茱恩．哈柏薩特和來自厄倫納的男人之間的另一個關聯了，他對神祕現象很有興趣，而哈柏薩特早就看出了這點。這是妳拐彎抹角想要我理解的事情，對嗎？」

「你顯然也不像表面上看起來那麼笨，卡爾．莫爾克。尤其是你察覺到與克納弘宜有關的細節。不過回到正題，如果茱恩和雅貝特都遇到了同一個人，那麼茱恩必須全盤托出她所知道的一切。」

卡爾又嘆了氣。「唷，蘿思，我大概可以猜到結果了。要我回到伯恩霍姆島逼茱恩．哈柏薩特乖乖就範，這種事我絕對不幹。或許妳有興趣？還是你，阿薩德？」

兩個人全都興趣缺缺。

蘿思聳聳肩。「好吧，那就得要她來哥本哈根了。」

「哇喔，妳要怎麼做？我們並未握有對她不利的事實，根本無法強迫她照辦。」

「欸，卡爾，這是你的問題。你不是這裡的老大嗎？」

他正在思索對策，高登這時敲了敲門湊上一腳。他們怎麼不乾脆把警察合唱團全邀來，還有救世軍大樂團也一起算了。

「抱歉，卡爾。」高個兒說：「我忘了告訴你，有個叫莫頓的人打電話給你。我想應該是之前住在你家的人。他說哈迪沒有回來。」

「你說什麼？」

「哈迪不見了。」高登一臉呆樣，所以他站在那裡咩咩叫時，根本沒人注意到他。

「你什麼時候知道這件事的？」阿薩德憂心忡忡地問道。

「大概兩個小時前。」

卡爾拿起手機，他把手機調成了靜音，螢幕上顯示十五條訊息和莫頓的未接來電。

他屏住了呼吸。

第二十五章

驚慌失措的莫頓在排屋前迎接他們，說他和米卡到處都找過了。情緒激動加上氣溫低下，莫頓急得滿臉通紅，眼看淚水就要落下。先前，莫頓暫時進屋裡聽一下氣象報告，沒想到哈迪竟趁機坐著電動輪椅離開，身上只有一件襯衫，沒穿外套。外頭還下著傾盆大雨。

莫頓很神經質，緊張得口齒不清，牙齒打顫，不過最後還是告訴他們，他和米卡找了哪些地方。「附近方圓一公里半的地方都找遍了，卡爾。他就像從地球上消失似的。」

「手機呢？他不是能用手機嗎？」阿薩德問。

「他沒帶在身上。我們一起外出時，用我的手機就夠了。」

「會不會在超市或到唱片行去了？他成天在聽音樂，會不會到那兒去找新的音樂了？」

「卡爾，他有 iPod，都用 Spotify 聽音樂。我幫他掛上耳機，他通常都聽兩個小時，才要我把耳機拿下。」

卡爾點頭，Spotify？他聽過這名字，但毫無頭緒是什麼東西。

「輪椅電池的電力如何？」阿薩德又問。

「唉，電量充沛。」莫頓回答：「充電一次，可以走到非德里松再回來。」他開始吸鼻子了。

「我擔心的是下雨。」

「影響微乎其微，阿薩德。電池受到良好的保護。」卡爾解釋說，然後又問莫頓：「哈迪的輪椅最快一個小時可以走上十二．五公里。他失蹤到現在三個小時，很可能已跑到三十五公里外了。你們打過電話給他前妻嗎？」

「你該不會認爲他跑到哥本哈根吧？」莫頓全身不住顫抖。

「進屋去，打電話給她。也詢問希勒羅德區的醫院，看看他有沒有被送進去。」

莫頓拔腿狂奔，衝進屋裡。羅稜霍特公園裡從沒看過踩著小步伐，卻還能跑得這麼快的人。他們決定在附近搜索，或許有人看見他，或許他和別人說過話。

「我們分開尋找，阿薩德。我開車四處看看。」

「那我呢？」

「你騎那輛。」卡爾指著賈斯柏的五十ＣＣ輕型摩托車，賈斯柏搬走後，車子就擱著沒再騎了。「安全起見，最好穿著雨衣，後面行李箱裡有一件。春天的腳步還沒來臨。」

阿薩德露出一臉苦笑。

自從大眾照護機制上路，羅稜霍特公園旁的卡爾家裡的日常生活重新分工，卡爾和哈迪就很少促膝長談了。莫頓每天來幫忙看護哈迪，他男友米卡是哈迪的心靈導師和物理治療師。當地的官方居家照護人員可幫忙減輕負擔，電動輪椅可帶他自由移動，所以卡爾的功能就減少了。

這一切的安排對哈迪是最好的嗎？你躲哪裡去了，老傢伙，卡爾心想。車外雨刷飛速刮著擋風玻璃，阿勒勒的瑰麗美好在窗外急速飛逝。

哈迪的拇指、手腕和頸背，又能夠微微活動，比起臥病在床那幾年，他的生活自由許多。剛開始，他因爲出現新的可能性，對未來充滿希望而亢奮不已，最近卻清楚感受到自己依舊有所侷限，所以十分痛苦。

「以前我會覺得很遺憾，同時又感到自己很特別，因爲我承受了生命的苦難，不過最近我認爲自己只不過是個重擔。」有次他這樣說。他心裡有數照顧他是項艱辛的工作，而他幾乎無以回報。

以前卡爾到脊椎損傷醫院看他，他總會提到想要了結生命，但住進卡爾家客廳後，沒再聽他提及此事。難道這個想法如今又在他腦子裡作祟了嗎？

「您有沒有看見一位坐著電動輪椅的男人？他只穿了一件襯衫？」卡爾只要看見雨中有路人行色匆匆走過，就會搖下車窗大聲問道，但那些人的眼神淡漠得令人心驚。

他在托克科路停車，遙望前方林地。驀然之間，他們的行動顯然渺茫無望。人若不想被找到，他就是會消失不見。那是哈迪要的嗎？

他按下莫頓的電話號碼。

一開始除了抽噎聲外，什麼也聽不見。「不管我打電話到哪裡，始終沒有他人影。米卡已請求警方發布尋人通知。平常警方不會這麼快採取行動，但是他們一聽到對方是同僚，因爲執勤受傷癱瘓，立刻破例處理。」

「幹得好，告訴米卡謝謝他。」

他閉上眼睛，試圖回想哈迪可能去的目的地，但他毫無頭緒。

手機震動，阿薩德打來的。

他朝電話喊道：「喂，你找到他了嗎？」

「呃，沒有，不算是。」

「什麼叫做『不算是』？」

「我在舊市政府那裡遇見了一個騎自行車的人，他在往林格方向的尼莫勒路上看見輪椅，於是我加速要趕過去。」

「你爲什麼不馬上通知我？」

「是的，我正要打電話，卻被警察給攔下來了。我們在市府路，警察就在我身邊，堅持說我在自行車道上的車速飆到一百一十五公里。你可以過來一下嗎？」

卡爾花了點時間才說服警察同僚，讓他們放阿薩德離開。兩位制服警察認爲這種改良式輕型摩托車，時速最高不能超過四十公里，今日這種速度實在前所未有。他們不贊同減輕處罰，最後照例教訓了一番說免不了要上法院，而且阿薩德的小客車駕照也會受到影響。

卡爾盡力減輕傷害。最糟糕的下場是阿薩德面臨吊銷駕照，但這結果日後或許會令人感激萬分。

「車主是誰？」警察問道。

「是我。」阿薩德貿然地說。

不値得包庇賈斯柏。

「我收到警局的無線電通知。」巡邏車裡的警員打岔說：「在林格的露天電影院，有兩位工作人員看見我們要找的哈迪．海寧森。你們開車直直往前，經過礫石場，穿越主要幹道就會抵達。你們的朋友坐在輪椅上，在電影停車場盯著白色螢幕看。」

他們放走阿薩德，但是要沒收摩托車，卡爾完全沒有意見。雖然賈斯柏的技術令人刮目相看，但他偷偷改裝車子，就該付出代價。

另一位警察拍拍卡爾的肩膀。「拿去。」他把一張寫著阿薩德名字的罰單塞進卡爾手裡。

「我們都知道哈迪．海寧森的案子，因此不應該懲罰尋找他的人。但是別現在告訴他，得讓他稍微冒點冷汗。」然後他手在帽緣點一下致意後，踩著大步回到車上。

不到五分鐘，他們就趕到了露天電影院。

露天電影院裡見不到半輛車，油然有種荒涼絕望之感，尤其還下著傾盆大雨。在歐洲最大的露天電影院的螢幕前，哈迪坐在輪椅上顯得十分渺小。

「哈迪，怎麼搞的？」卡爾想不出更好的話。他沒看過像這樣淋成落湯雞的人。

「噓！」哈迪的眼睛分毫未動，於是他們蹲下來，注視著他。半晌之後，哈迪終於轉過頭來。「你們來啦。」

他們拿羊毛毯裹住他，推進復康巴士，送他回家。他們一直幫他按摩，本來蒼白得像金龜子幼蟲的臉色，終於慢慢轉成烤紅的香腸。

「哈迪，要不要告訴我們發生什麼事了？」

「我只是決定重拾生活，盡可能好好享受罷了。」

「好的。我不太清楚你在想什麼，不過如果你還繼續像今天這樣胡搞，也享受不了多久的。」

「你真的不要再做這種事了。」莫頓認同說。身軀肥胖且龐大的莫頓，因為情緒過度激動而疲憊不堪。

哈迪擠出笑容。「謝謝你們。不過你們打斷了我再度欣賞一場三十年前和米娜一起看過的電影。我想像自己就像當年一樣，握著她的手。你們能體會嗎？」

「我能體會。」阿薩德的聲音聽起來比平時低沉許多。

「你說你看了一場沒有放映的電影，還握著如今擁有另一個生活的女士的手？哈迪，如果你問我，我認為這條路太冒險了。」

哈迪拿頭撞向輪椅上的頸部護具，撞了兩次。自從他能夠坐著之後，就養成這種壞習慣。「你說得簡單，卡爾。你究竟在期待什麼？我應該乖乖枯坐在此，等待死亡嗎？我又沒事可做。」他目光轉向一旁。「我之前還躺在床上時，至少還有你正在調查的案子可讓我思索一番，但是你現在什麼也不告訴我了。」

一個半小時後，阿薩德和卡爾全力彌補他們先前的疏忽，層層烏雲遮蔽後的太陽已落西山。他們打開客廳電燈，告訴哈迪有關雅貝特案的最新進展。雖然哈迪始終像根鹽柱，坐在輪椅上動也不動，但由於聚精會神，眼睛閃爍晶亮，彷彿迫不及待地要將所有桎梏拋諸腦後。他的身上明顯出現了變化。

「這個茱恩．哈柏薩特，或者說茱恩．柯福特，是你們得知主要嫌疑犯的名字或至少是個人描述的關鍵。」

「是的，也許如此。蘿思十分篤定。」

「我也一樣。」阿薩德認同地點點頭。

「但是她至今仍不願意和你們談，那麼她有何理由改變心意呢？」

「蘿思認為我們應該直接去威嚇她，但我覺得不妥。」

「你們的調查多少卡住了。」哈迪笑道：「陷入困境時人家都怎麼說？要不是需要獨角獸，就是位好心的精靈。如果兩者皆無，就需要小飛象了。」

阿薩德點點頭。「我家鄉的人說，一籌莫展時，就得使用第五種方式騎駱駝。」

卡爾這時心思飄遠了。他可沒興趣聽阿薩德一一解釋五種騎駱駝的方式。

「我聽說過，大概就是前、中、後，加上坐在駝峰上騎。」哈迪說。

阿薩德又點頭。「沒錯。第五種是把腳緊緊壓在駱駝的屁股上，牠就會一直走，不再停下來。」

卡爾腦中想的完全是另外一件事。「阿薩德，你還記得茱恩在她家前面的街上，唱的是哪首歌嗎？」

阿薩德翻閱自己的筆記本。「我沒有逐字記下，但大概是噢，我眞希望有條結冰的河流，讓我滑冰而去……但是天空沒有下雪，大地依然……翠綠一片。」他抬起眼，困惑地注視著哈迪。「對嗎？」

哈迪的臉皮顫動。「幾乎都對了。我想是瓊妮．蜜雪兒的歌。」

卡爾大吃一驚。「你知道？」

「米卡，拜託過來一下。」哈迪說。

莫頓不情不願地放開他肌肉健壯的男友。在這個陽盛陰衰的住所裡，莫頓就像個咯咯叫的母雞，而今所有人又聚集在一起，他感覺到莫大的幸福。

「哈迪，曲名是什麼？」米卡問道。

「這首歌叫做〈河流〉，在我iPod的播放清單上找得到。把iPod放到擴充基座上，播放給大家聽。」

米卡在清單上幾千首歌中尋找時，卡爾趁機上網查這首歌。

「找到了！」米卡沒花多少時間。「瓊妮．蜜雪兒，〈河流〉，一九七〇年。」

「就是這首。一開始有點滑稽。」哈迪說。

歌曲開始播放，幾秒後，響起〈鈴兒響叮噹〉前面的旋律，雖然加上爵士編曲，節奏強烈，但確實是聖誕歌曲沒錯。

卡爾和阿薩德凝神傾聽。歌詞出現時，阿薩德豎起大拇指。

噢，我眞希望有條結冰的河流，讓我滑冰而去……

憂傷的鋼琴伴奏襯著脆弱的歌聲，前四分鐘的歌曲裡充滿著渴望與匱乏。

卡爾若有所思地點頭。哈迪應該不是在偶然之中得知這首歌。

「卡爾，在網路上查一下，這首歌是怎麼詮釋的，一定有一大堆相關論壇。」哈迪似乎熟門熟路。

卡爾鍵入曲名，瀏覽搜尋結果。第五個就是他們要找的。

他唸出網頁內容。

「瓊妮．蜜雪兒，加拿大人，搬到加州，想當個嬉皮，並發展音樂事業。〈河流〉這首歌描述離家在外過聖誕節，在陌生的異鄉，遵循著陌生的禮俗過節，沒有雪，也不能溜冰。簡而言之，歌曲中表達出想要拋棄眼前一切，回到往日簡單又純潔的日子。」

他們面面相覷。哈迪最後打破沉默。

「我喜歡她的聲音，歌曲也寓意深遠。一聽到歌，我的心直接被觸動。你們一定了解。我只是不清楚，這首歌在你們案子中的意義，畢竟我不認識茱恩．哈柏薩特。她唸出這首歌時，你們正在做什麼？」

卡爾撇著嘴。他怎麼可能想得起來？

「她告訴我，我不了解她的夢想，不知道她爲了實現夢想，付出了多少努力。」阿薩德說：「那時我很能體會她的心情。」

大家又是一陣沉默，沒人知道接下來該怎麼辦。如果蘿思在場的話，她的嘴絕對一刻也停不下來。

「有人要喝湯嗎？」莫頓從廚房快活叫道，喚醒了卡爾。

「可以假定茱恩生命中有很多夢想沒有實現。」

「很多都沒有，是的，但是誰不是如此呢？」哈迪問：「或許和那年輕男人外遇也是一種？」

「肯定是。我只是不懂她爲什麼忽然唸出這首歌的歌詞。茱恩不像是會聽瓊妮·蜜雪兒的音樂的人。」

「她的架子上只有丹麥流行樂。」阿薩德補充說：「百大金曲之類的音樂。」

「〈河流〉是首非常詩意的歌，不食人間煙火。」哈迪說：「如果她平常不是聽這種音樂類型的人，一定是有人告訴了她。也許是你們要找的人？他會不會是個尋尋覓覓者？一個渴望逝去時光的人？青銅器時代的神祕場所、太陽石、圓頂教堂和聖殿騎士。長髮和嬉皮舞蹈——整套流程都一樣，只不過晚了幾年。」

「你想表達什麼？」

「我想用第五種方式騎駱駝。」哈迪說。

阿薩德豎起大拇指。只要有駱駝，絕對少不了他。

五分鐘後，三個大男人擠在哈迪輪椅旁邊，盯著手機看。莫頓的湯得再等等了。

「米卡，撥茱恩·哈柏薩特的電話號碼。」哈迪說。

「iPod準備好了嗎？」米卡回問道。

哈迪點頭。

接著，莫頓按下通話鍵，把手機靠在哈迪耳邊。

「茱恩．柯福特。」電話那端的聲音說。米卡按下iPod，瓊妮．蜜雪兒的音樂流瀉在室內。

米卡把手機移到哈迪嘴邊，動作輕柔緩慢。

癱瘓的哈迪好一陣子眼睛眨也沒眨，凝望虛空。他聚精會神，儼然是執勤中的警察。這個男人懂得掌握完美時機，知道如何把自己的聲音調整得沒有特色。

「茱恩。」他只說了這句，背後樂聲飄揚。

靜默往往能讓人放棄堅持，但哈迪不是這種人。他的眼睛始終眨也不眨。

對方終於開口說話，哈迪抬起了眼。

「是的。」他回了一句。

對方又接著說。

「好的。我很遺憾聽到這些，我完全不知情。妳還好嗎？」

兩人又談了一會兒，然後哈迪移動拇指。「她掛斷了。有可能是在嘲笑我，或不想跟我講話。」

「快說。」卡爾等不及地說道：「盡可能一字一句不要遺漏。阿薩德，你記下來。」

「我只叫了她的名字『茱恩』，她立刻問道：『是你嗎，法蘭克？』聽到我回答：『是的。』她不由得深呼吸。奇怪，我以爲她聽到他的聲音會很感動，但接下來的回話卻令人意外。『在十七年後又聯絡我，眞是不尋常。你聽說畢亞克死了嗎？他結束自己的生命，所以你才打電話來的嗎？』我說我很遺憾，對這件事完全不知情。然後我問她過得好不好，她卻只是回問我人在哪裡。我說：『妳覺得呢？』她回答：『你又在扮演奇蹟大師了，是吧？』你們也聽到我後來的回應了，我問她，她認爲我目前該怎麼稱呼自己。這個問題很拙劣。」

「然後她就把電話掛了？」

「是的。不過我們至少知道那個人叫做法蘭克，而且許多年沒與她聯絡了。」

「但問題始終不變，亦即不確定他是否真是我們要找的人。」卡爾沉吟說：「或許之前我打電話問茱恩關於福斯車男子的事情，她確實不清楚我指的是誰。」

「卡爾，我十分確定就是他。」阿薩德說：「雅貝特發生事情後，他立刻從島上逃走。這傢伙鐵定是哈柏薩特追查的人，和他妻子以及雅貝特發生關係，想必還和很多女人有一腿。克利斯托弗說他是唐璜，一定不是胡說八道。」

「茱恩剛才說他是奇蹟大師，這點也很吻合。好的，我們保留這個假設。」

卡爾又上網查資料。

「他叫做法蘭克。你們覺得在丹麥王國裡，有多少個法蘭克呢？四十五個？」

「我認識的法蘭克不多。」就統計學上的脈絡來看，阿薩德的意見重要性很低。

「在丹麥，目前有一萬一千三百一十九個男性公民登記這個名字。根據姓名統計，一九八七年以後，這個名字只登記了五百次，看來在受歡迎的名字中，並非名列前茅。我們目前尚不清楚那男人的精確年齡，不過推測應該介於二十五歲到三十歲出頭，誤差不會太大。接下來的問題是，一九六八年到一九七三年，這名字有多受歡迎？光靠猜測沒有用。阿薩德，你致電丹麥統計處詢問一下。不過我想幾千個應該逃不掉，我們不可能一一盤問他們。」

這其實是種修辭說法，但哈迪似乎蓄勢待發地說：「我們得捲起袖子上工了。我是說你們。我想我可以免了盤問的工作。」

卡爾露出苦笑。但往正面看，他們至少有了名字，哈迪也回歸正軌了。

第二十六章

二〇一四年三月十七日，星期一

很長一段時間什麼事也沒發生。皮莉歐十分注意自己，在各種冥想方式的幫助下，定期轉換她意識能量的頻率。她使用各式各樣的方式保持健康，讓肚子裡的胎兒在最佳的條件下成長。她像平時一樣參加禮堂集會，在海灘接觸太陽能量。她管理各項事務，照料建築，幫助新成員盡快融入。她不想讓阿杜認爲懷孕妨礙她處理例行工作。

除夕那晚，阿杜一如往常地在戶外讚美四季循環，學員和弟子在沙灘上圍繞著營火，培養集體意識，感受生命與大自然不斷展現的新面向，各以自己的方式表達對中心與小組的歸屬感。並在即將來臨的一年，將大量的正向能量波輻射到未來。

皮莉歐輕輕點頭，沒有比這更適用於她的狀況了。大家跳完輪舞，回到房間開始新年的第一次冥想後，皮莉歐握住阿杜的手，感謝他之所以爲他，以及他日後的新身分。

然後，她把他的手放到自己的肚皮上，告訴他這個消息。

他的臉龐開始綻放光芒。這一刻起，皮莉歐感覺世間沒有事情能夠威脅到她新贏得的幸福。

然而，和諧美滿的狀態只持續了二個半月，她內心的平衡就被摧毀，而且就在短短一天之內。

這天是星期一，皮莉歐正在接「神諭之光」的熱線電話，提供來電者意見，又有數千克朗因此流進她的帳戶裡。

她看了一下時間，專心服務今天的最後一位客人。

「我感覺到妳聲音的顏色，也感應到妳是改變世界的一項重要資源。」這句話她今天講了不下十次。「妳的性格發展迥異於常人，不可限量。我確定將妳轉到『整體迴圈』，繼續與他們商談後，妳將終身受用不盡。他們會開發妳所有的可能性，指引妳獲得精神力量的方式，充分發展妳非比尋常的天賦。」

所有人都喜歡聽這種話。一旦嘗到了甜頭，貪得無厭的本性立現。於是，時間飛快流逝，錢財自然而然地流進口袋裡。

皮莉歐十分享受這種時刻。平常日子裡，她的口才只運用在公布訊息，和食物供應商討價還價。但一進入電話諮商，她完全如魚得水，得心應手。

「妳問我具體來說是哪些發展嗎？這自然不是個簡單的問題。妳看……」

這時，對面牆上出現一道人影。皮莉歐立刻認出是雪莉，在努力鍛鍊身體、維護身材的削瘦弟子中，一眼就能認出她肥胖的身軀。雖然雪莉又一次忽略「請勿打擾」的牌子，皮莉歐還是端出職業笑容看著她。幾個月來，她始終與這個英國女人保持距離，冷淡客套。她們兩個接觸得越少，雪莉提出問題的機會也就越少。

但是，這次對方沒有露出笑容。

「皮莉歐，有件事我怎麼也想不透。」雪莉似乎謹慎地遣詞用字。

皮莉歐舉起手，請她再等一會兒，然後向電話中的人道歉，承諾會把剛才說過的令人興奮的事情，轉述給「整體迴圈」的負責人了解，等她下星期三打電話過去，對方便會知悉狀況。她再次祝福電話中的女士好運後，掛斷電話，然後轉向雪莉。

「雪莉，妳什麼事情想不透？」

「這個。」她遞給皮莉歐一個暗色物件。

那是條紅灰斜紋相間的皮帶。

「皮帶。」皮莉歐拿著皮帶的樣子好似那是條響尾蛇。「皮帶怎麼了?」她一邊聽見自己問道，一邊拼命保持冷靜白信，同時努力理解事情可能的來龍去脈。

發生事情後的一個星期，她就清掉了裝著汪達物品的箱子，把一切都燒了。難道她忽略了皮帶?

「雪莉，這是妳的嗎?」皮莉歐的聲音彷彿來自遙遠的彼方。

眞的是汪達的皮帶嗎?她一點印象也沒有，或許眞的疏忽了。

「不，不是我的，但我認識這條皮帶。」雪莉說。

皮帶也許掉到箱子底部，卡在那裡?但雪莉到閣樓去幹嘛呢?到目前爲止，一切都理不出頭緒。

她急切思索著。她到底有沒有燒掉皮帶?她倒進海裡的灰燼中，沒有帶扣嗎?

「好，妳認識這條皮帶。是特殊品牌嗎?」皮莉歐把皮帶翻來覆去，然後搖頭。「我沒印象，只覺得它特別漂亮。」

「是的，我認識它。」雪莉重複一次，六神無主，顯然受到驚嚇。「皮帶是我買的，但不是買給自己。這是在我的閨蜜離開倫敦前，我送她的臨別禮物。她就是你們說沒有來這裡的人，汪達・芬恩。妳還記得我到中心那天，向你們詢問過她嗎?」

皮莉歐點頭。「名字我不記得了，不過妳提到有個朋友來了這裡。不過，這種皮帶應該很常見吧，雪莉。」她擠出一抹微笑。「好吧，我對服飾了解不多，我們不常穿……妳知道的。」她摸摸身上的長袍。

雪莉拿回皮帶。「皮帶很貴，所以我沒買給自己，因爲負擔不起，但是我很想送給汪達當臨別禮物。因爲這個的關係，所以我以比較便宜的價錢買到了皮帶。」她指著表面一條長刮痕。

皮莉歐搖搖頭。「怎麼會有這條皮帶呢？妳從哪兒拿到的？」

「珍妮特那裡。」

「珍妮特？」皮莉歐心裡竄起一陣恐懼。該死，她必須穩住，不要移開目光，不要一直吞口水。「但是，雪莉，珍妮特已經不在這裡了。她今天上午離開中心，回去照顧病重的妹妹。我不認爲她會再回來。」

「我知道，她也是這麼告訴我，所以她才到閣樓拿三年前裝在箱子裡的衣服，然後發現自己的皮帶不見了，反而多出這條，乾脆就拿了繫上。我幫她打包，她彎腰整理箱子時，皮帶的顏色、帶扣和刮痕，引起了我的注意。」

「妳不覺得可能認錯嗎？這種刮痕……」

「珍妮特自己的皮帶不見了，那條是黑色的，她記得很清楚，但這條是雙色的，而且帶扣很特別，妳看，還有這些洞。」她指著最前面的洞說：「妳看，這個洞因爲經常使用，所以比較大。汪達的腰很細。」她點頭。「是的，確實是汪達的皮帶沒錯，百分之百是。」

雪莉臉頰通紅，似乎又是困惑，又是震驚，又是惱火，而且還十分害怕，情緒五味雜陳。

皮莉歐咬著下唇，假裝陷入沉思，挖空心思想著皮帶究竟怎麼會出現在中心裡，但她的腦子其實只繞著一個問題打轉：怎麼有效剷除新產生的威脅？

「妳能理解嗎，皮莉歐？」雪莉的聲音忽然變得有點悲慘。

皮莉歐逮住機會，握住雪莉的手。

「一定有個簡單的解釋，雪莉。妳確定珍妮特是在中心發現皮帶的嗎？」

雪莉轉頭看了一眼外面。「是的，在覺察之屋上面，她的箱子裡，我剛才說過了。」

「她十分篤定？」

雪莉微微一顫。

我的口氣太衝了嗎？皮莉歐心想。要小心，絕對不可以讓雪莉覺得像遭人審問。

「不是，但是她有什麼理由說謊呢？」

「我不知道，雪莉。我眞的不知道。」

「妳的意思是，雪莉在玩雙面人的遊戲？」阿杜躺過去湊在皮莉歐旁邊，輕輕撫摸她肚臍周圍的淺色細毛。

皮莉歐撫摸他的臉頰。他們兩個純粹是因爲肚子裡的小生命，才這樣躺在一起，但皮莉歐想要的不只是如此，可是自從上次他們一起睡過後，阿杜就沒再進入她體內。他沒把她當作女人一樣愛慕，而是當成貴重的花瓶或者脆弱的水晶，是的，甚至有點崇拜她。皮莉歐如今不僅是他的祭司，還是肥沃多產的象徵，爲他帶來生命。但性愛不屬於此列。

不過，皮莉歐下定決心了。生下這個小孩後，她想請他再賜給她一個孩子。爲了讓自己得到滿足，她會設法不要那麼快受孕……

不過首要之務是解決雪莉的事情。

「我想那是個大謊言。」她說，把手放在他的手上。「珍妮特一定搞錯了皮帶，雪莉於是趁機利用機會。畢竟我們對她了解多少呢？除了那張始終圓滾滾的笑臉，我們還知道什麼？我們以爲她來此想要發現自己新的一面，但是她和別人不一樣，阿杜。她沒有靈性特質，她什麼身分都有可能，甚至不排除是罪犯……我們只是尚未發現。或者，皮帶事件正是她一開始就在等待的機會。我聽說有幾個靈性中心忽然之間成了被人壓榨的受害者。我們應該謹愼爲上。她很清楚我們這項事業能帶來利潤。」

「妳不覺得她太天眞了，不可能做出這類事嗎？我感覺她並非這種人。」

「我擔心她最後可能威脅我們。」皮莉歐又說：「我感受得到她有股頑強勁兒，而且從頭到尾有點閃避。不，雪莉會帶給我們麻煩。她暗示過一結束初階課程，就希望能進入弟子圈。她清楚知道珍妮特離開後，有間屋子便空了出來。換作是我，我會拒絕她加入。」

他點頭。

「大概什麼時候？」

「不到兩個月。最近一段時間，她幫我們做了些事，因此得以延長課程時間。你忘了她的請求嗎？當初是你同意的。」

「皮莉歐，交給時間處理不行嗎？在我們採取行動之前，她或許會發現皮帶的事情是個誤會。」

皮莉歐點頭。這就是阿杜。在他的宇宙裡，只看見每個人良善的一面，實在天眞得很。皮莉歐實際多了。一旦問題開始冒出頭，兩個月的時間絕對太長了。皮莉歐當然還是會不斷否認雪莉的說法，但假如那女人跑去報警怎麼辦？或者有人發現屍體呢？那麼很有可能因爲雪莉的執拗，而挖掘出汪達與中心的關聯，因爲皮帶是在中心被發現的。

皮莉歐深呼吸。「雪莉一旦造成我們的壓力，就得盡快要求她離開中心。」

「拿什麼理由請她走人？」

「可以說她干擾學員的心靈平靜，這些人信任我們，才來參加課程。說我們找不到適合她的方式，或者她不具備我們中心迫切需要的能力。她確實也沒有，這點我感覺得到。」

「我聽到妳說的話了。」他閉上眼睛，把臉頰貼在她的肚皮上。

這動作表示一切交給她決定。

同時也表示，至少她多少擁有行動的自由。

第二十七章

二〇一四年五月八日，星期四

阿薩德、蘿思和卡爾約在排屋前見面，排屋不似想像中辛妮．維蘭德這種愛好藝術與音樂的人會住的房子。在維特公園這個亞瑪格島上的小資產階級住宅區，四周景致如夢似幻，牆壁沒畫滿塗鴉，自行車架也沒有停放運貨或載小孩的自行車，而是配備撞球俱樂部、修剪整齊的圍籬、一所兼收一般生和特教生的幼稚園，以及黃磚牆排屋構成的街景。

卡爾沒到過這區，但是他記得前同事柏格．巴克在鄰近地區出了點事，小小的刺殺攻擊。總之，這一區氣氛祥和寧靜。

「我女兒住在二三二號。」辛妮．維蘭德說，並請他們進屋前先脫下鞋子。打從什麼時候開始，竟允許警察執勤時露出磨損褪色的襪子給人看了？這不是損害警察威信嗎？

「我女兒離婚了。」沒人詢問，她主動又說：「所以我搬到這裡來，至少讓她感覺還有我在。但是撇開這點不論，診所開在這裡倒是不錯。」

為什麼是診所？他是不是忽略門口的什麼牌子了？

辛妮．維蘭德笑著帶領訪客進入客廳。一進入客廳，立即了解這裡提供何種治療。牆上掛滿各式文憑證書、人體解剖圖板、各種自然醫學和同類療法的藥物圖片，當然還有價目表。收費並非十分昂貴，但是和一個資深警察的薪餉比起來，收入確實相當豐厚。

「我的病人已經不多，不過這種狀況早晚會來臨，不是嗎？」她笑了起來，彷彿讀出卡爾的心思。「退休金送上門時，我會凝神細聽敲門聲的。」她笑得有點太大聲。「目前，我一個月大概只有十五到二十個病患。」

其實也沒有眞的那麼少，卡爾心想。但話說回來，誰會來這種老舊小住家尋求幫助？

「您自稱是整體療法治療師？」蘿思問道。她資料準備得當然比他充分。

「是的。我在德國完成進修。十二年來，我一直實行虹膜學治療和同類療法。」

「您之前是國民學校老師？」

「是的。」又一次大笑。「不過，改變環境對人類和動物來說，同樣都能提振精神，促進健康，不是這樣嗎？」

虹膜學？卡爾搔搔一邊眉毛，見鬼了，那是什麼東西？他仔細觀察阿薩德的棕色虹膜。要從幾近烏黑的斑點中推斷他的體質和疾病徵兆，眼睛需要像老鷹一樣銳利。不，從他同事露出大拇指的襪子來判斷，還比較有說服力。

「蘿思說你們想談談雅貝特的事情。但是事發距今很久了呀，不得不佩服你們警方，眞是緊追不捨。」

「您知道當初找您問話的那位調查人員自殺了嗎？所以我們承接了這件案子。」

從臉部表情判斷，聽到這消息，她似乎無關痛癢。要不然就是她對哈柏薩特眞的印象薄弱。

蘿思同樣也注意到她的反應，因此她簡單說明案情和哈柏薩特對此案頑強的執拗勁兒，並把辛妮．維蘭德當年的筆錄內容說給她聽。辛妮的記憶力無疑開始發揮作用，因爲她幾乎每兩秒就點一次頭，聚精會神的模樣讓卡爾不得不轉移目光，否則他也會開始跟著點頭。

「那麼，您想要詢問我什麼呢？我記得當時已經把知道的一切都告訴那個警察了。」

「兩件事。」蘿思說：「您還想得起來雅貝特的穿著嗎？她認識那個男人後，是否改變了穿著風格？您記得嗎？」

辛妮聳了一下肩膀，凝望沿著窗戶玻璃緩緩滑下的雨滴。「有可能，畢竟十七年了，我對這類事情印象模糊。」

「她那時候是否忽然穿得五彩繽紛，走嬉皮風，例如五顏六色的飄逸服裝？髮型變了，綁起辮子之類的，或配戴非洲風格的首飾，像這一類的打扮？」

「嬉皮風？沒有，完全不是這回事。我覺得她的穿著十分正常。」

每次蘿思如墜五里霧中，失去方向時，就會重重嘆氣。可惜卡爾也不清楚她詢問的目的何在。當然，穿衣風格驟變，也許透露出那個厄倫納嬉皮對雅貝特產生的影響，但是蘿思打算怎麼利用這個訊息呢？

「只要任何一個能夠描繪那個男人的線索，我們都很有興趣，基本上我們目前對他所知不多，只知道他的名字是法蘭克。」

「法蘭克？」

「是的，這就是我第二個問題：您對這個名字有印象嗎？雅貝特提過這個名字嗎？」

「可惜沒有。不過關於第一個問題，我想起了一件事。那時候，雅貝特忽然戴起了一個紀念徽章。」

「紀念徽章？」

「就是一個小小的金屬牌子，後面有別針，可以別在衣服上。」

好，第一個聯結出現了。尤拿斯．拉夫納提過，福斯布利車男有件繡滿布章的軍外套，如「核能，敬謝不敏」之類的內容。聯結看似薄弱，不過總比沒有好……

「是的，我們知道。您記得是什麼樣的徽章嗎？」

「裁減軍備示威遊行的標誌。」

「是『核能，敬謝不敏』這類東西嗎？」

「不是的，是和平標誌，就是一個圓，一條直線貫穿中央，左右兩邊下方各有一條斜線往下。」

卡爾點頭。配戴這種標誌的集會距今已經非常久遠了。

「她一開始沒有配戴徽章嗎？」蘿思緊追不捨，雙眼直視辛妮。難道她在分析辛妮的虹膜嗎？

「不是，我想應該是最後幾天才戴的。」

「徽章有沒有可能是那個在校外與她見面的男人給的？」

「我怎會知道呢？也可能是從家裡帶來的。總之，就我記憶所及，學校裡沒有別人配戴這種東西。」

卡爾又點頭。金士密家裡有這種和平徽章？可能性不大，不過還是得調查一下。

「還有一件事？」蘿思還沒結束。「您當初告訴哈柏薩特，雅貝特歌聲優美。您聽過她唱瓊妮·蜜雪兒一首叫做〈河流〉的歌嗎？您有印象嗎？」

「沒有，不太確定。」

蘿思從袋子裡拿出橘色小iPod，按下播放鍵說：「這首。」然後把耳機遞給辛妮。

辛妮凝神細聽好一會兒，表情文風不動，彷彿深深陷入了獨特嗓音的魅力裡。接著，她的頭開始晃動，嘴角的皺紋也移了位。

「嘿！」她忽地大音量叫道，仍播放著音樂的耳機還沒拿下。「您不用纏著我問了，我覺得應該就是這首歌。」

這時卡爾的手機響起。他退到旁邊接電話，因爲是他母親打來的。

「卡爾，你星期六會回來吧？」她開門見山就說。

他深吸口氣。「會，我會回去。」

「我在考慮要不要邀英格爾過來。」

「英格爾？……英格爾？她又是誰？」

「是隔壁農舍家的女兒。欸，雖說是女兒，感覺年紀似乎不大，但她其實不年輕了。不過她一手管理農莊，所以……」

「媽，別費心了。我沒見過她，不知道她是誰，而且我絕不會改行當農夫的，我就是警察。那是爸的主意嗎？」

「所以你星期六會回來喔？」

「會、會，我會到。就這樣了，媽。」

他媽的該死，羅尼，你就不能永遠待在泰國嗎？

身心交瘁的高登在簡報室等待他們。從耳朵顏色看來，他這幾個鐘頭一定與話筒緊密相依。蘿思在他對面坐下，兩腳故意分得有點開，他似乎稍微恢復點精神，但很快又一副委靡不振的樣子。

「我對這種事眞的不在行。」他說。

這高個兒身上忽然吹起了一陣自知之明的風嗎？

「我至少撥了上百通手機號碼，但才跟七、八個同學講上話。」

卡爾往前滑坐到椅子前緣。「然後呢？」

「沒什麼新鮮事，大家講的都一樣。沒人受得了哈柏薩特死纏爛打的方式，他十分討人厭。至於雅貝特，他們說她是個漂亮的女孩，常和男生打情罵俏。有幾個人說她有天和校外人士談起了戀愛，那個人比同學有趣，而且有兩把刷子。」

「有兩把刷子？什麼意思？」

「我不知道，他們就這樣說。」

卡爾搖了搖頭。高登該不會期待有人把手插進他的屁眼，成為他的腹語師，幫他挖出幾個有道理的問題來吧？

「你有名單嗎？」

他剛點頭，卡爾一把搶過他手上的名單。紙張邊緣只寫了少得可憐的簡短筆記。

「蘿思，妳去確認一下，繼續追蹤。我們得知道那傢伙對什麼事情有兩把刷子，妳馬上處理。」蘿思站起來，高登隨後跟著她溜走。卡爾轉向阿薩德，問道：「名字查得怎麼樣？我們討論的那幾年有多少個法蘭克？」

「一九八九年之前，沒有單一年度的統計，我們只能湊合使用十年的統計數字，不過結果有點失真。」

「怎麼說？」

「唉，你想知道一九六八年到一九七三年出生的人當中，有多少人叫做法蘭克，在六〇年代有五千二百二十五個，七〇年代有三千零五十三個。你必須先把兩個數字相加，然後除以四，因為你只想要五年的數據，也就是兩千零七十個左右。那個男人如果是一九六八年以前出生的話，數字會更多。」

卡爾很清楚數字準確與否，影響十分深遠。例如若要飛到火星，起點要是一開始沒有仔細精算準確，誤差了幾公分，最後將會距離目的地十萬八千里。而牽扯到丹麥全國有多少人叫做法蘭克，說得客氣點，要調查的對象多幾千少幾千其實也無所謂了。因爲就算有幾個已經過世或者移民到他國，這些數字不管怎麼看依舊太過龐大。

「謝謝，阿薩德，這部分的查詢工作暫且先擱下，反正我們也不可能找到所有人。它要花太多時間，還沒查完，我們可能就拜拜了。」

「要去哪裡，卡爾？」

「阿薩德，那是『翹辮子』的意思。」

「誰的？」

「什麼誰的？」

「辮子？」

卡爾深深吸一口氣，雙手插進口袋。「算了。」

口袋裡怎麼有紙屑？卡爾愣了一下，掏出紙來。啊，對了，這是阿薩德的。

他把碎紙遞給助手。「請收下，超速先生，事情就這麼解決了。你得去好好謝謝巡邏警察。」

阿薩德面帶微笑，看著紙張碎片。「欸，卡爾，對你來說也很方便，不是嗎？要是開車累了，我就可以接手了。」

噢，天啊，不要。我寧願吞一大包提神藥片。

「你找到雅貝特父母了嗎？」他趕緊改變話題。

「有。他們沒看過任何徽章。」

「瓊妮．蜜雪兒的歌呢？」

「我哼給他們聽了，但是他們認不出來。」

「你做了什麼？」

「呃，我唱歌給他們聽，可是他們……」

「謝謝，阿薩德，我懂你的意思了。」兩位可憐的老人家眞的什麼事也避不掉，發情公貓的樂音變化都比阿薩德豐富。「好，所以雅貝特的反戰衝動不是遺傳自家裡，暫且假設是從校外的戀愛對象身上學到的，就像那首歌也是從他那兒聽來的。當然，也有可能當年廣播電台經常播放這首歌？或者瓊妮．蜜雪兒正好在丹麥進行巡迴演唱？雅貝特和茱恩會唱這首歌，理由可能千百種。」

阿薩德點頭。

卡爾手機傳來震動，有簡訊進來。他很少收到簡訊，打開看時，肚子不由得感到一陣莫名搔癢。難道是夢娜傳的？

猜錯。甚至可說完全相反。

小卡爾，你什麼時候要去看我媽？你又沒履行義務了，這點你心知肚明。別忘了我們的約定喲。親一個，維嘉。

卡爾瞠目結舌，嚇了一跳。不是因爲前妻傳簡訊給他，也不是因爲簡訊內容，雖然內容夠糟了，倒不是因爲他經常出其不意地被迫和老年癡呆的前岳母跳舞，而是傳遞這條訊息進來的電子傳播路徑。

他反覆咀嚼此一靈光乍現的念頭，想得出神。日常生活瑣事往往最容易被人遺忘，眞是奇也怪哉。

「阿薩德，你還記得簡訊什麼時候開始在丹麥傳送？一九九七年就有了嗎？」

阿薩德聳了下肩，不置可否。

當然，阿薩德怎麼會知道呢？根據他的說法，他二〇〇一年才到這個國家。

「蘿思！」卡爾朝著走廊吼叫：「妳還記得自己什麼時候拿到第一支手機嗎？」

「當然知道！」她也用力吼了回來。「我媽跟她的新情人搬到太陽海岸的時候，準確說來，是在一九九六年五月五日。我爸在當時有許多理由大肆慶祝。」

「什麼理由？」他喊道，但一說出口就後悔了。

「慶祝解脫啊，你這個反應慢半拍的人。」不出所料，她果然回答了。「還有我的生日，手機是我爸送的禮物。那一年，所有女兒都拿到了一支。」

她五月五日生日？他完全一無所知，他根本沒想過自己的同事也會過生日之類的節日。他們一起在地下室工作的六、七年間，從來沒有一起慶祝過。是否也該是時候了？

阿薩德撇著嘴，聳了聳肩，似乎也從來沒想過生日這檔事。

卡爾走到走廊，蘿思又埋首在哈柏薩特的遺物中。

「所以妳星期一生日？」

她宛如從旅館泳池中升起的義大利女伶，兩手梳理頭髮，眼神似乎說著：你腦子還眞靈活，計算得眞快吶。

該死，他們星期一在幹嘛？蘿思爲何不說？卡爾覺得很不好意思。遇到這種情況，一般人都怎麼反應啊？

「生日快樂樂樂！」卡爾背後響起如雷賀聲，有人用英文高聲說，他猛然轉身。只見阿薩德誇張地展開雙手，跳了幾步舞，讓人想起早期維嘉跳的希塔基舞。

不過，蘿思至少露出了笑容。

謝謝，阿薩德，卡爾心想，然後絞盡腦汁地回想他究竟要問蘿思什麼。

「對了！」他驟然高喊，彷彿其他人正等著他說話。「蘿思，關於簡訊呢？妳記得妳拿到第一支手機的時候，傳送簡訊是否像現在這般便利？」

她蹙起雙眉。「簡訊？沒有，我想不是。」她的印象顯然僅止於此了。

「還有，妳是不是該打電話給今天和高登通過話的當年學生？」卡爾問。

是的，但是我沒興趣打，手邊還有其他事情要處理，她的眼神這次透露說。

就在此時，高登從阿薩德的小房間衝過來，彷彿凱旋歸來似的。這傢伙簡直是自鳴得意的經典化身。

「他能夠彎曲湯匙！」他像個馬戲團主持人般大叫道。

懸案組狹窄的走廊裡籠罩著一片寂靜。

「我們總結一下前一個小時搜集到的事項。」卡爾要求他的同事們說，蘿思正重新整理牆上療癒機構的小冊子。「阿薩德，從你開始。」

「我和雅貝特的母親談過，雅貝特沒有手機。談話中，她母親哭了，說雅貝特要是有手機就好了，或許就不會發生不幸，她也能經常和女兒說話，有任何不對勁，就可立刻察覺。」

卡爾搖了搖頭。金士密家一輩子都會活在自責裡。一想到此，令人毛骨悚然。

「也許她向同學借手機？」蘿思打岔道。

阿薩德點頭認同。「嗯，我打聽過了。在丹麥，一九九六年才開始有簡訊服務，但是剛開始網路覆蓋度不高，伯恩霍姆島也是一樣。所以，雅貝特透過這種方式和那個人聯絡的可能性少之又少。」

「但如果她借得到手機，就會直接打電話給對方了。」蘿思堅持己見。

蘿思說得不無道理，但是也不盡然，卡爾暗忖。「沒錯。不過，當年有手機的人應該會向警方透露更多訊息，也就是把手機裡有問題的來電號碼或撥出號碼交給警方。」

蘿思嘆了一聲。「我的意思是，警方應該可以要求電信公司提供學校往來的所有電話？」

阿薩德心不在焉地點頭。他肯定雅貝特和那個人是透過其他方式聯絡。只不過是哪種呢？聯絡有多頻繁？每天嗎？有沒有固定儀式？

高登在一旁躁動不安，暗示大家現在輪到他了。有個叫做黎佘的中學女老師，住在腓特烈港，提供了三個訊息。他認爲有必要繼續追蹤。

「首先，她——lucky enough（運氣眞夠好呢）——參加奧斯特拉教堂校外教學時，拍了照片。她不知道照片目前收到哪兒去了，不過她會找出來。第二，她在那裡遇見了一個男人，自誇能夠單憑意念折彎湯匙。她認爲那個人就是雅貝特後來的男朋友。大家不相信他的話，他只是爽朗大笑，還自稱是尤里．蓋勒第二。至今她仍不清楚爲什麼他這麼說，你們知道嗎？」

卡爾目瞪口呆，無奈搖頭。這傢伙就不能一次把事情做好嗎？他媽的，Google這類搜尋引擎是幹嘛用的？他嘆了口氣。「七〇年代，有個人能夠只憑意念就彎曲湯匙。他在大眾面前表演，還加入了其他技法。我不知道後來有沒有人揭發他是個騙子，不過那個人就叫這名字。」

「彎曲湯匙？欸，還眞特別。」阿薩德插話說。看得出來他不會將自己的超能力——如果他有的話——浪費在餐具抽屜的內容物上。

「是的，他用兩根手指小心夾住湯匙，然後稍微摩擦，就像這樣。」卡爾模仿摩擦的動作。「轉眼之間，湯匙柄頓時變軟，接著就彎了。如果我們要找的人會這種把戲，確實可能被稱作『奇蹟大師』。只不過奇怪的是，哈柏薩特對這方面竟然沒有著墨。難道他沒有提出搔到癢處的問題？或者他死纏爛打的作風逼得所有被問話的人寧可閉上嘴？」他看向高登。「吶，第三個呢？」

「這位黎佘說，還有別人也在圓頂教堂拍了照片。」

「好……是誰？」

「英格．達爾畢。」

大家面面相覷，說不出話來。

「你確定嗎？你有沒有問她是否十分肯定？」

他尷尬地點點頭。你們究竟把我看成什麼樣的笨蛋啊？他的眼神透露著。那麼他或許稍微開竅了。「她非常肯定，因爲她注意到這個男人和英格．達爾畢在聊天，兩人感覺就像早已認識。」

卡爾朝蘿思彈了一下手指，一切盡在不言中。蘿思立刻離開，不到十分鐘又出現，報告說英格．達爾畢不在家，出遠門進修了。

卡爾覺得自己下巴肌肉逐漸緊繃。

「可惡，到哪個國家去了？」

「還在丹麥。根據克利斯托弗．達爾畢的說法，她考慮在哥本哈根進修，成爲社工人員。我想，我們那番觸及往事的談話，挖掘出她心裡不應該被挖開的部分，顯然促使她準備離開克利斯托弗．達爾畢。他聽起來意志消沉，十分沮喪。」

「哥本哈根？她不能在伯恩霍姆島念書嗎？她照顧的那些孩子怎麼辦？」

「我從她丈夫那邊得到的訊息是，她五月一日以後就辭掉保母工作了。這個決定和她要離開島上的消息同樣令他震驚不已。他不相信她早就預謀好了。嗯，總之她目前住在水渠島新城區的哥哥家，在德克斯特．高登路。進修中心位於南港廣場，從她哥哥住家騎自行車過去只要五分鐘。」

「該死。」卡爾想像著克利斯托弗．達爾畢的身影，在狹小的房子裡，形單影隻地孤坐在玩具中間。他一定大為震驚。「好，妳說她目前住在哥哥家。我想她哥哥的姓氏應該是庫爾，英格結婚前的姓是這個，沒錯吧？」

「沒錯，漢司．奧圖．庫爾，庫爾高級汽車公司的老闆。」

「我沒印象。」

「城裡最大的老爺車工廠，而且都是經手價值不斐的車款，法拉利、瑪莎拉蒂、賓利這類檔次的高級車。他是位學有所成的資深技師，就像他父親和叔叔一樣。」

蘿思久久注視著卡爾，他最後才終於明白她的意思。

「妳真認為……？」

「不會吧！」阿薩德說。看來他也懂了。

高登每次一頭霧水時，臉就醜得像個雞屁股似的。

「妳想表達的是，英格．達爾畢出身於一個人人會修理汽車的家庭裡？」

蘿思的眉毛大膽挑了挑。「沒錯。我當然還問了克利斯托弗．達爾畢，他妻子是否也懂這方面的知識。他回答她是拿著螺絲扳手出生的，焊接技術就像個老手。此外，在進修開始之前，她也會以技師助手的身分在工廠幫忙。這女人身上顯然藏了很多第一眼看不出來的東西，對吧？」

「是的。不過，是哪些東西呢？我看得出來你們的想法和我一樣。顯而易見，不排除她有能力把鍬片安裝在汽車上，甚至很有可能親自操控車子。高等學校的學生是否全交代了那天上午的行蹤，這點我們知道嗎？蘿思，報告裡怎麼寫？」

「什麼也沒有。他們被問及有沒有聽見什麼，或者是否懷疑某人，但就是沒人明確詢問他們案發時間在做什麼。沒有。」

阿薩德點頭。「英格・達爾畢爬到嫌疑犯名單前面了，不是嗎，卡爾？」

高登那個瘦竹竿站在一旁，不明所以，困惑地瞪著他們看。「不好意思，我實在一點也聽不懂。嫌疑犯？為什麼？她參加了你們一直在討論的伯恩霍姆老爺車聚會嗎？」

他們默不作聲，彼此相視，連想翻個白眼都無力。

第二十八章

哥本哈根這一區著實美輪美奐，建築師不因循舊習，拋離老舊模式，巧手一變，設計出美學風格類似的建築。貧瘠的陽光從四面八方落下，大片玻璃窗和混凝土，與橋樑、運河以及連接港口的要道交錯而成的風景融為一體。此區之前沒落了好些年，卡爾從未踏足一步。如今眼前所見，深深擄獲了他的心。如果經濟狀況不是如此拮据，他也可以住在此地。要不要跟哈迪商量一下？或許哈迪可以貢獻一點？

「我先生和小姑五分鐘後回來。」一位皮膚異常黝黑的女性操著一口標準的于特蘭語，帶領他們穿過迷你廚房，來到低一階的客廳。整個空間至少六公尺高，從大片落地窗望去，只有一道細窄的浮動木板棧道將房子和運河隔開。樓高三層，又高又窄，到處都是樓梯。嗯，這裡不是個對輪椅友善的環境。卡爾喬遷此地的夢想隨即幻滅。

「是的，去年十二月下大雨，水位距離窗戶只有這麼寬。」女子的食指和拇指頂多比出了五公分。

卡爾點頭。又是一個繼續住在阿勒勒的理由，那兒至少高於水平面六十公尺。就算水位繼續上漲，也不會很快淹水。

「幸好沒有造成損害。」他評論說，目光滑過平板電視和其他電子娛樂產品。「英格．達爾畢回來後，我們可以在這裡和她談話嗎？」

英格的嫂嫂豎起大拇指表示同意，說她這段時間也可以和先生外出一下。卡爾覺得她非常貼心。

英格．達爾畢一看到站在樓梯底部的三個人，臉色立刻沉下來，表情一點也不開心。

「我們不請自來，請您見諒。只是我們正好到附近，有幾個問題希望您能幫助我們釐清。」卡爾朝她哥哥伸出手，立刻被力道大如老虎鉗的手緊緊握住。漢司．奧圖．庫爾主動把手伸向阿薩德，得到同樣強勁的握手作爲回禮。兩人握手較勁中，似乎傳來了嘎吱聲。

不到五分鐘，卡爾他們的部分疑惑即獲得解答。

「沒錯。」漢司確認道，一口標準的伯恩霍姆方言。這樣的一個伯恩霍姆人有可能擺脫方言，講得一口字正腔圓的丹麥語嗎？「我父親負責修理引擎，使其重新運轉，我叔叔使徒處理其他大小事務，電子相關部分交給另一位技師。我參加各種老爺車活動，妳不也是嗎，英格？」他轉向自己的妹妹。

然後，他和妻子向他們道別。「我們還要買些東西。」她只說了這句，事情就確定了。

英格背對落地窗坐下，沾了潤滑油和鐵鏽的手揉著頭。她是否清楚這次問話可能導引出什麼結果呢？

他們目光交會，她看似十分冷靜，但是手腕上跳動劇烈的脈搏，透露的卻是另一種事實。接下來的半個鐘頭應該很有意思。

「您或許有問題要問，但是那段時間對我而言早已過去，不會再提起。克利斯托弗和我也都刻意壓抑不談，一切已經過去了。」

「我能理解。」卡爾點頭。「但是很遺憾，對警方來說並非如此。我們有理由認爲您在上次的談話中保留了一些訊息沒說，因此有四個問題想請您回答，我指的是所有問題。如果我們沒有得到答案，就不得不請您走一趟警察總局，接受審問。」

沒有反應。

「你準備好了嗎，阿薩德？」

他把筆記本和原子筆拿高。這個姿勢驚人地潤滑了人類聲帶，促使人開口講話。

「第一個問題：您手邊的照片中，是否拍到了那個和雅貝特交往的男人？我們得知您在奧斯特拉圓頂教堂的校外教學拍了照片，就是雅貝特和那人相遇的地方。或許拍到了我們要找的男人。我們也知道他和好幾個女學生都有往來，其中也包括您。因此我的第二個問題是，爲什麼您沒告訴我們這件事？您和他也曾經交往過嗎？所以您在男友與雅貝特偷情後，才能那麼快原諒他？因爲您的行爲也不遜於他？

「第三個問題同樣重要。您明顯技術不錯，對汽車也有極大的興趣，還參加了老爺車聚會，正如令兄剛才的友善談論，您想必也參加了福斯車照片的那場活動。因此我們相信，您在參觀圓頂教堂之前，已見過那位男子。您是否承認？第四點，會不會是您在怒火中燒中，伺機等候雅貝特，加以殺害，因爲她搶走了您的兩個男人？先是交往半年的克利斯托弗，接著是和您在夏日老爺車聚會有一段情的男人？

「唉，可惜我們警察就是腦袋有病。您能否想像我們如何看待這些關聯的？讓我告訴您，我們不排除您個人改裝車輛，故意製造雅貝特那場事故，因爲您無法忍受她搶了您兩次男人。是的，英格，在我們眼中，您大有可能就是凶手。您離開丈夫的原因在於他快要了解眞相了，是不是？很抱歉，我提出的問題比想像中多。」

卡爾講話時，眼睛一刻也沒離開她身上，但她從頭到尾沒有反應。對於指稱她先前就認識那男人的假設沒有反應，對於謀殺指控也沒有。什麼都沒有，只看見染上黑棕色的手半遮掩著臉。

他會不會太快打出王牌了？

卡爾對蘿思點個頭，她立刻往前靠近英格說：「英格，來，我們聽您說。」

「我們刷耳恭聽。」阿薩德鼓勵道。

英格這時抬起頭，直視著他。「小朋友，你到底是哪個星球來的？是『洗耳恭聽』。」

她居然還笑得出來，當眞如此泰然冷靜？

蘿思把手放在她的肩上。「英格，您要回答，還是跟我們到警局去？」

「隨便你們。反正我說什麼，你們也不會相信。」

「您可以試試看。」卡爾說道。

大家默不作聲好幾分鐘，然後她忽地收斂心神，出乎意料地未受影響，反而全神貫注，好似正要穿越一條交通繁忙的街道，令人訝異。她爲什麼如此警戒？是害怕遭人誤會，還是害怕說得太多？

「我當年應該告訴哈柏薩特許多事情，但是我沒有。你們認識他嗎？」

「不認識。」卡爾回答。

「那麼我告訴你們一件事，他這個人十分可疑，非常奇怪。我受不了他，打從一開始就不行。他在問我們有誰可能害死雅貝特時，我覺得他使盡全力，硬要我們誣陷出一個人。他第一次沒有成功，於是就再來一次，從此一而再、再而三出現。如果當初我全盤托出所知的一切，相信我，他早就盯死我了。他簡直像著魔似的，沒找出可以控訴的人絕不罷休。」

「英格，您究竟對他隱瞞了什麼？您隱瞞的事情也能回答我剛才提出的問題嗎？」

「並非全部，但有一些。」

「無法回答哪些呢？」阿薩德插嘴問。他老是沉不住氣。

「誰幹的。不是我。」

「您上民眾高等學校之前，已經認識法蘭克了，對不對？」蘿思問。該死，她居然脫口而出名字。

英格不斷咬著下唇，目光別向一旁。她又出現了警戒心。根據經驗，緊接而來的往往是謊言。卡爾進入警備狀態。

「您從何得知的？」她反問道。

卡爾三人不發一語。他們難道要嚷嚷說純粹只是推測嗎？說他們也不確定那個男人的名字？不過英格接下來的話排除了疑惑。

「我和法蘭克在七月初認識的，就在老爺車聚會前一天。」她深吸一口氣，然後娓娓道來。「如果照片再晚十秒拍攝，就會看見我從另外一邊過來。是的，我們都在汽車裡發生關係，而且持續了一段時間，大概是幾個星期。拍下照片那一天，是我提議停在草坪另一邊，那兒絕不會被人看見。但我沒料到老爺車一大早就紛紛出現了，我不得不趕緊逃走，留下法蘭克一個人承擔亂停車的後果。因爲我不希望叔叔看見我和這個嬉皮在一起。」

「您當時已經和克利斯托弗交往了，是嗎？」卡爾問。

「是的。不過法蘭克有些事情是克利斯托弗辦不到，也學不來的。他擅長做愛，能讓人亢奮得腦筋一片空白。」

我現在最好別發表評論，卡爾暗自決定。

「所以說，您在描述布利車給我們聽時，十分清楚自己在講什麼。從車頂彎下來的曲線是什麼？」

「車頂畫了一個很大的和平標誌，圓圈一直往下畫到車身。」

「其他細節呢？例如車子內裝，任何能夠幫助我們找到那人的細節？」

「我眼中幾乎只有法蘭克。車子內部貼了許多海報，但請別問我是什麼主題，十之八九應該還是和平標誌之類的東西。」

「您眞的想不起來他和雅貝特交往時，說自己叫什麼名字嗎？」

「是的，至少他告訴我，他叫法蘭克，因此一、兩天後，我才發覺他正是和雅貝特交往的人。我沒有頭緒他和她在一起時，爲什麼要使用另一個名字，他有點古怪。」

「古怪？」

「是的，我相信他有很多想法和創意，不過我們之間只有性愛。」

看到她現在的模樣，實在很難想像。

「英格，告訴我們一些他的事情。您在哪裡遇見他的，又如何發展兩人關係？」

「我第一次遇見他是在倫納。那時候我已經知道他是誰，因爲我和一個朋友參觀過厄倫納的嬉皮之家。我們純粹只是好奇，那時也沒發生什麼事情。唉，總之在厄倫納的時候，他恣意地光著上身，帥得令人迷亂。我們在倫納再度相遇後，因爲好玩才開始在一起。我一個字也沒對克利斯托弗提過。我打從一開始就很清楚，法蘭克總有一天會忽然離開，所以還有克利斯托弗這個備胎也不錯，一個島上土生土長的人。」

「還有一個備胎。」卡爾咀嚼著這句話。他自己經常被人當作備胎，很不好受，不希望再重蹈覆轍。

「克利斯托弗絲毫沒有發現嗎？」

「我想在你們上門時，他才心生懷疑。」

「怎麼說？」

「因為那輛福斯車。他覺得怎麼可能看得到車身上的曲線，從我看到車子的距離根本不可能。他說得很有道理，我不該提起這事的，因為克利斯托弗一再追問，他知道之後火冒三丈。而我最痛恨講述事情時，對方不斷追根究柢。」

是的，這點她對他們也毫不掩藏。

「當初您和法蘭克怎麼樣了？」

「我們一直交往，直到克利斯托弗和雅貝特出現曖昧。那時候我心想或許這樣也好，至少結束關係的人不是我。雖然我其實沒預期會出現這種結果。」

眞是厚顏無恥！卡爾望向蘿思，她眉毛抬也沒抬。或許這種事在女人之間很普遍？他又知道什麼了？

「接著法蘭克開始和雅貝特約會。您那時很快就離開他了嗎？」

「是的，克利斯托弗和我都是。」她費勁地從皮包裡掏出香菸，點燃了一根。看來從現在開始，要抽菸不用再到門口了。煙霧繚繞中，他是不是看見了嘲諷的笑容？

「他們同時甩了我和克利斯托弗，我們轉眼間手足無措，完全無力回天。」她這時候放聲大笑，音量驚人。「但是克利斯托弗罪惡感很重，於是我心想善用這種心態，一定可以綁住他好幾年。我只是拉繩子拴住他，他不知道我比他還要糟糕，可憐的傢伙。我如果有機會，就會跟著法蘭克離開了。」

卡爾點頭，是的，可憐的克利斯托弗。她的行徑眞是卑鄙下流！

「您說您手足無措，無力回天，這點顯然不對。」阿薩德插嘴說：「您有機會殺掉雅貝特，您因為嫉妒失了理智，又自私自利，所以您也確實下手了。您在父親的工廠裡裝設鍬片之類的東西，拴固在車前面，然後就上路了。您打算剷除礙眼的雅貝特，以便和那個男人繼續在一起。但是您還沒成功，他就跑掉了。您何不乾脆承認算了！」

英格頭一抬，斜睨著他，眼神盡是輕視，食指不客氣地指著他說：「這麼多年後又能和您交談，眞令人開心啊，哈柏薩特先生。」

她轉向卡爾。「我不就說過了嗎？所以我對哈柏薩特閉緊嘴巴，免得要爲自己沒做的事情遭人控訴。眼前這位穆斯塔法就是活生生的例子，看他立刻就咬住我不放。」

「我不叫穆斯塔法，但我有認識的人叫這個名字。」阿隡德就事論事地說：「他是個好人，所以您別拿這個名字說嘴。」

這兩人之間看來不可能會出現無條件的愛。

「好，我們暫時不討論您當時保持沉默的動機。」卡爾中斷短暫的衝突。「我還有幾個問題要請教您，請您盡快回答我。」

「好的。」

「那個人叫做法蘭克，姓氏呢？」

「我不知道。我們只以名字相稱。」

「您知道他從哪裡來的嗎？」

「他提過赫勒魯普和根措夫特，但是我們沒有深入討論。」

「您知道他現在怎麼樣了嗎？」

「沒有概念，我試著在網路上搜尋他，但是沒有結果。」

「您有沒有他的照片，可以給我們看？」

「有，我在圓頂教堂拍到了，但是照片不會比您手中那張清楚，爛相機一個。」

「好，既然出現圓頂教堂這個關鍵字，您想必發現雅貝特第一次見到他，就陷入了情網。您當時做了什麼？嘗試阻止過嗎？」

「怎麼阻止？沒有，我只是對她很壞，很不客氣，想要藉此趕走她，但是她完全沒察覺到，簡直笨透了。沒錯，我就是受不了哥本哈根的臭婊子！可是看不慣某人，並不表示恨得想殺掉對方。我的房間就在她隔壁，聽得到她熄掉燈光後自言自語的聲音。她躺在床上撫摸自己，彷彿法蘭克就在身邊……天啊，可笑死了！」

妳的行徑才像個臭婊子，卡爾心想。「但是您沒辦法阻止他們兩個繼續交往，對嗎？」

「說實話，當初我不清楚他們見面次數有多頻繁。」

「這個法蘭克如何結束你們兩人的關係？」

「我們根據時間不同有固定的見面地點，早上課程開始前，在倫納的廣場；下午在回音谷。學校後面有條路可以下去，大概走五分鐘左右。有一天，他沒有遵守約定出現。我又去了幾次，但他從此不見人影。」

「您認為他也在那裡見雅貝特嗎？」

「這問題眞蠢。若是如此，一定會被我撞見。我不知道他們在哪裡見面，只清楚她經常站在路旁。」

「您覺得會不會是法蘭克殺害了她？」蘿思問道。

英格聳了聳肩，好似一點也不在乎。「沒有頭緒。」

「他是會幹出這種事的人嗎？」蘿思毫不放鬆。

她又聳聳肩。「我不覺得，不過……誰知道呢？至少他有強烈的人格。」

「您的意思是？」

「他單靠目光，就能使人著迷，眼睛很會放電，十分誘人，而且頭腦靈活，想法很有意思。

他體態矯健，身強力壯，外表英俊挺拔，有種獨特魅力。綜合起來，大概就是這樣。」

「而且還能彎曲湯匙？」

「我沒看過，一定只是愚蠢的傳聞。」

「您會不會覺得他有種精神錯亂的特質？」卡爾問。

她猶豫了一會，說：「誰沒有呢？」

這表示她有點自知之明嗎？

「您有沒有想到任何可以幫助我們追蹤到他的事情？車牌號碼、某種特別的特徵、他說過的話，或任何與他的出身、未來有關的線索？」

「他的未來？我知道他堅信自己總有一天會成為偉大的人物，他希望改善人類的生活。」

「啊哈，看來不是個虛懷若谷的人。怎麼改變？您可以進一步說明嗎？」

「他說能感覺到潛藏在自己體內的療癒能力、特殊能量和秉賦，而我甚至也相信他。至少他帶給我幾次高潮，至今想起，仍舊十分悸動興奮。」

蘿思笑了。笑的人只有她。

「英格，恐怕我們還是得帶您回警局了。」

她嚇了一跳。「為什麼？我知道的事情全都告訴你們了呀。」

「您花太多時間思考，有機會杜撰故事。如果您不想到警察總局走一趟，請您盡量完整無瑕地說出腦中想到的事情，不要太多停頓。最後一個要求，您開始時說在厄倫納看過他，現在卻說沒有留意到那裡有任何對我們而言可能重要的線索，完全沒有。來吧，現在說吧，我認為我們應該已經取得共識了。」

驟然出現的尖銳態度，似乎對英格產生壓力。

「我就是陷入熱戀，戀愛使人盲目。從那時開始我思索了許多，倒還想起了幾件事。」

她又點燃了一根煙，朝拿著大包小包出現樓梯上方的哥哥嫂嫂點了個頭。

「他叫法蘭克，外表英俊瀟灑，五官優美顯著，大概一百八十五公分高，比我年長六、七歲。聲音有點粗獷，但是很溫暖。肌膚曬成古銅色，不過他原本應該是皮膚白的人。頭髮相對較長，我想大概到下巴，或許還要更長也說不定，金灰色的頭髮。下巴有個小凹窩，在特定角度的光線照耀下很明顯。」她笑著指自己的下巴，但那裡一點凹窩的痕跡也沒有。

「沒有明顯的疤痕，身體上沒有永恆不變的特徵嗎？」

「沒有。他提過很想刺青，但始終猶豫不決。那時候刺青不像現在這麼流行。」

「您對眼睛有沒有印象？整個眼睛部位。」

「湛藍色的眼睛，眉毛意外濃黑，門牙鑾寬的，其中一顆還有淡色的小痕跡，他自稱那是他的『太陽痣』。他投入一切與太陽有關的事情，所以他老是說這是他到島上來的原因。」

卡爾看了一眼阿薩德。很好，重點冒出頭來了，現在要緊抓著這點持續挖掘。

「他找到了兩顆不同的太陽石，第二顆是找到第一顆後的一個星期發現的，所以他簡直樂不可支。他解釋說，第一顆就像是維京人使用的太陽石，第二顆和立斯本山的拜日場所找到的出土文物一樣，在杜厄角附近。」

「拜日？英格，麻煩您解釋得詳細一點。」

「我所知不多，只知道那是島上以前一處用來獻祭的祭壇。」

蘿思拿出iPad查詢。

「您知道那個人以什麼維生嗎？」

「我想是領社會救濟金。至少汽車不是他的，而是向一個熟人借的，那個人以前也積極參與和平運動之類的活動。法蘭克也是一身和平標誌，布章、別針徽章等等，您知道的。」

「他穿什麼樣的衣服？」

她笑了。「我們在一起時，他穿得不多。」

一針見血！阿薩德眉毛高高挑起，眼神如此透露說。

漢司走到分隔廚房和客廳的欄杆前。

「英格，你們在談誰？難道有我沒聽過的人嗎？」

英格作勢要打他，顯然那是他們默默取得協議的暗號。蘿思明顯地也察覺到了。

「他叫做法蘭克。」阿薩德解釋道：「漢司．奧圖．庫爾，或許您也認識他？」

漢司笑著搖了搖頭。爲什麼他不覺得意外？難道英格的男人緣很好，不像她第一眼給人的印象？她的哥哥會不會也涉入法蘭克的事？

「英格，從令兄的表情判斷，除了法蘭克之外，您還有其他男人？還是我搞混了？」

她低下頭，嘆了口氣。「唉，我們是生活在島上的人，一旦有新血來到碼頭，怎麼能不品嘗一下呢，對吧？古早時期，大家這麼做，是爲了重新混合DNA。想想冰島和法羅群島即可明白。而現代人這麼做，純粹是爲了找樂子。是的，我當然還有過其他男人。」

蘿思搖搖頭，顯然沒發現特別有用的資訊。「英格，我們剛才講到他的服裝。」

「啊，是的。他的服裝不合時宜，但是很酷。項鍊、寬大的農夫襯衫和牛仔褲，靴子相當高。不是牛仔靴，而是有點像自己製作的，鞋底很寬，並不時髦，但穿在他腳上就是性感。他有時候看起來像個哥薩騎兵。」

他們又聽她講了二十分鐘，都是些小事，但當然還是全部記錄下來。她和法蘭克之間的談話，他們沒待在車裡時，做了哪些事情等等，全是普通不過的瑣事，沒有一件在警方的專業觀點中算得上「目標明確」。即使如此，對方的面貌仍舊逐漸清晰。

「您若要出遠門，請務必知會我們。」卡爾把名片遞給她。「您並非直接嫌疑人，不過若還有問題需要立刻釐清，我們仍舊會來請教您。到時候若是找到他，還請您來幫忙指認。對了，還有一件事，我們希望您的丈夫能夠找出那張在奧斯特拉圓頂教堂拍的照片，因爲您應該不會立刻回島上吧？還是說您會回去看看孩子？」

這個問題似乎讓她情緒激動，有點出人意料，至少她眼眶裡泛著淚光。

「您不看您的孩子了嗎？」卡爾問得謹慎。

「當然會看。他們兩個在斯雷格瑟念民眾高等學校，我們下個星期一起度週末。」

「您好像有點抑鬱，是我們讓您感到不安嗎？」

「不安？沒有。只是想不通你們究竟懷疑法蘭克什麼。」她搖了搖頭。「他不會做這種事，萬萬不可能。還有，如果你們找到他，我很樂意再見到他，這是眞話。」

就在要走出大門時，卡爾冷不防地又轉身射出最後一顆子彈。美劇《神探可倫坡》裡的主角可倫坡這麼做時往往能收意外之效，他有什麼不可以？

「還有最後一個問題，英格。雅貝特有手機嗎？」

她嚇了一跳。「沒有，我們那些女生幾乎沒人有手機。」

「法蘭克有嗎？」

「就我所知沒有。他不是特別看重物質享受，可以說是恰恰相反。」

「嗯。關於他的名字，我想再問一次。我們在伯恩霍姆島上拜訪您時，您說雅貝特提過一次他的名字，但不是法蘭克。您當時想不起來是什麼，只說有點像聖經名字，只有兩個字之類的，例如諾亞或艾利。您還記得說過這件事嗎？」

「呃，是的，當然。」

「好。」卡爾轉頭看蘿思。「蘿思，我們從這點推論出什麼？」

「眞的很難相信英格不知道她愛人的名字。如果這個名字出於不可解釋的理由，只從雅貝特嘴裡聽見，更是難以想像她居然會忘記。要是你問我的想法，我保證她一定特別注意到了。」

卡爾轉頭看英格，她彷彿生了根似的動也不動。「英格，您對此有什麼說法？」

第二十九章

二〇一四年三月底

雪莉和皮莉歐談過之後，把雙色皮帶捲起來，放在窗台上，從此和她的盥洗包與家裡帶來的書籍躺在一起，不會特別顯眼，但也不會令人忘記。

「汪達在牙買加。」雪莉不斷重複這句話來安撫自己，彷彿咒語一樣。她試圖和牙買加取得聯繫，但苦無結果。她拿到正確的電話號碼了嗎？聯繫到的人是對的嗎？提出的問題正確嗎？雪莉越是挖空心思苦思冥想，汪達這個人的訊息、她的過去和未來的夢想就越發蒼白模糊。汪達說過要到厄蘭島，這點無庸置疑。可是，她不正是個熱情衝動的女子，往往一時興起就採取行動嗎？她若是半途臨時決定改變計畫，也不難想像吧？

話說如此，雪莉還是忍不住逮到機會就提起汪達的事情。

雪莉總是語帶曖昧，繪聲繪影地提到自己最好的朋友與阿杜短暫相見後，在心中留下了多麼深刻的印象，簡直像是種引誘，而好友又如何不切實際地描繪自己未來要和他共度人生。一開始，大家還覺得這個誇張的女人很好笑，但沒多久，這個話題反而普遍地引起不快了。

「雪莉，我們覺得妳應該審慎地遣詞用字。」一個木匠小組的男士說：「皮帶的事製造不安，引起無端猜測。若是待在這裡讓妳產生許多負面感受，或許妳該衡量是否要離開中心。」

雖然這番話出於好意，卻堵住了雪莉的嘴。她打算把自己搞成不合群的局外人嗎？其他人眞的認爲自己離開的話，對中心比較好？

雪莉絕對不想成為局外人，於是毅然決然地把汪達的皮帶故事暫且擱到一旁。她計畫在課程結束後，請求中心同意自己繼續留在這裡，這是她最迫切的渴望。她希望能在此終老一生，嗯，甚至還可能給自己找個伴。

雪莉在一次降神會後和凡倫丁娜搭上了話，兩人一見如故，坦誠分享未來的夢想。她們的夢想相當類似。凡倫丁娜剛來時，負責中心的網站，不過後來自願調到「內部維護」，從此之後，存在感和可見度提高了許多。

這兩位女人對彼此直言不諱以前經歷過的重重挫折，分享如何克服霸凌、嘲諷和譏笑，慶幸不堪的過往終於成為過去，在中心找到了美好的新生活。

雪莉瞠目結舌地聽著凡倫丁娜在西班牙遭受到的對待。她從沒想過，中心裡心靈安寧的弟子，早期生活竟也像她一樣痛苦不堪。她曾經以為幸福只吝於對自己展開微笑，但現在她找到了志同道合的朋友，向她保證她的經歷並非特例。

「這裡的人都有不願面對的過去，雪莉。下次阿杜說他看見妳時，好好思考，專心傾聽。他知道妳是誰，也希望妳就是妳。」

雪莉和凡倫丁娜的交情越來越好。有次凡倫丁娜說，自從瑪蓮娜之後，她在中心裡沒有交過這麼好的朋友了。雪莉聽了十分感動，受寵若驚。

中心外的生活並未受到禁止，不過多數人也不再覺得有此需求。但是雪莉和凡倫丁娜不同，兩人雖然文化背景殊異，隨著時間過去，卻發現彼此的共同點還眞不少。

「不管在塞維爾或者伯明罕長大，誰看了喬治．克隆尼，都會興奮尖叫啊。」凡倫丁娜經常這麼說。除此之外，兩個人喜歡安立奎．伊格萊西亞斯多於他老爸、喜歡茱莉亞．羅勃茲多於莎朗．史東、啤酒多於葡萄酒、音樂劇多於歌劇。

中心裡，待在別人房間裡的情況並不常見，但是這兩位女士有時就想彼此為伴，大嚼舌根，聊些私密的八卦。

有天晚上，凡倫丁娜溜進雪莉的房間，發現了窗台上的皮帶，進而從雪莉那兒聽到了未經修剪的純正故事版本。雪莉也講述了發現皮帶後所經歷的事情。

凡倫丁娜從未聽說這一切，於是專心傾聽。雪莉最後聳聳肩，表示自己竟然沉溺在這種事中，搞得處境艱難，實在是白癡一個。這時，凡倫丁娜卻別過臉去。她默不作聲，久久注視著窗外，雪莉心中立刻升起罪惡感。她一定又疏忽了，沒注意到該謹守的界線，惹得凡倫丁娜不開心。她正想道歉說那不過是件蠢事，她堅信汪達一定在世界的某個角落過著好日子，凡倫丁娜卻忽地轉過頭來看她。

「這件事讓我想起最近做的奇怪夢境，很不舒服的夢。」她眼神一暗地說：「但是我真的不知道是否應該告訴妳。」

第三十章

二〇一四年五月八日星期四、五月九日星期五

「卡爾，把聲音放出來。」蘿思說。

卡爾猶豫了一會，他知道自己可能會面對的狀況。

「我們要閉上嘴，不可以講話，蘿思。」阿薩德讀出了卡爾的心思，特地提醒道。

她若有所思，緩緩點頭。

卡爾按下電話號碼。時間相當晚了，但根據他的經驗，博物館館長大多是怪咖，要他們離開工作崗位像要割肉一樣，這一位一定也不例外。

「你們說他是伯恩霍姆島研究拜日儀式的第一把交椅？」

阿薩德點頭。「卡爾，這人是考古學家，就是他在伯恩霍姆島挖掘出所有的東西。」

卡爾豎起大拇指。這一天很奇怪，悲慘絕望，前景黯淡，但還是有點好事。英格．達爾畢的嘴巴最後宛如上了油似的滔滔不絕。關於她不知道法蘭克使用假名的這件事，她好好解釋了一番，因爲他們兩個之間只有性愛。而後來殺出雅貝特，針對那男人說了一些英格完全沒有頭緒的事，讓她大爲光火。

卡爾覺得英格這個人不僅外表不太漂亮，內心也一樣令人不敢恭維。

「伯恩霍姆博物館，我是菲立普．尼森。」擴音器傳來說話聲。這個館長果然還沒下班。

卡爾審視電腦螢幕上的照片。他個人覺得那張臉有點太圓，鬍鬚亂糟糟，眼鏡太古板，從各

方面看來，活脫脫是個眞正的怪咖。

「很抱歉我現在無法講電話，博物館休息了，您必須等到明天上午再來電。我待會已約好和兒子溜滑板，他們已經在樓下路旁等我了。」

他以爲館長是怪咖的想法看來錯得離譜。不過，那滑板想必特別堅固吧。或許是特別訂製的？

「請您見諒，只有一個簡單的問題：您還記得一九九七年有個嬉皮，對您的挖掘工作興趣盎然，特別是針對太陽崇拜和太陽石？」蘿思在後面大聲問道。這女人忍了多久才說話？頂多二十秒？

「很遺憾，我不記得。」館長喘著氣。他正在下樓嗎？腋下還夾著滑板？看來他把電話轉接到手機，所以上下班時間的限制變得不重要了。

「他叫做法蘭克。」換阿薩德喊道。

喘息聲消失了。他停下腳步思索嗎，還是已經跳上滑板了？

「原來如此，法蘭克！您說的該不會是法蘭克．蘇格蘭吧？」

蘿思和阿薩德擊了一掌，大概是表示阿薩德先馳得點，一比○領先吧。然後蘿思衝到角落電腦前。他們終於有了個名字。

「他很高，留長髮，下巴有小凹窩？」卡爾補充說。

「是的、是的，就是他。但是您爲什麼說他是嬉皮？他根本不是啊。」

「因爲他的服裝。」

博物館館長大笑。「他穿的衣服就和我們一樣醜。或許您拿著小鏟子蹲在汙泥旁挖來挖去時，穿的是亞曼尼吧。」

「不是的，別擔心。您之後還和他往來嗎？我們希望能夠聯絡上他。」

「嘿，小傢伙，」話筒那端傳來叫聲。「我還得再講一下電話，可以嗎？」

他們從擴音器聽到的嘟囔聲，不像是贊同的意思。

「和他往來？」菲立普又問道：「有的，但不是很頻繁。他後來離開島上，我們通信了一段時間，我想大概幾個月吧。他非常投入出土文物的研究，當然，尤其是古老的太陽崇拜方面。法蘭克有個理論，認為所有信仰源於同一根源，黃道帶、太陽、四季、十二生肖、星座。」

「你們通信了一段時間？是寫信還是電子郵件？」

「信件，他相當老派。不過我可以告訴您，信件早就處理掉了。我日常生活中的老舊文件實在太多了。」

「沒有電子郵件嗎？」

「沒有。啊，請等一下，可能有一封，那時他去拜訪一個不知道在世界哪個角落的同事。但別問我是誰，他又在哪裡。我想應該與杜壇有關。他們認為有問題問我最恰當了，覺得我能夠迅速解答。」

「希望您還保留了這封信？」

「我們的電腦換了幾百次，若還留著才奇怪。不，保證找不到了。」

「有沒有印出來呢？」

「我屬於避免在數位時代增加紙張消耗的少數族群，所以沒有。」

「您想得起來他的地址嗎？」

「抱歉，沒辦法，只知道他住在哥本哈根附近，容易取得他有興趣的一切資訊。」

「哪裡？」

「國家博物館、皇家圖書館、人民大學等地的收藏室，他就像塊海綿一樣吸收所有知識。對於島上和世界各地太陽崇拜的起源，他有著極端旺盛的求知欲。這點也很容易理解。」

「確實。」卡爾回答。

高登也笑了。簡報室裡需要保持這種氣氛。

「可以明天再繼續談嗎？小傢伙在拉我，他們沒耐性了。」他解釋說。

卡爾本能地搖頭。該死，不可以！

「您有那人的照片嗎？挖掘時，您一定在那兒拍了很多照片吧。」

「我真的不清楚。或許有一、二張的背景裡拍到他了，但是時間久遠，就算是考古學家，也不會保留所有的舊東西。」他揚聲大笑，但是一聽到卡爾接下來的話，笑聲頓時止息。

「這事涉及一樁謀殺案的調查工作。可否麻煩您好心告訴令公子，請他們先去溜呢？我們必須先詢問清楚才行。」

「真是他媽的該死！」蘿思在幾分鐘後罵道：「根據丹麥的姓名登記，沒有人叫做法蘭克·蘇格蘭。」

卡爾摸索著胸前的香菸，不過蘿思指著牆上一面牌子，他立刻把手縮了回去。

牌子上用粗體字寫著：凶手！吸菸不僅殺了你自己，也害死你周遭的人！

這種表達方式還眞迷人。

卡爾只好拿著原子筆，在指間不停轉動。「博物館館長要不是說錯名字，就是弄錯了。」

「是的，或者那個人換了新名字，要不然就是到國外去了。」高登提出說。

蘿思無可奈何地看著他說：「如果最近有個叫法蘭克·蘇格蘭的人住過丹麥，我一定找得到他，這點你大可放心。」

「我不是這個意思……」他東張西望，想要尋求認同。拜託，他可真蠢透了。

「也許他不是丹麥公民。」高登又重試一次。「也可能是住在德國施勒維西的少數丹麥人，或是瑞典人，要不然……」

卡爾朝蘿思點了個頭。高登說的當然不無可能，所以他拍了一下高登的背。幸好高登坐著，否則就拍不到他的背了。這時蘿思的手已在鍵盤上飛舞。

「卡爾，我覺得這個博物館館長不太對勁。」阿薩德咕噥著。「他記得法蘭克這個人，記得法蘭克在挖掘時幫忙的細節，對他們談過的事情也還一清二楚，但是對雅貝特卻毫無印象。」

「阿薩德，專業白癡就是這副模樣，注意力只侷限在自己的世界裡。」

「但我不認爲他是這種人，他察覺到周遭的許多事物，而且儲存在腦子裡，例如當時的天氣、法蘭克開的車子、討論過杜壇的規模和挖掘出的拜日祭壇。他還記得法蘭克吃素，左右手使用起來一樣靈活，以及法蘭克從公社帶到挖掘現場的女人，對方操著一口芬蘭口音的瑞典話。不，我覺得這個人觀察能力十分敏銳，記憶力絕佳。而雅貝特的事故在當時可是件大事，島上所有車輛都受到盤查，從博物館開到挖掘現場的吉普車應該也不例外。」

「阿薩德，你想說什麼？」

「我知道！」高登像個中學生似的舉起手。要是他現在再彈一下手指，我絕對狠狠給那張臉一拳，卡爾心想。

「我覺得事故發生時，他人不在伯恩霍姆島，一定不在。」

這次他果然又受人讚賞的一拍，拍的人是阿薩德。

「沒錯，老大。我們忘了詢問他這件事。若是菲立普不在時把博物館的吉普車給法蘭克使用，不難想像法蘭克可能用在這次事故上。」阿薩德說。

卡爾向阿薩德比了個手勢，阿薩德立刻退到角落，在手機中輸入號碼。

「嘿，蘿思，有結果嗎？」

她搖了搖頭。「我想法蘭克比較喜歡使用假名來裝飾自己。」

「我們現在又回到起點了。」卡爾哀嘆一聲。「該死，我們對英格施壓時，關於名字，英格說了什麼？說法蘭克換了一個很短的名字，很可能是『阿』開頭，聽起來有點像東方名字。但這還真是一點也不模糊啊！還有，菲立普．尼森還給我們法蘭克．蘇格蘭這個不存在的名字組合。蘿思，妳找到哪裡了？」

她在空中畫了個大圓，大概表示周遭所有想得到的國家都查了吧。

阿薩德掛斷手機。「菲立普．尼森說他那個秋季經常出差，但是他沒有出借博物館的車。一般而言不會，他也沒有權利把車借人。」阿薩德大大嘆了口氣，接二連三感染了其他人跟進。

「我再打電話給那些神祕教派組織，把法蘭克發現的兩塊太陽石告訴他們，或許能喚起一點記憶。說不定他曾經拿著石頭出現在他們組織裡。」蘿思說。

隔天早上，卡爾來到辦公室，蘿思已經在位置上，一頭蓬亂的頭髮，身上還是前一天的那套衣服。阿薩德的小辦公室鼾聲如雷，但明顯不是來自阿薩德。不需要是特殊刑案調查員，也能立刻描繪出整個場景的背後成因。

「哎喲，你們有兩個人在簡報室過夜啊。」

「是的。」蘿思背對著他說：「我們想要更積極調查此案，因此在那些伯恩霍姆人上班之前，先出其不意地在床上逮住他們。」

卡爾一臉譏笑，這裡需要加把勁調查的案子又不是只有這一樁，而在床上被嚇醒的保證不是只有伯恩霍姆島上的人。

「那高登呢？」

「他顯然比我還需要睡眠。」

當然囉，瘦巴巴的傢伙，她一定從他身上榨乾了接下來三天的能量。

「怎麼樣？有結果嗎？」

她這時才終於轉過來。他沒在她臉上看過如此洋洋得意的表情，連黑糊糊的睫毛膏似乎也跟著閃耀發亮。

「拜託，我打了好幾家療癒機構負責人的電話，並將他們分門別類。有一半的人太年輕，對於將近二十年前的事情一無所知。四分之一的人說得溫和點，笨得可以，從他們口中問不出實質的事情，可以不用理會。另外四分之一，年紀、知識和頭腦都吻合，而且也全力配合我們。」

「然後呢？」卡爾不耐煩地追問。

「這次我運氣不錯，找到了兩個人：一個是奧祕占星師，另一個是靈性油彩治療師。兩個人都記得法蘭克和他的太陽石，以及他對於太陽崇拜的狂熱。」

卡爾不由得握緊拳頭，事情終於動了起來。「她們知道他的名字或者地址嗎？」

「不。」

「我想也是。」他又鬆開拳頭，揉揉頸項。「那麼妳又得到了什麼結果？」

「她們對那人的描述符合英格口中的法蘭克，兩人說的都一樣，甚至還貢獻了其他細節，例如這個法蘭克徹頭徹尾不仰賴現代科技。」

「沒有手機？」

「沒有手機，沒有電腦，一切都是用手寫，甚至還使用鋼筆。他開著到處跑的車是借來的。他也不用信用卡，全部現金支付。」

「出於這些理由，所以他沒有留下任何蹤跡，對吧？」

「沒有直接蹤跡，但還是留下了一些。」

「妳的意思是？」

「奧祕占星師說，他對於伯恩霍姆島上的太陽崇拜所具備的特殊知識，只不過是浮出海面的冰山一角罷了。他也熟悉其他專業領域，例如占星術、神學、天文學、史前史和原史時代等。此外，還精通不同時期的宗教。討論這些主題時，他始終熱情洋溢，而且博學多聞。占星師甚至大膽評注說他的理論『具有劃時代的意義』。」

「這些資料對我們有何幫助？見鬼了，什麼又是奧祕占星術？」

「奧祕占星術強調找到必要的力量，揭露隱藏在現世肉身中的意義，幫助心靈充分實現肉身存在的目標。」

卡爾盡力擺出一個恰當不誇張的鬼臉，這些遠超出他的理解能力。「我再問一次，他的理論……妳剛才怎麼說……『具有劃時代的意義』，為什麼對我們很重要？」

「那表示他的熱情顯然具有感染力。厄倫納的嬉皮多多少少是他靈性家庭的成員，他們是他的信眾。靈性油彩治療師也證實了這點。有次法蘭克去找她，請她強化他的磁場，就有個信眾陪他一起前往。」

「什麼？信眾？怎麼知道他們是信眾？」

「冷靜，卡爾，好好聽著。法蘭克拜訪過許多奧祕主義者和療癒師，想要從他們身上學習相關知識，希望了解他們的祕密。是的，他顯然打算將所有的另類知識、儀式和技術融會貫通，將之統合成一派：療法、所有宗教、整體古老知識、煉金術、占星術、靈通、輻射能、預言未來等諸如此類的東西。別問我什麼是他的具體目標，哎呀，或許他想把這些作爲自己的學術基礎。」她沾沾自喜，食指戳著他的胸膛。

「幹嘛？」

「換句話說，這位優秀的法蘭克在創造自己的哲學，某種靈性哲學。他挑撿多少有用的東西，全部揉合在一起。而陪他去的那個人，是『眞理的見證者』，他是這麼跟治療師說的。」

「瘋了，完全失去理性。那麼他成功融合了他的理論嗎？」

「是的，那兩位女性認爲有。靈性油彩治療師甚至還記得同行者的名字，叫做西門・菲斯克（注）。大家都取笑他的名字，因爲沒有比這更具象徵性了。因此，法蘭克是救世主，另一位是『得人的漁夫』。治療師還提到西門・菲斯克對她栽種芳香藥草的花園很有興趣，說自己也希望擁有一座。現在重點來了，卡爾！」她又拿食指戳他。卡爾極度痛恨她的動作，眞想把……

「他媽的，快說！重點是什麼？」

「這個西門・菲斯克還眞的創立了自己的芳香藥草學校，就在霍貝克附近。你知道那地方叫什麼嗎？神殿角！」

「神殿角？當然了，看來是個適合沉思冥想的地方。最後一個問題。靈性油彩治療師是什麼東西？」

「唉，這我也是自己先上網查詢過才知道，我不希望直接問她。這東西有點複雜詭異。總之和含有色彩治療頻率的瓶子有關，細節就不必問我了。」

注 Simon Fisker，Fisker爲漁夫之意。耶穌的使徒之一彼得，原名西門，是個漁夫。

卡爾摸找著自己的菸。看來在踩到地面之前，還得先走上一大段薄冰路了。如果可以這麼形容的話。

「卡爾，沒帶蘿思來，是不是不對？畢竟是她找到這個人的。」阿薩德的下巴肌肉劇烈地動著。在五十五公里之前，他往嘴裡塞了顆口香糖。

「看一下導航，阿薩德。我想我們駛過孟克霍姆橋後，艾力克霍姆應該在我們的左手邊。你覺得呢？」

「我覺得沒帶蘿思一起來是錯的。還有，是的，經過跨海大橋後要左轉。」

卡爾往南眺望波光粼粼的峽灣，海灣和小島相間交錯。舉目遠眺，艾力克霍姆應該是另一邊海岸那棟白色貴族莊園。半島上的莊園，孤單莊嚴，隆起於一片低地草坪之上。

「蘿思只要有高登就沒問題了，你等著瞧……」卡爾瞥見他以前和維嘉週末騎摩托車兜風時經常停留的雜貨攤。阮囊羞澀時，騎車兜風最開心愜意了。然而，自此之後，他的生活變成什麼樣了？

「阿薩德，我考慮慢慢退出勤務工作。」他忽然靈光乍現地說道：「雖然這麼做可說是幫了羅森一個大忙，但是我無所謂了。」

要知道阿薩德有沒有停下嘴不嚼口香糖，根本無需轉頭看他，卡爾聽得一清二楚。

「對我來說沒比這個還糟糕的了。」阿薩德回答，一口令人驚異的標準丹麥話，毫無一絲口音。卡爾猛然轉向他。

「欸，卡爾，你要在這裡轉彎啦。」口音又回來了。「我不懂。那你之後打算做什麼？」

「阿薩德，我想和你開一家敘利亞咖啡廳，供應黏糊糊的薄荷口味甜茶和溼潤的蛋糕，播放阿拉伯音樂，樂聲震耳欲聾。」

這傢伙又嚼起口香糖，壓根不相信卡爾的話。

他們駛過港口旁邊的狹窄巷道，彎進一處農村，再開上往芳香藥草學校的岔路。

「這地方還真遠，寬廣遼闊。」阿薩德望著被雨淋濕的鄉村景致感慨說。沒去過卡爾家鄉凡徐塞的人，才會有此想法。

卡爾又是靈光一現。「阿薩德，你有沒有可能明天和我一起前往布朗德斯勒夫，參加我堂哥的喪禮？到時候可以認識我父母和其他討人厭的親戚。」

「你從沒提過討人厭的親戚。很多嗎？」這時，路的盡頭出現一棟房子，兩側臨水，屋後有座橋和樹林。景色優美，無與倫比，令人眼睛一亮，心曠神怡。

四周雖然寧靜祥和，平易近人，但是「整體芳香藥草學校」卻沒有想像中容易接近。兩隻噴鼻低鳴的畜牲守候在圍籬後，等待伺機躍起，兇狠模樣可媲美古羅馬時代追獵可憐基督徒的同類。

「碧特瑪雅＆西門．菲斯克。請先按鈴。」一面小牌子上寫著。眞周到。卡爾按下電鈴，死命按著不放。

「哈特、史哥，讓開！」一個穿著寬大農夫襯衫的男人穿越中庭，朝他們走來，還跳過了幾處深水窪。他的褲腳紮在木靴子裡。

「有客人！」他朝屋內喊道。

卡爾的手已伸進口袋，正要拿出警徽，阿薩德卻把手放在他手臂上，制止了他。

「這座學校眞漂亮。」阿薩德逢迎拍馬地說道，手伸過圍籬，與那人握手。「我們想請您幫忙解決我們兩個各自的問題。」

西門．菲斯克打開門，兩隻狗隨即對著阿薩德低吠。

「牠們不太習慣深色皮膚的人。」

「沒問題，我可以處理。」阿薩德說，這時領頭的兇狗眼看已張嘴要咬向他。

卡爾跳到一旁，狗主人正要吹哨喚回那隻畜牲，卻只見阿薩德輕輕鬆鬆地站著，發出一聲極其尖銳的刺耳高喊，兩隻狗瞬間趴倒在地，彷彿幼犬尿在地上後不敢亂動。

「幹得好！」阿薩德拍拍大腿說，然後要兩隻狗服從指令跟著他。

兩隻狗卑躬屈膝地爬向他，乖乖讓阿薩德撫摸。西門．菲斯克和卡爾在一旁目瞪口呆，啞口無言。

「我剛才說到哪裡了？」阿薩德又回到主題，兩隻狗一左一右地跟著他旁邊，彷彿找到了新主人。「對了，我們需要您花園裡的藥草。首先，我很希望找一些幫助入眠的藥草。」

卡爾聽得下巴掉了下來。失眠？阿薩德？這個伯恩霍姆島的夜間鋸木場？從他打鼾的情況看來，半片纈草葉便足以讓他昏睡過去。

「我們還需要能夠讓我朋友在白天振作精神的東西。然後，如果您方便的話，我們有些問題希望能請教您。」

警徽留在卡爾的口袋裡。

第三十一章

「這些藥草可以幫助您治療睡眠。」西門・菲斯克將幾把植物塞在阿薩德手裡說：「好，現在來看看您的朋友。」

他們置身的客廳彷彿遭炸彈猛烈轟炸過似的，一片狼藉，沒有東西相互匹配。家具搬到跳蚤市場絕對乏人問津，狗毛沾得地毯到處都是，形成厚厚一層絨毛。五顏六色的印度神祇海報和裱在金色畫框裡的靜物畫，強化了混亂的印象。角落的寫字櫃，和卡爾祖父在里斯考裁縫店裡的一模一樣。

菲斯克拉開一個抽屜。卡爾正想問寫字櫃是哪裡來的，菲斯克卻遞給阿薩德一個靈擺，向他解釋要怎麼使用。

「好的，現在換您，請照著您朋友的方式做。請靜靜拿著靈擺，用您的能量調整它。然後，靈擺會在您需要泡成茶喝的植物上方擺動。我們來看看我是否拿對了藥草。」

卡爾拿著線，盡量不讓人察覺自己的感受。這靈擺可得要恰當滑動才行，畢竟他們沒時間浪費在這種蠢事上。

他的手悄悄上下移動線，好讓這該死的東西動起來。

「不、不！您要靜止不動，靈擺會自己做出決定。它能接受您發出的能量。」菲斯克繼續解釋，一位一身灰衣的女子默默滑步到他後面。卡爾和阿薩德對她點頭致意，但運氣不好，對方沒有任何回應。

卡爾一臉狐疑地看著靜止不動的靈擺。顯然植物裡的能量還不夠多。

「不，這樣不行，我們必須重新調整靈擺。」菲斯克插手說：「請您照著您朋友剛才的方式做，他做得非常好。首先，另一隻手放在下面，然後請求靈擺同意擺動。」

卡爾看著他。這傢伙腦袋有問題嗎？

「請您照著做。」

卡爾把靈擺懸在左手掌上方。動吧，快點！他心裡喊道。沒有任何動靜。當然，怎麼可能有？

「請拿過來。」會對植物低語的菲斯克取走靈擺，放在嘴巴前面斷斷續續地吸著氣。他全神貫注，重複了好幾次，然後再把靈擺提高到眼前，再次深深吸氣，接著吹氣。

「好的，淨化好了。請您再試一次。」

卡爾這輩子只遇過一次比這更可笑的事情。年少時，他為贏得莉琵的欽佩與好感，打算在露天泳池五公尺高的跳板表演跳水，沒想彈腿一跳，泳褲竟然滑到膝蓋。而他現在呆坐在此，努力要說服愚蠢小錐體動起來？

但居然眞的動了！

「好的，很好。」植物男說：「現在把靈擺移到植物上，詢問這些藥草是否適合您。」

卡爾把靈擺往下落了一次，那還是因為阿薩德在桌底下掐他大腿的關係。

「不出所料，這些不好。我給您效果沒那麼強的藥草，否則您會亢奮得飛起來。」

但是卡爾點頭說那正是他需要的藥草。只要別再讓他扮演十八世紀那個心理學之父梅斯梅爾醫生就行了。

「好的，提醒過您了。」

這傢伙該不會真以爲他連做夢都想把這些臭藥草熬成汁來喝吧?

「靈擺請您帶走。下次您有需要,就能幫上忙。請給我五十克朗的藥草費,那樣就夠了。」卡爾露出苦笑,向他道謝。「最後,我們來此的另一個目的,是想請問您和法蘭克待在厄倫納嬉皮公社時的事情。」

菲斯克眉頭皺了起來。「法蘭克?」

「是的,這是我們最熟悉的名字。」

「爲什麼要問呢?」

阿薩德挺身說道:「我們對他太陽崇拜的觀點很有興趣,若是可以,希望能和他聊聊,可惜我們不清楚他目前人在哪裡。您可以幫我們忙嗎?」

後面的灰衣女子朝前走了幾步,菲斯克顯然注意到她的動作。

「你們怎麼找到我的?」他說話時,目光緊盯在婦人身上。

「透過一位靈性油彩治療師,您和法蘭克曾拜訪過她。她記得您的名字,也和您交換過想法。」

卡爾說出治療師的名字,菲斯克點點頭。「是的,沒錯。我有個夏天住在厄倫納的公社。那是段美好的時光。法蘭克和我雖然想法有所差異,但是激昂的討論讓人亢奮。」

「噢,是嗎?你們討論了什麼?」卡爾問:「關於太陽崇拜和其他宗教之類的話題嗎?」

「是的,還有很多其他主題。我們兩個參加了立斯本山的挖掘工作。由於獻祭太陽以及數千年前即已存在的眾多偉大文化遺物,法蘭克深深爲立斯本山著迷。他當時甚至偷了一顆太陽石,不過這件事請勿宣揚開來。」

他笑道,但一察覺妻子的眼神,立刻臉色一正。

「您知道他是如何產生這類興趣的嗎？」

「我想應該是天生的。當然，他在人民大學也接觸了不少。在參加挖掘之前的二、三年，他在哥本哈根一邊工作，一邊到大學聽課。這是他親口告訴我的。」

「什麼樣的課程？」

「人民大學有位來自哥本哈根大學神學研究所的客座教授，我忘了他的姓氏，不過法蘭克說他的身分是教授，課程與考古大文學和宗教起源有關。我想應該大受學生歡迎。」

「考古——什麼？」

「考古天文學，也就是研究原史時代，星象之於人類的意義。」

阿薩德的原子筆飛快地在筆記本上寫著。「您和公社的其他人還有聯絡嗎？」

「只有索倫．穆哥爾（Søren Mølgård），不過最近很少聽見他的消息了。」

「索倫．穆哥爾，啊哈。有他的地址嗎？」

「已經是很久以前的事了……事實上，我幾乎沒和他往來了。他毒癮太重，您知道的，和我們在這裡做的事情一點也不調和，是不是，碧特瑪雅？」

碧特瑪雅尖起嘴，搖搖頭。幸好他們不需要找這位灰衣主教談話。

「我印象中他成爲戰神阿薩神的信徒，搬到羅斯基勒南邊的一個社區去了。或許這樣也好，他才不至於一直沉淪墮落。」

「這個索倫是誰？」

「啊，他其實不足掛齒，只不過他也在厄倫納公社住了一段時間。我聽說有些人搬到另一個地方，落戶安頓，適應得很好。不過，索倫並沒有成爲嬉皮的特質，純粹是有天意外出現，就這麼住了下來。他曾經想要當個生命靈數師，就像碧特瑪雅一樣，但是他沒有徹底理解靈數的奧祕。我們希望能擁有條理分明的宇宙觀，但他的狀況並非如此。」

卡爾點頭。但就他舉目所見，至少在這兩個人的小窩裡，看不出條理分明的跡象。

「您呢？您是哪一派？」菲斯克問道。

就算阿薩德射出銳利目光，意圖制止，卡爾還是從口袋掏出了警徽。

「我們是哥本哈根警察那一派，想要和法蘭克談談你們停留在伯恩霍姆島那時發生的事故。我們希望了解事情的經過，相信他是唯一可以提供幫助的人。」

菲斯克彷彿著了魔似的瞪著警徽，事情顯然完全出乎他意料。「什麼事故？」他口氣懷疑道：「我們在那兒的時候？我不知道發生了事故。」

「我們不是想與您談論此案，只期盼您告訴我們法蘭克的姓氏，或者他目前使用的名字。您知道他人在哪裡嗎？」

「不知。」這話回得簡短突兀。

「說眞的，阿薩德，你沒打算把那堆草丟出窗外嗎？那味道聞得我要吐了。」

「卡爾，這可是我花了五十克朗買來的植物耶。」

卡爾大大嘆了口氣，把副駕駛座的窗戶放了下來。

「卡爾，很冷耶，外面在下雨！快關上窗戶，椅子都濕了。」

卡爾充耳不聞。阿薩德要不把植物丟了，要不就得忍受開著窗戶。他該不會眞有膽子把這些草剁碎，加入本來就夠可怕的茶裡面吧？

卡爾按下蘿思的號碼，請她找出一九九七年之前在哥本哈根人民大學教授神學的老師，研究原史時期星象對文化產生的影響。

接下來的二十公里，兩人始終緘默不語。奔馳在前往哥本哈根的高速公路上，海景時隱時現，美不勝收。後來他們遇到大塞車，以時速十公里的龜速緩緩經過羅斯基勒，阿薩德把腳往儀表板一放。開始了。

「卡爾，你剛才在西門．菲斯克那裡太固執了。」

正如卡爾預料，完全不需要其他說明。

「阿薩德，你自己也不是沒發現那個女人根本看穿了我們，隨時會開口阻止他。你沒發現他們不想幫我們嗎？反正我們也套不出線索了。現在要把注意力放在索倫．穆哥爾身上。不過，倘若事情有鬼，他們也一定盡快警告他了。」

「什麼有鬼？卡爾，我聽不懂你的意思。」

「那只是慣用語，表示事情不對勁。」

「爲什麼是鬼？」

「我不知道，阿薩德。」

「但是什麼時候有鬼？」

「你沒聽到我說的話嗎？那只是種慣用說法！我認爲，可以合理懷疑這事不太對勁。什麼拜日教、太陽石的撈什子事，不合我的胃口。」

「胃怎麼了？」

「拜託！你一直糾纏不休，我根本無法清晰思考。」

手機響起，是蘿思。

「課程叫做『從星座神話到基督教』，一九九五年開始的。教授從哥本哈根大學神學院來的，目前已經退休，住在潘德魯普，叫做約翰．陶森（Johannes Tausen）。」

吶，和偉大的宗教改革家同姓（注），除了當神學家，也沒別的出路了。

「凡徐塞的潘德魯普？」

「還有其他地方嗎？」

「好，把完整的地址傳簡訊給我。明天在布朗德斯勒夫參加完喪禮後，我過去一趟。謝謝，蘿思。」他話還沒講完，蘿思就把電話掛了。

「你打算明天去找教授嗎？」

卡爾點頭。剛才與西門．菲斯克的一番談話仍在他腦子裡打轉。他和妻子為什麼不準備合作？這個公社是否還有他不明白之處？

「那我明天一起去。」

卡爾心不在焉地瞥了他一眼。

「我看得出來你還在思考動機，對吧？」

「當然。」卡爾關上車窗，副駕駛座頓時傳來鬆口氣的嘆息聲。「我覺得我們找到正確的線索了，這種感覺越來越強烈。哈柏薩特是對的。我能想像法蘭克自大狂妄，妄想自己是某種救世主。一切本來都在他掌控之中，如其所願，直到雅貝特出現。」

「你的意思是什麼？」

「她成了他的負擔，原因不明。但是也不排除其他可能，而且是相當可怕的假設：或許雅貝特是種祭品？而法蘭克和公社那些人不希望她的死牽扯出太陽崇拜。她是獻給太陽的祭品，因此在太陽升起那一刻被獻祭出去。」

注　指十五世紀的丹麥改革家漢斯．陶森（Hans Tausen）。

第三十二章

二〇一四年五月九日，星期五

疼痛如浪濤般一陣陣襲來，很不尋常，就像電擊一樣。類似坐太久或前一天吃了難以消化的食物時，橫膈膜會出現規律收縮的狀況。但是她並非是如此，因此感到惶惶不安，如同身體其他意外出現的訊號，讓她坐立難安。但話說回來，她昨天去產檢，一切又沒有問題。胎兒已經六足月了。婦產科醫生一派悠閒地提到孕婦健康手冊，說胎兒發育良好，很有活力。於是她把擔憂暫且擱到一旁。

事實上，疼痛逐漸減輕了。電話響起時，幾乎不會疼痛了。

電話那端的聲音很耳熟，但是對方報上名字後，皮莉歐才認出來，臉上不禁露出了微笑。

「西門，西門．菲斯克！」她興奮高喊，腦中一邊回想上次與對方聯絡是多久前的事了。五年，還是已經十年了？

「皮莉歐，你們一切都好嗎？」他問道。

他的口氣讓她心頭一震。菲斯克在覺察磁場波動這方面並非天賦異秉的人，爲什麼會陡然打電話來問這種問題？難道是碧特瑪雅感覺到什麼了嗎？

「爲什麼這麼問？」

「碧特瑪雅要我問的。」

果然正如她所料。

皮莉歐看著自己的雙手，發現手正簌簌顫抖。碧特瑪雅怎麼知道的？怎麼可能知道如果有人發現她對汪達・芬恩下毒手，她的世界將瞬間崩垮？

「警察到這兒來詢問阿杜的事情，一位警官和自稱他助手的移民。雖然他們只說了法蘭克，但顯而易見指的就是阿杜。他們爲了伯恩霍姆島當年發生的事上門的。」

她霎時鬆了口氣，但沒多久就明白他在說什麼。不是汪達・芬恩，而是更加糟糕的事！

「伯恩霍姆島？」

「是的。他們在調查一個失蹤的女孩。碧特瑪雅，她叫什麼名字？」菲斯克問電話旁邊的人。

答案皮莉歐已了然於心。爲什麼偏偏這時出現這種事？那已經是二十年前的事了呀！早已荒煙蔓草，掩埋在過去的塵土之中。

「雅貝特，碧特瑪雅說她叫雅貝特。是的，兩個警察一上門，碧特瑪雅頓時明白這事攸關你們的命運。她的感受十分強烈，所以要我立刻打電話。妳有印象嗎？」

皮莉歐深深吸進一大口氣。「伯恩霍姆島？沒有。那個女孩——你說她叫做什麼？雅貝特？沒有，我一點也想不起來。你告訴他們關於我們的下落了嗎？」

「我爲什麼要說呢？不過，我把他們引到索倫・穆哥爾那兒去了。」

皮莉歐不禁搖了搖頭。這個白癡竟把他們送給另一個更白癡的人！

「他應該也不會洩漏我們在哪裡，是吧？」她懷疑地問道。

「不會的，我想絕不可能。他早就因爲吸毒過量而神智不清了，連前一天發生的事情都想不起來。」

背景傳來喃喃的低語聲。「碧特瑪雅問妳好不好，應該不錯吧？」

她正在考慮該不該把阿杜未來繼承人即將誕生的事告訴他們，這時下腹卻傳來一陣不尋常的刺痛。她把電話拿離嘴邊，大口吸氣抵抗痛楚。

「謝謝，西門。」她稍微恢復正常後才說道：「別放在心上，一切自然會釐清的。是的，我們一切都很好。幫我問候碧特瑪雅，安慰她一下。這次她的靈感不太準確。」

她匆匆忙忙地掛斷電話，靠回椅背上。胸骨下方的疼痛又開始了。

她快速地向荷魯斯和更高的權力祈禱，先是爲了肚子裡未出生的孩子，接著是自己，最後是阿杜。懷孕之後，優先順序也跟著改變了。幾分鐘之後，疼痛才逐漸退去。

她感覺到體內的騷動，趕緊好聲地安撫自己。不打緊，完全不要緊，只是身體正在適應改變而出現的反應，畢竟我不是二十歲了。

西門剛才提到索倫·穆哥爾，她該不該打電話給他，說服他立場一致？但他會聽嗎？

她搖頭否決這個主意，風險太大，他一定到處嚷嚷她打過電話。在公社裡，索倫始終是他們最脆弱的一環，很容易屈服於誘惑。只是，這個人能吐出什麼呢？完全沒有。當時在厄倫納的其他人呢？他們知道雅貝特的事嗎？不，只有阿杜和她知道。

她又搖了搖頭。下腹疼痛過去後，她逐漸放鬆下來。

這時，門上響起敲門聲。

她整整身上的長袍，說：「請進！」

凡倫丁娜現身門口，但那模樣看來不似打算入內，反而像要爲自己的出現道歉。不過皮莉歐要她走進來。她不就是弟子仰賴的母親嗎？她的辦公室兼具告解室、諮詢室和社會局辦公室，不會拒絕任何一個帶著問題上門的人，而凡倫丁娜顯然憂心忡忡。

「妳有心事嗎？」皮莉歐的聲音充滿理解與體諒。她必須趕快解決凡倫丁娜的事，才能靜心思考。於是她就像在電話諮詢時一樣，直接切入主題：「凡倫丁娜，是不是有力量干擾妳周圍的愛，使妳幻滅失望，在妳臉龐刻下皺紋？」

第一次遇到凡倫丁娜，她的心靈傷痕累累，遭到同事霸凌，情人也對她拳腳相向，而且日益變本加厲，有時候把她當狗，有時候又把她當成妓女蹂躪。她到中心來時，認爲自己不過是個用過的二手車，已不堪使用且期限有限，內心自卑感嚴重。深深渴望認同是當時驅使她的唯一動力，如今她恢復生氣，活潑有朝氣。

但是，現在她目光低垂，坐在皮莉歐面前，在中心度過的兩年半時間如過眼雲煙般消失，明顯不再是學員眼中的那個凡倫丁娜了。

「皮莉歐，事情是從一個夢開始。」她吞吞吐吐地說：「幾天前，我夢見一位翅膀黝黑的天使飛過我房間上方。半晌後，他穿越天花板，降落到我的房間，把手放在我的眼睛上，有點灼熱感，但似乎不會傷害我，至少我不覺得自己必須醒過來。接著，天使又從天花板的洞飛了出去，天花板上，飄浮著一座被聚光燈照亮的龐然大廳。天使消失在大廳裡，建築物隨之開始震動，彷彿天使的存在將要炸毀建築。事實上，接下來幾秒，大廳的牆壁確實也一一消融，充滿黃色髒汙的內部顯露在外。這時候，我醒了過來。」

皮莉歐微微一笑。「好的，夢境聽起來眞的很不尋常。不過妳也知道，解夢不是我的強項。我相信有其他人能更精確地解釋妳的夢。妳有點意志消沉，不過那或許是個好夢啊。我想妳不需擔憂。」

「我不是因爲做了這個夢才擔心。」凡倫丁娜回答，緩緩抬起眼睛，終於定睛看著皮莉歐。「我把夢境講給好幾個弟子聽，有些人覺得這個夢揭露出許多與我有關的無意義之事，有的認爲夢要說的是我的行爲模式以及懸而未決的衝突。但是我和雪莉談過之後，才明白夢是種警告。」

皮莉歐努力不動聲色。

雪莉？怎麼又偏偏是雪莉？這個名字為什麼老是出現？

「我現在明白，有件真實發生的事引發了這個夢，糾纏著我。所以我來找妳，皮莉歐。」

「這個夢是個警告？警告什麼？中心裡發生什麼事了？若是如此，我們最好請阿杜也在場。不過妳得再耐心等一下，因為……」

「我想妳不會願意阿杜在場的。」凡倫丁娜打斷她，語氣意外嚴厲。

皮莉歐稍微轉了一下頭，但依舊迎視凡倫丁娜的目光。凡倫丁娜的警告訊號十分清楚。她究竟在想什麼？不要阿杜在場，是因為她打算談判交涉嗎？可是她又能要求什麼？原因何在？

「為什麼他不應該在場？」她的聲音頓時頗具威嚴，顯得有點突兀。但她必須讓凡倫丁娜明白，阿杜可不能憑個人感受就被排擠在外。

凡倫丁娜抹去眉間的一滴汗，坐直了身體。「雪莉不懂這個夢。就我對她的了解，她的理解力不太好。不過，她讓我想起重要的事，了解自己實際看見的事情，比我一開始以為的還要複雜。」

「妳簡直在打啞謎。很抱歉，我聽不懂。妳看見什麼了？」

「仔細思索後，我其實看見了很多東西。」凡倫丁娜從皮莉歐探究的眼神中脫身，目光落在她身後的牆壁。「我跟雪莉提起這個夢，是在她講完她朋友和皮帶的事，以及珍妮特離開的狀況之後。她的話引起了我的注意，又加上我做了這個夢。」

「凡倫丁娜，雪莉究竟說了什麼？」皮莉歐笑問。微笑是她目前可使用的唯一防禦武器。肚皮下那股疼痛又出現了，就和西門．菲斯克來電時一模一樣。

「雪莉說了她朋友汪達的一些事，而且和瑪蓮娜被送進醫院那天有關。」

皮莉歐搖搖頭，輕蹙眉頭，表達她的驚訝。

「奇怪的是，瑪蓮娜被送進醫院那天就從醫院消失了。妳知道她是我的靈魂伴侶嗎？沒錯，皮莉歐，她是的。我們有許多共通之處，瑪蓮娜和我都是南歐人。她離開之前，怎麼會沒告訴我一聲呢？有時候我不禁自問，或許是她沒有辦法這麼做。」

「嗯，凡倫丁娜，她沒有辦法通知妳，顯然是她害怕被遣返，所以才離開，而且是提早離開。或許她有產後憂鬱症，流產也是某種形式的生產。不，凡倫丁娜，我不知道。但是這和妳的夢有什麼關係？她是那個天使嗎？」

「一開始我多少也這麼想，但是天使翅膀是黑色的，所以不可能是瑪蓮娜。」她的目光仍舊停留在牆上，不過又稍微往下移。「以前也發生過。」

「什麼事情以前發生過，凡倫丁娜？」

「有個學員不告而別。」

「是的，很遺憾。妳說的是克勞蒂亞嗎？不過她是淹死的，凡倫丁娜。她在波蘭海岸被發現，這件事我們大家都知道。我們很遺憾沒有幫助她脫離重度憂鬱症。」

「不是，我說的不是克勞蒂亞，而是一個差不多和我同時來中心的人：懿本・卡歐爾，德國來的年輕女孩，阿杜很喜歡她。」

「我真的毫無頭緒妳究竟想說什麼，凡倫丁娜，懿本是個奇怪的女人。我們不得不接受各式各樣的人希望為我們所接納。我們這裡提供給學員的是心靈寧靜，希望他們重新理解世界，這是我們所能做的事，但有些人我們就是幫助不了，懿本最後是自願離開的。」

「妳說了算，我也不是沒想到，但是夢境來了。」

皮莉歐嘆氣。「妳就快說吧，凡倫丁娜。究竟什麼事導致妳心情沉重呢？」

「雪莉告訴我，珍妮特在覺察之屋的閣樓發現皮帶的事。覺察之屋不像這裡其他的房舍那麼亮，光線比較陰暗。」

「嗯，唉，那是因爲粉紅底色的關係，不是嗎？白或粉紅，又有什麼關係？我眞的越聽越糊塗了。」

「天使消失在一棟粉紅色的建築裡，因此我夢見的建築就是覺察之屋，而有黑色翅膀的天使就是妳，皮莉歐。也就是說，我看見那天發生的事了：那天妳騎著黃色摩托車從沙灘的方向過來，進入覺察之屋。摩托車留下了黃色汙漬的印象，就如夢中建築的牆壁消融後出現的樣子。同樣就在那天，瑪蓮娜流產了。我記得很清楚，雖然當時是冥想時間，但阿杜希望妳陪瑪蓮娜進醫院，所以我們很多人在找妳。因此，我看到妳回來後非常高興。我想一切都沒問題了，阿杜也會鬆了口氣。隨後妳出現在禮堂裡，容光煥發，美麗動人，感覺像是拯救人類的天使下凡來了。從那一刻開始，我知道妳會幫助躺在醫院裡的瑪蓮娜。至少當時我是如此相信。」

「妳說看見我是什麼意思？看到我，很奇怪嗎？那天的情景我還歷歷在目，凡倫丁娜。我覺得不太舒服，所以到北角去打坐冥想，結束後覺得神清氣爽，心曠神怡。回到中心，我把摩托車停在覺察之屋充電，整個過程十分普通。我當然在醫院幫忙瑪蓮娜，否則呢？她握有各種選擇，一是盡快回到中心，由我們照顧，恢復健康，或在醫院裡住到完全復原。」

「皮莉歐，妳知道奇怪的地方在哪裡嗎？現在要談到雪莉的朋友了。雪莉告訴我汪達離開倫敦的日期，我往回推算，她一定是在瑪蓮娜流產，而我看見覺察之屋的摩托車那天抵達，不偏不倚就是那一天。」

皮莉歐點頭，臉色十分凝重。「所有事情都湊在一起了，確實很奇怪。」她抿緊嘴唇，冥思苦想。「但是我們不清楚這個汪達·芬恩那天實際做了什麼事。我推測她甚至欺騙了雪莉，目前人在其他……」

「妳是那位天使，大廳是覺察之屋，而黑色翅膀警告有見不得人的事情發生了。我說得對嗎，皮莉歐？我把事情告訴妳，是因為在我需要幫助的時候，妳永遠會伸出援手。」

皮莉歐笑道。「謝謝，凡倫丁娜，我很感激妳的心意，但是我不知道這一切有什麼意義？妳的夢境很特別，可以讓我思考一會嗎？或許我也找其他人談談，因為我和妳一樣相信這個夢有其意義，不應該輕易忽略。我也做了類似的夢，只是夢中沒出現天使，而是一隻大鳥，翅膀有兩種顏色，裡頭靠近身體的部分是紅色，頂端是灰色的。」

凡倫丁娜疑惑地覷起眼，頭一抬，注視皮莉歐。

「凡倫丁娜，這就是我剛才說事情都湊在一起的意思。瑪蓮娜流產的那天晚上，我做了這個夢，睡得很不安穩，翻來覆去。醒來時，滿身大汗，所以記得每個細節。紅灰色大鳥在覺察之屋上空嘎嘎嘶喊，接著飛過我們的杜壇，最後消失在大海的方向。妳現在告訴我關於妳的夢和雪莉的事，所以我想鳥身的顏色指的就是皮帶的顏色。妳不覺得嗎？」

凡倫丁娜明顯一臉困惑。

「不過，我逐漸明白了。雪莉會不會是那隻鳥？她是否出於某種理由，特意在中心製造不滿？妳有何看法？那可能嗎？她不是早就經常說些給我們帶來負面能量的話嗎？製造與我們不相協調的能量？」

凡倫丁娜搖了搖頭，顯而易見地卸下了心防。

「這個朋友的故事有沒有可能是她杜撰的，妳的看法呢？我們畢竟對她的來歷所知不多，不是嗎？」

凡倫丁娜又搖起頭，但這次動作比較緩慢。

「我不知道該說什麼，皮莉歐。我的腦袋裡亂七八糟，請妳見諒。瑪蓮娜怎麼可以就這樣拋下我們呢？所以我才會又氣憤又難過，再加上做了這個夢，雪莉又提到汪達的事情……」

皮莉歐站起來，繞過辦公桌，把手放在凡倫丁娜的肩膀安撫她，但那隻手在發抖。

凡倫丁娜離開辦公室後，皮莉歐撐著桌子，緩緩在椅子上坐下，動作有點笨拙，最後雙手緊緊握成拳頭。

丹麥警方要找到他們是遲早的事，屆時絕不能讓人起疑心，質疑這裡的一切與純潔心靈和道德思想扯不上邊；或者不相信中心的主要人物，也就是她、阿杜和他們親密的助手，為了促進人類福祉奉獻一切；也不能讓他們懷疑中心裡的人會帶給他人痛苦，不論現在還是以前。光是這個理由，丹麥人來的時候，雪莉和凡倫丁娜就不准在場。

皮莉歐直起上身，雙手放在肚子上，喃喃低語：「小寶貝，媽媽會照顧你的，爸爸也是。我向你保證，絕不會讓你遭受痛苦。」

凡倫丁娜的問題比較小，隨時給她個任務，送到國外即可。棘手的是雪莉，要是她始終疑神疑鬼，而且又在這裡交到朋友就麻煩了。

這時，又傳來敲門聲。皮莉歐緊張地抬眼一看。

來的是電工，要檢查走廊底機房裡的太陽能設備。

「他媽的！」他們一進機房，電工開口就說。他不是無故亂罵，因為在保固期限屆滿之前，他必須負責機械運行順利，而現在是他第三次更換光伏逆變器了。

上次他來時，工具、纜線和其他有的沒的零件散亂一地，後來皮莉歐將一把扳手和橡膠槌推到牆邊的凳子底下，以免把人給絆倒。

「太陽能設備其實不可以裝設在這個房間。」電工嘟囔著。「您知道為什麼這裡有三面牆都裝上了金屬板嗎？」

「是的，我可以告訴您。這個空間原來是保存食物的冷藏室，把動物軀體吊在大掛鉤上冷凍。我想應該是衛生關係，才在牆壁安裝金屬板。」

他點頭。「嗯，可以想像。但我們必須移開金屬板，因爲它們會接地。總而言之，裡頭發生了奇怪的事情。」

「您是什麼意思，設備運作出了問題嗎？」

他向她解釋安裝在牆壁上的設備，有地方壞掉了，也許是匯集來自設備各處電線的直流電總開關或是逆變器。

「我們一直收到來自此處的錯誤訊號，而我實在想不透。總之，逆變器把太多電送進電網，一般的接地故障斷路器根本不堪負荷，導致電力系統故障。像今天這種陰暗的天氣，生成的電不多，就不會產生問題。」他指向天窗，灰雲迅速移過。「但是過幾天，天氣變好，問題又會出現了。恐怕我們必須仔細研究這套設備，我得和領班好好討論一下。」

他旋開直流電總開關和變流器的蓋子，詳細檢查內部運作機制後，若有所思地搔搔頭說：「我沒找出問題。不過，即使目前太陽沒有眞正露臉，你們的設備在生成電方面還是有點困難。在光照不強的狀態下，當然還是會產生電，但是直流電非常不穩定。我現在稍微旋緊，放掉點壓力。皮莉歐，您絕對不可以自己靠近設備。」

好似她沒事會過來機房似的。

「光照強烈時，這裡很可能變得非常危險。」

「會發生什麼事？」

「會發生什麼事？太陽在屋頂上曬得滋滋作響，把電往下送時，可是沒按鈕能關掉太陽，或調弱光照強度，所以會發生什麼事呢？那要看手裡拿著電線打算站多久。」他哈哈大笑。

皮莉歐點頭，眼睛盯著形形色色的配電箱和電表。這或許能夠解決她的心頭大患：說不定可以請雪莉負責管理這個設備？加上她平時又十分笨拙……

她重新燃起興趣，興味盎然地看著電工工作。電流表出現正相位，表示有陽光出現。她的目光從電工肩胛骨的深色汗漬，沿著背部往下移到削瘦的腰身，發現他汗流浹背，才察覺到室內溫度升高了。

「您這條皮帶眞特別，在哪裡買的？」她改變話題說。

他轉過身，握住帶扣，露出微笑。

「這個嗎？嗯，我也覺得這條皮帶很有趣，很像是一條巨大的拉鍊，不是嗎？在網路上找到的，我都在網路上買工作服。」

皮莉歐點頭。

意想不到的機會出現在她面前。

第三十三章

行駛在田間小路上，對老舊的勤務車簡直是項巨大挑戰。不過，阿薩德口香糖嚼不停的下巴，同樣不遑多讓，下巴發出的嘎吱聲絕對不亞於車子。壓過路面的車痕沒多久變成了扎扎實實的小水窪。路旁每隔一段距離，即出現維京時代的石碑，雕刻著盧恩文、凱爾特語和北歐符號。由此看來，他們毫無疑問地進入了一個截然不同的世界。

或許因爲這個原因，卡爾一看到傳統的四合院莊園，頓時大失所望。放眼望去，沒看見維京式大門和巨大椽木，也沒有古北歐時期的物品，只有入口上方的牌子透露出他們不會在這裡遇到一般尋常的農夫。

牌子上寫著：「Einherjer 農場」。

「您好，請問牌子寫了什麼？」卡爾問一位穿越中庭的女士，她彷彿從七〇年代跳出來似的，T恤底下的胸部鬆垮垮地垂著，濃密的頭髮亂七八糟。這種模樣不是每天都見得到。

「您好。」她微笑地伸出手。「Einherjer 指的是北歐神話中的天堂英靈神殿的戰士，保護神祇抵抗巨人。沒有比這更適合當作我們的名字了，畢竟這裡的人不是士兵就是阿富汗堡壘營的軍人眷屬。對了，我叫做歌蘿。我知道你們會過來，因爲整體芳香藥草學校先前來了電話。我先生布耶隨時會過來。」

布耶人高馬大，身強體壯，但除了綁成細辮的鬍鬚，以及幾個驚人的刺青從裸臂蔓延到脖子，匯成熊熊火焰之外，他實在和卡爾認知中集聚所謂退伍軍人的營區頭目大相逕庭。頭上沒有海盜角盔，穿的不是羊皮大衣，而是一身典型的農夫裝：牛仔工作服以及必備的綠色膠鞋。

「不，我不認識這個人。」他們說明來意後，布耶回答說：「索倫．穆哥爾困頓的腦子還算清醒時，的確講過一些在伯恩霍姆島的經歷。如果我當時年紀夠大，還眞希望也在那裡生活，一定很有意思。」他笑道，帶他們走過中庭，穿越一道門後，來到建築物背面。

卡爾四下張望。田間小路旁矗立著具有象徵意義的石碑，怎麼樣也無法和如此尋常的丹麥風景聯想在一起。化糞箱、垃圾堆，老舊磨損的農業機具，就連拖拉機上的那個人，也不是雷神索爾或藍波之類的代表性人物。

「是的，我們這個信仰營裡的所有人都是弟子。我們和舊禮派的新異教運動不同，如果您知道那是什麼。我們有自己的思想根據，承襲阿薩神信仰。即使我在這裡是個教父，大家的地位也是平等的。」

卡爾毫無頭緒這男人在說些什麼，所以他只能擠出笑容。

「但是您舉行祭祀？」阿薩德問道。

卡爾目瞪口呆地轉向他的助手。這傢伙也要插一腳嗎？

布耶點頭。「是的，一年四次，春分、夏至、秋分、冬至。那時我們會允許自己喝點自釀的蜂蜜酒。或許您有興趣帶幾瓶回去？」

卡爾謹愼地點個頭。他知道那是什麼酒，奇怪的東西。

「我們自釀的酒當然比商店裡賣的還要香醇。」布耶彷彿讀出卡爾的心思，再次保證說。他轉向在田地裡工作的人，問道：「你們有人看見索倫嗎？」

有個人指向一棟蹲踞在籬笆陰影中的小屋。

「煙囪飄出炊煙，那麼他很可能在家。他多半都會在。」布耶解釋說。

卡爾點頭。「索倫爲什麼來這兒跟你們住，他也去過阿富汗嗎？」

「沒有，但他兒子雷夫是我們營地的。他是個勇敢無畏的士兵，不過也有點魯莽。可惜運氣不好被炸死了。我們回到丹麥後，傷心絕望的索倫來找我們。您要知道，他有點古怪。」

阿薩德轉向後面遠方的人。天空又下起綿綿細雨，但似乎沒人急著避雨。「爲什麼您這位前任士兵會來到此地呢？」

布耶顯然不是第一次聽到這個問題。

「我們在堡壘營時就已有信仰營，退伍後成立信仰營自是順理成章。我年輕時便已找到阿薩神信仰，在戰爭中，宗教儀式給我許多安慰。同袍在一旁清楚看見我比他們更能適應戰場生活，沒多久便有許多人加入，在信仰中尋求寧靜。面對像塔利班這種根源於堅強信念的挑釁者，若沒有堅定信仰，只會感覺自己脆弱又不幸，特別又是置身於嚴峻的危險之中，還離家幾百公里遠。在這種情況下，我們扎根於北歐的古早歷史，讓自己不致迷失。您能理解嗎？」

他指著幾片鋪在泥濘溝渠上的木板，木板通向索倫寒磣的小屋，然後他又望著卡爾。

「我十分肯定，若是沒有這個信仰和這個營地，有幾個人絕對回不了家鄉，至少不是毫髮無傷地回來。如今我們是一家人，而這個家族在全國各地開花結果。過幾天，我會上『二四七』節目談這個主題。我感覺您屬於難以和我們這種人相處的丹麥公民，因此我建議您一起參加座談。到時候請聽眾打電話進來，詢問您對我們的看法。運氣好的話，如果從索倫那邊得不到結果，有一、二位觀眾甚至可能幫助您找到您要找的人。」

「呃，我不是十分確定……」卡爾迴避掉了。和阿薩神信仰的信徒一起參加廣播節目，就爲了取得有助於查明當前案件的資訊？這戲碼也太荒誕不經了吧？他現在就聽得見總局同事間的閒言閒語了。

「你們是職業軍人嗎？」阿薩德問。

「大部分是的。我是上尉，這裡也有幾位軍官，不過大部分是自願兵。」

「上尉，那麼您應該到過世界各地的戰場囉？」阿薩德強調說。

布耶點頭。「沒錯，我的確去過許多戰場。」他對阿薩德友善一笑。但忽然之間，他額頭上卻擠出了皺紋，阿薩德似乎讓他回憶起某些事，但是他現在怎麼樣也想不起來。

阿薩德轉向索倫的小屋。「他站在窗邊觀察我們。您已告訴他，我們會過來嗎？」

「沒有，抱歉，可惜我來不及說。」

卡爾還眞希望事先有人警告神智不清、滿眼血絲的索倫．穆哥爾。布耶一介紹他們是哥本哈根警察總局的調查人員，他頓時震驚萬分。

他驚慌失措，在屋頂低矮、瀰漫大麻臭味的小屋裡東張西望，大概想確認毒品有沒有四處亂放。

「我聞得出來，您偶爾會賞自己抽點大麻。」卡爾直截了當，毫不遮掩地說。

「噯，哎呀，我又不販毒，您要相信我。我在後面種了一些，但數量沒有多到可以……」

「嘿，索倫，別緊張。」布耶打斷他說：「他們不是緝毒組員，而是凶殺組的。」

雖然索倫神思飄渺，八九不離十是因爲享受自家作物的關係，但一聽到凶殺組，心臟還是突地停了一下。

「凶殺組？」他先是恍神發呆，然後遲疑地點著頭，臉上露出一絲嚴肅之色。「是雷夫嗎？」

他嘴唇簌簌顫抖。「是自己人殺了他嗎？」

卡爾眉頭緊皺。這傢伙眞的瘋了。

他們請他坐下，解釋了自己的來意，似乎仍舊無法安撫他。

「我聽不懂。我不認識什麼雅貝特，除了那個歌手之外。你們爲什麼要問我？」

「我們想問您是否知道法蘭克目前人在哪裡、在做什麼？」

他聳聳肩，看著布耶。「布耶，我今天沒有一起下田。你知道的，我的肺有點問題。」

「不要緊，索倫，不過你或許應該回答兩位警察的問題。」

索倫一臉困惑。「法蘭克？是的，這是他的名字。他是個混蛋，我都沒有眞正做過決定。」

「您的意思是？」卡爾向阿薩德點個頭，不過他老早就把筆記本準備好了。

「什麼事都要由他決定，我受不了，所以跑掉了。」

「您何時跑掉的？」

「我們回到西蘭島之後，他想到瑞典或挪威做點能賺錢的事，什麼課程中心的。」他轉向布耶，問道：「你能想像我離開森林或是荒野嗎？算了吧！」

「課程中心？約莫是何種形式？」

「就是一個他可以決定所有事情的地方。」

「您知道他現在的名字，以及最後在哪裡落腳嗎？」

索倫搖了搖頭，盯著書桌上的錫箔紙和香菸。

「您覺得先捲一根大麻，抽個幾口，會不會幫助您回憶往事？」阿薩德問，但只見布耶不停搖頭。這提議顯然沒什麼建設性。

「法蘭克只對自己有興趣。」索倫說：「其他事情他都不稀罕。」

「對女人也是嗎？」

他深深嘆了口氣，大概以為這就可以當作回答了吧。

「他和厄倫納幾個女孩交往過，您還記得嗎？」

「交往？」他悶哼一聲。「他全都上了她們，根本沒有交往，就是這麼簡單。」

「您想得起她們的名字嗎？」

這時候，索倫半閉起眼睛，看不出是在思索，還是神遊去了夢之鄉。

「她們全都叫做不重要的狗屎。」他咕噥一聲，然後就離開了。

「我很遺憾。」布耶送他們到車子旁，把兩瓶沒有標籤的寶特瓶遞給他們，裡面裝著金黃色液體。「不過，這是索倫少數能回答問題的清醒時刻，也許我們應該感到滿足，畢竟他大腦可能受過嚴重創傷。我們曾經長時間討論過究竟是大麻毀了他的腦子，或是創傷留下的後遺症。總而言之，他毀掉了自己大部分的腦細胞。」

卡爾點頭。不知為何「毀掉的腦細胞」讓他想起羅尼和桑米。或許是因為明天他得開漫漫長路回凡徐塞的家，還要去找法蘭克以前的神學教授的關係。

「就如之前所言，如果您有興趣，歡迎來參加廣播節目。」布耶這位老兵兼農夫向他們道別。「或許您會有所收穫。我想應該有聽眾能夠回應您的問題，若是沒有，那才令人納悶。」

第三十四章

二〇一四年五月十日，星期六

第一排坐著兩位傷心欲絕的女士正在哭泣。不是羅尼的太太，她根本沒現身，也不是羅尼的姊妹，或者小時候莫名其妙地夢想和羅尼共度一生的鄰家女孩。都不是，而是兩位陌生女子。她們每隔一段時間就盯著棺木看，還不定時拿起大腿上的手帕，機械式地擦拭眼淚。

「拜託，前面那兩個人是誰啊？」卡爾問前排、後排和旁邊來參加喪禮的人，但沒半個人知道。唯一能確定的是，除了她們之外，教堂裡沒其他人落下傷心的眼淚，即使在唱聖歌，或是牧師盡力根據羅尼的遺願，拼湊出些許的感性，也沒令人動容流淚。

「她們是哭喪女。」阿薩德低聲說：「我剛問過了，因爲她們坐在第一排，我實在太好奇。」

卡爾蹙起眉頭。哭喪女？

「是的，他們說羅尼在遺囑裡交代要雇人來教堂裡哭。聽說他是這樣寫的，所以她們就來了。」

卡爾點頭，注視著棺木。這具紅棕色的異國風情玩意兒，一定重得要命。教堂裡只有一半擺了花朵，中間走道沒有花飾。只有二十個人出席，其中兩個是僱來的，還有一個陪人來的，那就是阿薩德。

預先在遺囑裡規定要僱用哭喪女，眞是考慮周延，羅尼，否則還有誰會爲你掉淚呢？你親口說自己殺了父親，一輩子都在傷害身邊的人，汙辱他們。你滿口謊言，只會製造不快。拜託，誰會為你哭泣？你那腦殘的兄弟只對這場鬧劇能帶給他多少收益有興趣。其他重要的家人？沒有，羅尼，這點你自己早已預見。你除了給自己僱用哭喪女之外，沒有其他選擇。高招，向你致敬。

卡爾兀自發愣了好一會兒。這時，風琴手更換音栓，琴音激昂高亢，果不其然，哭喪女也自動感染了這股悲痛，放聲高哭。

如果前面停的是他的棺木，會是怎樣的光景？誰會為他落淚？他那個沒心沒肝的繼子賈斯柏、前女友夢娜、前妻維嘉？他的父母絕對不可能，因為他們那時早就歸天了。他沒有感情的哥哥和其他親戚，應該也沒指望。

哈迪呢？如果他還活著，也有人好心張羅交通接送，他會來嗎？那天他會流露出一絲哀傷嗎？莫頓絕對沒問題，他光是看到棺木，就會眼眶泛淚了。不過，他在YouTube上看見小狗舔小貓，也會有同樣反應，所以不能真正地把他算進來。

當然，還有阿薩德。

他凝視坐在身旁的阿薩德，他正費心地要跟上大家的合唱。卡爾不由自主地把手放在他手臂上，激動地拍了拍。是的，阿薩德大有可能會在場。他是唯一算數的。

阿薩德中斷合唱練習，壓低聲音問道：「卡爾，你想對我說什麼？」

卡爾不自覺地露出微笑，差點就脫口而出腦子裡想的事情。

卡爾曾在海倫德餐廳發表第一次也是至今唯一的一次演說。當時他剛受完堅信禮，頭髮用髮油梳得服服貼貼，緊張得全身發抖，謝謝父母精心準備這場聚會和錄音機。他們笑容燦爛，滿心歡喜，母親甚至還感動得淚眼盈眶。當年就是這樣。

在同一家餐廳中，眼前的盤子裡擺滿三明治和飲料，恍若時光並未消逝，彷彿大家相聚在此的原因不是那麼悲傷，羅尼也沒被送到火葬場去。

卡爾在賓客間東張西望。羅尼選中了誰來丟出炸彈？待會誰手裡將拿著一張紙，唸出羅尼針對家屬隨意胡謅的指控？什麼時候家族裡會有一、二人——卡爾的可能性最高——被壓倒在眾人面前，而羅尼在彼岸國度裡看得開心大笑？

「你的新搭檔是個很可愛的年輕人。」他母親朝阿薩德的方向點頭，他被包夾在艾達阿姨和另一位年紀和她一樣大的老婦人之間。「你說他叫阿薩德？在敘利亞叫這個名字不是很奇怪嗎？」

卡爾輕輕地搖頭。「媽，就我所知，這個名字在中東地區非常普遍。是的，他確實不錯，否則我們不會……」他屈指計算年份。「……不會一起工作七年。」

四周的幾個客人跟著點頭。即使在凡徐塞，七年也是段不算短的時間，所以這位同事看來沒有問題。因此，雖然在場一定有幾個客人腦中掠過好奇，但沒人提及阿薩德的膚色和出身。話說回來，這裡的人天生比較寡言。

有人敲著啤酒瓶，卡爾母親家族這邊的一個侄孫站了起來。他絕對不是羅尼認識的熟人，大概是特別找來充場面的。

「家族律師授權我唸出這份聲明，裡面有羅尼的遺囑。」

來了。當然囉，還會有其他東西嗎？

被挑選出來的人撕開信封。

「內容相當簡短，羅尼不希望打斷我們享受豐盛的餐點。那麼，我們是否應該舉起杯子，感謝海德倫餐廳準備佳餚，以及向抽出皮夾招待這一切的羅尼致意呢？」

多數人客套地笑了笑，一起乾杯。只有卡爾文風未動。

「好的。羅尼寫道：親愛的朋友、親愛的家人，請容我從最近購得的佛教寺廟向各位表達謝意。我一直很喜歡熱熱鬧鬧的聚會，所以請舉杯，先祝福大家健康安好。」

侄孫停了一下，但是時間短得來不及完成筆者的願望。

「你們有幾個人應該很清楚，我打從心底痛恨我父親。他講過的每一個字，在在都加深我的信念，證明把他送進地獄，對他身邊的人來說是大快人心。」

這時候，有幾個客人開始騷動不安，尤其是卡爾的父親。他全身僵硬，瞪著說話的人，手中的叉子不斷地蹂躪著桌巾。

「你們有些人或許會認爲這是個沒有惡意的願望。錯了，我不無驕傲地向在場人士宣布，我已經實現願望了。是的，我殺死了他。」

「住口！給我停止唸出這種冒犯的文字！」卡爾的父親高喊，其他人也忿忿不平，竊竊私語。

「不，我們想要聽。」一個角落傳來聲音，喊的人是羅尼的兄弟桑米，他從椅子上半直起身子。「我有他媽的權利知道結果，他也是我的父親！」

「呃，也許我該繼續唸下去？」侄孫緊張地說，然後看著卡爾的父親。「可以嗎，岡納？桑米都這樣要求了。」

所有人看著卡爾的父親。這位吃苦耐勞、疲憊不堪的農夫，瘦骨嶙峋，性格卻頑強堅韌。卡爾看見哥哥把手放在父親握緊的拳頭上，這種事他絕對做不來。桌首這兩位男子，一個養貂人，一個農夫，就像一個模子印出來的。他們不會開口向人求助，不過同樣也吝於助人。多麼無與倫比的團隊啊！

卡爾做好心理準備，因爲下一瞬間，氣氛可能大翻轉，他將成爲眾矢之的。這種事不需要靈驗的第六感，完全不言而喻。

「好，那我就繼續了。」侄孫說：「羅尼接下來寫道：我在遺囑裡詳細描述整個狀況，希望不會讓各位感到無聊。不過，希望再給我點時間，我要向我的堂弟卡爾致上十二萬分的謝意……」

他就知道。從頭到尾都在他意料之中！

在場所有人的目光全落在他身上。

「……特別感謝他讓我有能力與機會剷除我的父親。因此，我請求大家，舉杯向卡爾致敬，因爲他幫了我一個大忙。我堅信在這個特別的日子，托芙嬸嬸一定會把他請到現場來。」

卡爾搖著頭伸出雙臂。「我不知道這個人在暗示什麼。他大腦長瘤還是怎麼了嗎？」

「後面還有嗎？」桑米喊道。

「有的，馬上唸。」侄孫說，又大聲唸下去。

「卡爾是我最好的朋友。他教我空手道，所以我十分清楚該怎麼砍向哪個部位，而不會留下明顯痕跡。因此，我施展出目標明確的致命一擊後，我父親就迷迷糊糊地掉入河裡。大功告成，就是這麼簡單。卡爾在恰當的時機點別過頭去，這一點，我要致上最高的敬意。所以除了我妻子得到的物品之外，我所有的遺產都留給他。」

餐廳裡的溫度瞬間降到零度以下，沒人敢咳一聲，也沒人敢發出呼吸聲，四周籠罩著暴風雨前的沉重寧靜。卡爾在無風無雨的暴風眼中待了幾秒，接著向大廳怒吼咆哮。難不成要他枯等眾人憤怒沖天，朝他劈頭打腦地襲來嗎？

「簡直是惡劣至極的謊言！去他媽的下流無恥！」他怒氣噴發，目光掃過叔叔、阿姨和陌生人飽經風霜的震驚臉龐。「我對這件事記憶猶新，就像昨天才發生似的。我當然記得，因爲那是我生命中最哀傷的一天。羅尼寫在遺囑的事，我壓根不知道，因爲我那時跟著兩個騎自行車在省道等我的甜美女孩走了。我也沒有別過頭避開任何事，我根本什麼都沒看見！我跟你們大家一樣萬分震驚！」

「等等！」侄孫喊著：「下面還有。」

「卡爾一定極力否認，他絕對在說謊。我們兩個都參與了這件事，我已詳細地寫在回憶錄裡，回憶錄已寄給兩家出版社了。」

卡爾頹然地癱在椅子上，扎扎實實地被擊垮。死人之言該如何反駁？如果他無力抵抗，會有何種下場？親人會避開他，好，這點他可以應付。但要是這件爛事付梓公開呢？當然囉，他的職業生涯鐵定完蛋。更糟的是，他將終身帶著烙印，說他參與殺人後居然還當上了警察。這種調查人員比起被送進大牢裡的人好不到哪裡去。

「走吧。」他聽到後面有個聲音說。

卡爾抬起眼，是梳理整齊，一身黑西裝的阿薩德。

他小心翼翼地拉起椅子上的卡爾。「走吧，卡爾，我們現在離開。你根本不需要遭受這種待遇。」

卡爾把椅子往後推，站了起來，羅尼反應遲鈍的兄弟桑米這時才飛身衝過來，拿寬闊肩膀猛力衝撞卡爾的胸膛。接著，有著刺青的手揮來一記勾拳，正中卡爾下巴。卡爾踉蹌地往後退，感覺到一隻手臂從後面扶住他，另一隻手從他頭旁射出，啪的一聲打在桑米曬成古銅色的臉上。這一拳令人終身難忘。

桑米意識模糊，撞到桌子，餐桌應聲破裂，餐具和杯子紛紛掉落在地。阿薩德拉著卡爾走過一張張椅子，憤怒的吼聲接續響起。短短幾秒之內，群情激憤，吵鬧爭執，一發不可收拾。

「卡爾，現在怎麼辦？」阿薩德沿著布雷街開車往北，經過卡爾受堅信禮的教堂，剛剛這裡才舉行了羅尼的葬禮——如果可以這麼稱呼的話。

「我不能就這樣離開，必須和我哥或我父母談談。不能讓懷疑就此蔓延，我沒辦法這樣生活下去。」

行經阿柏格路上的圓環，卡爾指向往北的省道。

「一看見右邊出現醫院，下個街口立刻左轉。我們不需要直接開到家裡，在路邊等到其他人回來就好。」這樣我還有時間決定要怎麼做，卡爾心想。

阿薩德把車停在路邊，卡爾望著家裡的農莊，一股愁緒湧上心頭。他在這裡長大成人，形塑性格，扎根正義感。他也在這裡拿乾草叉扎自己大腿，向他大哥證明排行較小絕不代表比較懦弱。他在這裡養自己的第一隻狗，而他父親也在這裡射死了狗。

同樣在這個家，他攤開一本雜誌放在膝蓋上，蹲在麥稈堆後面，第一次經歷所謂的高潮。約翰農莊，他世界的起點。

他們默不作聲地等了半個小時，後照鏡映出一片水花飛濺。有輛車駛近，速度非常快。

「我向你保證，他們會從我身邊駛過。」卡爾下了車，直接站在路中央。

他朝父母飛速靠近的車伸出一隻手，耳邊傳來阿薩德高吼的警告聲。車子千鈞一髮地在他小腿前幾公分煞住的那一刻，他也同時聽見了車內父母的咒罵聲。他用力打開車門，對母親苦苦哀求他先回家的聲音充耳不聞。

「我簡短地告訴你們，免得你們疑心生暗鬼。羅尼在那封噁心的信裡所提到的事情，和我完全沒有關係！我和你們一樣義憤填膺，因為我很喜歡他父親，或許更甚於其他人對他的喜愛。因此我鄭重地說一次，比起你們，畢格．莫爾克一路上教會我培養更多反叛精神和自尊心，所以我愛他、尊敬他。父親，你的兄弟幽默風趣、睿智聰明、通情達理。你眞應該跟他學學，我們的關係也就不至於這麼糟。」

「你就是這個樣子。」他父親諷刺地說：「老是唱反調，老是挑釁，永遠只想貫徹自己的意志。」

卡爾冷靜下來。「爲什麼這樣？」他這時輕聲問道，聲音低得幾乎聽不見。「爲什麼呢，父親？答案不是顯而易見嗎？因爲你不讓我獨立自主，但畢格叔叔爲我開啓了這條路，我至今仍舊哀悼他。那是我的防衛方式，如果你還保持了一點客觀理智，沒有成見，就該讓我走自己的路。」

「就算我不准，你還是跑去割草。你揍了自己的哥哥班特，最後選擇離開農場。」

卡爾點頭。「你以爲班特沒做出同樣的決定嗎？跑去腓特烈港養貂，和布朗德斯勒夫的農場有何關聯？如果你以爲自己死後，班特就會繼承農場，你最好在母親日後要單獨面對這問題之前，認眞和班特談一談。爲什麼我就要繼承農場，你當時問過我的想法，還是你要求我了？沒有，就我所知，什麼都沒有。」

「我用自己的方式問過了，一個警察應該聽得出來。」

「羅尼的弟弟來了！」阿薩德從勤務車中叫道。

卡爾轉向路底。桑米的皮卡車改裝得有夠經典，車子周身裝設霧燈，輪胎超級寬大，還有一堆鉻鐵裝飾，使得這輛舊貨卡只值勞工階級專用配備的一半金額。一個有四個輪胎的自卑情結。

「媽，我再打電話給妳。」卡爾用力地關上車門喊道。如果他們動作夠快，在桑米趕上來截斷他們的路之前，還可以來個大回轉，縮短前往塞立斯勒夫的路程。

但是奇怪的事情發生了：桑米在距離他們五公尺前陡然煞車，刷地濺出一陣比車頂還高的水花。只見桑米跳下車，使盡吃奶力氣大喊：「什麼都沒得繼承！」接著歇斯底里地狂笑。「哈哈！羅尼一毛錢也沒有，財產全登記在他老婆名下。你什麼也沒撈到，卡爾，一個屁都沒有。回家去吧，你這個可悲的條子，把自己氣到死吧。」又是一陣大笑，笑得他差點摔得狗吃屎。

卡爾真希望以酒駕的名義逮捕他。

「真奇怪，你父親竟然這麼容易就懷疑你。你知道理由嗎？」阿薩德問。

「恐怕這就是我們的角色。阿薩德，有時候這樣不是反而最簡單嗎？」

阿薩德久久不語，然後點頭，但沒有回答他的問題。

「這裡要轉彎。」卡爾暗地發現這趟車程到目前爲止堪稱順利。阿薩德沒有一次把車開得驚險不安，沒有突然煞車，也沒有粗暴換檔。

「欸，阿薩德，你最近去上駕駛課了嗎？」

阿薩德微微一笑說：「謝謝你的恭維。」然後又默不作聲。

恭維？又是一個卡爾迄今沒從他嘴裡聽見過的詞。

第三十五章

二〇一四年五月十日，星期六

自從雪莉對凡倫丁娜掏心掏肺，而凡倫丁娜隨後把自己的夢境告訴她後，兩人之間的接觸忽然中斷了。這絕不是雪莉當初的意圖。

「我們今晚要不要聚聚，聊一聊？」她不斷地問凡倫丁娜，但好幾天都遭拒之後，她也了解凡倫丁娜的意思了。

凡倫丁娜的夢境一直在雪莉的腦海縈繞不去。她每次看見窗台上的皮帶，心頭的疑慮就不由得逐漸加深。這條皮帶是汪達的，眞有那麼不可思議嗎？何況凡倫丁娜上次也講過中心裡發生的奇怪事情。

可是凡倫丁娜爲什麼轉眼間變得如此冷漠？凡倫丁娜的行爲模式驀然改變，雪莉不得不懷疑後面有人影響了她。

她跟皮莉歐談過了嗎？但是做了這個夢還去和皮莉歐談，簡直不可置信，因爲夢境在在顯示皮莉歐非常可疑。

即使如此，雪莉也很快地相信這兩個人達成了某種協議。因爲在禮堂裡，凡倫丁娜會坐到另外一邊，盡可能離雪莉遠遠的，而那一邊正是皮莉歐進來的地方。

這段時間，她們兩人的互動更加緊密，比皮莉歐這位重要女士和其他弟子之間的往來還要密切。

除此之外，雪莉也注意到與皮莉歐眼神偶遇時，皮莉歐的視線落在她身上的方式也與先前不同。皮莉歐雖然注意到她，但沒有眞正地與她對視。她也沒和雪莉說話，只是點個頭打招呼，偶爾臉龐肌肉牽動，露出像是笑容的表情，但也僅止於此。

雪莉考慮要不要找阿杜談談。話說回來，要和阿杜接觸，一定得透過皮莉歐，那她要怎樣才能和阿杜說得上話？

她有時候感覺極度不舒服，因爲她清楚意識到皮莉歐不懷好意。若眞如此，她在中心就沒有未來可言。

即使如此，不管皮莉歐要用什麼方式把她氣走，她仍舊打定主意留下來。難不成她還有其他選擇嗎？回倫敦？回到失業狀態，回到窘迫的住屋環境？在壞習慣中墮落腐朽？偶爾和陌生人一夜情，來一場沒有歡愉的性愛，在他們身旁寧可不要睜開眼醒來？不，絕對不要。絕不要在既有條件下回去。倫敦有人會想念她嗎？沒有。除了她父母知道她出國之外，還有誰注意到呢？說實話，她父母也不想再和她有任何瓜葛，他們斬釘截鐵地表達了自己的看法。她至少給他們寫了十封信，他們卻只捎來一張明信片：只要她仍留在這處非基督教的地方，就不需要再寫信回家。

不，雪莉十分篤定自己要留下來。因此，在下一次的禮堂集會上，雪莉一直特意和皮莉歐目光接觸。實際上她有次也的確感受到皮莉歐直視了她，而且眼中沒有不快。

皮莉歐唇邊是不是還露出和解的笑容？

但是，皮莉歐的笑容頓時僵住，雪莉瞬間全身冰凍。

她看見了一隻感覺到自己的蜘蛛網在起伏震動的蜘蛛嗎？

第三十六章

在另外一邊的那棟房子，顯然不是讓人一年到頭住在裡面的。由於距離水邊非常近，水平面不需要上升得太誇張，即可能淹水漫漫。不過即使荒廢破落，損害仍舊有限。

「聞起來有駱駝糞的味道。」阿薩德評論說。

「是北海和海草的味道。」

門口出現一個駝背的人，正努力想直起身子。

卡爾指著那人。「那是約翰．陶森。阿薩德，看那模樣，一定是貨眞價實的神學院榮退教授。」

「榮退？」

「榮譽退休，領退休金，表示過去式。」

「請見諒，我只能向兩位伸出左手。」教授致歉說，伸出因爲痛風或風濕而變形的手問候他們。乍看之下，會誤以爲和一個拳頭握手。卡爾看見另外一隻手的情況更糟，完全無法使用。感覺應該十分疼痛。

「唉，早晚會習慣的，但不是疼痛。」教授察覺卡爾的視線後說，請他們進屋。

他端來芳香的伯爵茶，手一路顫抖不停。最後在他們對面坐下，聚精會神地端詳他們，彷彿他們正請求他解釋宇宙的謎團。在他們提出問題，經過他的回覆之後，卡爾才明白果然事關宇宙奧祕。

「是的，一九九五年秋季，我在人民大學開了一系列講座，課程開放給所有人參加。」

「課程名稱是否為『從星座神話到基督教』？」卡爾插話說。

「完全正確。或許因為主題爭議性很大，所以課程相當熱門。今日針對此一主題出現了琳琅滿目的詮釋，不會再有人大哭大喊抗議。然而，一九九五年的景況並非如此。此一主題最初由一位年輕的美國女士提出，引發了我的興趣。這位女士的論點，挑戰了當年既有的研究，在美國聖經帶激起熱烈辯論，在當時相當新穎。如果有興趣，YouTube上找得到簡短影片，介紹我的講座。我想，影片名稱是《時代精神》。我自己從未看過，因為這兒沒網路。嗳，即使沒網路，我也沒問題。」

他把糖罐推給阿薩德，饒富興味地觀察糖罐慢慢變空。「冰箱裡還有。」他說，聲音裡懷著敬意。

不過阿薩德舉手婉謝好意，他杯子裡已經舀足了需要的糖分。

「我想，我記得你們說的那位男士。即使年輕美國女士的論點沒有在本地造成轟動，這類課程仍舊吸引想法南轅北轍的聽眾參與，您應該可以想像。雖然有不少懷疑論者，但是這個概念仍在許多人腦中找到肥沃的土壤播種茁壯。不難想像剛才提到的美國女士一心一意地投入這項研究，這位法蘭克似乎也一樣。」

「您還記得他的姓氏嗎？」

他粲然一笑。「我能記起他的名字，兩位就該感到開心了。不，我們從不稱呼對方的姓氏。課程名單上一定有，但我從沒認真看過。」

「名單還在嗎？」

「不在了，我沒有收集文件的習慣。」

「人民大學會不會歸檔呢？」

「絕對沒有。十年的文件歸檔期限已是最高極限，但我認為這類名單的時間應該更短，大約五年吧。」

「您對法蘭克．蘇格蘭這名字有印象嗎？」

「蘇格蘭？」他沉吟半晌。「沒有，他叫這個姓氏嗎？」

卡爾聳聳肩。「這是我們唯一聽到的名字。蠢的是，丹麥沒人叫這名字。」

陶森笑了笑。「噯，那麼名字就不對了。」

卡爾輕輕搖頭晃腦。推理得好。「那他這個人呢？您還記得他嗎？」

「記憶猶新。這位法蘭克在一堆學生中鶴立雞群，整套課程可說啓發了他，讓他因而頓悟。我這麼說是有憑有據的。至少，我教過的學生當中，他的求知欲最旺盛。您應該可以理解，這種人令人終身難忘。身為教師，最喜歡課堂裡坐著有反應、能夠互動的學生。」

「是這一位嗎？」阿薩德把那張福斯車照片給他看。

陶森的手摸拿著桌上的眼鏡，同時瞇起眼睛，仔細查看。

「嗯，雖然是十八年前的事了，但有可能是他。」

他們給他時間慢慢看。

「沒錯，正是他。我現在記得比較清楚了，而這是有根據的。正如方才所言，不無可能是他。」

「我們正在調查一件伯恩霍姆島的死亡事故，正在追緝他。因此只要有一點訊息，我們都感激萬分。您對法蘭克有什麼樣的印象？」

陶森眼睛周遭柔嫩的肌膚微微收縮，深怕說錯一句話很可能害別人遭罪，陷入困境——這種反應卡爾已看過太多次。

「說出您想到的事就可以了，我們會再仔細驗證過濾，這點您盡可放心。」他說，言出必行。

「好吧。」陶森費力地嚥了幾次口水。「我確實記得他一有機會就告訴我，我的課程改變了他的生命。上過課後，他更清楚命運安排給他的方向。」

「而那是……？」

「我想應該稍微先簡短說明講座的內容，你們才能歸納出自己的結論。其中大膽的闡述不少，雖然沒有一項成爲我日後的研究專題，但是很有意思。」

他的雙眼這時閃現光采。因爲他又再度成爲了講師，還是衷心想回溫即將解釋給他們了解的內容？

「你們聽過星座，是吧？獅子座、天蠍座、處女座等等。十二星座不只契合季節，也和地球轉動有關。在占星術中，各星座各具備特殊意義。不過依我所見，多爲兒戲胡鬧。即使如此，星座多少已與俗世現實相互結合，至少觀察北半球的狀況確實如此。例如水瓶座代表春雨滋養萬物的時節。」

「我是獅子座。」阿薩德打斷他的話。「我的名字也有同樣意義，眞有趣。」他又補了一句。

陶森咧嘴一笑。「占星術中的星座在地球周圍形成一圈，就是所謂的黃道帶。一年中，太陽大軌道沿著黃道帶繞行。地球每日的自轉在四個點之間，另外形成小循環，也就是日出、天頂——亦即天空最高點——日落，最後是天底——亦即最低點——目前爲止，可以理解嗎？」

卡爾點頭，截至這裡，不過是小學程度的知識。「我稱爲清晨、中午、傍晚和午夜。」他不露聲色地說。

陶森又笑了。「從天文學來看，那吻合二至點，亦即夏至、冬至，以及春季和秋季中的兩個分點，分別畫出天頂和天底，以及日出和日落之間的軸線，或者從天文學角度來說，畫出二至點之間以及二分點之間的軸線，會在太陽運行的軌道上方出現一個十字，世人稱之為太陽十字。」

他垂下頭，眉頭深鎖。看來馬上要進入高潮了。

「也有人稱呼這個十字為『釘十字架的太陽』。事實上在史前時代，那早已被刻在石頭上，見證了各種以太陽和星象為根源的宗教存在。」

他費力地從盒子裡撥弄出甘草錠，塞進嘴裡。

「簡而言之，在歷史發展上，許多宗教的定義，奠基於穹蒼自古以來對於人類的啓發。太陽由於滋養萬物的特性，早在史前時代，便是造物主和神的象徵，是世界之光、人類的救贖。無數宗教在各方考量之下，將太陽和星座轉變成太陽神和其他神話角色。在我的課程中，我試圖證明這種改變意義的行為，大規模適用於各個時代，獨立於宗教派別之上。」

「埃及有天空之神與光之神荷魯斯，祂的眼睛一隻是太陽，另一隻是月亮。」阿薩德冷不防地說道。

教授用他痛風變形的左手食指比著阿薩德說：「沒錯，年輕人，就是這樣。西元前三千年，荷魯斯和賽特被敬奉為光明與黑暗之神。據說，良善的光明之神荷魯斯，每日清晨在與被簡化為邪惡之神化身的賽特之間展開的永恆戰鬥中獲勝，也就是戰勝黑暗。在為數眾多的宗教裡，也可見類似的二分法，想想上帝與魔鬼，也是種對立組。

「在西元前一千五百年，埃及象形文字即已格外詳細地敘述其他故事，您了解之後，一定會大吃一驚。《舊約聖經》裡性格鮮明生動的人物，早在那時差不多都出現了。柳筐裡的摩西（Moses）在埃及叫做米瑟斯（Mises），在印度叫做摩奴（Manou），在克里特島則以米諾斯（Minos）為人所知。諾亞和大洪水的故事也有《聖經》之前的版本，巴比倫的吉爾伽美什的英雄史詩，約莫於西元前一八〇〇年出土，是人類最古老的文學作品之一。猶太教的信徒雖宣稱一切故事皆源於他們的宗教，但滑稽的是，即使如此堅持，《新約聖經》裡的許多故事，都可在象形文字中找到蹤跡。」

「您說的是耶穌誕生的故事嗎？」阿薩德口氣遲疑。「東方三王、異星和其他情節嗎？」

卡爾頓時啞口無言。在他長大成人的凡徐塞，從小就要學習聖經故事，但阿薩德這個穆斯林，居然也對聖經故事耳熟能詳，著實令人訝異。

教授又拿變形的左手食指比向阿薩德，大概是長年教書養成的習慣。

「正確！之前提到荷魯斯，是在十二月二十五日由一位處女產下，東方有顆星宣布他的誕生。荷魯斯也受到三位君王朝拜，十二歲時即為人師，三十歲受洗，隨後有十二位信徒跟隨他，也可以稱他們為『弟子』。信徒追隨荷魯斯四處遊歷，並行神蹟。荷魯斯最後遭到堤豐出賣，被釘上十字架，埋葬後三天又復活了。」他轉向卡爾。「您覺得有點耳熟嗎？」

「見鬼了，眞不得了。」卡爾搖搖頭。他得先花時間消化才行。

「在這個脈絡下，那或許不是正確的表達方式。」陶森笑著說。

「不過，這些和法蘭克有什麼關係呢？」卡爾問道。

「請等一下，還沒結束。若是橫向比較各時代的宗教，會發現止是卓爾不群的人物，使得各宗教揭示出一連串驚人的相似之處。方才我已指出荷魯斯和耶穌基督之間的一致性，如出生時間、三王來朝、異星、門徒、奇蹟、出賣、釘上十字架、死亡與復活等等，這些不過是最重要的部分。而在西元前一千兩百年的希臘阿提斯神、波斯密特拉神、西元前九百年的印度克里希納神和西元前五百年的希臘戴奥尼索斯神等神的出身背景上，都能找到同樣的元素。世界上的其他宗教亦可窺見雷同之處，如印度斯坦、百慕達群島、西藏、尼泊爾、泰國、日本、墨西哥、中國和義大利等。故事全都大同小異，只是稍有筆削。」

「筆削？那是什麼？」阿薩德問道。

「修改、調整，您知道的。」

阿薩德點點頭。卡爾看不透他此刻表情所蘊含的意思。

「我聽到目前為止的印象是，這個法蘭克崇拜太陽之類的神祇，但我也可能搞錯。」卡爾大膽假設。「他是何時以及如何浮現這種想法的？」

這時，陶森豎起變形的食指。「有點耐性，莫爾克先生，請讓我把自己的想法陳述完畢。」他掏了半天，才又從盒子弄出一顆甘草錠。「請兩位見諒，不過我一邊的唾腺割掉了，因為癌症，您知道的。因此，我需要服用能夠刺激唾液分泌的東西，免得口腔太過乾燥。甘草的效果非常好。兩位，請自行取用。」

他把小盒子推過給他們。只有卡爾出於禮貌，回應了教授的邀請。

「事情十分複雜，我可以講上好幾個小時。」陶森哈哈大笑，顯然感到如魚得水。「不過，一個一個來。我想藉此說明的是，塑造各宗教核心的眾神與先知故事，往往奠基於天文與星象等現象。以誕生的順序來說，荷魯斯由處女在十二月二十五日產下，接著出現三位智者，亦即三位君王；而跟隨的一顆東方明星。天文學上的解釋是這樣的，北半球在十二月的夜空中，最明亮的那顆星是天狼星，與獵戶座腰帶上的三顆星同在一直線上，那三顆星原本叫做什麼？」

「三君王星。」阿薩德說道。

那隻彎曲的手指又派上用場了。「沒錯。換句話說，三君王星和夜空最明亮的星星在同一線上，而三君王星同時往下延伸，正好直指十二月二十五日日出的方位。因此，三位君王『跟隨』著東方那顆星辰直到至點，亦即生命的象徵與人類的救世主。而在這一切之上閃耀的是處女座，又稱爲『麵包之屋』。因此在基督教信仰中，救世主的誕生地伯利恆這個希伯來文，意義就是……」

「麵包之屋？」卡爾搶先阿薩德一步。

「是的，正是如此。還有一個跨宗教的象徵——十字架，也得向星象學請益。十二月二十二、二十三和二十四日，眾所周知，是太陽位於一年最低點的時候。在北方，這點最清楚不過了，因爲正是一年當中最黑暗的日子。古早時期，認爲這段時間代表死亡，畢竟他們如何能得知太陽是否再度升起？在兩千年前的十二月二十二日的夜空中，南十字座也同樣特別閃耀眩目。三天後，觀察星座位置，太陽又開始——這裡是不是應該說聲謝天謝地——往北移動了。因此，象徵神的太陽在十字架下懸掛了三天後，再度復活了。而我們的耶穌基督與其他多數的太陽神共享了這個命運。」

「神學院裡可以公開討論這種議題嗎？」卡爾十分好奇。

陶森比較健康的那隻手微微擺動。「當然，大多數的內容早已深植人心，但是沒錯，星象學方面的詮釋，不屬於神學探討的範圍。」

「這一切眞是不可思議。」卡爾說。他毫無頭緒該如何利用以上知識來推展案情。堅信禮的相關課程中，這類內容或許會引起他的興趣，因爲很有意思，不過牧師本人絕對敬謝不敏。

「天體和宗教故事之間的關聯性不勝枚舉。我差不多說完了。」陶森閉上眼睛，彷彿要再次回想自己是否講完最重要的事。

「還有一件事。」他閉著眼睛說：「上帝之子耶穌誕生於世，是賦予生命之人，過去幾世紀，在圖像呈現上，他的頭部背後有一圈光暈和十字架，與黃道帶的太陽十字相似得令人混淆。耶穌身爲上帝之子，是世界之光，也是對抗黑暗的力量。再深入細節一看，荊棘王冠不過是太陽落到樹梢後面形成的陰影罷了。」現在他又直視兩位客人。「我能理解兩位或許難以接受這番說法，就連我這個神學家與篤信宗教之人，在許多方面也難以消化。不過正如先前所言，我向兩位敘述的這些，不過是一系列講座的濃縮精要。或許，兩位已從中找到能夠集中追查的重點了？」

阿薩德依舊緊繃著臉。不過，那樣的一張臉也可能代表著許多種含意。

「一切聽起來實在是……難以置信。」卡爾小心翼翼地斟酌措詞。「這些理論會在宗教團體裡引起軒然大波。」

「完全不會。」老教授微笑道：「如果您願意，也可以如此表述：此一說法適用全體人類。因為不管哪個時代，人類都需要一個救世主和調解者，因此，此一說法才會不斷地推陳出新。我其實也是如此看待這整件事，也就是說，將之視為在各方面立論基礎牢固的優秀故事，包羅萬象、流通普遍、適用於全人類，而且歷久不衰。」

「那位法蘭克或許也有同樣想法？」阿薩德問。

「是的，一定如此。實際上，那也眞的是本質、是核心。眾多知名宗教引用天體與其運行模式，原因大有可能不外乎地球上的所有生命受到星座分布的影響，也因為我們渴望為宇宙萬物的存在，甚至為我們各自神祇的存在，尋求一個解釋。」

他打住不語，兀自出神，彷彿最後一句話讓他經歷了一次小小的新頓悟。

「講到這裡，我想起你們那位法蘭克最後一次與我見面時所說的話。」

卡爾屛住呼吸。

「我用自己的話總結他的意思：『若想敬拜一切超世俗力量，敬拜自己無能為力理解的一切，就不得不相信是太陽賜與我們生命，大自然給予我們食物。荷魯斯為天空之神與光之神，眼睛分別是太陽與月亮，因此荷魯斯也用來描述人類崇拜太陽和大自然的原始本能。可惜我們今日不再這麼做，因此該是我們重新思考這一點的時候了。』然後他又再特別強調：『時機到了。』」

「這些就是他最後說的話？」卡爾難掩失望。

「是的，當然，他還向我致謝。」

「您認為，」阿薩德問：「他成為新的宗教家嗎？」

「是的，完全可以想像。」

阿薩德看著卡爾。「這一點，我們聽過很多次了。」

卡爾點頭。是的，伯恩霍姆島的同伴見識到不少跡象，連眼盲的碧雅特也感覺到了。

「阿薩德，你記得碧雅特．維斯穆對蘿思說了什麼嗎？」

阿薩德至少花了半分鐘翻閱筆記本，教授和卡爾在一旁乾瞪眼。「有了。她說：『他是真正的水晶。』他看見真正的光，看見光中映照出的自己，而且沒有這光，他日後無法生活。」

「您也看到了。」陶森點頭認同。「您要找的人正是以此生活。這個人崇拜太陽和大自然，並將荷魯斯視為正向的象徵。」

「我們的問題在於他生命中真正要的是什麼？您是否認為，他或許一心想成為新的救世主，所以從您的講座中汲取知識，可能嗎？」卡爾問道。

老人家皺起眉頭嗯了一聲，然後說：「不無可能，不過我自然無從得知。」

第三十七章

二〇一四年五月十一日，星期日

鬧鐘還沒作響，皮莉歐就先醒了。她十分緊張，就像要去參加一場準備不足的考試。看了一眼鬧鐘，她決定立刻起床，反正一會兒也要響了。時間是三點五十九分，還有四十五分太陽就即將升起。

她聽見走廊傳來阿杜的腳步聲，即使下著雨，他也一如往常地前往沙灘祈禱，迎接破曉的第一道曙光。

皮莉歐也有自己的儀式。

她通常一早先叫醒新來的學員，一起在中庭梳洗，再走到陽台吹風，等到太陽一從地平線露臉，眾人將視線全部集中在太陽上。

隨後新學員各自回到房間，面對穹蒼，快速地練習唸誦一段經文。

弟子和來打工的助手在各自崗位忙碌時，皮莉歐的任務就是逐棟巡視房子，確認所有人都做好了準備，因爲曾經發生有人睡過頭或生病的狀況。皮莉歐若是沒有巡邏查看，適時伸出援手，睡過頭的人會因爲遲到而干擾到「領悟課」。阿杜雖然再三提醒大家，遇到這種情況可自行利用時間進行別的練習，卻仍然有人考慮欠周，貿然加入團體裡。

這天早晨，有三個人生病，前一晚吐了，房裡充斥著嘔吐物的難聞氣味。她讓其中一個繼續睡，睡眠往往是最佳良藥，給了另外兩個藥草茶喝。因此，她比平常晚一點走進銜接各房間的走廊，無意中聽到了一段不該聽見的談話。

兩個人正要去參加柱壇的集會，不過由於太早出門，所以在走廊上緩步徐行。即使光線黯淡，皮莉歐仍舊從他們的步伐和聲音認出對方。是中心年紀最大的兩位弟子，一位負責照料各個暖房裡栽種的植物，另一位參與在北方建造的新柱壇工程。可以理解他們緩慢悠哉的態度，畢竟接下來又要面對漫長辛苦的一天。

「我們要告訴阿杜嗎？」一個問道。

「我不知道。」另一個回答。

「無論如何，我們不能找皮莉歐，那等於一開始就選邊站了。」

「是的。不過，若繼續傳言皮莉歐牽涉中心發生的怪事，我們的日子將不得安寧。」

「我不相信皮莉歐與這些事情有關。破壞中心和諧的人不是皮莉歐，而是雪莉。」

「嗯，也有可能。所以你不認爲我們應該去找阿杜，請他止息謠言嗎？」

「不用，有何必要呢？雪莉不適合這裡，只要她離開，問題自然迎刃而解。」

皮莉歐站著不動，免得兩人經過通往外頭的門時，不小心在轉角看見她。

這兩人說只要雪莉離開，事情自然迎刃而解。看來採取行動一事已迫在眉睫。

她轉彎走向自己的辦公室，經過阿杜的房間，打開機房的大門。

幾分鐘後，她移走集流箱和變流器的蓋子，所有的纜線現在全暴露在外。

前一晚下半夜空氣潮溼，陰雨密布，但太陽從地平線升起前不久，雲破天開，美得不可思議。

阿杜一如往常在七公尺高的柱壇上等候大家，他的目光定在東方冉冉升起的太陽，浸淫在海面的粼粼波光中。

他的頭髮閃耀金黃光輝，清晨微風吹得一身黃長袍飄然飛揚，俊拔英挺，美如神祇。

他轉過來面向大家，四周頓時安靜下來。

「讓我們舉高雙手，迎接太陽。」他請求道。

三十五雙手伸向大海。眾人文風不動，直到應他請求做完深呼吸十二次後，才把手往下垂放，喚醒仍在沉睡中的能量。

「我感覺得到你們，我看見了你們。阿邦夏瑪希、阿邦夏瑪希、阿邦夏瑪希。」他輕聲低語，雙手再次往前伸展，衣袖在微風中飄蕩。「我看見你們，你們的靈魂向我招手。你們已做好準備。今天是一年的第一百三十一天，比起最短的白晝，多了九小時二十二分。再三天就是滿月，太陽的力量將隨著滿月出現增強。厄蘭島上的半日花、委陵菜和蘭花，爭妍鬥豔。我們的溫室裡，豆類、蔥和黃瓜，茁壯茂盛。不久，新鮮的馬鈴薯和蘆筍就能端上餐桌。請讓我們表達誠摯的謝意。」

「荷魯斯，由眾星引導、太陽隨侍在側的荷魯斯，」眾人齊聲讚揚。「請允許我們成爲祢的僕人，證明祢賜予我們的力量。讓我們跟隨祢的腳步，敬奉崇拜祢，讓我們的子孫受祢滋養。讓我們做好準備，面對祢進入冬眠。讓我們絕不忘記祢存在我們身旁的原因與意義。」

聲音陡然停住，一如開始那般突然。始終如此。

阿杜大展雙臂，彷彿將眾人擁入懷中。「希望我們不要忘記，『指路星』是我們要依循的路標，同時也要將存在歸因於神。讓我們接受自己對於宇宙萬物的無知，練習覺察身邊的一切。我們不可一味要求，而應終身學習，感受大自然，將自己奉獻給她。我們要謙卑爲懷，認清人類不過是偉大整體微不足道的一小部分。」

接著，他抬起目光，直視腳底下的眾人。

他與皮莉歐目光接觸時，眼中湧現無限柔情。皮莉歐不由自主地抱住隆起的肚子。她其實應該感到幸福才對，卻沒來由地浮現脆弱和不安。之前在禮堂集會時，從未有過這種感受。

若不趕緊採取行動，她就要失去一切了。

她一一打量新學員。這些容易相信他者的人，光是在第一次集會與阿杜面對面，就足以令他們呼吸沉重，因爲那是種珍貴無價的感受。他們的信任與敬意不可蒙受損害。等她半年後懷裡抱著阿杜的孩子，也一定要如目前這般站得堅定筆直——成爲無懈可擊之人，是的，成爲一座聖像。阿杜之子的母親，救世主繼承者的母親。

阿杜對眾人微笑，宛如父親對孩子露出慈愛的笑容。

「我要告訴新學員，你們應該做好準備，參加一系列的共同冥想與轉化練習。結束之後，我請求你們，和自己的輔導員一起來找我。或許你們已察覺，你們許多人之前徘徊其上的靈性之路，在此處無用武之地。你們並非來此活用個人的理解力，或奠基於其他靈性運動的知識。你們也不是爲了將個人的精神和意志帶入中心，或獻出你們的教義與信條。你們另有目標，你們純粹是爲了學習本質與存在而來。

「對我們而言，荷魯斯就是萬有一切，祂在許多方面代表眾多睿智人類千年來對於以下問題的詮釋：我們從何而來？尤其是我們誕生於世的目的爲何？你們或許認爲這裡也有許多神祕的玄想和空洞儀式，就像你們在其他靈性之路上經歷過的一樣。但是，請仔細思考，我們的儀式僅是爲了形塑我們的日常生活。在中心這裡，我們希望透過簡單持久的方式，給予你們所希望的認同與心靈平靜，此外無他。這是我們的任務。我們稱頌荷魯斯之名，禮讚生命和大自然贈予的禮物，這即已足夠。一旦我們虛懷若谷，衷心奉獻，將能得到人類最珍貴的特質：人道、博愛、心靈安寧與力量，進而鑑往知來，沒有遺憾與惱怒。」

隨後他請大家坐在沙灘上。

「一切知識，來自於已知之事與未知之事的比較……」他就這麼說了下去。

降神會這個環節結束之後，新學員滿懷期待地走上通往杜壇平台的階梯，皮莉歐私下示意要凡倫丁娜過去，其他弟子則回去履行自己的任務。

「什麼事？」凡倫丁娜顯然不太樂意到她那邊去。

「我有好消息，瑪蓮娜聯絡我們了。」

「瑪蓮娜？」凡倫丁娜不太相信。

「是的，她剛打電話過來，就在集會開始前不久。我想她應該不太記得厄蘭島這邊的時間了。她人在加拿大一個叫做達頓的小鎮，魁北克的一個小地方，有一條主要大街和一家小雜貨店，可以在店裡買到她喜歡的法國食物。她說她還沒安定下來，仍舊從一處搬到另一處，以幫人撰稿維生，接一些小型的委託案。她只是想要告訴我們，她過得很好。我覺得她的語氣聽起來也確實如此。」

「是嗎？」凡倫丁娜明顯希望瑪蓮娜還特別問候了她。

「我了解妳的想法。」皮莉歐笑著說：「凡倫丁娜，她特別要我轉達問候，請我告訴妳，她十分感謝妳的友情和教導給予她的一切。她說尤其希望讓妳知道她現在很幸福。」

「友情？她用了這個字？」

「是的，而且說的時候，語氣特別溫馨。」

凡倫丁娜終於露出笑容。「她會回來嗎？」

「我沒問她這點。如果她有需要，或許可能會。不過我想如果日後沒收到她的消息，就表示她很可能沒有這項需求。」

凡倫丁娜發怔了一會，顯然很受感動。過了半晌，她終於慢慢放下心防。「雖然我覺得很難開口……我的意思是，如果我再也看不到她……不過，這樣或許是最好的結果，是嗎？重點是她過得很好，不是這樣嗎？」

皮莉歐碰碰她的手臂。她終於又贏回凡倫丁娜的信任。昨晚花五分鐘在網路查找地球另一端的法語城市，總算值得了。

「我還有第二個好消息要告訴妳。」

凡倫丁娜不自覺地摸著脖子。究竟會是什麼事？

「我們有項任務要給妳，請妳爲我們出趟遠門。」

「雪莉，來一下，我有些話要跟妳說。我覺得差不多是時候談談妳的未來了。」

雪莉撫平身上的長袍，那是過去生活留下的本能反應，希望自己即使臃腫不堪，也要給人好印象。

「聽起來……很刺激。」

刺激，沒錯，不會讓妳失望的，皮莉歐心想，然後四下張望了一下。連接辦公室的走廊空無一人，旁邊的辦公室裡一樣不見人跡。陽光從窗戶斜照進來。完美無瑕！

必須讓雪莉先進入機房。但是，大概需要多少時間呢？皮莉歐在心裡估量著。第一道電流奪走她的行爲能力，導致她癱瘓倒地後，我不能扶起她。不過我可以再從車庫拿纜線組裝上去。但這時，皮莉歐心底升起了一絲疑慮。如果保險絲燒斷了怎麼辦，會出現短路吧？

皮莉歐猶豫不決，放慢腳步。她的計畫剎那間顯得愚蠢而瘋狂，但是還有其他選擇嗎？眼前只有一點是確定的：這女人必須消失。

「雪莉，請到辦公室裡，我會向妳解釋我們的考量。是的，妳儘管進去。」

她指著辦公桌另一邊的一張椅子，請她坐下。椅子就擺在面對中間走道和太陽能機房敞開的門旁邊。

「哎呀，又有人忘了關門，所以老是嗡嗡響。雪莉，可以麻煩妳把門關上嗎？」

「裡頭是什麼？」雪莉問道。她緊皺的眉頭是表示猜疑還是好奇？

「啊，不過是屋頂太陽能設備的控制機房。」

「眞的嗎？」雪莉意外地感興趣，推開正要坐下的椅子，走向前去。

皮莉歐等了一會才跟上去。「我可以帶妳看一下。」雪莉走進機房時，皮莉歐趁隙戴上一隻手套。

皮莉歐指著電表。雖然天色尚早，但已經開始生成電。從天窗望去，碧空如洗。

「我不得不承認這裡亂七八糟。電工移走配電插座的蓋子，我們必須小心才行。」她警告說，但暗中正準備推雪莉去碰一團混亂的電線。

「呸，能發生什麼事？」雪莉似乎不爲所動。「功率又不是特別高，直流電也沒那麼容易電死人，何況還要有正極線和負極線接在身上，才會把人體內給煮熟。就像微波爐一樣。」

皮莉歐倏地垂下手臂。兩種不同的線連接在身體上？

雪莉自信滿滿地看著她。「妳知道第一張電椅用的就是直流電嗎？愛迪生還親自警告過政府當局，解釋直流電不會致命，電擊過程最後只會變成漫長的折磨，所以建議要使用交流電。是不是很錯亂？愛迪生耶！被這裡的直流電電到，頂多就像搔癢一樣。或許中午太陽最炙熱的時候，狀況會不一樣，但現在沒事。不過就算是這樣，也不是完全沒危險，畢竟人總有倒楣的時候。」

皮莉歐啞口無言。「呃，妳從哪裡懂得這麼多知識，雪莉？」

「我父親是電氣技師。妳以為他難得覺得和家人相處比和哥兒們到酒館鬼混還要好時，會在餐桌上跟我們聊些什麼？」

皮莉歐歪著頭。雪莉的父親是電氣技師。這點她來登記的時候，有填寫在文件上嗎？

「沒關係，蓋子就先這樣，下次電工會修理。我先把門關上，免得這段時間有人受傷。」

A計畫失敗，改實行B計畫。

「雪莉，聽著，」她們又回到辦公室坐下，她故意停頓了一下，才接著說下去。「我們決定不接受妳成為中心的永久成員。我很遺憾，因為我能體會妳有多失望。」她預料會遭遇激烈反駁，但什麼事也沒發生。

雪莉只是兀自發怔，下唇顫抖，放在大腿的雙手絞在一起，顯然沒料到會有這種結果。

「是的，真的很糟。但是我們沒有空房了，否則或許還有機會。我很抱歉，雪莉。」

「我不懂，珍妮特的房間不是空著嗎？」她的聲音裡浮蕩一絲希望。

「沒錯，雪莉，但是珍妮特會回來。」

雪莉靜靜坐了一會，雙手不再不安地扭絞，也不再露出認命的目光。

「皮莉歐，妳在說謊！」她的音調忽地尖銳拔高。

皮莉歐正欲解釋珍妮特的狀況，卻在最後一秒把持住。她本想說明如果雪莉願意耐心等待，日後還有個機會。但現在，雪莉向她拋出了挑戰。

「雪莉，我不知道妳為什麼要用這種口氣說話，還指控我說謊，我感覺受到傷害。」她說：「我想我毋需提醒妳，中心由我負責管理行政，也包括決定妳未來的去留。我們難道不該……」

「或許是如此，但是妳說謊。我哪裡也不去！」最後一句話，雪莉幾乎是用喊的。

「爲了妳好，我會裝作沒聽見。」皮莉歐的聲音冷若冰霜。「我們有另外的建議要給妳……」

「大家開始懷疑妳了，皮莉歐。他們根據既有事實來推論來龍去脈。妳始終一副殷勤周到、樂於助人的樣子，實際上卻把我們耍著玩。我覺得妳就像彬彬有禮地幫女士拉椅子的男人，以爲這樣對方就會允許他亂摸乳房。我覺得自己被妳愚弄，甚至還任由妳擺布。當然，我只能代表自己說話。但是說實話，我覺得妳的做法令人厭惡。」

「雪莉，到頭來每個人都只能爲自己說話。而妳剛才說的那番話，或許正是爲什麼很難爲妳在中心找到位置的一個原因。」

雪莉忽地彈了起來，全身不住抖動。

「妳以爲把我弄走就能阻止我，那可是大錯特錯了！」

皮莉歐覷起眼。「我聽得一頭霧水。我究竟要阻止妳什麼？」

「妳看，又來了，妳又在耍心機了！就是想阻止我到處宣傳妳十分清楚汪達·芬恩發生了什麼事。」她緊抿嘴唇，想要穩住自己。但是她怒火中燒，想到自己飽受折磨，眼淚不由得奪眶而出。

皮莉歐一看見她掉淚，鬆了口氣，現在情況又在她掌控中了。

「唉，雪莉，又是皮帶的事嗎？過來這裡，我有東西給妳看。看了之後，妳就會明白自己大概搞錯了。」

雪莉壓根不打算繞過辦公桌，皮莉歐乾脆把螢幕轉過去。

「妳看我在網路上找到了什麼。上次和妳談過那條不祥的皮帶之後，我覺得有必要調查一下。」她點下第一個連結，一個名叫「時尚皮帶」的網站跳了出來。

「妳看，這裡有多少種皮帶和妳說的那條珍妮特從閣樓上拿下來的皮帶類似啊。」她指了幾條皮帶。「這個，紅灰斜條紋的。」然後又叫出另一個網頁。「這家公司也提供同樣款式，也有容易和那條可疑皮帶混淆的商品。半年前的皮帶，一定也是這模樣。」

雪莉不屑地哼了一聲，眼睛晶亮閃爍。眼下這一刻，兩人如履薄冰，萬分驚險，都有墜落的危險。皮莉歐必須步步爲營，絕對不可犯下一點錯誤。

「雪莉，我知道妳在想什麼，網路上的皮帶是新的，無法解釋中心那條皮帶上出現的刮痕和印跡，但是妳自己看我找到的東西。」

她點擊了幾家二手貨和二手衣商店首頁，在第二個網站中，找到幾條皮帶和雪莉絮絮叨叨的那條一樣。

皮莉歐在網上查了整晚，才找到適合的材料。

「雪莉，妳看。這一條有刮痕，而且兩條皮帶在洞口的地方都有點下凹，妳看到雷同之處了嗎？四個洞和凹下去的方式，和妳認爲是屬於汪達的那條皮帶一模一樣。那不過是使用過的正常痕跡，妳懂嗎？」

雪莉的眼睛盯著螢幕，內心動搖，放聲大哭，看得出來情緒十分激動。

皮莉歐任由她哭泣，趁機衡量整個情勢。

這個女人現在六神無主，亂了方寸，也因爲受到拒絕而絕望透頂。但是，不排除過幾天她恢復鎮靜後，心中只剩下失望。等她回到倫敦，爲了給自己找點事做，可能興起尋找汪達的念頭，花費一、兩個月想盡辦法透過各種管道找人，包括汪達的父母。屆時若是一無所獲，她很可能歸納出汪達確實消失在世間的結論，進而疑心再起，疑惑十之八九將更甚以往。

雪莉當然需要證據，才能對付皮莉歐和中心。不過，若是時機不對，且這女人剛好挑丹麥警方上門時惹起事端，怎麼辦？好吧，這個可能性或許不大。但是腹中胎兒日漸長大，胎動明顯，而她已許給這孩子一個神聖的承諾了。

承諾保護他免於任何傷害。

她看著雪莉哭泣，過了很久才終於把手放在她肩上。「雪莉，我的感受和妳一樣。我也不喜歡有人與我斷絕往來，不喜歡見到對方驀然暴露出完全陌生的一面，不喜歡有人冷漠又惡意地把人逐出生命，彷彿他從來不屬於其中一環。我非常能理解妳的心情。」她說，兩人目光對視。

「但是，聽著，我們何不忘記剛才的爭論？我能想像我們決定不讓妳留下來，妳有多失望，但是我們有另外的建議。我們今天也委託凡倫丁娜一項任務。她將飛往巴塞隆納，到我們當地的辦公室招募新學員。或許妳也能在倫敦為我們處理同樣的事？妳有興趣嗎？如果妳能答應就好了，因為我覺得很適合妳。」

皮莉歐笑得有點小心翼翼。雪莉頭腦簡單，希望這招奏效。

「我知道妳回去之後也沒有工作。我們當然會付妳薪水。雖然只是佣金，但是倫敦有意願參加課程的人通常不少，這點對妳大有益處。除此之外，上課的地方有間小住所，可提供妳居住，這也是合約的一部分。妳認為如何，有興趣嗎？」

雪莉半晌說不出話來。

「不過，妳必須先上完淨化課程，就像凡倫丁娜一年前那樣。也就是說，妳必須隔離一個月獨自生活，才能除去生命中一切世俗之事。妳要將所有能量花在吸收、內化阿杜的理論，讓自己『中和』，我們都是這麼說的。如果妳準備好了，又對這個工作有興趣，我看不出有什麼理由不馬上開始。」

皮莉歐打量著雪莉的臉龐，希望得到回應，但是雪莉的表情十分空洞，無法準確地看出她的想法。接下來會如何？她會反擊，還是投降？

皮莉歐耐心等待著。兩人默不作聲地凝視對方。皮莉歐有一瞬間覺得雪莉似乎要起身，摔門離開辦公室，但是她的嘴角反而緩緩往下扯，彷彿又要掉淚。

這時皮莉歐明白自己贏了這場戰役。

「阿杜同意嗎？」雪莉戒愼地問著。

皮莉歐點頭。「當然，我們兩個早有共識。基本上，我相信以妳溫和細膩的本質和眞誠的臉龐，可以幫我們達成一些事情。」

笑容終於出現。不多，但也不少，而且出現的時機恰恰好。

「那麼我就接受了，謝謝。」雪莉只說了這些就別開視線。不太清楚那是羞愧自己剛才的反抗和猜疑，還是因爲要離開此地而感到淡淡的哀傷？

皮莉歐露出微笑。

是的，好好記住這個空間，妳將沒有機會再見到它。見不到這裡，以及其他地方。

第三十八章

二〇一四年五月十二日，星期一

卡爾看著電視，情緒高昂的主持人和忙碌的廚師，正嘗試教丹麥人用芝麻卷心菜沙拉裝飾辛辣醃牛排佐甜椒，或隨便叫什麼菜名。卡爾的視線從電視螢幕轉到自己爛糊糊的炒蛋和哈迪糊成一團的燕麥粥上。電視台二大早七點強迫孤獨的單身漢看這種烏托邦節目，腦子裡究竟在想什麼？

哈迪一臉噁心，盯著莫頓正用湯匙送到他嘴邊的燕麥粥。

「哈迪，燕麥粥可以促進蠕動，所以拜託你行行好，張開嘴好嗎？」

哈迪吞下那坨堆肥，立刻深吸一口氣。「我不想知道如果你像我七年來得吃這麼多燕麥粥，會怎樣呼天搶地。在這裡，我想引用阿薩德的話：『那味道就像溼漉漉的駱駝嘴巴。』」

「駱駝嘴巴？」

「強行和一頭乖順的駱駝來個法式熱吻，就會聞到了。」莫頓驚慌駭然的表情惹得哈迪想大笑，但是他吸入的空氣不足，差點岔氣。

這時，卡爾的手機螢幕亮起，他把報紙放到一旁。是警察總局的電話號碼。他一邊讀簡訊內容，一邊斜睨哈迪。當然，他昔日的老同伴立刻察覺是何事。

「和我們的案子有關，是吧？」哈迪冷靜地說道，卡爾放下手機。

卡爾點頭。「嗯，釘槍事件有進展。」

莫頓把一隻手放在哈迪肩膀上。這棟屋子裡的人都知道莫頓十分了解這件案子的來龍去脈。

「有跡象顯示找到了射死安克爾和差點奪走我們性命的武器。」卡爾說：「顯然警局曾經展開過大規模搜查行動。由於丹麥警察爲這把武器所殺，所以羅森將召開一場記者會。」

哈迪一言不發。

「唉，要命，哈迪。」卡爾看見老友眼中的痛楚。雖然想起這把該死的武器，令人心痛難過，但是能夠再燃起一絲凶手早晚可能繩之以法的希望，卻也讓人好過一點。

卡爾走到哈迪的輪椅後方，按了按他的肩膀。

「他們想派輛車來接你，你要嗎？」

哈迪默默搖頭。「水落石出之前想都別想，我又不是展示品。」

羅森．柏恩對卡爾視而不見，向媒體發言人亞努斯．史塔爾下指示。史塔爾感謝媒體記者踴躍出席，報告記者會流程後，坐了下來，傾身靠向卡爾。

「哈迪不想來？」

卡爾點頭。

「我能體會，那是羅森的主意，認爲有哈迪出席，能製造良好的形象。」

「他媽的，到底什麼事？」卡爾低聲問道，私下東張西望。社會線記者全到場，擠得水洩不通。TV2新聞的工作人員架設好攝影機，開始拍攝。丹麥廣播電台的刑事專家也拿著麥克風準備就緒。就連一些八卦小報都出現了，擠在最前面的還是《八卦》。

「這不是我的案子，要我來幹嘛？亞努斯，怎麼回事？」

史塔爾舉起手指著錶說：「再二十秒就開始了，卡爾，到時候你就知道了。你能出席眞好。」

眞的好嗎？卡爾把自己的包包放在腳邊。

「謝謝各位踴躍出席。」羅森開始記者會。他先向在場人士介紹卡爾．莫爾克、媒體發言人，最後是在卡爾和兩位同事受傷倒地後，負責主導此案的副警官泰耶．蒲羅（Terje Ploug）。

接著，羅森轉向另外一個人。卡爾覺得有點眼熟，但想不起來對方的名字，也不記得在哪裡看過。

「請容我介紹來自荷蘭的漢斯．李努斯（Hans Rinus），他負責調查鹿特丹近郊的一樁類似案件。卡爾．莫爾克曾代表警局前往視察，我們會把詳細案情向大家報告。卡爾，你可以開始了嗎？」

是了，往事又浮現眼前。他不就是那個毫無頭緒而應該做好預防措施，例如必須穿上防護鞋才能踏入犯罪現場的警察嗎？他媽的，到底怎麼回事？這傢伙爲何大老遠跑這一趟？

「嗯。」卡爾應道，然後約略報告他到荷蘭出差的經過，描述兩個遭九公分長的保思樂牌釘子射死的人，嘴裡塞滿劣質的海洛因。

「我們找不到丹麥和荷蘭釘槍事件之間的關聯性，因此，便將斯希丹釘槍案視爲單一事件，留給我們的荷蘭同僚調查。」

「這是個錯誤。」蒲羅補了一句，語氣裡掩飾不住譏諷，暗示不是他的責任。「漢斯．李努斯將向各位進一步說明相關細節，這也是我們請各位前來的理由。二〇〇七年一月二十六日，七年多前，安克爾．荷耶爾遭到謀殺；哈迪．海寧森受到嚴重槍傷，可惜他因爲健康情形不佳，不克出席今天的記者會；卡爾．莫爾克遭人射擊擦傷，都是同一把武器所爲。而今，我們已經找到凶器了。」

他從大腿上拿起一把沉重的半自動手槍，高高舉起，記者席間響起竊竊私語。卡爾緩緩轉過頭，看著凶器，大腦立刻湧現壓力。有幾個記者還站了起來。

「卡爾．莫爾克先生，您看到這把手槍，心中有何感受？」一個記者喊道。羅森立刻要求現場安靜，並請他們坐下。

他有何感受？這時，槍口正好對著他。就是這個槍口射出九釐米子彈，毀掉了許多人的生活，包括他的在內。他有何感受？

他伸出左手，用食指把槍口推開。至少二十五台數位相機此起彼落地閃著，留下這一個瞬間。

蒲羅把槍放在桌上。「這是一把PAMAS G1手槍，從貝瑞塔九二衍生而來，由法國國家憲兵隊製造。自動手槍，中等重量，序號被消掉了。軍械庫裡總會遺失幾把這類手槍，因此我們無法交代手槍的來歷。但經過彈道分析，毫無疑問百分之百確定這就是二〇〇七年槍擊三位同事的武器。」

這時，史塔爾按下一個電腦按鍵，手槍投影片和規格數據，出現在他們頭頂的螢幕上。

卡爾的手掌和手臂如果有自己的意志，一定抖動不止。他體內沸騰熾熱，額頭卻冷冰冰的。他們應可避免讓他面對這種事的。

講話又臭又長且不知消停的羅森這時接掌場面。「我們今天邀請各位媒體朋友前來，想藉此機會明確地告訴大眾，員警在執勤中遭到殺害，始終是我們優先偵辦的事項，未揪出凶手繩之以法，絕不輕言罷休。此外，我們要通知大家，警方已掌握即將破案的證據。過去幾年受到多方討論的荷蘭斯希丹、亞瑪格島和索羅等地的釘槍凶殺案，幾乎可說有極高的關聯性。現在請漢斯．李努斯向大家說明。」

李努斯清了好幾次嗓子。卡爾現在對他的記憶更清晰了。他的英語比阿薩德第一天講的丹麥語還糟。

「大家好。」他先用某種類似丹麥語的語言打招呼，然後開始糟蹋英語：「我是南荷蘭省的警察，斯希丹的謀殺案是我的。很久都不能確定是誰下的手，我們也一直還沒找到。可是現在，我們知道，那個，呃，叫什麼，那個死掉的男性，也是丹麥警方想要的人。」

亂七八糟的講些什麼呀！

羅森親切地笑了笑，把手放在李努斯的袖子上。

「非常感謝貴單位出色的工作。」連羅森也擠出英語了。謝天謝地，他接下來轉回丹麥語。

「三天前，在鹿特丹西南方郊區的弗里斯蘭，十二歲少年丹尼爾．耶本斯，沿著狹窄的梅爾戴克運河騎自行車到公園，經過一個排水管，排水管穿越自行車道下方，流進運河，少年在排水管發現了一具屍體。」羅森講話都沒有句點的，了不起。

羅森向媒體發言人比個手勢，對方又按了一下鍵。銀幕上出現某地的空拍圖，從Google地圖擷取下來的螢幕快照。公園裡的樹木，堤岸上沿著運河前行的自行車道，排水管嵌在堤岸中，自行車道從上而過。放眼望去，一片綠意。地圖下方註明「布拉班公園」。

「死者是位男性，右腳綁著一條結實的繩索，繩子橫越自行車道，在車道另一邊往下拉，穿過下方的管子，繩索另一端就在水中纏在男人的左手腕上。」

史塔爾叫出照片，自行車道上的繩索模糊不清，稍微靠近排水管裡面一點的地方，約莫就是屍體。這是丹麥媒體得以最靠近死者的距離了。

「死者身體上的傷痕清楚顯示他生前曾經激烈反抗。根據警方鑑識人員研判，他先在自行車道上遭人綁住，接著繩子被拉進排水管，將受害者拖入充滿水的管子裡，把他淹死在那裡。」

卡爾不禁皺眉。既然都要奪走他的命了，手法何不乾淨俐落一點？

「不能排除凶手決定取他性命之前，曾多次來回拉扯他。」

「也許是要逼迫他交出什麼東西。」蒲羅冷不防地插嘴，羅森眼神鋒利地射向他。

「是的，就如蒲羅所言，可因此假設對方或許脅迫他要交出某個東西。」

記者的手臂紛紛快速舉起，但是媒體發言人制止大家。

「很抱歉，今天沒有機會給各位提問。不過，大家待會會拿到載明各種可供使用的事實資料。」

陣陣牢騷響起，卡爾能夠充分理解。他媽的，他們拿內容貧瘠的資料能編出什麼故事？

「死者的身分已經確認。」蒲羅向史塔爾比個手勢，史塔爾繼續按下一頁投影片。螢幕上出現一個男性照片，頭禿了一半，湛藍色眼睛，露出挑釁的輕蔑笑容。年紀約莫四十五歲左右，衣著光鮮亮麗，雷朋太陽眼鏡推得老高，熨得筆挺的潔白襯衫，雨果博斯風格西裝，在在顯示他是那種『看過來，我可是熟門熟路，知道利益在哪兒』的人。但他被拖進排水管時，最後的念頭鐵定不是這個。」

「他是住在荷蘭的丹麥公民，叫做拉斯穆斯．布倫（Rasmus Bruhn），四十四歲，有多次前科，最近幾年化名比特．鮑斯威爾，從事記者工作。」

卡爾心中打了個突。這個人在說什麼？

蒲羅的目光掃過在場人士。「各位當中或許有人記得這個名字。亞瑪格島的棚屋被拆後，我們在土中找到裝著肢解屍體的箱子，屍體的主人就叫這個名字。當時我們有三個同事在棚屋中遭到槍擊。」

不僅是卡爾，連記者也明顯困惑不解，有個記者喊道：「你們怎麼查到亞瑪格島上的屍體是彼特．鮑斯威爾？」

「匿名提供的消息。」羅森這時插嘴說：「我們收到許多相關線索，死者右肩上有個百合花飾烙印引發的皮疹。基於各種考量，這項訊息沒有公開。此外，由於屍體已經腐爛，所以法醫需要幾天的時間才能證實。這個名字只是推測，不過根據我們的看法，這個推測合情合理。是的，這就是匿名提供的訊息。各位媒體朋友應該最熟悉這種消息來源。謹愼爲上，小心爲之，不是嗎？可惜這個消息誤導了我們。」

卡爾摸著西裝口袋的菸盒。知道香菸在身上，總比什麼都沒有好。有他媽的太多事情必須和羅森與蒲羅好好談談，但是他提不起氣力。

「我們的荷蘭同事調查了死者背景，有幾個地方引人注意。首先，他旅遊記者的身分正好提供絕佳機會，讓他成爲信差，我們第一個想到的是寶石。此外，他的網絡無遠弗屆，能夠與人保持良好聯繫，並透過這種方式傳遞消息。他曾旅遊遠東與中東的許多國家，也經常出入非洲和加勒比地區。」

這時，他朝荷蘭人點個頭。「現在，我們的同事漢斯．李努森將爲大家說明，警方對屍體的鑑識結果，在拉斯穆斯．布倫住處又發現了什麼。」

李努森講得斷斷續續，又臭又長，但是重要性不容忽視。屍體在水中泡了好幾天，伸在嘴巴外面的舌頭不再泛藍，虹膜有點腫脹。排水管內部的刮痕與管底的爛泥顯示，這個人曾經掙扎想要脫身。一身衣著明顯比歲數年輕，全身只有一張名片，雖然泡在水中有段時日，仍舊能讀出名片上的字，因此循線找到死者位於德阿克區哈佛德列夫的住處。在他的住所找到手槍、充沛的子彈和指紋，還有四分之一公斤的劣等海洛因，以及好幾本記載名字的筆記本，包括丹麥的親友在內。他的丹麥親友住在索羅，其中一名在當地汽車工廠被釘槍打死，是兩名受害者當中年紀較輕的那位。而他正是卡爾、安克爾和哈迪在亞瑪格島上發現腦門裡有根釘子的死者的侄子。

卡爾望著羅森，他面無表情地看著媒體發言人在螢幕上播放的證據。

照理來說，透過這一連串的訊息，辨認出特定關聯，開啓嶄新的調查方向，應該讓人鬆了口氣才是，但卡爾卻只是滿心厭惡。他同時也察覺自己的下巴肌肉不自覺地緊繃著。

羅森握有這些訊息多久時間了？他做了多少次不要知會卡爾的決定？爲什麼他沒有第一個來找他？

他身旁這些人一一提出可能的犯案經過與動機，但是到頭來他們仍舊一無所知。卡爾心中激起強烈的反抗之意。

他們到底爲什麼要坐在這裡，將不可靠的空洞假設公諸於世？是要收集積分兌換大獎嗎？羅森想誇耀自己擁有優秀的領導能力、行動力和綜觀全局的視野，提升自己的知名度嗎？想向全世界展示他夠資格成爲馬庫斯．亞各布森的接班人？但他卻同時禁止卡爾在TV2新聞台向大眾發布伯恩霍姆島的尋人啓事！

「還有其他要補充的嗎？」羅森忽然詢問身旁的同事，卡爾應該發怔了一會，只見漢斯．李努斯已經站起身了。

「是的。」他搶先荷蘭人一步。「有的。」

他在包裡翻來找去，才拿出正確的紙張。

「目前我正在偵辦另一件致人於死的交通事故，正在尋找這個男子。我手上的照片約莫拍攝於十七年前。這個人高一百八十公分、下巴有個窩、嗓音粗啞、雙眼湛藍、五官勻稱、眉毛粗濃，門牙有點寬，其中一顆上面有個淺色痕跡，說著一口流利的丹麥語。」

卡爾把那張福斯車和男子的照片朝著TV2新聞台的攝影師方向，故意不去看羅森，但感受得到蒲羅擔憂的目光。

「就是這個男子。請大家注意淺藍色的福斯布利車，保險桿特別經過強化。可惜看不見畫在車頂的大型和平標誌。我們只知道要找的人叫做法蘭克，不過目前他已改名換姓，有點異國味道。」

羅森抓住他的下臂，力道大得不像一般穿西裝打領帶的人。「謝謝，卡爾．莫爾克。」他故意強調說：「可以了。今天是另外一件案……」

但卡爾把手臂掙脫開來。「剛才提到的法蘭克，一九九七年停留在伯恩霍姆島，參加史前時代杜壇的挖掘工作。杜壇是由粗壯柱子撐高的木頭平台，在上面敬拜太陽神，獻祭石頭和動物骨頭。我們知道，這位男性是個『禮拜太陽的人』，至今應該仍舊持續相關儀式。與這男子有關的任何有益線索……」

「住手，卡爾．莫爾克！」羅森舉手擋住媒體。「等到這件案子更加明朗，我們可以再來談。謝謝各位蒞臨。關於釘槍事件，一旦丹麥方面的調查有所進展，我們會立即通知各位。在此之前……」

「你們也可以直接找特殊懸案組，直播電話就在照片下方。」卡爾指出位置。「我們的調查工作承受極大的壓力，希望各位能夠多加幫忙。」卡爾直接面對攝影師，然後把照片放到鏡頭前。

如果他有機會，當然會出示公事包裡更多的資料，但現在已抵達臨界點了。他希望至少明天還能回到工作崗位上。

卡爾故意把照片影本放在桌上，但是在記者湧上來取走前，早被羅森弄走了。

「到我辦公室見！」他咬牙切齒地對卡爾說。

第三十九章
二〇一四年五月十一日，星期日

「雪莉，我想聽聽妳的想法。」皮莉歐挽著雪莉的手臂，依偎著她說。

感覺很舒服。

「妳幸福嗎？」她問道。

「幸福？嗯，我想是的。」

一切是如此不眞實。九個月前，她才和汪達踏上倫敦精華區切爾西最富麗堂皇的豪宅階梯，像個期待聖誕節的小孩一樣興奮。她在那兒經歷的一切，遠遠超出預期，帶領她在生命中往前邁進了一大步。她當下立刻察覺這次的經歷和她之前上過的戰勝壓力課程，或者偶爾參加的靈性座談會截然不同。她身心都感受到與阿杜相遇，觸及到她內心最深處，而汪達的感受更加深刻，上過課後，終日神思恍惚。

現在她這個來自伯明罕的雪莉，每天都可以走上那道階梯了？阿杜親自挑選出她負責招募有志之士？倫敦辦公室重新啓動後，要張羅阿杜停留在倫敦的一切事宜？

她是該感到幸福，覺得驕傲吧？是的，當然。雖然如此，仍舊有許多懸而未決的問題。汪達究竟在哪裡？難道她徹底改變自己的夢想了嗎？

至於她自己的狀況呢？這是她幾個鐘頭前最渴望得到的結果嗎？她不就希望中心接納她加入弟子行列，但是皮莉歐影射她不適合這裡，或許也不無道理？

只要想想她給這個明亮寶地注入的無端指責、猜疑和惡意，就明白皮莉歐說得沒錯。

即使如此，他們仍舊如此信任她，賦予她這項任務。她配得上嗎？

她抿著嘴，注視著皮莉歐。皮莉歐溫柔體貼、純潔無辜。她怎麼會認爲皮莉歐有辦法做出她所指控的事呢？何況，皮莉歐究竟又做了什麼？她從來不知道。僅僅知道汪達不見了，然後出現了一條和她的皮帶類似的東西。她爲什麼要拿毫無憑據的猜疑，折磨這裡的好人呢？她自己又爲何因此煩擾痛苦？

現在，他們卻以這種榮譽的職位酬報她。

雪莉拿起她們剛才一起打包的袋子，朝四周看了最後一眼，向自己的小房間告別。兩人並肩走出戶外，海洋的氣味迎面撲來。她們朝著一個地方走去，雪莉將在那兒找到更純淨的生活態度與人生哲學。

從現在開始，她要竭盡一切，向阿杜和皮莉歐證明他們沒有信任錯人。她將全神貫注，提升靈性，從委託的任務中自我成長。她同樣希望能夠像中心裡最優秀的人一樣，無可指摘，忠心不二。她暗自對自己許下了這樣的承諾。

她把手放在皮莉歐的手臂上。「是的，我很幸福，只不過這個詞太普通了。我沒有辦法詳細形容內心的感受。」

皮莉歐綻放笑顏。「那就別傷腦筋了，雪莉。我也看得出來妳很幸福。」

皮莉歐指向草坪遠處正在興建中的建築群，那兒將會成爲中心二號，有自己的杜壇、集會大廳和餐廳。皮莉歐解釋道，屆時學員人數將可翻倍，設計的出發點是希望兩邊的弟子可以一起參加晨間集會。這是相當龐大的計畫。

「那兒的杜壇快要完成了。」皮莉歐指著一個矗立在草坪上的半完成結構。「一旦杜壇建造完成，就會進行房舍、禮堂和講堂等工程。目前只有妳接下來要待的淨化屋已經蓋好，那房子非常漂亮。妳有這個榮耀首次使用。」她呵呵笑著。

雪莉心裡有數那是多麼巨大的優惠待遇。當皮莉歐打開門，眼前出現一個鑲嵌木板的挑高大廳時，雪莉不自覺地停下腳步深呼吸。

皮莉歐說：「光線從天花板落下，淺色木頭，彩色地磚，妳不覺得很棒嗎？搭建時還特別注意保暖，所以在冬天也能維持溫暖。」

「真的很美。」雪莉輕聲說。皮莉歐一一介紹的地方，她全都注意到了。不過她也注意到，除了六、七公尺高的天花板上的玻璃天窗外，屋內沒有其他窗戶。她怎麼能在這裡待上幾個星期，完全不知道外面發生什麼事？除了牆壁的黃色和地磚的斑點之外，看不見其他色彩？

「……也許有點空……」她有點沮喪地補了一句。

皮莉歐輕輕拍她的肩膀。「雪莉，妳會發現找到自己是多麼棒的一件事，這點我相當肯定。在這裡，妳所有的感官都會沉澱下來。等到結束之後，回想待在這裡的時光，會覺得是生命最美的一個經歷。把心安定下來，閱讀經文，思索原理和阿杜的話語，想想自己的生活，妳會發現時間過得比妳想的還快。」

雪莉點點頭，把袋子放在小木板床上，除此之外，空間裡只有一把沒有坐墊的椅子和一張松木圓桌。至少她的紙牌有地方擺了。

「廁所和浴室在外面。妳也可以自己去取水。」皮莉歐指向一道門。「一個星期會拿一次乾淨的換洗衣褲、毛巾和床單過來。當然妳也跟我們一樣，每天都有三餐可吃，也許是我或膳食組的人拿過來，到時候就知道了。」她笑著抓起雪莉的手，把一本手寫的藍色筆記本放在她手中。

雪莉小心翼翼地打開，手指輕輕在頁面上滑動。

「這看起來不像是阿杜寫的字。」

「嗯，這不是阿杜的手寫字，而是他逐字口述給我寫下來的。妳會在筆記裡面找到阿杜親自指示淨化時需要進行的儀式，非常簡單，但都是他的看法與論點。如果妳還有問題，阿杜也有可能親自過來解答困惑，指點明路。」

雪莉縮了一下頭，內心惶惶不安。阿杜眞的會做這種事嗎？

「嗯，我一定會有許多問題的。」她輕輕搖頭，笑了笑，嘲笑自己講的笑話。

皮莉歐也笑了。「看來我們都準備好了，雪莉，妳覺得呢？」

雪莉猶豫不決。「是沒錯。但如果我撐不下去怎麼辦？可以中斷淨化嗎？」

「雪莉，先不要有無謂的擔憂。我十分確定妳會成功，否則阿杜不會挑選妳。他感覺得到，看出了妳的特質。」

雪莉笑了。他眞的是這樣嗎？不管如何，這番話聽起來很舒心。

「雪莉，把妳的手錶給我，否則妳第一天大概會每十五分鐘就看一次錶。我幫妳省了這事。」

雪莉脫下手錶，交給皮莉歐。現在連時間也被奪走，她感覺像被剝掉衣服一樣。

「皮莉歐，我在想……如果我生病了怎麼辦？並不是我希望生病，」她笑了。「但是，到時候我找得到人嗎？若有人從屋外經過，聽得到我的呼叫嗎？」

皮莉歐把手錶放進袋子裡，摸摸雪莉的臉頰。「當然可以囉，親愛的。在我們下次見面之前，好好放鬆自己。好嗎？」

語畢，皮莉歐便向她告別。

門在她身後關上。鑰匙還轉了兩次。有此必要嗎？

接著，只剩雪莉獨自一人了。

第四十章

二〇一四年五月十二日，星期一

「卡爾，你到底在搞什麼把戲？你瘋了是不是？」還在接待室，卡爾就被砲聲轟炸。偶爾聚到這兒來的同事瞪著他，有些人面露「幸好我不必進去」的訊息，有的大剌剌的一臉不屑寫著「白癡」。羅森的姪女站在櫃台後面，甚至還幸災樂禍地笑著。等他出來再對付她。

「你差不多等著停職吧，卡爾。」凶殺組組長羅森在辦公室裡等候卡爾，他豎起兩隻手指強調所說的話，指節粗壯的精瘦手指之間應該夾不住郵票。

毫不意外，羅森接著就是一陣開罵，怒斥卡爾不忠不義，欠缺敏感度，不知道什麼場面該說什麼、該做什麼，而且不尊敬其他同事的工作。卡爾默不作聲，腦子裡想著有多少人在這個非基督時間正在收看TV2的新聞。

「你到底有沒有在聽我講話，卡爾？」

卡爾抬起目光。「有，羅森。我倒是很想知道，你一大清早就冷不防地被人拉到鎂光燈前，面對一把奪走你朋友性命，甚至也毀了自己生活的武器，是否能忠心耿耿、滿懷敬意，懂得適時地察言觀色？」

「別用這種口氣說話，別逃避話題。你忽視職場規定，我必須想想該怎麼處罰你。」

「建議你給我公道的工作環境，感謝我仍舊認真破案。」他轉向門口。他已經聽夠了。

「等等，卡爾，站住！」羅森臉色刷白，口氣冰冷。「我們兩個立場不同，這點不難理解，因爲我在此握有主導權，而你必須遵循我的規定。你若是再一次當眾奚落我，或者出言不遜，你很快就會發現自己該滾回鄉下老家了，聽懂了嗎？那兒還有很多空位。」

羅森終於把他轟出辦公室。卡爾出去後，發現羅森的姪女臉上仍舊掛著幸災樂禍的笑容。

卡爾目光冰冷，走近櫃台。

「親愛的，妳露出一口漂亮的白瓷假牙，大概是想告訴大家妳有多麼享受剛才的狀況，是吧？何不承認，看見妳叔叔在運轉的攝影機前氣得臉紅脖子粗，耳朵直冒煙，妳高興得心花怒放呢？因爲若非如此……」

「當然囉！」她打斷他的話，臉上忍俊不禁。「剛才太精采了！我若是告訴我媽，她一定笑得上氣不接下氣，停不下來。她也受不了他。」

卡爾的眉頭舒坦開來。「妳母親？」

「沒錯。我爸是羅森的兄弟，同樣一副德性，所以我父母也離婚了。」

櫃台這處王國裡未受加冕的女王麗絲走過來，拍拍女孩的肩膀說：「露伊瑟（Louise），去樓下幫一下忙。我在樓梯上聽見卡塔琳娜．索倫森的聲音了。妳知道的，就是妳幫忙代班的那個人。」姪女和麗絲競相對卡爾綻放笑顏，笑容燦爛耀眼。

但是，原來的正職祕書索倫森與代班姪女交換位置後，可就沒那麼賞心悅目了。美女海灘救生員讓出空間給頭髮油膩的悍婦，其惡劣的眼神凍結了方圓百尺之內，晨間咖啡裡的牛奶。

索倫森的眼神好似在說：「看什麼看！」卡爾今天不像平常一樣和麗絲例行地打情罵俏，打算逃開。他寧可從警察總局屋頂高空彈跳，往下一躍，也不願單挑熱潮紅的索倫森。

「是呀，你就在那邊挺著大肚腩呆看著吧。我告訴你，更年期可不是好玩的。你何不去問問我們親愛的首席心理醫師。」

卡爾蹙起眉頭。夢娜也會這樣嗎？她也到了更年期？卡爾低頭往下看。大肚腩？索倫森現在變得更不像話了嗎？還是他襯衫太緊了？褲子口袋裡傳來手機震動。他看了一眼亮起的螢幕。是哈迪。

「我看見TV2的新聞了。」

「我剛才他媽的被狠狠刮了一頓，但我可不想喪失發布尋人啓事的機會。」卡爾說道，看見索倫森在一旁猛翻白眼。大概是「他媽的」把她給卡住了。

「沒錯，你抓住了機會，現在就得承擔後果。不過，我腦子裡想的是這次記者會的目的。死在排水管裡的那個人，拉斯穆斯·布倫。你沒印象嗎？」

「沒有，毫無印象。」

「卡爾，我搞不懂，而且心裡惶惶不安。」

「什麼意思？」

「死者照片出現在大螢幕上時，你竟然沒有發表意見，我非常意外。」

卡爾離開櫃台幾步。「發表什麼意見？爲什麼？哈迪，我又沒見過這個人。」

「才怪，你見過，還在大街上燒了他的駕照。」

「我做了什麼？」卡爾向櫃台後的女士們揮揮手，消失在樓梯間。「哈迪，給我點提示，我的記憶很模糊。什麼樣的逮捕行動？」

「噯，拜託，卡爾！你、我和安克爾到蒙帕納斯餐廳猛往肚子裡塞燻肉的那一天，那天是你的生日，卡爾，我們本想幫你慶祝，可惜那時候維嘉才剛離開你，你失魂落魄地呆坐著，一直喃喃自語。這時有個醉鬼靠過來，硬纏著安克爾。」

「我慢慢有點印象了。然後呢？」

「他靠得很近，不斷說著只有安克爾才懂的廢話。後來安克爾給了他一個耳光，你笑了。你、我和一個服務生，最後把他趕到街上。他開始胡亂打人，還拿汽車鑰匙攻擊我們。」

「是的，我隱約記得奪下了鑰匙。我沒把鑰匙交給那個服務生嗎？」

「你給了，等那個白癡清醒過來，可以再拿走。」

「後來他朝我眼睛揍了一拳。他媽的，我慢慢回想起來了。」

「很好，卡爾，還有其他事也讓我十分驚訝。」哈迪的語氣特別嘲諷，卡爾聽了很不是滋味。哈迪究竟在想什麼？覺得他說謊嗎？

「你沒收他的駕照，拿你的朗森打火機把證件給燒了。」

「是那個人嗎？你確定？」

「百分之百肯定。」

卡爾朝樓梯間經過他身邊的碧特．韓森點了個頭，她是總局絕色美女之一。不過上次懷孕後，下半身明顯寬廣許多，卡爾始終覺得十分可惜。她曾經愛慕過安克爾，但已經是很久以前的事。所有的事都距離現在好遙遠了。

他試圖集中精神。「哈迪，你很久以前曾經懷疑安克爾涉入亞瑪格島的槍擊案。」

「是的，而我現在比以前更加確定了。如今整件事只剩下一個環節要補充。」

「哪個環節？」

「你心裡有數。」

「完全沒有頭緒。」

「你燒了駕照時，這個拉斯穆斯．布倫指著你大聲痛斥。你一點也不記得他說了什麼嗎？」

「想不起來。」

「他威脅你，咆哮道：『給我記住，最後別讓我遇上……卡爾！』他知道你的名字，而我很清楚，在整個事件中，一次也沒提及你的名字。」

卡爾靠著牆壁，閉起雙眼。該死，哈迪之前爲什麼一直沒提及此事？若是他們談過這事，或許早就破案了。

「聽著，哈迪。安克爾如果和那個人有什麼勾當，十之八九大概是這樣，那麼安克爾很可能在他面前提過我們的名字。」

「卡爾，那個人不知道我的名字。他要我別插手，吼道：『你這個混蛋，滾遠一點！』」

「哈迪，我覺得你在發脾氣。我當年不認識那傢伙，今天也沒認出來，懂嗎？事情發生很久了，哈迪，我和你不一樣，我每天要面對新的狀況……」

話筒另一端傳來嘆氣聲，接著電話就掛斷了。

他媽的該死，他幹嘛非得這樣說話？

「我的老闆、我的英雄！」蘿思在走廊迎接他時興奮喊道。她現在也變得稀奇古怪了嗎？是阿薩德的熏香、高登深藏的魅力，以及她迷宮般的奇怪大腦裡的怪異想法出現短路，導致她舉止異常嗎？還是，眞的是……欽佩？

「卡爾，非常勇敢。你的表現已爲我們帶來幾通電話，其中一通甚至大有指望，阿薩德正在和這位女士通電話。」她指向敞開的門，阿薩德正坐在門後，把話筒壓在耳邊。

「好，很好。她認出那個男人了？」

「不是，是那輛布利車。」

「什麼意思？有千百輛一模一樣的車啊。」

「但不是車頂上都有和平標誌。」

卡爾走進阿薩德和高登小如儲藏間的辦公室。「讓我和她談。」他低聲說，卻見阿薩德揮動另一隻手拒絕他。

高登在另一邊靠著辦公桌說：「卡爾，我把電話轉到每個人的電腦上了。」他小聲解釋。卡爾發現電話的音源輸出端和電腦之間連接著一條細線。「你只要點擊螢幕下方的箭頭，就可以進行對話了。」高登指著自己的螢幕。看起來相當簡單，卡爾贊同地點點頭。

「我還有東西要給你。」高個兒把一張紙推過去給他說。

健康博覽會，二〇一四年五月十三日星期二至五月十六日星期五，中午十二點至晚上九點。希勒羅德區腓特烈堡體育館。

打電話給勞森，他會去你辦公室。

卡爾點頭，阿薩德也正好掛斷了電話。

「喂，阿薩德，你在幹嘛？我還想和她談談呀！」

「很抱歉，她是手術室的護士，現在有病人。對方叫做凱蒂．普洱，很有趣的姓，不是嗎？她住在吉隆坡，平常不看電視，唯一的例外是TV2的新聞。她午餐休息時，透過網路收看。我們運氣眞好。」

吉隆坡？這樣還能說運氣好？

「布利車很可能是她父親的。她說他一直到八〇年代中旬，都還參加和平活動。他叫做艾吉爾．普洱，已經過世，但是她母親還住在原來的房子裡。凱蒂說，她上次聖誕節回家時，還看到那輛老爺車。車子在布朗斯霍伊區家裡的花園裡。」

去你的警察總局神聖的規定和階級制度。這樣不是很棒？卡爾心想。伯恩霍姆島上一半人口和多數警察十七年來辦不到的事情，懸案組不到兩個星期就解決了。記者會後一個小時，他們就有了收獲。他眞想好好刮羅森一頓，想必大快人心。

卡爾差點放聲大笑。

「她知道法蘭克的事情嗎？」

「她不清楚。不過，她知道他父親的和平之友聯絡資料和他參加過的所有活動訊息，還放在他生前辦公室的書架上。她說如果我們願意，歡迎過去看看。」

「嗯，我們當然願意。你有地址嗎？」

「有，但是你得耐心地等到明天，卡爾。」

「爲什麼？」

「因爲她母親到馬來西亞去看她了，目前正搭乘英國航空的班機回國，明天十二點五十分降落在卡斯特魯普國際機場。或許我們可以到機場接她？」

「好的，阿薩德，太好了。高登，你再打個電話告訴勞森，我回辦公室了，他隨時可以過來。」

太棒了！

這時，阿薩德和高登的電話同時響起，地下室裡其他電話也跟著鳴叫。開始了。

一百八十通電話，一個半小時後，卡爾的興奮之情消退殆盡，欲振乏力。蘿思也一樣疲憊不堪。

「這樣行不通！」蘿思站在卡爾辦公室的門口罵道，她的電話這時又響起。「所有想得到的笨蛋全打電話過來，我眞的快受不了。有人說我們找到福斯車後，他想買下；有人說在照片前面看見一輛難以置信的老爺車，問我們知不知道是什麼牌子。這些人眞是肆無忌憚、愚蠢至極，又他媽的令人討厭！我們不能乾脆拿起話筒，放在桌上就好了嗎？」

「所以妳那邊沒再收到有希望的線索了？」

「沒有。」

「好吧，把妳的電話轉給高登去接，順便要阿薩德過來。」

二十秒後，他們聽見阿薩德辦公室傳來大聲咒罵，顯然高登明白自己逃不掉接電話這檔事了。

「我有幾項任務給你們。」兩個天差地別的部屬進他辦公室後，卡爾說：「剛才有通電話錄音，這通電話向我們證實，布朗斯霍伊區的福斯車，確實是車頂有和平標誌的那輛。你們聽。」

他播放電腦裡的錄音。

一個低沉女聲清了清嗓子說：「喂，我是凱特．布希克，不是凱特．布希，雖然我也一樣會唱歌。」然後是乾澀的笑聲，聽來比較像洛．史都華或是布萊恩．亞當斯。「我清楚記得那輛有和平標誌的汽車。一九八一年，這輛車也出現在美國大使館前的示威遊行中，大家把車子當作行動辦公室使用。我想，車子是艾吉爾的，也就是艾吉爾．普洱，不過他已經過世了。是他在車頂畫上和平標誌的。目前甚至還可以在海報上看見這車，海報是以哥本哈根美國大使館和俄羅斯大使館的空拍圖設計的。這兩個大使館中間只隔了一座墓園，相當滑稽，而且具有象徵意義。如果您願意，可以去找海報來看。」又是嘶啞的笑聲。

卡爾按下停止鍵。「這個錄音一共持續五分鐘，各種可能都說了。這個好女人顯然時間充沛。」他咕噥說：「阿薩德，麻煩你打電話給她，詢問她是否知道更多訊息。或許這個法蘭克參加過幾次遊行，從中認識了艾吉爾．普洱。雖然八〇年代初期他年紀不大，可能性不高，不過還是問問看。」

阿薩德點頭。「我也接到一通有趣的電話，對話記錄在這裡。」他舉高智慧型手機。拜託，怎麼錄下的？

他按下播放鍵，一個女人罵不絕口，沒人能忍受這種罵罵咧咧超過五秒。自從上次他母親跟他父親解釋，就算室外溫度三十度，也不能光著上身坐在桌邊，既難看又不得體之後，卡爾就沒聽過類似的話了。

「我知不知道那輛老破車？」她破口大罵。「那輛破車天知道在我家籬笆旁停了幾百年了，一年到頭我都得忍受生鏽的鐵皮和噁心骯髒的車窗玻璃。我告訴艾吉爾多少次了，要他把那堆破銅爛鐵清走，但是他死掉之前有處理嗎？當然沒有！他老是滿不在乎。我希望現在這東西終於能夠運走了。我認爲那台車會涉及某些犯罪事件。吶，這點絕不會讓人驚訝！你們應該有能力來處理這件事，對吧？否則要警察幹什麼？對了，用來蓋住那東西的罩子在一次暴風中被吹開，有一半遮住了籬笆，怎麼樣都移不開。這已經是……我不太清楚是多久以前的事了。大概是二〇〇三，或者隔年，我……」

阿薩德關掉錄音。「這女人咆哮得像隻吃到沙的駱駝一樣。」

卡爾試圖想像那隻駱駝的樣子，但隨即放棄，轉向蘿思說：「請妳到赫勒魯普拜訪雅貝特的父母。不久前，民眾高等學校祕書處打電話給他們，說雅貝特本來要在那場沒辦成的展覽使用的畫作，已經寄回給他們了。我不懂學校爲什麼是寄給他們，畢竟是『我們』要求他們寄來的。金士密夫婦十分激動，希望我們盡快把畫拿走。告訴他們，如果他們哪天想要拿回畫作的話，我們會先全部影印下來。」

蘿思看了一下時間。「好的，我會去，不過我今天就不回來了。」

他確定他已經習慣了。

他們離開後，卡爾偷偷拿起話筒放在一旁，兩隻腳砰地放上桌面。蘿思出去了，抽菸時間。

他打開電視，轉到TV2新聞台，首先看見自己的臉，鏡頭接著轉到羅森，他的膚色紅得和某個在熱帶島嶼沙灘上睡著的紅髮旅人一模一樣。

卡爾，你蠻上鏡頭的嘛，他暗自心想。或許他應該搞個電視主播的工作來做。

他的目光游移在貼著一切資料與線索的公布欄：剪報、照片、談話記錄、用彩色圖釘標示位置的伯恩霍姆島地圖。

東西呈現在牆壁上，一目了然：事故照片、利斯德市民之家、民眾高等學校位置、其他與調查相關的重要地點、相關人等的資料。總而言之，就是車禍案件和一個打從心底渴望查出肇事者的男人的故事。

但是，在這堆資料面前坐了一會，試圖綜覽全貌後，問題反而啵啵地跳出來。例如，為什麼雅貝特會一大早騎在這條路上？當然，明顯是想去和她心儀的對象見面，而且是在上課之前。但是，真的這麼理所當然嗎？

她怎麼知道見面的時間呢？前一天約好了嗎？還是總在同樣的時間、同樣的地點見面？

卡爾在抽屜裡翻找了一陣，找到圓規後站了起來。

有人說過雅貝特經常騎自行車，而且熱愛島上的大自然風光。這話是誰說的？卡爾猛力抽著菸，吞雲吐霧往往大有幫助。不，可惜這次例外。他又抽了一口。民眾高等學校的管理員說的？

卡爾點點頭。沒錯，就是他。他也提到雅貝特常常只出去半個小時。他觀察得其實十分仔細。

卡爾端詳著女孩的照片，漂亮、年輕，而且愛好運動，所以用自行車在一個小時內騎完二十公里，也就是半個小時十公里，並非不切實際。由於她又得趕回來上課，那麼前往會面地點的路程頂多五公里，甚至可能更短，因爲或許還會在那兒耽擱一下。

他根據地圖比例尺換算後，用圓規量出五公里的活動半徑，再以學校爲中心，畫出一個圓。那顆樹在線裡面。

卡爾搔搔腦袋。該死，她到底爲什麼要騎到那兒？那棵樹是他們的信箱嗎？雅貝特過去查看情人有沒有留紙條給她？若是如此，那麼這一天她白走一趟了，因爲警方什麼也沒發現。或者，事故發生後，紙條被拿走了？

不，變數太多了，急躁冒進沒有用。他嘆著氣，注視眼前的圓圈。雅貝特，妳他媽的到底一大早去那兒幹嘛？

「喂，老傢伙！」門口有人喊道。

卡爾轉過身，勞森手裡端著兩個杯子站在門口。

「爲什麼話筒放在電話旁邊，這樣根本找不到你。」沒錯，卡爾應該聽從他的建議，將電話轉到高登那邊去，但隨便啦。

卡爾放好話筒，五秒不到，電話立刻響起。

「這就是原因。」卡爾說：「蘿思和阿薩德的分機已經轉接給高登了，我不想也再……可憐的傢伙把他沒辦法接的電話都錄下來了。」

「有線索了嗎？」

卡爾擺擺手。「有一些，結果還不賴。」

「告訴阿薩德，不需要再找三夾板的照片了。」

「啊，鑑識組找到了嗎？」

「沒有。」勞森坐下，將一個咖啡杯推給卡爾。「雖然咖啡沒那麼熱了，卻是純正的牙買加藍山。你可從沒喝過如此香醇的極品喔。」

氣味芳香宜人，卡爾喝了一口，翻了翻白眼。清新、溫和、芳香，而且一點也不苦澀。阿薩德的駱駝屎哪能相提並論！

「你最好別喝上癮了，只是嘗嘗味道，想喝得花不少錢。我樓上可不會供應這種咖啡。」勞森哈哈大笑。

「好了，言歸正傳，鑑識部門的人翻出了所有舊文件，他們雖然證實發現的碎片是三夾板中的一塊，卻也能斷定不是來自於將雅貝特．金士密撞到樹上的板子。哈柏薩特描述的鑽孔，沒辦法將板子固定在福斯車這類交通工具上，那說不通，除非把鉤子放進洞裡。但是他們問道：那鉤子又要掛在哪裡？如果是雨刷下面的塑膠墊凹槽，那麼受到衝擊時，擋風玻璃和板子都會被撞飛。即使有人徹底整理過事故現場、消滅痕跡，鑑識人員還是找得到蛛絲馬跡。鑑識人員認爲，光靠保險桿，絕對沒辦法把女孩撞飛到樹上那麼高的地方。他們說，那需要特別彎曲的專門鍬片。換句話說，他們不認爲發現的碎片是作爲此種用途的。」

「所以我們在這點上根本沒有進展。」卡爾嘟囔著。

他給自己點了支安慰菸，也請勞森抽一支。終於有人可以跟他稍微放肆一點了。

第四十一章

二〇一四年五月十一日星期日、五月十二日星期一

獨處的第一個小時，面對新情境，雪莉心裡五味雜陳。雖然成年後的大部分時間是一個人生活，但畢竟她是個愛好社交的人。如果汪達或其他朋友沒有時間相聚，她在家也會聽廣播、看肥皀劇、打電話，或純粹望著窗外發呆，一點也不會覺得寂寞。即使在中心裡，也有幾個處得來的學員，生活雖非精采刺激，但日子更糟的大有人在。淨化室裡完全沒有能夠讓她分心的東西，與外界沒有接觸，沒有任何刺激，只有小小的藍色書、一副紙牌和眺望天空的窗戶，她只能望著雲飄過。她必須先習慣才行。

不過，這種空白狀態反而意外促使她思考，只是想的並非一般問題或日常的困擾，而是自己竟然受到優待這件事。

「我是被挑選出來的選民！」這個念頭一直縈繞在她腦海裡。不可思議，他們居然選擇我作爲倫敦的大使。

阿杜在淨化指南的第一頁，開宗明義地寫道，第十天會覺得擺脫世俗瑣事的重擔，尤其是不必要的多餘散亂，第二十天即感覺受到潔淨。淨化後期，即宛如重生之人，與大自然和宇宙合而爲一。

爲了達到目標，她坐在四壁鑲木的空蕩房間裡，「我是被挑選出來的選民！」這個念頭不斷浮現。多美的詞啊，她還未曾經歷過這種感受。出醜，有的。出醜丟臉，還遭人訕笑，笑她又胖

又蠢，不懂得穿衣服，不是邋遢隨便，就是講究過頭。

遭人嘲笑和被人挑選，兩者之間有著多麼大的差異啊！

雪莉心底竟意外升起幸福的感覺。是的，她是幸福的。直到肚子咕嚕直叫、太陽離開天窗許久，才警覺到不對勁。

應該送餐給她的時間是不是已超過了幾個小時？她眞希望手錶還在。弟子晚膳和集體打坐應該結束很久了吧？依照肚子的飢餓程度和心靈的感受判斷，應該是如此。

但是皮莉歐在哪裡？

她聽錯了嗎？皮莉歐是說第二天開始，才會像其他人一樣給她供餐嗎？也許剛開始時她應該先稍微齋戒一番？

後來，她說服自己這個可能之後，再度拿起藍色指南，慢慢閱讀。她全神貫注，吸收阿杜對於弟子在淨化期間應該取得何種結果的見解，以及在自願接受隔離的狀態中爲達到目標必然要遵行的儀式。

自願。她不禁微微咀嚼這個字。是的，當然是自願的，至少沒人強迫她。沒錯，她是自願過來的。

雪莉繼續閱讀，卻發現阿杜的指南中，沒有一項和皮莉歐告知她的事情類似。筆記裡沒有齋戒、沒有供膳或盥洗等具體事項的說明。

這時，她才恍如遭到雷擊。

接著開始惶惶不安。

等她讀了三十五頁後，她確信一定哪裡出了問題。

晨曦灑落在屋頂天窗，閃耀發亮，他們現在應該結束海灘旁的晨間儀式了吧，雪莉心想。那麼建造新柱壇的工人很快就會上工。雖然工地離此幾百公尺，不過只要音量夠大，他們一定聽得見她的呼喊。

她坐在小木床上用力點頭，彷彿給自己打氣。但是，她該怎麼歸納這個狀況呢？她先前指控了皮莉歐，卻換得自己枯坐在這裡。有沒有可能是報復，還是某種測試，就像上帝試驗摩西和亞伯拉罕一樣，要在沙漠飄泊四十年？或者像約伯的試煉一樣，要考驗內心堅強的程度嗎？他們要測試她是否忠心，是否相信中心為她做的一切？

她眉頭深鎖。她為什麼認為是「他們」？難道不是比較像皮莉歐會使出的手段嗎？

雪莉把頭一抬，眺望天窗外飄移的浮雲，身體前後晃動了起來。面臨嚴苛考驗，撫慰人心最有效的方法，從古至今都一樣：頓河畔小道上的船夫吟唱、棉花田裡黑奴的福音，或母親為生病孩子哼唱的安慰曲。

「唱歌能驅趕擔憂與哀愁。」雪莉的父母爭吵後，她母親常把這句話掛在嘴邊。「唱的聲音夠大，也能立刻趕走另一半。」最後往往還補上這一句。

雪莉笑了。

她父親若是心情好，便會回答：「農夫對麻雀說：『至少你唱歌不需要繳稅。』」

雪莉唱了十五分鐘後，停下來傾聽外界的動靜，但是柱壇工地沒有傳來鐵鎚聲或吆喝聲，這表示他們一定也聽不見她的聲音！

或許現在求救還太早？沒錯，八成是這樣。

「唱歌能驅趕飢餓。」每次她被罰禁閉，不准吃晚餐直接上床時，父親總把這句話掛在嘴邊。

於是她又唱了一個鐘頭，扯開喉嚨肆無忌憚地高唱。

她在狹小浴室的洗手台喝了好幾公升的水，嘗試忽視飢腸轆轆。她用盡各種方法，避免腦海浮現晦暗的念頭，從頭到尾閱讀阿杜的指南多次、實行儀軌、唱頌經文、向荷魯斯祈禱、努力打坐冥想、進入類似睡眠的狀態。

經過一天半，完成三個練習後，她還是開始大聲呼救。喊得嗓子都啞了、發不出聲音來才停止。

第四十二章

二〇一四年五月十二日，星期一

「我和那個凱特．布希克談過了。」

卡爾眨眨眼睛。他剛剛打盹了嗎？一隻腳伸在抽屜裡，另一隻腳踩在垃圾桶裡。嗯，看來確實如此。

他努力回到現實，瞇著雙眼，向阿薩德點頭。該死，凱特．布希克是誰？他剛才夢見的不是夢娜嗎？

「凱特是那個提到和平運動的女士，卡爾。她認識福斯車的車主，也就是艾吉爾．普洱。」

阿薩德不等卡爾開口問，立刻回答道。

這男人現在也會讀心術了嗎？

「我向她說明找到這個法蘭克對我們來說有多重要。我們講電話時，她就在電腦旁，所以我把照片掃描後寄給她看。」

「幹得好！然後呢？」

「她清楚記得當時一個幫忙發送遊行示威傳單，英俊挺拔的年輕人。她說，哎喲喂呀，沒想到他這樣的人竟也關心和平。還有，沒錯，他叫做法蘭克，但大家都叫他蘇格蘭。至於爲什麼，她也不清楚，因爲他講得一口流利的丹麥話。」阿薩德停頓了好一會，給卡爾時間消化資訊。這個關於名字的對話有點蹊蹺。

「你說她雖然只認識年輕時的他，還是認出了照片上的人，有可能嗎？」

「不知道，至少她自己十分肯定。」

卡爾伸了個懶腰。「非常出色，阿薩德，謝謝。希望接下來從艾吉爾·普洱的遺孀身上有進一步的收獲。」他掏著菸盒裡的菸。「可以請你要高登過來一下嗎？」

然後他坐了一會，呑雲吐霧地抽著清醒菸。

逐步前進或許也能有所突破？那個人說不定最後眞的站在他們面前了，但接下來呢？

疲累不堪的高登挺立在卡爾辦公桌旁，那雙似有幾公里長的腿隨時會累得折斷，並非無稽之談。他脆弱的心臟是怎麼在如此龐大的組織系統裡輸送血液的？也難怪他大腦血液量供應不足。

「請坐，高登，說吧，你有什麼收獲？」

「我不太清楚要說什麼。」他搖搖頭，一邊拖泥帶水、慢呑呑地將自己縮在椅子上，然後把筆記本放在辦公桌上。「我只能這麼開始。我與當年民眾高等學校的四、五個學生通過電話，但是他們說的內容我們都已經知道了，沒有新的線索。所有人都把矛頭指向英格·達爾畢，說她或許知道更多，因爲她的房間就在雅貝特隔壁。」

卡爾望向窗外。一一打電話詢問當時的學生，收獲並不多。會不會是高登不適合這項任務？

「其他的學生呢？你還有幾通沒打？」

高個兒一臉尷尬窘迫。「我想大概還有一半。」

「好，高登，這項行動就此停止。」他毫不客氣地說。他的口氣會不會聽起來太嚴厲了？

「你還有什麼消息嗎？從那些響了一整天的電話。」

這根旗竿大聲吸口氣，再宛如嘆息似的慢慢呼出。「來電的有……」他抽出本子，用鉛筆尖一行行點數著。

「那不重要。」卡爾說：「重點是什麼？」

高登沒聽他說話，繼續數著。已經要下班了，還這樣拖時間，眞是受不了。

「一共有四十六通電話。」他抬起頭，彷彿期待受到稱讚。他以爲自己是世上第一個勞心勞力，才辛苦取得一點訊息的人嗎？

「有個女士說她有事想說，我記下了她的號碼，你們願意的話，可以打電話過去。」他把紙條遞給卡爾。除了電話，上面還寫著「卡倫．克努森．婆婆納（Karen Knudsen Ehrenpreis）」。

「她認識我們要找的那個人。」他出乎意料地補了一句。

「阿薩德，過來！」卡爾喊道。

阿薩德一站到書桌旁邊，高登繼續補充說：「他們曾一起住在赫勒魯普公社，一種嬉皮追隨者的合住公寓，叫做『婆婆納』，彼此分享大大小小的食物，共享財政，衣服互穿。所有人都把『婆婆納』拿來當姓氏，不過到後來只剩這位女性還繼續沿用。公社最後沒有成功。」

「公社不在了嗎？」

「不在了，十五、六年前就收了。」

卡爾嘆了口氣。有那麼一瞬間，他眞渴望調查最新發生的案件。「我們要找的人多久以前住在那裡？」

「她不太確定，因爲時間很短。不過，大概介於一九九五和一九九六年間，他們爲他慶祝二十五歲生日，這點她還記得。」

卡爾和阿薩德對視一眼。所以他目前約莫四十五歲，正如他們所估算的。

「快點說，高登，那個人姓什麼？」阿薩德不耐煩地跺著腳。

高個兒做了個表情，卻沒讓他顯得更帥，反而像鬼臉一樣。「嗯，她說想不起來了。她確定他叫法蘭克沒錯，但是姓氏怎麼樣就是記不得，絕不是丹麥姓氏。或許和Mac有關，因為大家叫他『蘇格蘭』（注）。不過，究竟是因為他使用蘋果電腦——當時沒有其他人使用——還是他真有個蘇格蘭姓氏，所以大家這麼稱呼他，她就不清楚了。她也無法肯定自己當年是否知道。」

「他媽的！」卡爾罵了一聲。他看著紙條，輸入電話號碼。「該死，她最好現在在家！」

她在家。卡爾自我介紹的同時，也按下擴音器。卡倫．克努森又把同樣的說法複述一次，感覺從她口中套不出新的關鍵證詞。

「那個男人在做什麼，他有工作嗎？」

「我想應該是在念書，好像有拿到助學金，但我記不太清楚了。」

「他在哪裡念書，什麼科系？日間部還是夜間部？」

「至少不是上午的課，因為他那時通常和我們其中一個人在一起。」

「您的意思是什麼呢？您說的是性嗎？」

她呵呵一笑，阿薩德也笑了。卡爾揮揮手臂，要阿薩德在他講電話時站遠一點。

「當然了，還會是什麼呢？法蘭克是個性感的傢伙，所以大部分女孩都逃不出他的手掌心，包括我在內。」她又嬌笑連連。「我當初真正交往的男朋友完全被蒙在鼓裡。不過，合住公寓裡還是因此產生爭執與不快，所以法蘭克有天忽然逃走了。而我的男朋友也因此離開，最後公社就解散了。」

卡爾請她進一步描述法蘭克這個人，說明他有什麼樣的特質，不過內容和英格．達爾畢上次說的如出一轍。他外在沒有永恆不變的突出記號或引人注意之處，但風流倜儻、高大挺拔、非常可愛、魅力十足。

「嗯，現代丹麥很少看見這種人了，要找出他，應該易如反掌。」卡爾自負地說：「您能否說說他的興趣？他最愛談論的話題是什麼？」

「他很擅長和我們女人聊天，對他來說輕而易舉。」

「談些什麼，可否舉例？」唉，快呀，女人，給我點線索，卡爾心裡吶喊著。

「當時大家談的當然都是巴爾幹半島的緊張情勢，男人多數聚焦在運動上，例如環法自行車賽，諸如此類的，但法蘭克不同，他關心其他完全不同的議題，例如法國在穆魯羅瓦島進行可怕的核子試爆，或黃色新聞上的八卦消息，如約阿希姆王子和文雅麗王妃的婚禮。哎呀，後者明顯是種算計。」她哈哈大笑。

卡爾彈個手指要高登過來。「穆魯羅瓦島。」他用嘴型說。高登轉過卡爾的筆電，輸入關鍵字。

「穆魯羅瓦島上的核子試爆，您確定他聊過這件事？」

「絕對沒錯。他親自畫了布條，還說服合住公寓裡的人一起參加在哥本哈根法國大使館前的示威抗議。」

一九九六年，高登無聲說道。

賓果！他們終於掌握到一個準確的年份了。

「他似乎對於神學很有興趣，對嗎？」

話筒另一端鴉雀無聲。她在思索嗎？

「您還在嗎？」卡爾問道。

「是，還在。您剛才說的話，讓我想起了一件事。他說其實萬教同宗，都源於同一個起源，

注 Mac或Mc經常是蘇格蘭人的姓名前綴字。

把我們大家給搞瘋了。他經常胡說八道宇宙、太陽、星象之類的話題。我們只是個公社，又不是靈修中心，最後，大家被惹得心情煩躁、神經緊張。這些怪想法是他從大學講座學來的。如果我記得沒錯，他還希望我們在花園裡蓋一座太陽神殿呢。」她放聲大笑。「他開始日出即起，在花園裡對著太陽高展雙手，嘴裡唸誦著奇怪詩文，合住公寓裡有個要正常上班的人，老是一大早被吵醒，不堪其擾，所以拿棍棒威脅他。不過我可以告訴您，這傢伙後來也沒嘗到甜頭，因爲法蘭克脾氣非常暴躁，非凡人可比，狠狠揍得他七葷八素。最好不要和法蘭克這種人扯上關係。」

「您是說他很可能精神分裂嗎？」

「該怎麼說呢？我又不是精神醫師。」

「噯，您知道我的意思。他是不是冷酷無情、精於計算，而且驕傲自滿？」

「不，我不認爲他冷酷無情。若說精於計算和驕傲自滿的話，或許吧，但是現代人誰不是這樣呢？」

這是他近來在短時間內第二次聽到同樣的回答了。

「您認爲他會變得有攻擊性嗎？您知不知道他在其他場所是否也出現同樣反應？」

「就我所知沒有。」

「每個公社成員都有簽署租屋合約嗎？」

「沒有，我們沒簽。我連主要承租人是誰都不清楚，大概是早我們幾年就住在裡面的人吧。我們把錢存進共同戶頭，租金每個月從戶頭轉出。住戶來來去去，這樣做最方便。」

通完電話後，卡爾眞想請阿薩德端杯摩卡或茶來，讓他提振精神。看在老天的份上，他到底是怎麼被誘騙接下這該死的案子？這不明擺著是場必須熬過去的沙漠漫遊嗎？如果眼前只有沮喪空虛等待著他們，那可以立刻停止接聽不斷轉到高登分機上的電話了。

「至少我們現在拿到出生年份了。」阿薩德在桌緣坐下說：「他是一九七一年生的，今年四十三歲。」

「是的，沒錯。我們也知道他高約一百八十公分以及外表樣貌——外面路上隨便一抓就是一大堆。還有，我們同樣掌握了他從事何種活動與興趣。走狗屎運的話，說不定還眞的找得到他。但是你們知道嗎？接下來，我們不免要面對另一個問題，而且是最重要的問題：然後呢？」

「什麼然後？」高登竟膽敢接著問，也不會感到不好意思。

「唉，我們的確掌握了一些線索，個人側寫雖然坑坑巴巴的，但總比沒有好。何況明天到布朗斯霍伊區，說不定還能來個臨門一腳，甚至大有可能馬上得知他的名字。但是，然後呢？」

「臨門一腳？」阿薩德完全一頭霧水。

「最後一擊，阿薩德，推人一把。我們在凡徐塞都這樣說。」

阿薩德嘴角往下一拉，點點頭。「卡爾，你說得對。」

「我一個字也聽不懂，你們在講什麼呀？」高登問。

「即使我們運氣好，逮到了這傢伙，又能證明什麼？」卡爾搖搖頭。「我告訴你，什麼狗屎也沒有。因爲他不會主動大肆張揚是他殺了雅貝特，不是嗎？」

「除非我們打斷他的手臂。」阿薩德這時插了一句。

三個人一一嘆氣，站了起來。該回家了。

卡爾把話筒放回去，果然馬上又響起。他猶豫不決地瞪著話機，最後還是接了起來。說不定這次有大魚入網。

電話那頭的聲音熟悉得令人氣惱。「您好，卡爾．莫爾克，我是馬丁．馬斯克，《晨間郵報》

記者。在今天的記者會後，我們想要了解您是否又開始調查釘槍案了？」

「沒有，不是我。」

「若由您來調查，不是很好？可以伸張正義，多少為您的朋友報仇，不是嗎？」

報仇？他是克林．伊斯威特（注）還是誰啊？這傢伙最好滾遠一點，他壓根不想回答這種狗屁問題。

「您顯然不想回答。不過，這件案子究竟有沒有進一步的偵辦策略？」

「別問我。您得去找三樓的同事，泰耶．蒲羅主導本案調查。馬丁，您應該很清楚才是。」

「至少您可以說說哈利．海寧森的狀況吧？」

「如果您想探聽到特別的獨家消息，事前至少也做做功課，勉強拿出您的專業來吧。他叫做哈迪，不是哈利。至於他狀況如何，您得自己問他。您當我這裡是電話服務中心嗎？再見。」

「等等，卡爾．莫爾克，福斯車案是怎麼回事？如果您想透過媒體協助偵辦，我們還需要更多細節，這是否值得酬謝呢？」

走廊傳來震天價響的電話聲，持續不斷。顯然沒有一個同事把電話拿起來再下班離開。如果媒體大肆張揚這件案子，會有什麼結果？

「門都沒有，沒有酬謝。如果有消息，我會通知您。」

「您才不會告訴我。唉，說吧，您還是快點說。」

若不是羅森的關係，他早就說了。

「好吧，既然您堅持要知道，那麼我就給您一個臨別贈言吧：馬丁，祝您有個美好的夜晚！」

行駛在希勒羅德高速公路上，他眼前不斷浮現哈迪愁苦不幸的臉龐，一張忘掉該怎麼微笑的臉。若想改變現狀，他不得不他媽的和哈迪再一次開誠布公地懇談當年的亞瑪格事件，但是卡爾辦不到。哈迪時時刻刻都必須面對事件殘遺的苦果，若再次直面事件經過，想必比他這個日常生活中塡滿各種壓抑過去噩夢機會的人，有更充分的心理準備。

不管什麼時候談到這件事，他總感覺一股電流竄過體內，完全不受控制。有一次，他覺得自己渺小卑微，夢娜將之稱爲「創傷後壓力未經處理，導致精神崩潰」。卡爾才不在乎那叫什麼，重點是擺脫得掉就好。

這次他必須和哈迪再次談論此事，而且應該從新的角度切入吧？好吧，他理解對談的必要性，但是打從心裡老大不願意。

這時，手機響起。他正想切斷來電，卻看見螢幕上跳出維嘉的名字。

卡爾深吸口氣，再緩緩吐出，然後才轉成免持聽筒模式。

他立刻聽出他的前妻情緒激動。不幸的是，他知道她火冒三丈的理由。

「我昨天去看媽，護理人員告訴我，你幾百年沒露面了。你怎麼可以言而無信！」

天啊，他恨死這種說法了。

「卡爾，要我提醒你我們的約定嗎？」

「不用了，謝謝，維嘉，妳不需要這麼做。」

「哈，我不需要嗎？那麼……」

「我人就在養老院的停車場。」

注 Clint Eastwood：知名的美國演員，同時也是電影導演、製片、作曲家與政治人物，曾獲得奧斯卡最佳導演獎與最佳影片獎。

往巴格斯威的交流道出現在眼前。運氣眞好！

「別糊弄我，卡爾，我會打電話過去問的。」

「好的，儘管打吧，我問心無愧，甚至還帶了巧克力呢。我當然會遵守我們的約定，只是前陣子到伯恩霍姆島去了，所以沒空過來，抱歉沒有告訴妳。」

「巧克力？」

「是的，丹麥恩格酒糖，沒有比這更好吃的巧克力了。」

他希望能在養老院對面的超市買到。

「卡爾，你眞讓我驚訝。」

轉換話題的機會來了。

「古咖啡對妳好嗎？」他問道：「我好久沒見到賈斯柏了，所以沒再聽見妳和妳的小商人之間的八卦。」

「你知道他並不小，而且叫做古咖瑪，卡爾。不好，一點也不好，但是我沒興趣和你討論這件事，至少不是現在。如果你以爲賈斯柏沒事會自己聯絡我，可就錯得離譜了，我也好久沒聽到他的消息了。」

「嗳，他交了女朋友，我們的重要性難免降低一級。」

「嗯，是啊。」她聲音有點悶悶的。

噢，天啊，我得趕快結束通話，我可不想被牽連進去。

「維嘉，我正走進巴克公園大門，妳多保重。至於和那個古咖啡……古咖瑪，你們不會有事的。我會幫妳向妳媽問安，好嗎？再見了。」

他開下交流道，有幾秒的時間感覺非常棒，因爲他壓制了維嘉。但是，買好巧克力，走向養老院的路上，驀然又感覺到過往再度沉甸甸地壓在他身上，窒息得讓他喘不過氣來。很多事情其實可以有不同發展的。

卡爾的前岳母仍舊一如往常，除了她那頭原本烏黑的頭髮只剩一半還是黑的之外。也許工作人員放棄幫她染髮，也許是她發現自己年華老去，不再是三十歲了，怎麼樣也無法再吸引男人的目光。

「你誰啊？」卡爾在她面前坐下時，她問道。

老年癡呆症持續惡化，病情已嚴重到這個地步了。

「我是卡爾，是妳的前女婿，卡拉。」

「我知道啊，你這個白癡。但是你幹嘛把自己僞裝成這樣？你以前沒胖成這副模樣啊？」

他今天第二次聽到這種話了。就連一個半盲的瘋狂老婦都看得出來，或許多少有點眞實？

「你帶什麼給我？」她直截了當地把手伸得直直的，讓人以爲她是夜總會門口的撕票人員。

「巧克力。」他從塑膠袋中拿出盒子。

她一臉懷疑，打量著盒子大小。「呸，經濟包。你可以拿走了。」

我幹嘛到這兒來找罪受？每次他踏進卡拉的房間，總是不由得問自己。可惜他還得面對這個問題好一陣子，因爲答案相當嚴肅：若是不遵守簽署的約定，他就得付給維嘉一大筆錢。

「嘿，這可是恩格巧克力！」他的口氣微慍。

她貪婪的手指立刻動了起來，不到幾秒，第一顆巧克力已塞進嘴裡。

吃了三顆後，她把巧克力盒放在桌上，卡爾認爲她請自己吃糖，於是拿了一顆。吃完後，盒子仍躺在桌上，他很快又伸手要去拿杏仁黑巧克力，手卻被卡拉用力一打，趕緊縮了回來。

「這麼快把巧克力吃完，又拿不到獎賞！」她怒聲罵道：「你還給我帶了什麼？」

感謝老天，他不需要經常過來。

他在夾克口袋裡掏了掏，平常總是能找到點會發亮的東西，例如銅板。他怎麼可以不想盡辦法討癡呆的前岳母開心呢。

他在口袋最深處摸到畢亞克的雕刻創作，得盡快把這東西和從哈柏薩特屋裡拿來的東西一起放在櫃子上。但是，這尖尖的又是什麼？

他從口袋裡抽出一部分，立刻認出是西門・菲斯克給的靈擺。靈擺雖然沒那麼閃亮耀眼，但應付今天已經夠了。

「這個，卡拉，一條靈擺，神奇的小工具，可以……」

「我知道啦，和鬼魂之類的有關。但是我要這個幹嘛？我和死人講話又不需要這種蠢東西。我每天都和他們講話，昨晚我就和溫斯頓・邱吉爾聊天，你知道嗎？他非常可愛，比大家想的親切多了。」

「呃，真不錯。不過這靈擺能做的事情不一樣，例如能告訴妳未來發生的事情。想問什麼都行，靈擺會給妳答案。妳只需要靜靜拿著，提出問題就行了。呃，好，一開始都得先練習一下。」

她一臉懷疑，因此他特別表演一次給她看，詢問靈擺明天的天氣狀況。毫不意外，這爛東西壓根不願意合作，他不得不額外稍微給點助力。

「妳看，它繞圈圈了，多棒啊？也就是說明天會有好天氣。卡拉，妳自己試試看。妳想知道什麼？」

她不情不願地拿過靈擺，舉在另一手的掌心上方。

思考了一分鐘後，她問道：「下個星期會有卷心菜捲嗎？」

毫無動靜。會動才奇怪！即使如此，卡爾還是氣惱。

「根本沒用！你給我帶什麼垃圾，卡爾。我要告訴維嘉。」

「卡拉，我想沒人會問食物這種普通問題。換別的問題看看，例如維嘉明天會不會來看妳？」

她盯著他的模樣，彷彿認爲他神智不清了。拜託，她幹嘛問這種問題呀？

那雙患有白內障的眼睛黯淡下來，她沉思了半晌後，露出笑容。

「我問問新來的男護理師有沒有興趣和我做愛，讓我又酥又軟。」

噢，天啊，現在就看靈擺動不動了。

卡爾走進家裡，哈迪坐在昏暗之中。

莫頓在餐桌上留了張紙條，寫著：他心情不好。我想給他點酒，但是他都不理人。你們吵架了嗎？

卡爾輕嘆一聲。「我回來了，哈迪。」他把莫頓的紙條遞到哈迪眼前。「這是不是說你連威士忌都不和我喝了？」

哈迪搖頭，別過目光。

「說吧，哈迪。」

立刻解決這件事比較好。

哈迪的聲音有點粗啞。「卡爾，我搞不懂你。你現在又有機會重啓調查，卻毫不把握？爲什麼？你不知道那對我有多重要嗎？」

卡爾握住輪椅操縱桿，把輪椅轉過來面對自己。「這件案子由泰耶·蒲羅負責，哈迪。案子已重啓調查了，你自己不也看見了嗎？」

「我覺得你的優先順序很奇怪，卡爾。你爲何寧願偵辦將近二十年前陌生女孩的死亡事故，而不是我們自己的案子？難道你害怕有些事情見不得光嗎？」哈迪抬起目光，直視卡爾雙眼。「你害怕後果嗎？卡爾，是這樣嗎？我在電視上看見你壓根毫不在乎，絲毫不覺得有必要查看那把射擊我們的手槍。爲什麼，卡爾？」

「我的話或許有點冷酷無情，哈迪，你受的傷導致你半身不遂，而我卻是傷在心靈。我就是沒有辦法面對這件案子。至少現在不行。」

哈迪別過視線。

他們好幾分鐘沉默不語，面對面坐著，卡爾後來放棄和老友談下去，同時也無法再強迫自己面對。今天完全不是恰當時機。

他嘆口氣，站起身。或許哈迪說得沒錯，或許他應該把雅貝特案交給阿薩德和蘿思，考慮加入蒲羅的團隊——如果他們要他的話。

他到廚房給自己倒了一杯威士忌蘇打，將夾克披在椅背上。他才坐下，就有個東西抵著背部。他一臉困惑地往下摸，從口袋掏出先前放在哈柏薩特茶几上的木雕。畢亞克雕刻的小木人。

他若有所思地審視著小雕像。它有沒有可能不是偶然放在桌上的？哈柏薩特會偶然隨便亂放東西嗎？

他把雕像在指間翻來覆去，觀察得越久，越覺得這雕像和他們要找的人有諸多相似之處，也就是那個人稱「蘇格蘭」的法蘭克。

第四十三章

「謝謝，西門，你人眞好，還特地打電話來。不，我不知道警方爲什麼想找阿杜談談，毫無頭緒究竟什麼事情如此重要，竟要在電視上尋找他。你肯定照片上的人是他嗎？」她的手壓著胸部，幾乎無法呼吸。

「是的，皮莉歐。電視上發布訊息的警察，就是到芳香藥草學校來找我們的那個人。我不僅認出了阿杜，還有那輛汽車。」

福斯車，當然了。噢，荷魯斯，還有那輛車！

「而且人物側寫相當準確。他門牙上的太陽符號還在嗎？」

「不在了，幾年前就除掉了。」

「嗯，總之，我提醒妳了。我希望不是什麼特別的事情。妳也知道，他們從我口中絕對問不出話來的，這點你們儘管放心。」

「謝謝你，西門。」

她緩緩放下話筒。所以他們找出阿杜了，但是調查究竟進展到何種程度？她需要做好他們隨時會上門的心理準備嗎？

振作一點，皮莉歐，妳沒什麼好擔心的。他們能查到什麼線索？事實上也沒有什麼好證明的。好吧，或許他們知道那個女孩和阿杜有一段情。那又如何？又沒人禁止。他們在厄倫納住了幾個月，然後便離開了，警方要怎麼建構之間的關聯？

她望向阿杜的門。要不要把這事告訴他，還是寧可不要？如果他們必須一起面對，現在正是告訴他的時機。

但她搖了搖頭。不，何必拿這事煩他呢？一切運作順利，何苦偏偏打擾他的清靜？多年來，他們絕口不提此事，現在又何必要提起呢？他是個成人，可以爲自己負責，剩下的事情則由她皮莉歐來處理。

最重要的，當數肚子裡的孩子了。這個小孩生來就是要成就大事的，絕對不可以有任何事情阻礙他，警察不行，雪莉也不行。警方一旦出現，他們說出口的事情，很可能迅速在中心裡引發猜疑。

她望向窗外，四周安靜祥和，冥想時間尚未結束。不過，再過十分鐘，大家就會在禮堂集合，聆聽阿杜每週令人期待的談話。然後，她要向大家報告瑪蓮娜、凡倫丁娜和雪莉的事情。關於瑪蓮娜，她要說的不外就是告訴凡倫丁娜的內容，屆時會請大家在聽到瑪蓮娜過得不錯的好消息後，表達他們的喜悅之情。接著，再轉達凡倫丁娜的問候，說她人在哥本哈根機場，明天開始在巴塞隆納辦公室幫忙，因爲那兒人手不足。凡倫丁娜很珍惜這個機會，所以迫不及待地立刻啓程。

她會告訴大家，隨著阿杜學說普及於世，這類任務日後將逐漸增加。此外，她也很高興地通知大家，阿杜的理論已翻譯成義大利語，未來或許會在阿西西增設辦公室，安科納可能也有機會，因爲那兒靠近克羅埃西亞，而克羅埃西亞是他們潛在的目標國家。

太陽露臉，禮堂裡的氣氛寧靜宜人。

皮莉歐對弟子說話，雙手放在隆起的肚皮上護著。暖房裡，番茄收成。阿杜的講座十分精采。他的思想逐漸在世界上流傳，對他們大家來說不啻是種成就，同時也證明他們做出了正確的選擇。

阿杜靜靜坐在講台上聆聽。他們從未討論過凡倫丁娜的任務指派、他的理論翻譯成義大利語，或者亞得里亞海旁的新招募辦公室，但是也沒必要討論。皮莉歐一手掌握主導權，他則是整體背後的靈魂。

「我們有機會實現理念，促進世界和平。」他經常這麼說：「所有宗教將融合為一，人類彼此關懷、相互照顧，與大自然和諧共存。」

他們越快把信徒派送到世界各地，阿杜的地位就益發穩固，這對正在肚子裡激烈踢動的孩子也是件好事。

「雪莉要我向大家問好。」皮莉歐沉穩地說，目光不經意地掃過她多次看見與雪莉在一起的幾位弟子。

「我昨天告訴雪莉，很遺憾地無法接受她作為中心的永久弟子，她於是離開了我們。」

弟子間響起竊竊私語。皮莉歐不給大家機會提問或大聲表達訝然之情，立刻又接著說：「雪莉善良溫暖，是個特別的人，我們會想念她的。昨天我問了她一連串的問題，大概描述她或許可以接下的任務，以便幫助她找到未來的路。但是談話尚未結束，雪莉便執意一定要留在這裡，反應完全出乎我的意料。不僅如此，她甚至擅自決定要承接你們其他人已經擔任的職務，相信自己更加適任。簡而言之，她展現出虛榮傲慢、自私自利的一面，與中心的精神毫不協調，這點眞是把我嚇傻了。因此我給她機會進行淨化，卻被她憤怒拒絕。你們或許有人聽見她在我辦公室尖叫。我後來還差點呼救，因為她想要攻擊我。幸好我安撫住她，說服她立刻收拾行李，離開中心。我退了她部分費用，她才終於答應。」

果不其然，弟子個個大感震驚。

「我衷心希望她能與一起參加冥想的學員好好道別，貫徹中心的精神，可是她怎麼也講不通，一心只想在談話結束後立刻離開。要送她離開小島，她也不願意接受。她就是如此氣憤。唉……」

「我們要感激皮莉歐的用心。」後面傳來聲音說，只見阿杜站了起來。「還有她的勇氣。」他走向皮莉歐，手扶著她的腰。「我們有太多事情要感謝妳了，皮莉歐。」他說，然後面向弟子。「有人對於雪莉新選擇的路有問題嗎？現在可以提出來。」

在場沒人開口說話。

皮莉歐在新杜壇待了一會，觀察工人的工作狀況。從這裡到雪莉被關了兩天的房子有好幾百公尺。她的評估沒錯，兩地之間的距離確實夠遠，雪莉想引起人注意，手邊至少得有個可以吹響的霧笛才有辦法。只要工人待在工地附近，危機就不會出現。但是，這時正有個人往那棟房子的方向走去，想要小解。若有個人這麼做，其他人便可能群起仿效，那麼不無可能有人會在偶然間聽見呼救聲。

根據她的計算，至少要四到五天，雪莉才會虛脫無力，沒有辦法呼救。等到她死亡，至少要二十天。而她現在知道，這段時間太久了。

她拍拍手，工人紛紛抬頭望來。

「我有項新計畫要給你們，這裡的工作先暫停一週，改換到中心對面去。我打算配給大家自行車，機動性較高，可以到島上各處宣傳。讓厄蘭的居民更加貼近我們的理念，只有好處沒有壞處。總之，我已經訂購自行車了，還有自行車棚的建築材料，明天一早送來，到時候我們便可以動工了。」她探詢地看著大家。「你們覺得怎麼樣，一起做嗎？」

然後她露出嬌豔的笑顏，這招始終有效。

皮莉歐一隻手扶在隆起的腹部上，慢慢走在高高的草叢間，前往雪莉應該死在裡面的那棟房子。皮莉歐曾經考慮過下藥，想加快進度，但旋即放棄這個念頭，因爲太危險了。要是在她運走雪莉之前，有人先發現屍體怎麼辦？或是雪莉在淨化室藏了線索，連累到她呢？

除此之外，雪莉很重。皮莉歐肚裡懷著孩子，要獨力把她搬出房子，簡直是天方夜譚。何況還得拖上一大段路，才能確保雪莉在人間消失。但即使按照原始計畫把雪莉餓死，她體重一樣不輕，問題仍無法解決。

因此她重新思索全盤計畫，終於得出結論。火災或許是最簡單的解決之道，一次即可清除所有痕跡。

但是在私下偷拿酒精和火柴過來的時機出現之前，她要先關掉水源，屆時若有人太早發現起火，至少可以拖延一點救火的時間。而且這樣做也有好處，雪莉或許在起火前就已虛脫乏力，甚至死了。總之，小心爲上。

她若沒記錯，總開關在房子後面。

她走向房子後面時，不斷告訴自已，所有舉動都是爲了保護她和阿杜建立的一切。

第四十四章

二〇一四年五月十三日，星期二

「高登，你怎麼這副模樣？從自行車上跌下來啦？」

高登本能地撫摸自己慘不忍睹的臉，臉上青一塊、紫一塊，各種顏色都沒缺席。右眼皮腫得像圓形凸窗，儼然是富有表現力的藝術形式語言。

「跟人小小地幹了一架！」高登語氣裡不無驕傲，完好如初的那隻眼睛歉然地望著卡爾。

「你幹嘛了？」卡爾打量他單薄的手臂、凹扁的胸膛，整個人還彎腰駝背，只要給他肚子來一拳，打架就結束了。「到底怎麼發生的？」

「啊就一個打來，另一個打回去啊。」

聽到這個老掉牙的笑話，卡爾努力擠出一絲笑容。

「事情是這樣的，昨晚下班後，我經過尼爾斯・布洛克街的拜恩酒館。酒館外掛了好幾面丹麥國旗，我們的一些同事坐在戶外 have fun（飲酒作樂），於是我走過去詢問是不是有人生日。」

「聽起來沒什麼呀。」

「是的，但是他們開始說起你和懸案組。他們說你是個混帳，在電視上給警察總局出醜，還非常能理解你爲什麼不願意談論釘槍案，因爲你七年前表現得像個無人能出其右的懦夫。」

正中要害。

「那你做了什麼？」蘿思站在門口，整個人感覺超級輕鬆。出現這種狀態，只有兩種可能性，一是和別人上床了，二是袖子裡藏著令人興奮的消息。

「呃，我朝著一個人的頭揍了一拳，要不然呢？那傢伙講我的懸案組和我老闆的壞話耶。」卡爾目瞪口呆地看著蘿思，她同樣一臉驚訝，卻也一臉好笑。高登眞正進入男人的世界了。

蘿思果然藏了東西，而且是四張素描，根據她的說法，是雅貝特那隻「充滿才氣的手」畫出來的。

「我收到當初原本要參加民眾高等學校展覽的畫作清單，你知道的，那場展覽因爲雅貝特死亡而取消。學生把作品編號，並且註明姓名，雅貝特的作品是二十三號到二十六號。」

卡爾瀏覽清單。大部分的作品名稱不外乎是〈東海岸礁石〉、〈古茲耶姆上方的太陽〉或者〈亞明丁根的雲霧〉。

「好的。」卡爾看完雅貝特的畫作名稱後說了這句，還特別提高了尾音。他現在知道蘿思爲什麼要覷著眼了。

「如果妳問我的話，我覺得標題相當色情。」他說，眼前浮現雅貝特的父母。他們兩位一定震驚萬分。

「確實也是情色畫。」蘿思說。

最上面一張的標題是〈溫柔撫觸肌膚〉，舌頭挑舔著乳頭的特寫。

「我覺得那是男人的乳頭。」蘿思指著乳暈上幾根捲毛。

「唷喝，對一個十九歲的猶太處女來說，並不是什麼純潔無辜的情景。」他拿起下一張畫。

「哇喔，這張也不是。」畫面一樣是特寫，兩張正在接吻的嘴唇，朱唇微啓，口水沿著嘴角流下，標題是〈投降〉。

「毫無疑問的她正處於最容易受到刺激的亢奮時期，或者換個比較好的說法：『激情期』。」卡爾小心地遣詞用字，然後拿起第三張。是位赤身裸體的年輕女子，一手拿著素描簿，一手拿著鉛筆，眼睛直視著觀看者。

「這應該是雅貝特看著鏡子畫的？」畫作精細入微，令人不禁屏住呼吸。「這張若眞展出，她大概會被女同學給折磨死。」卡爾又說。

難怪達爾畢、管理員和其他男人的視線離不開雅貝特，全都拜倒在她石榴裙下。

「欸，誰說她沒有受到折磨呢？」蘿思提醒道。

卡爾試圖探究她的表情。有時候還眞不知道蘿思何時是認眞，何時又不是。

「現在仔細注意最後一張畫。」她把畫遞給他。

卡爾屏住呼吸。並非因爲這也是站在鏡子前的裸體雅貝特，而是她背後那張男人的臉，比他們手中握有的照片還要精密許多。

卡爾看了一眼牆壁公布欄上的照片影本，那張臉現在彷彿放大了。

「這張畫叫做〈未來〉，卡爾，注意雅貝特的臉。」

沒錯，差異相當明顯。她的臉比前幾張畫還要柔和，不過也可能是因爲情境不盡相同的關係。

「前三張畫有沒有可能是在她遇見法蘭克之前畫的？」

蘿思點頭。「嗯，不無可能。第四張畫上的她，露出某種滿足的神情，而她挑選出來能帶給她幸福與滿足的人，就站在她身後。這個年輕的女孩竟有如此安適自在的神態，令人驚訝。」

「說得十分精確。感覺她似乎準備好要和這個人結合了。」

「她很有可能是在他們見面後，憑記憶畫下他的臉，所以不排除或許多少有點失眞。」

「或許如此。但是也可能她畫好鏡子前的自己，後來才要他當模特兒，把他給畫了進去。原則上，他們也可能在約會地點作畫。因此我們可推論畫與他本人十分肖似。」

他們同時望向貼在卡爾公布欄的雅貝特照片，照片上的臉龐與畫中人物相似度極高。雅貝特無疑是個才氣卓絕的畫家。

「我認爲我們現在拿到了眞正關鍵的材料。」蘿思總結說。「不過有一點我不明白：他爲什麼同意讓她畫呢？難道不知道這張畫會展出嗎？」

卡爾聳了聳肩。「或者他根本沒看過畫。」

「眞討厭，卡爾，可惜你上過電視發布尋人啓事了，否則你可以展示這張畫。如果我沒弄錯的話，你最近應該沒有機會上電視了，對吧？」

卡爾和阿薩德只在第三航廈等了十分鐘，一名七十五歲左右，頂著貴賓犬髮型的和藹女士，就從出關門走了出來。她完全吻合對艾吉爾．普洱遺孀的描述。

搭乘二十個小時的飛機後，她精神疲累，全身虛軟無力。即使如此，他們上前跟她說話時，她仍舊停下了腳步。

「達格瑪．普洱女士嗎？」卡爾問道。他們花了五分鐘說明來意，消除她眼中的疑慮，她才同意接受卡爾無償送她回布朗斯霍伊區的家。

「兩位沒事先通知我，只好麻煩你們將就屋裡的狀況了。」她打開家門前說。屋裡的空氣沉滯不通，但一趟將近三星期的馬來西亞之旅，無法解釋爲什麼家具會蒙上這麼多灰塵。

「艾吉爾早就想清除外頭那堆破銅爛鐵，但是輪胎壞了，車子根本開不動。」

她指向露台落地窗外一道爬滿植物的老舊木籬笆。「在那後面，灌木叢另一邊。」她明確地說出位置。

要從濃密的灌木叢中看出那輛廢車並不容易，車上還掛著車罩殘片。鄰居女士也不完全是空口胡說。

「我們要抽籤，看由誰爬進去嗎？」阿薩德指著破掉的擋風玻璃問道，一堆樹葉早被吹落進車裡，腐爛在駕駛座上。

「抽籤，阿薩德？」卡爾笑道。「你知道有駱駝相信自己會飛翔，然後把自己從峭壁上摔下去嗎？」

「不知道。什麼意思？」

「若是如此，牠可一點也不機靈。」

阿薩德皺著鼻子，一臉厭惡地說：「所以你的意思是我得爬進去檢查置物箱，而你負責後面的車廂嗎？」

卡爾拍拍阿薩德肩膀，顯然已經回答了。

卡爾使勁拉扯車廂門，充耳不聞阿薩德邊罵邊爬過腐朽的落葉山。

卡爾一邊想著阿薩德這種業餘者處理前面應該綽綽有餘，一邊好不容易才嘎吱作響地拉開車廂門。

車窗玻璃髒汙不清，所以車廂內相當陰暗。卡爾花了點時間才逐漸適應微弱的光線，看見車廂地板擺滿紙箱。他隨機打開幾個箱子，赫見老鼠顯然在箱裡養育了好幾代子孫。除此之外，還有各個和平示威運動的印刷品碎片和不少的海報，其中有幾張也貼在車廂內。就如英格．達爾畢描述的一樣。

一張海報上寫著「和平示威」。海報下方躺著一個卡爾小學念書用的皮書包，裡面同樣鑽出一堆老鼠。有一本活頁簿倒是完好如初，擺放世界和平理事會在貝拉中心舉行會議的小冊子，其中也有幾張年度復活節遊行的傳單。

卡爾一一翻閱文件，沒有看到活動人員清單。

「阿薩德，你那邊怎麼樣？有發現嗎？」

阿薩德只發出了巨大的嘆息聲。

「怎麼樣？有什麼收獲嗎？」達格瑪．普洱站在露台上。

「沒有，收獲不多。我們拍下幾張車子照片，其他就只是一大堆老鼠窩。對了，還在置物箱裡找到這個。」他向阿薩德比了個手勢，要他舉高找到的東西。

普洱太太大吃一驚，雙手撫著胸口。一條乾枯萎縮的大蛇屍體

「牠想必以老鼠維生，後來把自己給撐死了。」卡爾解釋說，下一秒又換了話題。「您先生會不會把當年活動人員的名冊與地址存放在別的地方？令嬡似乎如此認爲。」

她搖搖頭。「艾吉爾去世後，我把所有東西都丟了。這些草根工作已經佔據我們太多生活空間了。」

阿薩德呼吸沉重，顯然還沒從遇見蛇的驚嚇中回復過來。

「阿薩德，把蛇丟進樹叢裡。」卡爾說完，又面對老婦人。「您是否還記得當年有個年輕人，借用了您先生的車子？他叫做法蘭克，大家都叫他蘇格蘭。」

她冷不防地僵住，雙手又慢慢撫著胸口。

她臉紅了嗎？

「蘿思，他叫做布雷納，法蘭克．布雷納。達格瑪．普洱不得不說出他的名字時，彷彿像快死了似的。他們也有一段情，是的，她也有。這傢伙顯然誰也不放過。」

「太棒了！你們當然徹頭徹尾地調查過他，甚至找出他了是吧？」她的口氣充滿嘲諷。

這是什麼反應？卡爾克制住自己。「嗯，我們正在處理。此外，達格瑪也證實我們對於法蘭克所知的一切，還確認他一九九七年春天開始使用福斯車。他不是借來的，而是付錢租的。達格瑪認爲她先生懷疑他們有染，因此對法蘭克不再客氣有禮，不想平白把汽車免費借給他。不過這點她不太確定，因爲他們兩人從未談過這件事。」

「他什麼時候還車的？」

「聖誕節左右。保險桿撞凹了，普洱怒不可遏。達格瑪說他們起了爭執，從此以後她再也沒見到法蘭克。」

「好，所以你們想必檢查過車子前面了，有發現凹痕嗎？」

卡爾把三星手機遞到她面前，將照片往下滑動。二十張照片全是鏽蝕斑斑的車頭，以及掉到地上的保險桿。他們把保險桿翻了過來，是的，確實有個小凹痕，但是哥本哈根街上哪輛車子的保險桿沒凹痕呢？

「這些照片對我們根本助益不大。」蘿思說：「幸好我和高登有點進展。」

她把卡爾和阿薩德拉到辦公室。看見窩在辦公桌後面的高竹竿，卡爾想起無法從手腳打結的狀態中鬆脫開來的柔體特技演員。

高登的目光有些迷濛。看來蘿思肯定趁著卡爾和阿薩德不在，又藉機獎勵高登爲懸案組挺身而出的勇氣了吧。

思想邪惡的人，終將遭邪念反噬一口。

「怎麼樣，高登？」阿薩德的眉毛跳上跳下，宛如一場西班牙絢麗舞蹈，但是高登沒理會他。這男人真的擁有健康的自信感。

「在伯恩霍姆老爺車聚會上拍照的人打了電話過來，他是個狂熱的老爺車迷，一開口就滔滔不絕，還說一定要把他全部的照片收藏給我們看。」

等我死了再說，卡爾心想。

蘿思滿意地笑了。「當年活動上，他只能拍四張照片，而四張照片全在我們手上。事實上，他遺失照片很多年了，希望能拿回去。他不知道照片怎麼到哈柏薩特手上的，很可能是他借老爺車俱樂部在倫納劇院展出，然後給忘了。就如我們之前推測的，照片全是用柯達傻瓜相機拍的，他找不到底片了。高登禮貌地婉拒了他想見面的要求。」

謝天謝地，高個兒總算用腦了。

「如果我沒看錯，你們的收獲不見得有我們多嘛。」卡爾口氣傲慢，但沒人理會他。

「另一位先生的電話有趣多了。」蘿思不為所動地繼續說：「我們和他約了見面時間。」

「非常好。我想對方是法蘭克．布雷納本人吧？」

她同樣左耳進右耳出。

「對方自稱叫亞伯特．卡扎布拉（Albert Kazambra）。這裡，我們上午查過他了。」她把列印出來的好幾頁文件拿給他，第一頁的粗體字印著：「催眠治療」。

卡爾眉頭深鎖，繼續翻頁讀下去。

您覺得戒煙困難嗎？缺乏自信而飽受折磨？排尿不受控制、神經緊張或有飛行恐懼症？

天啊，什麼亂七八糟的東西。這位卡扎布拉先生似乎無所不能，無所不治。他是不是也能對付蜘蛛恐懼症、狂犬病和廣場恐懼症？

卡爾繼續讀。果然，還眞的有。

我有辦法對治各式各樣的困境。透過兩、三次有效的催眠會談，處理您的問題，助您擺脫痛苦，找到安全的道路，邁向更寬廣的個人自由。請到我們診所來，我們有親切友善的專業人員個別接待您。

亞伯特．卡扎布拉

「就是這個人打電話來的？」卡爾指著照片上一個年長的灰髮男士，他的眼神似乎能看透人。看來做了很多影像處理。

卡爾研究收費標準。三次的三十分鐘會談，收費七千一百一十克朗。「絕對有效，無效退費」就寫在下面。不過沒有解釋所謂「有效」是什麼意思。

「要價不斐呢。」他說，納悶後面那一百一十克朗有什麼意義。七千難道不夠嗎？

蘿思的雙眼閃閃發亮。「卡爾，卡扎布拉說見過法蘭克，可以提供他的資料。他今天會參加在希勒羅德區腓特烈堡體育館舉辦的『另類宇宙』健康博覽會，下午晚一點，我們到那兒去見他。」

卡爾露出苦笑。催眠？卡扎布拉？光這名字就夠嗆人了。自從他三十年前在東布朗德斯勒夫的大禮堂，看到一個自稱洪堡的男人，主張自己能夠一次讓全禮堂的人陷入恍惚狀態後，就沒看過其他認爲自己會催眠術的人。

好的，那個洪堡其實也不會。一開始，他要大家聽號令，一起跳起來，卡爾甚至照做了，因爲他不想椅子上最後只剩自己沒站起來。但是，洪堡接下來催眠大家集體入睡，卡爾便失去興趣，反而睜著眼睛掃描現場，發現竟然沒人眞把眼睛閉上，大都半垂著眼偷覷四周，看看唯一沒被催眠的人是否只有自己。

這個世界想要被騙。

卡爾一臉賊笑，轉向阿薩德說：「我要是你，就會把小豬撲滿殺了。或許這是你擺脫乾死蛇恐懼的好機會。」

阿薩德居然沒上鉤。

反觀蘿思卻躍躍欲試。「他在展場上有特殊優惠。兩次會談原本收費兩千三百七十克朗，展場五折折扣。高登也考慮要去，他說自己有某種存在恐懼症。」

存在恐懼症？沒錯，相當正確。卡爾忍俊不禁。

腓特烈堡體育館前，一個男人舉著牌子：「另類宇宙是騙術，千萬別被誘惑。」

「您會遭人利用，奪走您健全的判斷力。整個巫術會帶您偏離上帝！」他大叫道，空著的另一隻手一邊發送小冊子。

少數拿了小冊子的人，走到禮堂大門口，立刻丟進一旁的垃圾桶裡。

顯然傳教士在這裡不是特別受人歡迎，不過他早應該料到有此結果。

他們出示警徽，但是入口處的撕票人員仍舊不願意免費放行。

「你們要是再這麼固執，就讓你們看看警徽能幹出什麼事。我可以提供免費的牢飯……」蘿思趾高氣昂地說。

工作人員嘴裡雖然不停發牢騷，仍舊放他們進去了。

腓特烈堡體育館比外面看起來還要大，攤位安排亂七八糟，茫無頭緒。

「他的攤位是四九E，但是二十分鐘後才要和他見面。我先到處逛逛。」蘿思說。

卡爾鬱悶地看著她走開。要在這裡待二十分鐘，簡直度日如年。

他和阿薩德逛過一排又一排的攤位，觀察四周神情迷幻，或者目光尋尋覓覓的人。不難看出這些人在期待什麼。他們期待一個快速、簡單又便宜的方式，以改善自己的生活；或者尋找通往幸福的道路，希望自己更加清明；也尋求個人滿足、心靈和諧、身體健康，擁有更美好的自我價值感。他們希望探究此生與宇宙的奧祕。只不過，要往哪一攤尋去呢？選擇多到眼花撩亂。

他們緩緩經過幾個小攤位，滿懷希望的顧客正在做奇怪的事情。卡爾是鄉下長大的農村小孩，在家鄉學到「宇宙」這個字是來自鄰居家拖拉機的牌子，而手語是聾啞人士的溝通方式，在展場見到這一切，讓他感覺十分陌生、非常奇怪。

阿薩德倒是自得其樂，看到有興趣的事物，一會兒指這裡，一會兒又指那裡。

有個攤位的名稱叫做「神奇保羅」，一個中年的矮胖傢伙正幫人進行手療。根據牌子上的說明，療程進行半個小時，顧客就能準備好迎接生命裡種種可能的安排，從脹氣到神的指示都有。

另一個攤位上坐著好幾個人，嘴裡齊聲唸著：「唵唵唵唵唵、唵唵唵唵唵。」或者發出令人害怕的喉音。又一攤，大家舉高雙手，彼此間隔二十公分坐著，感受對方的磁場、靈魂能量、色彩光譜與靈性可能。

還有「恍惚狀態——通道溝通」、「打鼓療法」、「輪迴治療」、結合塔羅課程的「天使之舞」、「大師能量通道溝通」等五花八門的奇特東西。每個攤位都有解決問題的獨門祕法，大家都認爲自己的方式才是正確之道。千奇百怪，看得人頭暈目眩。

卡爾才發現有桶裝啤酒可喝，蘿思卻不知道打哪兒鑽出來，忽地出現在面前，告訴他和卡扎布拉見面的時間到了。

他們擠過摩肩擦踵的人群，來到四九E攤位，卡扎布拉的肖像大剌剌地映入眼簾，卻不見大師本人。幸好他與一位朝氣蓬勃的迷人年輕女子共享攤位，她的專長是探測地球輻射，提供探測棒和靈擺追蹤水脈。

卡爾眼前浮現他的前岳母。

「你們昨天眞該看看我前岳母使用靈擺的狀況。她想知道有沒有機會和新來的護理師上床，我沒騙你們，靈擺很可能轉動了。」

卡爾哈哈大笑，太晚發現有位老婦人一臉受傷地看著他。她是靈擺女子的客人嗎？

「我看見您不願意付錢就想矇混進來，也觀察到您打量四周的目光。您根本不應該來此的。」她輕聲說：「您了解這些東西對我們的意義嗎？我有病在身，若非有水晶和這個玄妙的世界，我就完蛋了。」她看著蘿思。「您年輕又健康，我則耗損虛脫，而水晶幫我將死神擋在門外。請您至少設身處地替我們想想。」

「呃，我……」蘿思正想抗議，婦人卻打斷了她的話。

「亞伯特要我轉達你們，他感覺不太舒服，無法過來。他在家裡等你們，地址在名片上。」

卡扎布拉位在圖斯魯普的房子剛改建過，是整座村莊最富麗華美的建築。有鑑於他的收費標準，有這樣的豪宅一點也不讓人意外。

「一個一個來。」催眠師在他們走進接待室時說，他的雙眼格外清亮。

卡爾搖頭。「我想可能有所誤會，我們不是來催眠的，而是想要知道您對法蘭克．布雷納的了解。」

「請進。」他邊咳嗽邊說。希望那不會傳染。「我告訴過那位年輕小姐，不會免費提供資訊。」

「呃，丹麥警察不會為訊息付費的。」卡爾不同意，狠狠瞪了蘿思一眼。

「當然不是訊息，而是每個人付半小時的催眠費，接著就可以談談法蘭克。我們不是這樣說定的嗎？蘿思是您的名字，對吧？」

她點頭。「是的，我們三個人都受到某事折磨，想要擺脫。卡爾，你的飛行恐懼症；我不好的記憶；而你，阿薩德，你自己最清楚你想要克服什麼事。我個人認為應該是恐懼不安。」

她對著卡爾說：「別擔心，卡爾。我發現預算裡有筆錢可以用，你不需要自己付錢。」

眞是厚顏無恥。

蘿思第一個進去，接著輪到卡爾。

他和連聲咳嗽的卡扎布拉面對面坐在昏暗的房間裡，彼此打量，滿心猜疑。房間裡，擺放著高及天花板的橡木書架。只見卡扎布拉喃喃低語、嗡嗡呢喃、雙眼凝視著他，一場惱人的控制權爭奪戰就此展開。對於有三十多年工作經驗的警官而言，天曉得這可不是什麼愉快的情況。然而，轉眼之間，一切都消失了。

事後，他和蘿思在接待室等候阿薩德催眠完畢時，感覺自己輕鬆得不可思議，彷彿重擔從肩頭落下了。

但是心靈上卻又有種遭人強暴的感受。這個人對他做了什麼？他們究竟談了什麼？

蘿思默不作聲地坐在一旁，凝望著窗外。卡爾試圖和她搭話。

「妳覺得催眠時發生了什麼事？」他問了兩次，她才神情恍惚地轉過臉來。

「有發生事情嗎？」她的聲音似乎非常飄渺。

阿薩德出來後，情況也沒有蘿思好。兩個人看起來都像快睡著似的，卡爾覺得自己明顯比他們兩個更有精力忍受這場催眠。

卡爾詢問卡扎布拉，他的同事一般要多久才會清醒，他建議說：「要不要我叫計程車送你們回去？」

這八成就是答案了。

計程車來了，卡扎布拉說：「那麼再見了，蘿思和薩伊德。有問題可隨時打電話過來。今晚你們會作惡夢，但是不需要擔心，不過是因爲我們做了一些小調整，明天一切又會恢復正常。」

「您顯然比較不容易受到會談的影響。」他在卡爾坐下時說。

卡爾點頭。他其實感覺很舒服，毫無負擔，幾乎就像小時候的夏天在嬸嬸家喝下一大桶自製櫻桃汁那般無憂無慮，純粹就是開心與輕鬆。心靈受到強暴的感覺已然消失無蹤。

他嘗試解釋自己有點超現實的懷舊心情。

卡扎布拉點頭。「您別期待自己不會出現反應，剛才經歷的一切並非小事。不過，我們毫無疑問的已走在正確的路上，隨時可回到正軌。」

換作是平常，卡爾一定緊迫盯人，追問他們剛才談了什麼，他發生了什麼事，但是他現在卻眞心不在乎。只有感受才算數，而他感覺很棒。

「您在找法蘭克．布雷納，想要打探他的消息，我的理解正確吧？我直截了當地告訴您，我好幾年沒跟他聯絡了。他年輕時曾來找我，給我留下駭然的印象。因此我對他記憶十分深刻。」

「您還記得是哪一年嗎？」

「記得，一九九八年夏天。我妻子海倫娜剛過世不久，對我來說是痛苦的一年，這種記憶很難遺忘。」

卡爾點頭。「我很遺憾。之後您就一直單身嗎？」

「是的。每個人都有自己的生命重擔。」

「十分正確。您覺得法蘭克．布雷納這個人很可怕，理由是什麼呢？」

「有好幾個原因。在我漫長的職業生涯中，他是唯一不受我催眠的人，這是其一。但主要原因在於，我很快察覺出他來找我另有意圖。通常別人是上門求助，想要擺脫某些事物，而這個法蘭克卻希望『被塡滿』，如果可以這樣說的話。不過，我也是在他第二次來訪時，才發現他企圖偷學我的技術。我感覺他居心不良，並非想要使用在正途上。他不把催眠視爲一種治療方式，而是操縱他人的工具。我從未看過有人像法蘭克一樣，在這方面具備如此傑出的能力。陪他一起來的那位女士也有同樣特質，她在他身邊就像小狗一樣，彷彿受到他催眠似的。」

「女士？您能描述一下嗎？」

「沒問題，那位女士也不是容易令人遺忘的類型。她操著一口芬蘭口音的瑞典話，活力十足，朝氣蓬勃，外表精實，甚至可說有點骨感。我認爲她原本是金髮，不過當時她一頭紅髮。她的目光深沉，潛意識裡似乎隱藏了許多東西，隨時可能導致強烈的內在衝突。我覺得她與自己並不協調。」

「您沒有幫這位女子催眠嗎？」

「沒有，我們沒談過這事。」

「接著發生什麼事了？」

「法蘭克第三次來時，我拒絕他再進屋，因為我十分確定他之前在會談時欺騙我，假裝進入催眠狀態。我也大概知道他在做什麼，而我完全無法認同。我在另類治療領域遇過為數眾多的人，他們一心想要幫助別人。沒錯，絕大部分是如此。事實上，他們確實也助人良多。我常常無法了解他們如何辦到的。不過是否了解，也完全無關緊要，不是嗎？重點在於有沒有效用，對吧？但是，這個法蘭克在另類領域處心積慮地想要達到什麼目的，我卻不是那麼清楚，這點令我不安。

我遇過不少人想要建立新的運動，招募追隨者，有時找來十人，有時或許百人，大概不出這個範圍，而他們一般都滿意這樣的結果，但是法蘭克狀況不同，野心大多了。對人產生影響力，對他而言遠遠不夠。他提到各個偉大宗教的崩解、人類的新道路等等。當然，他並非第一位提出相關見解的人，這種言論不絕於途。但是法蘭克與其他人的不同之處在於，他井井有條，前所未有，而且果斷積極地朝目標邁進。來找我，也是懷著特定目的。他非常有系統地收集能助他實現計畫的工具，絕不讓任何東西妨礙，我心裡有數，於是終止了與他的合作。」

灰髮老人注視著卡爾的目光變了，不再像個專業人士，彷彿坐在告解室裡，被赦免了他的知識與行動。

「我們急著找他，如果您能說出對他所知的一切，將大有幫助。」卡爾說。

「當然。就如剛才所說，我已經很多年沒見過他，但是我仍舊遙遙追蹤他的動向。我知道他成立了一個靈修中心，目前本部在瑞典。」

他從桌上拿起一張紙，遞給卡爾。

人與自然超驗結合中心，阿杜．阿邦夏瑪希．杜牧茲，總部設於瑞典厄蘭島。卡扎布拉娟秀的字跡寫著。

卡爾眞想衝上去擁抱他。沒有一筆錢比得上灰髮老人幫他解開的結。

催眠師退場，他的任務已經結束。

卡爾與他握手。「您幫了我們很大的忙。不過，既然剛才提到姓名的事，可否請教您爲什麼稱呼阿薩德爲薩伊德？」

老人盯著地面。「嗯，那是個錯誤。我踰越了職權範圍，因爲我職業的最高戒律，就是保守祕密。在會談時，他使用了這個名字，還有另外一個我聽不懂的姓氏。」

第四十五章

二〇一四年五月十四日星期三、十五日星期四

三天後，雪莉試圖解釋皮莉歐沒有出現的理由，全以失敗告終。

如果皮莉歐第一天忽然生病，無法關照她，她可以理解，但最遲第二天就應該找個人幫她張羅必要的東西。萬一沒人知道她在這裡怎麼辦？皮莉歐會不會忘記交代別人，還是她病得不輕，完全無法講話？因爲沒道理皮莉歐身體無恙，卻棄她於不顧吧，不是嗎？

一開始，雪莉安慰自己，一般人三個星期不進食也沒事。這點她相當確定。但是，水忽然之間沒了，事情就不是這樣了。

她本來以爲水很快又會有了，可是好幾個小時過去，依然沒水，心中不由得升起一陣恐懼。水是乍然而止的，不是水管裡咕嚕咕嚕作響，也不是水量逐漸減少。不是的，水流轉眼間就沒了。

她等了半個小時，一再轉動冷熱水的水龍頭，始終沒有動靜。

工地那兒出了什麼事嗎？會不會不小心挖斷自來水管？工地原本傳來的微弱叫喊聲和敲打聲，現在和水源同時停止了。

即使雪莉清楚再怎麼喊也於事無補，依然呼救了幾次，導致自己的喉嚨又乾又啞，也不見有人前來。

她垂頭喪氣地看著紙牌，以及一本想要讓她成爲更完美之人的藍皮圭臬。然而，她的靈魂經

過淨化，反而更加晦暗陰沉，身體的飢餓感也越來越強烈。接下來幾天若還是沒水、沒援助，她心中有底自己一定撐不下去。她沒那麼堅強，這點她倒還是挺理智的。

或許她早年把自己寵壞了，嬌生慣養，總是留心身邊要帶著水和零食，免得沒有安全感。這幾乎已成了她的怪癖。

她的目光又游移在一大片木頭牆壁，看不見螺絲孔，也沒有釘子頭，八成是拼裝木板。要是她能在一片木板底下找到縫隙，把板子撬開幾公分，接著要弄掉其他木板應該容易一點，或許還可拆掉隔音層。一旦成功移開隔音材料，說不定外面的人聽得到她的聲音。還是她應該一直踹牆壁，直接把木板接縫踹開？

她尋找木板層間比較大的縫隙，嘗試把指甲插入兩塊木板之間。結果除了指甲斷掉，什麼也沒成功。於是她回頭到袋子裡東翻西找，幾雙鞋上面有帶扣，盥洗包裡應該也有些東西適合拿來當工具。

但是她越找越納悶。忽然之間，她察覺到嘴唇不住發抖，唾液不再分泌，吞嚥逐漸困難。即使如此，雙手仍發了瘋似的在每個暗袋、摺縫裡尋找。過了一會之後，她終於放棄，無精打采地癱坐在地板上，袋子翻倒在一旁。

她不願意這麼想，但事實一定是如此。皮莉歐好心幫她打包，所以有帶扣的鞋子和指甲銼刀、指甲剪都不在袋子裡，絕對不是意外。只要皮莉歐插手，根本不可能有偶然的事。

她得出一個令人毛骨悚然的結論：根本別想活著從這裡出去！

她當初眞應該傾聽自己內在的聲音！現在她知道自己的推測從頭到尾都沒錯，汪達確實來過中心，而皮莉歐不想和她一較高下，因爲她一定感覺到汪達不會只因下指令的人是她，就委曲求全。

但又可能發生了什麼事呢？皮莉歐做了什麼？

皮莉歐也把汪達關在某個地方嗎？她待在中心的這段時間，難道可憐的汪達一直也在這裡的某處嗎？

有沒有可能發生最可怕的事情了？

有好幾次她差點去找阿杜表達懷疑。她爲什麼不做呢？阿杜一定會採取行動的。沒錯，皮莉歐確實對阿杜具有影響力，尤其現在又懷有他的孩子。可是眼神睿智、聰慧的阿杜令人感覺坦誠開放、自在放鬆。她知道他一定會傾聽她的話，了解她的擔憂。

凡倫丁娜又遭遇了什麼事？她也永遠消失了嗎？

雪莉震驚萬分。要是她害凡倫丁娜身處險境怎麼辦？凡倫丁娜聽她講過擔心汪達可能遭遇不幸，如果她拿這疑慮跑去告訴皮莉歐呢？所以現在她才會在此坐困愁城嗎？凡倫丁娜會不會就是因此才疏遠她，然後消失不見？

雪莉把臉埋在雙手裡。這些念頭太可怕了，她幾乎無法承受。要是有淚水，她早就哭了。

這時，她體內湧起一股從未出現過的勃然怒氣。她眞想掐死皮莉歐！要是她以前被人欺負、羞辱、霸凌、利用時，也能燃起這種怒火就好了。

她咬緊牙齒，握住兩隻拳頭，用力抵著嘴。然後她掐住自己，掐得最後都流血了。接著又狂抓臉頰，大口喘著氣。

她需要痛楚，才能感覺自己還活著。因爲她活著，所以這樣做，而且他媽的就是得如此。到最後，皮莉歐得爲這一切付出代價。

雪莉抬起頭，天窗外繁星閃耀。

幾小時後，太陽就會在窗口露臉，照耀大地，增加這個空間的溫度。這幾天，氣候陰晴不定，空氣十分潮溼。如果太陽的熱力加強怎麼辦？要是室內溫度上升幾度呢？到時候她一定會渴得受不了。

雪莉醒來時，碧空晴朗，人陽散發熱力，室內溫度至少升高了八到十度。

沒多久，她的毛細孔就會張開發汗。一直沒有喝水，她的身體能撐得了多久？難道她得使出最後一招了嗎？

她站起來，走到小小的浴室，望著看了幾百次的蓮蓬頭，她早已吸乾了蓮蓬頭裡的水分。她眼前浮現自助式早餐：麵包、柳橙汁和咖啡。不，她不想吃掉所有食物，只要柳橙汁就好。氣溫熱得讓人窒息，但是她無論如何絕對不能流汗。不要流汗，別流汗就對了。

她想著冰涼的飲料、涼爽的和風、夏日的綿綿細雨，想起她在布萊頓時始終拒絕的傍晚戲水，一來覺得太冷，二來是她穿上泳裝醜得嚇人。

她最後決定脫掉衣服，把衣服掛在洗臉台上，才感覺鬆了口氣，全身的肌膚似乎稍微又能呼吸了。

她看著自己蒼白鬆弛的身軀。一輩子爲了減肥吃盡苦頭的她，最後居然會餓死、渴死，眞是造化弄人。

雪莉搖了搖頭，絕不可以淪落到這個地步。她不甘願還沒報仇就這樣死去。她看情形穿脫衣服，調節體溫，不受制於天氣。何況還有一點水可用：馬桶和水箱裡的水。停水迄今兩天，她大小便都在地板上解決，因此還剩有八公升的水。

看了一眼馬桶裡邊，畫面並不可口，但她的狀況可不容許扭捏敏感，所以她把手伸進去，把水撈到嘴邊。

一開始她噁心得直搖頭，不過水滋潤了嘴唇，她於是知道自己辦得到。

吞下水時，她又瞪著馬桶，差點吐出來。

「夠了，雪莉，妳可以的！」她一邊大喊，一邊猛打額頭。很痛，但是感覺很棒。

她還活著。

星期四，太陽射進天窗，屋內更加熾熱了。雪莉刮著木板牆壁，約莫刮掉兩公分，不過也就這樣了。她先前十分讚嘆工人建造柱壇的技藝驚人，現在則咒罵不停。這棟房子的木匠工作做得太堅固了。

這時，她忽然有個主意，何不去扯掉洗臉台下方的排水管，拿來刮牆壁？

她雙手抓緊排水管，腳抵在牆壁，使勁吃奶力氣拉扯。

排水管喀嚓斷裂，像紙做似的。其實也差不多了，因爲塑膠鍍鉻的排水管簡直薄如蟬翼。

「他媽的該死！」她尖叫，沮喪過度，用力把管子砸在地上。

碎片四下濺飛。

她在木板上磨了幾個小時，毫無明顯成果後，終於放棄了，蹲到角落去小便。她打算早點睡覺，保存點精力。

只尿了幾滴，惡臭無比。連她身體的味道也變了，令人極端不舒服的經驗。

沒睡幾個小時，她昏昏沉沉地醒來，感覺尿很急。

按下沖水鈕後，她才發現自己睡意朦朧中坐到馬桶上了。

她驚慌失措，彈了起來，死瞪著馬桶看。她到底幹了什麼？現在剩下不到一公升的水了！

雖然沒有眼淚，她仍嚎啕大哭。

第四十六章

二〇一四年五月十三日星期二、十四日星期三、十五日星期四

這一晚宛如地獄，隔天也沒有好一點。

卡爾睡得深沉，甚至比平常還熟，照理來說應該神清氣爽，但是醒來時，心臟卻猛烈跳動，彷彿要從胸腔跳出來。

他手撫著胸口，呆視床頭櫃上的手機好半晌，考慮要不要打電話給急救中心？可是新電話號碼他媽的是幾號？過去幾個月常聽到急救中心運作不良的說法，而他現在卻一點也想不起號碼？身爲警察，他應該比一般人更清楚才是。眞是丟臉！等找到電話，他早就死了。

他測量脈搏，還沒到一分鐘已超過一百下，索性不數了。脈搏跳得太劇烈，幾乎就像第一次恐慌症發作。只不過這次並非恐慌症，而是別種東西，一直在他腦子裡轉動，怎麼樣也無法擺脫。

夢魘，差不多就是這個。

他把頭摸倒在枕頭上，盡量放鬆身心。「唵唵唵唵，唵唵唵唵。」他仰躺著，嘴裡按照在展場聽到的聲音唵唵唸著。沒想到居然有效！他應該昭告天下，應可幫許多人省下不少錢。不知不覺間，他處於半夢半醒的狀態，進入了夢魘橫行肆虐的無人之境。

「喂，哈迪。」他聽到自己在外面某處低語，看見自己拿著手機，試圖要他的朋友說出答案，顯然迫切需要他的建議或肺腑之言。「爲什麼安克爾和我要把你留在外面，哈迪？」他的頭

殼裡嗡嗡作響，爲什麼？他敢開口問嗎？他眞的敢全心全意地信任哈迪嗎？信任——是的，但信任什麼？

「卡爾，閣樓裡有副棺材。」賈斯柏在後面大笑，卡爾關掉手機，然後又打開，打電話給夢娜。什麼也沒發生。

這時，他醒了過來。

他頭腦混沌，不知所措，昏沉沉地走進廚房，彷彿發了高燒或只睡了一個小時。

他說不準莫頓和哈迪有否向他道早安，他就是不知道，只知道自己想要賈斯柏上次來時留在食物儲藏室裡的燕麥片。他們怎麼不把電視關小聲一點，激情誇張的主持人和滿嘴乏味廢話的廚師，正把炒作起來的美食創作塞進嘴裡。

他在燕麥片上灑了些白糖和可可粉，吃下第一口，味蕾經驗喚起早年晨間時光的記憶，排山倒海撲來，所有感官全都亂七八糟，反向運作。咀嚼的聲音在耳朵裡如雷巨響，上了年紀的叔叔嬸嬸身上的氣味彷彿還撲鼻襲來。舀起燕麥片的湯匙，把家人帶到他眼前，大家默不作聲，強忍著坐在早餐桌旁，沒有說出口的話語飄蕩在空氣中。

忽然之間，又只剩下一個記憶。那天他和羅尼在北川，羅尼的爸爸正在釣魚，他們在他背後頑皮胡鬧。卡爾跳來躍去，把手假裝是西洋劍，揮砍劈刺，又是踢腿、又是手刀，模仿李小龍的動作。

他不自覺地大口吸氣，忽地被燕麥片嗆到。發生什麼事了？怎麼會這樣？難不成他瘋了嗎？他的大腦短路了，還是反而激烈地猛向前衝？不管是哪種，感覺就像置身地獄。

「卡爾，有個克琳斯汀打電話給你。」高登一臉不懷好意的笑容說，他慘不忍睹的臉煥發彩虹般的色彩。

克琳斯汀？不了，謝謝再聯絡，她搬回與前夫同住，拋下他那刻，一切就結束了。多詭異的想法。

「她沒有留言，說晚點再打來。對了，蘿思還沒到，要不要我打個電話給她？」高登語透憂心，烏青腫脹的臉龐竟還能擠出表情。

卡爾點頭。「阿薩德呢？也還沒來嗎？」

「來了，剛才還在這。他說需要點新鮮空氣。我想他去庭院三次了，而現在才剛過十點。」

看來我不是今天唯一神智不清的人，卡爾心想。他眼前浮現亞伯特·卡扎布拉坦率解釋催眠副作用不大的模樣。或許應該打個電話給他？

「不過，卡爾，既然遇到你了……我有些東西想給你看。我覺得阿薩德這個人不太對勁。我七點進辦公室時，他的電腦開著。從辦公室的狀況看來，他應該整晚都在，因爲有三個空杯子、吃光的花生袋和幾個哈爾瓦甜點的空盒，還有你關於阿杜什麼東西的信。我想他應該在跟人視訊。我知道不應該監視自己的同事，但就是忍不住想看他的電腦螢幕。由於螢幕上都是阿拉伯語，所以我拍了螢幕快照，請總局裡一個阿拉伯語的口譯員幫忙看一下。」

「嗯。」這傢伙在講什麼？阿薩德去庭院透透氣？之前從來沒出現過這種事。

「卡爾，雖說是阿拉伯語，不過比起敘利亞語，裡面出現更多伊拉克語的用法。」

卡爾抬起頭，彷彿剛從夢中醒來。「等等，你再講一次。你偷窺自己同事的電腦？我沒理解錯誤吧？」

高登變得有點緊張。「我想，既然我們都在上班，所以應該跟工作有關，那麼或許全部門有興趣了解……」

「繼續，高登，你再說一次。」

卡爾聽著。如果這高個兒毫無困難地就能偷窺和他共用辦公室的同事，那麼要打探蘿思和卡爾的事情想必也不會卻步。卡爾最痛恨這種事。何況，地下室裡如果有人必得了解阿薩德的一切，那個人也是他。話說回來，團隊裡若有個愛耍心機的間諜，或許可先善加利用。晚點再來收拾高登。

「口譯員無法理解全部內容，不過還是嘗試翻譯了一些。」他把一張紙推過去給卡爾。

薩伊德，放手吧。沒人對縮短時間感興趣了。對我們來說，你就像是魚身上的一根羽毛。你要習慣。

又是薩伊德這個名字。

「卡爾，你怎麼想？那個人爲什麼要叫他薩伊德？」

「我不清楚。」他聳聳肩說：「就這樣？沒了嗎？」

這個名字引發出一連串日積月累的未解問題。卡爾斜覷著阿薩德的螢幕，現在上面只有警方的標誌。

「他回來後，關掉Skype程式，而且立刻刪除了通話記錄。我剛才又查看了一次。」

「高登，現在給我聽好。你的行爲嚴重跨越地下室同仁相處時彼此尊重的界線，我們絕對不會監視同事的一舉一動。你若是再犯一次，麻煩就大了。你聽懂了嗎？這次我就不追究，若還有下次，我就把你攆出去。清楚了嗎？」

高登點頭。

卡爾封死了這個消息來源。眞可惜。

阿薩德站在紀念中庭的最後面，就在殺蛇人銅像前面。殺蛇人的陰莖上有個納粹十字徽章，那是德國佔領期間，警察特意刻上去的。阿薩德看起來像張開眼睛站著睡覺似的，目光落在遙遠的地方。

「你沒事吧？」

阿薩德緩緩轉過身。

「我查到阿杜．阿邦夏瑪希．杜牧茲在厄蘭島的地址了。」他回道。

卡爾點了點頭。這不正是至關重要的訊息嗎？爲什麼他們還像兩袋穀物般杵著不動，毫無生氣，沒有熱情？

「阿薩德，那到底是什麼？我們究竟怎麼了？」

「我們怎麼了嗎？我沒有呀，只不過工作了大半夜。」他聳聳肩說。

「既然這樣，你幹嘛站在外面？高登說你一整個早上都在辦公室和中庭走來走去。」

「卡爾，我只是累了，不過仍想保持清醒，待會才能上路。」

卡爾覷起雙眼。要問他名字的事情嗎？

「蘿思不太舒服，卡爾，所以今天不進來。我看她催眠後狀況不太好。回程在計程車上，她不停發抖。要下車時，她一直前後搖晃。我剛才打了電話給她，但她沒有接。」

「好的。我自己也狀況不佳，昨晚噩夢不斷，而且眼前老是浮現好幾年沒想起的事情。」

「會過去的，卡爾，至少他是這麼告訴我的。」

卡爾半信半疑。「蘿思到底怎麼樣了？」

阿薩德深吸一口氣。「蘿思？她只需要在家安靜休息幾天，一切又會回復正常。」

「你和蘿思保持聯絡。」卡爾對高登說：「我們要幫助她恢復健康。找到她時，問她是否需要你幫忙。還有，高登，我的意思可不是你能幫『你自己』什麼忙，懂嗎？」他嚴肅地看著他。

高登乖乖點頭。「我看這個路線圖，從這裡到厄蘭那個中心，有三百六十五公里。你們大概需要四個半小時的車程。所以若是現在出發，大概下午三點能到，休息時間也計算進去了。要不要我打電話給那個中心說你們會過去？」

人類在分配腦漿時，這個人是排在隊伍的最後一個嗎？

「高登，這主意爛透了。你別擔心，我們明天才去。阿薩德和我今天都狀況不佳。」

「好的。還有，伯恩霍姆警局來電，他們很推崇電視上發布的尋人啟事。」

「他們應該告訴羅森的。你沒有告訴他們，我們找到了這個福斯布利車男吧？」

「My God，no（老天啊，當然沒有）！你把我看成什麼了？」

最好不要告訴他答案。

「伯恩霍姆的警察同僚還說，他們又開始在員工餐廳談論這件案子，其中有個同事想起一個人，他的親戚正是民眾高等學校那個死在課堂上，遺下的一把手槍被哈柏薩特給沒收的老師。總之，那個人說，死掉的老師有兩把一模一樣的槍。」他深深喘了一人口氣。講得冗長又累贅，一口氣當然提不上來。「然後第二把手槍消失不見了，也沒有出現在哈柏薩特的遺物裡。」

卡爾搖了搖頭。在今日的丹麥，多一把或少一把武器，有什麼要緊呢？反正黑社會裡每個黑道白癡早已擁槍自重了。

這個世界早已失心瘋了。

卡爾的大腦也一樣。

下午四點他回到家裡，立刻撲到床上呼呼大睡。隔天一早醒來，狀況依然糟糕，於是他打了電話給阿薩德，取消今天的行程。

「卡爾，一定是催眠的副作用。」阿薩德試圖安慰他。「你知道，要是一直盯著駱駝的眼睛看，最後會變成鬥雞眼。」

卡爾謝了他這項比喻，又躺回枕頭上。他感覺置身五里霧中，身體的運作宛如慢動作，大腦也不遑多讓。他雖然想要控制動作和思想，兩者卻自有其原則。他想思考雅貝特案，眼前卻浮現羅尼的弟弟橫衝直撞、開車到他父母農莊的情形。等他轉而思索這段插曲，記憶又滾向在劫難逃的那一天，哈迪、安克爾和他出發到亞瑪格島的棚屋。他最後試圖在腦中深入探究那場可怕的事件，卻又遭到始料未及的情緒和害怕失去的感受淹沒。忽然間，他一一看見維嘉、夢娜、莉絲貝和克琳斯汀，然後又出現了夢娜。他完全無法控制自己的思緒，簡直完全瘋了。

他聽見小心翼翼的敲門聲，還沒來得及開口，莫頓就打開門，一手還端著早餐盤。

「我完全記不起來你上次出現這副模樣是什麼時候了，卡爾。」他扶卡爾坐起身，在他背後塞了幾個枕頭。「你不打個電話找人幫忙嗎？」

卡爾看了一眼莫頓給他端來的早餐盤，兩顆荷包蛋正瞪著他，旁邊躺著兩片無味的土司。他痛恨土司，莫頓根本就知道。

「蛋白質，卡爾，你蛋白質嚴重不足，這些食物可幫你改善。」

接下來他要做什麼？打電話求助，還是與這盤誇張的倫敦早餐百匯奮鬥？接著又會端出什麼？蜂蜜牛奶？還是幫我的屁股量肛溫？

「我要帶哈迪到哥本哈根。」莫頓說。卡爾覺得莫頓今天的臉圓得有點怪異。「你不需要等我們。」

眞讓人鬆了口氣。

卡爾醒來時，棉被已成了荷包蛋、土司和咖啡三角洲揮就而成的月球表面。

「他媽的要命！」他接起吵醒他的手機，阿薩德打來的。

「我只想告訴你，蘿思剛才來辦公室了。她臉色憔悴得很嚇人，但是我寧可不告訴她。她整理好最後一個櫃子了。還有，倫納警方送來了畢亞克的舊電腦，蘿思正在清理硬碟。她要我告訴你，裡頭有許多大膽放肆的照片，男人穿著皮褲，但是臀部是空的，兩片屁股全露了出來。她明天會繼續處理，不過是在家裡，因爲我們也不在辦公室。我算過了，如果你明天早上六點來接我，這樣很早就能抵達那裡。你有沒有好一點？」

明天早上六點……？床上有兩顆荷包蛋，咖啡還正往棉被下滲透……他有沒有好一點……見鬼了，他該怎麼回答？

第四十七章

二〇一四年五月十六日，星期五

迷迷糊糊地沖掉馬桶，浪費珍貴如命的水，雪莉同時也失去了人類賴以堅持到最後的東西，也就是希望。沒有希望，她等於輸了，這點她心裡有數。她這輩子即使在最黯淡無助的時候，總還是保有一絲希望：希望得到父母認同、希望總有一天減肥成功、希望找到另一半，或是希望擁有知己、閨蜜，以及勉強有點意義的工作。

但是，她現在回顧過往的日子，不正是由一連串未實現的希望組成的嗎？一個希望接替另一個希望，到頭來就連最後一個希望也毀滅了——而那不過是希望馬桶裡還有一點水罷了。

這場噩夢不會超過一個星期，邁向終點的速度甚至可能更快。沒錯，確實有人好幾個星期沒進食，長時間僅飲用微量的水，還是生存下來了，但是她不屬於這種類型，這點她自己心知肚明。而出乎她意料的是，她居然沒有因此心生恐懼，嚇得六神無主。

因此，即使口乾舌燥、渾身發臭，角落的排泄物臭氣沖天，她的心情卻慢慢穩定下來。是的，從昨天開始，她彷彿迴光返照，神清氣爽、心情愉快。或許是因爲身體不再進行消化作用或者其他她不知道的功能。

自從發生夜半廁所事件後，她不再感覺有尿意，身體虛弱無力、疲累不堪，但是頭腦比過去還要清晰。一旦冷靜自持，不再情緒化，腦袋就有空間容納自己將要死去的這個念頭。可是，她絕對不甘願就此無聲無息地死掉，全世界的人都該知道皮莉歐對她幹了什麼事！即使耗盡最後一絲精力，雪莉也不會輕易放過她。她的點子很簡單，而且是靈光乍現，一閃而至。

她從盥洗袋拿出醜死人的眼鏡，在旺茲沃思的南區購物中心買來的。從太陽的位置看來，現在時間點正好。她蹲下去，利用鏡片捕捉陽光，投射到牆壁上，聚集成一個點。

年少時，雪莉決心要當救難隊員，上過很多急救課程，但沒多久便發現自己沒辦法見血，最後只好打消念頭。不過，至少她因此知道死於火災現場的受難者，很少感受到痛苦，因為多半早就給煙霧嗆得失去知覺了。

一旦眼鏡策略成功引起了火，她就退到廁所去。她當然希望——又來了，最後一絲渺茫的希望——中心裡有人在火勢蔓延把她燒死之前聽到警報響，跑來淨化室一探究竟。但若是事與願違，也不過是順應命運罷了。廁所空間很小，氧氣想必很快燃盡。

她拿起記錄著阿杜金玉良言的藍色筆記本，撕下一頁又一頁，揉成一團，堆成一小座紙山，做好點燃的準備。

但是才過了五分鐘，她即已明白牆壁上的燃點，沒辦法達到一般透鏡所能產生的熱度。她望著天花板上的窗戶。還不到一個小時，太陽便已西移，日光不再直射室內，得等到明天才能繼續實行計畫。不過，無論陽光有多熾熱，一定都能成功嗎？或者光穿透屋頂上的玻璃時折射太大，導致鏡片無法真正聚焦？

雪莉咬緊牙齒。這不可能是真的！難道她要就此一蹶不振，走向悲慘的終點嗎？難道真遂了皮莉歐的心意，哪天只要來收拾她輕如羽毛的木乃伊屍體，即可不受懲罰、全身而退嗎？

她抬眼望著天窗。她原先估計天窗大概高約六到七公尺，現在定睛一看，或許沒有那麼高。

她又把盥洗包裡的東西全倒在地板上。拿起牙膏、粉餅盒和止汗乳膏，在手中掂了掂重量，確定沒有一個比除皺霜還重。除皺霜是在她還相信這類產品能夠發揮作用的時期所遺留下來的東西。擦了兩個月後，她終於確定乳霜無法去除皺紋，只會消除錢包的重量，於是將之打入盥洗袋底層，而非直接丟棄。畢竟要直接丟掉價值幾乎兩天薪水的乳液，還是會有點心疼。

現在終於該是它表現的時候了。

要丟個六到七公尺的距離不過是輕而易舉，就算雪莉長大之後沒再做過也一樣。不過，要把東西垂直往上丟，還得命中目標，使出的力氣又要打破能夠承受強烈冰雹的天窗玻璃，那又是另一回事了。

此外，除皺霜罐子是陶瓷做的。換句話說，第一擊萬一錯失目標，很可能沒有第二次機會。她想起在伯明罕當電氣技師的父親，他對自己說的蠢格言從來不會害羞。「該死，孩子，不確定的時候，直接去試就對了。」他老是把這話掛在嘴上。

雪莉不禁笑了。她在一個星期內帶第三個男生回家時，她父親恨不得沒講過那種話。因此，她先拿粉餅盒實驗，對準目標。盒裡的鏡子很可能在掉下的時候摔破，但是那又如何？比起摔碎鏡子倒楣七年，她眼前有更需要擔心的事情。

第一次丟擲，盒子打到天窗玻璃旁邊兩公尺，第二次的落點只隔一公尺。第三次哪裡也沒砸到，但肩膀已經痛了起來。

她決定喝掉馬桶水箱最後僅存的水。喝完後，她舔乾嘴唇，目露凶光地瞪著天窗。

「妳一部分的精神要集中在目標，另一部分放在球上，這樣就能命中了。」念書時，每個板球教練都不約而同地呼喊這個精神口號。

於是雪莉集中心思，將精神分成兩部分，拿粉餅盒測定方位，往上一丟。

一聽見喀嚓聲，她立刻知道打中目標了。

她大受激勵，換拿瓷罐用力往上一丟，分毫不差地再次打中同樣位置。上面有東西叮叮咚咚地往下掉，很難說是天窗玻璃還是瓷罐碎片。不過玻璃上多了個洞，陽光直接灑落在她臉上。

她閉上雙眼，祈禱著：「荷魯斯、荷魯斯，由眾星祝福引路，由太陽注入能量，現在請成為我的僕人，讓我見證祢賦予我們的力量，讓我跟隨祢的道路，對祢的道路心懷敬意，別讓我遺忘祢待在我們身邊的理由和意義。」

然後，她使盡生平最大氣力大吼，希望窗戶玻璃破了個洞後，終於有人能聽見她的呼喊。但是叫了幾分鐘後，她認命放棄了。

冷靜觀之，她應該相當沮喪挫敗，可是事實並非如此，她甚至還哈哈大笑。瘋了，一切都瘋了。早知道飢餓和口渴竟能引起不可思議的幸福感，讓人感覺體態輕盈、心靈自由，她應該很久以前就嘗試看看才對。

她又蹲下去，抓起眼鏡，把陽光聚焦成熾熱明亮的小點，先是聚集在牆壁上，然後移到揉成一團的藍色筆記紙。只見紙張慢慢變色，但是顏色還不夠深。

皮莉歐六歲大時，曾度過一個完美的採藍莓夏天。由於樹林裡有免費的藍莓可摘，加上坦佩雷出現大量觀光客準備付錢買藍莓，所以皮莉歐的父親開始動腦筋想增加新的收入來源。從此以後，他每晚坐在桌旁計算，幻想自己若成功擴大客群，例如圖爾庫的遊客，或者誤入此地的瑞典人，將會有多高的獲益，最後得出收益驚人的結論，於是他開始夢想擁有一輛小貨車，甚至是自己的超市。他夢了又夢，而皮莉歐和她母親則動手摘採有利可圖的藍莓。

雖然蒼蠅很多，討厭的蚊子一直咬人，她們還是搬了很多桶藍莓回家，數量多到數不清。然而，觀光客不見了，藍莓也開始腐爛。

「我們把藍莓榨成汁，釀成酒，煮成罐頭。」她父親叫皮莉歐一個人再去採藍莓，要母親留在家製作罐頭。

等她又摘了滿滿的藍莓回家，母親卻坐在廚房裡，雙手擺在大腿上，放棄不煮了。數量太龐大，她根本應付不來，何況糖也很貴。

「皮莉歐，把妳今天摘的藍莓吃了，免得壞掉。」她說。於是皮莉歐吃掉藍莓，手指、嘴唇和喉嚨全染成了藍色。

更糟的是，皮莉歐因此嚴重便祕，肚子痛到打滾，不得不趕緊送去看醫生。

不過和皮莉歐現在感受到的痛楚比起來，當年不過是小巫見大巫。劇痛從腹部傳來，說不清楚是怎麼樣的痛，但令人憂心忡忡。

她把手放在隆起的肚子，觀察胎兒踢動的方式是否有改變。雖然這幾天胎動確實微弱了些，不過她覺得沒有變化。肚子裡的空間越來越小，也難怪胎兒不好動，她心想，然後望向窗外。

面對省道的空曠寬闊的平地上，一組工人整個上午都忙著搭建自行車棚。建材及時送到，下個星期就等第一批自行車送來了。

到全島宣傳阿杜的思想，能否帶來一點收益？皮莉歐不像父親只會成天做白日夢，不過如果能在厄蘭島上招攬到五十個人，就算是成功了。

關掉拘禁雪莉那棟房子的水源，至今過了四天。她過去那兒檢查時，雖然聽到刮牆壁的聲音，但不足以大驚小怪。不出幾天，刮擦聲就會停止。而再過一個星期，事情就會落幕。

這段時間，皮莉歐只想把心思放在自己和孩子身上。

她從躺椅起身，往外看，男人們一個個放下手邊的工作，待會又是禮堂集會時間。

她心滿意足地點點頭。從各方面來看，自行車棚最後會成爲路旁一棟體面出色的小型建築，反正外面那兒原本就顯得有點空曠。到時候在四周種上薔薇，不僅能美化她的窗外景致，也能稍微降低路上的車流聲。

她佇立在窗邊，陷入沉思。這時，一輛掛著丹麥車牌的車子緩緩駛過，速度慢得奇怪，司機還頻頻注意這邊建物的狀況，不過車子沒有停下來。

不過，這沒什麼好令人不安的，因為像他們這樣的機構，本來就容易吸引許多好奇的目光，光是名稱、顯眼的建築和穿著白袍的人，就夠引人注目了。但是，那個男人是不是露出打探的目光？從年紀和類型判斷，不太像是觀光客，他旁邊那個人也一樣。他們兩人是誰？

腰側傳來一陣刺痛，脈搏劇烈跳動。

會是西門．菲斯克警告過她的那兩個丹麥警察嗎？駕駛座上的男人一眼就看得出來是警察。

她心神不寧，在窗邊站了五分鐘，想要看看車子是否會折返。

沒有，這顯然只是她的幻想。她正要邁出房間，心情輕鬆地朝禮堂走去時，卻看見街道對面有兩個人走過來。

這次她實實在在地感覺到腎上腺素進入備戰狀態。較高大的那個，明顯是丹麥車牌的司機，黑皮膚的就是副駕駛座上的人。

西門不是說過，那個警官旁邊有個外來移民助手嗎？沒錯，這兩個人就是他先前提醒過她的警察。

現在她該上場即興演出了。

第四十八章

駛經句納和布來金，一整個上午都是烏雲密布。瑞典警方得知他們的計畫，一切已安排妥當。卡爾和阿薩德交談不多，車內彷彿籠罩著沉重的烏雲。

夢娜佔據了卡爾大部分的心思，另外他還想著可能得另覓工作了。但他這把年紀還有機會嗎？他百般不願意到最後退休時，是一個把酩酊大醉的臭小子趕出購物商場的保全人員。

「阿薩德，你在想什麼？」車開了三百公里後，他開口問道，厄蘭大橋已映入眼簾。

「你知不知道爲什麼是駱駝生活在沙漠，而不是長頸鹿？」他沒回答，反而提出了問題。

「大概和食物有關吧？」

阿薩德嘆了口氣。「不是，卡爾。你的思考模式都一樣，永遠是一直線。你應該嘗試一下不合常規的思路，有些事情反而會容易點。」

萬能的天主啊，難道他的大腦現在還得忍受說教嗎？

「答案很簡單，長頸鹿在沙漠裡會悲傷而死。」

「啊哈，爲什麼？」

「因爲牠太高大了，知道眼睛所及除了沙之外，什麼也沒有。幸運的是，駱駝不知道這一點，所以可以不斷慢慢地走下去，永遠認爲下一個轉角就會出現綠洲。」

卡爾點頭。「了解。你覺得自己就像沙漠裡的長頸鹿，對吧？」

「嗯，有一點。至少現在的心情是這樣。」

阿杜．阿邦夏瑪希．杜牧茲的中心，環境優美、位置絕倫，海洋在建築物後方粼粼閃耀。建物相映成趣、討人喜歡，鮮明的結構雖未散發出富麗奢華之氣，卻相當堅固耐用。矗立的一群房舍，金字塔型屋頂上有些還鑲著玻璃，在聚落之間、靠近海灘處清楚可見一座露天廣場，中央有一座杜壇，撇開規模不談，和他們在伯恩霍姆島看見的杜壇幾乎一模一樣。

有群男人正在靠近省道這邊組裝一座小建物的鷹架，不過等卡爾和阿薩德開車駛過時，他們停下工作走開了。

「我們把車停在前面一點的地方，阿薩德。那些穿白袍的人像是教派份子，如果他們不樂意見到我們，我們還可盡快離開。」

「你預計怎麼做？」

「我想一開始必須先把法蘭克．布雷納視爲證人，和其他人一樣。他在雅貝特死前不久仍與她有往來，所以我們請他進一步說明兩人的關係，接著指出他或許牽涉到她的死亡事故，再來看他如何反應，說不定可以引蛇出洞。不過在此之前，我們不要透漏太多調查結果。」

「如果他沒有上鉤呢？」

「我們就別想早早回家了。」

阿薩德點頭表示贊同。看來他們必須多花心思隨機應變，因爲很有可能會在這座偏僻島嶼上停留一段時間。

櫃台處，有位女士在鋪了白布的桌子後面接待他們，她請卡爾和阿薩德關掉手機，將手機留給她。

「我們盡可能地讓中心裡的住民不受外界干擾。」她繼續說。簡單明瞭，顯然也不容人反駁。

他們自我介紹，表達來意，說明自己來自丹麥警局，想要請教阿杜．阿邦夏瑪希．杜牧茲一件很久以前發生的事故，純粹是例行工作。

「好的，只不過目前禮堂在舉行聚會，我們的杜牧茲正在跟大家講話。我們誠摯邀請兩位到包廂內旁聽，不過前提是兩位務必保持安靜。我會陪你們過去。」女士說。

「謝謝，我們很樂意。此外，我們以爲杜牧茲只是個名字。」卡爾努力讓自己的語氣殷勤熱絡。

她露齒一笑。顯然不是第一次聽到這個問題。

「我們通常有一到多個源自於古蘇美爾語的名字，例如我的名字是妮希杜（Nisiqtu），也就是『領悟者』的意思，我非常驕傲能擁有這個名字，充滿感謝。阿杜．阿邦夏瑪希．杜牧茲也是蘇美爾語，傳遞出我們阿杜的特質。阿杜代表『守護者』；阿邦是『寶石』；夏瑪希是『太陽』或者『天體』；杜牧爲『某人之子』；而茲代表『精神』、『生命』或『生命力』。整個名字的意思即爲『太陽寶石守護者，生命力之子』。」她又笑了，彷彿正在開示他們智慧妙語，使其得以提升心靈、開啓智性。

「什麼鬼啊。」卡爾對阿薩德咬耳朵說。

那位女子帶他們走進一個小包廂，眼前可見三十到四十位身穿白袍的人坐在地上，正殷殷切切地盼望著。卡爾心想，他們看起來就像柏油路上的雪花。

場內肅穆安靜，幾分鐘後，一位女子走進禮堂，嘴裡唸著：「Ati me peta babka」爲大家做好準備。

「這句話的意思是：『守護者，請爲我開啓你的大門。』」女子壓低聲音說。

卡爾對阿薩德微笑，但是阿薩德完全心不在焉。卡爾循著他的視線望向一道緩緩開啓的門，一個肩披黃色斗篷、滿身彩色飾品的男人走了進來。

卡爾渾身起了雞皮疙瘩。

男人身材高大、眉毛深濃、皮膚白皙、頭髮是灰金色，下巴還有個凹窩。

阿薩德和卡爾相互對視。

即使經過了這麼多年，他毫無疑問的正是他們尋尋覓覓的人。

群眾間響起一陣嗡嗡聲，只見男人伸出雙手，前後晃動，口中唸誦著好幾分鐘的「阿邦夏瑪希、阿邦夏瑪希、阿邦夏瑪希」，一開始是他獨自唸著，然後在主持降靈會的女士點頭示意之下，大家齊聲唱和。

卡爾觀察那個女人。她忽似靈感一現，抬頭望來，目光與卡爾對視，卡爾心中竟升起一股怪異的感受，背脊一陣發麻。那雙眼睛機敏聰慧，心機深沉，而且眼神尖銳冷峻。

「那是誰？」他問妮希杜。

「她是皮莉歐．阿邦夏瑪希．杜牧茲，阿杜的左右手，我們的母親。她懷了他的孩子。」

卡爾點頭。「她和阿杜在一起很多年了嗎？」

妮希杜點點頭，一隻手指比在唇上，示意他們不要講話。

卡爾敲敲阿薩德肩頭，指向皮莉歐。阿薩德點頭，他也看見她了。

基本上，整個講座不外乎一長串的英語獨白。阿杜指示底下聽眾該如何讓生命與大自然協調一致，如何正確生活，並且放棄一切教義與宗教信仰，改而將自己奉獻給滋養萬物的太陽。

然後，阿杜轉向那位主持集會的女人。

「今天，我傾聽了風之精靈希尼的話語，從而得知我們孩子的名字。」

「什麼時候生產？」卡爾問身旁的女士。

她舉起三隻手指。所以是八月，那麼她現在懷孕六個月了。

「若是女孩，就叫她『天照』。」群眾紛紛雙手合十朝天。

「眞是巧思。」妮希杜低聲說：「天照是日本神道中的女太陽神，全名是天造大御神，也就是在天空閃耀的偉大太陽神。」

卡爾點頭。大概不會是法蘭克。

她情緒亢奮，欣喜若狂。「好令人期待，不知道若換作男孩，會是什麼名字？」

「如果妳送給我們一位男孩，皮莉歐，就叫做『吟歌者』，亦即將訊息傳頌到世界各地的歌手。」

他請她上到講台。等她垂著頭在他面前站定後，他遞了兩塊小石頭給她。

「皮莉歐·阿邦夏瑪希·杜牧茲，我請求妳從今天開始，代替我守護克納弘宜的太陽石，它將帶領我們進入更加明亮的光裡；以及，守護立斯本山的太陽石護身符，它將我們與祖先及其信仰相互聯結。」

接著他脫下斗篷，露出赤裸的上身，將斗篷披在她的肩膀。

卡爾身旁的女士手摀著嘴，顯然阿杜的動作深深打動了她和在場人士。

「他那個動作是什麼意思？」卡爾低聲問。

「他向她求婚了。」

「你看他的肩膀！」阿薩德低呼。

卡爾瞇起眼睛。赤裸肩膀上的刺青並不大，但也足以看清楚了。一邊肩膀上刺著一個太陽刺青，另一邊是文字「河流」。故事將要兜在一起了。

台上的女子轉身面對大家，群眾輕輕前後搖晃，齊聲持續低誦著：「荷魯斯、荷魯斯、荷魯斯。」聲音聽起來和哥本哈根思楚格徒步區上吟唱的哈瑞奎師那信眾一樣討厭。

皮莉歐渾身顫抖，接受底下信眾的致敬，臉上千頭萬緒交錯浮現。不過，她的笑容越見燦爛，表情益發幸福。雖然有點錯愕，但她在人世間最大的願望終於實現了。

這時，她的視線再次落在包廂裡的卡爾和阿薩德身上，方才感受的極度幸福感瞬間熄滅，臉龐閃過驚慌不安的表情。卡爾在職業生涯中經常見到人於驚恐危急的時刻露出此種神態，例如被告聽見自己被處重刑，不得適用緩刑；或者某人聽聞最可怕的壞消息；又如愛得癡狂的人最後發現自己的愛情終究落空了。

簡而言之，她一看見兩位陌生人，身體彷彿遭受痛苦的一擊，幾分鐘前才感受到的喜悅與幸福，彷彿在剎那間又遭人奪走。

卡爾眉頭深鎖，從對方的反應看來，毫無疑問的將他們視爲敵人。換句話說，她清楚他們的身分、所代表的意義，以及上門的目的。

但是，她從何得知的呢？難道她也深深捲入當年事件裡，知道一旦確定阿杜涉案，可能會有何下場？

他們聽說有位女性長年陪伴在阿杜身邊，一定就是她，而她顯然知道即將發生什麼事情。

十分鐘後，他們被請到外面，因爲接下來的一個小時，阿杜要接見少數幾位特殊選民。他在聚會最後來了一場無與倫比的蠱惑人心演出，極盡煽動引誘。表面看來純粹是出於好意，以良善爲出發點，但是誰知道最後會演變成什麼呢？歷史上，個人狂熱給一般大眾釀出可怕災難的例子不勝枚舉，俯拾皆是。

不過，阿杜那番演出自有其用意。而雅貝特這個人或許阻礙到他了？轉眼間成了絆腳石，不除掉不行？

調查工作的最高圭臬不外乎是找出動機。一旦掌握動機，調查方向自然更加明確，行動更有效率。

總之，卡爾現在心裡有底阿杜約莫是什麼樣的人了。沒錯，就是那種在過去犯下不可饒恕的壞事，而必須加以制止的人。

「請兩位在此等候，皮莉歐待會過來接待你們。」妮希杜點頭說：「就是阿杜剛才在台上求婚的那一位。」

她帶他們進入一間連接著許多道門的辦公室，窗外景致優美，遠眺海洋與庭院。與警察總局地下室的窗外景色相較之下，在這樣一家崇拜太陽的企業裡工作，顯然是不錯的選擇。

「這個皮莉歐給我的感覺不太好。」妮希杜一走，阿薩德沒等人發問就開口說道。

「怎麼說？」

「她擅長愚弄別人，而且毫無顧忌、沒有廉恥。你看不出來嗎？」

「也許沒看得這麼透徹。」

「我告訴你，卡爾，我這輩子已經看過好幾個有辦法將全世界搞得天翻地覆的女人了。」

他們正在談論的女子走進辦公室，兩人隨即起身。她脫下斗篷，姿態優雅自持、莊嚴穩重。她與他們一一握手，講的是瑞典話，阿薩德必須全神貫注才能理解她的意思。

「請容我們向您道賀。」卡爾大膽突進。

她表達謝意後，請他們坐下。

「兩位大駕光臨，不知有什麼事？妮希杜說兩位是警方人員，來自哥本哈根？」

妳早就知道了，臭女人，我們又不是蠢蛋，卡爾暗罵道。自從兩人剛才在集會上第一次的目光對峙，就沒有任何事情能改變卡爾對這個女人的印象。

「我們來此，主要希望能和阿杜．阿邦夏瑪希．杜牧茲談一談。」

「您想和他談什麼？阿杜在中心裡過著隱居生活，警方有什麼事好問他呢？」

「請您別介意，但恐怕這是阿杜和我們之間的事情。」

「正如您剛才所見，阿杜十分開放、坦率，也因此容易受到傷害。我們無法容許他遭受無端的負擔，否則會引起中心精神紊亂、騷動不安。」

「您之前曾住過伯恩霍姆島的厄倫納嬉皮公社嗎？」阿薩德冷不防地問道，沒有按部就班來。

她大吃一驚，惱火地盯著阿薩德，彷彿驀地被他當頭澆了冷水似的。

「聽著，我不清楚兩位上門的目的。倘若你們希望我回答問題，也必須允許我提問。」

卡爾兩手一攤。放馬過來吧，反正早晚要揭露此行的意圖。

「首先，麻煩兩位出示警徽。」

他們亮出警徽。

「兩位在偵辦什麼與阿杜有關的事？」

「伯恩霍姆島的一場意外事故。」

「意外事故？」她疑惑地看著卡爾。「意外事故是交通違規事件，而通常犯罪事件才需要偵辦。所以，兩位的來意是？」

「意外事故有時候也需要偵辦，才能推斷是否屬於犯罪事件。這正是我們在做的事。」

「兩位不會因為單純的擦撞掉漆，大老遠地離家跑過來。所以，是什麼樣的意外事故呢？」

卡爾搔搔下巴。事情的發展有點奇怪。她真的毫無頭緒嗎？難不成他解讀錯她的眼神了？

他試圖推敲阿薩德的想法，不過他似乎也一頭霧水。

「我們在偵辦一件肇事逃逸案件，死者和當年還叫做法蘭克．布雷納的阿杜關係匪淺。」

「關係匪淺？什麼意思？」

她緊張得胸部上下劇烈起伏。這女人以為他們看不出來嗎？

「我很抱歉偏偏在今天他向您表明心意的時候說出這種事。不過，應該可以說是一種戀愛關係，是吧，阿薩德？」

阿薩德點頭。他打量著皮莉歐，眼神彷彿潛伏在洞口觀察老鼠一舉一動的貓。等著瞧，他晚點一定能分毫不差地重現整個談話過程。

卡爾改採魅力攻勢。「我們前來此地是……牌子上寫的是什麼？對了，埃巴巴。那究竟是什麼意思呢？」

「旭日東升之家。」她冷冷地說。

當然了，這個地方不缺少的自然就是矯揉造作。卡爾點頭，又堆出和藹笑容說：「我們經過長期調查，才會前來埃巴巴，請教阿杜．阿邦夏瑪希．杜牧茲一些問題。我要再次強調，這不過是例行工作。由於我們在這件案子上有許多困難要一一跨越，因此老實說，能來這麼美麗的地方，實在是一大誘惑。」

而妳若是不讓我們安安靜靜地等待阿杜，那麼把妳踢出這個辦公室的誘惑也一樣大，卡爾心裡同時想著。希望等在他們面前的是一場快速而單純的審問，隨後就能立即拿下阿杜。不過，顯而易見的是，屆時也保證會惹惱這位女士。她就像頭獅子似的守衛自己的另一半，因此首要之務就是先把她給擺脫掉。

「您要知道，我們的工作很大部分具有強烈的心理特質，我們可以說是所謂的專家，能夠辨識醜陋的祕密與單純未說之言之間的差異。畢竟兩者不盡然是同一回事，對吧？」

她苦笑道：「那麼您找的是祕密還是未說之言呢？您在這件案子上也能清楚分辨嗎？」

「我們相信沒有問題，只需要再多蒐集一些資訊即可。所以我想請問，在等待阿杜的空檔，可否讓我們先看一下他的辦公室和生活空間呢？」阿薩德忽地插嘴。

他想幹嘛呀？

「沒有辦法，當然不行。沒有經過他明確同意，我不能這麼做。」

「好的，我想也是。對了，你們這兒經常會有瑞典當局的人來拜訪嗎？」

她輕蹙眉頭。「我不太理解您的問題。」

「哎呀，不難想像阿杜可能對您和當局有所隱瞞，隱瞞一些您完全無法想像的事情，因爲他就是這種人。例如逃漏稅、性虐待圍繞在他身邊的女人、窩藏贓物……總是要先進行調查，才能知道這樣一個地方可能發生了什麼事，不是嗎？」

她的腦子顯然正飛快運轉著。不過從她盯著他們的目光，無法推斷她對於阿薩德前所未聞的莫名指控有何反應。不管指控內容是否屬實，一般的反應通常是勃然大怒，可是這個女人只是靜靜坐著、打量他們，彷彿他們是什麼腳底踩到的髒東西似的，全然地冷淡不在乎。

「請等一下。」她說完，打開一道門，消失在走廊上。

「阿薩德，你在幹嘛？你這種策略完全不管用！」卡爾壓低聲音說。

「我相信會的。這女人鐵石心腸，我想給她施加點壓力。她嘴巴這麼緊，難以突破，相信阿杜也一樣，這樣的話，我們一個小時後就只能兩手空空地離開了。然後呢？」他也低聲說：「卡爾，你自己也說了，我們手中沒有東西能夠指控他，沒有具體證據，也沒有證詞，所以我們必須想辦法逼她吐實，對付阿杜也一樣，即使他……」

一把巨大橡膠槌朝阿薩德的腦門用力一敲，卡爾才察覺到有一道影子逼近。

他正要跳起來，卻也隨即被擊倒在地。

下一秒，他仍知道她俯身向他，撿起了一樣從他口袋掉出來的東西，拿到眼前。那個畢亞克的小木雕。

接著卡爾眼前一黑，昏了過去。

第四十九章

皮莉歐渾身不住地顫抖。

她這一生從未如此欠缺考慮、行事魯莽，實在是反應過度、弄巧成拙了！事情反而變得更加複雜。不過即使如此，她也不會苛責自己。

門後那兩個失去意識的男人毀了她生命中最珍貴的時刻，偏偏在她終於伸手可及未來的那一刻闖入，玷汙了神聖領域。這可是她夢想了一輩子的未來呀！不，是他們活該，誰讓他們在這獨一無二的時刻阻礙她。

可是接下來該怎麼辦？這兩個人不是無名小卒，沒辦法像她解決雪莉那樣，憑空讓他們消失在地球上。何況她不清楚偵辦進度，也不知道除了這兩人之外，是否還有別人參與調查。

她的皮膚又癢又麻，前臂布滿深紅色斑點。每次只要她情緒激動、怒火中燒，就會引發過敏反應。

我只剩一個鐘頭了，她心想。阿杜一個小時後便會結束講課，滿心期待與喜悅地前來找她。這段時間，她必須查出這兩人是誰，是否還有別的同事也同時參與調查。最重要的是，必須了解他們究竟掌握了哪些線索。

接著，她得將兩人的死亡精心安排成一場意外，一場雖會讓人驚異，卻不會心生疑慮的巧妙意外。

她看著通往機房的門，腹部又是一陣刺痛。兩人都體格健壯，其中一個還相當高大，她怎麼可能辦得到？她若不想在兩人身上留下明顯外傷，機房裡的工具中，充其量只能使用橡膠槌。

他們要是別糾纏不休不就好了！如果只是提出一般問題，她就能輕易地打發掉他們。畢竟有數不清的方式能迴避掉問題，更何況事情發生在如此久遠以前。可是這兩人不肯善罷甘休，讓她頓時亂了分寸。她甚至相信那個黑人會對她採取極端的審訊手段，而非一般的方式。他們一定轉眼間就能攻陷阿杜，手到擒來，阿杜根本撐不過兩分鐘。到時候眞相全攤在陽光底下，他們終將失去所有的一切。而且就發生在原本應該美好幸福的一天！

她蹙著眉頭，端詳從警官口袋掉出來的小木雕。這作品竟如此驚人地肖似。許多年前，有人以剛才向她求婚的男人爲模特兒，雕刻了這座人像。但是怎麼會跑到警察手中？爲什麼會在他的口袋裡？這是種策略嗎？他打算陡然拿出木雕，喀一聲放在阿杜面前的桌上，殺他個措手不及，六神無主嗎？

他們一定會針對雕像提出荒謬的問題，將他逼得走投無路，而且十之八九會成功。

誰雕刻了這座人像，皮莉歐心知肚明。只可能是當年那個緊緊糾纏著阿杜的可怕雅貝特。說不定這是雅貝特用來蠱惑阿杜的巫毒娃娃，將他綑綁在各種約定和要求編織而成的網子裡，永遠無法脫身。

皮莉歐剛才是怎麼把兩個男人拖到機房去的，連她自己也不知道。但是她還能怎麼辦呢？沒有別的選擇了。她絕對不會讓任何一個人破壞自己畢生的夢想。

她沉溺在往日的時光中越久，越痛恨躺在機房裡的那兩個男人。他們爲什麼要再次喚起她對雅貝特的記憶，而且偏偏選在今天？

她頓時怒火中燒，一把抓起木雕，正要用力擲向地板，視線忽地落在雕工精細的五官，以及那張漂亮的嘴，簡直就是阿杜年輕時的翻版！她忽然深受撼動。當年是多麼單純，但是一切卻又如此複雜。

都是因爲雅貝特。

她先把木雕貼在自己的臉頰，再將木雕正面轉過來，嘴唇印了上去——紀念過去時光的純潔無瑕。

這時，她聽見機房傳來聲音。該死，其中一個丹麥人發出了呻吟。她趕緊把木雕放回桌上，心中已下定決心。

兩個男人雖然都還躺在地上，但是深膚色的那個人正努力地抬起頭。看來她必須先解決他。

她把纜線卷拉過來，將那人的袖子捲到手腕，用電線繞了他兩隻手好幾圈，緊緊地纏在一起。接著，她把他抬起來，千辛萬苦且費力地拉到凳子上，讓他坐著，先用電線纏繞腳踝，再把大腿與凳子一起綁緊，上半身固定在牆壁的兩個吊鉤，讓他整個人動彈不得。第二個人她也如法炮製。雖然第二個人比第一個黑人還要高大，體重卻沒有比較重，不過他全身鬆軟無力，所以更不容易處理，耗盡了她所有的力氣。腹部又傳來刺痛，她不得不靠在牆壁半晌，等待痛楚過去。最後，她把兩個人用電線綁在一起。

我有沒有哪裡做錯，或忽略了什麼？皮莉歐問自己。他們的手機已關機交給了櫃台，所以絕對搜尋不到手機訊號。先前她看見他們開著車來，車子一定停在附近某處。

她從高個子那人的口袋拿出車鑰匙，退後一步，觀賞自己的傑作。兩個人緊緊綁在一起，也穩穩固定在牆前的長凳上。除了她，不會有人進來機房。電工過兩天才會再來檢查，所以她時間十分充裕。現在只剩下接待過兩個丹麥人的妮希杜要處理。不過，他們不是賜予了她「領悟者」這個名字嗎？所以也無須擔心她。

只要皮莉歐向妮希杜保證是那兩個人自己造成不幸的意外，妮希杜也會買單。

那個外來移民似乎快要完全清醒過來。沒有時間了，她必須加緊動作。她估算著他們與集流箱之間的距離，然後剪下兩段約莫三公尺長的電線，移開電線兩端的絕緣皮，將一端纏在黑人的左手大拇指，另一端綁在高個子的左腳腳踝。

她旋開連接太陽能設備線路的接線盒，電工和雪莉其實在不知不覺中幫她補充了電器工程學的知識。一旦天空雲層密布，就算碰到直流電，也只是輕輕觸電，不會造成傷害。不過，陽光越炙熱，電流就越強。因此只要老天賞臉，這兩個人鐵定一命嗚呼。

她從長凳底下的工具中拿出一把絕緣的螺絲起子，解開正極和負極的纜線接頭。從太陽能電池傳到變流器的直流電，全都會經過正負兩極。

她把綁在黑人左手大拇指的電線另一端接到集流箱，接在正極上，高個子腳踝上的電線另一端則接在負極。

一整個線路循環圈才完成，兩個男人的臉立即扭曲。她走近他們，說時遲那時快，兩個人的腳同時顫動抽搐。

一陣尖銳的刺痛劃過皮莉歐的腹部，她捧著肚子，瞪著凳子上兩個眼睛大睜、渾身發抖的男人。她體內痛得哭喊尖叫，迫使她不得不離開機房，盡速關上房門。

她踉踉蹌蹌地進入辦公室，不住大聲呻吟，跌坐在辦公椅上，等待陣痛消逝。她恐懼得虛軟無力，好一陣子無法動彈。但是看了一眼時間後，她重新振作精神，走出了辦公室。

「妮希杜，我出去透透氣，十分鐘後回來。」她走到接待處說：「今天沒什麼事，妳可以回房去。那兩位訪客我已經先處理好了，回來後，我再奉茶給他們。」

她們相視而笑。妮希杜這邊看來沒有問題了。

勤務車停在幾百公尺遠的省道旁邊，一下子就看到了。

她翻找置物箱和後車廂，檢查車子內部，但是沒發現能夠說明調查狀況的線索。

她又把車子往前開幾百公尺，停在一條幾乎沒有車輛往來的小巷裡。如果之後出現其他調查人員，她可以堅持說那兩個丹麥警察繼續往前開走了，不過曾提到會再回來。只要那兩個人還活著，絕對不允許有人在中心四周打探偵查。等到他們一死，她必須思考能否把將他們的死亡布置成不幸意外，或者還是得把屍體給處理掉。不過在此之前，她要先拆下車牌，想辦法把車運到波蘭或其他奇怪的地方。波蘭人和波羅的海人經常在附近出沒，尋找掙錢的機會。把車子交由他們處理，能帶給他們少許進帳。她自己的舊車車牌放在覺察之屋裡，早已蒙上厚厚一層灰塵，她打算把舊車牌給他們，反正那輛舊車已經沒人開了。

她仰望天空，慢慢走路回中心。太陽尚未完全露臉，一陣東風輕輕吹來，應該很快就能吹走岸邊上空的濃密雲層。

接下來就能生成電流了，皮莉歐心想，一邊溫柔地按摩著肚子，一邊踏進前廳。腹痛已經消退，不過肚裡的小傢伙也很久沒動作了。

「寶貝，」她低聲呢喃。「你累了嗎？今天真是奇特的一天，媽媽也累了。爸爸幫你取了名字，你會很開心的。等你出生，我們會在我和你爸於太陽見證下的杜壇上結合的那個日子幫你受洗，想必是很棒的一天。」

她的肚子猛然又是一陣劇痛，痛得她倏地瞇起眼睛，呼吸幾乎停頓。她升起一股可怕的感受，彷彿體內有某物完全失衡了。

她全身不斷地冒冷汗。事情不太對勁，皮莉歐心想。她必須趕快到卡爾馬的醫院去檢查，但是首要之務是先釐清自己的處境，拿到她要的答案。事成之後，她會馬上去醫院。

她回到機房，兩個男人怒視著她，下巴不住抖動，脖子肌肉緊繃。

黑人想要從嘴巴裡擠出話語，但是頭部肌肉緊縮，導致他說不出話來。

她拿起螺絲起子，解開集流箱上一條電線。兩人霎時癱軟成一團，頭部無力地垂在胸前。

「你們眞該高興太陽沒露臉。」皮莉歐等他們兩人緩緩抬起頭後說，然後望向天窗。兩個男人也順著她的視線看去。

「妳簡直喪心病狂！」高個子說：「妳要殺死我們嗎？」

她微微一笑。他覺得她喪心病狂？哎呀，他根本不知道有多少東西正面臨危險，尤其是世界和平。等到中心向全球散播萬教終將合一的訊息之後，和平就會降臨。這兩個見識狹隘的市井小民以爲自己是哪根蔥，竟敢阻礙這個願景。

她的笑容瞬間凍結。「你知道什麼？」隨即又把電線接回電極接頭。他們兩人雙腳立刻又開始抽動，上半身向前彎曲。

「目前電流功率還不會很高，我想頂多像是體內按摩罷了。不過，等到太陽高高升起……」

她又拔掉電線，他們再次癱軟無力，但不像第一次那麼強烈。難道人會習慣電流？

「我再問一次，你知道了什麼？」她又說。

高個子先是一陣咳嗽，然後才開口回答：「全部……而且不是只有我們在調查案子……妳的阿杜許多年前撞死了一個女孩，而現在，過去種種回來……找他了。妳別把事情越弄越糟，爲了妳好。放……放我們走。我們會……」

她出其不意地又把電線接回去，幾秒後再次放開。她決定給他們最後一次機會。

「你們有好幾個人？」

高個子好不容易點頭。「當然。阿杜長久以來一直是嫌疑人，還有個警察因調查此案而過世。阿杜留下一連串的死亡和痛苦。妳爲什麼要包庇他？皮莉歐，他不值得，沒有理由……」

她倏地又接上電極，高個子用力地大口喘著氣。這次她旋緊螺絲，然後轉身離開。

現在她必須解決這件棘手的事情。那兩個人令她不安。黑人一個字也沒說，只是猛瞪著她，眼神冷峻嚴厲，彷彿想用視線殺死她。沒錯，她沒有做錯。

她再次眺望快速移動的雲層。肚子又傳來劇烈疼痛，身體宛如被人刺了一刀，感覺就像肚子裡的孩子猛然翻身。彷彿遭到電擊的不是那兩人，而是腹中胎兒。

皮莉歐搖搖晃晃地沿著走廊，回到自己的辦公室，跌坐在辦公椅上。她做了好幾次深呼吸，想要穩定脈搏，但是徒勞無功。雙臂不住顫抖，皮膚冷冰冰的，情況不太對勁。這是身體對於她待會要做的事情所出現的反應嗎？或許身體發作的狀況超出她的想像？這是種試煉或懲罰嗎？她不相信。即使如此，劇痛襲來時，她仍大聲呼喊荷魯斯，請求祂解救她免於試煉。

「我這麼做都是出於善意！」她高喊。

疼痛陡然消退，就像之前忽地來臨一樣。

她呼了口氣，想要站起來，卻駭然發現兩隻腳不聽使喚。

她按摩雙腳，往下一看，發現了血。

血沾到椅子和她身上的白袍。

血，溫暖地沿著雙腿流淌，滴落在桌下的地板上。

「快了。」

卡爾唯一能想到的具體話語就是這兩個字，除此之外，他只感受到身體的痛苦。一開始像是手麻掉似的發癢，接著彷彿全身在跳動，而現在所有的肌肉緊縮，糾結成一團，不斷痙攣，即使是眼皮或鼻孔的微小肌肉也變得僵硬。他的身體像要緩緩燃燒殆盡，心臟似乎格外收縮，大腦不斷短路放電，肺部逐漸無法運作呼吸。雲層移開越多，生成的電流就更多，也就更加彰顯「快了」一詞的意義。

卡爾根本感覺不到身邊的阿薩德。他只在剎那間依稀記得兩人似乎被緊密地綁在一起，只在剎那間想起自己身在何處。

忽然間，電流似乎減弱了。他大口喘氣，呼吸沉重。體內仍舊因電流而持續抽搐，但比先前和緩許多。他困惑不已，目光四下飄移。空間十分明亮，甚至比之前還要亮。怎麼回事？

這時，他察覺到身旁的呻吟聲。

他費了九牛二虎之力，勉強迫使硬梆梆的脖子肌肉聽話，吃力地把頭轉向阿薩德，才看見他痛得扭曲的臉龐。

卡爾想講話，卻不由得先是一陣咳嗽，終於才開得了口。

「發生什麼事了，阿薩德？」

「接地……牆壁可以……接地。」

卡爾一開始聽不懂阿薩德的意思，於是又多轉了一下頭，看見牆壁鑲著金屬。但那又代表什麼？

忽地一股微弱的焦肉味道撲鼻而來。哪裡來的氣味？

這時，他才看見阿薩德的手不斷顫動。阿薩德盡可能地用力舉高綁在一起的雙手，將纏著電線的大拇指壓在牆壁上。

那兒冒出一縷薄煙。味道就是從這兒來的！

「電流……不再……繼續……」阿薩德從齒縫擠出話來。

卡爾看著他的拇指，指甲逐漸變成棕色，指甲尖的顏色更深。依照卡爾對電的了解，阿薩德打算犧牲自己的手指。眼下從大量太陽能板生成的電流，被引到阿薩德拇指上的電線，再導引到金屬牆去。

「電流會尋找最短的路徑放電。」他以前的物理老師不就經常叨叨絮絮著這類話語嗎？

「你能不能把手……轉過去……把電線直接壓在……牆上？」他小心地問道。

一朵雲從他們頭上移走，阿薩德抽搐地直搖頭，大聲呻吟。幾秒後，他痛得撐不住，手指無法再壓在金屬壁上，卡爾的頭頓時往後一仰，雙腳不住痙攣。

直到下一朵雲遮蔽住陽光。

卡爾感覺到阿薩德全身抽動，沒多久，他身上的電流又不見了。

阿薩德在他身邊唉唉叫，一定很不好受。不能再這樣下去！

卡爾深吸口氣。「太陽出現時，你別再壓了，阿薩德。反正……疼痛……一下子……就會過去。」他聽到自己結結巴巴地說。如果不是這樣呢？如果不是一下子就過去呢？好可怕的想法。

「不過，你放手之前，我要知道爲什麼……」他停頓了一會，自己眞的想知道嗎？

「知道……什麼？」阿薩德呻吟地問道。

「薩伊德。爲什麼別人叫你這個名字，那是你眞正的名字嗎？」

他旁邊安靜了半晌。他眞不應該問的。

「那屬於……過去，卡爾。」阿薩德終於回答：「假名……那是個假名。現在……不要再……問下去。」

卡爾看著地板，地上的陰影更深了。「太陽出現了。放手，阿薩德，放手！」

阿薩德的身體不停抽動，不過卡爾沒有感受到變化。換句話說，阿薩德沒有放手。

「快點，阿薩德，快放手！」

「我……可以的。」阿薩德幾乎說不出話來。「這……不是……第一……次了……」

第五十章

她靠在辦公桌上，拿起話筒，四十五分鐘後就能躺在卡爾馬的醫院裡了，救護車抵達的速度很快。

如果阿杜能一同前往醫院，事情就會好轉，她心裡想著，臉上不由得露出笑容。就在此時，腹部又傳來一陣錐心刺骨的痛楚。

「不要！」她哀叫道，一波痙攣迫使她不得不躺回椅子上。

她往下一看，血流得更多了。

她感覺身體寒冷徹骨，止不住一直顫抖。剎那之間，體內的活動乍然靜止，太安靜了。劇烈跳動的脈搏、抽搐收縮的子宮、一陣陣熱潮，全在一瞬間煙消雲散。

皮莉歐雖然也知道流淚痛哭無濟於事，但眼淚仍不由自主地落下。小時候她天眞地請求母親像疼愛其他兄弟姊妹一樣的愛她後，就知道眼淚沒有用，一切早已命中注定。即使命運坎坷艱困，但除了聽天由命，沒有其他選擇。這個認知在此刻又回到她腦中。這一刻，所有事情頓時變得無足輕重。腹中的小生命自行做出決定，從現在起與她分道揚鑣。生產已經開始，只不過生出的是個死胎。皮莉歐心裡十分篤定。

她心灰意冷地看著電話。

既然失去了一切，她還有什麼理由打電話求救？爲什麼還要拯救自己？阿杜不可能再讓她受孕一次，她永遠無法擁有能夠繼承一切的孩子。那麼她還有必要活著嗎？阿杜不會履行與她在杜壇上結合的承諾了。

還有機房裡的那兩個男人。等電工過兩天來，就會發現屍體。如果雪莉的屍體哪天也出現，不難想像所有矛頭最後將指向阿杜共謀犯罪，涉嫌重大。不行，她必須用僅存的最後力氣阻止這種事情發生。皮莉歐全身又開始發抖。即使置身在芬蘭酷寒陰暗的冬季，她也沒這樣顫抖過。

沒錯，她要再爲阿杜犧牲一次，這次付出的是自己的生命。她不打算進醫院了，而是將一切寫下，直到失血過多身亡爲止。她要將所有罪過攬在自己身上。機房裡那兩人也不可能提出反證了，他們很快就會和她一樣死去。爲什麼，究竟爲什麼他們非得要追得這麼近？

她神情溫柔地望著警察帶在身上的那尊小木雕，印上充滿愛意的一吻後，開始動筆。

別驚慌，卡爾，想辦法擺脫疼痛，好好利用僅有的時間。

最後一波電流在手臂和雙腳引起特別強勁的抽搐。

如果阿薩德撐不住繼續把手指壓在金屬壁上，會有何種後果？屆時，他的身體會再度痙攣抽動，下場如何，他也心知肚明。現在的他並不畏懼死亡，只不過死神可能會來得十分緩慢，電流最後才會慢慢淩遲他們至死。卡爾眼前閃現電椅行刑的殘酷畫面，死刑犯眼睛充血，激烈地抽搐顫動。他已預先嘗到痛楚的滋味，足以令他想像到大腦即將煮熟、心臟虛弱無力會是什麼感覺。

還有沒有出路呢？他們兩人緊緊綁在一起，還可能有機會掙脫嗎？電線繃得很緊，可見牆壁上的吊鉤十分穩固。他們倆緊偎而坐的角度，不可能讓他們有空間轉換姿勢，甚至是鬆開身體。

「我的……手指要是燒焦了……」他旁邊的阿薩德呻吟說：「電線……就會掉下……在我身上……如果……我……沒有移開電線……可能……倒在地上。」

卡爾想說點什麼，但是頸部肌肉依舊僵硬，綳得他吐不出半個字。一想到連聲音都發不出來，卡爾絕望地眼眶泛淚。

該死，別哭，他心想，淚流滿面的臉孔是我們現在最不需要的。

阿薩德，倘若眞發生這種事，我一定會想辦法幫你。我們到時候不斷蠕動身體，一直到掙脫電線、線掉在地上爲止。他想說這些，但是能做的只有點頭。

爲什麼保險絲不會燒斷？難道沒有保險絲嗎？卡爾努力把頭往後仰，從底下觀察控制所有電子接口的集流箱與邊框。那女人把兩條電線穩穩地夾在上面。如果他有一隻手能自由活動的話就好了，只要一隻手就行……

他正想把頭轉向一旁的阿薩德，忽然聽到一聲驚恐的吼叫，可怕的抽氣聲，只見阿薩德的臉頓時變得慘白。

但是他的拇指仍舊抵在牆壁上。

皮莉歐的手指擱在鍵盤上，顯然剛才短暫失神了。大出血削弱精力的速度，遠超過她的想像。

螢幕上，最後一個字後面出現數不盡的「n」。她的手指一定在這個字母上壓了好幾秒。她開始刪除多餘的「n」。

阿杜隨時會進來，我必須在此之前寫完。皮莉歐才剛這麼想，就聽到阿杜打開門的聲音。

她一聞到他的香水味，心裡不禁一陣刺痛。她還感受得到剛才擁抱與柔情的餘溫，但那已成過往雲煙。最悲慘的是，她滿心期待的孩子永遠見不到這個世界了。

她轉過來看見光采照人的阿杜，差點因爲絕望透頂而昏了過去。他一身鮮黃，穿著緊身褲和

polo衫，宛如一位擁有美好未來的年輕人。她想擠出一抹微笑，但是臉龐不聽使喚。

幸好桌子擋住了地上的血。

「你整個人精神煥發、風采迷人。」她終於擠出一絲笑容說：「再給我五分鐘就可以了。」

他往前走近一步，頭歪向一旁。

「皮莉歐，發生了什麼事嗎？」他當然感覺得到事情不對勁。

他的目光在桌上逡巡，發現那尊小木雕，整個人嚇了一大跳，笑容凍結在臉上。他的視線在木雕和皮莉歐的雙眼間來回閃爍。

然後他拿起木雕，質問地看著皮莉歐。

「我認得這尊小雕像。」他緩慢地說：「妳從哪裡拿到的？」他的聲音忽然變得尖銳。

她清楚感受到出血奪走了她的氣力，太清楚了。皮莉歐，集中精神，慢慢說，表達清楚。

她綻放笑顏，卻耗費掉巨大的氣力。「阿杜，你認得雕像？不可思議。我們待會再談，好嗎？我得趕快完成手邊的工作。」

「畢亞克來過了嗎？」他冷不防地問道。

她皺起雙眉。他是什麼意思？

「我不知道畢亞克是誰。」看得出來這回答讓他困惑不已。

「妳一定知道，因爲這是他的。」

她緩緩搖頭，心臟跳動逐漸加劇，供應失血過多的身體。

阿杜眉頭深鎖。「我對這尊小雕像的記憶歷歷在目，這是伯恩霍姆島的年輕人畢亞克雕刻的。他說要把雕像送給我，因爲他愛上了我。」

皮莉歐如墜五里霧中。「我不知道你講的是誰，你從來沒提過這些事。」

「皮莉歐，快點告訴我，雕像怎麼會出現在這裡？這問題不難回答，它不可能從我這兒來，因爲我當初拒絕收下。那傢伙令人厭煩，我不希望他出現在我身邊。妳爲什麼要否認他來過這裡？」

「阿杜，再五分鐘就好。」她這次說得特別堅決。如果要拯救中心和阿杜，就必須寫完自白。

「到底什麼事情這麼重要？」他正打算繞過辦公桌，皮莉歐以一個手勢制止了他。

「阿杜，聽好了，我會承擔一切，全都結束了。讓我寫完自白吧，這是我唯一懇求你的事。」

阿杜臉上露出她從未見過的神情，她一開始想到的形容詞是不快，但也可能是憎惡。怎麼會這樣？他難道不明白她爲了他犧牲自己嗎？

「皮莉歐，我到底做了什麼，和雕像又有何關係？妳該不會因此想告訴我，後悔接受我剛才的求婚吧？說實話，我完全一頭霧水。」

她好想握住他的手，但是不敢移動身體。

「你殺了雅貝特。」她靜靜地說。

「妳說什麼？我做了什麼？殺了——雅貝特？」

「是的，你在伯恩霍姆島交往的那個女孩。」

她預期他會驚慌失措，因爲祕密遭人揭露而愕然震驚。沒想到他反而步履蹣跚地退到牆邊，彷彿雙腿再也無力支撐。

「雅貝特？雅貝特死了？」他吞嚥了好幾次口水後，發出悲嘆呻吟。

他爲什麼表現得毫不知情？他難道眞的這麼冷酷無情嗎？

「你怎麼能表現得什麼都沒發生過似的？你比誰都清楚內情，所以才要離開伯恩霍姆島，不是嗎？快說實話吧，阿杜！你究竟怎麼了，臉色這麼死白，到底……」

他彷彿腳底生根似的靠在牆上，兩人猶如置身在不同的星球。皮莉歐猛然竄出一股勃然怒氣。沉默了這麼多年，現在她終於有機會談論這事，阿杜卻仍舊緘默不語。這種懦弱膽怯，不是她所期待的樣子。

「阿杜，我對你非常失望。我已經救過你一次，沒把你撞死她的事情說出去。我們離開島上的那一天，我下定決心要保護你。你難道以為我沒察覺到你經常把她掛在嘴邊嗎？你整整有一段時間成天只講她的事情！你以為我不會心痛嗎？後來，我從廣播中聽見她遭人撞飛，被拋到樹上，發現時已經身亡。那是我們離開島上的前兩天。我當下立刻明白是你幹的，阿杜，如果我不採取任何行動，他們一定會抓到你。整個島上都在搜索肇事車輛，而我在那輛福斯車裡發現沾血的牌子。」

「妳在講什麼莫名其妙的話？我不明白妳為什麼要毀謗我，我根本不知道雅貝特死了。若這事屬實，我覺得好心痛。此外，妳講的牌子又是什麼？」

「這也要向你解釋嗎？那個掛在厄倫納的牌子『穹蒼』，你當初親手繪製的牌子。現在別說你什麼都想不起來！」皮莉歐卯足力氣，才讓自己發出聲音。

「我當然記得。索倫．穆哥爾和我把牌子拆下來時，我被螺絲給刮傷了，但是那和雅貝特有什麼關係？」

阿杜果然是個偽裝大師。他當真以為能夠騙倒她嗎？

「說實話，她真的死了嗎？」他又問了一次。真可悲。

皮莉歐咬牙切齒、憤恨不平。她早已習以為常生命中飽受挫折與艱困的折磨。但是，眼下這一刻，他欠她一個實話。他至少能為她做到這件事。「你把牌子固定在福斯車前面，預計衝撞她時一舉將她撞離路面。但別擔心，我把牌子燒了，阿杜，你真該感謝我。」

就在此時，他的表情變了，從困惑迷惘變成熊熊怒火，接著又轉為冰冷淡漠。「我十分錯愕妳竟然如此汙衊我，眞令人膽戰心寒。」

剎那間，他冷不防地又露出燦爛的笑容。

「啊，我懂了，這是測試！妳在試驗我，是種小把戲，對吧？不過，皮莉歐，木雕究竟是哪裡來的？妳計畫許久了嗎？」他把小木雕丟在她面前的桌上。

他到底有沒有概念自己面對多麼危急的情況啊？

「趕快走，阿杜，快離開這座島，他們已經追來了！」她已氣若游絲。

「誰追來了？」他依然滿臉笑容地站著不動，彷彿對一切毫無頭緒。他不相信她嗎？

她深吸一口氣。「警察。木雕是兩個警察拿來的，丹麥警察追捕你很多年了。他們知道是你幹的。但是，我會把責任攬在自己身上。你趕快離開這裡，不要耽擱了，反正一切都結束了。」

「什麼警察？」他現在笑不出來了。

「我還清楚記得你說為了雅貝特要留在島上，你完全深陷在她的魅力中，而她也緊緊糾纏著你。你回到家來，已不是平常的你。即使和別的女人在一起，你也不是那副模樣，所以眞把我給嚇到了。幸好，你終於認清這段感情和你自己希望的未來，和我們約定好的事情並不相符，與所有的一切都背道而馳。」

「對，皮莉歐，我還記得我們討論過這件事，以及妳的嫉妒情緒。嫉妒其實是妳最大的弱點。即使如此，當初我仍舊答應妳和雅貝特分手，我也確實做到了。但是，並非是妳指控的那種方式。說實話，皮莉歐，妳對我的看法讓我啞口無言、萬分錯愕。我一點也不認識妳了。皮莉歐，妳聽好了，我從來沒有殺害過任何一個人，我寧願了結自己的生命。」

他的手扶著額頭。她從未看過他這種模樣，他似乎受到很大衝擊，完全失去平衡。

「雅貝特什麼時候出事的?」

「我剛才說過了,就在我們離開前兩天。」

「簡直瘋了!」他扎扎實實地用力捶自己的額頭。「那是我向她提出分手的第二天!她哭了,我也是。但是我向妳保證,我們分開了。事後我後悔萬分。」

皮莉歐全身發冷,雙腳不住抽動,嘴唇直打顫。她無法集中心思了。他剛才說了什麼?他後悔了,後悔什麼?

「我們從伯恩霍姆島溜走前兩天,你到哪裡去了?」

「溜走?我們才不是溜走,而是本來就沒打算在島上久留!我們在伯恩霍姆島的計畫結束了,這點妳不是不知道。」

「當時你在哪裡?」

「我現在怎麼還想得起來?和雅貝特分手後,我心情非常低落,大概是拿著太陽石找個地方打坐了,就像平常會做的那樣。」

「保險桿旁邊有血跡,大量血跡。」

「夠了,到此為止!我告訴過妳,索倫撞到一隻狐狸,那是狐狸的血,這點妳很清楚!」

「沒錯,他是這麼主張,否則還能怎麼說?」

「妳剛才說木雕是兩個警察拿來的,他們要做什麼,現在人呢?」

皮莉歐閉上雙眼,除了永無止盡的疲累外,她沒有其他感覺。

阿杜眞以爲自己空口說白話,就能掩飾一切?他爲什麼不趕快跑走?

皮莉歐看著螢幕,繼續刪掉「n」。她的身體不斷流出血液,感覺時間從指尖流逝。阿杜竟然沒察覺到她不對勁,實在不可思議。

辦公室裡的顏色變了。這就是死亡嗎？世界一下子變得明亮溫暖？她的視線緩緩落在窗外，光線炫目刺眼，她不得不一直眨眼。太陽從雲層後面露臉了，多美呀！

她的眼角餘光瞥見阿杜又拿起了木雕。

「是他。」他喃喃自語說：「沒錯，是他幹的。」

阿杜一臉驚恐、訝然萬分，不像裝出來的。但是，是真的嗎？「畢亞克是個大男孩，一個童子軍，對我做的所有事情表現出崇高的興趣。我讓他幫忙克納弘官的挖掘工作。有一天，他忽然向我表達愛意，想要送我這個木雕。我當然不想收下。我告訴他，我們要啓程離開，他就說都是雅貝特的錯。我現在想起來了。天啊，那一點道理也沒有。」

皮莉歐大爲震驚，不知道該相信什麼。

「我和雅貝特結束了，從此再也沒見過她。」

有那麼一會兒，皮莉歐感覺臉上有股舒適的熱度，陽光這時照進了辦公室。她張開嘴巴，試圖穩住呼吸。那兩個警察在這樣的陽光照射下，一定撐不了多久。她才這麼想，頸部肌肉忽然鬆軟無力，下巴垂到了胸前。她的身體現在連顫抖也無能爲力了。

如果阿杜說的是實話，接下來怎麼辦？

若是一切屬實，而且她也早點得知詳情，就不會發生一連串可怕的事情了！

忽然之間，她恍然領悟：事情「很可能」是眞的。

倘若阿杜沒有殺人，那麼她從一開始的推測就大錯特錯了！她被謬誤誆騙，還讓別人對此付出代價。她殺了三個女人，連同雪莉在內，甚至算是四個。嫉妒侵蝕了她，誤解讓她失去理智。

忽地響起一聲嚎叫。是她發出來的嗎？她不知道。

阿杜顯然離開了辦公室，某處傳來吵雜聲。阿杜似乎正在喊叫。

皮莉歐睜開眼睛，「n」還沒刪除完畢，最後一句話尚未完成。

「妳幹了什麼！」她聽到有人從機房裡叫道，是阿杜的聲音。

電腦螢幕閃了幾下。

她越來越癱軟無力，感覺不到自己的四肢。

「妳這個瘋子！」阿杜回到辦公室，對著她大喊：「他們失去意識，但是還活著！」

他拿了話筒，迅速按下號碼。她聽見「警察」和「救護車」之類的話。

「妳現在眞的讓我涉有重嫌，攬下畢亞克所做的事情了。妳到底清不清楚呀！」

她想要點頭。阿杜這時拉開抽屜，取出裡頭所有現鈔。「妳毀滅我的世界，將之化爲灰燼。要是不讓畢亞克認罪，我畢生心血將毀於一旦！」

她只渴望他能擁抱她，兩人好好道別。在她闔眼之前，他能一直握著她的手。

「皮莉歐，這裡妳必須負責。」說完，他轉過身去。「我希望妳能做到。這段時間我有事情要解決。」

這是他離去前最後一句話。

而她最後聽見的聲音是中庭裡傳來的絕望呼喊。

「起火了！」聲音驚慌呼叫：「失火了……」

然後，她放棄了。

第五十一章

卡爾醒了過來，發現自己的臉壓在水泥地上，感覺全身像是煮沸似的，心臟瘋狂跳動，一直噁心乾嘔。

「怎麼回事？」他才說了這句話，又吐了起來。

沒人回答。

他微微抬起頭，往下一看，兩隻手臂彷彿異物般地躺在身邊，不斷發抖，但是已掙脫了電線。電線被剪成一段一段，四散在地上，不遠處有把老虎鉗，通往走廊的門敞開著。

「阿薩德，你在嗎？」他的聲音顫抖。

「皮莉歐，快來，失火了！」外頭有人用瑞典話大叫。

辦公室腳步聲雜遝，此起彼落地響起激動的說話聲。

「什麼都別動！」有個人喊道：「她死了！」

「救命啊！」卡爾努力擠出叫聲，但淹沒在喧嘩混亂之中。

他想要轉過身，但是沒有成功。

一道身影從辦公室出來，投射在走廊上，腳步聲逐漸靠近。

「救命！」卡爾又叫一次。身體的痙攣逐漸退去，血液開始循環，體溫也慢慢回復，只有疼痛仍然劇烈。

忽然有人站在他面前，不可置信地大叫道：「機房躺了兩個人，雙腿全被綁著！」

過了一段時間，才有人把他們扶到皮莉歐的那間辦公室。警笛聲在窗外不絕於耳好一陣子，現在才停止。救援人手大概全來了，救護人員、警察、消防隊員等等。

救護人員蹲在阿薩德身旁，爲他進行人工呼吸。卡爾憂心忡忡，一直盯著失去知覺的朋友。外頭有人大叫要更多水、更多救火設備，顯然現有設備不敷使用，而阿杜早已不見人影。

據說趴在桌上那個人是皮莉歐，她已經死了。有人，大概是妮希杜，爲她蓋上接待處那條白色桌巾。其他弟子呆若木雞，臉色蒼白地站在一旁。

穿著白袍的男男女女，失魂落魄地一一走進辦公室。他們是否逐漸明白自己見證了童話的滅亡呢？

「看他的手！」有個女性指著阿薩德燒焦的手腕和焦黑的拇指低聲說。

急救阿薩德的救護人員十分清楚自己的使命，卡爾滿懷十二萬分謝意地看著他們。

「他會撐過來的。」一個救護人員說：「他的心跳加快，有點費力，但總算跳動了。」

卡爾深吸一口氣。重要的是他們把阿薩德救回來了，之後他自己可以應付的。

有個好心人端來一杯水，他啜飲著水，但要嚥下去並不容易。他必須穩住自己的頭，免得一直抖動。左腳踝疼痛不堪，彷彿被深深劃了一道傷口，而且肺部一直在製造痰。雖然感到噁心和痛楚，他畢竟活了下來，也知道自己早晚會復原的。現在才過了幾分鐘，他就明顯覺得好多了。

阿薩德救了他。

更重要的是，他們現在救活了阿薩德。

卡爾一恢復說話能力後，便盡己所能地講述事件經過。瑞典同事打電話到丹麥確認他和阿薩德的身分，希望他們能親自和羅森說上話，並讓那個人在聽到消息後大受震驚。

躺在擔架上的阿薩德發出意義不明的聲音，急救醫師給他打了一針後，他立刻清醒過來，迷惘地看著四周的許多陌生人。

等他發現卡爾後，笑容爬上他的臉。卡爾的眼淚差點奪眶而出。

十五分鐘後，急救醫師幫阿薩德的手做好必要包紮，也幫卡爾的腳踝上了繃帶，然後有人來告訴他們警方暫時的調查結果。

有人發現他們躺在太陽能機房的地上，身上多處受傷，斷裂的電線四處散落，雙腳也遭人用電線綁住。沒人知道是誰幫他們剪掉電線的，至少不是那位沒有生命氣息的女人，她死於失血過多。

根據醫師的初步診斷，除了阿薩德很可能要截掉的拇指之外，他們身體表面沒有遭受到其他傷害。阿薩德聽到要截掉拇指沒有任何反應。

他還處於震驚之中吧，卡爾心想，伸手在阿薩德肩膀拍了拍。阿薩德爲他犧牲自己，承受了所有痛楚，他心中的感受筆墨難以形容。

「阿薩德，謝謝你。」他說道，但似乎不夠。

「我只不過想救自己罷了……卡爾，你別想……太多。」話說得支支吾吾。

有人請他們去辨認打昏他們並且將他們綑綁起來的女子。警方鑑識人員過來拍照，急救醫師開立臨時死亡證明：女子極可能因爲流產，導致失血過多死亡。

最後，救護人員把屍體放在屍架上，運出室外。

她坐的椅子下方，蔓延開一大片驚人的血海。卡爾無法想像如此柔弱的女子體內，竟然有這麼多的血液。

「那個女子招供出謀殺你們的意圖，就寫在這裡。」一個警察指著桌上的電腦螢幕。

卡爾讀著螢幕。自白信是用瑞典文寫的，一份令人毛骨悚然的內容。

「卡爾，上頭寫了什麼？我看不太懂瑞典文。」

卡爾點頭。他看不懂是理所當然的，畢竟他在斯堪地那維亞半島也不過才住了十六年……

「上面寫著：我承認我的罪行。我在太陽能機房裡殺了兩個警察，也殺了汪達．芬恩，把她埋在杰涅岩地，道路走到底後，再往前八百公尺，然後向右一百公尺。我在卡爾斯羅納的渡輪碼頭把一個德國女人推去撞車，她叫做懿本。我淹死了克勞蒂亞，她的屍體在波蘭海岸被人發現。我目前想不起她姓什麼。一切都是從伯恩霍姆島的雅貝特開始的，當時阿杜叫做法蘭克……」

她的自白在這裡結束，後面還接了一大串「n」和幾個空格。顯然她失去意識時，手指正壓在按鍵上。

「阿杜在哪裡？」卡爾問屋內的人。

四下沒人回答，只是聳聳肩。這個可惡的傢伙明顯拋棄正在下沉的船逃走了。

「他的車子不見了。」有人說。

「他的選民皮莉歐過世，中心陷於火海，他這時逃逸無蹤正好等於認罪。」卡爾說。

「嗯，不過她寫的……不是很清楚，可以有許多不同的解釋。」阿薩德提出反對意見。

卡爾點頭。「完全沒錯。她也可能想把雅貝特的死栽贓給他，從這份自白看不大出來。畢竟我們完全不清楚這個皮莉歐的動機，或許她純粹瘋了。不過，我覺得他在這種情況下逃走，拋下他的選民與畢生傑作，一切不言而喻。」

「那麼我們就得找到他，是吧？」

卡爾再次點頭。但是上哪兒找？什麼時候開始？急救醫師指示救護車將他們送到卡爾馬醫院。阿薩德的傷勢不可小覷，他的動作像個殭屍似的，四肢僵硬，保證也痛得要命，一定比他痛上許多，更何況手還燒焦了。

「我們已經發布通緝令，追捕阿杜．阿邦夏瑪希．杜牧茲和他駕駛的車輛。」一位在場的瑞典便衣警察說。

卡爾說：「很好。我們必須拿回車鑰匙和手機，否則……」

「這件事交給別人去處理。」醫師打斷他說：「醫院接送車在外面等了。」

庭院裡濃煙密布，許多制服警察穿梭其中，藍色警示燈閃個不停。稍遠的地方，明顯升起一股黑煙，不過現場指揮官說明火勢已了。

卡爾望向一旁的屍體，幾小時前那位女子還洋溢著幸福，渾身散發光采，肩膀披著阿杜的斗篷，手中拿著太陽石，而現在卻沒人蓋住她那張死白的臉孔。身穿白袍的男女悵然若失，絕望地站在屍架附近哭泣。

一隊救護人員抬著一副擔架從火災現場走來，四周的人竊竊私語，因爲驚嚇而紛紛捂住嘴巴，神情茫然地看著眼前的一切。

「雪莉！」不斷有人低聲喊著。

擔架上的女子顯然還活著。一個人走在她旁邊拿著點滴架，另一人扶著她口鼻上的氧氣面罩。他們經過時，她朝圍觀的白衣人伸出了好幾次手，有些人在她經過時摸了摸她的手。

「救護車會把她送走，另外一輛運送死者。醫院接送車在等待兩位丹麥警察了。」現場指揮官解釋說。

救護人員直接把火場女子的擔架放在死者旁邊。他們拿下她臉上的氧氣面罩，和她說話。她雖然一直咳嗽，但仍有能力回答問題。另一個救護人員過來清潔她遭煙燻黑的眼睛。她不僅皮膚黑漆漆，頭髮也黑成一團，總而言之，全身上下都是黑的，顯然在最後關頭才被人救出來。她竟能存活下來，實在不可思議。

她的臉上有著說不出的悲傷，大概沒料到自己能活著逃出火場，整個人仍處於驚嚇之中。

忽然間，她把頭轉向一旁，想要看清楚旁邊躺的是誰。她眼睛眨動了好幾下，過了半晌才明白自己看到了什麼。

接著，發生了卡爾這輩子永遠不會忘記的詭異事情——女子看著死者放聲大笑，笑得不可遏止，笑聲震天價響，在場所有人都呆住了。

第五十二章

二〇一四年五月十六日星期五、五月十七日星期六

卡爾馬醫院的醫療建議相當明確，阿薩德的左手拇指必須截掉，但是阿薩德拒絕了。他說左手拇指若要不保，也得由他自己親手切除。

卡爾一想到此，心情便沮喪低落。他盯著那隻淒慘的手。如果要讓表面焦成這樣的東西再次變回可以使用的手指，阿薩德勢必要與崇高的神祕力量擁有不錯的關係。

「你確定嗎，阿薩德？」他指著阿薩德硬得像大理石的手腕皮膚問道。

阿薩德毫不猶豫地回答沒事，說他以前曾有類似的燒傷，後來也是自己處理好。

主治醫師態度嚴肅地規勸阿薩德，清楚解釋若不截斷拇指，一旦壞疽擴大，將會造成什麼後果。他還不吝補充，依照阿薩德目前的狀況，有哪些事項必須盡量避免。

卡爾看得出來阿薩德十分痛苦，卻無論如何仍舊堅持自己的要求。最後醫師輸了這場對峙。他們徹底做了全身檢查，進行腎功能、心臟以及幾項神經方面的測試，醫護人員要求他們綳緊不同的肌肉組織，最後還提出了至少一百個問題。

「今晚兩位要住院，卡爾的心電圖顯示有心律不整的問題。根據我們的經驗，意外後幾個小時內確實會出現這種情形，不過為了安全起見，明天一早再做一次心電圖。」

卡爾和阿薩德面面相覷。這麼做，也不會讓追捕阿杜的行動變得簡單。好吧，反正之前已經發布追捕訊息了。

正值壯年的主治醫師儼然是保養得宜的瑞典人典範，他把無框眼鏡往上一推說：「我看得出來您對我們的建議猶豫不決，但是我勸您最好不要拒絕。兩位的運氣好得驚人，根據我的判斷，您的同事犧牲自己的手指，拯救了您的生命，使您避免遭受一連串嚴重的傷害。今天若不是直流電，加上天氣陰晴不定，兩位不會坐在這裡。你們體內將會煮熟，大腦和神經系統一起斷裂。運氣好一點，就算只是肌肉組織大面積燒傷，也足以讓你們痛苦很久了。」

護士請他們換上住院服裝，又遭兩人抗議。怎麼可能眞有人認爲，一個堂堂的成年男人能穿著這種光屁股和露大腿的衣服呢？

「我迫切地提醒兩位，短時間內要特別注意身體變化，密切傾聽體內狀況，因爲經歷過一場生死攸關的嚴重外傷事件後，很可能過一陣子後會出現晚發的傷害。兩位一旦察覺到明顯的變化，例如記憶障礙、感覺失調，務必立即接受治療。兩位是否清楚我的意思？」

兩個人一起點頭。誰敢反抗戴無框眼鏡的醫師啊！

「還有一點。」白袍醫師已走到門口，又回過頭說：「你們的瑞典同事已將手機和車鑰匙拿來了，勤務車就停在下面停車場。」

吶，終於有一項消息是他們可以接受的了。

隔天一早起床時，卡爾簡直難以活動，全身都在抗議。他轉頭看向仰躺熟睡的阿薩德。阿薩德自己拆了繃帶，左手大拇指塞在嘴裡，像個在安慰自己的小孩。

之後的四十五分鐘，在開往哥本哈根的車子裡，他也始終這副樣子。雖然展開大規模追捕，瑞典警方仍舊尚未掌握阿杜的下落。

「阿薩德，你眞的相信這樣做能救回手指？」他們開了四、五十公里後，卡爾開口問道。

阿薩德小心翼翼地把左手拇指從口中拿出來，降下車窗，朝外吐了口唾沫。然後從口袋裡拿出美體小舖的棕色罐子，罐上標籤寫著「茶樹精油」。

「蘿思再三提醒後，我一直把這個帶在身邊。這東西能消毒殺菌，只要別吞下肚就行了。」他說，然後在舌頭上倒了幾滴，又把拇指含在口中。

「阿薩德，你的傷勢看起來像第三或第四級燒傷，神經早已壞死。你愛滴多少盡量滴，但是那不會有所幫助。」

阿薩德不予置評，再度重複同樣的步驟，吐掉口中的精油後，他轉向卡爾。「卡爾，我感覺到裡頭有生命。雖然拇指是黑了一點，但那只是表皮而已。就算眞有什麼死了，也不過是最外面的指節。」說完，拇指和幾滴精油又同時消失在嘴裡。

「我們收到于斯塔德警方的回報。」哥本哈根警察總局的一個同事打汽車電話告訴他們。「嫌疑犯昨晚在開往倫納的渡輪上被人看見。」

這個人在說什麼？

「爲什麼現在才通知我們？」

「他們昨天有打電話，但是手機不通。」

「手機不在我們身邊。手機甚至還是瑞典警方拿來的，那些白癡爲什麼不打電話到醫院？」

「你們在睡覺。」

「今天早上也該打呀？」

「卡爾，你看看自己的手錶，現在才七點半。你們這個時間難道上班了嗎？」

卡爾謝過對方後，結束了通話。阿杜跑到伯恩霍姆島去了，他媽的他到底想幹嘛？換作他是阿杜的話，這座島會是他最不想踏上的地方。

阿薩德又朝窗外吐了口唾沫。「他很清楚我們手中沒有證據可以辦他，所以他回去消滅之前被我們忽略的線索。」

嗯，他們一定要阻止他。

卡爾望著窗外，心中難以做出決定。他又轉頭望向口中含著精油正在與拇指奮戰的同事，不由得覺得有點羞愧。過去的二十四小時，阿薩德已犧牲了一切，他怎麼能不多少也犧牲一下呢？

「好，阿薩德，我會叫一架計程飛機。」他下定決心了。

阿薩德的雙眼簡直要掉了出來。

「什麼都別說，我可以獨力完成。也許催眠真的有效，誰知道呢？」他設定導航系統。「我們離龍訥比機場不遠，半個小時就會抵達。到時候看看哥本哈根空中計程車能否幫助我們。」

在機場等了十分鐘後，一位殷勤有禮的地勤人員致歉說，可惜無法在這麼短的時間內臨時調到空機。「不過您可以詢問我們一位前任瑞典飛行員，西斯騰．博史壯。他在龍納比機場有架日蝕五〇〇私人飛機，一共有六個座位，時速可達七百公里。您需要的不就是這種工具嗎？這裡到伯恩霍姆島一共一百二十公里，只不過是一小段路罷了。」地勤人員建議。

卡爾這輩子也想不到竟然會自願搭乘這玩意。他膝蓋顫抖，坐在靠窗一張特別舒適的米色皮椅上，全身癱軟無力，盯著老機長準備起飛事宜。

「要不要我握著你的手。」鄰座阿薩德的左手拇指上已包裹上一大捆繃帶。

卡爾深呼吸。

「卡爾，我幫你禱告了，不會有事的。」

卡爾滿頭大汗，把自己死死地壓在皮椅上。等到飛機一起飛，他的雙手也順勢自動舉高。

「您人眞好，不過眞的沒有必要。」機長轉過頭來對他說：「我們有很多翅膀，請勿擔心。」

阿薩德在壓抑笑聲嗎？他一隻手指壞成那樣，渾身滿目瘡痍，還能坐在旁邊笑？

卡爾轉頭看他，訝然發現他的笑容有感染力。想到自己的舉動，實在也覺得滑稽得可笑。

他放鬆手臂，笑得人仰馬翻，笑聲震天價響，把機長給嚇了一跳。

感覺才剛起飛沒多久，馬上就要降落了。降落後，卡爾在心中默默傳送溫暖的謝意給亞伯特．卡扎布拉，接著便橫越跑道，走向等待他們的畢肯達警官。

「我們還沒找到那個男人。他沒有登記入住旅館，也沒有一處露營地有符合描述的人過夜。」

「他不是住在民宿，就是窩在車子裡，或者投靠友人。你們有車給我們使用嗎？」

畢肯達指著一輛紅色小標緻二〇六說：「你們可以借用我太太的車。她走了，不需要這台車了。」

他說話時，露出一臉苦相。他當時眞不應該接受蘿思的邀約才是。

他們約好全天保持聯絡，不讓嫌疑犯有機會溜走。渡輪碼頭和機場全都受到嚴密監視。

「你可以嗎，阿薩德？」他們擠進小車時，卡爾問道。那隻綁得肥肥的、始終豎直的拇指就是答案。

這個阿薩德，眞是個堅韌的傢伙。

「阿杜回到伯恩霍姆島，把阿杜和以前的法蘭克又聯結在一起了。」阿薩德說：「不過，你覺得他會在哪裡？」

「至少沒有理由認爲他會回到犯罪現場。如果他眞的回去了，也什麼都找不到。那地方已經被警方鑑識人員和哈柏薩特翻遍了。我傾向於他會去找知悉雅貝特一事內情的人，而且這個人知道的一切相當有利。」

「對誰有利？」

是的，這就是問題所在。絕對不是對阿杜正在找的人有利。卡爾認為阿杜是個精力充沛、行動力非常強的人。

「卡爾，你認為他會殺掉當時的目擊者嗎？」

「我們不是認為眼前正在追捕的這個人早已下過一次手了嗎？」他們不是親眼看見這個人受到一群白衣人士崇拜的場面，那不正是不計手段也要捍衛的權力地位嗎？

「英格．達爾畢人在哥本哈根，我們不必擔心她。目前我想到的人是茱恩．哈柏薩特。你怎麼想？」

阿薩德點頭認同。「沒錯，她不想談論這人。很可能正因為她知道某些內情。」

卡爾想要伸手拿手機，手指卻碰到一個小絨毛玩偶的肚子，上面寫著「媽咪最棒！」這句話現在應該不太能安慰畢肯達的太太了吧。

「打電話給茱恩．哈柏薩特，阿薩德。電話接通後，把手機給我。我覺得她不會有興趣和你說話。」

半分鐘後，他的同伴搖了搖頭。「她沒接電話。」

阿薩德打電話到她工作的約伯蘭主題樂園，得知茱恩目前請病假。經歷前夫和兒子過世的不幸事件後，可以體諒她的狀態。接電話的親切女士說，五個星期後旺季才開始，所以目前就算茱恩請假沒上班，也還能應付過去。

他們除了親自跑一趟奧基克比，拜訪揚貝納街上的茱恩家之外，別無其他選擇。

「這是今天第二次有人來找這位女士了。」正要把一個紙箱搬進鄰家的搬家工人說，半敞的工作服露出赤裸的胸膛。

「誰來問過？」卡爾向對方打聽，對於他濃密雜亂的鬍鬚感到驚嘆，那把鬍子根本不適合搬來拉去的工作。這傢伙反而比較像六〇年代的老師，身上就缺一件燈芯絨西裝上衣，不過或許他下班才穿吧。

「穿著一身黃色衣服的中年人。」他笑道。「看起來就像從旅行社拍攝的爛電視廣告走出來的，皮膚曬得黝黑，下巴有個窩，就這樣。」

卡爾和阿薩德相視一眼。

「多久以前？」卡爾問。

他抹去額頭上的汗。「嗯，大概二十或二十五分鐘前吧。」

該死，差點就逮到了！

「您會不會剛好知道茱恩．哈柏薩特去哪裡了？」阿薩德問道。

「完全沒有概念。不過她說想去拿個東西，放在兒子的墳墓裡。真奇怪，我想應該是我搬進屋子的某樣東西，讓她有這個想法吧。」他的視線落在阿薩德的手上。「你是伸手摸了什麼箱子，讓手指被打成這樣啊？」他仰聲大笑。希望阿薩德沒聽懂這番羞辱人的話。

「您搬了什麼東西給了那女士靈感，去拿可以放在墳墓裡的東西？」阿薩德反問道，右手拳頭緊握，看來他完全理解剛才那番話。

卡爾拉住他手臂，現在可不是阿薩德屈於誘惑，教訓那傢伙的時機。

「我怎麼會知道？應該是一開始搬進去的箱子吧。我們通常把床罩、被單和衣服塞進黑色塑膠袋，然後放在箱子和家具上。我想應該是那箱雜誌，不過我不太確定。」

卡爾把阿薩德拉到他們的車旁。

「她能上哪兒去拿想放在兒子墳墓裡的東西呢？你覺得我們要到利斯德那棟老房子去，還是前往她兒子在桑弗格路的租屋處？」

阿薩德點頭說：「房東叫做奈莉．拉斯穆森。」嗯，他的記憶力顯然沒有受損。

阿薩德冷不防地回頭，直接跑向搬家工人。現在還眞要幹上一架嗎？

「她說了什麼話？」還有十公尺距離，阿薩德就喊道。

那個人剛把一個箱子扛在肩上，一臉茫然地盯著他看。

「哪方面？」

「『她想去拿個東西』是這麼說的嗎？你十分肯定？」

「沒錯，媽的，她怎麼說有什麼差別嗎？」

「她沒說一定要進城去，對吧？」

「那我一定就是聾了。」

卡爾追上來。「對我們來說，釐清她前往利斯德還是倫納，至關重要。您有印象嗎？」

「應該是倫納吧，至少她說的時候指的是那個方向。女人常常沒有多想就比出了動作。」

「您沒告訴那個黃衣服的男人吧？」

他皺起眉頭。看來是說了。

「他看起來像是知道要往哪邊去嗎？」卡爾問。法蘭克離開島上後，畢亞克就搬家了，所以他應該不知道地址。

「也許吧。至少他手裡拿著一頁當地的電話號碼，可能在上面看見了地址。」

「好的，謝謝您，我們趕時間。」卡爾邊喊邊跑向車子，但是阿薩德已經到了。

「可惡，車上沒有導航。」卡爾罵道。哪條路是捷徑呢？

「卡爾，冷靜，我的手機可以導航。」阿薩德用完好無損的那隻手滑了滑手機螢幕。「我們從洛貝可和尼拉斯過去的話，十五分鐘就到了。」

卡爾踩下油門。「打電話給畢肯達，要他派一輛車過去給我們。」

阿薩德按下號碼，左手的疼痛顯然讓他不好動作。接通後，他默不作聲地聽著，一直點頭。

「你有告訴他們要安靜地過去嗎？我沒聽到你說。」

阿薩德皺起鼻子。「他們不過去，卡爾，而你應該不會想知道理由。所有可用車輛差不多都派去監視渡輪碼頭和機場了，所以沒有辦法給我們使用。」

「什麼！」

「他說反正我們會比他們先到，還聲稱標緻車的速度相當快。」

「好吧，如果我們被攔下來，他媽的後果要他自行負責。」卡爾無視速度計顯示已超過時速一百公里。「你最好脫下襯衫，拿在車窗外，充當警報器。」卡爾大笑說，一路不斷按喇叭。

「快點，阿薩德，讓我們把這個紅蘿蔔變成巡邏車吧。」阿薩德也跟著哈哈大笑。

他們一路飛速飆駛，其中還經過幾處密集的住宅區和目瞪口呆的路人，十分鐘後抵達了桑弗格路上的那棟房子。如果他們期待門前停著車子，那得大失所望了。這裡明顯沒有值得他們搏命奔馳的東西。

「阿薩德，打電話給派出所，請他們派警察過來。我進去看看有沒有人在裡面。吃顆藥，或者最好兩顆，我猜你手指痛得要命。」

奈莉．拉斯穆森遲疑地打開門，一看見站在門外的是誰後，吁了一大口氣，把門大開。好驚人的景象啊！就算是傷心欲絕的義大利媽媽或希臘媽媽，也不會像她穿得這麼黑。長襪、鞋子、外套、襯衫、裙子、手套、項鍊、眼影、眼睫毛、頭髮，從頭黑到腳。頭上戴了一頂有面紗的帽子，面紗隨時可以拉下。蘿思一定愛死了這裝扮。

「我以爲是計程車來了。」她從黑色皮包拿出黑色手帕，在全無淚水的眼睛按了按。眞是有夠愛演。

「茱恩．哈柏薩特在這裡嗎？」

她一臉不高興地點頭。

「她要拿什麼？」

「您問錯人了吧？您以爲她會好心地告訴我嗎？我想她到樓上畢亞克的房間拿了一本雜誌。她當然沒給我看，只是離開時被我瞥見，看起來很像是。」

「有沒有一個黃衣男人來過？」

她點頭，這次似乎有點受到驚嚇。

「所以我沒有馬上開門，我不希望他再進來。」

「什麼時候的事？」

「您過來之前沒多久，大概五分鐘前。我那時也以爲是計程車。」

「他要幹嘛？」

「想要見畢亞克。他簡直瘋了，直接衝進屋子裡，大喊：『畢亞克在哪裡？在樓上嗎？』今天發生這種事，尤其令人不舒服，也不恰當。」她又輕輕地按按眼睛。

她站了一會兒，然後跺了跺腳。「我的計程車到哪裡去了？我要遲到了。」

「去哪裡遲到?」

她惱火地瞪著他。「哎呀,畢亞克的喪禮呀。」

「啊,他今天才下葬?」

「是的,他們一直把他留在哥本哈根,要先……解剖他。」這次眼淚眞的奪眶而出。

「那個黃衣男子後來怎麼樣了?我們正在追捕他。」

「我完全能理解,那個混蛋傢伙。我告訴他,他沒辦法見到畢亞克,因爲他死了,今天下葬,結果他的臉色頓時白得像鬼。他簡直是精神錯亂了,眼睛變得很亮。『這不是眞的。』他喊道,『畢亞克殺了那個女孩,他要認罪!』說實話,聽到有人編派你喜歡的人的卑劣謊話,很不好受。」

卡爾緊鎖眉頭。「畢亞克?他說了那些話?」他揉揉額頭,腦袋裡有幾件事情要重新整理。

「沒錯,一字不差。他又喃喃自語說畢亞克的母親一定要幫他,接著他忽然不知所措,急切地詢問她是不是還活著。我差點回答死了,但最後還是不敢亂說。」

「茱恩一定會去喪禮。您告訴他在哪裡舉行了嗎?」

她點頭。

「卡爾!」阿薩德從車裡喊叫:「警方查到他住在斯瓦納克的一家民宿了。利斯德的那位波蕾特打電話報警,說今天早上在哈柏薩特家前面看到他。她也打電話給你了。」

卡爾檢查手機。老樣子,又沒電了。

「您跟我們一起來。」卡爾抓著身穿喪服的房東手臂說:「幫我們指路,可省了您一筆計程車費。」

阿薩德再次脫下衣服充當警報器。奈莉倒抽一口氣。沒想到這麼矮的人,胸膛的毛竟然如此濃密。

「哪座教堂？」卡爾用力按下喇叭，然後告訴阿薩德剛才奈莉說的阿杜和畢亞克的事。她坐在後座猛點頭。

「我想他在說謊。」阿薩德評論道。

卡爾點頭，不無可能。阿杜在這裡轉了一圈，去見當年認識他的人，畢亞克死了，他一定稱心如意。他們不也親眼見識過他多麼能言善道嗎？

「也就是說，我們必須警告茱恩。」阿薩德又說。

後座的奈莉沒有說話。

奧斯特拉圓頂教堂後面，只停了區區幾輛車，其中兩輛是工匠的貨卡，正把一個巨大的鷹架拖進來。

卡爾把車停在停車場，阿薩德費勁地扣上襯衫。

「或許其他人的車子停在教堂庭院，否則這裡的車子也太少了吧？不太可能呀。還有葬儀社的車子呢？」奈莉惶惶不安。「爲什麼沒有敲鐘？」她看了一眼手錶，一直打著錶面。「天啊，手錶停了。我們來得太晚，錯過喪禮了！」她大感震驚。

「卡爾，你看！」阿薩德指著一輛瑞典車牌的藍色富豪車。

他們跳下車，獨留奈莉一個人。

她說得沒錯。墓園後面，眞正的喪禮才剛結束。距離他們一百公尺前方，一個黃衣男子逕自走向墓邊的一小群人。一定是阿杜。卡爾和阿薩德加快腳步，但沒有直接跑起來。他們不想冒險又讓他逃掉，另一方面，他們也必須保護茱恩。誰知道那男人有何企圖？

牧師拿著小鏟子走向一旁，大家把土撒在棺木上。茱恩走近墓穴，丟了東西進去。追悼賓客一看清是什麼後，紛紛嚇了一跳。

但是她毫不在意，又把手伸進皮包，拿出某個東西。

就在此時，她聽見化名阿杜的法蘭克叫她的名字，聲音絕望無助。一旁賓客目瞪口呆，然後快速地往後退一步。

阿杜差不多走到墓邊，雙手一伸，對她說了些話。卡爾和阿薩德即使加快速度，也聽不清說話的內容。

但是他們一看清楚茱恩從皮包裡拿出的東西，不禁驚恐萬分。

手槍忽地射出四、五發子彈，槍聲在墓園間迴盪。阿杜往前一彎，倒在墳墓旁邊。簡直是不折不扣的行刑，蓄意謀殺。

卡爾和阿薩德陡然停下腳步。

茱恩這時也發現了他們。她顯然無法承受剛才幾秒間發生的事情，一切發生得太突然。她的視線先是瞪著死者，然後移到墳墓，接著是賓客，最後落在勇敢走向前要安撫她的牧師。

「該死，她現在要射死自己了，就像她丈夫一樣。」阿薩德低聲說，只見茱恩把手槍抵在太陽穴上。但不只阿薩德預見了這一幕，牧師也一樣，他果敢地往前一跳，在迅雷不及掩耳間，用小鏟子打掉茱恩手中的槍。

茱恩痛得大聲尖叫，手槍呈拋物線飛到一旁。茱恩頭也不回地逃向墓園石牆邊的一個長凳，往上一踩，跳過圍牆，在另外一邊拔腿狂奔。

「阿薩德，追上去，我去開車！」卡爾喊叫，然後轉向僵在原地的賓客說：「打電話報警，快叫救護車！」

他看了一眼阿杜。阿杜張大眼睛躺在墳墓邊，一隻腳伸在墓穴上方。牧師檢查他的頸部脈搏。漂亮的黃色衣服上有兩個彈孔，一個在肚子，一個在肩膀。肩膀被子彈射入的地方，一小塊皮膚隱約可見「河流」的字樣。

牧師搖了搖頭，阿杜已經死了。卡爾毫不懷疑。

這個自稱是太陽之子、神祕主義守護者的男人，在充滿傳說色彩的圓頂教堂陰影中，結束了生命。死在這個據聞保存著聖殿騎士寶藏的地方，實在具有十足的象徵意義。

卡爾拾起手槍，無庸置疑的與哈柏薩特先前用來射死自己的武器一模一樣，一定是民眾高等學校那個過世老師擁有的兩把手槍中的第二把，這把槍從來沒被找到過。哈柏薩特顯然帶走了兩把槍，後來又被老婆騙走了這一把。

卡爾正要拔腿快跑，奈莉抽抽噎噎、激動地指向墓穴。

在紅玫瑰和幾撮鏟子撒下的土之間，躺著一本彩色雜誌，封面是幾個衣不蔽體的男人。茱恩．哈柏薩特想要藉此表達自己終於接受兒子的性傾向嗎？

第五十三章

卡爾在街底接到阿薩德。

「茱恩把車停在庭院後面。」阿薩德上氣不接下氣地說：「我的手都摸到車門把了，還是讓她油門一加給跑掉了。卡爾，我一口氣喘不上來，呼吸不順，肌肉也不配合，很抱歉。」

卡爾十分了解阿薩德的狀況，光是他自己跑一百公尺，氣力就要用盡。

「你記下車牌了嗎？」

阿薩德搖頭。該死！

「嘿，她在那邊！」阿薩德指著前方。

黑色豐田車至少在他們前方兩百公尺，卻還是聽得見茱恩用力催油門換檔的聲音。

「她這樣開車眞是瘋了，卡爾，你追不上的。」

「打電話給畢肯達，要他派兩輛車過來幫忙追捕。他們少兩輛車不會掉一塊肉的。」

卡爾把油門踩到底。茱恩爲什麼意圖在兒子墳墓旁邊了結自己的生命？因爲失去他而傷心欲絕，或者還有其他理由？她有潛藏的憂鬱症嗎？畢竟她把手槍放在身邊好多年了。她又爲什麼要殺死阿杜呢？

「小心！」阿薩德手裡拿著手機大叫，前方道路上碎了滿地的破瓶罐。險象環生的路面布滿玻璃碎片，隨時可能戳破輪胎。

卡爾踩煞車，接下來的一百公尺在瓶罐之間蜿蜒穿梭。

「也把這裡的情況轉達給畢肯達，必須有人來清理乾淨。」

眼前終於出現平坦無物的路面，卡爾加緊油門，將紅車的速度發揮到極致。

吉德司柏的第一批房舍映入眼簾，南向彎道上深黑色煞車痕橫過路面。路牌標示著：艾森丹路。

「你覺得煞車痕是她的嗎？」

阿薩德點頭，他正在跟倫納的值班員警通話，不到幾秒，就報告完剛才的路面狀況。儀表板上的速度計飆到一百二十公里，街道視野寬闊，兩旁動靜盡收眼底。

「那裡！」阿薩德大聲高喊。

卡爾也同時看見了，黑色豐田在路底急速右轉。

他們追到丁字路口，緊跟著右轉，但接下來不確定要往哪裡衝，因為一百公尺後有道岔口，左邊通往亞明丁根路，另一邊則是直走。

「阿薩德，沒有煞車痕，也就是說，往前開？」

阿薩德沒有立刻回答，卡爾於是轉過頭看了他一眼，只見他的頭微微垂到胸前，緊咬著下巴，肌肉緊繃。顯然他使勁力氣不讓自己發出呻吟聲。

「要不要去醫院，阿薩德？」卡爾憂心忡忡。管茱恩去死吧。

阿薩德瞇著眼睛，肺部用力吸滿氣後，才又大張雙眼。

「沒事了，卡爾，儘管開。」阿薩德聲音透露出的狀況根本不像他說的那樣。

「快開！」他最後吼道，卡爾於是加足馬力。

他們穿越相對茂密的樹林，左右兩邊出現不少小路，不過他們還是沿著路往前直行。若是要到倫納，這個方向就沒錯。如果最後追捕未果，他們也還是要往那兒去。屆時阿薩德可以拿到止痛藥，多少幫助減輕疼痛。

忽然間，傳來尖銳的煞車聲，接著一陣沉悶的巨響。如果聲音是茱恩的車子引起的，那麼他們不僅開在正確的路上，也很快就會趕上她。

他們在四百公尺外發現了車子側躺著，彷彿只是被人簡單地翻過去似的。不過十分窄小的路旁停車場上，出現兩條燒焦的橡膠和一大片壓扁的草地，說的又是另一回事了。

「她開得太快，想要停車時，煞車又卡住。」阿薩德推測說。

卡爾四下張望。

「也許她以為可以把車開進高聳的草叢中，不被人看見？」

他們尋找茱恩的身影，但是毫無所獲。

右邊平坦潮溼的草地上，拔起一座奇異的多岩山丘，四周圍繞著一片樹林。

卡爾讀著停車場的解說牌，山丘頂上顯然有某種城堡結構。其中一個寫著「立勒堡」，標示箭頭的牌子，就掛在兩根相距五公尺的紅柱之間。

卡爾的視線沿著箭頭望去，顯然必須爬上這座小山丘。

「你覺得她會不會從道路的另外一邊跑走，逃進樹林裡？」阿薩德問。

「至少她不是順著山丘下方跑，否則草會被踏扁。」

卡爾眺望遼闊的草地。如果她領先他們半分鐘，差不多就這個時間，再多不可能，便足以消失在樹林裡，不過也不無可能爬上山丘。總而言之，她不可能跑過草地而不被發現。

「如果她剛才受了傷，八成不會選擇樹林這條路。至少，我若是她不會這樣做。」他確認說：「否則會一直被絆倒，遭某物纏住。」

阿薩德點頭認同卡爾的分析，於是他們轉向山丘。他們的身體在過去二十四小時面臨許多挑戰，現在走上山丘的緩坡，彷彿在攀登聖母峰北側。光是走過第一個彎道和一小段裸岩路，就已上氣不接下氣，宛如來到死亡區。

「我們眞是瘋了，阿薩德。我們應該躺在卡爾馬醫院的。」走過第二個彎道後，卡爾說。這裡可清楚地眺望底下二十五公尺處的停車場。

阿薩德停下腳步，舉起包著繃帶的那隻手，制止卡爾說話。卡爾也聽到了。在印第安那電影裡，經常聽見小樹枝折斷的聲音，而剛才那聲應該發自粗大的枝幹。

「卡爾，我覺得她在等我們。」阿薩德輕聲說。

他們的目光循著一道沿山丘而上的石牆望去，那是立勒堡城牆結構的尾端。是什麼時候興建的呢？剛才在底下應該把解說看清楚才是，卡爾往下走在面向草地的陡峭背陽坡時想道。不遠處有一座湖泊，左手邊有條小徑延伸而下，不過聲音不是從那兒傳來的；右邊有條路穿越巨岩和山崖向上，旁邊圍著鐵欄杆，確保遊客的安全。

阿薩德努力掩飾爬坡的費勁與艱辛，幸好他走在前面。

不知不覺間，他們已抵達山頂，四周是高長的雜草和岩石，有一張附設長凳的桌子，可在此野餐，享用帶來的食物。還有雄偉的石牆遺跡，一道牆壁上有個開口，湖光山色、秀麗美景盡收眼底。但四下就是不見茱恩的影子。

「我們剛才聽到的是什麼？」卡爾雙手撐在膝蓋上，氣喘吁吁，不得不先緩口氣。他噁心欲吐，這種狀況持續不了多久。他當然了解自己的身體反應，只不過還是不堪忍受。

阿薩德聳聳肩，根本不在乎那是什麼，他現在的心思全在疼痛的手上。

這一刻，卡爾忽然對這件案子十分厭煩。與眞相水落石出相比之下，追查過程付出的代價太大。首當其衝的就是阿薩德的傷勢，當然還有其他方面的投入。他們花了三個星期做牛做馬般地拼命工作，就為了找一個人，而他們剛才還眼睜睜地看著他被射死。他們千辛萬苦地想從一個女人口中問出答案，卻差點慘遭她的毒手，而這女人也不在世上了。他們想方設法釐清哈柏薩特留給他們的複雜謎題，好告訴雅貝特的父母，十七年前女兒究竟遭誰殺害。而他們進展如何？毫無所獲。只是給了羅森加油添醋的柴火，讓他火上加油。

早晚會有人在某個地方逮到茱恩，希望能活逮住她。不過，卡爾抱持著懷疑的態度。

這時，阿薩德手機響起。

「是蘿思。」他打開擴音器。

該死，他們現在得一五一十地把事情經過解釋給她聽，但是卡爾一點心情也沒有。

「妳好點沒有？」這是卡爾的第一句話。「是的，我是卡爾。我的手機沒電了。阿薩德也在一旁聽著。」

「哈囉，阿薩德。」她招呼道。「先說好了，我們現在可不是要討論我的狀況，懂嗎？我還不太舒服，但是不會有問題的，就這樣了。你們那邊怎麼樣？」

「呃，我也就不拐彎抹角了，我們有點狼狽。阿薩德他……」

阿薩德出手制止，不要卡爾說出他手的事。

「阿薩德在我旁邊打手勢。我們人在伯恩霍姆島，然後茱恩．哈柏薩特剛才射死了阿杜。」

「你說什麼！」

「嗯，目前為止，一切還算順利。我們只是又回到了原點。」

「她為什麼殺他？」

「我們沒辦法詢問她，她跑掉了。」

「該死，這件案子爲何如此複雜？我手邊的事情也是亂七八糟。」

「蘿思，妳不是該放假嗎？畢竟今天是星期六。」

「眞搞笑，莫爾克先生。那你們呢？吶，總之我翻查了畢亞克的電腦，哎喲，眞是個有趣的經歷。百分之四十五的硬碟儲存了五花八門的電腦遊戲，裡頭有些遊戲非常古老，我想他應該很多年沒玩了。」

「電腦多舊？」

「Windows 95的作業系統，而且是經過更新的早期版本，連你也可以簡單操作。」這麼老舊的機器竟然沒有被捐到非洲的某個村莊，眞是不可思議。

「百分之五十是圖片，還有一些垃圾郵件。除此之外，還有一篇文章，是首詩。」

「詩？」

「是的，他寫了一首詩，標題簡單明瞭：『致法蘭克』。這個檔案存在九五年星際大戰遊戲的子資料夾裡，花了一番力氣才找到。」了不起，她找得還眞徹底。

蘿思朗讀了那首詩。不論寫得多笨拙、多生硬，意義依舊昭然若揭。簡而言之，內容與遭到拒絕的愛情和勃然怒火有關，因爲阿杜與雅貝特的愛情毀了畢亞克一家。他氣憤阿杜一手瓦解了他們的世界，氣憤世間有法蘭克這個人。

「也就是說，畢亞克知道阿杜和雅貝特的事情，卻沒有告訴他父親。爲什麼？」卡爾不解地搖了搖頭，一點意義也沒有。「我現在完全一頭霧水。」

「等一下，福爾摩斯先生，讓我把話說完。」蘿思打斷他。「不過話先說在前頭，以後如果有案子要人查看只戴著難看皮帽和鉚釘皮帶，而且處於醜陋情境中的裸體男人，我愼重強調醜陋至極，千萬別想找我。我看了五千多張令人倒胃口的照片，我重複一次，五千張！才只找到一張至關重要的照片，沒騙你。此外，我們還要教導伯恩霍姆警方怎麼徹底檢查電腦的硬碟！」

蘿思在抱怨。爲什麼？難道她不喜歡穿皮衣的男人嗎？

「好，看一下我傳給你們的簡訊，馬上看！」

他們等了一會兒，隨後響起獨特的簡訊聲。

卡爾渾身起雞皮疙瘩。

照片是聖誕節前後的美麗雪景中拍的，童子軍在販售聖誕樹，價格不貴，一公尺二十克朗。阿薩德頓時說不出話來。

「喂，你們還在嗎？」

「在，蘿思，我們還在。」卡爾下意識地說：「妳說得沒錯，這張照片十分驚人，幹得好，蘿思。妳今天大可安心放假去了。」

卡爾又看了一眼照片，實在大爲震驚。剎那間明白他們追查至今的一切線索，把他們帶往錯誤的方向，完全白忙一場。光是找那片虛構的木板殘片就夠嗆了，而一切都來自於哈柏薩特找到的愚蠢小碎片。還有追蹤福斯車，更遑論投入一切資源要證明本名法蘭克的阿杜有罪。沒日沒夜的偵辦工作，以及多到數不清的無謂審問。所有事情打從一開始就錯了，而證據就在眼前。

畢亞克穿著童子軍服，笑容燦爛地看著鏡頭，帽簷低低的壓在額頭，童軍繩搭在肩膀上，短刀插在皮帶裡，驕傲得像個西班牙人。驕傲於自己的童軍級別和等級徽章，也對自己的商業頭腦以及身後那輛四輪傳動車感到自豪，顯然還對自己的發明洋洋得意。那是他自己發明的絕對不會錯，也就是在四輪傳動車前方裝上類似大型犁具的工具，上面還大大地寫著：「童子軍聖誕樹販售，佳節愉快！」

太令人震撼了。

「怎麼樣，你們有什麼看法？」蘿思問道。

「我們認爲，要是早點發現這張照片就好了。照片上的車子正是二十分鐘前茱恩駕駛逃逸的那輛豐田車，現在翻倒一邊，就停在五公尺遠的停車場。他媽的該死！」

「你說要是早點發現這張照片就好了？」

「是的。」

「你不認爲哈柏薩特知道這張照片嗎？或者換個表達方式好了，你覺得他不知道自己的兒子有這個雪梨嗎？」

「蘿思，他是個警察，在這件案子上花了十七年的歲月，他當然不知道。」

「你聽聽我的版本。我認爲哈柏薩特懷疑他兒子很多年了，才會頑固不放，緊追這件案子。他早已心生疑慮，卻不計一切地想要駁倒心中的猜疑，把嫌疑硬栽到他最痛恨的人身上，這難道不是最簡單的方式？也就是他妻子的情人。怎麼樣，你們覺得如何？」

「他爲什麼要把我們扯進來？他了結自己的性命後，案子等於結束啦。」

「哈柏薩特卡住了，但是他希望我們接手偵辦，最後不是抓到阿杜，就是我們抽絲剝繭，發現眞正的關聯。這樣一來，逮捕他兒子的苦差事就落到我們頭上了。這就是哈柏薩特進退兩難之處。他希望包庇兒子，卻又察覺那樣做不對。畢亞克是有罪的，所以他決定放棄。」

「蘿思，那是假設。雖然不錯，但假設就是假設。如果妳的看法正確，就眞的糟糕得讓我想吐。妳想想，在這個事件中，有許多人失去了生命。」

「這就是人生。」她隨即又改口說：「我的意思是，這就是死亡。」

阿薩德舉起手警告卡爾，然後轉頭往後看。

「幹得好，蘿思，萬分感謝。不過先講到這裡，好嗎？手機快沒電了。」

她還叫著：「嘿！他們難道不能……」卡爾已按下結束通話鍵。

阿薩德舉起雙手，指向山崖邊的幾階樓梯。在遠古時代，樓梯應該是通向另一層樓，不過樓層早已消失在歲月裡。

卡爾這時也聽見了。

「我去尿個尿。」阿薩德說，然後溜到右邊，打個手勢要卡爾往左邊走。

接著，兩人一起縱身往前一跳。

底下一公尺處的石牆前，茱恩躺在一處小草坪上。她一看見兩人，立刻抓起粗枝幹朝他們用力打，結果正中阿薩德的手。阿薩德淒厲的慘叫聲夾雜著她的尖叫，響聲驚人，嚇得她丟掉樹幹，急忙爬到牆角去。

卡爾怒火中燒地拉起她，將她的手反折到背後，銬上手銬。

她痛得大叫，卡爾才看見她也受了傷，左肩膀往下掉，左手幾根手指不自然地彎曲。

「阿薩德，你還好嗎？」

阿薩德抓著手點頭。

卡爾小心翼翼地把她押到野餐桌旁，比手勢要她坐下。

自從他們在將近三個星期前見到茱恩後，她明顯削瘦許多，而頰凹陷，眼睛顯得特別大，雙臂瘦得像小孩手臂一樣。

「那個臭婊子在電話裡講的話，我全都聽見了。」她終於打破沉默說：「她錯得太離譜了。」

卡爾對阿薩德點頭。阿薩德已經啓動手機的錄音功能。

「那麼妳現在告訴我們眞相，茱恩。我們不會打斷妳。」

她閉上雙眼，或許想要等疼痛逐漸消退。「我很高興你們在島上追捕法蘭克或阿杜，或者隨便什麼名字。你難道不懂他忽然出現在眼前，對我來說是從天而降的禮物嗎？」她想要笑，但肩膀讓她痛得笑不出來。

然後她睜開眼睛，直視卡爾的臉。「我其實想要射死自己。畢亞克和我彼此疏遠了很多年，這一切都要怪我。畢亞克死後，我只剩下罪惡感，而我無力承擔。」

「為什麼有罪惡感，茱恩？」

「因為我允許法蘭克左右我的家庭，他毀了我和家人的生活。最後畢亞克再也受不了，尤其是在他父親放棄之後。」

「妳兒子是自己輕生的，他因為嫉妒撞死了雅貝特。我們看到了那輛車和上面的鍬片，還有什麼好說的？」

「撞死雅貝特的不是畢亞克，而是我。」阿薩德和卡爾面面相覷。

「我完全不相信。妳在包庇自己的兒子。」阿薩德說。

「不是！」雖然肩膀很痛，她還是一拳打在桌上，然後沉默了很久，視線望向湖泊另一邊的樹林。

嫌疑犯一旦開口，然後又閉嘴不談，唯一的方法只有耐心等待。卡爾經常一等就是幾個小時。眼下他們除了等候，沒有其他妙方。

幾分鐘後，茱恩把臉轉向他，看著他的眼睛。「問我吧。」她的眼睛說。

卡爾沉吟半晌。問題必須十分精準，切中要點，否則她將永遠不會開口。

「好的，茱恩，我相信妳，我的同事阿薩德也一樣。請妳現在從頭開始，一五一十地說明案發經過，妳想怎麼說就怎麼說。」

她嘆口氣，啜泣了一會，最後垂下目光，盯著桌面，娓娓道來。

「我愛上了法蘭克，以為我們終將結為連理。我們在這裡幽會，在高聳草地裡做愛。我先生克里斯欽沒辦法做到法蘭克帶給我的歡愉，因此我愛法蘭克愛得完全無法自拔。」

她緊緊抿著嘴唇。

「我們在一起幾個月。」

那時候差不多一定也是法蘭克和英格．達爾畢交往的時候，卡爾心想。

「雖然他滿口海誓山盟，最後還是結束了我們的關係。否則我為什麼要欺騙一起生育兒子、共同生活的丈夫呢？為什麼？」

卡爾和阿薩德不約而同地聳聳肩。

「他答應給我新生活，擺脫這座島，說我們之間的年齡差距不是問題。但是他徹頭徹尾地騙了我，那個混蛋！」

她抬起頭，臉上布滿痛苦。

「我知道他和一個年紀較輕的女孩在一起，我聞得到他身上廉價的少女香水，十分討厭。他來找我做愛時，渾身都是那種氣味。我仔細想了想，察覺到自己經常聞到這個香水味。深入思考後，我發現他和兩個女人同時交往，而那十分惡劣！」她哼了一聲。「於是我跟蹤他，觀察他的一舉一動。這兩個陷入熱戀的人還真自以為神不知鬼不覺。我當然也看見他們的聯絡方式，是在學校前面的一塊巨石下放紙條。法蘭克和我差不多也是這樣，我們都把紙條放在幽會的地方。」

原來那兒就是法蘭克和雅貝特的信箱，阿薩德和他經過那塊巨石至少十次。

「我有一次到厄倫納找法蘭克，就那一次，他當面告訴我，他愛上雅貝特，希望帶她回哥本哈根。那一刻起，我對他深惡痛絕，不可遏止，當然也一樣痛恨雅貝特。」

她嘴角扯動，那股恨意顯而易見地浮現在她心頭，彷彿歷歷在目。

「我單純只是想讓雅貝特從他生命消失。那個美得不可方物的騷貨一定要滾蛋！到時候法蘭克也許又會回頭找我。很長一段時間我一直這麼想。是的，我等待了好幾年，以爲他會回來。眞是瘋了，多麼天眞啊！後來我冷靜下來，那一刻起，我再也不想聽到他任何事，不想從我前夫、我姊姊那兒聽到，更不希望從你這裡得知。法蘭克被我從生命中擦得一乾二淨。」

而他再度出現時，仍舊必須贖罪。這個念頭在卡爾腦子裡打轉。

「我兒子在一大清早到奧基克比工作時，我借用他的車，就是底下翻倒一旁的那輛。他通常都把車子停在我姊姊家前面，讓她要大採買時可以使用，畢亞克中午也都在她家吃飯，卡琳人眞的很好。」

笑容照亮了她的臉。

「爲了避免車上留下事故的痕跡，我拿出畢亞克自己製作、放在利斯德家中車庫的雪犁，擺在我自己車子的後車廂，開車到揚貝納街，然後裝在豐田車前的保險桿。雪犁是特別爲豐田車焊製的。」

「茱恩，很抱歉打斷妳，不過，妳從何得知雅貝特和法蘭克那天早上約在樹下見面呢？」

她調皮地笑了，彷彿要展示她的測試成品。或許眞是如此？

「我開車到奧基克比之前，一大早先把紙條放在巨石下。我非常擅長模仿法蘭克的筆跡，小事一樁。」

「妳又怎麼知道她一大清早就會看到紙條呢？」

「她每天清晨都會在大家起床之前到那裡去，就算沒有紙條也一樣。純粹就是個陷入愛河的蠢女孩。對她來說，那是個遊戲。」

「而妳想表達的是，這個陷入愛河的蠢女孩，很容易就讓人給撞死嗎？」

那股笑容又回到臉上。「不。她站在路旁，而我假裝要繞駛過她身旁。她笑了，因爲在沒有下雪的日子，距離聖誕節還有一個月，竟有人車子裝著雪犁，上面還有聖誕樹標語。但是我把方向盤一轉，她的笑容頓時消失。我扎扎實實地撞到她，先是她，然後是自行車。」

「除了雅貝特之外，沒人看見妳嗎？」

「那是一大清早啊。我們伯恩霍姆島這裡，一切都是慢慢來的。」

「然後妳回到奧基克比，把畢亞克的車又開到卡琳門前，停到先前停放的地方？我們到養老院和她談過，但是她沒有辦法幫助我們。」

「是的，就是這樣。可惜卡琳看見我把雪犁搬進我的後車廂。之後幾年，她威脅要告發我。她都說我對她生氣，就這點而言，其實是她生我的氣。如果用生氣來形容是正確的話。接著，我把車開回利斯德，將雪犁放回原處。隔天我聽說卡琳告訴畢亞克，我借用了他的車，還帶著雪犁。沒多久，就發布了雅貝特的尋人啓事。

「我們三個人在家吃晚餐，克里斯欽說他發現雅貝特掛在樹上，死狀淒慘，他深受震撼。我看得出來畢亞克把所有跡象串連在一起，眞的很可怕。我不得不說，可惜我的畢亞克不笨。他痛恨我幹出這種事，卻沒有棄我於不顧，從來沒有把實情告訴他父親。由此看來，他拋棄的是他父親。幾個月後，我搬出那個家，他沒辦法獨自和父親同處在一個屋簷下，所以和卡琳與我在奧基克比一起住了一段不短的時間，直到他找到自己的住處爲止。」

「妳當年談過這件事嗎？」

她搖搖頭，擦掉鼻尖的淚水。

「沒有，我們交談的時間根本不多。因爲他的性傾向，他也對我相當疏遠。對我來說，那太陌生了。」

「妳沒有辦法接受他的性傾向？」

她點頭稱是。

「所以妳把他的一本雜誌丟進墳墓裡，想藉此告訴他，妳最後終於接受他的性傾向了？」

她又點頭。「有許多事情阻隔在畢亞克和我之間，應該要做個結束了。一切都該在此結束。」

「所以說，妳很清楚爲什麼他是留紙條向父親道歉，而不是對妳？」

她點頭，輕撫手指斷掉的那隻手，嘴唇緊抿好半晌，最後才又開口說話。

「是的，他沒辦法忍受父親爲了一件自己原本可以助他偵破的案子而自殺。我想，他的致歉是希望請求寬恕，原諒他沒有做到的事情。」她淚如雨下，掉在乾燥的木頭桌面上，留下深色的痕跡。

「妳覺得妳的前夫就像我同事在電話中指稱的那樣，懷疑畢亞克涉嫌嗎？」

她抬起頭。「不，他太遲鈍了。你的同事……」

他們三人同時聽見了，高亢尖銳的聲音在樹梢上迴旋纏繞。先是一聲警笛，然後是第二聲，緩慢但明確，繼而越來越響亮，接著音調減弱。最後，所有警笛齊聲鳴叫。

「有兩個警笛聲。」茱恩皺起了眉頭說：「也有警車嗎？」

「我想是的。發生墓園那種事的時候，通常會出動警車。」

她覷起眼睛，問道：「我會怎樣？」

「妳現在不該擔心這個，茱恩。」卡爾說。

「多久？」這次她直接轉向阿薩德。

「我推測應該是十年到終身監禁之間。終身監禁刑期最後通常是十四年。」他眞的什麼話都不忌諱。

「謝謝，我知道了。到時候我若還活著，也七十六歲了。我想，我沒有興趣坐牢。」

「許多人在獄中因爲表現良好，而縮短刑期。」卡爾說。

警笛聲驚起西方的一群飛鳥。

「噢，我眞希望有條結冰的河流，讓我滑冰而去，但是天空沒有下雪，大地依然翠綠一片……」她兀自笑了起來。「我從法蘭克那兒知道這首歌。他教會我嚮往另一個更加美好的地方，也就是說，不要滿足於自己目前的狀況。你們懂嗎？你還記得嗎？你們第一次到揚貝納街來時，我唱了這首歌。瓊妮・蜜雪兒，你們知道嗎？」

他們兩人緩緩點頭。警笛聲快要抵達停車場了。茱恩隨時會在警方護送下搭救護車離開，難怪她會想起這首歌。

她陡然跳起，冷不防地襲擊卡爾和阿薩德，拔腿往石牆開口跑了四步，在他們兩人反應過來之前奔下台階，從石牆往永恆縱身跳去。

卡爾和阿薩德同時奔到牆邊。

茱恩重重摔在岩石上，顯然立刻氣絕身亡，然後滑出崖邊，就這樣頭下腳上地掛在一棵樹上。

尾聲

他們望著警示燈遠去，最後終於消失在樹林綠蔭裡。

卡爾望著阿薩德包紮得結結實實的雪白繃帶。

「急診醫師怎麼診斷？」

「我給他看我的手指能彎曲，他給我打了一劑抗生素。」

「然後呢？」

「我的手指可以彎曲，卡爾，還有必要多說什麼嗎？」

卡爾點頭。阿薩德若是兩個小時後搭上飛機前往哥本哈根，從卡斯特魯普機場搭計程車到哥本哈根大學附設王國醫院燒燙傷部，只要十五分鐘。他晚點得說服阿薩德搭機回去。

「我們腦子裡想的事情一樣嗎？」

「是的，我們要到利斯德去。」

想法果然不謀而合。

他們往回開還不到半路，阿薩德的手機響了起來，他打開擴音。話筒另一端的女士自我介紹叫做艾拉・皮爾森（Ella Persson），卡爾馬的警察祕書，法藍斯・桑史壯（Frans Sundström）探長請她打電話過來。

「我們找出誰在厄蘭島的靈性中心打電話報警以及叫救護車了。聽取勤務中心的電話錄音後，發現聲音屬於阿杜．阿邦夏瑪希．杜牧茲，靈性中心的負責人。我們也認為剪斷電線，鬆脫兩位的人正是他。至少中心裡沒人承認此一榮耀屬於自己。桑史壯探長認為，你們對這消息會有興趣，因為這表示要重新看待阿杜此人。因此，在你們逮捕他之前，務必將此訊息轉達給您。」

卡爾鬱悶地望著兩旁飛逝的風景，許多年前，法蘭克．布雷納就在這個地區遛達。阿薩德在電話中告訴警察祕書，阿杜．阿邦夏瑪希．杜牧茲已經死亡，負責調查的伯恩霍姆警方想必會盡快向瑞典同僚提出詳細報告。

剩餘的路程上，兩人默不作聲，需要花點時間消化方才收到的阿杜最新信息。

克里斯欽．哈柏薩特在利斯德的房子，籠罩著一種以前沒有的氛圍，忽然之間成為了過往，成了遺物，成了工匠日後的活動場域，以及一個男人錯誤人生的紀念碑。這棟房子雖然多少比其他住宅謎樣複雜，但是曾經包圍著它的祕密，如今已然消逝。

卡爾和阿薩德從窗戶往內看，蘿思果然效率極高，除了一些包裝材料和家具之外，沒有一物能夠提醒人們這裡曾經有個男人完整記錄了一樁犯行。

車庫的雙扉門被政府鎖上鎖頭。

「我們要在這裡等鎖匠開門，再進入車庫，還是索性直接開門進去？」

卡爾正想詢問他沒有工具，手上還綁了一大圈繃帶，打算怎麼進去，阿薩德卻已用完好如初的那隻手將鎖頭猛力一扯，解決了卡爾的疑惑。鎖頭還掛在原來位置，但一些小零件已經不見。

卡爾把門撞得大開，站了一會兒，讓眼睛適應微弱的光線。地面有輪胎痕跡，老舊的動物造型泳圈和油漆桶放在架子上，還有空紙箱，這一切他們之前都檢查過了。

他們把頭一抬，望向上方的頂樑，上面擺著風帆、雪板、雪杖。他們退回到車庫門口，希望從另一個角度看看上面是否還有其他東西，最後甚至還退到了車庫外。果不其然，從特定的地方望去，帆布上面顯然還有東西，有人把那東西推到後面山牆的地方。

「沒有梯子，我們爬不上去。」阿薩德說。

「來吧，我托你爬上去。」

卡爾交疊雙手，讓阿薩德一隻腳站在上面，然後把他往上一送。身懷六甲的柔弱皮莉歐究竟怎麼把這個塊頭的男人舉到長凳上的啊？簡直是神祕難解的謎團。

「有了。」他上方傳來聲音。

「有了什麼？」

「雪犁就在上面，長約一公尺半，寫著白色字母。我看不出來寫些什麼，不過我們已經知道內容了。」

卡爾搖了搖頭，簡直就是匪夷所思！如果他們上次來也想到要把手搭成梯子，就省下追緝法蘭克的功夫了。

「拍張照片，記得開閃光燈。」卡爾呻吟一聲，站得越來越吃力了。

閃光燈一閃，卡爾眼看就要屈膝把阿薩德放下來。

「等一下，卡爾！有東西掛在牆上，就在雪犁的後面，再把我托高一點。」

卡爾用力一頂，把阿薩德往上推。這種動作很容易閃了腰。

「有了！」阿薩德喊道：「可以放我下來了。」

「怎麼樣，什麼東西？」卡爾伸伸腰、拉拉筋，脊椎骨喀啦喀啦作響。

阿薩德把東西遞給他，是個雪白色的信封，沒有沾上髒汙、沒有灰塵，也沒有蜘蛛網，彷彿剛從抽屜拿出來似的。

信封寫著哈柏薩特的獨特字跡：「致調查人員」。

他們面面相覷。

「打開。」阿薩德催促著。

卡爾拿出一張A4紙，手寫的內容，背面印著某些東西。

紙張最上方又寫了一次「致調查人員」，最底下是克里斯欽·哈柏薩特的簽名。

「卡爾，你得唸一下信，我看不懂人畫符。」

「是鬼畫符，阿薩德，但是無所謂了。」

「你們找到了這封信，所以任務已經結束了。在雅貝特死亡了一段時間，發現這個畢亞克作爲聖誕事業用途的東西後，更加深了我對他的懷疑。我想起他製作這東西的情景。整個島都在尋找冷卻器損壞的車子，我卻在此發現了這個。即使有這麼多線索直指我兒子的嫌疑，我仍舊懷疑妻子的情人。是的，我知道她的風流韻事，我在島上有很多線民。同樣來自線民網絡的有力證據顯示，這個男人駕駛的福斯車正是衝撞雅貝特的那輛。

「然後我在現場發現了木頭碎片。碎片和其他多樣東西，讓我燃起希望，期待自己對畢亞克的懷疑是錯的。一方面是報復心，另一方面是保護本能，兩者可惜經常攜手並存。除此之外，我還缺少畢亞克的動機。他有什麼理由殺害一個陌生女孩，實在毫無意義。後來，我得知他對異性絲毫沒有興趣。茱恩和我經常爲此爭吵，她沒有辦法接受，也不願意接受。對於這種道德問題，我們警察相對較爲寬宏大量。

「我的調查方向長久以來都放在福斯車男子的身上，直到我找到關鍵性證據，說明畢亞克可能擁有犯罪動機。我一個月前把畢亞克的房間拿來存放調查資料，查看了一個電腦遊戲的袋子，發現這張紙背面的東西。」

卡爾把紙張翻過來。

背面印刷著星際大戰遊戲的破關捷徑，旁邊用鉛筆補充說明，底下還有很小的字寫著「致法蘭克」，緊接著就是那首他們已經看過的憤怒詩。

「唸完哈柏薩特寫的其他部分。」

「我發現這首詩後，頓時明白了一切。畢亞克和我妻子一樣，愛上了同一個男人。他因為雅貝特將法蘭克迷得神魂顛倒而萌生殺意。這首詩約莫是畢亞克搬出去前不久才寫的。我眼前宛如撥開迷霧，一切清晰明朗，合情合理，但我也因此心碎了。

「我要致上十二萬分歉意，為自己冥頑不靈，甚至是著魔似的，將我兒子的可怕罪行加諸在無辜之人身上道歉。現在，我把他的命運交到你們手中。我無能為力將自己的兒子移送法辦。因此，信就寫到這裡。克里斯欽．哈柏薩特。二〇一四年四月二十八日。」

他們兩個好半晌說不出話來。

「信是在他打電話給你的前一天寫好的，卡爾。」阿薩德最後打破沉默說。

卡爾點頭。

「他早已決定要了結生命。」

「嗯，這聽來至少令人感到安慰。」卡爾搖了搖頭。「真希望我們早點看見這封信。蘿思說的沒錯，哈柏薩特知道自己的兒子多多少少涉入其中。」

「沒錯，可是他不知道最後下手的其實是自己的妻子。如果我們沒像這樣一直緊追不捨、持續調查，卡爾，也不會發現結果竟是如此，最後就會讓茱恩．哈柏薩特把眞相帶進墳墓裡了。」

「是的。說到蘿思，我們應該打個電話給她，說明她對於哈柏薩特的看法沒錯，此外，茱恩坦承了一切。」

阿薩德豎起沒受傷的那隻大拇指，然後輸入號碼，打開擴音器。

電話響了好一會兒，阿薩德正想掛斷，電話隨即被接了起來。

「這是蘿思的手機，我是伊兒莎。」一個聲音說，不是蘿思平常的聲音。

「呃，是妳嗎，蘿思？」卡爾問道。她現在又陷入角色扮演了嗎？

「不是，我是伊兒莎，蘿思的姊姊。您哪位？」

卡爾雖然滿腹懷疑，但既然她想玩的話，就放馬過來吧。

「我是卡爾。卡爾．莫爾克，蘿思的主管，如果能這樣說的話。」

「噢。」對方彷彿聽到了壞消息似的。「我之前一直打電話給您，但始終不通。」

「很抱歉，因爲電池沒電了。有什麼……」

「蘿思人不舒服。」她打斷他的話，語氣似乎十分擔憂。我一個小時前過來看她，因爲蘿思和我星期六有時候會一起喝個茶，然後我在臥室找到了她。沒想到她竟然認不出我，還不斷說她終於做了該做的事情，現在只想擺脫一切。」

「擺脫一切？」

「是的，她拿剪刀割了自己手腕，堅持說她是維琪，我們的妹妹。她說催眠讓她以爲自己是蘿思，但她不想當蘿思，因爲蘿思是壞女孩。還說催眠師進入太深，可是對方沒有辦法幫助她，因爲她已經是個裝得滿滿的杯子。」

「眞是太可怕了。」卡爾望向阿薩德，阿薩德不住地搖頭。

這不可能是眞的。

「我們無論如何都要送她去看精神科醫師，所以您暫時不要指望她——除非她能清醒。」

阿薩德提議駛經奧基克比，到花店訂花送給蘿思，同時也爲雅貝特買束花，擺在那棵樹下。

「你應該清楚我們可以取道茱恩開過的路線到那棵樹下吧？」買完花後，阿薩德說。

「是的，不過這次不用像上次開得那麼快了，對吧？我想這輛車也沒辦法飆高速了。」

阿薩德感激涕零地對他微笑。

他們在事故地點佇立良久，觀察著那棵樹和枝椏，以及樹底下的小花束。第一次來時，樹葉才剛發芽，如今已翠翠青青。

「希望她的父母終於能夠找到內心的寧靜。」

阿薩德不予置評，顯然有所持疑。

他們向一位太漂亮、也太天眞的年輕女孩鞠躬致意，她還來不及實現夢想，就已隕落於世。

他們討論著蘿思的狀況，尋思該怎麼幫助她才好，右手邊忽然出現民眾高等學校的建築物。然後駕車離開。

「停一下，卡爾。」阿薩德說。

他跳下車，越過馬路，跑向陰刻著校名的那顆大石頭。

「過來幫我一下。」他把兩塊圍在巨石四周的石塊搬到一邊後喊道。

卡爾趕過去，阿薩德正挪開一顆深色石頭，露出了一個小洞穴。

「在這裡！」他洋洋得意地高聲歡叫。「他們在這裡交換紙條，茱恩也把偽造的紙條放在這裡。」

卡爾彎下身子。至今十七年過去，這個洞竟然還存在，不可思議。他朝土裡稍微挖了挖，有種奇怪的感覺。

他的指尖摸到平坦的東西。是塑膠品還是小石塊？他從胸前口袋拿出原子筆，朝地面又戳又撥。一個用來存放郵票或處方箋的透明套子露了出來。塑膠套在土裡埋了多年，已變成乳白色。他的預感果然沒錯。卡爾小心翼翼地從中抽出折起來的紙條。紙條上霉點斑斑，但仍保存良好，十分驚人。

卡爾攤開紙條，拿到兩個人都看得到的高度。

親愛的雅貝特，忘了我昨天說的話吧。等妳離開回到西蘭島後，我希望還能一直見到妳。我合住公寓的電話是四三九〇三二XX。

最後兩個號碼已經看不清楚了，不過下面的字仍舊清晰可辨。

再見，我愛妳超過一切，永無止盡。法蘭克。

阿薩德和卡爾對望一眼。法蘭克一定是在雅貝特騎著自行車迎向可怕命運的那天早上放了這張紙條。

阿薩德撫摸自己受傷的手，卡爾不斷地揉著脖子。

如果法蘭克早幾分鐘放下他的愛情宣言，或許一切就不一樣了。

卡爾嘆了口氣。他忽然感覺有人輕拍他的肩膀，轉過身來，兩個深棕色的眼珠映入眼簾，眼睛四周皺起了笑紋。

至少他們還有彼此可以分享這個可怕的認知。

謝辭

感謝我的妻子和靈魂伴侶漢內，在漫長的懸案密碼系列寫作過程中，無時無刻、永無止盡的鼓勵。

謝謝海寧．克爾傑在事前編輯上詳細研究太陽崇拜文化，給予許多聰明的想法，以及伊莉莎白．阿勒菲特—勞維詳盡的調查研究與全心全意的投入。萬分感激艾迪．基蘭、漢內．彼德森、米卡．許馬勒斯提和卡羅．安德森等人詳細又珍貴的閱讀與評論，並向我的編輯安．C．安德森致上十二萬分的謝意，與她合作，是個十分愉快的經驗。

我感謝政治出版社的耶納．朱爾與夏洛特．魏斯的耐性，以及海勒．史格夫．瓦賀通知讀者新書訊息的行銷創意，精確又可靠。謝謝吉特和彼得．Q．萊內斯和丹麥作家與翻譯人員中心的熱情款待。謝謝伯恩霍姆島的索倫．皮爾馬的慷慨接待，以及伊莉莎白．阿勒菲特—勞維在神殿角招待我和海寧．克爾傑。

我要感謝萊夫．克里斯滕森警官不吝賜教警務相關常識，以及卡爾．莫爾克在倫納好客大方的警方同僚，提供伯恩霍姆警方工作內容的有用資訊，也就是彼得．莫勒．尼爾森、首席檢察官馬丁．格拉維森、刑事助理楊恩．克拉貝克與副警官莫頓．布蘭博，以及警局裡了不起的同事。

謝謝奧斯特拉圓頂教堂的史維．阿格．克奴森，以及伯恩霍姆高等學校同仁親切接待我們，帶領我們參觀學校，享用了一餐美味的煎肉餅：出納員瑪麗安娜．柯福特、管理員約根．柯福特、卡倫・雷托利烏斯主廚，還有前校長卡司騰・托博格及其夫人班蒂愉快又受益良多的午後時光。

對於卡倫・奈瑞格和安內特・艾勒比，我感謝他們啓發人心的談話和導覽；莫比朗佳的保羅・約根森、卡絲羅莎・格拉于塔，啓迪我對重搖滾吉他以及厄蘭島神祕傳說和大岩石的知識。

約翰・丹尼爾・丹・史密特完美複製了我的老舊電腦，讓我嘗到資訊科技的美好。謝謝戴娜・拉森快遞到巴塞隆納的迅速完美的服務，以及我德國的公關女士碧翠絲・哈柏薩特大方應允我借用她的姓氏，還有導航艦「山姆號」船長彼德・普洱一樣讓我借用姓氏。

感激我的兒子凱斯讓我知道有《時代精神》這部影片，班尼・托格森和林達・皮洛拉改善我在瑞典的寫作環境，阿內和阿內特・梅里德，以及歐拉夫・施洛特－彼得森在巴塞隆納時給我的鼓勵。除此之外，特別要向歐拉夫・施洛特－彼得森讓我了解他的催眠經驗，致上衷心謝意。

德國太陽能丹麥分公司的約各柏・魏倫斯和史凡・里符費特，針對精確的技術問題，不厭其煩，提供珍貴協助，並在太陽能設備的建構、功效與另類使用上，展現莫大的創造力。

最後，向奧斯陸的卡特琳娜・波以森獻上我萬分謝意，感謝她與我分享不屈不撓的生命勇氣。從她身上，我獲益良多。

名詞對照表

A

Aakirkeby　奧基克比

Aalborgvej　阿柏格路

Abraham　亞伯拉罕

Adda　艾達

Adria　亞得里亞海

Afghanistan　阿富汗

Afrika　非洲

Albert Kazambra
亞伯特・卡扎布拉

Alberte Goldschmid
雅貝特・金士密

Alexandra　文雅麗王妃

Allerød　阿勒勒

Almindingen　亞明丁根

Almindingsvej　亞明丁路

Alvar　阿爾瓦大岩地

Amager　亞瑪格島

Amaterasu　天照

Amaterasu-Omikami
天照大御神

Amelnaru　吟歌者

Ancona　安科納

andalusische　安達魯西亞

Anker Høyer　安克爾・荷耶爾

Annette Merrild
阿內特・米莉爾德

Anthon Berg　丹麥恩格酒糖

Arawak-Indianer
阿拉瓦克印第安人

Armani　亞曼尼

Åsedamsvej　艾森丹路

Asen　阿薩神

Asenglauben　阿薩神信仰

Assisi　阿西西

Attis　阿提斯

Atu Abanshamash Dumuzi
阿杜・阿邦夏瑪希・杜牧茲

B

babylonische　巴比倫

Bagsværd　巴格斯威

Bakkegården　巴克公園

Bangladesch　孟加拉

Barcelona　巴塞隆納

Bayswater　貝斯沃特

Beate Vismut　碧雅特・維斯穆

Bella Center　貝拉中心

Bellahøj　貝拉霍伊區

Bendt-Christian　班德—克里斯

Bent　本特

Bent Mørck　班特・莫爾克

Bente Hansen　碧特・韓森

Bentley　賓利

Beretta　貝瑞塔

Berlin　柏林

Bermuda　百慕達群島

Bethlehem　伯利恆

Bibelgürtel　聖經帶

Birger Mørck　畢格・莫爾克

Birmingham　伯明罕

Birtemaja　碧特瑪雅

Bjarke Habersaat
畢亞克・哈柏薩特

Blekinge　布來金省

Blur　模糊

Bohemiens　波希米亞人

Bolette Elleboe　波蕾特・艾勒柏

bollywoodartiges　寶萊塢

Børge Bak　柏格・巴克

Bornholm　伯恩霍姆

Brændegårdshaven
布藍德高遊樂園

Bredgade　布雷街

Brighton　布萊頓

Brønderslev　布朗德斯勒夫

Brønshøj　布朗斯霍伊區

Bryan Adams　布萊恩・亞當斯

Bue　布耶

Byens Bodega　拜恩酒館

C

Camilla　嘉蜜莉

Camp Bastion　堡壘營

Carl Mørck　卡爾・莫爾克

Catarina Sørensen
卡塔琳娜・索倫森

Chelsea　切爾西

Cher　雪兒

China　中國

Chris McCullum
克里斯・麥坎倫

Christian Habersaat
克里斯欽・哈柏薩特

Claudia　克勞蒂亞

Clint Eastwood　克林・伊斯威特

Colombo　《神探可倫坡》

Costa del Sol　太陽海岸

D

Dagmar Poulsen　達格瑪・普洱

Dänemark　丹麥

Dänemarkpartei　丹麥黨

Daniel Jippes　丹尼爾・耶本斯

Dansk Metal Bornholm
伯恩霍姆丹麥金屬

Das Freimaurerhotel　共濟會旅館

David Goldschmid　大衛・金士密

David Beckham
大衛・貝克漢

De Akker　德阿克

Deutschland　德國

Dexter Gordons Vej
德克斯特・高登路

Dionysos　戴奧尼索斯

Dogma film　逗馬電影

Doktor Mesmer　梅斯梅爾醫生

dominikanischen Arawak-Indianern
多明尼加阿拉瓦克印第安人

Don　頓河

Don Juan　唐璜

Døntal　東谷

Dueodde　杜厄角

Dutton　達頓

Dyssebakken　狄瑟巴肯路

E

Ebabbar　埃巴巴

Echotal　回音谷

Egil Poulsen　艾吉爾・普洱

ein estnisches Containerschiff
愛沙尼亞貨輪

Eli　艾利・金士密

Elisabeth　伊莉莎白

Ella Persson　艾拉・皮爾森

Engländern　英國人

Englischen　英國

Enrique Iglesias
安立奎・伊格萊西亞

Eriksholm　艾力克霍姆

Esbjerg　艾斯傑格

F

Färöer　法羅群島

Ferrari　法拉利

Filip Nissen　菲立普・尼森

Finnland　芬蘭

Formiddagsposten　《晨間郵報》

Forn Sidr　舊禮派

Frank Brennan　法蘭克・布雷納

Frankreich　法國

Frans Sundström
法藍斯・桑史壯

Freddie Mercury
佛萊迪・墨裘瑞

Frederiksborg　腓特烈堡

Frederikshavn　腓特烈港

Frederikssund　非德里松

Frederiksværk　馮里斯維

G

Gentofte　根措夫特

George Clooney
喬治・克隆尼

George Michael　喬治・邁可

Gettlinge　格特林恩

Gildesbo　吉德司柏

Gilgamesch　吉爾伽美什

Gordon　高登

Gorm Svendsen
葛姆・施維德森

Gotland　哥特蘭島

Greta Garbo　葛麗泰・嘉寶

griechische　希臘

Gro　歌蘿

Groningen　格羅寧根

Grönland　格陵蘭島

Gudhjem　古茲耶姆

Gunnar　岡納

Gurkamal Singh Pannu
古咖瑪・辛・帕努

Gynge Alvar　杰涅岩地

H

Hafez el Assad　哈菲茲・阿薩德

Hair　《毛髮》

Halva-Schachteln　哈爾瓦甜點

Hamburg　漢堡

Hammerknuden　哈默努登

Hammershus　哈默斯胡斯

Hans　漢士

Hans Agger　漢思・亞格

Hans Otto Kure
漢司・奧圖・庫爾

Hans Rinus　漢斯・李努斯

Hans Thygesens Vej
漢斯・提森路

Hardy Henningsen　哈迪・海寧森

Hare-Krishna　哈瑞奎師那

Hasle　哈斯勒

Haverdreef　哈佛德列夫

Hawaii　夏威夷

Heiligtum　聖地

Heilsarmee　救世軍大樂團

Helene　海倫娜

Hellerup　赫勒魯普

Helsinki　赫爾辛基

Hillerød　希勒羅德區

Hindustan　印度斯坦

Hiobs　約伯

Hjortebakken　約特巴肯

Højskole　高等學校

Holbæk　霍貝克

Horus　荷魯斯

Hugo-Boss　雨果博斯

Humboldt　洪堡

Hvidovre　哈德維夫鎮

I

Indianerfilmen　印第安那電影

Iben Karcher　懿本・卡歇爾

Inge Dalby　英格・達爾畢

Inger　英格爾

Irakischen　伊拉克語

Irland　愛爾蘭

Isaac B. Singer　艾薩克・辛格

Island　冰島

Italien　義大利

Italiener　義大利人

J

Jakob Swiatek
雅各勃・史維耶提

Jamaika　牙買加

Janina Katz　亞妮娜・卡茲

Janus Staal　亞努斯・史塔爾

Japan　日本

Jeanette　珍妮特

Jernbanegade　揚貝納街

Jerusalem　耶路撒冷

Jesper　賈斯柏

Jingle Bells　〈鈴兒響叮噹〉

Joachim　約阿希姆王子

Joboland　約伯蘭主題樂園

Johannehof　約翰農莊

Johannes Tausen　約翰・陶森

John Birkedal　約翰・畢肯達

Jonas Ravnå　尤拿斯・拉夫納

Joni Mitchell　瓊妮・蜜雪兒

Jørgen　約根

Judas Priest　猶大祭司

Julia Roberts　茱莉亞・羅勃茲

June Haberaat　茱恩・哈柏薩斯

Jütland　于特蘭

K

Kabelschuh　接頭

Kærgårdsvej　克格斯威路

Kahunga-Kunst　卡胡納魔法預言

Kalmar　卡爾馬

Kalmarsundbrücke
　卡爾馬海峽大橋

Kamel　雙峰駱駝

Kanada　加拿大

Kangasala　坎加薩拉鎮

Karen Knudsen Ehrenpreis
　卡倫・克努森・婆婆納

Karibik　加勒比

Karin Kofoed　卡琳・柯福特

Karina　卡琳娜

Karla Margarethe Alsing
　卡拉・瑪格麗特・阿爾辛

Karlo Odinsbo　卡洛・歐丁斯寶

Karlskrona　卡爾斯羅納

Kastlösa　卡斯羅沙

Kastrup　卡斯特魯普

Kate Busck　凱特・布希克

Kate Bush　凱特・布希

keltische　凱爾特語

Kiss　接吻樂團

Kitte Poulsen　凱蒂・普洱

Knarhøj　克納弘宜

Kofoed　柯福特

Kopenhagen　哥本哈根

Kosake　哥薩騎兵

Krishna　克里希納

Kristine　克琳斯汀

Kristoffer Dalby
克利斯托弗・達爾畢

Kroatien　克羅埃西亞

Kuala Lumpur　吉隆坡

Kures Advanced Automobiles
庫爾高級汽車公司

L

Lakritzpastille　甘草錠

Lars Bjørn　羅森・柏恩

Lars von Trier　拉斯・馮・提爾

Leif　萊夫

Lethal Weapon　《致命武器》

Lettland　拉脫維亞

Libanon　黎巴嫩

Lilleborg　立勒堡

Linie-Aquavit　利尼燒酒

Lionel　萊昂納爾

Lis　麗絲

Lisbeth　莉絲貝

Lise　莉瑟

Lise W.　黎佘

Listed　利斯德

Litauen　立陶宛

Lobbæk　洛貝可

Lonny　隆妮

Louise　露伊瑟

Lyngby　林比

Lynge　林格

M

Machu Picchu　馬丘比丘

Malaysia　馬來西亞

Malena Michel　瑪蓮娜・米歇爾

Malta　馬爾他

Manou　摩奴

Marcus Jacobsen
　馬庫斯・亞各布森

Maren　瑪倫

Martin Marsk　馬丁・馬斯克

Maserati　瑪莎拉蒂

Matthias　馬帝亞斯

Meeldijk　梅爾戴克運河

Mel Gibson　梅爾・吉勃遜

Meldezentrale　勤務中心

Merlene Ottey　瑪琳・奧蒂

Mexiko　墨西哥

Mika Hansen　米卡・約翰森

Minos　米諾斯

Mises　米瑟斯

Mithra　密特拉

Mona Ibsen　夢娜・易卜生

Montparnas　蒙帕納斯餐廳

Mor Markers Gænge　莫馬克路

Mörbylånga　莫比朗佳

Morten Holland　莫頓・賀藍

Mosedalsvej　墨瑟達路

Moses　摩西

MSC　地中海航運

Munkholmbrücke　孟克霍姆橋

Mururoa　穆魯羅瓦島

Mustafa　穆斯塔法

Myriaden　蜜莉安德

Mysinge Alvar　梅辛恩岩地

N

Nahen Osten　中東

Nelly Rasmussen
奈莉・拉斯穆森

Nepal　尼泊爾

Nexø　內克瑟

Niederlanden　荷蘭

Niels　尼爾斯

Niels Brocks Gade
尼爾斯・布洛克街

Nigerianer　奈及利亞人

Nisiqtu　妮希杜

Noah　諾亞

Nørrebro　諾勒布羅區

Norwegen　挪威

Nürnberg　紐倫堡

Nylars　尼拉斯

Nymøllevej　尼莫勒路

O

Öland　厄蘭島

Øle Å　奧勒河

Ølene　厄倫納

Olsker　歐爾斯克

Orchideen　蘭花

Orion　獵戶座

Øster Brønderslev
東布朗德斯勒夫

Østerlar　奧斯特拉

Ostseeinsel　波羅的海

Ove　歐凡

P

Paco Lopez　帕可・羅培茲

Pandrup　潘德魯普

Paris　巴黎

Park Braband　布拉班公園

Pete Boswell　比特・鮑斯威爾

Peter　彼得

Peter Svendsen　彼特・施維德森

Philip Roth　菲利普・羅斯

Pia Tafdrup　皮雅・塔篤普

Pirjo　皮莉歐

Polen　波蘭

Polizeichor
警察合唱團

polynesische　波里尼西亞

Q

Québec　魁北克

R

Rachel Goldschmid
瑞秋・金士密

Rambo　藍波

Randkløve　朗德呂夫縱谷

Rasmus Bruhn　拉斯穆斯・布倫

Rastafari　拉斯特法理教派

Resmo　瑞斯莫

Restaurant Hedelund　海倫德餐廳

Rispebjerg　立斯本山

Risskov　里斯考

Rod Stewart　洛・史都華

Rødovre　洛德雷

Rolf　雷夫

Romford　羅福德區

Rønne　倫納

Ronneby　龍納比機場

Rønneholtpark　羅稜霍特公園

Rønnevej　倫納路

Ronny　羅尼

Rose Knudsen　蘿思・克努森

Rosh Hashanah　吹角節

Roskilde　羅斯基勒

Rotterdam　鹿特丹

Runen　盧恩文

Russinnen　俄羅斯人

Russischen　俄羅斯

S

Said　薩伊德

Sammy　桑米

Sandflugtsvej　桑弗格路

Sandvig　桑維

Sara　莎拉

Saul Below　索爾・貝婁

Savoy Place　薩伏伊廣場

Schiedam-Fall　斯希丹釘槍案

Schleswig　施勒維西

Schonen　旬納

Schweden　瑞典

Seeland　西蘭島

Seth　賽特

Sevilla　塞維爾

Sharon Stone　莎朗・史東

Sherlock Holmes
　夏洛克・福爾摩斯

Shirley　雪莉

西伯利亞

Simon Fisker　西門・菲斯克

Sirius　天狼星

Sirtaki　希塔基舞

Sixten Bergström
　西斯騰・博史壯

Sjerritslev　塞立斯勒夫

Skandinaviens　斯堪地那維亞

Skørrebrovej　史勾勒布洛路

Slagelse　斯雷格瑟

Sluseholmen　水渠島

Snogebæk　史諾貝克

Snorrebaken　施諾倫巴肯

Sønderborg　旬納堡

Søren Mølgård　索倫・穆哥爾

Sorø　索羅

Stammcrshalle　結巴樓

Stefan von Kristoffs
　史帝凡・馮・柯里斯多夫

Strandstien　史特朗汀路

Strøget　思楚格大街

Sture Kure　使徒・庫爾

sumerischen　古蘇美爾語

Svaneke　斯瓦納克

Sverres Hotel　史維爾旅館

Sydhavns Plads　南港廣場

Synne Veland　辛妮・維蘭德

Syrien　敘利亞

T

Taliban　塔利班

Tampere　坦佩雷

Tempelkrogen　神殿角

Terje Ploug　泰耶・蒲羅

Thailand　泰國

The Beatles　披頭四

Thomas Laursen　湯馬斯・勞森

Thor　雷神索爾

Thulin　圖靈

Tibet　西藏

Tivoli　蒂沃利樂園

Tokkekøbvej　托克科路

Tove　托芙

Troldeskov　特羅德斯寇夫

Tulstrup　圖斯魯普

Turku　圖爾庫

Typhon　堤豐

U

Uri Geller　尤里・蓋勒

V

Vægterparken　維特公園

Valentina　凡倫丁娜

Vendsyssel　凡徐塞

Venedig　威尼斯

Verona　維洛納

Vesterbro　維斯特布洛路

Vestermarievej　威斯特馬利路

Vibsen　薇柏森

Vickleby　維克勒比

Vicky　維琪

Victoria Embankment Garden
維多利亞堤岸花園

Vigga　維嘉

Villy Kure　威利・庫爾

Vriesland　弗里斯蘭

W

Walhalla　英靈聖殿

Wanda Phinn　汪達・芬恩

Wandsworth　旺茲沃思

Warschauer　華沙

Weltfriedensrat
世界和平理事會

West Kingston　西金斯頓

Wikinger　維京人

Willys-Knight　威利斯—奈特

Winston Churchill
溫斯頓・邱吉爾

Y

Yesterday　〈昨日〉

Yrsa　伊兒莎

Ystad　于斯塔德

Z

Zeitgeist　《時代精神》

Zentrum zur Transzendentalen Vereinigung　人與自然超驗結合中心

Zini　希尼

BEST 嚴選 085

懸案密碼6：血色獻祭

原著書名／Den grænseløse
作　　者／猶希・阿德勒・歐爾森（Jussi Adler-Olsen）
譯　　者／管中琪
企劃選書人／王雪莉
責任編輯／陳珉萱

行銷企劃／周丹蘋
業務主任／范光杰
行銷業務經理／李振東
總　編　輯／楊秀眞
發　行　人／何飛鵬
法律顧問／台英國際商務法律事務所　羅明通律師
出版／奇幻基地出版
城邦文化事業股份有限公司
台北市104民生東路二段141號8樓
電話：(02)25007008　傳眞：(02)25027676
網址：www.ffoundation.com.tw
e-mail：ffoundation@cite.com.tw
發行／英屬蓋曼群島商家庭傳媒股份有限公司城邦分公司
台北市104民生東路二段141號11樓
書虫客服服務專線：(02)25007718・(02)25007719
24小時傳眞服務：(02)25170999・(02)25001991
服務時間：週一至週五09:30-12:00・13:30-17:00
郵撥帳號：19863813　戶名：書虫股份有限公司
讀者服務信箱 e-mail：service@readingclub.com.tw
歡迎光臨城邦讀書花園　網址：www.cite.com.tw
香港發行所／城邦（香港）出版集團有限公司
香港灣仔駱克道193號東超商業中心1樓
電話：(852) 2508-6231　傳眞：(852) 2578-9337
e-mail：hkcite@biznetvigator.com
馬新發行所／城邦（馬新）出版集團
【Cite(M)Sdn. Bhd】
41, Jalan Radin Anum, Bandar Baru Sri Petaling,
57000 Kuala Lumpur, Malaysia.
Tel: (603) 90578822　Fax:(603) 90576622
email:cite@cite.com.my

文字編輯／潘婉儒
封面設計／捌子
排　　版／極翔企業有限公司
印　　刷／高典印刷有限公司
■2016年（民105）11月1日初版
■2022年（民111）2月10日初版3.4刷

售價／450元

國家圖書館出版品預行編目資料

懸案密碼6：血色獻祭／猶希・阿德勒・歐爾森（Jussi Adler-Olsen）著；管中琪譯. -- 初版. -- 臺北：奇幻基地, 城邦文化出版：家庭傳媒城邦分公司發行, 民105.11
面；　公分
譯自：Den grænseløse
ISBN 978-986-93504-5-7（平裝）
881.557　　105018312

ISBN　978-986-93504-5-7

Printed in Taiwan.

廣　告　回　函
北區郵政管理登記證
台北廣字第000791號
郵資已付，免貼郵票

104台北市民生東路二段141號11樓

英屬蓋曼群島商家庭傳媒股份有限公司城邦分公司 收

請沿虛線對摺，謝謝

奇幻基地

每個人都有一本奇幻文學的啓蒙書

奇幻基地官網：http://www.ffoundation.com.tw

奇幻基地粉絲團：http://www.facebook.com/ffoundation

書號：1HB085　　書名：懸案密碼6：血色獻祭

15
annual

奇幻基地15周年龍來瘋慶典

集點好禮獎不完！還可抽未來6個月新書免費看！

活動期間，購買奇幻基地作品，剪下回函卡右下角點數，集滿點數，寄回本公司即可兌換獎品＆參加抽獎！

集點兌換辦法

2016年06月起至2017年12月20日前(郵戳為憑)，奇幻基地出版之新書，剪下回函卡右下角點數，集滿點數貼至右邊集點處，寄回奇幻基地，即可兌換贈品(兌換完為止)，並可參加抽獎。

集點兌換獎品說明

5點：「奇幻龍」書擋一個（寬8x高15cm，壓克力材質)

10點：王者之路T恤一件 (可指定尺寸S、M、L)

回函卡抽獎說明

1.寄回集滿5點或10點的回函卡，皆可參加抽獎活動！回函卡可累計，每張尚未被抽中的回函卡皆可參加抽獎。寄越多，中獎機率越高！

2.開獎日：2016年12月31日(限額5人)、2017年05月31日(限額10人)、2017年12月31日(限額10人)，共抽三次。

回函卡抽獎贈書說明

中獎後，未來6個月每月免費提供奇幻基地當月新書一本！

(每月1冊，共6冊。不可指定品項。)

特別說明：

1.請以正楷書寫回函卡資料，若字跡潦草無法辨識，視同棄權。

2.本活動限台澎金馬。

【集點處】

1	6
2	7
3	8
4	9
5	10

（點數與回函卡皆影印無效）

個人資料：

姓名：＿＿＿＿＿＿＿＿＿＿＿＿＿＿＿＿ 性別：□男 □女

地址：＿＿＿＿＿＿＿＿＿＿＿＿＿＿＿＿＿＿＿＿＿＿＿＿

電話：＿＿＿＿＿＿＿＿＿＿＿＿ email：＿＿＿＿＿＿＿＿＿＿＿＿

想對奇幻基地說的話：＿＿＿＿＿＿＿＿＿＿＿＿＿＿＿＿＿＿

＿＿＿＿＿＿＿＿＿＿＿＿＿＿＿＿＿＿＿＿＿＿＿＿＿＿＿＿

請剪下右側點數，貼於背面的集點處，集滿5點以上，即可寄回兌換抽獎

1
2016

Denmark Police's Mystery

懸案密碼

Denmark Police's Mystery

懸案密碼